WREADERS

»Zufall ist ein Wort ohne Sinn. Nichts kann ohne
Ursache existieren.«

- Voltaire

Tales Of Death

Die Lehren des Todes

Eileen Dierner

WREADERS TASCHENBUCH
Band 56

Dieser Titel ist auch als E-Book erschienen

Vollständige Taschenbuchausgabe
Deutsche Erstausgabe

Copyright © 2020 by Wreaders Verlag, Sassenberg
Druck: BoD – Books on Demand, Norderstedt
Umschlaggestaltung: Jenny Grams
Illustrationen: Marie Schulten
Lektorat: Neele Wolf
Satz: Lena Weinert

www.wreaders.de

ISBN: 978-3-96733-110-3

Für Oma Ilse.
Du und deine Bücher haben mich dazu inspiriert, über das Thema
Tod und Wiedergeburt eine Geschichte zu schreiben.
Danke.

Vorwort
eines Freundes

Lieber Leser,

Verzeihe mir, wenn ich für das vorliegende Werk auf die Bibliothek des Wissens zurückgegriffen habe, um Lücken zu füllen. Sei versichert, dass ich Deine Worte weder verfälscht noch weggestrichen habe – der größte Platz im Buch ist für sie reserviert.

Ich hoffe, Du hattest ein erfülltes Leben. Wenn Du diese Zeilen liest, bist Du am Ende angekommen, und ich möchte, dass Du weißt, wie stolz ich auf Dich bin. Obwohl Du Dich nicht an mich erinnerst.

Du erinnerst Dich nicht an mich, Du erinnerst Dich nicht an die Person, die Du einmal warst, Du erinnerst Dich nicht, dass Du dieses Buch mit Deinen Erinnerungen gefüllt hast … es ist jedes Mal schwer.

Und jetzt, da Du es weißt, wirst Du es bald wieder vergessen, denn Du stirbst.

Aber hab keine Angst, denn ich bin bei Dir und werde es bei jedem Deiner Tode sein.

Lass mich Dir eine Geschichte erzählen. Die letzte Geschichte, die Du in diesem Leben hören wirst. Und die erste Geschichte, die tatsächlich die Wahrheit erzählt.

Dies ist eine Liebesgeschichte. Sie handelt von zwei Unsterblichen, die durch ihre Liebe das Universum schützen sollten und daran scheiterten.

Es war einmal eine Zeit, in der nur das Nichts existierte, regiert von Wesen, die mit dem Nichts zufrieden waren. Dann wurde aus dem Nichts Etwas, denn es entstanden das Universum und der Tod. Das ließen die Wesen des Nichts nur unter einer Bedingung zu: Solange sie einen Beweis dafür hatten, dass das Universum der Existenz würdig war, würden sie sich dem neuen System unterordnen.

Da der Tod unerschütterlich an die Liebe glaubte, wählte er zwei Seelen aus, die sich in jedem ihrer Leben durch die Kraft der Liebe und nichts anderes finden sollten. Diese Unsterblichen, wie er sie taufte, obwohl sie wie alle Menschen auch starben, wurden der Grundstein des Lebens. Ihre Liebe rechtfertigte die Existenz von Billionen von Daseinsformen.

Viele Milliarden Jahre lang hielt der Vertrag stand. Die Wesen des Nichts ordneten sich wie versprochen unter und gingen den Aufgaben nach, die ihnen zugeteilt worden waren, und während all dieser Zeit sammelten die Unsterblichen eine Vielzahl von Leben an, in denen sie sich fanden und sich liebten.

Bis sie es irgendwann nicht mehr taten.

Die älteste Liebesgeschichte des Universums, und Du bist ein Teil von ihr.

Ich habe Dir einmal erzählt, dass jedes gebrochene Herz einen Kratzer im Universum hinterlässt. Jeder Riss im Gehsteig, jeder Sprung im Glas zeugt von einem gebrochenen Herzen, irgendwo in der Welt. Der Grand Canyon ist nicht durch eine Verschiebung der Erdplatten, oder Erosion, oder eine Sintflut entstanden.

Der Grand Canyon ist der Grund, warum ich diese Zeilen schreibe. Warum ich an Deinem Totenbett stehe. Warum ich Dir dieses Buch immer und immer wieder geben werde, und warum Du diese Zeilen immer wieder vergessen wirst.

Zu Beginn des Briefs habe ich ein wenig geflunkert. Diese Geschichte ist nicht nur eine Liebesgeschichte. Die Liebe steht nicht im Zentrum. Was Du vor Dir liegen hast, ist vielmehr ein Abenteuer, eine Komödie, eine Unterrichtsstunde und ein Drama.

Und vor allem ist diese Geschichte Deine Vergangenheit.

Prolog

Es war die Nacht des 3. Augusts 2021, trotzdem schneite es in London.

Unablässig rieselten Flocken auf die Landschaft nieder, so zuverlässig wie ein Eimer Farbe, der weit oben über den Wolken auslief.

Seit fast sieben Stunden war niemand mehr gestorben.

Taylor ging weiter. Die Spuren, die er hinterließ, blieben nicht lange sichtbar. Dafür fiel der Schnee zu dicht, zu schnell. Die Lichter von London waren kaum mehr als ein Bild auf einer Leinwand, welches aufgrund des Schnees zu flackern schien. Er hatte nie zuvor realisiert, wie mächtig er war – was er alles erreichen konnte, wenn er seine Fantasie anregte. Und es im August schneien zu lassen, war eines seiner leichtesten Kunststücke.

Die Menschen in der Großstadt dort unten hatten keine Ahnung.

Sie hatten keine Ahnung, welches Geschenk er ihnen bereitet hatte und was auf dem Spiel stand. Er hatte die Erde unsterblich gemacht und dadurch das Gleichgewicht der Welt gefährdet. Ein Gleichgewicht, das seit Milliarden von Jahren Stand hielt und er – er, Taylor Tyler, war dabei, es womöglich zu kippen.

Wenn das Gleichgewicht zu sehr auf die Seite des Lebens geriet, würde das Universum zerbrechen. In so kleine Teilchen, dass niemand mehr imstande wäre, es zusammenzupuzzeln. Es neu zu schaffen.

Taylor war ein Mensch, das Universum seine Heimat. Er wusste, dass er aufhören sollte, um nichts zu riskieren, aber er konnte nicht. Da war eine innere Stimme, die ihn blockierte: *Es ist unfair.* Etwas musste für die Gerechtigkeit unternommen werden, selbst wenn es große Opfer verlangte.

Er wollte aufgehalten werden, so sehr, aber es gab nur ein einziges Wesen, das dazu imstande war: Der Tod.

Die Stadt lag unter ihm wie ein nichtsahnender Säugling, der noch still im Mutterleib ruhte. Als er weit genug davon entfernt war, streckte er die Arme gen Himmel und hob den Kopf. Er blinzelte gegen den Schnee an, um weiterhin etwas sehen zu können. Die einzelnen Flocken blieben in seinen Wimpern hängen, schmolzen sofort und liefen ihm wie Tränen über die eiskalten Wangen. Er steckte nur in Hoodie und Jeans, denn den Luxus eines Wintermantels hatte er sich nicht gegönnt.

Von Weitem musste er aussehen wie ein Verrückter, der einsam auf einem Hügel den schneeverhangenen Augusthimmel anbetete.

»Mirroanwi!«, rief er.

Jetzt war Schluss mit den Botensendungen. Laire sollte nicht zwischen die Fronten geraten. Es war Zeit, von Mann zu Mann mit der Inkarnation des Todes zu sprechen. Ob diese wollte oder nicht.

Er sah definitiv aus wie ein Verrückter, der eine imaginäre Person anrief oder lediglich mit sich selbst sprach. Oder wahrhaftig den Himmel anbetete, das Resultat wäre in jedem Fall dasselbe: Nichts regte sich. Kein Zweig raschelte, kein Vogel zwitscherte. Die Geräusche der Welt waren vom Schnee erstickt worden und seine Stimme war das einzig Hörbare.

»Mirroanwi!«, schrie er in die Weite. Er hätte über sich selbst nicht gesagt, ungeduldig zu sein, aber er hatte es sehr wohl satt, zu warten und nicht ernst genommen zu werden. »Siehst du, was ich getan habe? Zeig dich!«

Es tat sich immer noch nichts.

Mirroanwi hatte ihm nicht geglaubt. Etwas Derartiges hatte er ihm nicht zugetraut. Und jetzt, da Taylor ihm das Gegenteil bewiesen hatte, besaß er offenbar nicht einmal den Anstand, sich zu zeigen.

»Mirroanwi, ich weiß, dass du mich hörst.« Er ballte die Hände zu Fäusten. Er hatte es satt. »Zeig dich, oder ich mache das ganze Universum unsterblich!«

Unmittelbar nachdem diese Worte seinen Mund in einer Atemwolke verlassen hatten, erklang eine Stimme:

»Du musst das nicht tun.«

Taylor drehte sich um. Ein junger Mann trat aus dem Schneegestöber. Seine braunen Haare waren zu einem Seitenscheitel gekämmt und durchnässt. Alles an ihm war vom Schnee durchweicht. An seinen Haarspitzen waren sogar schon Eisklumpen gewachsen. Trotzdem waren weder seine Fingerspitzen hellblau angelaufen noch seine Nase knallrot, wie Taylor vor Kälte zitternd bemerkte. Mirroanwis gebräunter Körper steckte in einem karierten Kragenhemd und einer altmodischen Stoffhose, was sowohl dem Wetter- als auch dem modernen Kleidungsstil widersprach.

Das war also Laires Tod. Wie lange er wohl schon hier stand und beobachtete, wie Taylor sich die Kehle aus dem Hals schrie?

Mirroanwi lächelte. Es war ein Lächeln, wie man es von der attraktiven Verkäuferin bei Starbucks erwartete, aber ganz sicher nicht von einem wie ihm, oder in einer Situation wie dieser. »Warum rufst du mich her?«, fragte er. »Warum nicht Grace?«

Taylor ignorierte das beruhigende Lächeln und verschränkte die Arme, um sich vor der Freundlichkeit, die dieser Mann ausstrahlte, zu schützen. »Warum wohl? Grace kommt nicht. Ich habe es schon versucht.«

»Und woran liegt das?«

Angesichts der geduldigen Frage fühlte sich Taylor in seine Schultage zurückversetzt, woraufhin er die Nase rümpfte. »An dir. An diesem ganzen übergeordneten Bewusstsein, das euch steuert. Ihr lasst sie nicht zu mir.«

Mirroanwi schüttelte den Kopf. Ein Unbeteiligter würde vermuten, dass die beiden Männer sich im selben Alter befanden. Anfang zwanzig, höchstens dreiundzwanzig, aber nicht älter. Aber natürlich stimmte das nicht. Mirroanwi war ihm in gewisser Weise viele Jahre voraus, ganze Äonen, obwohl er eigentlich erst wenige Monate alt war.

»Auch wenn du den Tod noch so ablenkst, die Regeln bleiben dieselben, und Grace hält sich daran«, erwiderte Mirroanwi. »Ich habe es dir schonmal gesagt: Du kannst ihr nicht begegnen, ehe du stirbst.«

»Das hast nicht du zu mir gesagt, sondern Laire! Du warst zu feige, um dich mir zu zeigen. Du hast mich nicht ernst genommen.«

Das Lächeln verschwand aus Mirroanwis Gesicht und er senkte kurz den Blick, um sich über die Stirn zu reiben. Eine ganz normale menschliche Geste. Taylor fasste nicht, *wie* normal er tatsächlich war. Er hatte etwas Anderes von Laire erwartet. Einen komischen Kauz, einen Hippie vielleicht. Aber keinen Typen, der so stinknormal war, dass er auch sein Kommilitone hätte sein können.

»Ich werde dich nicht darauf hinweisen, wie gegensätzlich deine beiden Aussagen sind«, erklärte Mirroanwi. »Stattdessen fasse ich zusammen: Du erpresst mich damit, das Leben zu zerstören. Ein Leben, das sich fortentwickelt hat, in jeder Sekunde von jedem Tag, und das über Jahrmilliarden hinweg – nur damit du deine Freundin sehen kannst?«

»Sie ist nicht nur irgendeine Freundin.« Taylor hatte das Gefühl, das sagen zu müssen. »Und ich habe dich nicht erpresst.«

»Du weißt selbst, dass es falsch ist.«

Das Universum zu zerstören oder den Tod zu lieben?, hätte er am liebsten zurückgefragt. Aber das hätte ihn nur zur Weißglut getrieben, vor allem, weil Mirroanwi ohnehin beide Möglichkeiten als falsch betrachtete.

Also unterdrückte Taylor seine Wut und wandte sich ab, um das Tal zu seinen Füßen zu betrachten. Überall dort unten, bis zum Horizont und noch weiter, lebten unsterbliche Menschen. Sie aßen, tranken und schliefen. Wie eine lebendige Zeitbombe. Die paar Milliarden auf der Erde reichten zwar kaum aus, um dem Universum ernsthaften Schaden zuzufügen – aber Tatsache war, dass niemand wusste, bei der wievielten Seele es zusammenbrach.

Sein Nacken fühlte sich steif an vor Kälte und seine Nase lief; einen Moment lang konnte er nicht glauben, was er getan hatte. Den Pfad, den er gewählt hatte. Er hatte ihn zu einer Wand geführt, und ein anderer hätte sich nun umgedreht und den Konsequenzen ins Gesicht geblickt.

Aber nicht Taylor. Er wusste, dass es falsch war, und tat es trotzdem. Und das aus einem einfachen Grund:

Es ist unfair.

Taylor spannte seinen Unterkiefer an, um nicht mehr als das zu sagen, was gesagt werden musste. Bei einer Gefährtin wie Laire war Mirroanwi für Diplomatie zu haben anstatt für emotionale Reden, das war ihm gleich klar gewesen, als er Laires totale Unfähigkeit zur Diplomatie bemerkt hatte. Die Gefährten und ihre Inkarnationen ergänzten sich in den meisten Dingen, anstatt sich zu gleichen.

»Wenn du Grace nicht zu mir lässt, werde ich andere Planeten unsterblich machen«, drohte er. »Das geht ganz leicht, ich brauche nur einen Funken meines Kis.«

»Taylor. Weißt du eigentlich, was dein Handeln verursacht hat?«

Er hörte ein leises Knirschen, als Mirroanwi zu ihm kam, nahm ihn aber nicht zur Kenntnis.

»Ein paar Menschen sind nicht gestorben, die eigentlich sterben sollten?«, fragte er zurück und legte dabei Langeweile in seine Stimme.

Aus dem Augenwinkel erkannte er, dass Mirroanwi den Kopf schüttelte. »Eine Botschafterin ist gestorben. Laires Mutter. Der Tod hat alle Gefährten und Botschafter auf einen anderen Planeten bringen lassen, damit du ihnen nichts anhaben kannst. Für sie bist du der Bösewicht, Taylor.«

Das brachte ihn kurz zum Zögern. »Sie wissen nicht, dass ich das war.«

»Aber sie wissen, dass es irgendjemand getan hat. Und wenn du noch weitere Planeten unsterblich machst, müssen noch weitere Gefährten und Botschafter evakuiert werden, und du wirst sie alle gegen dich aufbringen. Denn früher oder später wird Laire – oder Sanjena – etwas sagen.«

»Jetzt hab ich aber Angst.« Taylor drehte den Kopf und versuchte ein Grinsen, das ihm aber nicht so gelang, wie er wollte. Er hatte nicht gewusst, dass Laires Mutter gestorben war. Das hatte er nicht gewollt. Er hatte nicht gewusst, dass die Unsterblichkeit Botschafter umbrachte.

»Ich kann Grace nicht herbeirufen, wie du es dir vorstellst«, fuhr Mirroanwi fort. Zu seiner Überraschung klang er fast so, als hätte er Mitleid. Als würde er zumindest versuchen, ihm nachzuempfinden. »Ich kann nicht einfach mit dem Finger schnipsen. Sie ist ihre eigene Person, sie muss selbst herkommen wollen, und das wird sie nicht, weil sie weiß, was gut für dich ist.«

Ein Knurren entwich seiner Kehle. »Begreifst du es nicht? Sie will herkommen! Das wollte sie schon immer. Sie hat mich geküsst, und dann musste sie gehen, weil die Lehre zu Ende war. Der Tod schreibt ihr vor, wann sie zu kommen und zu gehen hat, nicht sie selbst, verstehst du das nicht? Sie hat Angst, die Regeln zu brechen, aber das muss man doch, wenn man nicht vollkommen unmenschlich sein will.«

Er wollte Grace sehen, und nicht mit diesem hoffnungslos rationalen Typen über Regeln und freien Willen streiten. Er wollte Grace, und Mirroanwi war die einzige Person, von der er wusste, dass er ihm helfen konnte.

»Nimm die Unsterblichkeit zurück, Taylor«, sagte Mirroanwi nach einer Weile, in der sie wohl beide überlegt hatten, wie sie am schnellsten das bekamen, was sie wollten. »Ich helfe dir dabei. Lass mich dich retten.«

Nun war es Taylor, der lächelte. Es war mehr eine bittere Grimasse. Vielleicht verlor sie etwas von ihrer Ausdrucksstärke dadurch, dass er gleichzeitig die Fäuste in die Bauchtasche seines Hoodies rammte, um sie zu wärmen. »Ich denke nicht, dass ich gerettet werden will, vielen Dank. Zumindest nicht von dir.«

»Es gibt klare Regeln.«

»Regeln, die da sind, um gebrochen zu werden.« Mit zusammengebissenen Zähnen drehte er sich zu Mirroanwi um. Immer noch keine rote Nase. Kein unauffälliges Wärmen der Hände. Taylor spürte seine eigenen nassen Haare unangenehm intensiv, sie klebten an seiner Stirn wie Seetang. »Kein überzeugendes Argument also.«

Wenn Mirroanwi davor schon ernst gewirkt hatte, war dies nun die Steigerung davon. Tiefe Furchen gruben sich in seine Stirn. »Du bist bereit, das Universum zu zerstören?«, fragte er. Taylor konnte ein gewisses Unverständnis in seinem Ton hören, die er auch bei sich selbst erahnte.

Nein, hätte er am liebsten gerufen. *Nein, das bin ich nicht!*

Aber da war dieser Gedanke, der ihn schon die ganze Zeit über antrieb, der sich durchsetzte, wie jedes Mal.

Es ist unfair.

Also straffte er die Schultern. »Wenn du die Antwort darauf nicht weißt, dann warst du noch nie verliebt.«

1. Kapitel
Der Mann im Kleiderschrank

Diese Geschichte beginnt im Frühling des Jahres 2021. Es müsste April gewesen sein – auf Datierungen habe ich damals noch nicht geachtet. Und es ist auch nicht weiter wichtig, schließlich werden diese Notizen nie an die Öffentlichkeit gelangen.

Was das Mädchen, von dem ich erzähle, zu der Zeit noch nicht wusste, war, dass der Tod einen Gefährten brauchte. Er braucht immer einen Gefährten, wenn er zu uns kommt. Jemanden, den er ausbilden kann.

Nach gesellschaftlichen Maßstäben sah sie normal aus. Sie war normal groß, normal schwer, hatte Haare in einem normalen Hellbraun und einer normalen Länge. Selbst ihr Hautton war für jemanden, der dort oben im Norden wohnte, normal blass.

Trotzdem fanden sie die anderen Schotten nicht normal. Entweder sie war zu neugierig oder zu vorlaut oder zu taktlos oder zu einfallsreich. Zu komisch. Zu *zu*. In der Schule hatten ihre Mitschüler sie gemieden, obwohl sie versuchte, so normal zu sein wie sie.

Als das nichts half, akzeptierte sie ihr Einsiedlerleben und schloss die Schule frühzeitig ab, um endlich ihre Ruhe zu haben. Während sie sich in die Künste flüchtete, hielt sie die Augen offen nach der einen Person, die sie so akzeptieren würde, wie sie war. Erst mit dem Erlangen ihrer Volljährigkeit gab sie diese Hoffnung endgültig auf.

Doch sie hatte ihre Rechnung ohne den Tod gemacht.

Laire ließ die Haustür hinter sich ins Schloss fallen. Ohne haltzumachen, polterte sie die Treppen hoch, nachdem sie ins Erdgeschoss eine flüchtige Begrüßung geworfen hatte. Fast wäre sie auf eine der Katzen getreten, die in der Ecke unter dem Fenster schlummerte. Die Antwort ihrer Eltern wurde von ihren rumpelnden Schritten übertönt, aber sie nahm an, dass sie sich nach der Klavierstunde erkundigt hatten.

»Cailin hat in sechs Wochen ein Konzert und muss noch ein paar Lieder einstudieren, deswegen komme ich jetzt öfter zu ihr«, rief sie über das Geländer, sobald sie ganz oben im zweiten Stock angekommen war. Während sie in ihrer Handtasche nach dem Wohnungsschlüssel kramte, tauchte ihre Mutter unten auf und schaute, über das Geländer gelehnt, zu ihr hoch.

»Laire, komm bitte runter, wenn du mit uns sprichst.«

»Keine Zeit!« Hastig schloss Laire ihre Tür auf und verschwand im Inneren. Das Gute am Auszug ihrer Schwester war, dass Laire nun seit fast drei Jahren die Wohnung unter dem Dach ihr Eigen nennen durfte. Zugegeben, sie zahlte ihren Eltern dafür keinen Penny, deswegen war sie rechtlich gesehen gar nicht ihr Eigen, aber sie mochte den Klang.

Anstatt mühevoll das Licht anzuschalten oder die Schuhe auszuziehen, lief sie zielstrebig zum Schreibtisch und klappte den Laptop auf. Erst als der Kreis auf dem Bildschirm erschien, ließ sie einen angehaltenen Atem frei und fiel erschöpft auf den Drehstuhl. Nachdem sie realisiert hatte, dass sie immer noch ihr Handy umklammert hielt, stieß sie sich vom Boden ab, sodass sie samt Stuhl zur Steckdose neben dem Tisch rollte. Die Holzdielen gaben ein klägliches Schaben von sich. Während sie ihr Ladekabel mit dem Handy verband, warf sie immer wieder ungeduldige Blicke zu ihrem Laptop. Der Kreis hörte nicht auf, sich zu drehen.

Seufzend zwang sie sich, ihre Beine anzuheben, um die Schuhe abzustreifen. Als sie die feuchten Haare zu einem Zopf zusammenband, glitt ihr Blick zum Fenster, hinter dem die Hausdächer und der graue Himmel inzwischen von einer Regenwand verschlungen worden waren. Sie hatte es gerade noch rechtzeitig nach Hause geschafft.

»Mach schon«, murmelte sie ihrem Laptop zu, denn der Kreis unter *Willkommen, Laire* drehte sich noch immer.

Vor zwanzig Minuten hatte sie eine Antwort von *Waterstones* erhalten, aber bevor sie die Mail öffnen konnte, hatte ihr Handy den Geist aufgegeben. Das hatte ja passieren müssen.

Ein Klopfen. Geistesabwesend murmelte Laire etwas, woraufhin ihr Vater in die Wohnung geschlendert kam, mit seinem Jackett und Kragenhemd ganz im Stil eines traditionellen Englischprofessors. Er hatte diese Eigenart, seine rahmenlose Brille, die er seit seinem ersten Arbeitstag trug, sein Nasenbein hochzuschieben, wenn er Laires Unordnung sah. Wobei sich das Chaos heute in Grenzen hielt, wie sie fand. Ihre Klamotten hatte sie am Wochenende in ihr Ankleidezimmer geschoben und die leeren Cornflakes-Schachteln waren gewissenhaft zur Altpapiertonne transportiert worden.

Colin räusperte sich; als Laire ihn vor einigen Jahren zu einer Lesung begleiten durfte, hatte sie erkannt, welche immense Wirkung dieses leise Hüsteln hatte – sie selbst hatte damals den Drang verspürt, sich die Lippen zusammenzunähen und jedem seiner Worte zu folgen. Aber daheim war das etwas ganz anderes. So sehr sie sich auch bemühte (wobei sie ihre Energie schon immer gern für andere Zwecke eingesetzt hatte), es war ihr unmöglich, in ihrem Vater zu Hause dieselbe Autoritätsperson zu sehen wie auf dem Campus.

»Dad, ich bin keine Studentin«, sagte sie, um ihn auf sein Räuspern hinzuweisen.

Er interpretierte ihre Worte falsch. »Ich weiß, und das respektiere ich.« Er schloss die Tür hinter sich und faltete die Hände vor seinem Bauch. In dieser Pose konnte er stundenlang dastehen. Um genau zu sein, eine Stunde und siebenundfünfzig Minuten. Laire hatte es bei besagter Lesung gemessen. »Deine Mutter auch, soweit ich weiß«, fuhr er fort. »Warum fängst du wieder mit dieser Diskussion an? Wenn beide Seiten einer Meinung sind, Liry, bringt es nichts —«

Laire sah ihn nur an. Erst da blühte Verständnis in seiner Miene auf.

»Ich habe es schon wieder getan, oder? Ich hatte mich auch gewundert, warum du das Thema von allein ansprichst. Tut mir leid, ich bin erst seit einer halben Stunde zuhause.«

Ironisch schnipste mit den Fingern. Sie war der Überzeugung, dass nur ihr das gelang, denn wann hatte man schon einmal von jemand anderem gehört, der ein ironisches Fingerschnippen bewerkstelligte? »Das habe ich schon fast vermutet. Will Mum was?«

»Sie fragt, was das mit dem Konzert war.«

Manchmal tat ihr Colin leid; er hatte nicht die geringste Chance gegen Allisons Durchsetzungsvermögen. Allison liebte ihn, aber sie missbrauchte ihn auch oft als Boten zwischen Erd- und Dachgeschoss. Es war nicht so, dass Mutter und Tochter eine schlechte Beziehung pflegten und sie sich deswegen nur selten oben blicken ließ. Allison sah nur nicht ein, warum sie die ganzen Treppenstufen steigen sollte, wenn das ihr Ehemann genauso gut machen konnte.

Laire winkte ab. Aus dem Augenwinkel fixierte sie den sich unerbittlich drehenden Kreis auf dem Bildschirm. »Ach, ihre Eltern haben Cailin bei diesem Konzert im Museum angemeldet. Da waren wir letztes Jahr auch schon.«

»Und das ist dieses Jahr wieder?« Er wartete keine Antwort ab. »Spielst du diesmal auch vor?«

»Weiß nicht.« Sie schaute wieder auf den Bildschirm. »Vielleicht. Ich würde gern, aber ich hab viel zu tun. Arbeit und so.«

Der Schock, der sein Gesicht eine Sekunde lang zierte, erheiterte sie trotz ihrer Ungeduld. Arbeiten. Der Gedanke, dass sie mit YouTube tatsächlich Geld verdiente – und auch weiterhin vorhatte, damit ihren Lebensunterhalt zu verdienen –, war ihm immer noch fremd. Vermutlich trug es zu seiner Beruhigung bei, dass sie zusätzlich Klavierunterricht anbot. Im Gegensatz zu ihm war Allison fortschrittlicher. Sie war stolz, dass ihre Tochter etwas Eigenständiges auf die Beine gestellt hatte.

Der Kreis verschwand. Ihre Aufmerksamkeit zischte wie eine Bumerang zum Bildschirm zurück. Ihr Herz klopfte schneller, als ihr Desktop erschien und ihr die blutige Fratze eines Ungeheuers entgegengrinste.

Ein Winkel ihres Bewusstseins erinnerte sich daran, dass Colin im Raum war. Leider erinnerte sich kein Winkel ihres Bewusstseins daran, ob er etwas erwidert hatte, deshalb dachte sie sich hastig etwas aus, das er geantwortet haben könnte, und reagierte entsprechend darauf.

Sie vermutete, dass ihre Worte etwas Ähnliches wie »Ich weiß« waren – sicher konnte sie sich nicht sein, denn sie war damit beschäftigt, das Internetsymbol anzuklicken, immer wieder und wieder und wieder, denn es tat sich nichts.

Colin lachte. »Zum Glück ist meine Tochter nicht überheblich.«

Laire ließ ein zustimmendes Geräusch erklingen, als sich der Browser endlich öffnete. Mit zitternden Fingern tippte sie die Seite ihres Maildienstes ein. Da das fast schon antike Internet bei schlechtem Wetter Ewigkeiten brauchte, um zu laden, setzte sich die Seite wie ein Lego Haus zusammen. Das Logo war schon sichtbar. Als nächstes erschien das Fenster *Neue E-Mail schreiben*.

Ein Blick über die Schulter verriet ihr, dass ihr Vater ins Erdgeschoss zurückgekehrt war. In ein paar Sekunden würde sie die wichtigste Mail ihres bisherigen Lebens lesen. *Waterstones musste* ihre Anfrage einfach positiv aufgenommen haben. Sie konnte sich nicht vorstellen, dass jemand anderes als sie besser dafür geeignet gewesen wäre, ein Interview mit Lynn Stevenson zu führen. *Der* Lynn Stevenson. Die Amerikanerin befand sich im Moment auf einer Tour durch ganz Großbritannien zu Ehren ihres fünften Romans, ein erneuter Bestseller im Horrorgenre, und in zwei Wochen würde sie in Edinburgh Halt machen. Als

Laire davon gelesen hatte, hatte sie vor Freude in ihr Kissen geschrien.

Gerade, als sie voller Erwarten auf die Mail klicken wollte – in der Zeile, in der sie angezeigt wurde, konnte sie die ersten Worte lesen: *Sehr geehrte Ms. MacDiagan, wir freuen uns, Ihnen* – hörte sie etwas poltern. Es kam aus ihrem Schlafzimmer. Sie hielt kurz inne, aber als es still blieb, wandte sie sich wieder ihrem Bildschirm zu. Das wäre nicht das erste Mal gewesen, dass ein Vogel gegen ihre Fensterscheibe flog. Sie hoffte, dass es ein Wellensittich gewesen war. Sie konnte Wellensittiche nicht ausstehen.

Ihr Grinsen gefror auf ihrem Gesicht, als der Laptop von selbst die Verbindung zum Router kappte und die Internetseite einfror. Verdammt sei der schottische Regen. Aber sie ließ sich nicht aus der Ruhe bringen. Geduldig klickte sie auf *Verbindung wiederherstellen*. Geduld lag ihr zwar nicht, aber es war nie schlecht, sich in etwas, worin man nicht gut war, zu üben.

Dieses Interview würde in ihren YouTube-Kanal einschlagen wie eine Rakete voller Nilpferde auf den Mars. Angesichts des neuen Formats würde sie mehr Abonnenten anlocken, mehr Klicks erhalten, mehr Gehalt … und dann, irgendwann: Ein eigenes Haus, vollständige Unabhängigkeit. Genau wie Yesta.

Ein erneutes Poltern ließ ihr Kinn nach oben zucken. Hatte sie es sich bloß eingebildet, oder hatte tatsächlich jemand gewinselt?

Jemand war in ihrem Schlafzimmer.

Langsam erhob sie sich. Ihre Hand tastete nach dem Buch, das sie gestern auf dem Schreibtisch abgelegt hatte. Jane Austen würde ihr gewiss verzeihen, wenn sie sich mit *Emma* gegen einen potenziellen Einbrecher zur Wehr setzte. Gab es in Edinburgh überhaupt so etwas wie Einbrecher? Taten die Leute so was noch, und noch dazu am helllichten Tage? Und wenn ja – warum sollte jemand bei ihr ins Dachgeschoss einsteigen?

Sie stellte fest, dass es schwieriger war als die Bücher behaupteten, leise zu atmen, während einem das Adrenalin durch die Adern rauschte. Die Tür zum Schlafzimmer war nur angelehnt. Mit einer Hand schob sie sie einen Spalt weit auf, das Buch in der anderen zum Angriff erhoben. Von dieser Position aus konnte sie nur ihr Bett sehen, genauso ungemacht wie sie es am Morgen verlassen hatte.

Sie atmete tief durch und packte das Buch fester. Im Stillen zählte sie bis drei, bevor sie die Tür aufstieß und in den Raum sprang, bereit zuzuschlagen. Aber das Schlafzimmer war leer.

Verwundert schaute sie sich um, durchsuchte jede Ecke, vergewisserte sich sogar, dass auch niemand unter ihrem Bett lag, sich niemand im anliegenden Badezimmer versteckte. Der flauschige Teppich, der kurz hinter der Schwelle zum Schlafzimmer begann, dämpfte ihre Schritte. Doch da war niemand. Das Fenster war geschlossen, das Schloss daran heil. Keine Einbruchsspuren, und doch hatte sie etwas gehört.

In dem Moment, in dem sie ins Wohnzimmer zurückkehren wollte, fiel ihr Blick auf die Tür zum Ankleidezimmer. Es war zwar vollgestopft mit Kleidung aller Art, und der Stuhl, den sie sich eigentlich zum Anziehen von Strumpfhosen und Schuhen hingestellt hatte, war mit Unterwäsche übersät, aber es bot immer noch genug Platz für eine einzelne Person, um sich zu verstecken.

Erneut hob sie das Buch. Vorsichtig schlich sie zur Tür, die ebenfalls angelehnt war. Warum waren alle Türen in ihrer Wohnung angelehnt? Schloss Laire generell keine Türen oder war das das Werk des Einbrechers? Fieberhaft dachte sie an den Morgen zurück. Hatte sie die Tür zum Ankleidezimmer geschlossen oder nicht? Schloss sie generell Türen oder zog sie sie nur halbherzig hinter sich zu?

Die Finger um den Einband gekrümmt, schob sie die trivialen Gedanken beiseite. Sie dachte zu viel nach. Vielleicht sollte sie besser die Polizei rufen. Oder zumindest ihre Eltern. Aber was, wenn es sich doch nur um einen Vogel oder eine verirrte Katze handelte? Jemandem, der schon Muffensausen angesichts eines simplen Polterns bekam, traute man nicht zu, irgendwann allein zu leben.

Laire zwang sich, flach zu atmen, obwohl sie sich keine Chancen ausrechnete, von dem potenziellen Einbrecher noch nicht bemerkt worden zu sein. Ihr Herz schlug dafür viel zu laut.

Sie versuchte, sich selbst anzuspornen. Mach schon.

Emma hielt sie so fest umklammert, dass die Buchkanten in ihre Haut schnitten.

Jetzt oder nie.

Mit der Fußspitze stieß sie die Tür auf, sodass sie gegen die Wand krachte. »Keine Bewegung!«, schreiend, stürzte sie ins Innere, das Buch über ihrem Kopf erhoben, bereit, es auf jemanden niedersausen zu lassen.

Doch als sie niemanden entdeckte, atmete sie auf. Der potenzielle Einbrecher war wirklich potenziell gewesen. Jetzt konnte es sich nur noch um eine potenzielle Katze handeln. Oder um einen Wellensittich.

Alles war wie immer. Oberteile und Hosen lagen verstreut auf dem Boden, über dem lebensgroßen Spiegel hing noch ihre Jeansjacke vom Vortag, ein Kleiderbügel baumelte an der Stuhllehne, und die mittlere Schranktür …

Die mittlere Schranktür stand offen.

Verbissen versuchte Laire, ihre Erinnerung vom Morgen zurückzuholen. Hatte sie die Schranktür nicht aus Frust zugeschoben, weil sie ihre Bluse nicht finden konnte? Ihre Lieblingsbluse mit den weißen Rüschen und der Schnur um die Taille, die Yesta ihr zum achtzehnten Geburtstag geschenkt hatte?

»Hallo?« Ihre Stimme klang belegt. Ängstlicher, als ihr lieb war. »Ist da jemand?«

Zögernd setzte sie einen Fuß vor den anderen, bis sie nur noch drei Schritte von der offen stehenden Schranktür trennten.

Als sich die Kleider auf den Bügeln bewegten, stieß sie einen kurzen Schrei aus und riss das Buch hoch. Eine Hand schob sich durch den Stoffvorhang, und von allen möglichen Dingen winkte sie ihr zu, einmal, zweimal.

»Ja, ich«, erklang eine dumpfe Stimme.

Wie ein Schwert hielt Laire das Buch vor sich, wich zurück, bis sie an die gegenüberliegende Wand stieß. Da das Zimmer nur sehr schmal war, beruhigte sie der gewonnene Abstand nicht im Geringsten.

»Wer bist du?« Sie hoffte, dass ihre Eltern wie durch ein Wunder ihre zitternde Stimme hören konnten. »Was machst du in meinem Kleiderschrank?«

»Glaub mir, ich hatte nicht vor, dich zu erschrecken, ich brauchte nur etwas zum Anziehen.«

Soweit sie beurteilen konnte, gehörte die Stimme einem Mann. Einem Mann, der in ihr Ankleidezimmer eingebrochen war und – *und etwas zum Anziehen brauchte?*

»Keine Bewegung«, wiederholte sie, als sich die Kleider abermals regten. Sie versuchte, einen ruhigen Tonfall anzuschlagen, der überlegen klingen sollte. »Ich bin bewaffnet.«

»Bewaffnet? Aber …« Zwischen den Hemden, Blusen und Röcken erschien ein Gesicht, das aussah, als würde es jeden Tag in die Sonne blicken. Also unmöglich eines aus der Gegend. »Aber du hast doch nur ein Buch.«

Laire war so perplex, dass ihr keine passende Erwiderung einfiel. Stattdessen ließ sie *Emma* sinken – die wahrscheinlich schlechteste Idee, die sie in diesem Moment haben konnte – und starrte den jungen Mann an. »Was hast du da an? Gehört das meinem Vater?«

Er schaute an sich herab und zupfte an seinem karierten Hemd. »Das? Das lag in deinem Kleiderschrank.«

»Ich *weiß*, was in meinem Kleiderschrank liegt.«

Zusätzlich zu seinem Oberkörper tauchte nun auch noch ein Bein auf, das Anstalten machte, aus dem Schrank zu treten.

Hastig riss Laire wieder das Buch vor sich. »Stopp!«

»Ich mach doch nichts.«

Er stellte seine Bewegungen ein, was Laire die Gelegenheit bot, sein Diebesgut zu betrachten. Das Hemd und die braune Stoffhose hatte sie damals ihrem Vater stibitzt, als sie gemeinsam die Wohnung gestrichen hatten. Das änderte leider nichts an der Tatsache, dass dieser – dieser *Einbrecher* hier war. Ihr fielen dutzende einfachere Methoden ein, um Kleidung zu stehlen, anstatt bei ihr in den zweiten Stock zu klettern und sich dann entdecken zu lassen.

Sie biss die Zähne zusammen. Derselbe Winkel ihres Bewusstseins, der dafür gesorgt hatte, dass sie Colins Anwesenheit nicht vergessen hatte, ließ nun Sorge in ihr aufkommen.

Sorge darüber, dass ihre Angst verpufft zu sein schien. Anstelle davon hatte sich ein Gemisch aus purem Schock und Überforderung eingestellt – Attribute, die sich wie Plus- und Minuspol wunderbar ergänzten und Spannung durch ihre Adern fließen ließen. Spannung darauf, was es mit dem Einbrecher auf sich hatte.

Sie zwang sich, den letzten Rest Unruhe herunterzuschlucken und rational zu denken. »Wer bist du?«

»Das hast du schon gefragt.« Als er lächelte und dabei den Kopf schief legte, fielen ihm einige Strähnen seines hellbraunen Haares ins Gesicht, das er sich zur Seite gestrichen hatte. »Lass dir etwas Neues einfallen.«

Vor lauter Entrüstung klappte ihr der Mund auf. »Weißt du, ein Buch ist sehr wohl eine Waffe. Man kann sowohl darin lesen als auch jemandem damit eins überziehen.«

»Oh, du spielst auf das Wissen an. Wissen ist Macht. Wissen ist gefährlich.« Wieder dieses vertrauensvolle Lächeln, als wäre er kein Einbrecher und sie würde ihn nicht mit einem Buch bedrohen. »Genau deshalb bin ich hier. Hallo, Laire.«

»Du – du …« Sie brachte nur ein Stottern hervor. Der Einbrecher schien so vergnügt, sein Verhalten so … so vollkommen unangemessen, dass ihr Gehirn nicht wusste, wie mit der Situation umzugehen war. Vermutlich war er aus einer Heilanstalt ausgebrochen. Ja, das war es, er war definitiv gestört.

Der Einbrecher räusperte sich. Er konnte nicht viel älter sein als sie, vielleicht ein, zwei Jahre. »Ich nehme an, dir ist noch nichts eingefallen?«, wollte er wissen.

»Was sollte mir eingefallen sein?«

»Na, wie ich heiße. Ein Name. Wie lautet mein Name?«

Wieder konnte sie ihn nur anstarren. Ihn anstarren und sich fragen, ob es eine Krankheit gab, die verursachte, dass man sich für Rumpelstilzchen hielt. Wie das Peter-Pan-Syndrom. Gab es ein Rumpelstilzchen-Syndrom?

Nun war sie an der Reihe, sich zu räuspern. »Also, ich rufe jetzt die Polizei. Wenn du mir zu nahe kommst, schlage ich zu«, erklärte sie sachlich und hob warnend das Buch.

Er schüttelte den Kopf. »Laire, tu das nicht. Das wäre nicht gut, erst recht nicht für dich.«

Sie stieß ein Schnauben aus. »Die Drohung ignoriere ich. Und ich werde erst gar nicht fragen, woher du meinen Namen kennst. Ich schätze mal, Einbrecher informieren sich vorher über das Haus, in das sie einsteigen.«

Mit diesen Worten trat sie den Rückzug an, einen Fuß hinter den anderen setzend, bereit, bei der kleinsten Bewegung im Kleiderschrank loszurennen. Beim Verlassen des Ankleidezimmers stieß sie gegen den Türrahmen. Erleichtert atmete sie auf, als sie endlich draußen war und die Tür schließen konnte. Den Schlüssel drehte sie gleich zweimal um, ehe sie ihn in die Hosentasche steckte und zur Wohnungstür rannte.

Auf halbem Weg jedoch rammte sie die Füße in den Boden und starrte auf die Couch, wo ein junger Mann lag, die Beine über die Armlehne baumeln ließ und offenbar gedankenverloren in *Ein Abendessen für drei* blätterte, das vor wenigen Augenblicken noch auf ihrem Couchtisch gelegen hatte. Ihr fiel auf, dass er ein ungewöhnlich breites Gesicht hatte, aber nicht so breit, dass es unattraktiv wirkte. Im Gegenteil, der ausgeprägte Kiefer ließ ihn interessant erscheinen. Seine Augenbrauen lagen wie dunkle, leicht geschwungene Zweige über seinen Lidern; auf seiner rechten Seite fielen ihm der Seitenscheitel darüber.

Verwirrt warf Laire einen Blick über ihre Schulter, tastete nach dem Schlüssel. Die Umrisse waren durch den straffen Stoff deutlich zu spüren. »Wie – wie bist du da rausgekommen?«

»Ki«, antwortete der Einbrecher, ohne den Blick von den Seiten zu nehmen.

Sie schüttelte den Kopf. »Du bist so unverschämt. Zuerst brichst du hier ein und dann wirfst du mit sinnlosen Wörtern um dich. Wer bist du?«

Vielleicht war es die Neugierde, die nun zum ersten Mal in ihrer Stimme mitschwang, die ihn veranlasste, das Buch auf seinen Bauch zu legen und sie anzusehen. Laire konzentrierte sich auf eine Stelle auf seiner Stirn; sie konnte ihm einfach nicht in die Augen schauen. Aus irgendeinem Grund grauste es ihr davor.

»Erstens«, begann er, »bin ich nicht eingebrochen. Zweitens – ausgenommen der Tatsache, dass Ki sehr wohl ein sinnvolles Wort ist – ist Wortschatz eine Frage des Selbstbewusstseins. Und drittens musst du entscheiden.«

Abwartend taxierte sie ihn. Diese Situation war allmählich so absurd geworden, dass sie jeglichen Faktor an Bedrohung oder Gefahr für sie verloren hatte. Während sie darüber nachdachte, ging sie zum Schreibtisch und legte das Buch ab, immer darauf bedacht, ihm nicht den Rücken zu kehren.

»Wie gesagt, rufe ich jetzt die Polizei«, verkündete sie, während sie ihr Handy von der Ladebuchse nahm. »Wenn du da rumliegen willst, bitte sehr.«

Ein frustrierter Laut entfuhr ihr, als sie auf die Home-Taste drückte und nichts geschah. Sie hatte vergessen, es nach dem Anstecken zu deaktivieren, und das führte bei ihrem veralteten Modell manchmal zu einem Kurzschluss. Sie drehte sich um. Die Hände hinter sich auf der Holzplatte abgestützt, suchte sie nach etwas, das ihr in dieser Lage Halt geben konnte. In Mathematik war sie noch nie ein Ass gewesen, und in strategischem Denken schon gar nicht.

»Bevor ich allerdings die Polizei rufe«, begann sie und hoffte, dass der Eindringling nicht gemerkt hatte, wie sie das Handy frustriert von sich geschoben hatte, »werde ich dich runter zu meinen Eltern bringen.«

Seine Brauen wanderten aufeinander zu. »Willst du mich ihnen vorstellen? Das ist keine gute Idee.«

»Natürlich ist das keine gute Idee!«

»Na, warum sagst du dann sowas?«

Ungläubig schüttelte sie den Kopf. Das alles war ihr schon im Ankleidezimmer zu viel geworden, aber jetzt hatte es ein Maß erreicht, das das Ganze einfach nur lächerlich erscheinen ließ. »Was willst du überhaupt hier?« Sie versuchte, ihre Stimme ruhig zu halten. »Was wolltest du stehlen?«

»Ich wollte gar nichts stehlen!« Er seufzte. »Das habe ich doch schon mehr als einmal gesagt.«

»Aber … du bist hier!«, rief sie.

»Natürlich bin ich hier. Aber nur deinetwegen!« Auch er war lauter geworden, doch dabei schaffte er es immer noch, einen vergnügten Anschein zu bewahren.

»Wer bist du!« Es war mehr ein verzweifelter Ausruf als eine Frage. Ihr Vater musste irgendwann wieder hochkommen, um Allisons Antwort zu überbringen. Ihre Mutter hatte doch immer etwas zu erwidern!

Er sah sie an, als wäre sie diejenige, die an psychischen Problemen litt. »Wer ich bin, entscheidest du.«

»Also gut.« Resigniert drückte sich Laire vom Tisch ab und stellte sich mit verschränkten Armen vor ihn. Da er immer noch lag, musste er den Kopf in den Nacken legen. Von ihm ging keine Bedrohung aus, beruhigte sie sich. Er war nur ein bedauernswerter Betroffener des Rumpelstilzchen-Syndroms. »Also gut«, wiederholte sie, um sich selbst zu beruhigen. »Wieso bist du hier, Mr. Knightly?«

»Mr. Knightly? Mehr als nur ein Nachname ist dir nicht eingefallen? Oder ist das Mister —«

Sie unterbrach ihn. »Du wolltest einen Namen, ich habe dir einen gegeben. *Wer bist du?*«

Der Einbrecher seufzte und schloss die Augen. Als er sie wieder öffnete, wich sie hastig seinem Blick aus. Dadurch war ihr wohl entgangen, wie er sich erhoben hatte – denn anders konnte sie es sich nicht erklären, als er plötzlich nicht mehr auf der Couch lag, sondern so nahe bei ihr stand, dass sie seinen Atem auf ihrer Haut spürte und die einzelnen Härchen seiner Brauen sah. Er überragte Laire um einen halben Kopf.

In einer verspäteten Reaktion zuckte sie zurück. »Wie hast du das gemacht? Das und …« Sie zog den Schlüssel aus der Hosentasche. »Ich hatte den hier die ganze Zeit bei mir.«

»Welche Augenfarbe habe ich, Laire?«

»Was?« Sie wollte es nicht, sie wollte es wirklich nicht, aber es war die einfachste Regel der Psychologie: Jemand sagt dir, du sollst dir ein Krokodil vorstellen, und du tust es, auch wenn du es nicht tun willst. Deshalb sah sie ihm in die Augen.

Verwirrt blinzelte sie. Und blinzelte wieder. Und wieder. War das – stellte sie sich nur ungeschickt an, hatte sie etwas Falsches gefrühstückt, oder war das hier Wirklichkeit? Sie konnte sich nicht auf seine Iris konzentrieren, nicht einmal auf seine einzelnen Wimpern, geschweige denn seine Pupille. Ihr Blick huschte immer wieder darüber hinweg, weigerte sich, an dieser Stelle zu verharren.

Sie versuchte, ihren Blick zu entschärfen, auf das Ganze zu richten, was ihr jedoch nicht recht gelang. Seine Augen ähnelten einem unscharfen Bild, das sie nicht zu fassen bekam … Sie wirkten alt, verschwommen und … uralt.

»Was bist du?«, hauchte sie. Sie wollte einen Schritt zurückweichen, aber ihre Beine gehorchten ihr nicht.

Der Einbrecher – dieses *Etwas* hob seine Mundwinkel zu einem Lächeln und trat ebenfalls einen Schritt zurück. Zufrieden ließ er sich auf die Couch fallen.

»Da ist sie endlich. Die richtige Frage.« Er nahm *Ein Abendessen für drei* in die Hand und präsentierte es ihr. »Weißt du schon, was das Geheimnis des Monsters in diesem Roman ist? Es lässt sich nicht töten, zumindest nicht vollkommen. So oft Sophie ihm auch eine Gabel ins Herz rammt, es wird immer wieder neu geboren. Immer wieder reinkarniert es … und in gewisser Weise tue ich das auch.«

Er legte das Buch weg und klopfte neben sich wie zur Einladung, aber Laire dachte nicht einmal daran, der Aufforderung nachzukommen. Es schien ihn nicht zu stören, denn er verschränkte lässig die Arme hinter seinem Kopf und lehnte sich zurück. »Ich bin eine Inkarnation. Ich bin der Anfang und das Ende und wieder der Anfang. Teil eines allwissenden, unsterblichen Bewusstseins …«

Laire verschränkte die Arme, um das Zittern zu verstecken. Das, was er da von sich gab, war verrückt, aber … er hatte sich immerhin teleportiert. Aus einem verschlossenen Zimmer.

Doch ihre Zunge war stärker als ihr Verstand. »Ein Dramatiker und Verrückter, das bist du.«

Er seufzte und nahm das Buch wieder auf. Er schien einfach nicht die Finger davon lassen zu können. »Ich bin der Tod, Laire, und ich will, dass du mir endlich einen Namen gibst.«

Schweigen. Die gesamte Wohnung war still.

»Der … Tod?«, wiederholte sie. Das Lachen blieb ihr in der Kehle stecken, sodass nur ein ersticktes Geräusch entwich. Wie hatte er sich aus dem Ankleidezimmer befreien können? Wie hatte er es geschafft, so schnell von der Couch aufzuspringen? Und diese Augen … diese unheimlichen Augen.

»Der Tod«, sagte sie noch einmal, diesmal mit festerer Stimme. Nach Fassung ringend, ließ sie sich langsam auf der Armstütze nieder, mit so viel Abstand zu ihm wie möglich. »Also … sterbe ich jetzt?«

»Nein.« Besorgt musterte er sie. »Nein, nein, nein. Ich bin hier, damit du meine Gefährtin wirst.«

»Gefährtin?«

»Ein Gefährte ist jemand, der zum Botschafter ausgebildet wird. Warte, lass mich ausreden – ein Botschafter ist jemand, der die Lehren des Todes vermittelt bekommen hat und das Wissen darüber an andere Menschen weitergibt. Ein Lebenswerk.«

Da Laire ihn nur mit großen Augen anstarren konnte, erhob er sich. Mit langsamen Bewegungen, als befürchtete er, er könne sie verschrecken, ging er vor ihr in die Hocke. Zu ihrem eigenen Erstaunen ließ sie ihn gewähren, als er behutsam ihre Hand in die seine legte.

»Was ist? Was stört dich? Warum bist du so still?«

Zittrig atmete sie aus. Ihre Stille hatte alle möglichen Gründe, aber den einzigen, den sie ihm nennen konnte, ohne Angst zu haben, sich selbst als verrückt bezeichnen zu müssen, war: »Deine Augen. Ich kann dir nicht in die Augen sehen. Was ist damit?«

Daraufhin schmunzelte er. »Ihr Menschen mit eurem Bedürfnis, anderen in die Augen zu sehen. Was ist deine Lieblingsfarbe?«

Sie zögerte, den Kopf wieder auf den Punkt auf seiner Stirn gerichtet. »Beige.«

Er schloss für einen Moment die Augen, und als er sie wieder öffnete, huschte ihr Blick ungehindert dorthin. Der Ring um seine Pupille hatte einen bräunlichen Weißton angenommen.

Ehrfurchtsvoll betrachtete sie die Veränderung. »Wie hast du das gemacht?«

»Ki. Du konntest mir nicht in die Augen blicken, weil ich an diesen Stellen noch keine Hülle hatte. Die Augen sind das Wichtigste und deshalb auch das Schwierigste am ganzen Körper. An deren Stelle war meine pure Seele zu sehen. Etwas, das dein Gehirn nicht verarbeiten kann.«

Sie wusste, was gut für sie war, deshalb bemühte sie sich, den Teil seiner Worte, den sie nicht verstanden hatte, zu ignorieren. »Du kannst also deine Augenfarbe ändern?«

»Mein gesamtes Aussehen.«

Ohne es zu wollen, musste sie lächeln. »Rot.«

Er blinzelte, und im nächsten Moment ähnelten seine Iriden denen von Vampiren.

»Fliederfarben. Lilablassblau. Grau.«

Nachdem er ihren letzten Wunsch erfüllt hatte, ließ er ihre Hände los und setzte sich ihr gegenüber auf den Couchtisch. »Du bist ein sonderbares Mädchen, Laire.«

»Ach?« Laire war in Gedanken nicht voll und ganz bei seinen Worten. Jetzt, wo sie es konnte, vermochte sie gar nicht mehr, den Blick von seinen Augen fortzureißen. Sie musterte ihn mit gemischten Gefühlen. Zweifel darüber, ob sich das Ganze in der Realität abspielte. Unglaube, wen sie da vor sich haben sollte. Es war ein ganz normaler junger Mann, der da vor ihr saß, nichts anderes. Schon gar nicht so ein unbekanntes und unglaubliches Wesen wie der Tod.

»Willst du gar nicht wissen, wieso du sonderbar bist?«

»Wieso?«

»Weil du ganz ruhig bist.«

»Soll ich etwas mehr zappeln?«

Der – Tod schüttelte den Kopf. »Ich habe dir gerade eröffnet, was ich bin und was du bist, und alles, was du tust, ist, die Farbe meiner Augen zu verändern. Andere Gefährten haben mich angeschrien oder sind weggerannt oder in Ohnmacht gefallen.«

Sie senkte den Blick, weil ihr auf einmal bewusst wurde, dass es ihm unangenehm sein könnte, die ganz Zeit von ihr angestarrt zu werden. »Wenn ich mich nicht damit ablenken würde, würde ich ausflippen. Ich würde denken, dass ich verrückt geworden bin.«

»Oh.« Er legte den Kopf schief. »Und wann wirst du nicht mehr denken, dass du verrückt geworden bist?«

»Ich weiß nicht. Wenn ich geschlafen habe?«

»Soll ich morgen wiederkommen?«

Sie stellte sich vor, wie das wäre. Wenn sie morgen früh ihren winzigen Couchtisch decken, Porridge und Früchte für sie beide servieren, und mit ihm über die letzte Leiche plaudern würde, die er hinterlassen hatte.

»Du könntest mir einen Brief schreiben«, dachte sie laut. Alles ließ sich einfacher glauben, wenn man es las.

»Wenn es hilft.«

Irritiert schaute sie auf und begegnete seinem Blick. So offen, so voller Vertrauen und Ehrlichkeit … als würden sie einander schon ein Leben lang kennen, dabei war es gerade einmal eine Viertelstunde.

»Nein, das war … das war nur so daher gesagt. Du musst nicht alles ernst nehmen, was ich sage. Witze nimmt man ja auch nicht ernst.«

»Was?« Er kniff die Augen zusammen. »Wenn ich mich richtig erinnere, versteht man unter einem Witz so etwas wie …« Er überlegte kurz. »Was ist braun und kann fliegen?«

Sie schüttelte den Kopf. »Ich kann dir wirklich nicht folgen.«

»Ich dir auch nicht.« Da, wieder, dieses Lächeln. »Deswegen denke ich, dass unsere gemeinsame Zeit sehr spannend wird.«

Am Abend lag Laire in ihrem Bett und starrte an die Decke. Durch die Schlitze der Jalousien sickerte Laternenlicht und bildete Muster auf ihrer Bettdecke, aber mehr Lichtquellen gab es nicht. Als ihr Laptop ein Piepsen von sich gab, beugte sie sich über die Bettkante und zog das Ladekabel aus der Steckdose. Dann kehrte sie zur Bettmitte zurück und kuschelte sich in ihre Kissen.

Nachdem sie den Tod aus ihrer Wohnung geschickt hatte (und er sich in Luft aufgelöst hatte, anstatt die Tür zu nehmen), hatte sie den Tag in einer Art Trance verbracht. Nicht einmal die E-Mail zu lesen, hatte sie fertiggebracht, stattdessen hatte sie den Kopf in ein Buch gesteckt und versucht, sich auf die Buchstaben zu konzentrieren. Zwischendurch war sie in den ersten Stock zum Klavierzimmer gewandert, wo sie die Lieder für den nächsten Tag vorbereitet hatte. Am Abend hatte sie keinen Hunger verspürt und so statt Essen *Netflix* konsumiert. Zum Glück hatte das Internet wieder funktioniert. Irgendwann hatte eine ihrer Katzen an die Wohnungstür gekratzt und war seitdem nicht mehr von ihrer Seite gewichen. Im Moment kuschelte sie sich schnurrend an Laires Hüfte.

Laire war nicht besonders gut darin, die drei Katzen voneinander zu unterscheiden. Eine war rot-orange und die anderen zwei schwarz. Sie ging davon aus, dass diejenige auf ihrer Decke Zwölf war.

Als sie *Emma* gelesen hatte, hatte sie nicht wie sonst bei Jane Austens Schreibstil lachen müssen. Als sie Klavier gespielt hatte, hatte sie keine zwei Takte fehlerlos aneinanderreihen können. Etwas stimmte nicht, etwas war durcheinandergeraten. Vielleicht war es ihr Kleiderschrank, vielleicht auch ihr Weltbild. Sie hatte sich nie viele Gedanken über den Tod gemacht, aber ebenso wenig hatte sie … so etwas erwartet.

Was tat er wohl gerade? Lag er auch in einem Bett und dachte an sie? Oder war er unterwegs und – tötete Menschen? War es sein Beruf? Seine Freizeit? Sein Leben? All diese Dinge hatte sie ihn fragen wollen, doch hatte es aus Selbstschutz nicht getan. Stattdessen hatte sie ihn weggeschickt, um nicht an ihrem gesunden Verstand zweifeln zu müssen.

Laire wälzte sich auf die andere Seite, hin zum Fenster, sodass sich das Laternenlicht in ihre Augen brannte und bunte Flecken auf ihren Lidern hinterließ. Alles, was sie wusste, war, dass der Tod sie unterrichten wollte, und dass er dazu eine Art Hülle um sich gelegt hatte. Wie hatte er sie noch gleich genannt? Eine Gefährtin?

Sie mochte es nicht, Dinge verstehen zu müssen. Hatte es schon in der Schule nicht ausstehen können, denn das implizierte jedes Mal, dass sie sich vorher die richtigen Fragen überlegen musste. Und darin war sie nicht gut. Schon gar nicht, wenn es um dieses … spezielle Thema ging.

Wenigstens hatte sie endlich einen Namen für ihn gefunden, einen richtigen diesmal, nicht den des Helden aus *Emma*. Von diesem Gedanken aus ihren Sorgen gerissen, schlief sie endlich ein.

2. Kapitel
Die Drecksarbeit eines Botschafters

Sein Tag war die Hölle gewesen.

Er hatte verheißungsvoll begonnen. Am Vorabend hatte Taylor endlich Fenlis Buch lesen können. Er hatte es vor mehreren Monaten im Londoner Archiv gefunden, weil er nach Hinweisen auf den Tod gesucht hatte. Es enthielt fremde Zeichen, die weder Hebräisch noch Arabisch noch Hindi waren, deshalb hatte er systematisch die Zeilen erforscht, bis er gestern das Alphabet geknackt hatte.

Das Buch war alt und aus einem Material, das Stoff ähnelte, aber viel robuster war. Nichts, was ihm bisher begegnet war. Auf dem Einband stand ein einziges Wort geschrieben, das aus drei Zeichen bestand: Fenli.

Zu Beginn beschrieb Fenli, wie man Wächter herbeirufen und sie dazu bringen konnte, Aufträge auszuführen. Nachdem er sich von Mitternacht bis Nachmittag damit beschäftigt hatte, hatte er das Ritual ausgeführt. Für etwas derart Immenses war es lächerlich banal gewesen. Eine Astralreise hatte ihn zu dem von Fenli beschriebenen Punkt im Universum geführt (ein Punkt, der inmitten von Planeten lag, aber auf keiner Planetenoberfläche, wovon es dort draußen, nun, *unzählige* gibt). Dann hatte er die Worte in der, Zitat, »Ursprache des Universums« ausgesprochen, die Fenli aufgezeichnet hatte. Der Teufel wusste, woher Fenli diese Worte bekommen hatte. Der Teufel wusste, wer dieser Fenli überhaupt gewesen war.

Die Wächter waren erschienen. Zwei Stück. Sie hatten ihn stumm angestarrt, und als Taylor den Auftrag in sorgfältiger Formulierung dargelegt hatte, waren sie verschwunden.

Und seitdem nicht wiedergekommen.

Von Wesen, die schon vor der Existenz des Universums gegenwärtig gewesen waren, hatte er sich mehr erhofft. Das einzige, was er tun konnte, war, zu warten, und er tat das schon so lange, in den unterschiedlichsten Formen, doch immer mit derselben Intention …

Kurz gesagt, sein Tag war die Hölle gewesen.

Die ovalen Tabletten in seiner Hand sahen so unschuldig aus, wie Tränen aus weißem Eis. Nur zwei Stück davon in seinem Magen, und er würde die Nacht wie ein Toter verbringen. Keine Alpträume, keine Astralreisen, keine Erinnerungen. Für ein paar Stunden wäre er ein lebendiger Toter, im seligen Zustand des Vergessens.

Für einige Herzschläge verharrte er in dieser Position, ehe er die Tabletten mit einem Seufzen zurück in die Dose fallen ließ und sie sorgsam verschraubt ins oberste Fach des Badezimmerschranks stellte. Es hatte einmal eine Zeit gegeben, in der er für seinen medizinischen Vorrat ein extra Schränkchen benutzt hatte, um nach dem Aufstehen beim Zähneputzen nicht auf dumme Gedanken zu kommen. Denn die halbe, manchmal sogar ganze Stunde nach dem Aufwachen und aus-dem-Bett-Kriechen … in dieser Zeit war er noch gefangen in den Alpträumen der Nacht und dementsprechend vor Hoffnungslosigkeit ausgehungert. Mehr als einmal hatte er sich dabei erwischt, wie er mit dem Gedanken spielte … mit Schlaftabletten klappte es natürlich nicht, aber doppelt so viel Aspirin wie vorgeschrieben, einen Schluck Bourbon und runter damit …

Er schloss die Augen, nahm einen tiefen Atemzug. Schluss, befahl er sich. Fang nicht wieder damit an. Sanjena braucht dich.

Außerdem würde ein Selbstmord nicht zum Ziel führen.

Ein Blick in den Spiegel zeigte ihm einmal mehr seine tiefen Augenringe und die Blässe seiner Haut. Als Layla das letzte Mal zu Besuch gewesen war, hatte sie ihn dazu gedrängt, endlich wegen seiner Schlafstörungen zum Arzt zu gehen. Doch er brauchte keinen Arzt. Er wusste genau, was er brauchte.

Taylor gab sich einen Ruck und kehrte in sein Schlafzimmer zurück, schloss die Fenster und sperrte somit den Lärm der Londoner Aprilnacht aus. Die bunten Lichter, die sich auf der Außenscheibe spiegelten, blockierte er nicht mit Vorhängen oder Rollläden; er mochte es, wenn er beim Einschlafen dem Treiben zuschauen konnte.

Seine Matratze war viel zu hart, um als bequem bezeichnet zu werden, und auch wenn er das Geld dafür gehabt hätte, kaufte er sich keine neue. Je ungemütlicher die Matratze, desto kürzer der Schlaf, desto länger der Tag.

Als er sah, dass es schon Mitternacht war, wusste er, dass Sanjena ihm seine Verspätung vorhalten würde. In Indien kam die Nacht früher, fünf Stunden früher, wenn er sich recht erinnerte. Deshalb musste sie länger auf ihn warten und ihn eher verlassen, denn sie hatte ihm von Anfang an verklickert, dass sie den Vormittag nicht zu ihrer neuen Schlafenszeit erküren würde. Taylors Uhr zeigte kurz nach Mitternacht an. Bei Sanjena würde in Kürze die Sonne aufgehen.

Wäre Taylor ein anderer gewesen, hätte er sich für sie geändert, aber er konnte und wollte nicht. Er wünschte, Sanjena hätte einen anderen Partner bekommen, einen, der besser zu ihr passte, aber so war nun mal das Leben. Voller unerfüllter Möglichkeiten. Glücklicherweise war sie ein Mensch, dem das schnelle Vergeben in der Natur lag.

Wie in ein dampfendes Bad tauchte Taylor in die Stille seiner Wohnung ein und ließ sich von der ruhigen Atmosphäre in den Schlaf ziehen. Während sein Körper einschlief, musste Taylor den Reiz unterdrücken, mit seinen Fingern zu zucken oder seine Nase zu rümpfen, um das Kribbeln zu vertreiben, das sich in ihm ausbreitete. Sobald nur noch sein Verstand wach war, streifte er das unangenehme Gefühl ab und stieg aus dem Bett, seine schlafende Hülle hinter sich zurücklassend.

Sein Astralkörper verdichtete sich zu einem Abbild seines materiellen Körpers, mitsamt der Klamotten, die er im Alltag trug: Zerrissene Jeans, graues Shirt, abgenutzte Schuhe, dunkle Lederjacke – alles Dinge, die er sich mit der geborgten Kreditkarte seiner Mutter gekauft hatte. Fühlte er sich deswegen schlecht? Nein. Im Gegensatz zu ihm besaß Britney Jackson (ja, *die* Britney Jackson) genug Kreditkarten. Er fühlte sich nur schlecht, dass er zu faul war, um sich nach demselben Shirt in Schwarz umzusehen. Dafür war ihm das Einkaufszentrum zu riesig, und das Internet hielt zu viele Abgründe bereit, die seine Zeit verschlingen würden.

Die Astralwelt war vergleichbar mit der Realität und gleichzeitig um Dimensionen verschiedener. Auf den ersten Blick mochte sie wie eine 1:1 Kopie von der Erde erscheinen, aber auf den zweiten Blick stellte man fest, dass sie über eine viel größere Fläche verfügte; plötzlich tauchte man an Orten auf, die nicht auf der Erde existierten. Grace hatte ihm einmal erklärt, dass das an der dimensionalen Universalverschiebung lag; mit anderen Worten, an einigen Stellen gab es eine Art Wurmlöcher, die Orte völlig anderer Stellen im Universum in die Astralebene der Erde einfügten. Kompliziert anzuhören, aber sobald es einem selbst einmal passiert war, leicht zu verstehen.

Eine wichtige Sache hatte es noch mit der Astralwelt auf sich: Man konnte sie nur betreten, wenn man schlief, und im Gegensatz zu einem Reich der Träume, von dem die Bücher berichteten, sah sie für alle Wesen gleich aus, denn sie bestand nicht aus Träumen.

Sie war so real wie alles andere im Universum.

Als er im obersten Stock des Louvre eintraf, den Sanjena und er als Treffpunkt vereinbart hatten, war sie noch nicht da. Dass sie sich tatsächlich verspätete, zog er erst als Möglichkeit heran, als er den gesamten Stock zweimal durchsucht hatte. Verspätungen passten nicht zu ihr, aber sie konnte weder schon gegangen sein noch den Weg nach Paris nicht gefunden haben. Mithilfe des Kis konnte sich jeder Botschafter innerhalb eines Wimpernschlags überallhin befördern. Hinzu kam, dass das Ki in der Astralwelt um das Tausendfache verstärkt war; theoretisch betrachtet, träumte man schließlich, und dabei stieß Vorstellungskraft an keine Grenzen.

Und nein, er sprach nicht von KI. Das war etwas Technologisches, das hiermit nichts zu tun hatte. Ki glich Magie.

Taylor nahm in einem Raum mit expressionistischen Bildern Platz und streckte seine langen Beine aus. Sein Astralkörper schimmerte leicht durch den Stoff. Es gab eine Sache, die Taylor an dem Botschaftersein schätzte: Die Freiheit, überallhin zu kommen, wo man hinwollte und normalerweise keine Möglichkeit hatte, hinzukommen. Zumindest nicht auf die Schnelle. Das Louvre, der Mount Everest oder der Vatikan – die Astralwelt öffnete ihm alle Pforten. Nicht, dass er die Zeit gehabt hätte, alles zu erkunden. In der Nacht warteten Aufträge auf ihn in Form von Visionen, von denen er immer noch nicht wusste, wer sie schickte.

Sanjena vermutete, dass der Tod sie brachte. Das war natürlich die naheliegendste Lösung. Doch seit dem Tag, an dem er zum Gefährten geworden war, hatte Taylor so viel gesehen und erlebt und er konnte sich nicht vorstellen, dass der Tod das einzige unsterbliche, allmächtige Wesen im Universum war. Oder dass nur ein Universum existierte. Soviel er wusste, war alles möglich.

Als plötzlich eine Stimme durch den Raum hallte, zuckte er zusammen (was er später nur nach langem Zögern zugab).

»Taylor!« Sie klang atemlos.

Technisch gesehen spielten in der Astralwelt naturwissenschaftliche Faktoren wie Sauerstoff keine Rolle, aber das menschliche Bewusstsein übernahm vieles, auch wenn es in einem Astralkörper steckte.

Taylor wartete, und nach einigen Sekunden materialisierte sich eine junge Frau. Sie wankte ein wenig und griff haltsuchend an die Wand neben sich. Unglücklicherweise befand sich genau an der Stelle ein zig Jahre altes Bild, das dadurch leicht ins Wanken geriet. Belustigt sah er zu, wie sie erschrocken die Hand zurückzog, als hätte sie ein Baby ins Feuer geschubst, und mit einer tiefen Sorgenfalte so lange den Rahmen festhielt, bis sich nichts mehr regte.

Theoretisch hätte sie kein Bild aus dem Louvre beinahe von der Wand gerissen. Ein Bild zwar, aber nicht dasjenige, das asiatische Touristen tagsüber mit iPads fotografierten. Soweit Taylor sich diesen Überlegungen hingegeben hatte, war das in der Astralwelt *irgendein* Bild, das dem aus dem Louvre nur unwahrscheinlich ähnlich sah und rein zufällig genau an derselben Stelle hing. Es war ein Abbild, aber nicht das Original. Alles in der Astralwelt war nur ein Abbild, ein Abbild aus Energie. Zu Beginn seiner Lehre hatte ihn dieses Rätsel mehr beschäftigt als es das heute tat. Durch Experimente hatte er herausgefunden, dass er seine Gitarre in der Astralwelt zerlegen oder in ein vollkommen neues Objekt umbauen konnte – doch in der Welt der Materie blieb das Originalstück unbeeindruckt davon.

Sanjena war kein Zwerg, aber auch kein Riese, ein wenig mollig und hatte den typischen Braunton des indischen Volkes. Ihre dicken Haare schimmerten im blauen Astrallicht mehr, als es seine eigenen, staubig wirkenden Haare taten. Wenn sie sie nicht immer zu einem unordentlichen Zopf zurückbinden und den rosafarbenen Wollpullover gegen ein ordentliches Shirt eintauschen würde, könnte sie sogar in Taylors bevorzugte Kategorie von Mädchen fallen.

Wie dem auch sei. Er war weder Modestilist noch allwissend noch interessierte es ihn, was Sanjena trug. Seit zehn Monaten arbeitete er nun schon mit ihr zusammen, und er musste zugeben, dass sie eine der wenigen Personen war, die er wirklich gern um sich hatte. Natürlich würde er das ihr gegenüber niemals offen aussprechen.

Als er sie sah, erhob er sich. Da ihm nicht nach lächeln war, versuchte er, zumindest seinen Ton freundlich zu gestalten. »War es Absicht, dass deine Stimme vor dir angekommen ist?«

Sanjena verfügte über eine großartige Vorstellungskraft, die sie in der Astralwelt weit brachte, aber manchmal schienen sich ihre Gedanken ineinander zu verheddern und dann geschahen seltsame Dinge. Dass ihr Körper erst nach ihrer Stimme erschien, war eines der normalsten. Wirklich seltsam wurde es dann, wenn ihre ganze Haut von winzigem Flaum überzogen wurde, obwohl sie ein Flügelpaar aus ihrem Rücken hatte wachsen lassen wollen. Allerdings hatte Taylor schnell wieder aufgehört, sie »Hühnchen« zu nennen, nachdem er vor lauter Lachen vom Himmel gefallen und durch ein Hausdach gekracht war (das in der materiellen Welt natürlich heil geblieben war). Denn ab da hatte Sanjena auch eine Menge Spitznamen im Repertoire und war bereit, es ihm mit gleicher Münze heimzuzahlen.

Nun strich sie sich einzelne Haare zurück, die sich aus ihrer Frisur gelöst hatten, und sorgte für einen sicheren Abstand zu der Wand voller Gemälde. »Ist es bei einem Gewitter nicht genauso? Ton vor Bild?«, fragte sie. Wieder eine Geste durch ihre Haare. »Nein, warte, da kommt zuerst der Blitz und dann der Donner. Entschuldigung, ich bin noch etwas durcheinander. Deswegen bin ich auch so spät! Ich hoffe, du musstest nicht lange warten.«

Jetzt setzte er doch ein schiefes Grinsen auf, die Hände in die Taschen seine Lederjacke vergraben. »Ich konnte mir die Zeit schon vertreiben ...«

»*Achha*«, sagte sie eines ihrer indischen Wörter, von denen er keines verstand.

Mit dem Heben ihrer Mundwinkel kehrte die vertraute Ruhe bei ihr ein, die Taylor so an ihr schätzte. Er kannte keinen anderen Menschen, der in der Lage war, innerlich als auch äußerlich so ruhig zu sein, dass sich Mitmenschen daran ansteckten. Deshalb fühlte sich Taylor in ihrer Nähe sehr wohl, fast so wohl wie in der Gesellschaft seiner Gitarre.

»Ich glaube, Suri ist gestern krank geworden«, fuhr Sanjena fort. »Sie ist ja erst eineinhalb ... ich hasse es, dich mit Familienproblemen zu nerven, tut mir leid. Sie ist mitten in der Nacht aufgewacht und hat bis gerade eben wie am Stock geschrien.«

Taylor verzichtete darauf, ihre Wortwahl zu verbessern. Er war ohnehin der einzige, der ihr Englisch zu hören bekam, davon ging er zumindest aus. In ihrer Familie wurde überwiegend Hindi gesprochen, auch wenn sie Suri im Alltag mit englischen Vokabeln fütterten.

Stattdessen erhob er sich und nahm ihre bereits ausgestreckten Hände. Ihr fiel der Gedankentransit leichter, wenn sie dabei den Empfänger berührte; ihre kreative Stärke lag im Physischen, im Zeichnen und Formen, während Taylor viel besser mit der mentalen Seite der Kreativität zurechtkam. Dennoch war Sanjena diejenige, die die Visionen erhielt.

Rasch zeigte sie ihm die Bilderfetzen, die ihr im Halbschlaf zugesandt worden waren; Bilder, die viel mehr zeigten als nur irgendwelche Szenen, sondern mit denen Gefühle verbunden waren, Geschmäcker, und sich so eine Geschichte in Taylors Kopf abspielte: Eine Frau, die sich an ihr früheres Leben und ihre Familie davon erinnerte und nun Kontakt zu ihnen herstellen wollte. Taylor sah das nächste Bild und verbesserte sich: Nein, die schon Kontakt hergestellt hatte.

»Erinnerungsfeld?«, vermutete er, und als Sanjena zustimmte, packte er ihre Hände fester.

Zusammen teleportierten sie nach Fowey, einem Dorf an der Küste Cornwalls, das ihnen in der Vision vermittelt worden war. Sie befanden sich auf einer Straße am Rand der Ortschaft, wo unmittelbar die Äcker begannen und in einiger Entfernung mit dem Wald verschmolzen.

Sanjena nickte zu dem Haus, das ihnen am nächsten lag. Auch ohne den Hinweis hätte er es als das Haus aus der Vision identifiziert, und das lag nicht nur an dem ungewöhnlich spitzen Dach. Vier Wächter standen in stiller Eintracht vor dem Gartenzaun und starrten den Botschaftern entgegen; die dunkle Materie, aus der sie bestanden, hatten unter ihren *Unterteilen* (bei einem Menschen hätte er sie als Füße bezeichnet, aber die Wächter hatten keine so detailreiche Form) bereits Lachen gebildet, die jegliches Licht verschluckten, das darauffiel. Solange er die Wächter kannte, hatten sie noch nie etwas gesagt oder etwas anderes getan als Taylor auf unheimliche Weise anzustarren.

Dass sie hier waren, war nichts Ungewöhnliches; meistens waren sie es, die zurate gerufen wurden, wenn das Leben eines Wesens nicht nach Plan verlief. Botschafter wurden erst herbeizitiert, wenn feststand, dass die Ursache des Chaos nicht im Lebensplan an sich lag.

Er wusste nicht, ob es an ihm lag oder ob es Sanjena auch so ging, aber in dieser Nacht strahlten die Wächter neben der gruseligen Aura etwas Neues aus. Etwas, das sich tief in seine Eingeweide grub (die theoretisch betrachtet dreihundert Kilometer entfernt in einem Londoner Apartment ruhten) und das Gefühl von Falschheit hinterließ. Etwas stimmte in dieser Nacht nicht mit den Wächtern, aber er konnte es nicht beim Namen nennen.

Deshalb nickte er ihnen nur wie gewohnt zu, und wie gewohnt lösten sie sich daraufhin in Luft auf und ließen nur die schwarzen, glanzlosen Lachen zurück.

Vermutlich war Sanjena darüber genauso froh wie er. Die Wächter waren keine bösen Gestalten, sie waren nur … anders. Und das flößte ihm Unbehagen ein.

Taylor begleitete sie zur Haustür. Über der Klingel prangte der Familienname: *Day*. Das Haus war ein für England typisches Backsteinhaus, das den Anschein machte, schon seit Jahrzehnten dort zu stehen und dennoch nicht zu altern. Für einen Moment musste er an seine Mutter denken. Sie würde sich niemals dazu herablassen, in ein derart traditionelles Haus zu ziehen. Sie war damit zufrieden, mit Taylors Vater in einer hochgeschossenen Villa irgendwo vor London zu leben. Taylor erinnerte sich nicht mehr an die genaue Adresse, dafür besuchte er sie zu selten.

Zusammen betraten sie das Haus. Da es sich trotz all der Abbild-Original-Geschichte immer noch um eine verschlossene Tür handelte, verdampften ihre Astralkörper zu Nebel und waberten zwischen den Ritzen ins Innere. Der Flur, der sie empfing, wäre in der materiellen Welt von Schatten erfüllt gewesen, doch die fluoreszierende Astralluft ließ keine Dunkelheit zu.

Jedoch interessierten ihn die schalen Möbel und der abgetretene Teppich wenig, deshalb folgte er Sanjena die enge Treppe hinauf, ohne viel Aufmerksamkeit auf seine Umgebung zu verschwenden.

Auf dem oberen Treppenabsatz materialisierten sie sich in stummer Eintracht wieder, doch Sanjena blieb so unvermittelt stehen, dass er beinahe gegen sie gestolpert wäre.

»Was ist?«, fragte er, als er ihre erhobenen Augenbrauen sah.

»Du hast doch hoffentlich nicht vor, mit ins Schlafzimmer von Miss Day zu kommen?«, erkundigte sie sich im Tonfall einer altenglischen Gouvernante.

Taylor verkniff sich ein Stöhnen. »Ich habe wenig Interesse, die Situation ausnutzen«, erwiderte er. »Mein Gott, das letzte Mal hast du auch nichts gesagt.«

»Ja, aber das letzte Mal war in einem Krankenhaus gewesen, am Bett einer Toten.« Sie schüttelte den Kopf. »*Saale*! Warte einfach hier, bis ich wiederkomme, ja?«

Zwar brummte Taylor etwas Unverständliches, lehnte sich jedoch gegen das Geländer, das daraufhin bedenklich knarrte, und beobachtete, wie Sanjena durch die Tür gegenüber der Treppe verschwand. Er musste eine Weile warten, in der er den Traumfänger musterte, der an der Wand hing, aber schließlich drangen die ersten Gedankenbilder in sein Bewusstsein ein. Ungeduldig griff er nach ihnen, den Klang von Sanjenas Stimme in seinem Geist.

Theoretisch gesehen war es keine Stimme, die er hörte, sondern nur ein Gedanke, den er sah. Die Gedankennachrichten, ebenso wie die Visionen, waren in einer Bildersprache verfasst, die jedes Lebewesen verstand. Jeder Gedanke trug einen Klang mit sich, einen Geschmack, ein Gefühl, woran man die Person erkannte, von dem er stammte. Genau wie eine Stimme.

Und nun war es Sanjenas Stimme, die zu ihm sprach, während sie ein Zimmer entfernt in das Erinnerungsfeld von Miss Day eindrang.

Sie heißt Charlotte Day. Vor acht Jahren hat sie das erste Mal von einem anderen Leben geträumt, von einer Frau namens Jenny O'Conor. Je öfter sie von ihr träumte, desto mehr hat sie sich mit ihr identifiziert. Ich glaube, sie hat sich sogar an Dinge erinnert, die ihr die Träume gar nicht erzählt haben. Seitdem hat sie hunderte von Büchern gelesen, Esoterik und Spirituelles … Sie hat sogar in den Archiven nach Jenny recherchiert. Es hat nicht lange gedauert, bis sie etwas gefunden hat, Aufzeichnungen von Jenny O'Conor. Als die sich auch noch mit vielen ihrer neuen Erinnerungen gedeckt haben, hat Charlotte noch intensiver gesucht.

Bevor die nächsten Bilder ankommen konnten, schickte er eines zurück. *Wonach?*

Keine Ahnung. Einfach nach Beweisen, dass sie nicht verrückt ist.

Also wirklich Chaos im Erinnerungsfeld. Aber weißt du, was mich daran stört? Dass der Schleier nicht intakt ist, riechen die Wächter doch gegen den Wind. Zu so einem Extremfall würden sie nicht kommen; man würde gleich uns schicken.

Taylor, ich kann mich gerade wirklich nicht mit deinen Sorgen beschäftigen, entgegnete Sanjena. Eine Weile blieb es still, ehe sie fortfuhr. Ihre Bilder hatten an Intensität verloren, als hätte sie ihre Stimme gesenkt. *Charlotte hat sich nicht nur an Fakten erinnert, Taylor. Sie hat sich auch an Jennys Gefühle erinnert.*

Was heißt das?, hakte er nach.

Das heißt, dass sie Jennys Kinder liebt. Sie sind zwar mittlerweile erwachsen, aber sie liebt sie, als wären es ihre eigenen.

Von Sanjenas Bekümmerung blieb Taylor unbeeindruckt. *Wenn ich eines von den Kindern wäre, würde ich diese Charlotte Day für eine durchgeknallte Esoterikerin halten, die zu viel Gläserrücken gespielt hat.*

Ja. Sie haben ihr auch nicht geglaubt.

Taylor verkniff sich ein Kommentar dazu.

Aber – ihr Ton hellte sich merklich auf – *aber sie denken, dass Jenny durch Charlotte aus dem Jenseits zu ihnen spricht.*

Das ist ja schön für sie, meinte er sarkastisch. *Warum machen wir uns dann überhaupt die Mühe?*

Es war keine Frage, und das wusste Sanjena. Doch sie war auch niemand, der eine Chance, so klein sie auch war, ungenutzt ließ.

Was wäre denn so schlimm daran, wenn wir Charlotte die Erinnerungen lassen?, wollte sie wissen. *Beide Seiten, die Kinder und sie selbst, wären zufrieden damit. Und –*

Sanjena. Das Bild, das er ihr schickte, hatte etwas Hartes an sich, etwas Mahnendes. Er versuchte auch gar nicht, diese Härte aus den folgenden Bildern zu nehmen. *Stell dich nicht so an. Trenn das Metafeld wieder vom Bewusstsein, damit wir endlich fertig werden.*

Sie schwieg. Dann: Achha. *Einen Moment.*

Während sie am Erinnerungsfeld hantierte, schloss er die Augen und lehnte seinen Kopf an die Wand zurück. Als Sanjena in der Schlafzimmertür erschien, glänzten Tränen in ihren Augen. Auch in dieser Hinsicht war sie etwas Einzigartiges, denn Astralkörper produzierten keine Tränen. Das hatte allein ihr Ki getan, und Taylor glaubte nicht, dass Sanjena etwas dazu beigetragen hatte. Ihre Gedanken waren ihrem Bewusstsein vorausgeeilt, wie sie es so oft taten.

Ohne ein Wort zu wechseln, lösten sie sich beide in Nebel auf und verließen das Haus auf dieselbe Art, wie sie es betreten hatten.

Auf ihre Tränen sprach Taylor sie nicht an. Aus eigener Erfahrung wusste er, dass eine Berührung mit dem Metafeld manchmal unerwartete Emotionen wecken konnte. All die Erinnerungen aus vergangenen Leben, auch wenn es nicht die eigenen waren … in gewisser Weise waren sie es nämlich doch. Sie gehörten dem Universum an, und man selbst war auch ein Teil des Universums. Es verband alles, und so empfand man bei der Berührung des Metafeldes Dinge, die einem fremd und vertraut zugleich waren.

Grace hatte ihm damals gezeigt, wie man mit diesem unbekannten Gefühl fertig wurde. Es war eine der natürlichsten Einstellungen der Menschheit: Auf sich wirken lassen, es beobachten, und sich dann davon lösen.

Es dauerte noch eine ganze Weile, ehe sie sich wieder materialisierten. Beide genossen es, eine Einheit mit der Luft zu bilden und über die Hügel und Täler zu gleiten, getragen vom Wind. Schließlich erreichten sie das Meer, dessen Tosen auch in der Astralwelt hörbar war. Wilde Wellen zerschlugen sich an den hohen Klippen und hinterließen Schaum auf dem Wasser, der die Bucht unter ihnen in einen Kochtopf verwandelte. Taylor und Sanjena landeten am Rand einer grasüberwachsenen Klippe, die hoch über das Wellenmeer ragte, und stellten sich den Geruch von salziger Seeluft vor, der in ihre Lungen gesogen wurde.

Aus dem Augenwinkel registrierte Taylor, dass nach wie vor Tränenspuren ihre Wangen zeichneten. Nach langem Ringen mit sich selbst überwand er sich und zog sie in seine Arme. Er spürte, wie sie von Schüttelwellen erfasst wurde, doch kein Ton entwich ihrer Kehle.

»Lass mich beim nächsten Mal die Drecksarbeit machen«, raunte er nach mehreren Minuten.

Sanjenas Gesicht hob sich von seiner Lederjacke, ihre Augen verquollen und die Haut darum gerötet. Ihr Ki hatte ordentliche Arbeit geleistet.

»Du brichst jedes Mal zusammen, wenn du jemandem die Erinnerungen nehmen musst.«

»Ich hatte gehofft … dass sie dieses Mal nicht so stark wären«, gab sie mit zitternder Stimme zu. »Aber wenn ich daran denke … wenn ich mein nächstes Leben beginne, wenn ich jemand ganz anderes bin, und eines Nachts träume ich von Suri, und erinnere mich an all das hier wieder … ich könnte es nicht ertragen, sie wieder vergessen zu müssen.« Unbeholfen klopfte er ihr auf den Rücken. Manchmal sah er, wie sein Bruder das bei seinen Kindern tat, und es schien zu helfen. »Der Sinn des Vergessens ist es, dass man sich danach nicht mehr erinnert. Deshalb würdest du es auch ertragen, ohne es überhaupt zu wissen.«

Als Sanjena leise lachte, ließ er sie los. Sie fuhr sich über die Augen, ehe sie zu ihm hochsah. »Tayty. Ich bin so froh, dass du mein Partner bist.«

So standen sie noch lange da, den Blick aufs Meer gerichtet, Astralwind in den Haaren, sich der Tatsache bewusst, dass die Sonne auf der anderen Seite der Erde gerade aufging und ihnen nicht mehr viel Zeit blieb.

Taylor dachte an die vielen Male zurück, als er mit Grace über das Meer geflogen war. Diese Erinnerungen ließ er nicht gerne zu, weil er Angst hatte, daran zu zerbrechen, aber es gab Momente, in denen sie einfach zu ihm kamen, ohne dass er etwas dagegen unternehmen konnte. Er hatte gern dabei zugesehen, wie der Wind mit ihren schwarzen Locken spielte und wie sie sich freute, wenn sie vom Wind höher als er getragen wurde. Manchmal hatte Taylor heimlich einen Luftzug entstehen lassen, nur um sie lachen zu sehen. Sie hatten gemeinsam dem Lied des Windes gelauscht und sich seitenweise Texte dazu überlegt, ohne sie jemals niederzuschreiben.

Und nun hatte Grace ihn verlassen, und anstatt in seinen eigenen Erinnerungen zu schwelgen, musste er die Erinnerungen anderer Personen nehmen.

Das hatte Grace ihm immer verschwiegen. Dass er als Botschafter auch unangenehme Aufgaben zu erfüllen hatte, dass er nicht nur die Botschaft des Todes verbreiten sollte.

Das, was er zu Sanjena gesagt hatte, hatte er ernst gemeint. Botschafter mussten die Drecksarbeit verrichten, für die der Tod sich zu fein war. Den Schleier des Vergessens aufrechterhalten, Sterbende an den Gedanken des Sterbens gewöhnen, die letzten Gedanken der Menschen aufsammeln.

Er könnte so viel mehr leisten, wenn er nicht alle paar Nächte in die Astralwelt reisen müsste. Wenn er stattdessen wach bliebe und suchte. Wenn er nicht schlafen müsste.

Seit vier Jahren suchte er schon, suchte und suchte und suchte, eine Suche, von der er das Ende nicht sah. Aber er würde nie die Hoffnung verlieren. Nie vollständig. Denn eines Tages … eines Tages würde etwas passieren und die Suche würde enden und die Sehnsucht würde verstummen.

3. Kapitel
Zwischen dem Sichtbaren und Unsichtbaren

Die Uhr in der Küche zeigte fünf vor sieben an. Es lag in Laires Natur, früh aufzustehen. Sie liebte es, das Haus für sich zu haben; die Katzen und ihre Eltern schliefen noch, sodass sie sich vorstellen konnte, das ganze Gebäude zu bewohnen und nicht nur das Dachgeschoss. Sie konnte sich vorstellen, unabhängig zu sein, wenigstens bis neun Uhr, wenn ihre Eltern für gewöhnlich wach wurden.

Während sie ihren Tee trank, las sie sich durch die Kommentare unter ihrem neusten Video. Die meisten Zuschauer schrieben lustige Geschichten in die Kommentare, aber manche auch traurige. Laire forderte sie nach jedem Video auf, eine Szene aus ihrem Leben niederzuschreiben, ob nun fiktiv oder nicht, so, wie sie es auch machte. Sie liebte dieses Ritual, jeden Tag mit einer Geschichte aus dem Leben anderer Leute zu beginnen. *Face of Laire* beschäftigte sich ausschließlich mit Geschichten, egal in welcher Form. Ob nun Bücher, Filme, Ideen, Träume oder Erlebnisse aus dem Alltag. Darüber tauschte sie sich mit ihren Abonnenten aus und war sogar recht erfolgreich damit. Wie sie wollten viele ihrem Alltag entfliehen und von anderen Leuten hören, sich inspirieren und motivieren lassen von ihren Geschichten. *Face of Laire* war eine Auffangstation für die Suchenden, für die, die ihren Platz im Leben noch nicht gefunden hatten.

Beim Lesen fiel ihr auf, dass sie immer wieder mit den Gedanken abschweifte. Das ärgerte sie. Als sie schließlich alle Hoffnung aufgegeben hatte, sich zufriedenstellend konzentrieren zu können, erlaubte sie der Frage, die schon die ganze Zeit in ihrem Kopf herumspukte, in den Vordergrund zu rücken.

Warum ich?

War es wegen ihres Kontaktes zu den Menschen? Erhoffte sich der Tod davon, dass sie seine Geschichten über das Internet verbreiten konnte? Doch wie sollte sie einer kleinen Gruppe von Abonnenten erklären, dass sie Botschaften des Todes überbrachte? Ihr Kanal würde schneller an Klicks verlieren als sie auf Elbisch fluchen konnte.

Irgendetwas hatte diesen Morgen an ihrem Bewusstsein gezupft, aber ihr war partout nicht eingefallen, was es war. Jetzt wusste sie es: die E-Mail!

Von einer plötzlichen Unruhe erfasst, öffnete Laire ihren Posteingang in einem neuen Tab und klickte auf die ungelesene Nachricht. Ihre Lungen schienen sich zusammenzuziehen, während sie die wenigen Zeilen überflog. Beinahe hätte sie laut aufgeschrien, wären ihr nicht in letzter Sekunde ihre schlafenden Eltern in den Sinn gekommen, die lediglich ein paar Wände von ihr trennten, also stieß sie nur ein freudiges Japsen aus.

Waterstones hatte ihre Anfrage positiv aufgenommen. Sie hatten für das Interview eingewilligt! Sie, Laire MacDiagan, würde die #1-NYT-Bestseller-Autorin Lynn Stevenson ausfragen dürfen! Mit einem Blick auf die Uhr rechts unten auf dem Bildschirm kippte Laire ihren Tee hinunter, packte hastig ihr Zeug zusammen, griff nach ihren Schlüsseln und verließ das Haus. Sie hätte gern das Auto genommen, aber in der Nähe des Buchladens gab es ohnehin keinen vernünftigen Ort zum Parken.

Das Interview fand zwar erst in zwei Wochen statt, aber *Waterstones* wollte Laire diesen Vormittag um acht Uhr trotzdem einige Fragen stellen, ehe sie ihrem Vorschlag vollständig zustimmten. Im Moment war es kurz nach sieben; wenn sie gemächlich losspazierte und vielleicht noch an einem Café für eine heiße Schokolade haltmachte, würde sie gerade rechtzeitig ankommen.

Trotz der frühen Stunde schien die halbe Stadt auf den Beinen zu sein und ausgerechnet auf die Prince's Street zuzusteuern. Die Busse spuckten Horden von Business-Leuten, Eltern mit Kinderwägen und Senioren aus. Vereinzelt hielten Taxen am Gehsteig gerade lange genug an, sodass ihre Passagiere auf das Pflasterstein stolpern konnten. Eine

Gruppe von feschen Senioren mit leuchtenden Neonstreifen um ihre Arme joggte auf der anderen Straßenseite am Park entlang, und eine stark geschminkte Frau wich Laire auf dem breiten Gehweg in letzter Sekunde aus, in beiden Händen prall gefüllte Plastiktüten schleppend und ein Handy zwischen Ohr und Schulter geklemmt. Das war die Innenstadt.

In der Nacht hatte es aufgehört zu regnen, sodass nur noch Pfützen von dem schottischen Wetter zeugten. Eine Melodie summend, blieb Laire an einer roten Fußgängerampel stehen, vergewisserte sich, dass sich kein Auto in ihrer unmittelbaren Nähe befand, und überquerte dann die Straße. Nur Kinder und Touristen blieben an roten Fußgängerampeln stehen; das hatte Laire gelernt, sobald sie in die höhere Schule gekommen war.

Der Becher, mit dem sie das Café verließ, war so heiß, dass sie ihn in eine Serviette wickeln musste, bevor sie damit auf die überfüllte Straße trat. Kaum war die Tür hinter ihr zugefallen, wurde sie von jemandem angerempelt. Es gelang ihr gerade noch, den Kakao vor seinem sicheren Tod zu bewahren, indem sie ihn hochhielt wie den heiligen Gral. Trotzdem schwappte ein Teil der Flüssigkeit aus dem Becher und auf ihre Hand. Schnell führte sie sie zum Mund und blickte derweil der Person nach, die sie angerempelt hatte. Sie war deswegen so leicht auszumachen, weil sie die einzige war, die durch die Einkaufsstraße *rannte* und nicht eilte. Ohne stehenzubleiben oder zumindest eine Entschuldigung zu rufen, wand die Person sich durch die Leute, die zur Arbeit oder zum Einkaufen gingen, und schaffte es dabei wie durch ein Wunder, sie nicht alle wie Kegel umzuschlagen. Laire erkannte nur noch einen schwarzen Haarschopf, ehe sie sie aus dem Blick verlor.

Diesmal gab Laire Acht, bevor sie weiterging, und schloss sich dem Strom von Menschen an, der in Richtung des Buchladens verlief. »Von Idioten umgeben«, murmelte sie und schlürfte ihren Kakao weiter.

Im *Waterstones* wurde sie von einer jungen Frau im Overall erwartet. Wie eine Geschäftsdame hatte sie die Haare hochgesteckt, und wie eine Geschäftsdame reichte sie Laire die Hand. Kurz wunderte sie sich, woher die Frau wusste, dass sie *Face of Laire* war. Aber ein kurzer Blick in den Laden verriet ihr, dass niemand anderes außer ein paar Angestellte anwesend war, die Bücher einräumten, und ein noch kürzerer Blick auf das Türschild erinnerte sie daran, dass der Buchladen erst um neun Uhr öffnete.

»Laire MacDiagan, richtig?«, begrüßte die Frau sie in einem englischen Akzent. »Du kannst mich Layla nennen.«

Laire nickte und schüttelte ihre Hand. Sie war froh darüber, sich ausnahmsweise geschminkt zu haben. »Danke, dass Sie mich eingeladen haben.«

Layla lächelte, dann winkte sie mit dem Klemmbrett, das Laire zuvor nicht aufgefallen war, in Richtung der Treppen. »Wir werden uns oben unterhalten, da sind die Sitzgelegenheiten bequemer. Das Café hat leider noch nicht geöffnet, aber ich kann dir einen Tee aus dem Hinterzimmer anbieten. Oder lieber Kaffee?«

In Gedanken an die heiße Schokolade, die ihr immer noch warm im Magen schwappte, lehnte Laire dankend ab und folgte Layla in die oberste Etage. Hier hatte Laire schon etliche Stunden verbracht; eine Tasse mit einem warmen Getränk vor sich, vertieft in ein Buch. Von ihren Abonnenten wurde ihr oft vorgehalten, das Klischee einer Leseratte zu erfüllen – in ihren Videos bekannte sie sich ganz offen dazu, aber in Wirklichkeit wusste sie nicht, ob das stimmte. Eine Leseratte hortete Bücher, verschlang sie – Laire las die meisten im Buchladen, ohne sie zu kaufen, und brauchte für einen Roman im Normalfall zwei Wochen. Das war nicht das Klischee einer Leseratte.

Nachdem sie sich gesetzt hatten, redete Layla darüber, wie sie eigentlich kein Interview für Lynn Stevenson geplant hatten, bis zu dem Zeitpunkt, an dem sie Laires Mail gelesen hatte. Nachdem Laire das alles höflich abgenickt hatte, begann Layla, sie mit Fragen zu überhäufen: Warum gerade Lynn Stevenson, warum mochte sie die Bücher so sehr? Warum wollte sie das Interview unbedingt haben, warum dachte sie, dass sie am besten dafür geeignet wäre? Laire war so damit beschäftigt, sich selbst zu bewerben, dass sie gar nicht merkte, dass sie Erfolg hatte, bis Layla ihr eine Liste mit Fragen reichte, begleitet von der Bitte, sie als Grundlage für das Interview zu nutzen.

Innerlich vollführte Laire einen Freudentanz, während Layla den Abschied einleitete. Plötzlich erschien der Tod hinter ihr und lächelte Laire anerkennend zu. Es geschah so unvermittelt, dass Laire handelte, ohne nachzudenken.

»Oh, hallo«, sagte sie, noch voller Euphorie.

Der Tod nickte ihr zu, die Ellbogen auf die Lehne von Laylas Sessel gestützt. »Ich muss dir meine Bewunderung aussprechen. Anstatt zu einem Therapeuten zu eilen oder dich in deinem Zimmer einzuschließen, gehst du deinem Alltag nach.« Dann hob er die Augenbrauen und blickte auf Layla hinunter. »Du hast sie überzeugt, weißt du das? Das würden selbst deine Katzen merken. Du hast sie komplett für dich eingenommen.«

Laylas Lächeln war auf ihren Lippen gefroren; sie betrachtete Laire mit einem Stirnrunzeln. »Wie bitte?«

Laire war nicht weniger verwirrt. »Wie bitte?«, echote sie. Ihr Blick wechselte zwischen den beiden Anwesenden hin und her. Layla schien kein bisschen davon beeindruckt zu sein, dass sich ein junger Mann keine zwei Zentimeter neben ihr materialisiert hatte.

Der Tod zog ihre Aufmerksamkeit mit einem leisen Hüsteln auf sich. »Nein, sieh mich nicht an«, wies er sie zurecht, was ihre Verwirrung nur noch steigerte. »Denk dran: Du bist die einzige, die mich sehen und hören kann.«

»Oh.« Schnell schloss sie den Mund. *Oh.* Das hatte sie vergessen.

Langsam streckte sie die Hand aus. Die wenigen Sekunden, die Layla brauchte, um sie zu ergreifen, waren einige der schlimmsten ihres Lebens.

Dafür, dass sie gerade mit der Luft gesprochen hatte, blieb Layla erstaunlich gefasst, das musste Laire ihr lassen. Hätte sie einen Tipp abgeben müssen, hätte sie gesagt, dass sie es gewohnt war, ihre Mitmenschen mit imaginären Gestalten sprechen zu sehen.

Moment. Imaginär. Das war die Erklärung. Warum war Laire nicht schon früher darauf gekommen?

»Ich freue mich schon auf das Interview«, sagte Layla mit angemessener Höflichkeit. »Sei am sechsten Mai um dreizehn Uhr da, damit wir alles vorbereiten können. Selbstverständlich bist du für die Kameraausrüstung zuständig, aber die hättest du sowieso mitgebracht, oder?«

»Natürlich.« Krampfhaft versuchte Laire, nicht zum Tod zu schauen, was ihr immer schwerer fiel, je mehr sie sich bemühte. »Ich werde da sein.«

»Bist du bereit?«, fragte der Tod, kaum dass sie die Buchhandlung verlassen hatten. Er schlenderte neben ihr her und warf immer wieder Blicke in die Schaufenster neben sich.

»Du bist imaginär«, sprach sie die Erkenntnis aus, die ihr vor wenigen Minuten gekommen war. Am Vortag war ihr diese Möglichkeit grauenvoll erschienen, geradezu furchteinflößend, aber eine Nacht Schlaf hatte ihr eine weitaus größere Angst beschert: Dass sie *tatsächlich* den Tod sehen konnte.

»Wie bitte?«

»Du bist eine Einbildung«, wiederholte Laire, und holte, einer Eingebung folgend, ihr Handy aus der Tasche, um es sich ans Ohr zu halten. Sie selbst hatte zwar erkannt, dass etwas mit ihrem Gehirn nicht stimmte, aber das mussten die Passanten nicht auch. »Oder wie willst du sonst erklären, dass niemand außer ich dich sehen kann?«

»Vielleicht, weil ich deine Inkarnation bin und nicht die der ganzen Welt?« Er formulierte das so, als gehörte es zum Allgemeinwissen, aber Laire rümpfte nur die Nase.

»Das hätte ich an deiner Stelle jetzt auch gesagt«, antwortete sie, mit dem Wissen, dass sie an seiner Stelle alles andere gesagt hätte, aber gerade eben *nicht* das.

»Wenn es dich beruhigt, könnten mich theoretisch noch alle anderen Botschafter und Gefährten sehen. Wenn ich mich ihnen zeigen würde. Nur ihr habt die Fähigkeit, Dinge zu sehen, die nicht in die materielle Welt gehören.«

»Du bist wohl nicht materiell? He, lass das.«

Der Tod hatte seinen Arm um ihre Schulter gelegt, einen sehr echten, sehr materiellen Arm, woraufhin sie ihn abschüttelte. Zweifel stiegen in ihr auf, ob sie wirklich verrückt war. War es möglich, eine Berührung zu halluzinieren?

»Meine Hülle ist genauso materiell wie du, und meine Seele ist von fast derselben Beschaffenheit wie deine, aber beides ist nicht so eng miteinander verwachsen wie bei dir. Dazu hatten sie noch keine Zeit.«

»Ist es normal, dass ich dir nicht folgen kann?«

Der Tod krempelte seine Ärmel zurück, sodass leicht gebräunte Unterarme sichtbar wurden. Laire fröstelte allein bei dem Gedanken und war froh um ihren Mantel.

»Irgendwann wirst du auf meine Worte zurückblicken und sie verstehen.«

»Kennst du wohl die Zukunft?«

»Nein. Aber ich kenne dich.« Ehe Laire ihn darauf ansprechen konnte, wechselte er das Thema. »Zurück zum Anfang. Bist du bereit?«

Laire bewegte ihr Handy etwas, um die Wärme abzubauen, die sich in ihrem Ohr breitgemacht hatte. »Bereit wofür?«

»Na, für alles.« Mit seinen unnatürlich grau leuchtenden Augen lächelte er sie an. »Aber zuerst, einen Namen bitte.«

In diesem Moment beschloss sie, ihre Zweifel über seine Realität zu ignorieren, vielleicht sogar aufzugeben. Ob sie nun mit einer Halluzination diskutierte oder mit jemandem, der für fast alle Augen unsichtbar war: Er war der erste, mit dem sie ein Gespräch führen konnte, das sich wie ein Ritt auf der Achterbahn anfühlte (mit einem dreifachen Looping nach dem Start), ohne das Gefühl zu haben, vor lauter Smalltalk einschlafen zu müssen. Selbst sinnlose Gespräche mit ihren Eltern waren ihr zuwider. *Wie war dein Tag? Was möchtest du heute zum Abendessen?* (Allison kochte sowieso das, was ihr im Sinn stand, und den konnte Laire nicht beeinflussen.)

»Eigentlich wollte ich dich nur Tod nennen«, erzählte sie und dachte an den Vorabend zurück, an dem sie sich wie besessen durchs Internet geklickt hatte. Sie hatte Übersetzungen in hundert verschiedenen Sprachen gefunden. »Aber seien wir mal ehrlich, Firië klingt eher nach einem Frauennamen.«

»Ich kann auch eine weiblichere Form annehmen. Abgesehen davon, was spielt Geschlecht für eine Rolle?« Er deutete auf die Reflexion von sich im Schaufenster des Teeladens, den sie gerade passierten. »Das ist das erste Mal, dass ich mich sehe. Dein Unterbewusstsein hat mich erschaffen.«

»Ähm.« Aus dem Augenwinkel musterte sie ihn unsicher. »Falls das gerade kein Witz sein sollte: Nein, danke.«

Er hatte die Hände in den Taschen seiner altmodischen Stoffhose vergraben und schlenderte offenbar unbekümmert neben ihr her. »Es wäre wirklich kein Problem für mich.«

»Aber für mich. Leute ändern nicht einfach ihr Aussehen.«

»Doch, das macht ihr doch die ganze Zeit.« Er hielt eine Hand hoch und fing an, die Punkte an den Fingern abzuzählen. »Haare färben, Schönheitsoperationen, Ohren durchstechen —«

»Jaja, ich hab´s kapiert.« Sie schlug seine Hand weg. »Aber wir verändern uns nicht so wie *du*.« Als er sich nur weiterhin im Schaufenster betrachtete, wedelte sie in Richtung seiner Augen, aber als ihr auffiel, wie seltsam das auf die anderen Passanten wirken musste, hörte sie schnell auf damit und stieß ihn an, damit er weiterlief.

»Wie dem auch sei«, fuhr sie fort. »Ich habe beschlossen, dich Mirroanwi zu taufen.«

»Ist das auch gälisch?«

»Was?«

»Na, der Name. Ich dachte, Firië sei gälisch. Und Laire.«

»Und ich dachte, du wärst Teil eines allwissenden Bewusstseins.«

Er blieb einen Moment lang still, scheinbar nach einer passenden Erwiderung suchend. »Und ich dachte, du wärst neuen Menschen gegenüber verschlossener«, sagte er schließlich.

Sie legte den Kopf schief. Er hatte Recht. Woher wusste er das?

»Du bist kein Mensch«, gab sie zurück.

»Guter Punkt. Also nicht gälisch?«

»Nein, elbisch«, sprach sie in ihr Handy und nickte der Frau zu, die ihr beim Vorbeigehen zuwinkte. Eine Kollegin ihrer Mutter, vermutlich. Oder ihres Vaters? Sie konnte die Freunde ihrer Eltern nicht wirklich auseinanderhalten. Bei denen ihrer Schwester fiel es ihr schon schwer.

»Elbisch? In welchem Land wird das gesprochen?«

Das brachte sie zum Lachen. »Hast du noch nie *Herr der Ringe* gesehen? Meine halbe Kindheit besteht aus dieser Sprache. Ich hätte genauso gut zweisprachig aufwachsen können.«

»Ach ja?«

»Meine Mutter hat uns elbische Namen gegeben und uns zum Einschlafen elbische Lieder vorgesungen. Ich hatte dieses Puppenhaus, und wenn Yesta nicht mit mir spielen wollte, musste Mum das übernehmen. Und sie hat darauf bestanden, dass die Puppen Elbisch sprechen.«

»Yesta ist deine Schwester.«

»Ja. Ihr Name bedeutet *Beginn*.« Laire verdrehte die Augen. »Weil sie der Beginn unserer Familie war.«

Eine Leichtigkeit hatte sich in ihr ausgebreitet. Etwas Derartiges hatte sie beim Umgang mit anderen Menschen noch nie gespürt. Nicht, dass sie darin viel Erfahrung hatte.

»Und Laire bedeutet *Ende*?«

»Nein. *Sommer.* Sie hat mich so genannt, weil ...« Sie spürte, wie ihre Wangen heiß wurden. »Naja.«

Als Laire schwieg, schüttelte Mirroanwi den Kopf. »Naja was?«

Das Handy an ihrem Ohr fühlte sich auf einmal sehr warm an. »Naja, ich bin im April geboren.«

»Und?«

»Und im Sommer ... da haben meine Eltern – du weißt schon.« Sie lächelte gezwungen und zog die Augenbrauen hoch.

Er erwiderte ihr Lächeln, aber sie konnte ihm ansehen, dass er immer noch nicht verstand. »Dir einen Namen gegeben?«

Sie seufzte und beschloss, dass es das Beste wäre, das Thema fallen zu lassen, bevor sie dem Tod noch biologische Fragen beantworten musste. »Jedenfalls, Mirroanwi steht für *Inkarnationen.* Du hast gesagt, du wärst eine Inkarnation.« Neugierig schaute sie zu ihm hoch. »Wie findest du den Namen?«

Er nickte vor sich hin. Dann wiederholte er den Namen, testete ihn aus. »Mirroanwi. Sehr kreativ, wirklich. Hatte ich schon lange nicht mehr. Alle Gefährten sind kreativ, aber das ist oft keine Garantie für einen kreativen Namen. Sie denken, das Wort *Tod* in eine andere Sprache zu übersetzen, sei kreativ genug. Habe ich dir eigentlich schon mehr von mir erzählt?«

»Wie – mehr?« Sie zog ihn nach links, weil er Anstalten machte, geradeaus weiterzugehen. Die Prince's Street lag hinter ihnen, und damit auch der Menschenauflauf. Während er weitersprach, steckte sie das Handy zurück in ihre Handtasche.

»Na, von mir als Inkarnation.« Als sie den Kopf schüttelte, fuhr er fort. »Ich bin nur eine Inkarnation des Todes, nicht der Tod selbst. Ich, ein einzelnes Partikel des Todes, bin quasi geboren worden, um dich zu lehren.«

»Das klingt sehr danach, als wäre ich die Auserwählte«, kommentierte sie. »Und was ist mit all den Menschen, die sterben? Musst du die nicht … ich weiß auch nicht, töten?«

Sie warf immer wieder Blicke zu ihm hinüber, während er beim Laufen die Gegend betrachtete. Deshalb bemerkte sie auch, wie sich seine Stirn in Falten legte.

»Du meinst, weil ich der Tod bin, töte ich Menschen? Warum denken das so viele? Nein, wir holen sie nur ab, und zwar dann, wenn sie bereit sind, ihre Körper zu verlassen.«

»Wir?«

»Ich bin natürlich nicht die einzige Inkarnation.« Übermütig erfasste er ihre Hand und schwenkte sie beim Gehen hin und her. Sie lachte; es war ein Laut, auf den sie nicht vorbereitet gewesen war, aber sie ließ ihn nicht gleich verstummen. Erst, als ihr ein älteres Paar die Gasse entgegenkam, brach sie ab.

»Aber jede Inkarnation unterscheidet sich von der anderen«, sprach er weiter. »Nehmen wir zum Beispiel mich. Mein ganzes Wesen orientiert sich an dir.«

»Daher die Augenfarbe?«

»Daher die Augenfarbe. Du darfst bestimmen, wie ich aussehe und wie ich mich verhalte. Das hast du schon längst gemacht, in dem Moment, in dem du mich zum ersten Mal gesehen hast.«

»Außer den Augen.«

»Außer den Augen. Außerdem«, er hob einen Finger, wodurch er ihre Hand mit nach oben zog. Das Tuscheln des Paares, als sie sie passierten, war ihr nur am Rande bewusst. »Solltest du wissen, dass ich als Teil des Todes über alle seine Erinnerungen verfüge. Alle Inkarnationen, die vor mir kamen, sind hier gespeichert.«

Als er sich mit dem Finger gegen seine Schläfe tippte, entzog Laire ihm ihre Hand, immer noch mit einem Grinsen. Sie verstand kein Wort von dem, was er sagte, aber seine pure Gegenwart stimmte sie fröhlich. Das fand sie zwar seltsam, aber nicht seltsam genug, um sich darüber den Kopf zu zerbrechen; sie hielt gerade die Hand des Todes, und zwar nicht, weil sie sterben sollte. Sie fand, dass damit einige Seltsamkeiten sehr wohl eine Existenzberechtigung erhielten, die man nicht hinterfragen sollte.

»Ist mein Unterbewusstsein schuld daran, dass ich dich nicht verstehe, oder versteht man dich allgemein nicht?«

Er wirkte nachdenklich. »Dein Unterbewusstsein hat mich so beeinflusst, dass ich von vorneherein weiß, wie ich dir etwas so beibringen kann, dass du es verstehst – in Metaphern zum Beispiel. Aber manches kann man einfach nicht in Metaphern packen.«

Sie nickte und kam sich dabei vor wie eine dieser Puppen, deren Köpfe immer auf und ab schwankten. »Mein Unterbewusstsein hat dich wirklich gebaut?«

»Haargenau so kann man es nicht sagen, in Wirklichkeit ist es viel komplizierter. Es hat etwas mit Gedankenwellen zu tun und Matrizen und allgemein viel ...« Er schien zu merken, dass sie schon vor mehreren Wörtern die Übersicht verloren hatte, denn er zügelte sich und sagte: »Tohuwabohu.«

Wenn er grinste, so stellte sie fest, bildeten sich keine Grübchen, sondern Lachfalten um seine Augen, wie viele feine Risse in der Haut, nur dass es keine echten Risse waren ... obwohl, wenn Laire an die Sache mit der »Hülle« zurückdachte, war es sehr wohl möglich, dass es echte Risse waren.

In der Sekunde, in der sie den Gedanken gedacht hatte, fiel ihr auf, was für einen Unsinn sie dachte.

»Wie funktioniert der Tod?«, fragte sie.

Mirroanwi lachte ein wenig. »Das kann ich dir nicht in ein paar Sätzen erläutern. Jedenfalls nicht so, dass du danach zufrieden bist.«

»Du hast mit dem Tod angefangen, nicht ich!« Sie seufzte. »Dann erkläre es mir in mehreren Sätzen.«

Er sah sie an. »Irgendwann erkläre ich es dir, und auch alle anderen Fragen, die du hast.« Er machte eine Pause, und Laire war kurz davor, zu protestieren, als er fortfuhr.

»Aber wir laufen gerade durch eine der größten Häuseransammlungen Schottlands und hier hat alles Augen und Ohren. Das Wissen um den Tod ist nicht für jedermann bestimmt.«

»Na gut.« Sie überlegte. »Dann in meiner Wohnung. Wir brauchen nicht mehr als zwanzig Minuten, heute Nachmittag habe ich zwar eine Klavierstunde, aber die dauert nicht lange. Warte, meine Eltern können dich auch nicht sehen?«

»Leider nicht.«

»Okay …« Sie runzelte die Stirn über seinen bedauernden Tonfall, und erschrak ein wenig, als sie einen Luftzug an ihrer Schläfe spürte, der zu stark und gebündelt war, um zufällig zu sein. Ungläubig nahm sie wahr, wie sich eine ihrer Strähnen wie durch Geisterhand hinter ihr Ohr schob.

Mirroanwis Blick ruhte schwerer auf ihr, als sein Arm es je gekonnt hätte. Unter dessen Intensität wurde ihr ganz mulmig zumute und sie blieb stehen.

»Du gefällst mir besser, wenn du so bist«, sagte er leise. »Nicht so verschlossen wie sonst.«

Ein wackeliges Lachen entfuhr ihr. »Du kennst mich nicht mal einen Tag.«

»Laire«, schmunzelte er. »*Du* kennst *mich* nicht einmal einen Tag.«

Und dann löste er sich in Luft auf. Einfach so. Einen Moment lang starrte Laire auf die Stelle, an der er eben noch gestanden hatte, dann packte sie ihre Tasche fester und rannte los.

Mit dem Ellbogen stieß sie die Tür zu ihrer Wohnung auf, in ihren Händen zwei Teetassen balancierend. Sie wusste nicht, ob er überhaupt Nahrung zu sich nahm, aber sie würde sich wohler fühlen, wenn der Tod sich zumindest in dieser Hinsicht wie ein normaler Mensch verhielt.

»Bist du gerade *teleportiert*«, rief sie aus und versetzte der Tür einen leichten Tritt, sodass sie hinter ihr zufiel. »Warum hast du mich nicht – Oh.« Abrupt klappte sie den Mund zu, als ihr bewusst wurde, wer da auf ihrer Couch saß. Es war nicht der Tod.

Es war ihre Schwester.

Yesta mit den vielen Sommersprossen und dem viel zu rotem Haar. Kurz, jemand, der Laire nicht im Geringsten ähnlich sah.

»Wie bist du hier reingekommen?«, fragte sie verwirrt.

Yesta hielt einen Schlüsselbund hoch. »Ersatzschlüssel.«

Anscheinend hatte sie vor ihrem Aufbruch geduscht, denn ihre Locken schwebten wie elektrisiert in der Luft und kringelten sich an den Spitzen mehr als gewöhnlich. Trotz ungemachter Haare hatte sie Zeit gehabt, sich zu schminken. Als sie damit angefangen hatte, war Laire ihr Versuchsobjekt gewesen, und seitdem war Laire Make-up und dem allem eher abgeneigt. Sie verband damit qualvolle Stunden des Stillsitzens und das erstickende Gefühl von Farbe auf der Haut.

Yesta nickte auf die Teetassen. »Erwartest du jemanden?«

Ohne darauf einzugehen, stellte Laire die Tassen auf dem niedrigen Couchtisch ab und blieb vor Yesta stehen, kein Stück weniger verwirrt. »Was machst du hier?«

Yesta zuckte mit den Schultern. »Ich wollte meine Liry besuchen.«

»Du besuchst mich nie. Zumindest nicht hier.« Skeptisch musterte sie ihre Schwester, bis ihr auffiel, dass sie keine Tasche bei sich hatte, sondern einen ganzen Rucksack, der neben ihr auf dem Polster lag. »Warte, du übernachtest?«

Die aufkommende Freude wurde schnell von Yestas Seufzer erstickt. »Nein. Dad muss einige Unterlagen für mich durchsehen, weil ich demnächst aus dem Studentenwohnheim ausziehen will. Mietverträge und so was.« Sie lächelte leicht, ihre vollen Lippen in einem matten Pink. »Freust du dich nicht, dass ich hier bin?«

Natürlich freue ich mich, wollte Laire sagen, konnte aber nicht. Seit Yestas Auszug (den Yesta in dem Moment in die Wege geleitet hatte, in dem sie ihren Abschluss in den Händen gehalten hatte), bekam dieses Haus sie nur noch zu besonderen Anlässen zu Gesicht. Weihnachten, Geburtstage, manchmal Ostern. Zwar hielt Laire Kontakt zu ihr und traf sich mindestens einmal pro Woche mit ihr – aber sie in ihrer Wohnung zu sehen, war wie ein Puzzle, bei dem die Teile nicht so recht zueinander passten.

Es erinnerte Laire daran, wie wenig sie diese Seite an ihrer Schwester mochte. Die Seite, die Yesta vor den Problemen mit ihren Eltern weglaufen ließ.

Schließlich gab sie sich einen Ruck und setzte ein Lächeln auf, das zeigte, wie glücklich sie war, Yesta zu sehen. Die Schwestern umarmten sich lange, bevor sie es sich auf der Couch gemütlich machten. Yesta stellte ihren Rucksack auf den Boden, damit Laire mehr Platz hatte.

»Von allen Dingen dieser Welt hätte ich nicht gedacht, dass dich ausgerechnet Mietverträge hierherkommen lassen.«

»Ja … ich weiß immer noch nicht, ob das eine so gute Idee ist. Aber Dad hat es angeboten, und ich …« Mit einem Seufzer lehnte Yesta sich gegen die roten Polster. »Egal, Themenwechsel. Ich wollte es dir eigentlich heute Abend am Telefon sagen, aber jetzt, wo ich hier bin, sage ich es dir lieber persönlich.« Ein Zwinkern. »Damit du nicht ablehnen kannst.«

»Jetzt hab ich Angst.«

»Wie du weißt, habe ich nächste Woche Geburtstag.«

Laire nickte. Sie vergaß keine Geburtstage. Was daran lag, dass sie sich nur wenige merken musste. Ahnend, worauf das Gespräch hinauslief, bereitete sie sich darauf vor, eine Liste von Filmvorschlägen abzuspulen. Seit Jahren veranstalteten beide an ihren Geburtstagen einen zwölf Stunden langen Marathon – was zur Folge hatte, dass Laire im April vierundzwanzig Stunden mehr als gewöhnlich vor dem Bildschirm verbrachte.

Doch sie kam nicht dazu, den Mund aufzumachen, denn ihre Augen blieben an etwas hängen. An jemandem. An jemandem, der auf ihrem Drehstuhl erschienen war und auf Yesta deutete.

Mirroanwi formte stumm Worte mit seinem Mund, aber da Laire grundsätzlich keine Lippen lesen konnte, runzelte sie nur die Stirn und konzentrierte sich dann wieder auf ihre Schwester, die nicht bemerkt hatte, dass sie abgelenkt worden war.

»Und weil ich auf keinen Fall deine Copyright-Rechte verletzten will, möchte ich den Serienmarathon von deinem Geburtstag letzte Woche nicht wiederholen«, fuhr sie fort. »Deshalb veranstalte ich eine Party.«

Im selben Moment, in dem Yesta den Nebensatz in das Gespräch gliederte, entschied sich Mirroanwi dazu, die Lautstärke aufzudrehen. »Ich nehme an, das ist deine Schwester?«, fragte er.

Beide Anwesenden warteten auf eine Antwort ihrerseits. Ein wenig überfordert, rutschte sie auf ihrem Platz umher.

»Ja. Ähm —« Laire kniff die Augen zusammen, unsicher, ob sie Yesta richtig verstanden hatte. »Eine Party? Ist das dein Ernst?«

»Ich weiß, das kommt überraschend, wir haben vorgestern die Pizzabestellungen für den Marathon geplant. Aber ich werde einundzwanzig und möchte zur Abwechslung auch mit meinen Freunden feiern.« Sie senkte den Blick auf ihren Schoß, wo sie die Hände verknotet hatte. Mit dem Daumen tippte sie unablässig auf den Knöchel ihres Zeigefingers. Sogar dort hatte sie Sommersprossen. »Du bist mir doch nicht böse?«

»Yesta …«, begann Laire zögerlich. Sie wusste, dass ihre Schwester anders tickte als sie, aber eine Party würde nicht gut enden. Damit hatte sie Erfahrungen. »Wer kommt denn alles?«

»Naja …« Sie zog das Wort in die Länge. »Meine Freunde. Und deren Freunde. Und vielleicht bringen die Freunde noch andere Freunde mit.«

»Yesta!«

»Du musst nicht kommen – aber ich würde mich freuen.«

Auf einmal kam ein leises, gleichmäßiges Quietschen von dem gegenüberliegenden Schreibtisch, und auch ohne, dass sie hinsehen musste, wusste Laire, dass Mirroanwi die Drehfunktion ihres Stuhls entdeckt hatte.

Yesta blickte irritiert zur Seite. »Dein Stuhl bewegt sich von selbst.«

»Da ist schon länger die Gewichtsverlagerung kaputt, muss ich mal reparieren lassen«, flunkerte Laire.

Sofort bückte sich Mirroanwi, um unter die Sitzfläche zu schauen. »Ich glaube nicht, dass es so etwas wie Gewichtsverlagerungen gibt«, stellte er dann fest.

Doch Yesta gab sich damit zufrieden. »Ich kenne einen Typen im Wohnheim, der ist ziemlich gut im Sachen reparieren. Ich kann dich ihm am Donnerstag vorstellen.«

»Ich – Yesta, ich weiß nicht …«

Wenn sie ehrlich war, machte ihr Yestas Verhalten auf Partys manchmal Angst. Das hieß, nicht nur auf Partys – als Yesta noch hier gewohnt hatte, hatte sie sich nach einem Streit mit ihren Eltern für Stunden in ihrem Zimmer eingesperrt und auf Laires Klopfen nicht reagiert. Laire hatte nur vermuten können, was sie hinter der Tür trieb, aber nach der Sache mit dem Krankenhaus hatte sie keine Vermutungen mehr aufstellen müssen. Sie hatte es gewusst, und war dennoch nicht in der Lage gewesen, etwas dagegen zu unternehmen.

Diese Version von Yesta hatte ihr schon damals Angst gemacht, und auch heute bildete sich ein Bleiklumpen in ihrem Magen, wenn sie daran dachte.

Sie blickte in Yestas Gesicht und wusste, dass sie nachgeben würde, noch bevor sie sich dafür entschieden hatte. Womöglich war es sogar klüger, direkt am Ort des Geschehens zu sein. So hätte sie eine gewisse Kontrolle.

»Also gut«, willigte sie ein. »Ich überlege es m–«

Doch Yesta hatte sich schon nach vorne gebeugt und ihrer kleinen Schwester einen Kuss auf die Wange gedrückt. »Ich wusste es!«

Mit einem Lächeln wischte Laire den klebrigen Lippenstift von der Wange. »Hey, willst du noch für eine Folge *Dexter* bleiben?«, wollte sie wissen und deutete auf ihren Laptop, den Mirroanwi zwar mit seinem Körper verdeckte, doch der für Yesta sichtbar war.

Noch bevor sie den Mund öffnete, erkannte Laire an ihren zusammengepressten Lippen und dem mitleidigen Blick die Absage. »Später vielleicht, ich muss noch zu Dad …«

»Aber das hat doch Zeit.«

»Er will mich aber sofort sehen.«

Beide wussten, dass es eine Lüge war, aber Laire traute sich nicht, ihre Schwester bloßzustellen. Deshalb fragte sie nur: »Wirklich?«

»Ich würde gern, Liry, aber du weißt doch, wie das für mich ist – dieses Haus –«

»Ich weiß«, unterbrach Laire sie und versuchte, gegen die aufkommende Enttäuschung anzukämpfen. Warum war sie enttäuscht? Sie kannte Yesta. Sie wusste, dass sie nie länger als nötig blieb. »Du hasst dieses Haus, weil es alt und leer ist und die Stufen knarzen und das Quietschen und Knacken im Dach dich immer wachgehalten hat. Ich weiß.«

Es wäre schön gewesen, wenn diese Worte etwas in Yesta bewegt hätten – wenn sie dadurch gesehen hätte, wie sehr Laire sie manchmal vermisste. Aber Yesta war mit einem Egoismus ausgestattet, der es ihr leicht machte, unangenehme Dinge zu übersehen.

Das hieß nicht, dass sie apathisch war, denn sie bemühte sich um ein Lächeln und strich Laire eine Strähne aus dem Gesicht. Laire wusste nicht, wieso so viele Leute diesen Drang verspürten. Ihre Mutter, ihre Lehrerin in der ersten Klasse, Mirroanwi. Ihre Haare fielen gerne so, wie sie es taten.

»Weißt du noch, wie ich früher immer zu dir gekommen bin, wenn ich nicht schlafen konnte?«, wechselte Yesta das Thema. »Als Mum mit dir schwanger war, habe ich mir immer vorgestellt, wie es sein würde, eine kleine Schwester zu haben – eine, die nachts zu mir ins Bett gekrochen kommt, wenn sie Angst vor der Dunkelheit hat.«

»Da warst du zwei Jahre alt«, erwiderte Laire trocken. »Das kannst du dir unmöglich vorgestellt haben.«

Yesta zuckte mit den Schultern. »Stattdessen war es andersherum. Ich bin immer zu dir ins Bett gekrochen.«

»Es war vieles anders, als es sein sollte«, stimmte Laire ihr zu.

Ein wenig hoffte sie, dass die Bedeutung dieser Worte – die wahre Bedeutung – tatsächlich bei Yesta ankam, dass Yesta erkannte, *warum* Laire dem Vorschlag einer Party so abgeneigt war.

Allerdings nickte Yesta bloß, und anschließend gingen sie zu harmlosen Themen über. Ihr Job im Museum (der Kurzfilm über das All wollte sich neulich nicht abspielen lassen und während Yesta die Techniker geholt hat, ist ein Besucher aufgestanden und hat den kompletten Film auswendig aufgesagt. Als Yesta das erfahren hat, hat sie ihn zu ihrem Chef gebracht und jetzt ist besagter Besucher der neue Museumsführer in der Weltraum-Ausstellung), Laires Interviewbestätigung (wobei Yesta sich sofort nach besonderen Rechten als die Schwester der Interviewerin erkundigte: »Darf ich mich am Signiertisch vordrängeln?«), und die neue Stephen King-Verfilmung, die kürzlich angekündigt worden war.

Laire verzichtete, Yesta darauf hinzuweisen, dass sie nun doch länger blieb, trotz ihres vorherigen Widerstandes. Manchmal hatte sie das Gefühl, dass Yesta nur aus Prinzip heraus handelte, auch wenn es ihrem eigenen Wunsch widersprach.

Je länger das Gespräch andauerte, desto schwerer fiel es Laire, nicht von Mirroanwi zu erzählen. Doch seine stumme Anwesenheit und der eventuelle Abschied Yestas bewahrten Laire davor, von ihrer Schwester mit schrägen Blicken überhäuft zu werden, die zweifellos gekommen wären.

Sobald Yesta gegangen war, ließ Laire ihre fröhliche Maske fallen und schlug sich die Hände vors Gesicht. Sie wünschte, die Polster würden sich unter ihr auftun und sie verschlingen, damit sie nicht zu Yestas Feier kommen musste. Und Yesta sollten sie gleich mitverschlucken, zu ihrer eigenen Sicherheit.

Sie spürte, wie Mirroanwi sich neben sie setzte. »Warum magst du keine Partys?«, fragte er leise.

»Die Tasse auf dem Tisch da ist für dich«, murmelte sie gedämpft.

»Also?« Er machte eine Pause. Sie hörte, wie die Tasse vom Tisch genommen wurde. »Und nimm die Hände vom Gesicht.«

Sekunden verstrichen, doch schließlich seufzte sie, zog die Knie hoch, sodass ihre Fußspitzen ein wenig über die Sofakante ragten, und legte ihre Hände flach neben sich.

»Du hattest Recht als du sagtest, dass ich normalerweise verschlossener bin.«

»Natürlich hatte ich Recht.«

»Es ist so, dass ich – Was?« Sie sah ihn an. Er hatte die Hände um die kesselähnliche Tasse geschlungen, den Rücken gebeugt, und schlürfte vom Rand ab.

»Ich habe dir doch schon gesagt, dass ich einiges über dich weiß.« Beim Reden setzte er den Mund nicht ab, sodass Silben zum Teil von Blubbergeräuschen begleitet wurden.

»Nein, hast du nicht …«

»Na, dann habe ich zumindest eine Andeutung gemacht.«

Darauf konnte Laire ihn nur anstarren. »Du bist unmöglich.«

Er hob einen Finger. »Unmöglich nicht. Aber unendlich.«

»Das war nicht –« Sie brach ab und atmete tief ein. »Okay. Egal. Dann bist du eben unendlich.«

»Und du lenkst ab.«

Laire griff nach der anderen Teetasse, die nach Orange und Zimt duftete. *Arwen.* Ihre Mutter hatte ihn gemischt; als Teilinhaberin des kleinen Ladens *McKelly's* kreierte sie die meisten Teesorten für die Teeabteilung selbst.

Sie schluckte schwer und zwang sich, sich zu konzentrieren. »Ich will nicht auf Yestas Party, weil ich nicht dorthin gehöre. Ich kenne ihre Freunde nicht und die, die ich kenne, mögen mich nicht.«

»Woher willst du das wissen?«

»Das ist immer so. Schon in der Schule haben sie mich für komisch gehalten.«

Sie hatte erwartet, dass Mirroanwi etwas Unerwartetes tat, so wie sie es bisher von ihm kennengelernt hatte, zum Beispiel, eine Frage zu stellen, die eine nichtiges Detail ihres Satzes klären sollte, oder ein völlig neues Thema anzuschlagen. Stattdessen tat er genau das, was Laire von jedem anderen erwartete: Er stellte die Teetasse behutsam ab und berührte ihr Knie. Seine Berührung beruhigte sie, und auch der Blick, mit dem er sie ansah, nahm ihr die Anspannung.

»Ich sage dir jetzt etwas, und ich möchte, dass du mir gut zuhörst«, begann er langsam. »Komisch ist gut.« Er betonte jede Silbe sehr sorgfältig. »Komisch ist anders. Komisch ist interessant. Komisch ist selten.«

Sie schnaubte. »Klar.«

»Doch«, beharrte er. »Es ist wie eine vorinstallierte App, die nur manche Handys haben. Ohne diese App wäre ich jetzt nicht bei dir.«

Sie lächelte ein wenig. »Also kommst du nur zu komischen Menschen? Damit sie noch komischer werden?«

Sie spürte, wie er leicht über ihr Knie strich, ehe er die Hand wegnahm. »Ich komme nur zu Menschen mit viel Ki.«

»Dieses Wort ... das hast du schon einmal benutzt«, erinnerte sie sich. Sie hatte ihn gefragt, wie er aus dem zugesperrten Ankleidezimmer entkommen war, und er hatte »Ki« geantwortet. »Was bedeutet es?«

»Vorstellungskraft«, übersetzte er, bevor er seine Tasse wieder aufnahm. »Aber darum geht es nicht in der ersten Lektion.«

Sie betrachtete ihn mit schief gelegtem Kopf. Sein Umgang mit ihr wirkte so selbstverständlich. Andere Menschen benötigten zehn Jahre, um diese Vertrautheit aufzubauen. In seiner Gegenwart fühlte sie sich so wohl, wie sie es für gewöhnlich nur dann tat, wenn sie allein war. Er war der erste Mensch, dem sie sich nicht zu verschließen brauchte.

Als ihr das klar wurde, musste sie lächeln. War das Freundschaft? War eine Inkarnation des Todes wirklich das erste Wesen außerhalb ihrer Familie, dem sie sich verbunden fühlte?

»Ähm …« Laire versuchte, sich an seine vorherigen Worte zu erinnern. »Um was geht es in der ersten Lektion?«

»Was bedeutet das Leben?«

»Ich weiß nicht … Moment, ist das schon die erste Lektion?«

Sie hatte das Gefühl, dass er die Augen verdrehen wollte, aber sich im letzten Moment dagegen entschied. »Leben bedeutet Lernen«, beantwortete er seine eigene Frage. Er verschränkte die Arme hinter seinem Kopf und kniff die Augen zusammen, wodurch er auf einmal ernst wirkte. »Und Lernen bedeutet Veränderung. Die Menschen leben fortwährend, also lernen sie fortwährend. Was ist also der Tod?«

Laire runzelte die Stirn; sie hatte keine Fragen erwartet. Nachdem sie seine Worte im Kopf wiederholt hatte, erkannte sie, dass sie auf gewisse Weise Sinn ergaben.

Auf eine gewisse Weise. Das hieß nicht, dass sie sie verstand. Von der Fähigkeit, den Gedankengang weiterzuführen, ganz zu schweigen. Was erwartete er auch von ihr? Sie hatte mit sechzehn die Schule verlassen, eben weil sie von Fragen genug hatte.

Dennoch dachte sie darüber nach. Was war der Tod?

Jeden Tag lernte man Neues, sei es auch nur eine Kleinigkeit, so viel verstand sie. Erst heute hatte sie gelernt, wie

Waterstones seine Interviews plante. Und wenn man starb, konnte man nicht mehr lernen.

»Man hat ausgelernt?«, fragte Laire.

Er klang wie eine programmierte Maschine, als er antwortete. »Diese Antwort steht zwar in keinem Verhältnis zu der Formulierung meiner Frage, aber sie ist teilweise richtig.«

Zufrieden rutschte sie in eine lässige Position. »Tja, der Lehrling des Todes hat es eben drauf.«

Unwillkürlich verzog Mirroanwi das Gesicht. »Sag das nie wieder«, forderte er, und damit wich jede Spur Ernsthaftigkeit von ihm. »Offiziell heißt eine noch nicht ausgebildete Botschafterin Gefährtin.«

»Und warum? Weil ich der Nebencharakter bin und dir bei heldenhaften Aktionen Hilfe leisten darf?« Als Mirroanwi den Mund öffnete, ohne Zweifel, um ihre Anspielung kaputt zu fragen, seufzte sie. »Antworte einfach nur.«

»Du bist meine Gefährtin, weil du mich begleitest und dadurch einen Teil meiner Arbeit kennenlernst.«

»Aber hauptsächlich bringst du mir doch Sachen bei. Du lehrst mich also, stimmt´s?«

»Stimmt.«

»Also bin ich dein Lehrling.«

Er blieb still, sodass Laire dachte, sie hätte gewonnen. Dann jedoch platzte er mit etwas heraus, das sie nicht erwartet hatte. »Ich bin kein Zauberer!«

Das brachte sie zum Lachen. Jegliche Lernatmosphäre war verflogen. »Du schaust ja doch Fernsehen.« Sie überlegte kurz. »Und gibt es auch insgesamt sieben Lektionen? Wie die magische Zahl? Oder drei?«

Er hatte die Mundwinkel nach unten gezogen und versuchte ganz offensichtlich, seine verbliebene Würde zu bewahren. »Deine Lehre besteht aus acht Lektionen. Wie lange jede Lektion dauert, hängt von dir ab. Es gibt Gefährten, die mich nur zwei Wochen begleitet haben, und andere, die fünf Jahre brauchten, um alles zu verinnerlichen.«

»Und wovon ist das abhängig? Von mir, klar, aber inwiefern?«

Nun rollte er wirklich mit den Augen. »Zum Beispiel davon, wie oft der Lehrling ablenkt.«

»Ha!«, rief sie und deutete mit dem Finger auf ihn. »Du hast Lehrling gesagt – Entschuldigung«, setzte sie schnell nach, als sie sich seines skeptischen Blickes bewusst wurde. Natürlich, er wollte mit seiner Lektion fortfahren. Sie vergaß erstaunlich schnell und erstaunlich oft, dass sie keinen Menschen vor sich hatte, sondern den Tod. Eine Inkarnation des Todes.

»Stell dir den Tod als Nicht-Leben vor«, nahm er den Faden wieder auf.

»Danke dafür.«

Mirroanwi überging ihren Sarkasmus. Möglich, dass er ihn auch gar nicht bemerkte. »Wenn du den Begriff Tod durch Nicht-Leben ersetzt, wird es einfacher für dich, die Lektionen zu verstehen.« Er tippte sich an die Schläfe. »Ich muss das ja wissen.«

Richtig, denn ihr Unterbewusstsein hatte auf ihn abgefärbt. Oder ihn erschaffen. Auf irgendeine Weise beeinflusst. Irgendwas mit Gedankenwellen und Matrizen.

»So etwas wie den Tod gibt es nicht. Der Tod ist nicht das Ende, wie du ihn dir vorstellst. Aber auch nicht der Anfang eines neuen Lebens. Er ist ein Zwischenzustand. Ein Nicht-Leben.«

Er machte eine Pause, damit sie Zeit hatte, alles zu verarbeiten. Noch wusste sie nicht, wie sie das anstellen sollte, deshalb tat sie es wie ein Müllmann: Sie hob den Müll auf und steckte alles in einen Beutel, um ihn aufzubewahren. Nur dass die zusammenhangslosen Aussagen über Leben und Tod kein Müll waren. Und ihr Gehirn kein Müllbeutel. Und man Müll nicht aufbewahrte.

»Wenn das Leben Veränderung ist, dann ist der Tod Stillstand«, schlussfolgerte er. »Ein tiefer Schlaf, in den jede Seele fällt. Dazu —«

»Halt, warte«, fuhr Laire dazwischen. Mittlerweile hatte sie sich in eine aufrechte Position begeben und die Beine im Schneidersitz gefaltet, wodurch zwar ihr Rücken wehtat, ihr Gehirn sich aber nicht wie Matsch anfühlte. »In der Schule hat mich das zwar genervt, aber ich sehe keinen anderen Ausweg, damit mein Gehirn nicht überkocht: Ich möchte nach jedem deiner Sätze Fragen stellen können.«

Diesmal war es Mirroanwi, der seufzte. Vermutlich ging ihm seine Bemerkung von vorhin durch den Kopf, dass sie immer ablenkte, und wunderte sich, wie viel Zeit ihre Lehre in Anspruch nehmen würde. Doch er tat wie befohlen. »Noch Fragen?«

»Ja«, sagte sie überflüssigerweise. »Seele. Ich habe mal gelesen, wie Wissenschaftler danach gesucht haben. Im Körper, meine ich. Aber sie ist kein Organ wie das Herz, oder?«

»Nein, die Seele ist etwas, wovon die Wissenschaft zurzeit noch wenig versteht. Eine Seele ist Energie, genau wie alles andere um uns herum. Energie stirbt niemals. Sie ändert nur ihre Form.« Er lächelte, wie es Laire erschien, ein wenig verträumt. »Energie kann sich zum Beispiel zu Materie verfestigen und Billionen von Farben und Formen annehmen. Alles ist aus Energie, selbst diese Couch. Damals, als das Universum noch neu war, waren die Grenzen viel lockerer, und manchmal ist es passiert, dass ein Gegenstand mit der Zeit seine Form gewechselt hat …« Er räusperte sich. »Aber das ist nichts, was in deine Lehre gehört. Frage beantwortet?«

Laire zögerte, war am Überlegen, ob sie auf das Ende seiner Geschichte bestehen sollte. Doch da redete er schon weiter.

»Energie ist eine Nebensächlichkeit, mit der sich nur Astralphysiker beschäftigen müssen.«

»Meinst du nicht Astrophysiker?«

Er überging ihre Frage. »Das wichtigste sind die Grundsätze von Leben und Tod. Sie sind die Essenz aller weiteren Lektionen.«

Laire nickte. Zumindest das hatte sie verstanden.

Mirroanwi bemerkte ihre Unsicherheit dennoch, auch wenn sie sie zur Seite geschoben hatte. »Du wirst schnell begreifen, dass es dir leicht fällt, die Dinge zu verstehen. Zumindest leichter als anderen Menschen.«

»Weil ich Ki habe?«

»Weil du mehr Ki hast als andere Menschen«, korrigierte er sie. »In gewisser Weise, ja, darum. Zum größten Teil wirst du es aber begreifen, weil es die Logik des Universums ist, die ich dir erkläre.«

Sie hob die Augenbrauen. Gerade er, als ein Ableger ihres Unterbewusstseins, sollte eigentlich wissen, dass sie es nicht so mit Logik hatte. »So viel zum Theoretischen. Fragen? Ich werde dir nun —«

»Moment!« Sie hob eine Hand. »Stopp, warte. Ich bin mir nicht einmal sicher, ob ich mir das alles merken kann, da kannst du nicht gleich etwas hinterherschieben. Leben ist also Lernen und Tod ist Stillstand und alles besteht aus Energie. Lass uns eine Pause machen, ja? Es müsste gleich Essen geben«, stellte sie mit einem Blick auf die Uhr fest.

Die Zeiger tickten in dem Moment auf zwölf Uhr. Wenige Sekunden später klopfte es an der Tür und ihr Vater steckte den Kopf ins Zimmer. Auf seine Pünktlichkeit war Verlass. Dennoch zuckte Laire zusammen, ehe sie sich daran erinnerte, dass er den jungen Mann neben ihr nicht sehen konnte.

Colin schaute sie neugierig an, wie sie da ohne Handy oder Buch oder Laptop auf der Couch saß, stellte aber keine Fragen. »Deine Mutter ruft dich zum Mittagessen«, sagte er. »Hast du Hunger?«

»Ja, ich komme gleich.« Sie wollte sich Mirroanwi zuwenden, um ihn zu fragen, ob er auch etwas essen wollte, doch er war bereits verschwunden. Sie fragte sich nur, wohin er immer verschwand.

Allison hatte Yesta tatsächlich überreden können, zum Mittagessen zu bleiben. Allerdings machte Yesta auf Laire keinen besonders fröhlichen Eindruck – sie hielt den Blick ausschließlich auf ihren Teller gerichtet und nahm nur

Kontakt mit ihren Eltern auf, wenn jemand ihr das Wasser oder den geriebenen Käse reichen sollte.

Allison schien das nicht zu bemerken; ihr Teller war zur Hälfte auf einer abgegriffenen *Herr der Ringe*-Jubiläumsausgabe platziert, die sie sich, wenn Colin die Wahrheit erzählte, zur Feier von Yestas Geburt selbst geschenkt hatte – angeblich, um die Stunden zu überbrücken, in denen das Baby nur an der Brust nuckeln wollte und für keinen Spaß zu haben war (obwohl sie davor schon die Erstausgabe der Trilogie besessen hatte). Mit zehn Jahren war Laire auf den Geschmack von Büchern gekommen und hatte ihre Mutter von da an nachgeahmt: Immer mit einem Buch auf dem Esstisch. Doch irgendwann – vermutlich war es nach dem Tag gewesen, an dem eine riesige Portion Grießbrei Laires Mund verfehlt und stattdessen den Boden getroffen hatte – hatte Colin sich gezwungen gesehen, in die Situation einzugreifen, und hatte Bücher am Tisch prinzipiell verboten. Seitdem befolgte Laire diese Regel, wenn sie alle gemeinsam am Tisch saßen; Allison hingegen schien nicht einmal von der Entstehung der Regel etwas mitbekommen zu haben.

An diesem Tag war es ungewohnt still beim Mittagessen. Normalerweise tauschten Colin und Laire Scherze aus oder empfahlen sich *Netflix*-Serien, aber Yesta brachte alle aus der Ruhe. Alle außer Allison. Dieser musste Colin eine Locke ihres karottenroten Haares aus dem Gesicht streichen, die bedrohlich nah über ihrem Teller baumelte.

Schließlich räusperte sich Colin. »Yesta, wie läuft die Uni?« Der Ton, den er anschlug, benutzte er normalerweise nur bei seinen Studenten – und seit ein paar Jahren auch bei seiner ältesten Tochter.

Yesta zuckte mit den Schultern, oder besser gesagt, mit einer einzigen. Sie aß weiter, als hätte sie nur versucht, eine Fliege zu verscheuchen.

Ihr Vater schob die dunklen Augenbrauen zusammen, in die sich schon ein grauer Schatten geschlichen hatte. Laire wusste zwar nicht, was er sagen würde, aber er würde *etwas* sagen. Und Yesta reagierte sehr empfindlich auf *alles*, was er sagte. Sie interpretierte zu viel in seine Fragen hinein. Vorwürfe. Kritik. Früher hatte sie meist richtig interpretiert, aber ihre Eltern hatten sich gebessert, das sah selbst Laire ein, obwohl sie nie dieselben Probleme wie Yesta gehabt und sich immer gut mit ihren Eltern verstanden hatte.

Ehe Colin das Wort ergreifen konnte, sprach Laire das Erstbeste aus, was ihr in den Sinn kam. »Yoda stirbt im sechsten Teil!«

Colin setzte die Gabel kurz ab und sah sie verwirrt an, wartete, ob noch eine Erklärung kam. Yesta offenbarte Laire ein kleines Lächeln und hob den Kopf ein wenig mehr, sodass ihre Haare sie nicht länger wie eine Wand zu beiden Seiten von ihren Eltern abschirmten.

Ihre Mutter rettete sie aus der Situation, denn Laire hatte keine Ahnung, welches Thema sie an ihren Spoiler anknüpfen sollte. »Gandalf stirbt auch gerade«, murmelte sie. Man hätte meinen können, sie spräche mit dem Buch.

Colin wandte sich wieder seinem Essen zu, kopfschüttelnd. »Ich liebe unsere familiären Gespräche. Sie sind so klar strukturiert und übersichtlich.«

Yesta hatte den Moment der allgemeinen Ablenkung genutzt und sich unbemerkt die letzte Portion Nudeln in den Mund geschoben. Gleichzeitig schabte ihr Stuhl über den Kachelboden, woraufhin sich alle Augen (selbst die Allisons) auf sie richteten und beobachteten, wie sie ihren Teller zur Spüle trug.

Allison klang tatsächlich überrascht. »Du willst schon gehen?«

Von beiden Elternteilen war sie diejenige, die ihr Verhältnis mit Yesta verschönerte, vor allem gegenüber sich selbst. Der Realist von den beiden war Colin. Er wusste, dass Yesta es kaum länger als zwei Stunden in ihrer Gegenwart aushielt, ohne einen Streit anzufangen. Das kürzliche Schweigen während des Mittagessens war eine Rarität. Allison hingegen tat gerne so, als wäre mit der Familie alles in

Ordnung, reagierte dafür umso heftiger, wenn Yesta mit ihnen stritt.

Laire zog es vor, sich aus diesen Angelegenheiten herauszuhalten.

Yesta richtete sich auf und schob das Kinn trotzig vor. Ihre Miene war undurchdringlich, nicht einmal Laire konnte sie lesen. »Hast du etwas dagegen?«

Da, da war der Funken, der bis jetzt ausgeblieben war. Noch war es möglich, dass er ein Feuer entfachte oder nur zu Asche verglühte.

»Naja ...« Allison tat sich merklich schwer, zurück in die Realität zu finden. Eine Hand ruhte noch auf den Buchseiten, und als sie das merkte, zog sie sie heraus und klappte das Buch zu. »Ich hatte gehofft, dass du noch zum Nachtisch bleiben würdest.«

Unauffällig beugte sich Laire ein wenig mehr über ihren Teller, konzentrierte sich darauf, die Nudeln auf ihrer Gabel aufzurollen.

Yesta schenkte ihrer Mutter einen abfälligen Blick. »Die Hoffnung ist ja ziemlich schnell verflogen.«

»Yesta, Schatz ...«

»Nein, Dad, ihr müsst einsehen, dass ihr mir keine Vorschriften mehr machen könnt. Ich bin erwachsen. Die Zeiten sind vorbei.«

Yesta hätte gehen, einfach ihre Jacke von der Stuhllehne nehmen und das Haus verlassen können. Laire wünschte sich, sie hätte es getan. Nicht der Streit war das schlimmste, sondern der Zustand, in dem sich Yesta danach befand.

Laire sah, wie der Funke auf trockenes Moos fiel. Wie erwartet ging das Geschrei los, und Laire schloss nur ihre Augen und wünschte sich an einen fernen Ort. In eine bessere Welt. Eine, in der sie das erstgeborene Kind war und nicht Yesta. Erstgeborene benötigten eine hohe Toleranzschwelle; die Eltern testeten Regeln und Verbote an ihnen aus, und damit hatte sich Yesta nie zurecht gefunden. Sie war schon immer erwachsener gewesen, als ihr gut getan hatte, hatte nach ihren eigenen Vorschriften gelebt und früh angefangen, selbstständig zu handeln, auf der Suche nach Freiheit. Laire hatte den Punkt aus den Augen verloren, an dem dieses Verhalten in Konflikt mit den elterlichen Vorstellungen geraten war.

Nachdem Yesta die Haustür hinter sich zugeknallt hatte, kehrte wieder Ruhe ein. Alle am Tisch stießen einen Seufzer aus, aber Colin war der einzige, der das laut tat.

Laire wusste nicht, wer schuld war. Ihre Eltern, weil sie Yesta mit ihrer Liebe eingeschränkt hatten, oder Yesta, weil sie Konflikte provozierte. Laire hatte sich damit abgefunden. In manchen Beziehungen funktionierte die Chemie, und in manchen nicht. Was geschah, entschied allein der Zufall.

4. Kapitel
Das Lächeln des Todes

»Zeit für Rapid Fire-Fragen!«, verkündete Laire, als sie nach dem Klavierunterricht wieder die Wohnung unter dem Dach betrat.

Kaum hatte sie die Tür hinter sich geschlossen, stolperte sie, fing sich und hielt dann erstaunt inne. Ihr Mantel und ihre Schuhe hatten sich eigenständig von ihrem Körper gelöst und schwebten in zwei verschiedene Richtungen davon: Der Mantel hängte sich von selbst über den Drehstuhl, und die Schuhe senkten sich auf die Dielen neben der Tür.

Laire blieb keine Zeit mehr, um ihrer Kleidung verblüfft nachzuschauen, geschweige denn, richtig anzukommen, denn Mirroanwi materialisierte sich vor ihr, nach hinten gelehnt als wäre da eine unsichtbare Wand.

Ein Lachen entfuhr ihr. »Hast du es so eilig?«

»Nein, aber du scheinst es eilig zu haben.«

Sie schritt an ihm vorbei und ließ sich auf die Couch plumpsen, schnappte sich ein Kissen und legte es auf ihren Bauch.

»Als erstes möchte ich wissen, wohin du dich teleportierst. Hast du ein eigenes Haus? Gibt es ein Hotel für die Inkarnationen des Todes?«

Er lachte. »Ich lasse dir lediglich Privatsphäre. Ist dir das Antwort genug?«

»Nein.«

»Dann löse ich meinen Joker ein: Ich lasse dir Privatsphäre, und du mir.«

Laire verzog den Mund, widersprach jedoch nicht, sondern leitete zur nächsten Frage über, die ihr während der Klavierstunde gekommen war.

»Warum gibt es Inkarnationen? Warum kommt der Tod nicht einfach selbst und bildet Botschafter aus?«

»Weil der Tod keine Person ist. Er ist ein Bewusstsein. Inkarnationen sind sein einziges Mittel, um sich auf der materiellen Ebene zu verständigen.«

»Gibt es noch mehr Ebenen?«

»Ja.«

»Wie viele?«

»Unendlich viele. Aber Menschen können normalerweise nur zwei bereisen, während sie am Leben sind zumindest.«

»Und das sind?«

»Die astrale und die materielle.«

»Was ist das?«

»Dazu würde ich kommen, wenn ich endlich mit der Lektion fortfahren —«

»Warum ausgerechnet ich?«

Mit einem Seufzen löste Mirroanwi sich aus seiner Pose und spazierte im Zimmer umher.

»Ich meine, es gibt bestimmt eine Milliarde von komischen Menschen«, redete Laire weiter. »Warum ausgerechnet ich, und warum ausgerechnet jetzt?«

»Das Universum wird von zwei Gegensätzen bestimmt: Von Dehnung und Stauchung, von Schicksal und Zufall.« Er sprach sehr bedächtig, um eine klare Formulierung bemüht. »Selbst der Tod beeinflusst diese Dinge nur, aber er bestimmt sie niemals. Wer weiß, vielleicht war gestern der wichtigste Tag in der Geschichte der Menschheit, als ich in deinem Kleiderschrank aufgetaucht bin. Oder es war nur ein Tag wie jeder andere und es sind woanders viel größere Dinge passiert, und dass du meine Gefährtin bist, ist reiner Zufall, von Mächten ausgewürfelt, die niemand kontrollieren kann.«

Er ließ sich neben sie plumpsen und lehnte sich zurück, den Kopf auf der Armstütze. »Das Universum ist unendlich. Und nicht einmal eine Inkarnation weiß alles.«

»Und weiß diese Inkarnation, wie sie mir erklären kann, wie der Tod funktioniert? Du hast gesagt, ihr holt die Menschen ab, wenn sie bereit zum Sterben sind. Aber wer legt fest —«

»Laire«, unterbrach er sie ruhig. Er schenkte ihr ein Lächeln, als sie innehielt und ihn ansah, die Hände, die sie zum Gestikulieren gebraucht hatte, in der Luft eingefroren. »Du bist deiner Zeit voraus. Ich erkläre dir noch so viele Dinge. Hab Geduld.«

»Ich habe keine Geduld. Wenn ich sterbe – holst du mich dann auch ab? Oder macht das jemand anderes?«

»Das mache ich. Du siehst mich in deinem Leben zweimal: Einmal während deiner Lehre, und zum zweiten Mal kurz vor deinem Nicht-Leben. Das ist eine Regel des Todes.«

Er wollte noch etwas sagen, aber da gab Laires Handy einen Piepston von sich und er hielt inne, damit sie die neue Nachricht lesen konnte. Es waren drei Worte, und sie kamen von Yesta.

Tut mir leid.

Laire schloss kurz die Augen. Yestas Entschuldigungen hatten schon vor langer Zeit an Wert verloren, als sie sich immer mehr gehäuft hatten.

Mirroanwi richtete sich ein Stück auf. »Wer war das?«

Ein Atemzug. »Yesta.«

»Wenn ich nur deinen Ton deuten müsste, würde ich denken, du sprächest von jemandem, bei dem du deine Einkäufe bezahlst. Oder von einem Dudelsackspieler, den du jede Woche auf der Straße triffst.«

Unter anderen Umständen wäre sie auf seinen übertrieben korrekten Konjunktiv eingegangen.

»Du kannst auch gleich sagen, dass ich nicht besonders froh klinge.«

Er hob eine seiner schmalen Augenbrauen, eine stumme Aufforderung.

Laire stöhnte. »Yesta ist immer so. Nach einem Streit mit Mum und Dad tut es ihr immer leid. Aber nur wegen mir. Nie wegen des Streits. Sie sieht nicht ein, dass sich so nie etwas ändern wird.« Sie schaute auf ihre Hände. Den Nagellack, den sie trug, hatte sie vor ihrem Geburtstag aufgetragen und so schaute er auch aus. *Ist das noch Kunst oder kann das weg?*, hätte Yesta gefragt.

Schließlich sprach sie das aus, was sie noch nie laut ausgesprochen hatte. »Yesta läuft vor ihren Problemen davon. Es würde sich alles klären, wenn sie einfach stehenbleiben und all ihren Problemen ins Gesicht schauen würde. Je länger sie damit wartet, desto mehr werden es.«

»Und weißt du, warum sie sich so verhält?«

Laire schüttelte den Kopf. »Sie ist einfach so. Und dem bezüglich verstehe ich sie auch nicht. Ich könnte niemals so werden.«

Mirroanwis Daumen bewegte sich in kleinen Kreisen über seinen Handrücken. »Themenwechsel?«, fragte er nach einer Weile.

Sie nickte. »Immer noch die erste Lektion?«

»Ist das Ungeduld?« Er lächelte, und automatisch lächelte sie auch. Ihre Stimmung hob sich nur durch ein Lächeln von ihm. »Ich werde nun das Ki benutzen, um dir eine Frage zu stellen«, erklärte er. »Sei auf alles gefasst.«

Ihre Augen weiteten sich. »Wie Telekinese?«

Er lachte leise. Das erkannte Laire mehr am Auf und Ab seiner Brust als an irgendetwas anderem.

»Nein, keine Telekinese«, erwiderte er schließlich. »Aber so etwas ähnliches wie Telepathie. Manche Gefährten nennen es Gedankennachrichten. Man kann damit nicht Gedanken lesen, sondern miteinander kommunizieren.«

»Ohne etwas zu sagen?«

»Sogar ganz ohne Worte. Das Ki arbeitet mit einer Bildersprache.«

Ihr fiel der Begriff ein, den er vorhin benutzt hatte. »Vorstellungskraft.«

»Genau. Heißt das, du hast keine Fragen mehr?«

»Nein!«, rief sie, entsetzt, dass er dachte, sie hätte ihn verstanden, nur weil sie ihn zitiert hatte. »Ki ist Kommunikation? Ich dachte, das wäre Vorstellungskraft, damit du —

ähm, Kleidung und so auf ihren Platz schweben lassen kannst. Und teleportieren!«

Er nickte. »Mit Ki ist alles möglich, was du dir vorstellen kannst, selbst die unmöglichsten Dinge. Es gibt nur eine Einschränkung: Du kannst die Materie nur unmittelbar beeinflussen, also alles, was über deinen Körper oder Geist hinausgeht, ist —«

»Unmöglich?«

Ihr Kommentar, zusammen mit Mirroanwis Miene, brachte sie zum Lachen. Als er nicht miteinstieg, zwang sie sich, aufzuhören und eine ernste Miene aufzusetzen.

»Das wolltest du sagen, gib´s zu.«

Er betrachtete sie trocken. »Du bist jetzt bereit, schätze ich?«

Nein, das war sie nicht, aber sie schloss trotzdem die Augen, Sie wusste nicht, worauf sie sich gefasst machen sollte, in welcher Form sie die Frage zu erwarten hatte. Außerdem schmerzten immer noch ihre Lachmuskeln. Würde es eher ein Gefühl in ihrem Bewusstsein sein? Oder eine deutliche Sprache? Er hatte von Bildern gesprochen, also würden vielleicht Buchstaben dort auftauchen, wo sie im Moment nur schwarze und helle Schemen sah … oder waren die Schemen die Frage? Konnte sie die Schemen als Wörter interpretieren? Wenn sie sich mehr auf die Umrisse konzentrierte …

»Nicht ablenken«, wisperte Mirroanwi, seine Stimme auf einmal ganz dicht an ihrem Ohr. Sie konnte ihn atmen hören, obwohl sein Kopf gerade noch auf der anderen Seite der Couch gelegen hatte. Vielleicht hatte er sich wieder teleportiert … oder sie war so in Gedanken versunken gewesen, dass sie nicht gemerkt hatte, wie er sich bewegte.

»Laire, nicht ablenken.«

»Dann sei still«, flüsterte sie zurück und kniff die Augen fester zusammen. Sie konnte schon spüren, wie ihre Wimperntusche abfärbte, dieses klebrige Gefühl von halb getrocknetem Mascara —

Sie versuchte, alle überflüssigen Gedanken zu ignorieren, das laute Scheppern zwei Stockwerke weiter unten – vermutlich ihre Mutter, die, ungeschickt wie sie war, etwas umgestoßen hatte.

Da, da … da war etwas, ein Floh, der an dem entlegensten Winkel ihres Bewusstseins zupfte. Sobald er ihr einmal aufgefallen war, konnte sie ihn nicht mehr ignorieren.

»Schau hin«, hauchte Mirroanwi ihr ins Ohr, woraufhin sie ihm einen Klaps auf das Schienbein verpasste. Wenn er sie dauernd erschreckte, konnte er nicht erwarten, dass sie sich nicht ablenken ließ.

Wenn sie in Büchern davon gelesen hatte, wie jemand sein Bewusstsein öffnete, hatte sich in ihrem Kopf eine primitive Vorstellung einer Kiste abgespielt, deren Deckel aufgeklappt wurde. Aber so war es nicht. Als Laire ihr Bewusstsein öffnete, war es mehr wie ein Vorhang, der zur Seite gezogen wurde und die geballte Kraft der Sonne hineinließ, als hätte sich die Ozonschicht gelöst und ihr Bewusstsein würde nun die volle Intensität der Sonnenstrahlen auffangen.

Am Rande nahm sie wahr, wie Mirroanwi sanft ihre verkrampften Finger löste, die sich in den Stoff ihrer Strumpfhose gegraben hatten, indem er leicht über ihre Haut strich. »Nicht übertreiben«, raunte er ihr zu. »Nur meine Frage, mehr nicht.«

Tief einatmend, verschloss sie ihr Bewusstsein wieder, bis auf einen winzigen Spalt. Es überraschte sie, wie ihr all diese Dinge intuitiv gelangen. Erleichtert spürte sie, wie die Sonnenstrahlen ausgesperrt wurden. Sie fühlte sich, als wäre ihr Bewusstsein kurz davor gewesen, versengt zu werden.

Sobald sie sich gefasst hatte, suchte sie nach dem zupfenden Floh. Er war die Frage, das erkannte sie jetzt. Mirroanwis Gedankennachricht. Es war ein Gefühl, das ihr vertraut vorkam, einfach wie … er. Ohne zu wissen, was sie da tat, gelang es ihr, den Floh zu fassen und in ihr Bewusstsein zu setzen, durch den winzigen Spalt für den winzigen Floh.

Lächelnd öffnete sie die Augen. Sie wusste, wie die Frage lautete.

Als er sah, dass sie bereit war, rückte Mirroanwi von ihr ab. »Und?«

Ihr Lächeln fühlte sich an wie das einer Erstklässlerin, die zum ersten Mal eine Frage des Lehrers richtig beantworten konnte. Auch das Gefühl, das sie durchströmte, war reine Freude. »Warum hat man Angst vor dem Tod?«, zitierte sie die Worte, die sich in ihrem Bewusstsein befanden. Der Floh war ein Bild, und das Bild vermittelte ein Gefühl, und das Gefühl den Satz. Nichts, was man mit den Augen sehen konnte, nichts, was in einem Museum hing. Selbst wenn sie eine begabte Malerin gewesen wäre, hätte sie es nicht von ihrem Gedächtnis auf ein Blatt Papier projizieren können.

Als Mirroanwi ihr Lächeln erwiderte, griff sie nach dem Kissen, das sie gegen ihren Bauch gedrückt hatte, und steckte es zwischen ihren Nacken und die Rückenlehne. Sie spürte immer noch die Nachwirkungen von was auch immer das gewesen war, von diesen Strahlen, die sich einen Weg in ihr Bewusstsein gebahnt hatten. Sie hatten Erschöpfung zurückgelassen.

Anstatt an seine Frage anzuschließen, lehnte Mirroanwi sich auch zurück, sodass sein Kopf wieder auf der Armlehne lag, und betrachtete sie abwartend. »Fragen?«

Eifrig nickte sie. Sie hatte das Gefühl, dass sie in ihrer gesamten Schullaufbahn nicht annähernd so geistesgegenwärtig gewesen war. »Was war dieses … Etwas, diese Sonnenstrahlen, die ich reingelassen habe?«

Er wusste sofort, was sie meinte.

»Das war Energie.« Er streckte die Hände aus, während er redete, und zeichnete über seinem Kopf etwas in die Luft. Seine Bewegungen hinterließen Leuchtspuren, wie bei einem Sternenspeier, den man hin und her schwenkte. Laire konnte den chaotischen Linien in der Luft keinen Sinn entnehmen.

»Energie ist das, woraus alles besteht, und du hast dich der Außenwelt, dem Universum, geöffnet. Du hast den

Schirm gehoben, der während deines Lebens dein Bewusstsein davor schützt.«

Eine Falte grub sich zwischen ihre Augenbrauen, doch bevor sie etwas sagen konnte, fuhr er schon fort.

»Du stirbst nicht, keine Sorge.« Seine Hände hielten in ihrer Bewegung inne, sodass sie das Bild nun klarer erkennen konnte. Nicht, dass sie es verstehen würde. Kleine Kreise und große Kreise und sich überschneidende Kreise, geordnete Linien und ungeordnete Linien. »So sieht unser Universum eigentlich aus«, erläuterte er. »Ein Strudel aus Energie. Energie ist unendlich, genau wie das Ki, genau wie ich. All diese unendlichen Dinge bringen jede erträumbare Form zustande. Du besitzt genau das richtige Maß an Ki, damit du wunderbare Dinge bewirken kannst. Aber – und jetzt kommen wir wieder zum Thema zurück – indem du den Schirm um dein Bewusstsein gehoben hast, ist all das Ki und all die Energie des Universums, die Universalenergie, auf dich eingeströmt. Was ziemlich überwältigend ist, wie du gespürt hast. Ki ist das, was den Menschen Ideen und Gedanken einpflanzt. Den Schirm gibt es, damit sich die Menschen auf die Materie konzentrieren können und ihre Ideen und Gedanken nicht übermenschliche Größen annehmen.«

»Wir sind also komplett abgeschnitten vom Universum? Ist das nicht … schlecht?«

»Es gibt noch eine Verbindung zwischen euch und eurem Ursprung, die dauernd Signale austauscht. Wenn ihr komplett isoliert wärt, wäre das sogar gefährlich.«

»Welche Signale?«

Mirroanwi schmunzelte. »Signale über das Sterben. Aber darüber sprechen wir in einer anderen Lektion.«

Laire schwirrten zu viele Fragen im Kopf, als dass sie auf eine Antwort bestehen könnte. Es war nicht wie in der Schule, dass sie die Erschöpfung auslaugte. Die Erschöpfung half ihrem Geist, sich zu einem großen Schwamm aufzublähen, um alles aufzusaugen.

»Und du kannst auch mit dem Ki zaubern?« Sie zwang sich, den Blick von der leuchtenden Luft loszureißen. »Nennt man das so?«

»Bisher hat man das nicht so genannt«, sagte er. Er wippte mit dem Fuß. »Aber wenn du beim Vergleich mit dem Lehrling bleiben willst – ja, ich kann zaubern, sogar ohne den schützenden Schirm. Diese Sonnenstrahlen, die du gespürt hast, können Inkarnationen und wenige menschliche Ausnahmen auf Dauer ertragen und dabei klar denken.«

»Und was bringt euch das?«

»Mit einem geöffneten Bewusstsein können wir solche praktischen Dinge bewerkstelligen wie unseren Gefährten den Mantel abnehmen, ohne einen Finger rühren zu müssen.« Er senkte die Hände und das Lichtbild verschwand. »Aber zurück zur Frage. Warum hat man Angst vor dem Tod?«

Auf einmal musste Laire schlucken. Das Bild eines Krankenhausbettes mit ihrer Schwester darin schoss ihr durch den Kopf. Sie brauchte nicht lange zu überlegen. Die Frage hatte sie sich bereits selbst gestellt. »Weil man nicht weiß, was danach kommt.«

»Warum weiß man nicht mehr darüber?«

»Weil – man eben nicht mehr darüber weiß?«

»Weil die Menschen nicht mehr über den Tod wissen wollen. Alles, was ihnen Angst macht, verdrängen sie. Unwissen, Angst, Verdrängen, Unwissen, Angst, Verdrängen … ein Teufelskreis.«

Er richtete sich auf und faltete die Hände. Dann streckte er die Zeigefinger aus und stützte das Kinn auf die Fingerspitzen. Diese Pose sah seltsam aus, aber sie musste zugeben, dass sie ihre Wirkung nicht verfehlte. Er erschien wie ein Lehrer, der bedeutungsvoll in die Ferne starrte. Die Haltung hätte sich gut vor einer Kamera gemacht. Kurz überlegte Laire, ob sie nicht flink ein Foto schießen sollte, erkannte die Idee dann jedoch als überflüssig.

»Deswegen gibt es die Botschafter«, sprach er weiter. »Sie nehmen ihren Mitmenschen die Angst, oder mildern sie zumindest.«

Dazu hatte sie etwas einzuwerfen. »Wenn du willst, dass die Menschen keine Angst vor dem Tod haben, warum zeigst du dich dann nicht allen und erklärst es ihnen so wie mir gerade?« Sie runzelte die Stirn; die Frage erschien ihr angemessen. »Das würde ich machen, wenn ich der Tod wäre.«

»Wenn du der Tod wärst, wüsstest du, dass Wissen auch gefährlich sein kann, Laire MacDiagan. Die materielle Ebene darf auf keinen Fall das erfahren, was du bald wissen wirst. Die gesamte Existenz könnte dadurch gefährdet werden.«

»Warum?«

»Dasselbe könnte ich dich fragen. Warum kannst du dich nicht auf die Lektion gedulden, die dir das erklären wird?«

»Warum sagst du es mir nicht einfach jetzt schon, und später kannst du es mir nochmal sagen?«

»Weil das aus dem Zusammenhang gegriffen wäre.«

»Mir erscheint es gerade ziemlich zusammenhängend.«

»Wo war ich stehen geblieben … genau. Wenn die Menschheit die ganze Wahrheit über den Tod wüsste, wäre die Existenz gefährdet. Deswegen ist es wichtig, dass du als Botschafter nur kleine Hinweise verteilst, Andeutungen, die gerade so ausreichen, um ihnen die Angst zu nehmen. Du darfst ihnen nur einen Funken der Wahrheit geben.«

»Wie in einem Märchen.« Sie machte eine Pause. »Aber warum überhaupt? Warum sollen die Menschen keine Angst haben?«

»Das hat etwas mit dem Tiefschlaf zu tun, von dem ich vorhin geredet habe.«

»Das Nicht-Leben«, erinnerte sie sich.

»Der Stillstand. Die Zwischenphase.« Sie fasste das als Zustimmung auf. »Der Tod ist wichtig, damit eine Seele ein neues Leben beginnen kann. Aber das gehört nicht in diese Lektion.«

Sie verdrehte die Augen. »Das sagst du ständig. Was gehört denn in diese Lektion?«

»Alles über das Leben und den Tod. Die erste Lektion. Fällt dir eine Geschichte ein, oder ein Bild, oder ein Lied, das von einem Botschafter erschaffen worden sein könnte?«

»Woran erkenne ich es?«

»Daran, dass es einen Funken Wahrheit enthält. Über mich. Es gibt nur sehr wenige Regeln im Universum, und an eine wirst du dich halten müssen, wenn du Botschafterin bist und deine Erinnerungen behalten willst: Du darfst den Menschen auf keinen Fall die Wahrheit erzählen.«

»Warum?«

»Du lenkst schon wieder ab, merkst du das eigentlich?« Mit gespielter Missbilligung schüttelte er den Kopf. Dann: »Ein Buch. Komm schon, du kennst ganz bestimmt eines, so viel wie du liest.«

»Hm. Als ich klein war, hat mir Mum abends aus einem Märchenbuch vorgelesen. Schneewittchen war mein liebstes.«

Da gab er seine kamerareife Pose von den stützenden Zeigefingern auf, die er bis dahin bewahrt hatte, damit er seine Arme links und rechts von sich abstützen konnte. Sie hatte noch nie jemanden gesehen, der so wenig still halten konnte. »Welcher Teil von Schneewittchen?«, hakte er nach. Aus irgendeinem Grund klang er ungläubig.

Laire versuchte, ebenso viel Unglaube in ihren Blick zu legen. Als würde er Schneewittchen nicht kennen, er, der sich selbst als allwissend bezeichnet hatte. »Die Stelle, an der Schneewittchen wegen des vergifteten Apfels stirbt und dieser einsame Wanderer erscheint, der dem Prinzen sagt, dass sie im nächsten Leben auf ihn wartet.«

Sein Unglaube schien sich in Verwirrung zu steigern. »Und was passiert danach?«

»Dann bringt der Prinz sich um und ist wieder mit Schneewittchen vereint.«

»Ah …« Mirroanwi zog die Nase auf seltsame Art kraus, sodass seine Nasenlöcher hervortraten und sich seine Stirn in Falten legte. »Ich weiß nicht, aus welchem Märchenbuch dir deine Mutter vorgelesen hat, aber es war nicht das traditionelle.«

Er stand auf, um eine Schneekugel vom Hängeregal über der Couch zu nehmen. Ein englisches Cottage befand sich darin.

Sie dachte zurück an das handgeschriebene Märchenbuch ihrer Mutter. Laut Allison war es von den Gebrüdern Grimm selbst verfasst worden. »Du meinst, alle Märchen, die ich kenne, sind nicht wahr?«

»Soweit Märchen nicht wahr sein können«, murmelte er. Mit den Gedanken schien er anderswo zu sei, deswegen streckte sie sich, um ihm die Schneekugel zu entwenden, und stellte sie zurück ins Regal, damit er sie nicht fallen ließ.

»Dann ist Dornröschen in ihren Träumen nicht durchs Land gewandert und hat nach einem Prinzen gesucht, der sie rettet?« Wenn Laire ein zu Dramatik neigender Mensch gewesen wäre, wäre für sie in diesem Moment eine Welt zusammengestürzt, dessen war sie sich sicher. So aber färbte nur ein großes Fragezeichen ihre mitunter schönsten Kindheitserinnerungen an ihre Mutter. Doch es war kein Geheimnis, dass Allisons Fantasie manchmal mit ihr durchging, wie die Namen ihrer Töchter vortrefflich bewiesen. Anscheinend hatte sie beim Vorlesen etwas gemogelt.

Auf einmal hob Mirroanwi den Kopf. »In ungefähr einer Minute wird deine Mutter anklopfen und dich fragen, ob du mit zu Abend essen willst. Abschlusswort der ersten Lektion: Frankenstein.«

»Was?« Dies galt beiden Ankündigungen. Sie entschied sich, chronologisch vorzugehen. »Du kannst doch die Zukunft voraussagen?«

»Nein, immer noch nicht. Ich habe nur ein besseres Gehör als du.«

»War ja klar. Ein Vampir bist du auch noch?«

Er tippte an sein rechtes Ohr und grinste. »Diese Ohren sind nagelneu und nicht durch Stadtlärm und Kopfhörer beschädigt wie deine. Deine Mutter steigt gerade die Treppen ganz unten hoch.«

Sie seufzte. »Und warum Frankenstein?«

»Das Buch, nicht der Film«, erwiderte er, als hätte er ihre Gedanken gelesen. »Mary Shelley vermittelt auf eine skurrile, aber einprägsame Weise, dass nach dem Tod noch etwas kommt. Dass der Tod nicht das Letzte ist. Dass aus Totem Neues entstehen kann.«

»Wirklich?« Sie klang ungläubig, vielleicht auch etwas bestürzt. »Die Zombiegeschichte soll einen Hauch Realität enthalten, aber Schneewittchen in einem neuen Leben ist absurd? Moment, Mary Shelley war eine Gefähr–«

In dem Moment klopfte es an der Tür. Bevor Laire Zeit hatte, sich zu erheben, klopfte es noch einmal.

»Warte, ich telefoniere!«, rief Laire, damit ihre Mutter nicht hereinkam. Als sich die Türklinke bewegte, fügte sie hinzu: »Skype-Anruf!«

»Schatz, bitte leg das Handy weg und komm runter zum Essen. Du hast dir hoffentlich nicht wieder eine Schüssel Cornflakes mit warmer Milch zum Abendessen gemacht, oder?«

Laire nutzte die Chance, dass Allison sie nicht sehen konnte, und verdrehte die Augen. »Wenn ich eine richtige Küche hätte, könnte ich mir auch selbst was kochen«, murmelte sie. Das Thema hatte sie mit ihren Eltern schon dutzende Male diskutiert.

»Das ist deine Mutter?«, fragte Mirroanwi. Seine Augen leuchteten, als wäre er ein zwölfjähriges Mädchen, das kurz davor war, sein Geschenk zu öffnen, und ein Einhorn darin erwartete.

»Nein, meine Haushälterin.« Ohne sich zu vergewissern, ob er die Ironie wahrgenommen hatte, ging sie zur Tür und öffnete.

Allison schien gerade aus der Dusche gestiegen zu sein, denn ihre Haare waren dunkler als normal und zu winzigen

Löckchen gekringelt. Ihr stämmiger Körper, den sie von ihrer Farmerfamilie geerbt hatte, war in einen Bademantel gewickelt, der die Karte von Mittelerde zeigte. Manchmal fragte sich Laire, ob sie überhaupt etwas von Allison geerbt hatte. Yesta war eine Kopie von Allison mit Colins schmalem Körperbau, aber Laire sah keiner ihrer Eltern besonders ähnlich. Zwar hoffte sie, dass sie die inneren Werte von Colin geerbt hatte, aber ihre hellbraunen Haare, die grünen Augen … Allison behauptete steif und fest, die hätte Laire von ihrer Großmutter. Leider waren alle Bilder, die von ihrer Großmutter existierten, in schwarzweiß.

»Ich habe seit heute Mittag nichts gegessen«, verteidigte sich Laire, genau in der Sekunde, als Mirroanwi hinter ihr auf halben Weg zur Tür plötzlich stehen blieb.

»Oh«, sagte er. »Deine Mutter ist …« Er schien nach Worten zu suchen. »Deiner Schwester sehr ähnlich.«

»War das ein Kompliment?« Kaum hatten die Worte ihren Mund verlassen, hätte Laire gern genervt gestöhnt über sich selbst.

Allison kniff die Augen zusammen und betrachtete ihre Tochter eingehend. »Nein, war es nicht. Es ist kein Kompliment, wenn dir jemand vorwirft, dass du den ganzen Tag nur Porridge und Cornflakes in dich hineinstopfst. Und das dazu meistens noch kalt, dabei hast du doch selbst eine Küche.«

»Du meinst eine einzelne Herdplatte«, korrigierte sie, während sie Allison die Treppen hinunter folgte. »Die nicht angeschlossen ist.«

Sie mochte es, wenn ihre Mutter vollständig in der realen Welt anwesend war; dann tendierte sie zwar dazu, alle herumzukommandieren, aber Laire hatte trotzdem ihren Spaß mit ihr.

Sie riskierte einen kurzen Blick hinter sich; Mirroanwi hatte sich mal wieder in Luft aufgelöst. Nur wohin verschwand er immer?

»Dein Vater hat dir schon vor einem Jahr eine Anleitung gegeben, wie du sie anschließt. Und eine einzelne Herdplatte reicht völlig aus, um Nudeln mit einer Soße zu kochen, die nicht nur aus Ketchup besteht.« Ihre Mutter drehte den Kopf beim Reden leicht, eine Hand ans Geländer gelegt. »Und einen Kühlschrank brauchst du nicht, du borgst dir sowieso alles von uns.«

»Ja, aber –« Laire vergaß sämtliche Erwiderungen, als sie sah, wer unten am Treppenabsatz auf sie wartete.

Während Allison vorbeiging, ohne von ihm Notiz zu nehmen, zwinkerte er ihr zu. »Ja, ich habe mich teleportiert«, gestand Mirroanwi, als wäre Laire eine Priesterin. Oder ein Pfarrer. Laire hatte keine Ahnung, wem man eine Beiche ablegte, wenn sie ehrlich war – der Papst war es doch sicher nicht, oder?

»Laire, wo bleibst du denn?«, rief Allison aus der Küche. »Die Bohnen werden kalt!«

»Kannst du mir zeigen, wie das geht?«, fragte sie ihn, während sie den Flur entlangging zur Glastür am Ende. »Das Teleportieren, meine ich.«

Er zwinkerte. »Alles zu seiner Zeit.«

5. Kapitel
Das Mädchen, das träumte

»Im Schlaf findest du deine Antwort«, hatte Mirroanwi erwidert, als Laire sich nach der Praxisstunde erkundigt hatte. Er hatte von Theorie gesprochen – also musste es auch so etwas wie eine Praxis geben.

Natürlich konnte sie nicht schlafen, als sie dann schließlich im Bett lag. Es war noch nicht einmal acht Uhr – und was hatte sie sich dabei gedacht, auf Mirroanwi zu hören? Genauso gut könnte sie jetzt wieder aufstehen, die Rollos hochziehen und den Abend mit einem guten Buch oder den Kommentaren unter ihrem neusten Video ausklingen lassen.

Fast hätte sie den Floh nicht bemerkt, der an ihrem Bewusstsein zupfte. Sie ließ ihn durch den winzigen Spalt, der noch von der Übung am Vormittag geöffnet war, und betrachtete die Bilder, die er mit sich brachte.

Schlaf ein.

Mit geschlossenen Augen versuchte sie, so gut es ging, eine Antwort zu formulieren. Ohne Übung war es absurd schwer, die Worte, die sie sagen wollte, in eine Bildsprache umzuwandeln. Als sie weitestgehend zufrieden war, schickte sie die Bilder durch den Spalt zurück und hoffte, dass sie von Mirroanwi aufgefangen wurden. Bestimmt gab es eine Methode, wie sie ihm den Gedanken gezielt überbringen konnte, aber das war ein Geheimnis, das er noch verraten musste.

Deine Gedanken sind so leise, dass ich sie fast nicht sehe, schickte sie in den Raum.

Die Antwort kam schnell. Natürlich, das Ki war sein Element. Diesmal jedoch kein Floh, der penetrant zupfte, sondern ein Bild, das so schnell in ihr Bewusstsein geschossen kam, dass sie zuerst dachte, es wäre ihr eigener Gedanke.

Ich wollte höflich sein und den Anstand wahren. Besser so?

Sie zog die Decke an ihr Kinn hoch und drehte sich zur Seite. Noch ehe sie einen Gedanken fertig formulieren konnte, kam eine weitere Botschaft von ihm:

Jetzt schlaf. Wichtig.

Mirroanwis Botschaften zu verstehen, fiel ihr leichter, als selbst welche zu erschaffen. Ein Gefühl zu lesen, war einfacher, als eines zu erzeugen.

Als könnte ich auf Kommando einschlafen.

Laire wusste nicht, wann genau, aber irgendwann war sie eingeschlafen. Sie träumte, nur dass es kein Traum war.

Sie spürte ihren Körper und dann auch wieder nicht; da war nur dieses Kribbeln, das durch ihre Glieder ging, als würde sprudelnde Brause durch ihre Adern schießen.

Als sie feststellte, dass sie sich nicht rühren konnte, wurde ihre Brust eng vor Panik. Sie hatte schon einmal von diesen Menschen gehört, die nachts aufwachten und am ganzen Körper paralysiert waren. Wenn die Krankheit schlimmer wurde, konnte man sogar halluzinieren und sich Dämonen und alles Mögliche vorstellen. Hatte sie diese Krankheit? Würde sie jetzt jede Nacht aufwachen und –

Eine Flut aus Bildern strömte in ihr Bewusstsein. Mirroanwi. Woran sie ihn erkannte, hätte sie nicht sagen können – sie schmeckten einfach nach ihm.

Keine Panik, flüsterten sie ihr zu. *Ich bin bei dir. Du fühlst dich wahrscheinlich ein wenig seltsam. Das liegt daran, dass dein Körper schläft und dein Geist wach ist.*

Seine Anwesenheit beruhigte sie. Dann war sie doch nicht krank. Sie befand sich in irgendeinem Zustand, den der Tod bei ihr ausgelöst hatte – Moment, war sie tot? Ein todesähnlicher Zustand? War sie gerade dabei, zu sterben?

Mirroanwis Bilder verrieten ihr, dass er lachte. *Du denkst zu viel nach. Du bist nicht tot, du machst gerade eine Astralreise.*

Für einen kurzen Moment meinte Laire, die Finger bewegen zu können, aber als sie in diese Richtung fühlte, war da nichts. Nur Taubheit. Sie wiederholte das Bild, das er ihr gesendet hatte. *Astralreise?*

Seine nächsten Worte waren tatsächliche Worte, keine Bilder. Sie konnte seine Stimme hören, aber es waren nicht ihre Ohren, die sie auffingen – und dann waren es irgendwie doch ihre Ohren. Allerdings waren es neue Ohren. Die Veränderung merkte sie daran, dass die Schallwellen klarer vibrierten.

»Eine Reise außerhalb der Materie«, definierte er. »Normalerweise dauert es Monate, wenn nicht sogar Jahre, bis ein Mensch gelernt hat, sich außerhalb seines Körpers zu bewegen. Aber ich habe dich ein bisschen angeschubst.«

Eine Reise ... außerhalb der Materie.

»Unser Gespräch heute Vormittag war die Theorie«, fuhr er fort. »Das hier ist die Praxis. Wir haben nichts Großes vor, du sollst dich erst an diese Art des Reisens gewöhnen.«

Kann ich reisekrank werden? Sie war überrascht, wie schnell ihr der Satz gelungen war. Es war wie mit dem Radfahren: Hatte es einmal Klick gemacht, ging es ganz leicht.

»Lenkst du wieder ab?«

Entschuldigung.

»Heute Nacht führe ich dich durch das Universum. Du wirst den letzten Punkt dieser Lektion lernen: Was der Unterschied zwischen Leben und Tod bedeutet.«

Nicht-Leben, verbesserte sie und musste lachen. Das war das erste Mal, dass sie einen Lehrer korrigierte oder auf irgendeine Art ergänzte. In der Schule war ihr das nie passiert. Zugegeben, vermutlich brachte sie für den Wirtschaftskreislauf nicht dasselbe Interesse auf wie für die Lehren des Todes.

Auf einmal blieb ihr das Lachen im Hals stecken. Sie hatte gelacht. Ein Geräusch, das genauso an ihre neuen Ohren gedrungen war wie seine Stimme. Sie spürte die Muskeln, die sich beim Lachen verzogen hatten. Sie spürte eine Kehle, die das Geräusch erstickt hatte. Euphorisch versuchte sie, mit den Fingern zu wackeln. Es funktionierte. Sie spürte, wie sich ihre Finger bewegten! Stück für Stück tastete sie sich durch ihren Körper, bis sie sich sicher war, dass sie einen hatte. Sie war nicht länger ein Bewusstsein ohne Anker.

Doch mit einer merkwürdigen Gewissheit trat gleichzeitig die Erkenntnis ein, dass es nicht ihr eigener Körper war. Nun ja, in gewisser Weise war es schon ihr eigener, er fühlte sich nur so anders an. Leichter. Als wäre sie –

»Du hast dich von der Materie losgelöst und befindest dich jetzt in deinem Astralkörper«, schritt Mirroanwi ein, doch ihr Gedankengang ließ sich nicht mehr stoppen.

– ein Geist.

»Der Astralkörper ist wie dein materieller Körper, nur feinstofflicher. Dein Energiekörper. Er verbindet –«

»Warum konnte ich mich nicht bewegen?«, unterbrach sie ihn und redete vor Begeisterung weiter, als sie merkte, dass ihr Mund wieder Worte erzeugen konnte. »Warum habe ich meinen Körper nicht gespürt? Was war dieses Kribbeln? Warum kann ich erst jetzt reden?«

»Das Kribbeln ist die Prüfung deines Körpers, ob dein Geist, dein Bewusstsein noch wach ist. Erst, wenn du ihn überlistet hast und er einschläft, gelangst du in die Astralwelt. Was deine Paralyse angeht: Du hast eine Weile gebraucht, bis dein Geist mit dem Astralkörper in Einklang gekommen ist. Aber jetzt – mach die Augen auf.«

Blinzelnd tat Laire wie geheißen. Dass sie die Augen noch geschlossen hielt, war ihr nicht bewusst gewesen. Ihr Kopf war voller Gedanken gewesen, sodass sie keine zusätzlichen Bilder gebraucht hatte. Ihre Lider waren wie die Flügel eines Kolibris – leicht und flink.

Die Welt, in der sie erwachte, war vertraut und gleichzeitig fremd. Ihr Bett, ihr falscher Schminktisch daneben, die Wände, das alles war noch da, aber es wirkte matter, wie von einem bläulichen Schleier überzogen, der keine anderen Farben zuließ. Matt, und so *fern*. Alles befand sich so weit unter ihr.

Staunend hob Laire die Hand und stellte fest, dass sie der Zimmerdecke entgegenschwebte.

»Deine Gedanken steuern deinen Körper«, sagte Mirroanwi.

Sie sah nach unten in ihr Zimmer, zum Ursprung seiner Stimme. Sobald ihr Blick auf ihn gefallen war, kam sie aus dem Staunen nicht mehr heraus. Es schien, als wären all die Farben, die ihrem Schlafzimmer auf einmal fehlten, zu Mirroanwi geströmt. Alles an ihm strahlte in einem hellen, unnatürlichen Licht. Deswegen unnatürlich, weil es keine Wärme ausstrahlte, wie Licht es sonst tat. Seine Haare waren nun viel mehr bronzefarben als nur braun und unter seiner Haut schienen Glühwürmchen jeden Flecken zu besiedeln, so hell leuchtete er von innen heraus.

Seine leuchtende Aura stach umso mehr hervor, weil die Luft um ihn herum blau war. Nicht von einem bläulichen Schleier überzogen, sondern wirklich und wahrhaft blau leuchtend. Es brannte kein Licht, die Rollos waren heruntergezogen und sämtliche Lampen ausgeschalten, und trotzdem konnte sie jede Ecke ihres Zimmers sehen, als wäre es in bläuliches Sonnenlicht getaucht.

Erst da erinnerte sie sich daran, was er eben gesagt hatte. Ihre Gedanken steuerten ihren Körper. Sie richtete sie also auf den Boden. Sie musste sich nicht lange konzentrieren – kaum hatte sie daran gedacht, wurde sie schon von einem plötzlichen Gewicht hinuntergezogen und landete mit beiden Füßen auf dem Boden.

Fast wie mit dem richtigen Körper, dachte sie, nur dass die Gedanken hier keine Muskeln auffordern mussten, sich zu bewegen. Hier geschah es von jetzt auf gleich, ohne Umwege.

Erst jetzt, da sie sich in einer aufrechten Position befand, konnte sie erkennen, was ihr vorher verborgen geblieben war: Auch sie leuchtete. Ihre Haare erstrahlten in einem unnatürlichen Goldton und durch ihre Arme und Beine und – ach, durch ihren ganzen Körper schienen gleichmäßige Lichtwellen zu pulsieren, die ihr Nachthemd nicht verdecken konnte.

»Rapunzel«, flüsterte sie. »Rapunzel enthält auch einen Hauch Wahrheit.«

Als Mirroanwi sie nur mit schief gelegtem Kopf ansah, parodierte sie die Worte, die er bezüglich Frankenstein geäußert hatte: »Der Film, nicht das Buch.«

Es fühlte sich absurd an, in dieser fremden Welt über Frankenstein und Rapunzel zu reden.

»Was ist das hellste Licht im Universum?«, fragte er, anstatt darauf einzugehen.

Es überraschte Laire, dass sie darauf antworten konnte. Die Antwort hatte sie am Vortag in seinen Augen gesehen. So hell, dass sich ihr Blick nicht darauf fokussieren konnte.

»Das Licht einer Seele.«

Mirroanwi nickte und griff nach ihrer Hand. Die Berührung kam so plötzlich; wie Blitze fuhr sie durch ihren Arm. Hier war alles intensiver, so viel realer, realer als die Realität, die sie bisher gekannt hatte. Jeder Gedanke, jedes Bild, jede Berührung – alles war so wirklich.

»Das Seelenlicht bleibt immer ungetrübt, egal ob lebendig oder nicht-lebendig«, führte er ihre Antwort weiter. »Daran erkennst du, dass es das Sterben nicht gibt. Die Seele bleibt gleich. Nur die Hülle verändert sich.« Er hielt inne und sah, dass sie immer noch fasziniert auf ihre Umgebung starrte. »Das musst du glauben, damit wir weitermachen können.«

Sie schaffte es, sich von der blauen Luft loszureißen. »Ich glaube dir doch.«

»Aber du hast es nicht mit eigenen Augen gesehen. Menschen glauben Dinge erst, wenn sie sie sehen und berühren können.«

Laire hatte einmal gehört, dass das Universum groß und kompliziert war und dass manchmal unmögliche Dinge passierten. Von diesen unmöglichen Dingen hatte sie im Laufe der letzten dreißig Stunden ungewöhnlich viele erlebt, so kam es ihr vor, aber sie glaubte nicht, dass die unmöglichen Dinge in nächster Zeit irgendwann versiegten.

Mit nicht mehr als einem Gedanken brachte er sie beide aus ihrer Wohnung in Edinburgh fort und setzte sie inmitten in ein buntes Meer an unmöglichen Dingen. Auf den plötzlichen Farbwechsel war sie nicht vorbereitet; die blaue Luft war verschwunden und hatte der Weite des Weltalls Platz gemacht. Sie konnte nicht sagen, ob und worauf sie stand; sie schwebte im All, benötigte keine Luft zum Atmen und der Planet Erde war nicht mehr als eine blaue Billardkugel unter ihr, die Sonne eine glühende Feuerkugel und darum aufgereiht die großen und kleinen, bläulichen und bräunlichen Planeten des Sonnensystems. Aus dieser Entfernung hätten manche davon auch Kieselsteine sein können.

Obwohl sie keine Luft brauchte, hatte sie dennoch das Gefühl, den Atem anhalten zu müssen, als sie versuchte, all diese Dinge in sich aufzunehmen. Das Universum war nicht einfach nur schwarz mit hellen Lichtpunkten. Sterne und Planeten waren überallhin gesprenkelt, weiße und goldene und violette Explosionen aus Licht und Farben, für die sie keine Namen fand und die sie mit ihren normalen Augen gar nicht hätte sehen können. Rote Punkte, die fast mit der Schwärze verschmolzen, orangene Lichter, die dafür umso mehr herausstachen. Sie sah winzige Wirbel aus Licht, Galaxien, die kleiner waren als ihr Daumennagel. Eine ganze Galaxie breitete sich über ihrem Kopf aus, sie brauchte ihn nur in den Nacken zu legen, um all die Welten zu erkennen, die sie mit ihrer Faust hätte verdecken können. Aus dem Augenwinkel nahm sie einen vorbeiziehenden Meteorschauer wahr. So viele Wunder, so viele unmöglichen Dinge.

Mirroanwis Hand um ihrer war das einzige, was sie auf den Boden der Tatsachen zurückholte.

Die ganze Zeit hatte sie sich nur Sorgen darüber gemacht, wie viele Leute *Face of Laire* abonnierten, wie viel Geld ihre Klavierstunden einbrachten, wann sie endlich genug Budget gesammelt hatte, um unabhängig zu werden, eine eigene Wohnung zu finden, wann sie endlich ihre Bestimmung gefunden hatte – während dieser ganzen Zeit hatte sie nie eine einzige Sekunde genutzt, um in den Himmel zu blicken und sich zu fragen, was für Wunder dort wohl auf sie warteten.

Und es waren wirklich Wunder. Es war das Universum in seiner einzigartigen Schönheit. Eine Schönheit, die nur Mirroanwi und Laire teilten.

Nachdem er ihr genug Zeit gegeben hatte, um den Augenblick in sich aufzunehmen, stellte er wohl die banalste Frage, die es für diese Situation gab.

»Wie findest du es?«

Sie wusste nicht, wie viel Zeit seit ihrer Ankunft vergangen war. Waren es Sekunden oder Jahre gewesen, die sie regungslos verharrt hatte, den Blick in die Sterne gerichtet?

»Ich … finde keine Worte dafür. Es ist unbeschreiblich.«

»Unbeschreiblich, unendlich, manchmal unglaublich.«

»Mirroanwi … warum ist das All nicht blau, hier in der Astralwelt?«

Er lächelte sie an, vielleicht sogar mit einem Hauch von Stolz. »Weil es aus dunkler Materie besteht. Und dunkle Materie stammt aus einer Zeit, in der nur das Nichts existierte. Das blaue Licht der Astralwelt ist das Gegenteil von Nichts. Es erfüllt jeden Planeten, jede Spur von Leben, außer das hier. Außer den Weltraum.«

Wie verzaubert musterte Laire zuerst Mirroanwis Körper, dann blickte sie auf ihren eigenen herab. Sie bildeten helle Schilde gegen die Schwärze des Universums.

Er beugte sich zu ihr hinunter. »Willst du schlafende Seelen sehen?«

»Was meinst du mit …« Da wurde es ihr klar. »Du meinst nicht-lebendige.«

Sein Lächeln wurde breiter. »Du hast es verinnerlicht.«

Mirroanwi streckte beide Arme aus, wodurch er ihre Hand zwangsweise fallen ließ. Dann fuhr er mit den Händen durch die Luft. Seine Bewegungen erinnerten an die

Arbeit an einem Webrahmen, mit dem Unterschied, dass da kein Webrahmen war. Nur Vakuum.

»Das Universum hat verschiedene Ebenen. Du kannst sie auch Realitäten nennen«, ergänzte er, die Webbewegungen fortführend. Die eine Hand wanderte durch die Luft, wedelte hin und her, die Finger tanzten, während die andere ein Stück unterhalb immer dieselbe Bewegung machte: Nach rechts, nach links, nach rechts, nach links …

»Mit deinem Astralkörper kannst du dich nur auf dieser Ebene bewegen. Mit deiner materiellen Hülle nur auf der materiellen Ebene.«

»Ich erinnere mich. Zwei Ebenen.«

»Richtig. Dort, wo die Seelen schlafen … da komme nur ich hin. Aber heute dehnen wir die Regeln aus.«

Ein Grinsen schlich sich auf ihre Züge. »Weil du mich mitnimmst.«

Fasziniert beobachtete sie, wie nach und nach Muster im Vakuum erglühten. Sie begannen, wie Wellen in regelmäßigen Abständen um Mirroanwi und Laire herum zu pulsieren, als würde sich ein Schutzwall um sie aufbauen. Ein golden glühendes Netz umschloss sie.

Laire wollte eine Hand ausstrecken, um es zu berühren, aber sie kam nicht mehr dazu, denn plötzlich fing das Netz an, laut zu vibrieren, und sie vibrierte mit. Das Surren stach in ihre Ohren. Mirroanwi ergriff wieder ihre Hand und dann spürte Laire einen *Ruck* – und das Summen in ihr und um sie herum brach ab.

Was sie nun erblickte, war noch unglaublicher als der Anblick des Weltalls. Vom Weltall hatte sie bereits eine Vorstellung gehabt.

Von dem hier nicht.

Es war eine eigene Welt, diese Ebene. Laire schwebte in einer milchig weißen Substanz, und als sie mit der Hand hindurchfuhr, fühlte es sich wie dünnflüssiger Honig an, der ihre Haut umschmeichelte. Die Substanz hüllte sie vollkommen ein; wie dichter Nebel versperrte sie ihr die Sicht in die Ferne.

»Was ist das?«

Mirroanwi setzte sich in Bewegung und zog sie mit sich. Der Nebel fühlte sich seltsam auf ihrer – *Astral*haut an. Als würde sie versuchen, durch Wasser zu gehen. »Das, Laire, sind die Verbindungen zwischen den Menschen und ihrem Ursprung.«

»Das … sind Seelen?«

»Annähernd.«

Fassungslos starrte sie auf ihre Umgebung, und dann ging ihr ein Licht auf. Bei genauerem Hinsehen konnte sie erkennen, dass sich an einigen Stellen hellere Schlieren durch den dickflüssigen Nebel zogen. Das meinte er wohl mit Seelen.

Also formulierte sie ihre Frage anders. »Und das Weiße? Was ist das?«

Mirroanwi blieb stehen und fuhr nun auch mit der Hand durch den milchigen Honig, als hätte er ihn gerade erst bemerkt.

»Das? In deiner Terminologie ist das der Sauerstoff, den sie zum Nicht-Leben brauchen. Hier.« Er ließ ihre Hand los, setzte sich in die Hocke und streckte beide Hände so aus, dass sie eine Schliere umfingen. Langsam zog er sie zu sich heran, wie ein Floß auf einem See, das ans Ufer gezogen wurde. »Präge dir diesen Anblick gut ein, Laire. Das ist das, was nach dem Tod kommt.«

Neugierig beugte sie sich zu ihm herab. Eigentlich hatte sie nur vorgehabt, die Seele aus der Nähe zu beäugen, aber Mirroanwi verfolgte andere Absichten. Ehe sie es sich versah, schob er ihr die Seele zu, sodass Laire nichts anderes übrig blieb, als sie zu empfangen. Wie ein Hasenbaby hielt sie sie in ihren Händen.

»Sie sieht gar nicht aus wie eine Seele«, stellte Laire nachdenklich fest.

Mirroanwi wirkte amüsiert. »Und wie schaut eine Seele deiner Meinung nach aus?«

Darauf blieb Laire nichts zu erwidern, stattdessen senkte sie ihren Blick auf die Seele. Aus der Nähe betrachtet entpuppte sich das, was sie zuvor nur grob als Schliere zu umschreiben vermocht hatte, als eine gleichmäßig geformte Welle, ein wenig wie eine kleine Seegurke. Sie hatte sogar Gewicht, wenn auch ein kaum wahrnehmbares. Obwohl sie aussah wie weißlicher Glibber, in dem sich Luftblasen gebildet hatten, war sie erstaunlich fest. Dennoch befürchtete Laire, sie zu zerbrechen oder zu zerquetschen.

Das sollte ein Mensch sein?

»Weiß sie, dass wir da sind?«, fragte sie.

Mirroanwi stand neben ihr, den Blick auf die Seele fixiert. »Sie nimmt uns wahr, beachtet uns aber nicht.«

»Wann wacht sie auf?«

»Wenn sie bereit ist.«

Vorsichtig nahm er ihr die Seele ab und setzte sie an ihren Platz zurück. Er bot ihr den Arm an, worüber sie schmunzeln musste, denn das war nicht der Ort, an dem man Leuten den Arm anbot, um spazieren zu gehen. Nachdem sie sich untergehakt hatte, setzten sie ihren Weg fort, darauf bedacht, keine der Seelen zu berühren.

»Du siehst also, der Unterschied zwischen Leben und Nicht-Leben ist die Hülle. Das, was dich und mich umgibt.« Zur Demonstration nahm er eine von Laires leuchtenden Haarsträhnen zwischen die Finger und hielt sie hoch.

Dann änderte sich ihre Umgebung. Surren umgab sie, blaues Licht hüllte sie ein. Orientierungslos blinzelte Laire, bis sie die den Ort erkannte. Mirroanwi hatte sie zurück in ihr Schlafzimmer teleportiert. Nun lehnte er ihr gegenüber an der Wand und lächelte sie an, ein wenig müde, wenn sie es richtig einschätzte.

»Du meinst unsere Körper«, erschloss sie sich, als das Surren wieder abgeklungen war. Sie spürte immer noch seine zärtliche Berührung in den Haarspitzen. Es waren ihre Haare, gefühllose Zellen, von denen sie bei jedem Kämmen unweigerlich welche herausriss und auf unsanfte Art in Frisuren zwang. Und trotzdem spürte sie etwas in ihnen. In ihren *Astral*haaren.

Er nickte. »Sieh hinter dich. Zum Bett.«

Laire drehte sich um. Mit Schrecken sah sie, dass dort jemand lag. Auf ihrem Bett. Jemand mit hellbraunen Haaren, die zerwühlt über den Kissen lagen, und einem mageren Gesicht –

Das war sie selbst.

Im selben Moment der Erkenntnis verschwand die Astralwelt. Laire wurde zurückgeschleudert wie an einem überstrapazierten Gummiband befestigt, und dann lag sie auf etwas Weichem. Zuerst dachte sie, dass der Ort, an dem sie sich befand, von Dunkelheit erfüllt war, aber dann öffnete sie die Augen und sah über sich die weiße Zimmerdecke. Die Schatten ihres Rollos.

Irritiert starrte sie zu der Stelle, an der sie eben noch gestanden hatte. Mit ihrem Astralkörper. Doch weder davon noch von Mirroanwi war eine Spur zu sehen. Die Luft leuchtete nicht länger blau. Es herrschte die gewohnte Düsternis, die Möbel wurden von dem natürlichen Licht der Straßenlaternen beleuchtet, nicht von irgendeinem gruseligen Geisterlicht, das keine Quelle hatte.

Sie hatte geträumt. Und doch irgendwie nicht geschlafen. Mirroanwi hatte ihr gezeigt, wohin man nach dem Tod kam, und sie wusste, dass das kein Produkt ihrer Fantasie gewesen war.

Statt einzuschlafen, knipste sie das Lämpchen über ihrem Kopf an, um zu ihrem Schminktisch zu gehen, der gleich neben dem Bett stand. Sie bezeichnete ihn zwar als Schminktisch, aber in der Schublade unter der Holzfläche mit dem daran befestigten Spiegel befand sich kein Schminkzeug.

Das Holz hatte sich etwas verklemmt, aber mit ein wenig Ruckeln gelang es ihr, die Schublade zu öffnen. Ein Papierchaos empfing sie. Lose Blätter und zu Heften gebundene, alle irgendwie hineingestopft.

Schon seit sie denken konnte, schrieb sie. Dadurch war sie auch überhaupt erst auf *Face of Laire* gekommen. Sie hatte schon immer versucht, ihre Gedanken zu Papier zu bringen, aber als das immer wieder gescheitert war, hatte sie den Kanal eröffnet, um eine andere Methode zu erforschen, ihre Gedanken mitzuteilen. Doch der Kanal allein hatte ihr nie genügt. Er hatte ihr keinen *Zweck* gegeben, er stellte für sie keine Leidenschaft dar. Sie sah, wie sich Autoren in ihren Büchern verwirklichten und darin aufgingen, und sie wollte genauso gern in ihren Worten aufgehen. Leider hatte sie kein Talent dafür, die richtigen Worte zu finden, und war zu ungeduldig, um danach zu suchen.

Sie zog eines der Notizbücher aus der Schublade, schloss sie dann wieder und legte sich zurück unter die Decke. Ungeduldig überblätterte sie das unleserliche Gekrakel, das sie vor einer Woche angefertigt hatte. Der miserable Versuch eines Liebesromans.

Zum ersten Mal seit einer langen Zeit spürte sie wieder das vertraute Kribbeln in ihren Fingern. Es war Zeit, eine Geschichte zu schreiben.

6. Kapitel
Jäger und Gejagte

Am nächsten Morgen las sie sich das, was sie in der Nacht aufgeschrieben hatte, noch einmal durch. Es war grauenvoll. Als Reiseführer durch die Astralwelt hätte es sich hervorragend geeignet, aber nicht als Roman.

Frustriert knallte sie die Schublade zu und fuhr sich durch das ungekämmte Haar. Es war zum Verrücktwerden. Seit Jahren lebte in ihr der Drang, Wörter zu Papier zu bringen, aber wenn sie es dann tatsächlich versuchte, kam nie etwas Sinnvolles dabei heraus. Sie befand sich in einem ständigen Zustand der Schreibblockade. Das Frustrierende daran war, dass sie in ihren Videos so mühelos die Geschichten erzählen konnte, die sie eigentlich aufschreiben wollte.

Doch diese Geschichte konnte sie nicht auf *Face of Laire* hochladen. Noch war sie keine Botschafterin, und selbst wenn sie eine wäre, müsste sie die Geschichte, ihre Erlebnisse der vergangenen Nacht, abändern, sodass sie nur einen Funken Wahrheit enthielt. Das hatte Mirroanwi betont. Auf keinen Fall die ganze Wahrheit erzählen. Aber was reizte dann noch den Leser, die Geschichte zu lesen, wenn sie das Spannendste weglassen musste?

»Worüber denkst du nach?«

Laire schreckte zusammen, ihr Kopf zuckte zur Seite. Am Türrahmen lehnte Mirroanwi.

»Du kannst nicht einfach so in mein Schlafzimmer platzen«, schalt sie ihn. »Was, wenn ich mich umgezogen hätte?«

Er verschränkte die Arme und konterte: »Dazu hast du einen begehbaren Kleiderschrank.«

»Wo du auch schon hineingeplatzt bist.« Sie erhob sich von der Matratze und strich ihr Nachthemd glatt. Wegen der kühlen Temperaturen um diese Jahreszeit trug sie sowieso eines aus dickem Stoff, weshalb sie keine Angst haben musste, Mirroanwi hätte etwas gesehen. »Gib mir zwei Minuten, dann komm ich ins Wohnzimmer.«

Obwohl sie es nicht ausgesprochen hatte, hatte er ihre Intentionen richtig gedeutet. »Für die zweite Lektion?« Sie nickte. »Eigentlich wollte ich damit erst in ein paar Tagen beginnen.« Er entknotete seine Arme und stieß sich vom Türrahmen ab. Heute trug er ein grün-weiß kariertes Hemd mit einem Kragen, der in spitzen Ausläufen endete.

»Ach so.« Sie spürte einen Stich Enttäuschung. Die hielt aber nicht lange an, denn ihr kam ein neuer Gedanke. »Dann können wir doch einfach rumhängen. Filme schauen, durch die Stadt gehen, einen frittierten Schokoriegel essen … worauf du eben Lust hast.«

»Hast du heute nichts vor?«

»Naja.« Sie zögerte. »Da ist noch das Video, das ich heute drehen müsste, und ich muss ein Lied üben. Und ich brauche ein neues Handy. Klavierunterricht habe ich auch noch. Aber …«

Er hob die Augenbrauen, als sie nicht weiterredete.

»Aber ich will lieber was mit dir machen.«

Laire dachte schon, dass ihm die Antwort genügte, da er aus dem Türrahmen verschwand. Aber als sie die Klinke zum Badezimmer drücken wollte, kehrte er noch einmal zurück.

»Laire? Fühlst du dich einsam?«

Sie drehte sich nicht um und antwortete auch nicht. Er sprach trotzdem weiter.

»Wenn du dich einsam fühlst, dann steig in deine Schuhe und klingle bei deinem Nachbarn an der Tür.«

Mit einem Schnauben drückte sie die Badezimmertür auf und ging hindurch. »Als wäre das so leicht«, rief sie ihm über die Schulter zu, ehe sie die Tür schloss.

Vier Stunden später stand Laire vor einem Geschäft für Elektronikartikel, ein neues Handy in ihrer Tasche, und wartete auf Mirroanwi. Er hatte Gefallen an den Spielen gefunden, die auf manchen ausgestellten Smartphones installiert waren. Nach einer halben Stunde hatte sie die Geduld verloren und war zur Kasse gegangen.

Um der stickigen Luft im Geschäft zu entfliehen, hatte sie sich nach außen geflüchtet, wo sich schon nach wenigen Minuten die Wolken geöffnet hatten und die Erde begossen. Es war ihr nichts anderes übriggeblieben, als die Kapuze hochzuziehen und sich eng ans Schaufenster zu drücken.

Mit ihrem Fuß in einer Pfütze scharrend, dachte sie darüber nach, das Ki zu benutzen. Zu *zaubern*. Fantasyfilme hatten sie nie für sich gewinnen können, dennoch hatte sie des Öfteren darüber nachgedacht, wie es wäre. Einen Zauberstab zu schwingen, eine Zauberformel aufzusagen und einfach so den Ort zu wechseln. Oder eine Tasse Tee erscheinen zu lassen.

Jetzt erkannte sie, dass ihre Vorstellungen nie der Realität entsprochen hatten, denn Zaubern war viel schwieriger.

Nach dem Frühstück hatte Mirroanwi mit ihr geübt, die Vorstellungskraft wie in ihren Träumen zu benutzen. Sie hatte gedacht, es würde ihr leichtfallen, weil sie immerhin mit der Bildersprache auch kein Problem gehabt hatte. Doch zu ihrer Enttäuschung hatte sie feststellen müssen, dass es im wachen Zustand ein gewaltiges Stück schwerer war, das Ki zu benutzen. So etwas wie in Gedanken miteinander zu reden, war einfach nicht drin. Der Trick bestand nämlich nicht nur darin, sich etwas vorzustellen – man musste auch glauben, dass es möglich war. In der Astralwelt hatte sie nie in Frage gestellt, dass Mirroanwi ihre Gedanken hören konnte, aber in der materiellen Welt erwies es sich als Problem.

Außerdem hatte Mirroanwi eine Sache klargestellt: Alles, was mit dem Ki zu tun hatte, musste sie selbst erledigen. Er würde sie nirgendwohin teleportieren, und sei es noch so dringend, kein Essen aus dem Nichts auftauchen lassen und auf keinen Fall ihre Wohnung aufräumen.

»Betrachte es als Ansporn«, hatte er gesagt.

Das hieß, auch kein regenfreier Heimweg. Zumindest nicht für sie. Er würde sich sicherlich einfach in Luft auflösen, wie er es immer tat, aber sie würde durch kleine Seen und Meere laufen müssen, um nach Hause zu kommen.

Sie zog ihre Kapuze noch ein Stück tiefer in die Stirn und warf einen Blick durch die Fensterscheibe. Hinter den dort ausgestellten Modellen konnte sie einen Blick auf die Smartphone-Abteilung erhaschen ... und Mirroanwis Kopf. Es sah nicht so aus, als würde er sich in nächster Zeit von den Geräten losreißen können. Wenn er in fünf Minuten nicht rauskam, würde sie ihn rauszerren, falls nötig.

Kaum hatte sie sich wieder umgedreht, wurde sie von jemandem angerempelt. Sie stolperte, fing sich jedoch in letzter Sekunde, bevor sie in eine Pfütze getreten wäre. Sie richtete sich auf. Etwas daran erschien ihr vertraut. Irritiert starrte sie der Gestalt mit der schwarzen Haarmähne hinterher, bis ihr wieder einfiel, warum sich diese Situation wie ein Déjà-vu anfühlte: Dieselbe Person hatte sie schon einmal angerempelt, gestern vor dem Interview. Und dann war sie spurlos verschwunden – scheinbar in Luft aufgelöst.

Ihre Gedanken überschlugen sich. Sie konnte sich nicht einmal sicher sein, dass es dieselbe Person *war* – andererseits, konnte es wirklich Zufall sein, wenn sie an zwei aufeinanderfolgenden Tagen angerempelt wurde und sie jedes Mal jemanden mit schwarzen Haaren davonrennen sah?

Yesta hatte mit vierzehn eine Phase gehabt, in der sie die *Spiderman*-Filme rauf und runter geschaut hatte. Laire, damals zwölf Jahre alt, war jedes Mal ebenfalls vor dem Fernseher gesessen, auch wenn die Spannung spätestens beim fünften Marathon gewichen war.

Etwas in ihrem achtzehnjährigen Gehirn musste sich daran erinnert haben, als Laire nach einem Weg suchte, das Ki zu bedienen, um die Fremde aufzuhalten.

Sie hatte diesen Entschluss so schnell gefasst, dass ihr gar nichts anderes übrig blieb, als daran zu glauben. Sie *wollte*, dass es geschah, und ihrem Willen beugten sich sogar ihre

Zweifel. Sie streckte die Handfläche aus und ein schmaler weißer Strang schoss heraus, mit einer Geschwindigkeit, die ihr Auge kaum nachverfolgen konnte. Der Spinnenfaden schlang sich um das Handgelenk der Flüchtenden. Ein Ruck ging durch Laires Arm, als die Frau zurückgerissen wurde – und beide, ihr Gleichgewicht verlierend, rutschten auf der nassen Straße aus und plumpsten auf den Asphalt.

Verstohlen schaute Laire sich um; ein Kind in der Nähe war stehen geblieben und starrte sie mit offenem Mund an. Dann zupfte es am Ärmel seiner Mutter und deutete auf das Spinnenmädchen.

Ehe sich noch weitere neugierige Augenpaare auf sie richten konnten, rappelte sich Laire auf und lief zu der Frau am Boden. Der Spinnenfaden hatte sich tief in deren Handgelenk geschnitten, aber nicht tief genug, um Blut zu ziehen.

Laire kniete sich vor sie, was für die Passanten so aussehen musste, als würde sie ihr helfen. Noch wusste sie nicht, was sie zu ihr sagen sollte. Die Realität holte sie ein und Logik ergriff ihren Verstand. Was, wenn sie nur eine normale Passantin war? Es wäre nicht das erste Mal, dass Laire zu viel in einen Zufall interpretierte.

Doch als sie einen Blick auf das Gesicht der Fremden warf, verflüchtigte sich jeglicher Zweifel und Laire war sich sicher, mit ihrem Spinnenfaden das Richtige getan zu haben.

Die Fremde zeigte keine menschliche Regung, wie ein Mannequin. Ihre Miene hatte nichts mit Ausdruckslosigkeit zu tun, was auch eine menschliche Regung gewesen wäre. Laire sah ihre Miene und war nicht imstande, irgendetwas daraus zu deuten.

Die Farbgebung ihrer Kleidung war auf ihren Haarton abgestimmt, wodurch ihre fahle Haut nur umso mehr herausstach, richtiggehend krank wirkte. Die viel zu scharfen Wangenknochen, die knochigen Finger, die auf dem Asphalt ruhten, und die fahlen, zerwühlten Haare trugen nur noch dazu bei. In ihren Augen entdeckte Laire einen Funken Leben, wie bei jedem anderen Menschen, was sie beruhigte, denn das bewies, dass sie keinen Zombie vor sich hatte.

Sie hatte wohl zu lange geschwiegen, denn Miss Emo öffnete die aufgesprungenen Lippen.

»Du fesselst mich und bist sprachlos darüber?« Ihre Stimme spiegelte ihre Miene wider und war noch dazu rau, als hätte sie sie schon lange nicht mehr benutzt. »Gib mich frei.«

Das wich von allem ab, was Laire erwartet hatte. Ihr Konzentrationsfaden riss, das Ki verließ sie. Der Spinnenfaden verschwand.

Miss Emo ließ ihren Blick über die Umgebung wandern, ehe sie das Handgelenk hob, an dem sie gefesselt worden war, und langsam rotierte. Unter ihrem starren Blick hellte sich der rote Striemen auf, der vom Spinnenfaden verursacht worden war, bis nichts mehr von der Verletzung zeugte.

Laire war zu gefangen von ihrer seltsamen Erscheinung gewesen, um sich in Sicherheit zu bringen. Als sich Miss Emo gemächlich – aber schwerfällig – erhob, setzten ihre Überlebensinstinkte wieder ein und Laire wich vor dem zurück, was auch immer sie eingefangen hatte.

Die Kapuze ihres Umhangs war bei ihrem Sturz vom Kopf gerutscht (wer trug überhaupt Umhänge?), und ihre Haare klebten nass an ihrem Kopf. Miss Emo sah Laire an, als wäre sie nichts weiter als ein Laternenpfahl, der sich in ihrem Weg befand.

Unbewusst biss sich Laire auf die Lippe und entschied sich schließlich für eine triviale Lösung, um sich vor ihr zu retten.

»Ähm – Entschuldigung«, stotterte sie. Dann schwieg sie, weil sie nicht stottern wollte.

Wie durch eine unsichtbare Hand zog sich die Kapuze zurück über ihren Kopf, sodass die unordentlichen Haare wieder verdeckt wurden. »Stell dich noch einmal auf die Seite meiner Verfolger, und du –« Miss Emo brach ab, sah auf, auf etwas hinter sich. Laire folgte ihrem Blick auf die andere Straßenseite, konnte aber nichts Auffälliges erkennen.

»Es tut mir wirklich leid«, beteuerte sie und wünschte sich sofort, die Klappe gehalten zu haben.

Ihre Aufmerksamkeit schnellte zu Laire zurück, die andere Straßenseite schien vergessen. »Tu nie wieder etwas so Unüberlegtes.« Bevor Laire eine Gelegenheit zum Antworten hatte, setzte sich Miss Emo in Bewegung. Der Umhang bauschte sich hinter ihr auf, ihre Sohlen platschten in Pfützen, und zwischen einem Wimpernschlag und dem nächsten war sie verschwunden. Als wäre die Hand eines Riesen aufgetaucht und hätte sie aus der Welt gepflückt.

Laire rieb sich die Stirn. Dahinter breiteten sich Kopfschmerzen aus.

Mit durchweichten Socken und triefnasser Hose trat sie den Weg zurück zum Elektronikgeschäft an. Die stickige Luft im Inneren half ihr nicht gerade dabei, klar zu denken. Mirroanwi hing immer noch an einem der Geräte. Sie scherte sich nicht um die Blicke der anderen, als sie sich, tropfnass wie sie war, neben ihn stellte und zu reden begann.

»Komm sofort mit raus.«

»Mh-hmm«, brummte er, ohne die Augen von dem Spiel zu nehmen, das auf dem Display lief. *Fruit Ninja.* Mit einem Stöhnen packte Laire ihn am Ellenbogen und zog ihn mit sich. Sie wollte nicht wissen, was der Verkäufer von ihr dachte, als sie die Kasse passierten.

Draußen im Regen blieb sie stehen. Ein Auto preschte vorbei und Mirroanwi bekam eine Ladung Wasser ab. Innerhalb eines Herzschlages war er wieder trocken.

»Da war eine Frau.« Mehr konnte sie nicht sagen. Eine komische Frau? Eine Frau, die so aussah, als hätte sie seit Wochen keinen ruhigen Schlaf mehr gehabt? Eine Frau, die Selbstheilung und Teleportation beherrschte? Die ihr gedroht hatte?

Er folgte ihrem ausgestrecktem Arm, aber natürlich wies nichts mehr auf die Begegnung hin. Er hob die Brauen. »Ich nehme an, keine gewöhnliche Frau?«

Sie schüttelte den Kopf. »Sie hat mich angerempelt, schon zum zweiten Mal. Ich habe sie mit Spinnenfäden festgehalten, wie Spiderman.«

»Laire, du darfst nicht einfach so irgendwelche Leute verzaubern. Dafür bringe ich dir solche Sachen nicht bei.«

Sie stöhnte frustriert auf, wofür sie von einer alten Dame, die mit vollen *Waterstones*-Tüten und einem tardisblauen Regenschirm an ihr vorbeilief, einen kuriosen Blick erntete. »Du verstehst es nicht! Sie war nicht *normal*. Sie hat das Ki benutzt. Sie hat sich in Luft aufgelöst!«

»Hm.« Er tippte sich ans Kinn. »Wie hat sie denn ausgesehen?«

»Schwarze Haare. Helle Haut. Und … ihr Gesicht war irgendwie … hohl.«

»Mehr nicht? Kleidung? Auffälligkeiten?«

»Sie hatte einen Umhang. Und alles, was sie trug, war schwarz. An mehr … erinnere ich mich nicht.«

»Dann hat sie sich entweder durch ihr Ki getarnt – sollte sie wirklich kein normaler Mensch gewesen sein —«

»Was sie ganz sicher nicht war«, bekräftigte Laire. Sie sah immer noch Miss Emos unfassbar gefühlskalte Miene vor sich.

»Oder du hast nur eine maluröse Auffassungsgabe.«

»Das Wort gibt es nicht mal.«

»Wie schon gesagt«, er tat so, als würde er sich eine Brille zurechtrücken, was ohne Brille sehr komisch wirkte, »ist Wortschatz eine Frage des Selbstvertrauens.«

Sie verdrehte die Augen und hakte sich bei ihm unter, in der Hoffnung, dass er realisierte, wie nass sie war und mit seinem Ki vielleicht eine Ausnahme machte. Sie wollte nach Hause, dem Regen entfliehen. »Und? Weißt du, wer sie war? Wenn es hilft: Sie hat mir gedroht, dass sie keine Rücksicht auf mich nehmen wird, sollte ich sie nochmal festhalten.«

Als Mirroanwi nicht auf ihren Wink mit dem Zaunpfahl reagierte und eine Teleportation ausblieb, beschleunigte Laire ihre Schritte, weil sie sehen konnte, dass die Fußgängerampel an der nächsten Kreuzung gerade auf Grün geschaltet hatte. Diese Kreuzung war eine der wenigen in Edinburgh, an der sie tatsächlich auf die Grünphase wartete, weil die Autos in einem höllischen Tempo den Hang hinunterpreschten.

Doch Mirroanwi ließ sich nicht mitziehen. Er war stehen geblieben und starrte auf die andere Straßenseite.

»Bei allen …«, murmelte er, brach dann jedoch ab.

»Sternen am Himmel«, vollendete sie instinktiv den Satz, als sie die zwei Wesen sah, die auf dem Gehsteig standen, unbemerkt von den Passanten. Die Autos zwischen hier und dort drüben zogen unbeeindruckt vorbei.

Laire wagte es nicht, sie aus den Augen zu lassen. Es waren schwarze, klobige Gestalten. Sie wirkten, als wären sie mit flüssigem Teer übergossen worden, der nun schwerfällig von ihnen abtropfte. Dort, wo sie sich befanden, hatten sich bereits flache Lachen auf dem Boden gebildet. Laire konnte selbst aus dieser Entfernung erkennen, dass das Regenwasser einfach durch sie hindurchfiel, als wären sie gar nicht da. Ihre genauen Umrisse oder irgendwelche Gesichtszüge waren durch die Substanz unkenntlich gemacht worden.

Sie beobachtete, wie ein kleiner Junge mit seiner Mutter an ihnen vorbeilief, ohne ihnen Beachtung zu schenken.

Sie waren unsichtbar, genau wie Mirroanwi.

»Was ist das?«, hauchte sie. Obwohl sich die Gestalten auf der anderen Straßenseite befanden, hatte sie das Gefühl, dass sie ihr direkt gegenüberstanden. »Ist J.K. Rowling auch eine Botschafterin?«

Mirroanwi hatte ihren Arm, der immer noch zwischen seinem Ellbogen eingeklemmt war, ergriffen und hielt ihn fest umklammert, als hätte er Angst, dass sie sich auf einmal losreißen würde. Sein Daumen drückte sich in ihre Muskeln.

»Halt ganz still«, sagte er leise. »Nicht bewegen. Sie untersuchen dich.«

Ihre Augen brannten, weil sie nicht zu blinzeln wagte. »Was ist das?«, wiederholte sie, ohne die Lippen allzu sehr zu bewegen.

»Sie haben eigentlich keinen Namen. Ihr Menschen seid diejenigen, die allem einen Namen geben müssen.«

»Namenlose«, flüsterte sie. Sie hatte das Gefühl, dass die Wesen auf eine Bewegung ihrerseits warteten. Sie verharrten genauso regungslos wie sie selbst, und obwohl sie keine Augen zu haben schienen, wusste Laire, dass sie sie direkt anschauten.

»Keine Angst«, raunte Mirroanwi. »Sie werden uns jeden Moment wieder in Ruhe lassen. Meine Anwesenheit stört sie. Sie denken, dass ich nicht in deinen Lebensplan gehöre, aber gleich —«

Da kam Bewegung in sie. Die Namenlosen schienen sich in sich selbst zusammenzuziehen, wie ein schwarzes Loch, das sich selbst verschluckte – es überraschte Laire, wie etwas so Unheimliches so schnell vorbei sein konnte.

Mirroanwi und sie atmeten gleichermaßen erleichtert auf. Er ließ sie los und teleportierte sich auf die andere Straßenseite. Die Straße war so breit und dicht befahren, dass Laire beschloss, ihm nicht zu folgen, was auch nicht nötig gewesen wäre. Er bückte sich nur und rührte mit seinem Zeigefinger in der Substanz am Boden herum. Dann kehrte er zu ihr zurück.

»Warum waren die da?«, wollte sie wissen, den Blick auf die schwarze Masse gerichtet, die seinen Finger ummantelte. Dann kam ihr etwas ganz anderes in den Sinn. »Waren sie wegen der Frau da? Und was ist *das*?«

Mirroanwi hob den Finger an seine Nase und roch an der Substanz. Dann rümpfte er die Nase und wischte sie an der Hose ab. Natürlich verschwand der Fleck kurz darauf.

»Erstens: Wahrscheinlich Patrouille. Zweitens: Nein. Drittens: Dunkle Materie.«

»Dunkle Materie? Ist das nicht dieses Zeug, aus dem das Universum besteht? Ich habe in der Schule zwar nicht viel gelernt, aber ich bin mir sicher, dass man es nicht anfassen kann –«

Noch während sie redete, zog er sie weiter. Die Ampel war mittlerweile wieder auf Rot gewechselt. Er drückte auf den Kasten und zog sie ein wenig vom Straßenrand weg, damit die vorbeifahrenden Autos sie nicht nassspritzten.

»Mit dunkler Materie meine ich nicht das Zeug, das deine Wissenschaftler in Galaxien vermuten, sondern das, was sie für den leeren Raum im Weltall halten«, erklärte er.

Dann hielt er ihr Kopfhörer hin, weil zwei Personen die Querstraße hinuntergeschlendert kamen und auf die Ampel zuhielten. Laire beeilte sich, die Stöpsel in ihre Ohren zu stecken und das Kabel in ihrer Jackentasche verschwinden zu lassen, während er redete.

»Akzeptiere es einfach, dass dunkle Materie viel mehr ist, als du denkst. Diese Wesen sind Wächter, die unter den Menschen leben und darauf achten, dass ihre Lebenspläne im Rahmen bleiben. Sie müssen wohl in der Nähe gewesen sein und mich als Unstimmigkeit wahrgenommen haben.«

Laire hob das Mikrofon an den Kopfhörern hoch und tat so, als würde sie telefonieren. »Sie waren wirklich nicht hinter der Frau her?«

Von Verfolgern hatte Miss Emo gesprochen, aber Mirroanwi schüttelte den Kopf.

»Sie mögen zwar so aussehen, aber sie sind nicht böse. Und auch keine Dementoren. Sie sind Diener des Universums, so wie wir alle.«

Laire schüttelte den Kopf. »Neunzig Prozent von dem, was du sagst, verstehe ich nicht. Die zehn Prozenten sind die Dementoren, und dabei habe ich nicht mal die Bücher gelesen.«

Am Abend saßen sie beide auf ihrem Bett. Laire befand sich bereits in ihrem Nachthemd, bereit für die nächste Lektion.

Mirroanwi öffnete den Mund. »Reinkarnation.«

Er hatte es sich am Fußende bequem gemacht, wieder in dieser kamerareifen Pose, bei der er sein Kinn auf die Zeigefinger stützte und gedankenverloren in die Ferne starrte.

»Wie bitte?« Laire zog die Decke bis an ihr Kinn hoch und beobachtete ihn. Sein Anblick war ihr in der kurzen Zeit seit ihrer ersten Begegnung so vertraut geworden, dass sie jede Linie in seinem Gesicht auswendig kannte.

»Wiedergeburt«, übersetzte er wieder einmal eines seiner merkwürdigen Worte. »Das Universum lebt von einem ständigen Kreislauf aus Wiedergeburten. Wir bestehen aus Energie, und Energie kann nicht sterben.« Er unterbrach sich. »Fragen?«

»Ja. Was soll das heißen, das Universum lebt? Es ist doch kein Lebewesen, das lebt und atmet und – warte, ist es doch?«, fragte sie, als sie sein Stirnrunzeln bemerkte.

»Nein …« erwiderte er gedehnt. »Es atmet nicht und lebt nicht. Aber es muss dennoch am Leben gehalten werden. Das – das erkläre ich dir in einer anderen Lektion genauer«, fügte er hinzu, als sie schon den Mund geöffnet hatte, um zu widersprechen. »Energie kann also nicht sterben, aber sie kann etwas anderes. Was kann sie?«

Es brauchte einige Momente, ehe ihr klar wurde, dass das keine rhetorische Frage war. Sie versuchte, sich an den Physikunterricht zu erinnern, was ihr ziemlich schwer fiel. Abgesehen davon, dass ihre letzte Stunde einige Jahre zurücklag, hatte sie die Zeit damit verbracht, ihre Löschblätter mit Tinte zu verzieren.

»Energie kann nicht sterben …«, wiederholte sie langsam. So etwas Ähnliches hatte er ihr schon einmal erklärt. Da fiel es ihr wieder ein. »Aber sich verändern? Ich weiß noch, da war etwas mit Bewegungsenergie, die sich in Wärmeenergie umwandelt … oder andersherum?«

»Energie nimmt neue Formen an.« Er nickte. »Energie, das ist alles, woraus wir und die Welt gemacht sind.« Er knitterte einen Zipfel der Bettdecke in seiner Hand. »Sei es nun das Bett oder dein Körper oder deine Seele. Alles ist Energie. Das weißt du aber schon.«

»Ja … aber Energie ist doch nichts Materielles. Energie kann man nicht … anfassen.«

»Aus wissenschaftlicher Perspektive nicht.« Er richtete sich auf und lächelte sie an. »Wir sind aber keine Wissenschaftler.«

Anschließend sollte Laire aufschreiben, welche Arten von Energien sie kannte. In den ersten drei Minuten notierte sie Begriffe wie *Atomenergie, Solarenergie* und *Windenergie*, ehe Mirroanwi einen Blick auf ihren Block warf und sie alles wieder durchstreichen musste. Dann führte er sie durch ihre Wohnung und nahm verschiedene Gegenstände mit. *Friedhof der Kuscheltiere.* Ihre Zahnpasta. Die Schneekugel.

»Das sind alles unterschiedliche Arten von Energie?«, fragte Laire zweifelnd, als Mirroanwi die Gegenstände der Reihe nach auf dem Couchtisch abstellte.

»Nein«, antwortete er. »Das ist nur eine einzige Art von Energie.«

Mit einer Handbewegung fing das Buch an, seine Form zu ändern, und innerhalb weniger Augenblicke lag an dessen Stelle ein makelloses Replikat der Zahnpastatube.

Da fiel ihr ein, dass sie ihre Zähne noch nicht geputzt hatte. Doch Mirroanwi würde ihre rekordverdächtige Darstellung eines genervten Seufzers schlagen, wenn sie das zur Sprache brächte.

Mirroanwi nickte auf die neue Tube. »Schraub sie auf.«

Laire tat wie geheißen und stellte fest, dass das Buch nicht nur die Form der Tube angenommen hatte, sondern auch Zahnpasta enthielt.

Mit einer gewissen Achtung legte sie die Tuben wieder nebeneinander. »Wie hast du das gemacht?«, wollte sie wissen.

»Ich habe die Energie umgeformt. Die Moleküle, wenn dir das eine bessere Erklärung ist. Das ist die spezielle Eigenschaft von materieller und astraler Energie: Beide können mit Ki verändert werden.«

Eine weitere Geste, und die Tube verfloss wieder zu einem Buch.

»Damit kennst du zwei Arten von Energie. Von der dritten habe ich dir schon erzählt: Universalenergie. Sie ist mit Ki durchzogen und hat keinen geringeren Zweck, als das System des Lebens und Nicht-Lebens zu beherbergen. Wie ein Haus.«

»Die Energie der Außenwelt, meinst du?« Laire erinnerte sich an die unerträglichen Sonnenstrahlen, die auf ihr Bewusstsein gebrannt waren.

»Richtig. Und die vierte Art, die Seelenenergie. Was fällt dir dazu ein?«

»Das hellste Licht im Universum?«

»Ganz genau. Sie ist die Energie, die in ihrer Beschaffenheit am meisten der reinen Energie ähnelt. Es gibt verschiedene Unterarten davon, die für dich aber nicht wichtig sind. Die häufigste Unterart ist eine Seele wie deine, die Seele eines Sterblichen. Sie ist das, was das Universum am Leben erhält. Fragen?«

»Materielle Energie, Astralenergie, Universalenergie, Seelenenergie«, wiederholte Laire. »Was ist reine Energie? Was besteht daraus?«

»Das ist es eben. Reine Energie nimmt in der Regel keine Form an. Sie ist ein Leiter. Zum Beispiel verbindet sie das Erinnerungsfeld mit dem Speicher des Universums. Oder dich mit dem Ursprung. Sie ist wie der Klebstoff, der überall auf die ein oder andere Weise enthalten ist.«

»Frage. Erinnerungsfeld? Speicher des Universums?«

»Begriffe, zu denen wir in späteren Lektionen kommen werden.«

»Natürlich«, erwiderte sie sarkastisch. »Ein ganz neues Konzept. Und wie verbindet sie mich mit dem Ursprung? Was ist das überhaupt?«

»Du bist der Teufel im Detail in Person.«

»Nicht nett.«

»Es war aber nett gemeint.«

Sollte sie eine Diskussion darüber anfangen, ob es nett war, andere als Teufel zu bezeichnen? War es das wert?

Letzten Endes vermutlich nicht. Eine Diskussion würde nur in vielen Seufzern beider Parteien enden.

»In der Regel kann nur der Tod selbst mit reiner Energie umgehen. Nicht einmal ich könnte etwas damit anfangen. Als deine Seele vor etwas mehr als achtzehn Jahren in ein Embryo geschlüpft ist, war der Tod dabei, wie er es eben bei jeder Geburt ist, und hat zum einen den Schirm vor dein Bewusstsein geschoben, zum anderen eine Verbindung zwischen dir und deinem Ursprung erschaffen, die Matrix. Außerdem den Schleier des Vergessens, aber das verwirrt dich nur. Für alles drei hat er reine Energie verwendet. Was das Wie angeht … das ist, als würdest du mich fragen, wie ein Samen gepflanzt wird. Die Dinge, von denen ihr denkt, sie wären kompliziert, sind es in Wirklichkeit gar nicht. Es sind die scheinbar einfachen Dinge, über die ihr mehr nachdenken solltet.«

Laire schloss kurz die Augen. »Wenn du weiterredest, explodiert mein Gehirn.«

»Das wird eben nicht passieren, weil die Matrix im Falle von Gefährten und Botschaftern eine ganz besondere Energiequelle bietet, nenne es Tankstelle, wenn du möchtest —«

»Mirroanwi …«

Er fing ihren Blick auf. Es dauerte einige Sekunden, bis er verstehend die Augenbrauen hob. »Du warst wieder sarkastisch.«

»Was habe ich dir bei unserem ersten Gespräch gesagt?«

»Dass ich nicht alles ernst nehmen soll, was du sagst. Ich will aber klarstellen, dass das eine wirklich maluröse Selbstwahrnehmung ist, die du da von dir hast.«

Laire ließ ihren Blick über die Gegenstände auf dem Tisch wandern. Das Buch, die Zahnpastatube, die Schneekugel. Sie glaubte, die zweite Lektion bisher grob verstanden zu haben, aber die Details waren bestenfalls schwammig.

»Gibt es eine Prüfung am Ende meiner Lehre?«, fragte sie. »Wenn ja: Ich bin überfordert.«

»Keine Prüfung.« Er lächelte entschuldigend. »Ich habe mich treiben lassen, kommt nicht wieder vor. Ich mache es wieder gut.«

»Indem du mein Gehirn reparierst?«

»Ich zeige dir etwas. Etwas, das nicht jeder Gefährte sieht, weil nicht jeder Gefährte so viele Fragen stellt wie du. Willst du?«

»Ich bin mir nicht sicher?«, entgegnete Laire vorsichtig, doch ihr Inneres, das ein weiteres Wunder witterte, schrie stumm: Ja!

Mirroanwi beugte sich näher zu ihr, den Blick auf seinen Arm gerichtet, während er langsam den Ärmel hochrollte. »Ich habe gerade gesagt, dass die reine Energie keine Form annimmt. Nun, es gibt die ein oder andere Ausnahme.«

Sein entblößter Unterarm begann zu leuchten. Um genau zu sein, ein geometrisch perfekt geformtes Quadrat aus Licht erschien auf seinem Unterarm. Es strahlte so grell wie seine Augen, ehe er Pupillen, Regenbogenhaut und all das Zubehör hinzugefügt hatte. Laire sah sich gezwungen, den Blick nach wenigen Herzschlägen abzuwenden. Dunkle Punkte tanzten vor ihrem Sichtfeld.

»Warte, du –, nein, deine Seele besteht aus reiner Energie?«, fragte sie, während sie die Punkte wegblinzelte.

»Nicht vollständig, sonst wäre sie keine Seele mehr. Aber ich bestehe nur zu einem minimalen Anteil aus Seelenenergie, gerade genug, damit dein Unterbewusstsein mich prägen konnte.«

»Damit du ansatzweise menschlich bist«, erkannte Laire und stellte erleichtert fest, dass seine Hülle wieder vollständig war. Endlich konnte sie auch das Blinzeln einstellen.

»Nicht nett.«

»Kein Grund, mich zu zitieren, auch wenn ich geschmeichelt bin.«

Er krempelte seinen Ärmel wieder vor. »Der Rest meiner Seele besteht aus reiner Energie, die einen Leiter darstellt zwischen dem Tod und mir. Du hast also gerade indirekt reine Energie gesehen.«

»Indirekt?«

»Die Seelenenergie war zu hell, um die reine zu erkennen.«

»Ganz toll.« Sie erhob sich und fischte die Zahnpasta vom Tisch. »Dann werde ich nun, mit dieser Ehre gesegnet, meine Zähne putzen.«

Mirroanwi seufzte genervt.

In dieser Nacht lernte Laire viele Dinge über das Universum, aber mit jeder Erkenntnis kamen tausend Fragen einher. Was genau war das Ki überhaupt, woraus bestand es? Weshalb konnte sie es nutzen und andere nicht? Weshalb konnte sie so viele unmöglichen Dinge damit möglich machen, zum Beispiel sich in der Astralwelt in einen Vogel verwandeln und über die Meere segeln? Warum gab es im Universum verschiedene Ebenen und was befand sich auf ihnen?

Am nächsten Morgen suchte sie nach Antworten. Während sich ihr Browserverlauf mit Artikeln über Astrophysik und Kosmologie und Ontologie und Metaphysik füllte, erkannte sie tatsächliche Ähnlichkeiten zwischen den Lehren des Todes und der modernen Wissenschaft. Ein Astrophysiker sprach von gewöhnlicher Materie (Dinge wie ihre Zahnpasta oder ihr Fingernagel) und dunkler Materie (eine mysteriöse Substanz, die zwar über Gravitation verfügte, jedoch in keiner Weise mit Licht interagierte). Sie wusste bereits, dass Mirroanwis dunkle Materie nicht die dunkle Materie der Erdwissenschaftler war. Die gewöhnliche Materie war zweifellos synonym zur materiellen Energie, konnte also die dunkle Materie ein anderes Wort für Astralenergie sein? Eine unsichtbare Masse, nur auf einer Astralreise spürbar? Oder war Astralenergie etwas komplett anderes?

Im selben Artikel tauchte der Begriff *dunkle Energie* auf. Zuerst dachte sie, diese könnte eine der Arten sein, die Mirroanwi vorgestellt hatte, aber der Astrophysiker bezeichnete sie als Gegenkraft zur Gravitation, eine Kraft, die das Universum zur Expansion zwang.

Nach diesem komplizierten Stoff rauchte ihr Gehirn und sie nahm Abstand von der Suche nach wissenschaftlichen Antworten.

In Mirroanwis Gesellschaft vergingen die Tage wie im Flug, sodass Yestas Geburtstag vor der Tür stand, bevor Laire sich mental darauf vorbereitet hatte. Es war nicht so, dass sie zu beschäftigt mit seinem Unterricht gewesen war – in der Tat hatte er sich sogar geweigert, ihr die dritte Lektion zu eröffnen, obwohl sie jeden Tag fast darum bettelte. Dafür erzählte er ihr allerhand andere Geschichten. Dinge, die seine früheren Inkarnationen erlebt hatten. Es war schwer für sie, sich vorzustellen, wie es sich für ihn anfühlte – all dieses Wissen über Iglus und Schmetterlingsfang zu haben, das er selbst, in dieser Gestalt, mit diesem Bewusstsein, nicht einmal erlebt hatte.

Am Abend vor Yestas Geburtstagsfeier stand Laire vor dem Spiegel und richtete die Rüschen an ihrer Lieblingsbluse. Das Geschenk für ihre Schwester lag auf dem Schreibtisch, frisch verpackt, daneben die zwei Pakete von Allison und Colin. Das Geburtstagskind war heute nicht erschienen, trotz der Hoffnungen der beiden, aber Laire hatte es kommen sehen. Seit ihrem Streit hatte sie sich nicht bei ihnen gemeldet.

Statt also den Kuchen zu essen, der in der Küche vereinsamte, hatte sich Laire ins Klavierzimmer zurückgezogen, um den letzten Teil des Stückes zu üben, das ihre Schülerin Cailin in fünf Wochen aufführen würde. Mirroanwi war ihr eine unerwartet gute Hilfe gewesen. Wann immer ihre Finger über die Noten gestolpert waren, hatte er die linke Hand selbst angesetzt und ihr die Takte flüssig vorgespielt – so lange, bis sie sich die Drehungen und tänzelnden Schritte seiner Finger eingeprägt hatte. Als sie ihn gefragt hatte, warum er dabei nicht einmal auf die Noten schauen musste, hatte er mit den Schultern gezuckt und geantwortet:

»Ich weiß eben viel, und wenn es um die Künste geht, weiß ich fast alles.«

Aus jedem anderen Mund hätten diese Worte die Person unglaublich selbstverliebt und unsympathisch erscheinen lassen, aber bei Mirroanwi klangen sie so selbstverständlich, als wären sie die Sterne und er wäre der Himmel.

»Warum putzt du dich so heraus?«, fragte er, als Laire in dem Schmuckkästchen kramte, das sie sich von Allison stibitzt hatte. Er selbst hatte es sich auf der Couch bequem gemacht. Vor zwei Tagen hatte er *Netflix* auf ihrem Laptop entdeckt. Wenn ihre Chronik sie richtig informierte, hatte er seitdem die ersten vier Staffeln von *Sherlock* und mehrere klassische Buchverfilmungen angeschaut.

Sie verharrte in ihrer Bewegung. Langsam zog sie die Hand aus dem Kästchen, ohne einen Ohrring genommen zu haben. »Weißt du was?«, sagte sie und drehte sich zu ihm um. »Du hast Recht. Warum putze ich mich so heraus? Die Leute, die dort sind, mag ich sowieso nicht und sie mögen mich nicht – ich komme nur für Yesta.« Resolut klappte sie das Kästchen zu. »Und Lindsay Clinton ist schließlich da, die sorgt für das Herausgeputztsein.«

Neugierig schaute Mirroanwi auf. Das hieß etwas, denn er war ein Meister des Multitaskings: Er konnte Gespräche führen und Serien schauen gleichzeitig und wusste hinterher von beidem die Inhalte. Es irritierte Laire dennoch, wenn er das tat.

Er zog sich einen Kopfhörer aus dem Ohr. »Wer ist Lindsay Clinton?«

Sie rümpfte die Nase. »Niemand Wichtiges.«

Er wandte den größten Teil seiner Aufmerksamkeit wieder ihrem Laptop zu. Mit mattem Interesse hakte er nach: »Also nur ein Irgendjemand?«

Mit einem entschlossenen Nicken trat sie vom Spiegel zurück und beugte sich über ihren Schreibtisch. Ihr neues Handy zeigte achtzig Prozent an, also zog sie es aus der Steckdose.

»Nur eine oberflächliche Despotin.«

Von Mirroanwi kam ein Brummen als Erwiderung. Bedächtig atmete sie aus. Im Spiegel registrierte sie ihre gebeugten Schultern und zog sie zurück, das Kinn hoch gereckt. Heute würde sie zum ersten Mal seit der Abschlussklasse Lindsay Clinton und ihre Clique wiedertreffen. Die fünf Mädchen gingen auf dieselbe Uni wie Yesta, und es gab kein Szenario, in dem sie sich eine Feier entgehen lassen würden.

In der Primary School waren sie eng mit Laire befreundet gewesen. Abseits der Schule hatten sie sich nicht viel getroffen, oder zumindest war Laire nicht zu den Treffen erschienen, weil sie all ihre Zeit mit Yesta verbracht hatte. Trotzdem hatte Laire sich ihren Freundinnen verbunden gefühlt, in der Pause hatten sie ihr Pausenbrot geteilt und im Unterricht hatten sie jede Gruppenarbeit zusammen gemacht.

Und dann war die Highschool gekommen und damit mehrere Veränderungen. Veränderung Nummer Eins: Lindsays Vater hatte eine erfolgreiche Firma geerbt und damit ein Jahreseinkommen von mehreren Hunderttausend Pfund. Lindsay hatte sich von der breiten Masse abheben müssen, indem sie über alles Traditionelle lästerte: Tee trinken gehörte ins zwanzigste Jahrhundert, Bücher sollte man ohnehin verbannen und Menschen, die ihr Geld nicht für Make-up und *Louis Vuitton*-Taschen ausgaben, waren das Scheusal der Welt.

Das allein hätte nicht für den Bruch einer jahrelangen Kinderfreundschaft gesorgt. Leider trat Veränderung Nummer Zwei ein: Laire, die sofort aufgehört hatte, ihre Liebe für Bücher und Teetrinken auszudrücken, fand sich in völlig neuen Umständen wieder. Yesta lag im Krankenhaus. Laire verbrachte jeden Nachmittag an ihrem Bett, zeigte ihr die Bilder, die sie gemalt hatte, und bekam dort von der netten Krankenschwester so viel Eis, dass sie seitdem nur noch ungern welches aß.

Lindsay musste irgendwelche Kontakte zum Krankenhaus gehabt haben, denn eines Tages nach der Schule stellte sie Laire zur Rede. Nicht auf eine einfühlsame Weise, sondern auf die typische Art der neureichen Lindsay: Mit einer Anklage.

Ich weiß, warum du in der Schule so schlechte Noten hast.

Für gewöhnlich genoss Laire einen ziemlich guten Notendurchnitt; sie war sogar im letzten Jahr Klassenbeste gewesen, wofür Lindsay sie ein bisschen gehasst hatte. Dass Laire plötzlich nur noch Ds und Es kassierte, hatte Lindsay nicht ohne eine gewisse Genugtuung beobachtet, und rückblickend überraschte es Laire nicht einmal, dass sie für sie keinen Trost übrig gehabt hatte. Natürlich hatte Lindsay nichts unternommen, was ihrem Erfolg schaden würde.

Das war das Ende ihrer Freundschaft gewesen. Sie hatte aufgehört, von einem Tag auf den anderen. An dem einen Tag war Laire noch mit ihren fünf Freundinnen im Schlepptau ins Klassenzimmer gekommen, etwas verspätet, weil sie sich auf den Toiletten noch über die neuste Zeitschrift gebeugt hatten, und am nächsten Tag saß sie schon vor neun Uhr gehorsam auf ihrem Platz in der hintersten Reihe, versunken in ein Buch.

Zwei Jahre später hatte sie Lindsay eine Ohrfeige gegeben, aber ansonsten hatte sie keinen Kontakt mehr zu ihr gehabt.

Bis heute.

Mit einem unwohlen Gefühl im Bauch machte sie sich daran, ihre Handtasche zu packen. Sie sollte einfach nicht zu viel darüber nachdenken. Es war nur ein Abend, an dem sie ausschließlich für ihre Schwester da sein würde. Genau, Yesta sollte ihre Hauptsorge sein. Nicht Lindsay.

»Ist sie das?«, fragte Mirroanwi. Er saß immer noch auf der Couch, aber hatte ihren Laptop so gedreht, dass sie das Bild auf dem Display sehen konnte. Es zeigte eine jüngeren Laire mit helleren Haaren neben zwei anderen Mädchen. Alle drei grinsten breit in die Kamera.

Mit schnellen Schritten war sie bei ihm und entriss ihm den Laptop. »Du sollst nicht meine Sachen durchwühlen!«

Mit besorgter Miene stand er auf. »Warum bist du so allein, Laire? Warum verbringst du jeden Tag mit mir, wenn du ihn auch mit deiner Familie verbringen könntest? Mit Freunden?«

Laire setzte ein Lächeln auf. »Kannst du mich hinteleportieren?«

»Nein. Ist alles in Ordnung?«

Sie stöhnte und wandte sich ab. »Natürlich. Hör auf, das die ganze Zeit zu fragen. Ich verbringe gern Zeit mit dir, weil ich dich mag, und Lindsay oder sonst irgendjemand hat nichts damit zu tun! An sie habe ich seit Jahren keinen Gedanken mehr verschwendet.« Mit einer resoluten Geste schloss sie das Fenster auf ihrem Laptop, in dem das Foto erschienen war.

»Hast du dich mit ihr gestritten?«

Laire schnaubte. »Gestritten ist untertrieben«, erwiderte sie, während sie den Mantel von ihrem Stuhl zerrte und in ihre Schuhe schlüpfte. »Sagen wir es so: Sie ist eine widerliche Person, der es nur auf den Erfolg ankommt. Zwischenmenschliche Gefühle lässt sie dabei links liegen.«

»Ist das vielleicht nur ein Vorurteil?«

»Nein, eine Beobachtung. Ich könnte niemals so sein, deswegen komme ich auch nicht mit ihr aus. Also hör auf, so zu schauen, als würdest du einen Masterplan entwickeln, wie du uns wieder zusammenbringst.«

Sie eilte die Stufen hinunter und schloss die Haustür hinter sich, ohne auf ihn zu warten. Die wohlriechende Luft, die nach einem Regen immer in der Stadt einzog, entspannte ihre Nerven. Schon als sie die nahegelegene Bushaltestation erreicht hatte, tat ihr ihr Verhalten leid.

Eine Zeit lang in ihrem Leben hatte sie gedacht, sie hätte jemanden. Freunde, die für sie da waren, für die sie da sein konnte, eine beste Freundin, die wie eine zweite Schwester für sie war und von der sie jedes Geheimnis kannte. Eine Familie, zu der sie immer kommen konnte, der sie all ihre Probleme anvertrauen konnte. Je länger sie lebte, desto häufiger hatte sie darüber nachgedacht. Und dann waren all diese Dinge passiert. Die Freunde hatten plötzlich andere Freunde, mit denen sie nicht mithalten konnte. Die beste Freundin kam ihr mit jedem Tag mehr wie eine Fremde vor, sie sah sie kaum noch. Die Familie … die Familie blieb, was sie war, doch sie konnte ihr nicht mehr all ihre Probleme anvertrauen.

Je häufiger sie darüber nachdachte, desto näher kam sie an die Erkenntnis, dass sie allein war. Und all ihre Bemühungen, das zu ändern, Freundschaften zu festigen und sich ihrer Familie anzuvertrauen, waren umsonst.

Anstatt weiter darüber nachzudenken, machte sie sich darüber Gedanken, worin sie ihre Energie stattdessen investieren konnte. Worin sie all ihre Bedrückung fokussieren konnte, sodass etwas Gutes dabei heraus kam.

Die Lösung war ihr erst gekommen, als der Tod in ihrem Kleiderschrank erschienen war. Ab dem Zeitpunkt war sie wieder glücklich gewesen. Mirroanwi verschaffte ihr Ablenkung mit seinen Lektionen, aber wenn sie die nicht bekam, hatte sie nichts, worüber sie nachdenken konnte. Die letzte Lektion war mehrere Tage her. Sie brauchte Nachschub; diese Gespräche mit ihm waren wie eine Droge. Doch sie musste einen klaren Kopf behalten, nur für diesen Abend. Es war Zeit, erwachsen zu werden, wenigstens für einige Stunden.

7. Kapitel
Ein geklauter Name

Yestas Geburtstag fiel auf einen Donnerstag – eigentlich sollte man meinen, dass eifrige Studenten unter der Woche Besseres zu tun hatten, als eine Party zu feiern. Aber als Laire in Yestas Stockwerk im Studentenwohnheim eintraf, war der komplette Flur erfüllt von fremden Gästen und lauter Musik. Der Gestank, eine Mischung aus Schweiß und Alkohol und verbrannten Marshmallows, drohte, ihre Nasenschleimhäute zu verätzen. Möglichst flach atmend, drängelte sie sich durch die Masse. An einer Ecke wehte ihr Rauch zu, wovon sie husten musste. Ein Typ rempelte sie mit dem Rücken an und schwenkte dabei seine Arme so verdreht, dass er ihr den Inhalt einer Whiskeyflasche über die Bluse kippte. Mit geröteten Augen drehte er sich zu ihr um. »Sorry«, murmelte er, dann drückte er ihr mit einem Grinsen die klebrige Flasche in die Hand und verschwand in der Menge.

Angeekelt hielt sie die Flasche von sich und ließ sie auf einem der Tische zurück, die an die Wand gestellt waren, nachdem sie kurz darüber nachgedacht hatte, sie einfach fallen zu lassen. Für die Zugänge zu den Wohnungstüren waren zwischen den Tischen Lücken freigehalten worden, aber die waren so eng, dass man sich seitlich hindurchzwängen musste.

Mit einer düsteren Miene warf sie einen Blick zur Decke, unter der Mirroanwi in einer liegenden Position schwebte. Sie beneidete ihn um seine Unsichtbarkeit. Vor dem Eingang zum Wohnheim hatte er auf sie gewartet, mit einem Lächeln, das zeigte, dass er ihr das hitzige Gemüt von vorhin nicht nachtrug.

Er hatte das Kinn auf die Hände gestützt und beobachtete gebannt das Geschehen unter ihm, sodass er Laires Versuch, Augenkontakt aufzunehmen, für die ersten zehn Sekunden nicht bemerkte. Dann entdeckte er sie, kam ihrer stillen Aufforderung nach und wedelte mit der Hand, trotz seiner ausdrücklichen Mahnung, das Zaubern müsse sie selbst übernehmen.

Sobald der Stoff getrocknet und der unangenehme Whiskeygeruch verschwunden war, machte sie sich daran, nach einem Orientierungspunkt zu suchen. Über ihr schnipste Mirroanwi mit den Fingern, und die Tür am anderen Ende des Gangs – Yestas Zimmertür – blinkte kurz auf wie die Lampe in diesem Spiel, mit dem Kinder Grundlagen des Schaltkreises lernten. Ihr war schon häufiger aufgefallen, dass er, wann immer er sein Ki anwendete, Handbewegungen vollführte wie Gandalf mit seinem Stab (in ihrer Kindheit war sie nicht umhingekommen, ihn mit ihrer Mutter mindestens ein Dutzend Mal beim Abenteuererleben zu beobachten). Das Ki brauchte keine Handbewegungen. Aber vielleicht brauchte Mirroanwi Dramatik.

»Da war gerade deine Schwester«, meldete er von seinem Aussichtspunkt aus. »Sie hatte einen Mann bei sich.«

Das konnte bei Yesta alles heißen – wirklich, alles. Dennoch wurde es Laire unwohl. Sie kannte die Vergangenheit ihrer Schwester und wollte sie hier nicht wiederholt sehen. Mit neuer Motivation drängelte sie sich durch die Partygäste, aber sie war nicht einmal fünf Schritte gekommen, da wurde sie auf einmal von den Leuten vor ihr zurückgedrängt. Wie auf ein stummes Kommando hin bildete sich um einen Typen in weiten Hosen ein Kreis aus Zuschauern, als der Typ einfach in die Hocke ging und anfing, einen Breakdance aufzuführen. Sie schien die einzige zu sein, die diese aus dem Zusammenhang gerissene Handlung verwirrte. Alle klatschten und johlten, wichen noch weiter nach hinten aus, als der Typ sein Bein über dem Kopf im Kreis schwingen ließ. Laire wurde gegen die Wand gedrückt. Verzweifelt bedeutete sie Mirroanwi, ihr zu helfen, doch dieser bemerkte sie gar nicht, denn das Spektakel im Kreisinneren forderte seine ganze Aufmerksamkeit.

Dass sie sich zwischen zwei Tische gequetscht hatte und mit dem Rücken nun an einer Tür lehnte, merkte sie erst, als die Tür unerwartet aufging und Laire nach hinten stolperte. Sie stieß einen kleinen Schrei aus, der in der Kakophonie allerdings unterging. Jemand hinter ihr versuchte, sie mit den Armen aufzufangen, oder vielleicht wollte sich dieser Jemand nur vor ihr schützen, aber egal was es war, der Versuch scheiterte. Während sie noch schwankten, erhaschte Laire einen Blick auf zwei dünne Beine, die in Stöckelschuhen endeten. Alles ging zu schnell für einen zweiten Schrei. Die Gravitation gewann die Oberhand, die Frau, die sie hielt, knickte ein und mit ihr Laire, und sie plumpsten gemeinsam zu Boden. Abgesehen davon, dass sie dank der Frau weich landete, merkte sie, dass der Boden knisterte, als sie aufkamen.

Die zierliche Person schrie auf, und Laire bekam einen spitzen Ellbogen ins Kreuz gedrückt.

»Geh runter von mir!«, keifte eine Stimme.

Wankend rappelte sie sich auf und streckte der Frau die Hand entgegen. Als sie jedoch sah, wer sie da aufgefangen hatte und nun vor ihr am Boden lag, ließ sie sie wieder sinken und trat einen Schritt zurück. Die Entschuldigung, die ihr auf der Zunge gelegen war, kehrte dorthin zurück, wo sie hergekommen war.

»Na, vielen Dank auch«, fauchte Lindsay Clinton.

Laire schielte zur Seite. Die Tür war zugefallen; vermutlich war Lindsays Fuß im Fall daran gestoßen.

Lindsay hievte sich in eine sitzende Position und zog ihren blonden Pferdeschwanz fester. Der junge Mann, der sich mit ihnen im Raum befand, wollte ihr aufhelfen, aber sie schlug seine Hand weg und stand selbst auf. Auf wackeligen Beinen versuchte sie, ihr Gleichgewicht zu finden.

»Toll, jetzt habe ich meinen Ohrring verloren!« Mit gerunzelter Stirn blickte Lindsay auf das Durcheinander am Boden. Er war übersät mit Comiczeitschriften, was das Knistern erklärte. Das fehlende Schmuckstück fand sie schnell, zu schnell, als dass Laire Zeit geblieben wäre, in irgendeiner Weise zu reagieren.

Während sie den Ohrring wieder anbrachte, musterte sie Laire mit zusammengezogenen Augenbrauen. »Laire MacDiagan.« Nichts in ihrer Stimme ließ vermuten, dass sie ihre gemeinsame Vergangenheit vergessen hatte. »Du hast dich ja nicht sehr verändert. Wie ist das Leben so ohne Unterricht, zu dem man regelmäßig gehen muss?«

Sie spielte darauf an, dass Laire auf einen Studiengang an einer Universität verzichtet hatte, im Gegensatz zu ihr. Vielleicht dachte sie, Laire auf diese Weise verletzen zu können.

Laire hatte erwartet, Lindsay oder eine der anderen anzutreffen, aber nicht so bald. »Sag bloß, du gehst regelmäßig zum Unterricht«, konterte sie, froh, ihre Stimme wiedergefunden zu haben.

Lindsay schnaubte. Dann streckte sie den Arm aus und zeigte zur Tür. »Raus. Beide.«

Der junge Mann, der eine recht hilflose Miene aufgesetzt hatte, sprach zum ersten Mal seit Laires unfreiwilliger Ankunft. Er trat auf Lindsay zu und wollte ihre Schulter berühren, aber sie wich geschickt aus. »Lindsay, ich —«

»Nein, Cliff! Du kannst gleich mit Laire zur Tür rausgehen, ihr seid beide nicht erwünscht!«

Laire war sich nicht sicher, ob das gewollt war, aber seine Augen konnte man nicht anders beschreiben als die eines treuen Hundes. »Schatz, das ist mein Zimmer …«

»Und mein Herz, das du gebrochen hast!« Zu Laires Überraschung wurde ihre Stimme gegen Ende hin weinerlich und drohte, zu brechen. Lindsay biss sich auf die Lippe. Sie war stark wie eh und je: Sie vergoss keine Träne in Gegenwart ihres Freundes – oder Exfreundes. »Du hast mit mir gespielt!«

Cliff streckte die Hände aus, ließ sie dann jedoch schnell wieder sinken. Seine Miene beschrieb pure Verzweiflung. »Zuerst ging es mir nur ums Geld, aber dann habe ich mich in dich verliebt!«

»Ach ja, und wann war das? Bevor oder nachdem du mir einen Antrag gemacht hast?«

Entgeistert starrte Laire auf die Streitenden. Passierte das hier gerade wirklich? Wurde sie Zeugin, wie ihrer Erzfeindin das Herz gebrochen wurde? Sie hätte eine gewisse Art von Schadenfreude spüren müssen, aber der Schock saß ihr zu tief in den Knochen.

»Lindsay …«

»Raus!« Sie kreischte so laut, dass ihre Stimme vollends brach. Ihre perfekt lackierten Fingernägel wiesen zur Tür. Wäre sie einen Schritt näher gestanden, hätte sie Laire damit ins Auge gestochen. »Raus, du kannst dir deine Liebe sonst wohin stecken, du egoistisches Schwein!«

Cliff wirkte, als würde er widersprechen wollen, aber dann resignierte er. Mit betretener Miene zwängte er sich an Lindsay vorbei, sorgsam darauf bedacht, sie nicht zu berühren, und verließ das Zimmer. Die Tür wurde diesmal nicht ganz geschlossen, sodass eine feine Rauchwolke ins Zimmer wehte und die Bässe der Party ein peinliches Schweigen verhinderten.

Egoistisches Schwein traf ihn ganz gut, fand Laire. Er hätte wenigstens die Tür für sie offen halten können.

Zu allem Überfluss fing Lindsay auch noch an, zu weinen. Hin und her gerissen schaute Laire zur Tür und zu der weinenden jungen Frau, die ihr jede Chance auf eine fröhliche Schulzeit zerstört hatte. Vermutlich wollte sie nicht einmal von ihr getröstet werden.

Als ihr ein besonders großer Schluchzer entfuhr, biss Laire sich auf die Lippe und näherte sich dem Bett, wo Lindsay an der Kante kauerte wie ein verletztes Raubtier.

»Lindsay?«, fragte sie behutsam. Raubtiere waren bissig, besonders im verletzten Zustand. »Soll ich – soll ich jemanden holen?« Ihre vier Freunde mussten sich ja auch irgendwo auf diesem Stockwerk herumtreiben.

Schniefend schüttelte sie den Kopf. Ihr Mascara klebte bereits in schwarzen Sicheln unter ihren Augen. »Ich will nicht, dass jemand davon erfährt.«

»Dass ihr euch getrennt habt?« Laire konnte nicht anders, als sie kritisch zu mustern. »Dir ist klar, dass das jemandem auffallen wird.«

Lindsay schüttelte den Kopf, immer noch, ohne sie anzusehen. »Nein. Es geht um das Geld. Ich will nicht, dass alle erfahren, dass ich auf jemanden hereingefallen bin, der nur auf mein Erbe aus war.«

Natürlich, das Drama einer Königin. Laire legte den Kopf schief. »Du lebst doch nicht in einer mittelalterlichen Sitcom.« Als sie merkte, was sie gesagt hatte, verstummte sie und biss sich auf die Lippe, eine Angewohnheit, die sie sich einfach nicht abgewöhnen konnte. Spätestens jetzt war es so weit. Der Moment, in dem Lindsay wieder einfiel, wen sie da vor sich hatte. Die komische Laire, die unpassende Dinge sagte und seltsames Zeug dachte.

Doch Lindsay hob nur den Kopf und strich sich die Haare aus dem geröteten Gesicht. Sie schniefte einmal, aber ihre Tränen waren versiegt.

»Wie meinst du das?«

»Na ja … du bist erst neunzehn, Lindsay. Meistens gibt es solche Fälle bei Adeligen oder Witwen ab fünfzig. Warst du nicht skeptisch, als er dich so früh heiraten wollte?«

Auf einmal fing Lindsay wieder zu weinen an. Sie vergrub ihr Gesicht in den Händen und heulte laut auf, so laut, dass Laire zusammenzuckte. Unbehaglich stand sie auf. Sie wusste, dass sie sie jetzt umarmen oder trösten müsste, aber sie fühlte sich nicht zu solchen Handlungen verpflichtet.

Sie überlegte, noch etwas zu sagen, aber sie glaubte nicht, dass irgendeines von ihren Worten bei ihr ankommen würde. Ehe sie das Zimmer verließ, drehte sie sich noch einmal um, um das Häufchen Elend, das Lindsay Clinton in diesem Moment war, einer letzten Musterung zu unterziehen. Wie hatte sie sie vorhin Mirroanwi gegenüber bezeichnet? Als eine oberflächliche Despotin?

Vielleicht hatte er ja Recht gehabt. Vielleicht war es wirklich nur ein Vorurteil gewesen.

Sobald sie diesen Gedanken gedacht hatte, verwarf sie ihn wieder, denn er war lächerlich. Sie kannte Lindsay. Mirroanwi kannte Lindsay nicht.

Vor der Tür stieß sie auf ein weiteres bekanntes Gesicht: Clara befand sich auf dem Weg hierher, und hinter ihr glaubte Laire, Charlottes orangene Haare aufflammen zu sehen. Ohne etwas zu sagen, deutete Laire auf die Tür und machte Platz, damit die beiden Freundinnen sich zwischen den Tischen hindurch ins Zimmer drängen konnten. Die Tür wurde hinter ihnen geschlossen und das war es. Als wäre nichts passiert, umfingen sie die Leute wieder, achteten gar nicht auf sie. Der Typ tanzte immer noch Breakdance.

Mirroanwi schwebte nach wie vor unter der Decke, aber seine Aufmerksamkeit hatte sich verlagert. Er starrte auf einen Riss in der Wand, nichts Auffälliges, nur ein Beweis für die nachlässige Pflege, mit der das Wohnheim behandelt wurde. Daneben bröselte auch schon die Farbe ab, sodass der Putz zu Vorschein kam.

»Ein Herz ist gebrochen worden«, murmelte er.

Sie folgte seinem Blick, konnte aber nichts Faszinierendes an dem Riss erkennen, was seine Aufmerksamkeit rechtfertigt hätte. »Lindsay Clinton hat kein Herz«, widersprach sie.

Diesmal blieb Laire unnachgiebig. Sobald Leute ihren Weg versperrten – also eigentlich die ganze Zeit – schob sie sie aus der Bahn, was ihr nicht selten einige böse Blicke und Flüche einhandelte. Yestas Wohnungstür war nur angelehnt; ohne zu klopfen, stieß Laire die Tür auf und wich augenblicklich hustend zurück.

Eine süß schmeckende Wolke waberte unter der Decke. Laires Augen tränten bereits, obwohl sie sich erst auf der Türschwelle befand. Dem Gemurmel nach zu urteilen, waren hier mehrere Gäste zugegen, aber sie konnte nur schemenhafte Umrisse erkennen. Kurz dachte sie daran, Mirroanwi zur Hilfe zu holen, entschied sich aber dagegen. Bis sie ihn gefunden hätte, besser gesagt, bis er sich von der

Tanznummer losreißen könnte, wäre es womöglich schon zu spät.

»Yesta!« rief sie, den ersten Schritt ins Zimmer wagend. Sofort umhüllte sie der Nebel. Sie wusste jetzt schon, dass sie ihre Haare dreimal auswaschen und anschließend parfümieren müsste, damit ihre Eltern am Morgen keine Fragen stellten.

Sie tastete sich durch den Raum und konnte schon bald mehr erkennen; das Fenster war geöffnet worden, sodass ein Teil des Rauchs entweichen konnte. Sie hielt sich am Küchentresen fest, unsicher, ob die Schemen dahinter Leute oder Stühle waren.

»Hallo?«, fragte sie und unterdrückte ein Husten. »Wo ist Yesta?«

Ein Typ antwortete: »Wer ist da?«

»Ich bin ihre Schwester.«

»Klar.« Er lachte. »Yestas Schwester ist zehn oder so.«

»Warum sollte ich zehn sein?«

»Keine Ahnung, sie redet immer nur so.«

Laire stöhnte. »Jetzt sag mir, wo sie ist.«

»Vergiss es, du könntest ja sonst jemand sein —«

»Cole, lass mal«, unterbrach ihn eine weibliche Stimme. »Das ist Laire.«

Laire kniff die Augen zusammen, um die Frau zu erkennen, die sich um den Tresen zu ihr schlängelte. Ihre schwarzen Haare fielen ihr fransig ins Gesicht und ihr Mund war kirschrot angemalt.

»Mary?«, erinnerte sie sich.

Mary lächelte sie breit an. »Komm, Yesta ist da hinten auf der Couch. Larry spielt ihr gerade sein neues Album vor.«

Laire wusste, wo die Couch ungefähr stand — gleich vor dem Fenster, ein paar Schritte neben der Küche — aber sie konnte nur den Fernseher erkennen. Sie wollte gar nicht wissen, in welchem Zustand sich Yesta befand.

Ihr war schlecht, als sie die Couch erreichte. Als Yesta noch daheim gewohnt hatte, hatte es dort auch ab und zu leicht nach süßen Kräutern gerochen, aber nie so stark, dass man es nicht mit einer gründlichen Lüftungsaktion loswerden konnte. Hier stank es danach. Plötzlich sehnte sie sich nach der schalen Luft im Flur.

Yesta hatte es sich im Schneidersitz auf der Couch bequem gemacht und hielt ein hell erleuchtetes Handy in der Hand. Weil sie den Blick darauf gesenkt hatte, umrandeten ihre Locken sie wie ein Vorhang. Als Mary sie antippte, zog sie sich Kopfhörer aus den Ohren und gab dem Typen, der ihr gegenübersaß, das Handy.

Yesta lächelte zuerst zu Mary hinauf, und dann, als sie sie bemerkte, zu Laire. »Liry!«, zwitscherte sie. »Du bist gekommen.«

Laire bemühte sich um ein Lächeln, aber die geröteten Wangen ihrer Schwester und der verglaste Blick lenkten sie ab. »Alles Gute zum Geburtstag«, gratulierte sie, einen herzlichen Ton anschlagend, und überreichte ihr das Geschenk.

Yesta packte es aus, etwas ungeschickt. Bei dem letzten Klebestreifen ging Laire ihr zur Hand. »Oh!«, flötete sie, als sie das Buch sah, das Laire ihr gekauft hatte. »Der Katalog von Warhol?«

Laire lächelte. »Schau mal auf die erste Seite.«

Yesta tat wie geheißen. Zufrieden beobachtete Laire, wie sie sich eine Hand auf den Mund legte. »Die signierte Erstausgabe?« Sie machte Anstalten, sich aufzusetzen, aber wackelte dabei so sehr, dass Laire sich schnell hinunterbeugte und sie so umarmte. »Danke, Schwesterchen«, hauchte Yesta ihr ins Ohr, vielleicht etwas zu laut.

»Und das sind noch Mum und Dads Geschenke«, fügte Laire hinzu, als sie sich wieder von ihr gelöst hatte und die Geschenke aus ihrer Tasche zog.

Es entging wohl niemandem, wie sich Yestas Lächeln versteifte, aber sie nahm die Geschenke entgegen, auch wenn sie sie nur auf den Beistelltisch legte, anstatt sie zu öffnen.

»Sag ihnen danke.«

»Mach ich.« Laire warf einen Blick auf den Typen, der noch immer neben Yesta saß. Larry. Als sich ihre Blicke begegneten, grinste er sie an, woraufhin sie die Augenbrauen zusammenzog. Sie beugte sich unauffällig zu Yesta hinunter und flüsterte ihr ins Ohr, sodass weder Larry noch Mary sie hören konnten. »Geht es dir gut?«

Yesta schien nicht aufgefallen zu sein, dass Laire die Diskussion unter sich halten wollte, denn sie sagte in normaler Lautstärke: »Klar geht´s mir gut, warum sollte es das nicht? Ich bin kein Kind.«

Bei dem letzten Wort entfuhr ihr ein Hickser, woraufhin Larry und Mary kicherten.

Genau deswegen mache ich mir Sorgen, hätte Laire am liebsten erwidert, aber sie konnte sich vorstellen, wie sich der Kommentar auf Yestas Stimmung ausgewirkt hätte: Sie würde einen Streit vom Zaun brechen und dann wäre die Feier für das Geburtstagskind ruiniert.

Mary stieß sie sanft mit dem Ellbogen an. »Hey, willst du auch was? Wir haben was vom guten Zeug.«

Laire verkniff die Lippen. Das war wohl Antwort genug, denn Mary zuckte mit den Schultern und kehrte in die Küche zurück.

Nun stand Laire unschlüssig hinter der Couchlehne. Yesta hatte zugelassen, dass Larry einen Arm um sie legte und näher zu sich zog. Leise unterhielten sie sich über das Lied, dem sie vor Laires Erscheinen gelauscht hatte.

Laire hatte das Gefühl, hier nicht mehr gebraucht zu werden. Sie schaute sich um, konnte aber nichts entdecken, womit sie ihre Zeit verbringen könnte. Sehnsüchtig dachte sie an die Jahre zuvor, in denen sie sich mit Yesta getroffen hatte, manchmal noch mit ein oder zwei Freundinnen von ihr, und sie sich dann Filme angeschaut und dazu Kuchen und Pizza gefuttert hatten. Laire hatte sich nicht mit merkwürdigen Fremden herumschlagen müssen – ihre Schwester hatte ihr ihre ganze Aufmerksamkeit geschenkt.

Bevor sie das Zimmer verließ, warf Laire einen letzten Blick zur Couch. Sie hatte keine Ahnung, wer dieser Larry war, wusste nicht, ob er gut für Yesta war. Aber was konnte sie schon unternehmen? Sie war nur die kleine Schwester, und sie wollte nicht unter dem Namen ihrer Eltern auf Yestas Hassliste landen, wenn sie es wagte, Yesta in ihre Schranken zu weisen.

Draußen auf dem Gang hatte sich der Breakdance-Kreis aufgelöst. Laire suchte die Decke ab, aber Mirroanwi war nirgends zu sehen. Wo steckte er? Sie wollte nicht jedes Zimmer absuchen. Ihr Kopf brummte. Ihre Kehle kratzte; sie konnte das Zeug immer noch riechen. Vermutlich stanken sowohl ihre Klamotten als auch ihre Haare danach. Blindlings quetschte sie sich durch die Menge, wich der Musikbox aus, die jemand sperrig im Weg platziert hatte, und lief die Stufen hinunter. Je tiefer sie kam, desto befreiter fühlten sich ihre Ohren und ihr Geist an; sie riss die Haustür auf und atmete die frische Aprilluft ein wie eine Ertrinkende. Die Musik hörte man hier nur noch wie aus einer weit entfernten Welt.

Mit der Zeit beruhigte sich ihr Atem, dafür machte sich Kopfweh bemerkbar. Um die schlimmsten Ausläufer des süßlichen Geruchs einzudämmen, band sie ihre Haare zu einem Zopf, zog ihre Strickjacke aus und band sie sich um die Hüften. Dann wühlte sie in der Tasche nach ihrem Handy, um Mirroanwi anzurufen.

Sie scrollte so lange durch ihr Telefonbuch, bis sie sich daran erinnerte, dass Mirroanwi gar keine Telefonnummer hatte. Er besaß nicht einmal ein Telefon, weil er auf anderen Wegen kommunizierte.

Trotz ihres pochenden Schädels versuchte sie, sich zu konzentrieren. Die Worte *Ich bin unten, kommst du?* in die Bildersprache zu übersetzen, war schwer. Vermutlich klangen sie zurückübersetzt so, als hätte sie ein Kleinkind formuliert, aber sie erfüllten den Sinn.

Nachdem sie die Nachricht losgeschickt hatte, lehnte sie sich an die Hauswand und wartete ab. Hoffentlich war Mirroanwi aufmerksam genug, um die Bilder abzufangen.

Sie schrie vor Schreck auf, als jemand sie von der Seite anstieß. Sie war sich sicher, allein auf der Straße gestanden zu haben. Instinktiv streckte sie die Hand aus und erwischte den Zipfel eines Umhangs.

Der Stoff gab nach, aber nur für kurze Zeit. Dann hatte sie auch schon wieder die junge Frau von einer Woche vor Augen, die sie düster anstarrte.

»Lass mich los.« Im Gegensatz zu ihrer letzten Begegnung klang sie diesmal sehr viel einschüchternder, wenn das überhaupt möglich war. Als wäre sie mit dem falschen Fuß aufgestanden. Sie war also doch zu menschlichen Regungen in der Lage.

Ausgerechnet in diesem Moment spürte Laire einen Floh an ihrem Bewusstsein zupfen. Blinzelnd erfasste sie die Nachricht: *Ich habe deiner Schwester noch nicht gratuliert.* Prompt fiel Laire eine Erwiderung ein – zum Beispiel, dass Yesta ihn noch nicht einmal sehen, geschweige denn seinen Glückwunsch hören konnte –, aber Miss Emo war im Moment wichtiger.

Sie wirkte wie die personifizierte Krankheit. Ihre Haut war noch fahler als beim letzten Mal. Laire empfand Mitleid mit ihr, kam ihrer Aufforderung jedoch nicht nach. Sie hielt weiterhin ihren Umhang fest. Wenn sie sie losließe, würde sie wieder verschwinden, und wer wusste, wann Laire das nächste Mal dazu käme, Antworten auf ihre Fragen zu erhalten.

Laire packte den Stoff fester. »Warum begegnen wir uns die ganze Zeit?«

Miss Emo kniff die Lippen zusammen. »Ich habe dich das letzte Mal schon gewarnt. Ich werde keine Rücksicht auf dich nehmen.«

»Ich will doch nur wissen –« Laire fühlte sich nicht mutig genug, den Satz zu beenden.

Die Frau senkte den Kopf, und obwohl sie und Laire ungefähr gleich groß waren, wirkte es auf einmal so, als würde Miss Emo von oben auf sie herabblicken. »Lass mich los, oder du wirst es bereuen.«

Laire nahm all ihren Mut zusammen. »Du bist auf der Flucht, stimmt´s? Aber vor wem?«

Miss Emo entspannte ihre Miene so weit, dass sie wieder aussah wie ein unbeschriebenes Blatt. Ihre Hand zuckte wie ein abgeschossener Pfeil nach vorne und umschloss Laires Handgelenk wie ein Schraubstock. Ein sehr kalter, sehr fester Schraubstock. Als sich der Griff verstärkte, bildete Laire sich ein, das Geräusch von knirschenden Knochen zu hören, und schrie auf, ließ den Umhang aber nicht los. Wenn sie es vorher nicht schon vermutet hätte, wüsste sie es jetzt mit absoluter Sicherheit: Das war kein normaler Mensch, und sie wollte nicht wissen, wie schrecklich diese Verfolger sein mussten, um Miss Emo in die Flucht zu schlagen.

Bevor ihre Knochen zu Staub zermalmt werden konnten, ließ eine Stimme beide Frauen aufschrecken. Der Griff fiel von ihr ab, als fühlte Miss Emo sich ertappt.

»Grace, was soll das?«, sagte Mirroanwi in tadelndem Ton. »Laire, darf ich vorstellen? Das ist Grace Hathaway.«

Er stand im Durchgang, seine Silhouette wurde von hinten beleuchtet. Mit einem zufriedenen Lächeln schlenderte er die restlichen Schritte zu ihnen, die Tür fiel hinter ihm wie durch Geisterhand ins Schloss. Als er bei Laire angekommen war, legte er einen Arm um ihre Schultern und zupfte an ihrem Ärmel.

»Und jetzt lass sie bitte los.«

Zögernd tat Laire wie geheißen. Sobald ihr Ärmel frei war, riss Miss Emo – Grace – ihren Arm an sich, als würde sie ihn vor erneuten Übergriffen schützen wollen.

»Hathaway?«, wiederholte Laire.

»So nennt man mich manchmal«, lautete die barsche Antwort.

»War doch nur eine Frage.«

Mirroanwi räusperte sich. »Meine Damen, was geht hier vor sich?«

Grace betrachtete Laire, dann wanderte ihr Blick zu Mirroanwi, den sie erst einer gründlichen Musterung zu unterziehen schien, bevor sie den Mund aufmachte. »Du gehörst also zu ihr, ja? Netter Kragen.« Sie warf einen Blick hinter sich, wie beim letzten Mal. Laire vermutete, dass sie nach ihren Verfolgern Ausschau hielt, und fand es in ihrem nächsten Satz bestätigt. »Ich muss gehen. Sag deiner Gefährtin, dass sie sich in Zukunft benehmen soll.«

Ohne darauf zu warten, von Mirroanwi entlassen zu werden, wandte sie sich ab. Nach wenigen Metern beschleunigte sie ihre Schritte, bis sie schließlich rannte und von der Schwärze der Nacht verschluckt wurde.

Laire drehte sich Mirroanwi zu. »Du kennst sie?«

»Sie ist eine alte Bekannte.«

»Glaubst du mir jetzt?«

Mirroanwi zog seinen Arm weg und ging auf Abstand, als hätte sie eine ansteckende Krankheit. Mit der Hand wedelte er vor seiner Nase herum. »Wohin hat es dich denn verschlagen? In die Raucherecke?«

»So schlimm ist es gar nicht.« Verstohlen roch sie an ihrem Ärmel. Wahrscheinlich verstärkte das darauffolgende Husten ihre Behauptung nicht gerade.

Gemeinsam schlenderten sie die Straße entlang. Laire zitterte etwas, und bevor sie etwas sagen konnte, fischte Mirroanwi einen Wintermantel aus der Luft – den Mantel, der eigentlich bei ihr zu Hause im Kleiderschrank hing – und schnipste ihn mit einem Gedanken an ihren Körper. Dankbar verschränkte Laire die Arme vor der Brust und mummelte sich in dem weichen Stoff ein.

»Ob ich dir glaube?« Amüsiert blickte er zu ihr. »Ich habe nie daran gezweifelt. Ich habe lediglich nicht geglaubt, dass die Namenlosen, wie du sie nennst, sie verfolgen.«

»Und glaubst du es jetzt?«

Er warf einen kurzen Blick hinter sich. »Ja«, sagte er dann.

Bevor sie um die nächste Ecke bogen, schaute Laire auch nach hinten. Ein Schauer lief ihr über den Rücken. Dort standen sie, zwei Namenlose, unter ihnen schwarze Lachen. Sie standen dort und starrten dem Tod und seiner Gefährtin nach.

8. Kapitel:
Im Auftrag des Todes

Es war bereits kurz vor Mitternacht, als Laire die Dusche abstellte und, nur mit einem Handtuch bekleidet, aus dem Badezimmer trat. Der Rauch schien sie immer noch zu umwabern, er brannte in ihrer Nase, aber sie wusste, dass das nur Einbildung war. Das einzige, was tatsächlich noch roch, waren ihre Kleider, und die hatte sie über die Fensterbank gehängt, damit sie über Nacht auslüfteten.

Während sie ihre Haare kämmte, klappte Mirroanwi den Laptop zu und steckte ihn an die Ladebuchse. Er lehnte sich zurück, die Arme hinter dem Kopf verschränkt, und lächelte versonnen.

Laire fing seine Miene durch den Spiegel auf. »Ist Sherlock gerade von den Toten zurückgekehrt?«

»Was? Nein, mit der Serie bin ich schon längst durch.« Er überlegte kurz, vermutlich durchsuchte er ihre Worte nach Ironie. Sie musste zugeben, er kannte sie mittlerweile schon ziemlich gut, er hatte dazu gelernt. »War das mit den Toten ein Wortspiel?«, fragte er nach einer Weile.

Laire verkniff sich ein Lachen. »Nein.« Sie legte die Haarbürste weg. »Also«, sagte sie langgezogen. »Wann beginnen wir mit der dritten Lektion?«

»Warum hast du es so eilig damit?«, fragte er. »Je kürzer die Lehre ist, desto eher —«

Er konnte seinen Satz nicht mehr beenden, weil ein Kissen auf seinem Gesicht landete.

Durch ihren Kopf geisterten die Gedanken, die sie schon vor Yestas Feier heimgesucht hatten. Ablenkung, sie dürstete nach Ablenkung, sie brauchte etwas zu tun, damit sie nicht in der Trägheit ihres Alltags versank.

»Beginnen wir nun oder nicht?«

Es kam nur ein Seufzen von seiner Seite, aber sie wusste, dass sie gewonnen hatte. Warum sollte er auch nicht mit der dritten Lektion beginnen? Er wollte sie ausbilden, und der beste Weg, um das zu tun, war … nun ja, sie auszubilden.

Sie kniete sich aufs Bett und hievte seine Beine ein Stück zur Seite, damit sie Platz hatte. Während er redete, legte sie sich neben ihn, den Kopf neben seinen Beinen, und hörte ihm mit geschlossenen Augen zu.

»Wir haben schon über den Tiefschlaf geredet«, begann er. »Und du konntest den Prozess sogar schon beobachten.«

Sie nickte. »Das Nicht-Leben.«

»Genau. Allerdings passiert es oft, vor allem auf der Erde und vor allem in der westlichen Kultur hier, dass die Menschen Angst davor haben. Sie klammern sich am Leben fest und so kann der Tod sie nicht abholen und in den Tiefschlaf überführen.«

Sie klappte ihre Augen auf. »Warte. Sagtest du … aber *du* bist doch der Tod.«

»Ich habe hier zu tun. Andere Inkarnationen sind überall im Universum verstreut und erledigen den Job. Sobald du deine Lehre beendet hast, schließe ich mich ihnen an.«

Mit einem Ruck setzte sie sich auf. »Du bleibst nicht bei mir?«

Er schien im Begriff zu antworten, aber etwas hinderte ihn daran. Er hielt ihrem Blick lange stand, bis er seinen eigenen schließlich an die Decke richtete. »Jedenfalls, worauf ich hinauswill: Manchmal brauchen die Seelen beim Sterben Hilfe. Und hier kommen die Botschafter ins Spiel. Natürlich müsst ihr nicht zu jeder einzelnen ängstlichen Seele kommen, das wären zu viele. Meistens erhalten sie Hilfe direkt von anderen Menschen, hast du davon schonmal gehört? Sterbebegleitung?« Sie nickte, und er fuhr fort. »Aber manchmal bleibt diese Hilfe aus. Entweder die Seele befindet sich an irgendeinem Ort, oder in irgendeinem Zustand, sodass die Sterbebegleitung sie nicht erreichen kann. Oder man versucht es, aber scheitert. Was ich dich nun frage: Warum haben die Menschen Angst, Laire?«

Sie musste nicht lange überlegen; das Thema hatten sie schonmal besprochen.

»Sie haben Angst, weil sie nicht wissen, was danach kommt.«

»Richtig. Kurz gesagt, sie haben Angst vor der Fremde. Das ist sehr widersprüchlich, denn eigentlich ist die materielle Welt, in der sie nur ein knappes Jahrhundert pro Leben zubringen, die Fremde. Das Universum, die nicht-stoffliche Welt – das ist ihr Zuhause. Daran müssen sie unterbewusst erinnert werden, entweder durch die Sterbebegleitung oder durch Botschafter – beide benutzen unterschiedliche Methoden.«

»Was ist, wenn ein Botschafter Sterbebegleiter wird?«

Sein Blick streifte sie kurz. »Dann ist der Botschafter ein Sterbebegleiter geworden.«

Sie lächelte verkniffen. »Ablenkung. Richtig. Entschuldigung.«

»Wenn deine Lehre beendet ist, wirst du regelmäßig in die Astralwelt gebeten werden, um dort Aufträge auszuführen. Das wird öfter geschehen, als du denkst. Deine Aufträge können dich auch auf andere Planeten führen, aber meistens ist es dann etwas Spezielles.«

Ihre Augen fingen zu leuchten an. »Andere Planeten? Außerirdische?«

Er lachte. »Wenn du eine Weile auf einem anderen Planeten warst, wirst du es dort genauso finden wie auf der Erde.«

»Langweilig?«, tippte sie. »Unmöglich.«

»Du willst mir nicht erzählen, dass du dein Leben langweilig findest, oder?« Er zog die Augenbrauen hoch, wodurch seine Augen sich ein wenig zu Schlitzen formten. »Laire, du hast das aufregendste Leben, das ich mir vorstellen kann. Du hast Kontakt zu Leuten überall auf der Welt und euch alle verbindet ein unsichtbares Netzwerk, ganz ohne Ki. Du bereicherst das Leben anderer durch Musik, du hast eine wunderbare Familie, die für dich da ist.«

»Ja. Sehr aufregend.« Sie stellte sicher, dass der Sarkasmus nicht zu überhören war, selbst nicht für jemanden wie ihn.

»Lenkst du schon wieder ab?«

»Du hast angefangen abzulenken!«

»Das ist nicht – okay. Wie dem auch sei. Wir waren bei anderen Planeten, sowas liegt aber noch in ferner Zukunft. Ich möchte, dass du das, was du gerade gelernt hast, in der Praxis erlebst. Deswegen habe ich für heute Nacht einen Einstiegsauftrag für dich.«

»Was werde ich machen?«

Er lächelte geheimnisvoll. »Fürs Erste? Einschlafen.«

Mit jeder Nacht fiel ihr das Astralreisen leichter. Beim Einschlafen konzentrierte sie sich auf ihre Atemzüge und unterdrückte den Drang, sich zu bewegen und damit das Kribbeln in ihren Gliedern zu vertreiben, und wenige Zeit später erwachte sie in der Astralwelt.

Diesmal war sie mit ihren Gedanken nicht allein. Eine Bilderabfolge spukte in ihrem Kopf herum, als wäre sie dort eingepflanzt worden und aufgegangen wie eine Pflanze. Sie sah einen hellen, weiten Raum mit einer breiten Glastür und zwei Gesichtern – ein männliches und ein weibliches. Mehr nicht. Die Intention war klar: Sie sollte zu ihnen finden.

Sie erinnerte sich an die Nacht nach der zweiten Lektion, als Mirroanwi ihr beigebracht hatte, wie man in der Astralwelt reiste: Sie konzentrierte sich auf den Ort, den sie in der Bilderabfolge gesehen, sogar mehr oder weniger gespürt hatte, und ließ ihr Ki wirken.

Als sie die Augen wieder öffnete, befand sie sich im Foyer eines Krankenhauses – das Schild über dem Eingang las *New Somerset Hospital*. Eine Frau saß am Anmeldeschalter, nahm aber keine Notiz von ihr, ebenso wenig wie die Familie, die gerade durch die Eingangstür kam. Laire zuckte zusammen, als der kleine Sohn, der müde an der Hand seiner Mutter hing, durch sie hindurchlief.

Als ihr Blick zum Fenster schweifte, klappte ihr Mund auf – dort wuchsen *Palmen* an der Straße. Die Autos fuhren noch auf der linken Seite – also konnte sie nicht allzu weit weg von Zuhause entfernt sein, oder? Die Nacht war bereits hereingebrochen, wie in Edinburgh. Die Straße vor dem Fenster war wunderschön beleuchtet; unter jeder Palme waren Scheinwerfer am Boden angebracht worden, die die Blätter anstrahlte.

»Das ist sie also. Die neue Gefährtin.«

Sie drehte sich um, als die spöttische Stimme erklang. An der Wand neben der Eingangstür lehnte ein junger Mann, der ein wenig älter sein musste als sie. Zuvor hatte sie ihn übersehen, doch jetzt wunderte sie sich, wie das möglich gewesen war. Zum einen steckte er in seinem Astralkörper, was ein ganz eigenes Licht warf. Zum anderen spürte Laire schon von ihrer Position aus, dass er von Grund auf gelangweilt war – diese Empfindung schien ihn wie ein Parfum zu umgeben.

Neben ihm erschien eine junge Frau; ihre schwarzen Haare schimmerten genau wie die ihres Begleiters in einem dunklen Lila. Ihre Züge wirkten indisch. Das erste, was Laire an ihr auffiel, war ihr breites Lächeln. »Du bist Laire, stimmt´s?«

Laire konnte nur verblüfft nicken; mit anderen Gefährten hatte sie nicht gerechnet. Sie hatte noch nie andere Leute außer Mirroanwi in ihren Astralkörpern gesehen.

Die indische Frau stellte sich auf die Zehenspitzen und umarmte sie fest. Das überraschte Laire. Noch mehr überraschte sie es, als ihr Körper die Umarmung instinktiv erwiderte. Allerdings eher unbeholfen, da es kein sehr ausgeprägter Instinkt war. Peinliches Rückentätscheln inbegriffen.

Vermutlich hatte die Umarmung nicht länger als einen Windstoß gedauert, doch Laire kam es trotzdem wie eine Ewigkeit vor, als die Fremde wieder zurücktrat und eine wedelnde Geste in Richtung Mr. Langeweile-Parfum machte.

»Zu mir ist er manchmal auch so unleidig. Tut mir leid. Ich wollte eigentlich, dass du uns magst.«

»Ähm …« Sie war unschlüssig, welche Art von Antwort von ihr erwartet wurde. »Danke?«

Ein wenig von Laires Verwirrung spiegelte sich nun auch im Gesicht ihres Gegenübers wider. »Bitte.«

Der Satz »Nein, ich meine, danke, dass du wolltest, dass ich euch mag« lauerte auf Laires Zunge, doch bevor er in die freie Wildbahn entlassen werden konnte, schluckte sie ihn hinunter. Er würde die aktuelle Situation nicht angenehmer machen.

Ein nicht ganz so verhaltenes Räuspern von Mr. Langeweile-Parfum. »Sanjena, deine Stimme ist schon wieder schneller als der Rest.«

Es musste eine Art von Insider sein, denn die aufgekommene Verwirrung vertiefte sich nicht, sondern verschwand vollkommen. »Ich bin Sanjena Mandan«, stellte sie sich vor. Dann deutete sie auf Mr. Langeweile-Parfum. »Und das ist Taylor. Taylor Tyler. Wir sind Botschafter und erfüllen Aufträge für den Tod.«

Ausgebildete Gefährten also.

Laire spürte, dass die Gesprächspause ihr nun eine Frage gewährte. Es gab in diesem Moment wohl vorrangige Fragen und vernachlässigbare. Mit der vorbildhaften Intention, eine aus der ersten Kategorie zu wählen, entwischte ihr eine Frage der zweiten Gruppe.

»Waren sich seine Eltern bewusst, dass das ein Zungenbrecher ist?«

Taylor blickte säuerlich. »Seine Eltern sind nicht davon ausgegangen, dass man den Namen achtzigmal hintereinander aufsagt. Erst dann wäre das nämlich ein Zungenbrecher.«

Sie war also nicht die erste, die dieses Thema ansprach.

Sanjena lächelte. »Er ist heute mit dem falschen Bein aufgestanden. Lass dich von ihm nicht irritieren. Du bist heute bei uns, um zu sehen, was man als Botschafter tut.«

Laire nickte, froh, diesen Taylor Tyler ignorieren zu dürfen. »Mirroanwi hat gesagt, dass er einen Einstiegsauftrag für mich hat.«

»Und Mirroanwi ist dein Tod, ja? Wir werden heute einem Menschen die Angst vor dem Tod nehmen. Du hilfst uns dabei, damit du ein Gefühl dafür bekommst. Oh, mir fällt gerade ein – wäre es nicht möglich, dass du öfter mit uns kommst, wenn es dir gefällt? Taylor, wäre das nicht möglich? Wurden wir in unserer Lehre nicht auch auf mehrere Aufträge geschickt?«

Er lächelte spöttisch. »Lässt dich dein Gedächtnis schon im Stich?«

Sanjena schien immun gegen seine schlechte Laune zu sein. »*Saale*! Es könnte ja sein, dass es dir in deiner Lehre anders ging als mir.«

Als er nicht antwortete, ging Laire davon aus, dass sein Schweigen als Zustimmung aufgefasst werden konnte.

»Also führt mich Mirroanwi nicht mehr in der Astralwelt herum?«, fragte sie. Sie wusste plötzlich nicht mehr, wie sie ihre Hände halten sollte. Schlaff an den Seiten hängen lassen? Verschränken? In die Hüfte stemmen? Mit einem Stich Wehmut erinnerte sie sich an die Wunder, die Mirroanwi ihr auf Astralreisen eröffnet hatte. Es fühlte sich unmöglich an, dass andere auch den Zugang zu solchen Wundern haben könnten.

Ein Brummen von der Wand. Taylor stieß sich ab und schlenderte zu ihnen herüber. Ihm war wohl bewusst, dass er von beiden Damen taxiert wurde, denn er ging betont gemächlich, beide Hände in den Taschen seiner Lederjacke vergraben. Wahrscheinlich versuchte er, cool zu sein.

»Der Tod lässt seine Gefährten immer im Stich«, kommentierte er.

Laire mochte seinen herablassenden Ton nicht.

»Dann hat dein Tod dich wohl nicht sonderlich gemocht«, entwich ihr schneller, als sie denken konnte.

Sanjena schaute die beiden abwechselnd an und wirkte dabei, als wäre sie kurz davor, eine Rechenaufgabe richtig zu lösen. Dann drehte sie sich so zu Laire, dass Taylor ausgeblockt wurde – vermutlich mehr als nur reine Vorsichtsmaßnahme.

»Ich glaube, du stehst noch recht am Anfang deiner Lehre, oder? Wir sind hier in Kapstadt. Dein Tod – tut mir leid, ich habe seinen Namen vergessen – hat dir das dafür nötige Bild gezeigt.«

Laire erwähnte nicht, dass sie bereits das Prinzip des Teleportierens verstanden hatte. Stattdessen fragte sie: »Das Kapstadt in Südafrika?«

Von Taylor kam ein Lachen. »Kennst du noch ein anderes Kapstadt?«

Laire bedachte ihn mit einem düsteren Blick.

Sanjena stemmte die Hände in die Hüften. »*Kutte kamine!* Sag mal, kannst du dir deine Sprüche bitte verkneifen? Das ist sehr unhöflich.«

Taylor sah aus, als lägen ein Dutzend Retouren auf seiner Zunge, doch er verdrehte nur die Augen.

Da beschloss Sanjena offenbar, ihn für den Moment zu ignorieren. Ohne Bedenken griff sie nach Laires Arm (etwas, das sich Laire nie bei einem Fremden getraut, geschweige denn gewollt hätte) und führte sie am Anmeldeschalter vorbei zu einer offenstehenden Tür, wo es zu den Krankenzimmern ging.

»Du musst sein Verhalten entschuldigen«, sagte sie erneut und wich dabei geschickt einer Krankenschwester aus, die ihren Stellwagen unachtsam durch den Gang schob. Zugegeben, sie konnte die drei nicht sehen, was ihre Unaufmerksamkeit automatisch entschuldigte.

Laire warf einen Blick zurück. Taylor befand sich mehrere Meter hinter ihnen und zog eine Augenbraue hoch, als er ihr Starren bemerkte. Schnell schaute sie wieder nach vorne.

»Also kann er auch nett sein?«

Sanjena lächelte. »Er ist der charmanteste Mensch, den ich kenne.« Laire wusste nicht, ob ihre Worte von Humor begleitet wurden oder nicht. »Mit Ausnahme meines Ehemanns, natürlich.«

Laire schaute sie erstaunt an. »Du bist verheiratet? Aber du bist doch erst … so alt wie ich?«

Sanjena zuckte mit den Schultern, anscheinend unbekümmert. »Meine Eltern wollten es so. Abgesehen davon war es eine Liebesheirat.« Sie lächelte wieder und wedelte mit der Hand. Vor ihnen in der Luft wurde das Bild eines Kindes sichtbar, das sie mit dunklen Augen anlächelte. Dasselbe Lächeln wie Sanjena. Es schwebte vor ihnen her. »Das ist meine Tochter, Suri. Sie ist jetzt fast zwei Jahre alt.«

Laire bemühte sich um ein Lächeln, das nicht ausdrückte, wie seltsam sie das Ganze fand. Wenn sie sich vorstellte, dass das sie sein könnte – sie und eine zweijährige Tochter. Unmöglich.

Sie deutete auf das Bild. Wenige Sekunden später löste es sich auf. »Wie hast du das gemacht?«

Sanjena wusste, was sie meinte. »Es gibt den einen oder anderen Trick, wie du Dinge außerhalb deines Körpers kontrollieren kannst, ohne dein Bewusstsein zu öffnen«, erläuterte sie. »Dein Astralkörper atmet zwar nicht, aber du kannst dir vorstellen, wie du ausatmest, und wie deine ausgestoßene Atemluft in der Luft hängen bleibt. Die wiederum kannst du beeinflussen.«

Laire stieß ein Geräusch aus, das einem Lachen ähnelte. »Das muss ich Mirroanwi morgen früh zeigen.«

Vor Zimmer zweihundertfünf blieben sie stehen. Taylor gesellte sich ohne ein Wort zu ihnen. Laire schaute sich um. Sie konnte nicht begreifen, dass sie tatsächlich in Kapstadt war. Das war tausende von Kilometern von ihrem Bett entfernt!

»Hat dir dein Tod gesagt, worum es heute Nacht geht?«, erkundigte sich Sanjena.

Laire schüttelte den Kopf. »Mirroanwi sagt mir nie mehr als nötig. Zumindest, wenn es um wirklich Wichtiges geht. Dafür weiß ich, was seine hypothetische Lieblingszahnpasta ist, wenn er eine bräuchte.«

Das brachte Sanjena zum Lachen. »Ich wünschte, ich könnte ihn kennenlernen.«

»Ich bin sicher, Mirroanwi würde sich freuen —«

»Soll ich euch Tee bringen?« Taylor klang gereizt.

Statt ihn anzuschnauzen (was Laire ohne Zweifel getan hätte, würde sie ihn schon länger kennen), stimmte Sanjena ihm zu. »Du hast Recht, wir sollten nicht weiter Zeit verschwenden. Laire, hinter dieser Tür liegt ein Mensch im Sterben. Unsere Aufgabe ist es, ihm die Angst vor dem Tod zu nehmen. Hat dir Mirron —« Sie stockte. Die Silben schienen ihr nicht zu bekommen. »Hat dir dein Tod darüber schon etwas erzählt?«

»Ja.« Laire versuchte, sich an seine exakten Worte zu erinnern. »Sie haben Angst vor der Fremde«, zitierte sie ihn sorgfältig. »Die Botschafter müssen sie daran erinnern, dass das Universum ihr Zuhause ist.« Sie brach ab. »Aber wie soll das gehen? Wir können nicht mit ihnen reden, sie können uns nicht sehen.«

»Warte ab.« Und dann tat Sanjena etwas, das Laire nicht erwartet hatte: Sie verdampfte zu Rauch und schob sich unter der Tür hindurch.

»Was ist? Wartest du noch auf was?«, fragte Taylor hinter ihr.

Laire schnaubte, aber sie weigerte sich, auf sein Niveau zu sinken – diesmal. Sie streckte die Hand aus und war überrascht, als sich die Klinke drücken ließ – Sanjena hatte es so aussehen lassen, als wären sie in der Astralwelt berührungsunfähige Geister.

Taylor murmelte etwas, von dem Laire nur die Worte »unnötig Türen öffnen« verstand, folgte ihr aber und schloss die Tür hinter sich.

Sie befanden sich in einem klassischen Krankenhauszimmer. Karg eingerichtet, ein großes Fenster, das tagsüber viel Licht hereinließ, ein Bett mit einer dicken Matratze und ein kleines Waschbecken an der Wand. Im Bett lag eine Gestalt, die sie entfernt an Gollum erinnerte.

Sofort schalt sie sich für den Vergleich. Das war ein sterbender Mensch. Von der Grußkarte, die gut leserlich aufgeklappt am Nachttisch lag, las sie seinen Namen ab: *Owen Santara.*

Andächtig trat Laire näher ans Bett. Obwohl sie sich in der Astralwelt befand, konnte sie den klinischen Geruch wahrnehmen, der den Mief der Krankheit überdeckte. Seine Atmung ging ungleichmäßig.

Instinktiv senkte Laire die Stimme. »Was hat er?«

»Er hatte vor einer Woche einen Schlaganfall.« Zu ihrer Überraschung hörte sich Taylors Stimme auf einmal rau an. »Seitdem ist er einseitig gelähmt.«

Laire betrachtete sein schlafendes Gesicht. Es wurde von leichten Bartstoppeln bedeckt. Die Falten des Alters hatten sich bereits tief in seine Haut gegraben.

Sie musste einen Kloß im Hals hinunterschlucken. »Und wir sollen ihn bereit machen fürs Sterben? Ist das nicht rücksichtslos?« Sie dachte an die Grußkarte und die vielen Herzen, die jemand unter die Unterschriften gemalt hatte. Ein paar hatten die krakelige Form einer Kinderhandschrift gehabt. »Wenn wir ihm nicht helfen, dann wird er nicht sterben, oder?«

Der Tod würde ihn nie abholen, wenn sich Owen Santara noch fürchtete. Ganz sicher würde Mirroanwi so etwas nicht tun. Oder eben seine anderen Inkarnationen. Sie konnte sich nicht vorstellen, dass er das jemals einer Seele antun könnte.

»Wenn wir ihm nicht helfen, haben wir unseren Auftrag nicht erfüllt«, wandte Sanjena leise ein. »Er würde trotzdem sterben, nur würde er danach eine viel längere Zeit schlafen, als er es mit unserer Hilfe tut. Er wäre froh, wenn wir ihm die Angst nähmen.«

Immer noch zögerte Laire. Von einer unerwarteten Seite erhielt sie Hilfe.

»Es geht ihr um die Familie, Sanjena.« Taylor hielt die Grußkarte in der Hand. »Wenn er stirbt, werden sie um ihn trauern.«

Bei der Gelegenheit stieg in ihr die Frage auf, wie es möglich war, so etwas wie Türen und Grußkarten berühren zu können, obwohl sie sich nicht mehr in ihren materiellen Körpern befanden. Taylor kannte bestimmt die Antwort, aber eher würde sie sie selbst herausfinden, als ihn zu fragen.

»Oh.« Sanjena lächelte sie an. Sie wirkte nicht ein bisschen betroffen von der Tatsache, dass sie neben einem sterbenden Mann über dessen Tod diskutierten, oder dass er überhaupt im Sterben lag. »Du weißt es noch nicht, oder? Der Tod hat dir darüber noch nichts erzählt.«

»Worüber?«

Sanjena trat an die andere Bettseite. Sie streckte eine Hand aus und strich vorsichtig über Owens Wange. Das brachte ihn im Schlaf zum Schmunzeln.

Laire stockte. Zum Schmunzeln? Er war gelähmt!

»Eine Seele kann die Trauernden besuchen, bevor sie in den Tiefschlaf übergeht«, erklärte sie. »Sie mit ihrer Präsenz trösten. Das machen die meisten Seelen.«

Laire sah die Karte an. So viele Namen. So viele Menschen, die sich um ihn sorgten, für sein Wohlergehen beteten. »Aber es ist unfair.«

»Unfair? Owen wird nach dem Tiefschlaf wiedergeboren werden. Vielleicht wird er der Wissenschaftler sein, der Lichtgeschwindigkeit praktikabel macht. Oder der Kassierer im Supermarkt, der Einkäufern mit einem freundlichen Lächeln den Tag rettet. Ihm werden alle Wege offenstehen. Nennst du das unfair?«

Laire spürte eine Hand auf ihrer Schulter. Sie gehörte zu Taylor. Die Geste fühlte sich aber nicht beruhigend an, sondern eher so, als würde er sie festhalten wollen. Seine Finger krallten sich in ihre Muskeln. Sie zuckte zurück.

»Nichts im Leben ist fair«, sagte er. »Daran muss man sich gewöhnen, besonders, wenn man Botschafter ist.«

»Taylor!«

Er ignorierte Sanjenas mahnenden Blick und beugte sich neben Laire über Owen. Er hauchte ihn leicht an, woraufhin dessen Mundwinkel abermals zuckten.

»Siehst du? Er spürt unsere Anwesenheit. Wenn wir fertig sind, wird er seinen ganzen Körper spüren können, ihn ein letztes Mal auskosten können, bevor der Tod ihn abholt.«

Vermutlich lag es weniger an ihm selbst als mehr an Owens offensichtlichen Reaktionen, aber Laire glaubte ihm.

Und so machten sie es. Sie gewöhnten Owen Santara an eine höhere Welt.

Laire kam sich zuerst komisch vor, aber mit der Zeit merkte sie, wie sich ihr Werk auf Owen auswirkte. Auch wenn sie bei weitem nicht so viel anstellte wie die zwei anderen – Sanjena und Taylor berührten ihn, sprachen mit ihm, hauchten ihn an, all das –, kam sie sich doch nützlich vor. Als würde sie gebraucht werden. Sie saß neben ihm auf der Bettkante und sah ihn an, dachte daran, was er alles in seinem Leben erlebt haben könnte, wie viele Enkelkinder er hatte, ob er mit seiner Rente zufrieden war – und spürte dabei, wie er sich immer mehr entspannte, bis seine Hände aufhörten, zu zittern.

Am Ende traten sie von seinem Bett zurück und betrachteten ihn. Laire versuchte, seine Atmung zu beobachten, ob sie nach der Behandlung ruhig und gleichmäßig ging, aber sie konnte nichts feststellen. Die Decke musste scheinbar das Heben und Senken seines Brustkorbs verdecken.

Sanjena summte währenddessen eine Melodie. Es wirkte tatsächlich so, als hätte er seinen Frieden gefunden – als wäre er endlich bereit für den Tod.

Laire hätte nie gedacht, dass sie über so etwas stolz sein könnte, aber das war sie. Sie hatte geholfen, ihm die Angst zu nehmen.

Gemeinsam kehrten sie ins Foyer zurück. Sie hatten gerade einem Menschen dabei geholfen, besser zu sterben. Es fühlte sich gut an, unerwartet gut.

»Ich hoffe, du besuchst uns bald wieder«, sagte Sanjena, als sie unten angekommen waren. Es war Zeit zum Aufbruch. In Indien dämmerte bereits der Morgen. »Ich mag dich nämlich.«

Von Taylor kam daraufhin ein leises Stöhnen. Es erinnerte sie an den Laut, den Yesta immer ausstieß, wenn sie genervt davon war, wie kitschig *Titanic* gegen Ende wurde.

Nachdem Sanjena ihr knapp, gut gemeint aber doch überflüssigerweise erklärt hatte, wie Laire nach Hause kam, verabschiedeten sie sich. Dann konzentrierte sich Laire auf ihr Zuhause, ließ ihr Ki wirken – und fand sich in ihrem Zimmer wieder.

Durch das geöffnete Fenster wehte die kühle Nachtluft. Nebel lag auf den Dächern, aber es sah nicht nach Regen aus. In ihrem Astralkörper schloss sie die Augen und atmete ganz bewusst die frische Luft ein. Auf einmal wusste sie, was das blaue Leuchten der Astralluft sollte. Das war die Astralenergie, die sich nach ihrem Willen formte. Wieviel davon konnte sie wohl mit einer ihrer Atemwolken beeinflussen? Testweise atmete sie aus und tastete mit ihren Sinnen nach ihrem Atem. Sie spürte ihn, einige Moleküle mit unvorstellbarem Potenzial. Doch bevor sie versuchen konnte, die Wolke auszudehnen, löste sie sich in Astralluft auf. Auch der Trick hatte also Grenzen.

»Es tut mir übrigens leid.«

Sie fuhr herum, erschrocken, eine fremde Stimme in ihrem Zimmer zu hören. Aber es war kein Fremder, sie hatte die Stimme nur nicht gleich erkannt. Trotzdem war es nicht weniger erschreckend, Taylor in ihrem Schlafzimmer stehen zu sehen.

9. Kapitel
Neid oder kein Neid

Nachdem die nervige Schottin Kapstadt verlassen hatte, blieb Taylor noch eine Weile vor dem Krankenhaus und genoss das Alleinsein in tiefster Nacht.

Es war nicht Laires Schuld, dass er sie nicht mochte.

Aber dann wiederum war es sehr wohl ihre Schuld.

Schon bevor sie angefangen hatte, von ihrem Tod zu schwärmen – Mirroanwi, was war das für ein bescheuerter Name – hatte er sie nicht gemocht. Als Sanjena ihm am Abend erzählt hatte, dass eine Gefährtin zu ihnen stoßen würde, hatte er ihre Aufregung nicht geteilt. Ein saurer Beigeschmack lag auf dem Wort *Gefährtin*. Es bedeutete, dass jemand anderes das hatte, was er sich wünschte.

Anstatt die ganze Zeit von ihrem Tod zu erzählen (zumindest war es ihm vorgekommen wie die ganze Zeit), hätte sie genauso gut seinen Brustkorb öffnen und Salz in die Wunde, die sein Herz war, streuen können. Dadurch hätte er den Schmerz zumindest physisch spüren können.

»Hey, Taylor.«

Ohne sich umzudrehen, wusste er, welche Lippen diese Worte geformt hatten. Lippen, die er einmal geküsst hatte. Er ließ es zu, dass sie seine linke Hand mit ihrer verschränkte und den Kopf auf seine Schulter legte. Ein würziger Geruch lag in der Luft.

Sie war nicht real, trotzdem spürte er ihre weichen Haare, als er den Kopf drehte und ihren Scheitel küsste. Oder er wünschte sich zumindest, sie zu spüren.

»Soll ich sie fragen?«, raute er, um diese warme Gefühl nicht zu zerstören, dass sich in ihm ausgebreitet hatte wie der Dampf aus einer Teetasse.

»Sie fragen, ob du ihren Tod sehen darfst?«, erwiderte die Halluzination und legte ihren Kopf in den Nacken, um zu ihm hochzusehen. Sie war nur ein Stück kleiner als er.

Er nickte.

»Das kannst du machen, aber warum? Er ist nicht ich.«

»Er ist der Tod, das allein zählt.«

»Er ist nur eine Inkarnation des Todes, Tay. Er könnte dir nicht helfen.«

»Doch. Ihr habt doch alle diese Verbindung zum Tod. Dadurch könnt ihr miteinander kommunizieren.«

»Das stellst du dir falsch vor ...«

»Wie ist es dann?«

Sie schwieg kurz, dann lehnte sie sich zurück. Sein Herz zog sich ein Stück zusammen, als er sie nicht mehr an seiner Schulter spürte. »Ich bin irgendwo in dieser Welt, sammle Seelen ein, helfe ihnen zu einem neuen Leben ... Taylor, ich könnte überall sein. Deswegen suchst du mich doch. Hast du die Wächter schon vergessen, die du losgeschickt hast?«

»Ich kann sie trotzdem fragen.«

»Nein, tu das nicht.«

»Warum? Willst du nicht, dass ich dich finde?«

Eine kurze Pause. »Ich will nicht, dass du miterleben musst, wie sie nein sagt.«

»Warum sollte sie nein sagen?«

Sie hob eine Augenbraue, die zu sagen schien: Das weißt du doch besser, als danach zu fragen, Taylor. »Du warst nicht gerade nett zu ihr.«

Er wollte etwas erwidern, aber sie war nicht mehr da. Er löste sich aus seiner Starre und sah sich um, ohne zufriedenstellendes Ergebnis. Sie hatte diese Angewohnheit. Sie brachte ihm Hinweise, Anstöße, und dann verschwand sie einfach, überließ Taylor wieder sich selbst.

Sie war seine Hoffnung, und wenn sie sich längere Zeit nicht gezeigt hatte, spürte er die Müdigkeit, die er für gewöhnlich ignorieren konnte, und dachte immer öfter an die Tabletten in seinem Badezimmerschrank. Die Gespräche mit ihr brachten nicht immer Vorteile. Manchmal vermisste er sie dabei so schrecklich, dass er sich selbst überzeugte, dass die Halluzination echt war.

Er schloss kurz die Augen, sammelte sich. Sie hatte Recht gehabt. Laire würde ihm nicht helfen, wenn er weiterhin so grob zu ihr war. Er war neidisch auf sie, weil sie einen Tod hatte und das noch nicht zu schätzen wusste.

Und, so sehr ihm dieser Gedanke auch widerstrebte: Daran war sie, theoretisch gesehen, nicht schuld.

Also würde er sein Verhalten wiedergutmachen.

Mit ihrem Gesicht vor Augen, teleportierte er sich durch die Astralwelt, ohne zu wissen, wo er herauskommen würde. Sanjena fiel diese Art der Teleportation schwer, aber mit ein wenig Konzentration war es machbar.

Zugegeben, es konnte gefährlich sein, sich an einem unbekannten Ort im Raum zu materialisieren, aber das Schlafzimmer, in dem er ankam, machte keinen gefährlichen Eindruck. Es war zwar das Chaos pur, mit Klamotten, die über dem offenen Fenster hingen, und Kugelschreibern, die auf dem Schminktisch herumlagen, aber definitiv nicht gefährlich.

Laire stand mit dem Rücken zu ihm, das Gesicht zum Fenster gerichtet. Sie trug immer noch das Outfit vom Krankenhaus: Strumpfhose, darüber ein Rock, eine Bluse. Ein Blick hinter sich, auf die schlafende Gestalt unter der Bettdecke, verriet ihm, dass sie in Wirklichkeit auch in ihren Pyjamas war, so wie sie alle.

»Es tut mir übrigens leid.«

Als er sich bemerkbar machte, schnellte sie herum, automatisch in Abwehrhaltung, scheinbar bereit, aus dem Fenster zu springen, sollte sie eine Gefahr erkennen. Dass es nur Taylor war, schien sie relativ schnell zu realisieren, zumindest entspannte sich ihr Ausdruck. Dafür richtete sie sich auf, die Brauen zusammengezogen, und musterte Taylor wie einen Schurken.

»Was machst du hier?«

Taylor wusste, wie Leute klangen, wenn sie sich über sein Kommen freuten. Laire klang nicht so.

Er hob die Augenbrauen, behielt die Ausdruckslosigkeit in seinem Gesicht jedoch bei, weil er wusste, dass er sonst die Augen verdreht hätte.

»Mich entschuldigen.«

»Wofür?«

Er zog eine Schulter nach oben. »Das weiß ich selbst nicht so genau.« Ein träges Lächeln. »Freunde?«

»Nein.« Ihre Augen funkelten wie die eines Highlanders, der sich im nächsten Augenblick mit Axt und Geschrei auf ihn stürzen würde.

»Warum nicht?« Er sah selbst ein, dass die Frage überflüssig war, aber er musste sich in irgendeine Richtung vorantasten.

»Vielleicht, weil ich dich nicht besonders mag?«

Er verkniff sich die bissige Erwiderung, die ihm auf der Zunge gelegen hatte, und versuchte ein entschuldigendes Lächeln. Das hatte er bisher nur im Film gesehen, deshalb wusste er nicht, ob es ihm gelang. Entschuldigt hatte er sich bereits, also hielt er ein zweites Mal für überflüssig. Beteuerungen waren etwas für Versicherungsvertreter.

»Aber ich mag dich«, erwiderte er und suchte nach etwas, mit dem er die Aussage begründen konnte. Ihre Augen — zu grün, sie unterstrichen ihren düsteren Blick nur. Ihr Mund? Die Lippen waren zu dünn, außerdem erinnerte er ihn an einen Schmollmund.

Als er stumm blieb, zog Laire ihrerseits eine Augenbraue hoch. Er kannte nicht viele Menschen, die das konnten, ohne die zweite auch noch zu heben.

»Gratuliere, das kannst du gut verstecken«, sagte sie.

Taylor atmete ein, und konnte sich in letzter Sekunde davon abhalten, genervt zu stöhnen. »Ich mache mir nur Sorgen, okay? Du bist noch so von deinem Tod begeistert, und wenn er geht, wird dich das runterziehen.«

Der Zweifel, den sie nicht versteckt hatte, als er angefangen hatte zu reden, wurde schwächer. Er hatte sie erfolgreich abgelenkt. »Was soll das heißen, *wenn er geht?* Mirroanwi würde nie —«

»Jaja, er würde dich nie im Stich lassen«, unterbrach er sie, vielleicht eine Spur zu schroff. Sanfter fuhr er fort: »Jeder Gefährte wird irgendwann vom Tod verlassen. Du kannst nur versuchen, nicht anhänglich zu sein.«

»Heißt das … du hast keinen Tod mehr?«

Widerwillig schluckte er. Sie hatte einen wunden Punkt getroffen. Zugegeben, einen wunden Punkt, den *er* angesprochen hatte. »Sagen wir es so«, begann er und suchte nach Worten, die ihn nicht wie ein Arsch darstellten. »Genieß die Zeit, in der du noch mit ihm reden kannst. Es wird nicht für immer sein.«

»Warum sollte ich dir glauben?«

»Weil er bestimmt schon die eine oder andere Andeutung gemacht hat.«

Es erstaunte ihn, als sie tatsächlich still wurde und sich ein nachdenklicher Ausdruck auf ihrer Miene ausbreitete. Anscheinend hatte er ins Schwarze getroffen.

»Wann wird er gehen?«

Taylor zuckte mit einer Schulter. »In gewisser Weise … schickst du ihn selbst fort.«

10. Kapitel
Die Telefonnummer des Todes

Zu ihrem Entsetzen stand die Sonne bereits hoch am Himmel, als Laire erwachte. Verwirrt setzte sie sich auf, rieb sich den Kopf und schaute auf die Uhr. Zwölf Uhr mittags. Um diese Zeit hatte sie normalerweise die Hälfte des Tages schon hinter sich gebracht.

Sie schlief wieder ein und erwachte eine Stunde später von ihrem eigenen Husten. Ihr Hals kratzte fürchterlich. Sie spürte geradezu, wie sich ein Klumpen Schleim ihre Atemwege hinaufbahnte. Sie sprang aus dem Bett, ein Schwindelgefühl erfasste sie, aber sie schaffte es ins Bad und spuckte dort einen gelblichen Schleimklumpen aus.

Stöhnend ließ sie sich auf den Fliesen nieder. Sie war seit knapp drei Jahren nicht krank geworden. Warum ausgerechnet jetzt, wo die aufregendste Zeit ihres Lebens begann?

Jemand klopfte an der Tür. Mirroanwi erkundigte sich mit besorgter Stimme, ob alles in Ordnung war. Selbst er wusste mittlerweile, dass Laire ein Frühaufsteher war. Als Antwort entwich ihr nur ein Krächzen. Anscheinend waren ihre Stimmbänder auch betroffen.

Die Tür öffnete sich. Er schenkte ihr ein beruhigendes Lächeln, ehe er sie mit erstaunlicher Leichtigkeit hochhob und zum Bett zurück trug. »Keine Sorge, das wird schon wieder«, meinte er, während er die Ränder der Decke unter ihrem Körper feststeckte, sodass sie sich in einem warmen Kokon befand. »Es ist meine Schuld. Ich hätte dich die Astralreise nicht machen lassen sollen; zusammen mit der Party war das doch zu viel Anstrengung für einen Tag.«

Laire wollte protestieren, brachte aber wieder nur ein Krächzen heraus.

Er lächelte sie an. »Das Gute daran ist, dass du in diesem Zustand nicht widersprechen kannst. Etwas ganz Ungewohntes.« Mit einer dramatischen Handbewegung zauberte er eine Tasse dampfenden Tee herbei. An dem Geruch erkannte sie, dass es ihr Lieblingstee war – *Arwen.*

»Danke«, wollte sie sagen, aber das Wort wurde von einem plötzlichen Hustenanfall übertönt.

Mirroanwi strich ihr sanft über den Kopf. Es tat gut, seine kühlen Fingerspitzen auf ihrer überhitzten Haut zu spüren. Ein Seufzen entwich ihr, als er über ihre Schläfe fuhr. »Wen von deinen Eltern soll ich holen?«, wollte er mit leiser Stimme wissen.

»Ist mir egal«, murmelte sie, zu schläfrig, als dass sie sich darüber wundern konnte, wie er vorhatte, ihre Eltern zu holen.

Abgesehen davon, musste sie in dem Moment wieder husten, und danach waren ihre Stimmbänder so belegt, dass sie keinen Ton herausbrachte, auch als sie es versuchte.

Mirroanwi legte die Stirn in Falten. Sie wusste, dass er versuchte, zu erraten, was sie sagen wollte, aber ohne Worte und ohne ihr Ki war das sinnlos. Das sah auch er ein. Er erhob sich und gab ihr einen flüchtigen Kuss auf die Stirn. In Laires Bauch breitete sich ein wohliges Gefühl aus, das sie langsam einlullte. Die Müdigkeit drohte, Überhand zu gewinnen.

»Schlaf gut, kleine Krähe«, wisperte er, ehe er sich in Luft auflöste. Laire spürte, wie ihre Augen zufielen; sie hatte keine Zeit mehr, um sich über den Kosenamen zu wundern.

Zwei Tage später war sie wieder gesund. Mirroanwi behauptete, dass sie das dem Tee ihrer Mutter und den Besuchen ihres Vaters zu verdanken hatte – aber wer wusste schon, über welche Kräfte der Tod verfügte? Laire hatte sich im Internet schlau gemacht und gelesen, dass zum Tod auch oft als Heiler referiert wurde – wenn das kein klarer Hinweis war.

Ihre Bettlägerigkeit hatte sie genutzt, indem sie ihre Astralreise nach Kapstadt niedergeschrieben hatte. Sie merkte, wie ihr das Schreiben immer leichter fiel. Die Notizen von ihrer ersten Astralreise hatte sie aufgehoben – beim näheren Vergleich gefielen ihr die neusten Einträge deutlich besser. Das alles versteckte sie natürlich sorgfältig vor Mirroanwi. Er hatte klar ausgedrückt, dass sie als Gefährtin und zukünftige Botschafterin zwar die Erlaubnis hatte, ihre Geschichte weiterzuerzählen – aber nur, solange sie nur einen Funken Wahrheit enthielt. Das, was sie schrieb, war so gut wie ein Tagebuch. Eigentlich ein absolutes No-Go. Aber solange Laire damit ihren Spaß hatte und ihre wiederentdeckte Schreiblust austoben konnte – wen störte es schon?

Es war ein Sonntag, und Mirroanwi wollte in die Highlands. Warum, wusste nur er selbst. Zu allem Überfluss wollte er auch noch dorthin *fahren*. Laire hatte für den Tag eigentlich geplant, die Videos zu filmen, die sie in den letzten zwei Tagen versäumt hatte – ihre Abwesenheit machte sich langsam auf *Face of Laire* bemerkbar; tagtäglich bekam sie Kommentare mit dem Inhalt: *Wo bist du? Wann kommt endlich ein neues Video? Halloooo?* Von den Klavierstunden, die sie hatte ausfallen lassen müssen, ganz zu schweigen.

Aber Mirroanwi musste gar nicht viel Überzeugungsarbeit anwenden, damit sie ihre Arbeit sausen ließ. Zum einen liebte sie es, Zeit mit ihm zu verbringen. Ihre Gespräche entspannten sie ungemein. Außerdem könnte dabei eine weitere Lektion für sie herausspringen, nachdem er ihr während ihrer Krankheit partout keine hatte geben wollte. Zum anderen war sie schon lange nicht mehr in den Highlands gewesen und sie kannte ein paar großartige Orte, die sie Mirroanwi zeigen wollte.

Ihre Eltern erlaubten ihr, das Auto zu nehmen, auch wenn Colin sich dazu äußerte, ob es so eine gute Idee war, gleich am ersten Tag der Genesung in die zugigen Hochlande zu fahren. Allison kam ihrer Tochter zur Hilfe; die frische Landluft sei gut für sie.

Laire selbst hörte nur noch den Anfang der Diskussion, denn sie hatte sich bereits den Autoschlüssel geschnappt und die Haustür hinter sich zugezogen. Seit gut einem Monat war sie volljährig; für sie stand es gar nicht zur Diskussion, ob sie in die Highlands durfte oder nicht.

Durch die Scheibe sah sie, dass Mirroanwi sich vor dem Lenkrad materialisiert hatte – nach einer hochgezogenen Augenbraue ihrerseits rutschte er auf den Beifahrersitz. Sie vertraute ihm, aber sie würde den Tod niemals ein Auto fahren lassen, solange sie darin war. Sie reichte ihm das Gepäck, das sie in einen kleinen Rucksack gezwängt hatte. Allison hatte große Augen gemacht, als sie genug Proviant für mehr als eine Person zusammengesucht hatte.

»Du weißt, dass ich auch etwas herbeizaubern könnte. Ausnahmsweise würde ich es machen«, meinte er, während sie die Einfahrt verließen. Sie fuhr nur selten Auto, deshalb musste sie sich besonders konzentrieren. Vor allem, weil der Ford Fiesta den Maßen der Einfahrt ganz schön Konkurrenz machte. Einfahrten waren nicht das einzige, was in Laires Gegend schmal gehalten wurde, denn Vorgärten, Stufen und Grünphasen zählten auch dazu. Einzig allein die Straßen und Bürgersteige beanspruchten den meisten Platz.

»Hausgemacht schmeckt alles besser«, wollte Laire einwenden, kam aber nicht über das erste Wort hinweg. Die Bremsen quietschten, als sie den Fuß auf das Pedal rammte, und das Auto kam abrupt zum Stehen. Sich auf die Unterlippe beißend, drehte sie sich auf dem Sitz um. Die niedrige Mauer, die die Einfahrt von dem benachbarten Grundstück abgrenzte, war für ihren Geschmack etwas zu nah gekommen.

Während sie korrigierte, sah Mirroanwi aus dem Fenster. »Bist du sicher, dass ich nicht fahren soll?«

Sie nickte; sie verschwendete lieber keine Konzentration auf das Sprechen. Sie musste dringend mehr Auto fahren, sonst würde man ihr noch den Führerschein entziehen.

Auch nach der Einfahrt traute sie sich noch nicht, aufzuatmen. Zwar waren die Engpässe und fast unsichtbaren Mauern verschwunden, aber an deren Stelle erwarteten den Ford nun fünfspurige Straßen, riesige Busse, die wie aus dem Nichts auftauchten, und Fußgänger, die man anhupen musste. Erst, als sie sich der Queensferry Crossing näherten und der Verkehr langsamer wurde, wurde Laire ruhiger.

»Also«, begann Mirroanwi, als sie ganz zum Stillstand gekommen waren. Es war ein Wunder, wenn es sich an der Brücke einmal nicht staute. Seine Füße lagen auf dem Armaturenbrett. Da sie wusste, dass er mit einem magischen Augenzwinkern alles wieder sauber machen konnte, beschwerte sie sich nicht. »Wie war deine dritte Astralreise so?«

Sie warf ihm einen Seitenblick zu. »Ach, jetzt willst du es auf einmal wissen?« In den letzten zwei Tagen war er oft genug an ihrem Bett gesessen, hatte aber nie gefragt. Laire hatte schon gedacht, er hätte ihren Schnupperauftrag vergessen.

Er schmunzelte. »Ich wollte nur deine Stimme schonen, kleine Krähe.«

»Warum nennst du mich so?«

»Weil du wie eine Krähe gekrächzt hast.«

Mit düsterem Blick fuhr sie weiter. »Hättest du nicht einen eleganteren Vogel auswählen können? Nachtigall, zum Beispiel?«

Amüsiert schüttelte er den Kopf. »Wenn du mir ein Ständchen gesungen hättest, vielleicht.«

Sie seufzte. Nach einer Weile tauchte zu ihrer Linken der Hinweis auf, dass sie nun Edinburgh verließen. Sie nickte auf den Rucksack. »Kannst du das Navi anschalten? Auf meinem Handy ist so eine App —«

Er schnitt sie ab. »Ich bin nicht im Mittelalter geboren worden, kleine Krähe.«

Sie verdrehte die Augen. »Das nervt, ehrlich.«

Er erwiderte nichts, sondern tippte auf ihrem Handy herum. Laire nannte ihm den Ort, den er eingeben sollte, und kurze Zeit später wurde die Route berechnet. Sie bog links ab und hatte dann Zeit, auf seine Frage zu antworten.

Sie erzählte ihm von Sanjena und Taylor und Owen Santara, dem Todgeweihten in Kapstadt. Dann stoppte sie in ihrer Geschichte.

»Warte, das ist zwei Tage her. Heißt das ...«

Er nickte. »Owen Santara hat seinen Körper verlassen.«

»Wer hat ihn abgeholt?«

Er schaute überrascht auf. »Eine Inkarnation des Todes. Du kennst sie nicht.«

»Also nicht ... du?«

Er schüttelte den Kopf. »Das habe ich schon gesagt – ich starte erst, wenn ich bei dir fertig bin.«

Taylors Worte in ihrem Schlafzimmer fielen ihr wieder ein. *Jeder Gefährte wird irgendwann vom Tod verlassen. Du kannst nur versuchen, nicht anhänglich zu sein.* »Das heißt ... wenn du mir alles beigebracht hast – verlässt du mich?«

Er zog die Augenbrauen zusammen. »Ja, das habe ich dir schonmal gesagt. Du begegnest mir zweimal: Jetzt, für deine Lehre, und später, wenn du stirbst. Da helfe ich dir dann in den Tiefschlaf und kehre anschließend zum Tod zurück.«

Sie nickte und starrte weiterhin geradeaus. Doch sie nahm die Autos vor sich gar nicht mehr richtig wahr, was vermutlich nicht so gut war. Sie hatte schon drei Lektionen hinter sich ... Mirroanwi hatte von acht gesprochen. Nur noch fünf Lektionen, und er würde weg sein. *Es gibt Gefährten, die mich nur zwei Wochen begleitet haben,* hatte er einmal gesagt. *Und andere, die fünf Jahre brauchten, um alles zu verinnerlichen.* Aber vielleicht hatten sie die Zeit gar nicht gebraucht, um alles Gelerntes zu verinnerlichen. Vielleicht hatten sie nur ihren besten Freund nicht verlieren wollen.

Laire blinzelte; geistesgegenwärtig betätigte sie die Bremse, weil sie zu dich an das Auto vor ihr gefahren war. Aber sie hatte einen Entschluss gefasst: Sie würde Mirroanwi nie gehen lassen. Auch wenn das hieß, dass sie nie eine Botschafterin werden würde – sie würde die letzte Lektion aufschieben, immer aufschieben und er würde nichts dagegen unternehmen können. Sie würde nicht zulassen, dass er sie verließ.

Er räusperte sich. »Sanjena hat dir erzählt, was nach dem Tod einer Person passiert, stimmt´s?«

»Ja. Sie werden wiedergeboren. Und sie können andere mit ihrer Präsenz trösten … und sie hat gemeint, dass Owen als Wissenschaftler oder Kassierer wiedergeboren werden kann. Aber was ich mich frage – könnte er im nächsten Leben auch als Tier geboren werden? Oder – keine Ahnung, als Sonnenblume?«

Er schüttelte den Kopf. »Man kann nur aufsteigen. Owen war im letzten Leben vielleicht ein Tier, oder eine Pflanze, aber je mehr Wissen die Seele sammelt, desto weniger kann sie die Hülle eines primitiven Lebewesens annehmen.«

»Und was wird man nach einem Menschen?«

»Das Universum hält viele Wunder bereit«, deutete er mit einem Schmunzeln an. »Aber es gibt Geheimnisse, die nicht einmal die Gefährtin des Todes entschlüsseln darf.«

»Ernsthaft?«

Als er schwieg, wollte sie erneut das Wort ergreifen, aber dann sprach er doch.

»Na, jetzt, wo Sanjena dir eine Lektion schon sowieso fast vermittelt hat, fangen wir heute mit einer anderen an, die –«

»Nein!«, rief Laire und umklammerte das Lenkrad fester. »Sanjena hat mir gar nicht vermittelt. Wir müssen die Lektion noch machen!«

Ein zögerliches Lachen entwich ihm. »Das war ein Witz. Keine Sorge, wir werden die Lektion trotzdem noch durchnehmen, nur nicht gleich. Einverstanden?«

Zögernd nickte sie. »Das war ein schlechter Witz.«

Sie wusste, dass ihr Ausbruch lächerlich gewesen war. Aber bei seinen Worten war das erdrückende Gefühl um ihr Herz nur noch erdrückender geworden – sie hatte es nicht verhindern können.

Aus dem Augenwinkel sah sie, dass er sie nachdenklich betrachtete. »Bist du sicher, dass du das während des Autofahrens kannst?«

»Ich habe meinen Führerschein«, versicherte sie. »Ich bau schon keinen Unfall.«

»Hast du während der Prüfung Geheimnissen des Universums gelauscht, die nur wenige Auserwählte erfahren und die einen Menschen völlig aus der Bahn werfen können?«

»Ha ha.« Sie warf ihm einen kurzen Blick zu, ehe sie sich wieder auf die Straße konzentrierte. »Bahn und *Fahr*bahn – sehr lustig. Wirklich, du wirst besser.«

Er runzelte die Stirn. Ihm schien das unglaublich schlechte Wortspiel entgangen zu sein. »Bist du sicher, dass ich nicht fahren soll?«

»Mirroanwi! Du bist unsichtbar.«

»Schon gut, schon gut. Also.« Er räusperte sich. Mit seinen Füßen immer noch auf dem Armaturenbrett, betätigte er den Hebel seitlich am Sitz und klappte die Lehne zurück – so hätte er auch auf einem Strandstuhl liegen können, oder in einem Krankenhausbett nach einem Kreislaufproblem, damit ihm das Blut zurück in den Kopf floss. »Dir mag die ganze Owen-Sache vor zwei Nächten etwas unfair erschienen sein. Vielleicht hätte ich dir im Vorfeld erklären sollen, dass jede Seele einen festgelegten Zeitpunkt hat, an dem sie aus dem Leben tritt.«

Sie setzte den Blinker und überholte einen langsamen Käfer. Sie war stolz, dass sie wenigstens ein paar Automarken kannte und zuordnen konnte. »Das heißt, du weißt, wann ich sterben werde?«

»Bei Gefährten ist es etwas komplizierter«, wich er aus. »Du willst dich wirklich nicht damit befassen. Zumindest jetzt nicht.«

Sicherlich spielte er damit auf ihre unsichere Fahrweise an, aber sie gab kein Kommentar dazu ab. Stattdessen lauschte sie stumm weiter.

»Diesen Zeitpunkt, diesen Punkt des Todes, der in jeden Lebensplan eingetragen ist, darfst du dir nicht nach weltlichen Vorstellungen vorstellen – etwa wie *Heute ist der dritte Oktober, heute werde ich sterben.* Der Tod tritt dann ein, wenn die Seele ein bestimmtes Muster durchlaufen ist. Wenn das geschehen ist, verändert sich das Feld, das die Seele umgibt – und das nur der Tod sehen kann. Es ist auf energetische Weise mit dem Ursprung verbunden, du erinnerst dich, die reine Energie als Leiter, und sobald man bereit für den Tod ist, gibt es einen Impuls ab, ein Signal. Eigentlich gibt es schon die ganze Zeit über Signale ab, aber das ist für uns uninteressant … manche nennen es energetische Verbindung, andere Matrix. Aber für dich habe ich mir schon eine geeignete Metapher überlegt.« Er zwinkerte ihr über den Frontspiegel zu. »Stell dir das Feld wie einen Telefonapparat vor, in den du mit jedem Atemzug deines Lebens eine Zahl eingibst. Die Telefonnummer des Todes. Irgendwann ist sie vollständig eingegeben, und das Telefon an der anderen Leitung klingelt.«

»Und du hebst ab und kommst«, schlussfolgerte sie seinen Gedankenstrang.

»Ungefähr richtig. Fragen?«

»Das heißt … Owen Santara hat die letzte Ziffer deiner Telefonnummer gewählt? Und man kann nichts dagegen tun?«

Sie schaute zu ihm herüber, und genau in dem Moment schien die Vormittagssonne so, dass einige ihrer Strahlen direkt durch das Fenster spitzten und ihn von der Seite beleuchteten, sodass er wie ein strahlender Engel mit weißem Haar und goldener Haut erschien.

Er lächelte, ein bezauberndes Lächeln, das Laire bisher – also bevor sie ihn kennengelernt hatte – immer nur Dreijährigen zugeordnet hatte, die einen extra großen Lolli von ihrer Großmutter im Freizeitpark bekommen hatten.

»Laire, der Tod ist etwas Wundervolles. Genauso wundervoll wie das Leben, nur, dass man das Leben im Tod nochmal durchlebt und diesmal viel mehr Fokus auf Dinge legt, die dir selbstverständlich vorkommen. Du hast die Gelegenheit, dich mit anderen Seelen auszutauschen, ohne Konflikte zu riskieren, weil es in den höheren Welten keine Konflikte *gibt*. Verstehst du, Laire? Wenn ich ein Mensch wäre, würde ich mich auf das Nicht-Leben freuen.«

Sie runzelte die Stirn. »Aber was ist, wenn jemand von einem Auto überfahren wird? Oder von einem Kletterfelsen fällt? Oder ein Flugzeug abstürzt? Hat man dann auch die Telefonnummer gewählt?«

»Manchmal sind Autounfälle oder dergleichen tatsächlich im Lebensplan als Zielpunkt gesetzt, aber nicht immer.« Sein Lächeln ging eine Spur zurück. »Falls eine Seele vor Ablauf ihrer Zeit stirbt, wandert sie nicht in den Tiefschlaf, sondern wird gleich wiedergeboren, um möglichst schnell ihr Leben auf ähnliche Weise fortsetzen zu können. Das passiert aber wirklich selten, verstehst du?«

»Warum sollte jemand freiwillig einen Autounfall haben wollen?«

»Um die Erfahrung zu machen, wie es ist, einen Autounfall zu haben. Dasselbe gilt für Leute mit Behinderungen. Für eine Seele ist es sehr wichtig, die verschiedensten Arten von Erfahrungen zu sammeln.«

Sie tippte gegen das Lenkrad. »Zurück zu den Unfällen. Wenn sie nicht geplant sind, warum geschehen sie dann überhaupt?«

»Die Namenlosen kümmern sich in der Regel darum, dass der Lebensplan erfüllt wird, aber genau wie Botschafter können sie scheitern. Dann kommt es zu Unfällen. Danach werden sie wie erwähnt wiedergeboren, aber manchmal passiert es sogar, dass sie stattdessen… – Nehmen wir eine Seele, der nur noch ein Stück an Lebenserfahrung fehlt. Dann spricht sie sich, natürlich unterbewusst, mit anderen Seelen ab, die gerade in materiellen Körpern stecken, und die beiden tauschen Plätze. So können zum Beispiel Schlaganfälle entstehen.«

»Schlaganfälle?«

»Hast du jemals davon gehört, dass eine Person nach einem Schlaganfall wie verändert erscheint? Oder nach einem langen Koma? Dass sie eine andere Persönlichkeit hatte?«

»Ja, und?« Als sie Mirroanwis Blick auffing, verstand sie. »Oh. Aber – das ist doch schrecklich für die Angehörigen.«

»Achtung, Auto.«

»Was?« Verwirrt schaute sie zurück auf die Straße und begriff, was er meinte. Sie drückte auf die Bremse und reagierte auf das Hupen ihres Vordermanns mit einem zerknirschten Lächeln. Autobahnen, ein weiterer Punkt auf ihrer *Not to drive*-Liste.

»Für die Angehörigen ist das schwierig, ich weiß«, fuhr er fort. »Aber anders ist es nach einem Todesfall auch nicht – sie müssen damit weiterleben, und für solche Trauerfälle gibt es immerhin auch die Werke von Botschaftern, die genau auf solche Fälle abzielen. Um zu trösten. Ich glaube, das wäre etwas für dich, wenn du so weit bist.«

»Du meinst, wenn du weg bist«, murmelte Laire.

Sie wusste, dass er ihre Worte gehört hatte, aber er erwiderte nichts darauf. Vermutlich wollte er keinen Streit verursachen. So war er. Er wählte immer den friedlichen Weg. Eigentlich ziemlich ironisch, wenn man bedachte, wer er eigentlich war.

Die restliche Fahrt in die Highlands verlief in stiller Eintracht. Hin und wieder machte sie auf die Landstriche draußen aufmerksam, aber keiner von beiden schnitt das Thema noch einmal an. Als sie die Autobahn endlich verließen und die letzten Kilometer auf der Landstraße zurücklegten, war Laire wieder nach reden zumute – und weil sie ihr immer noch im Kopf herumspukte, erzählte sie von Sanjena, dass sie trotz ihres jungen Alters schon verheiratet und Mutter war, dass sie genauso oft lächelte wie er und wie seltsam es war, dass sie Laire wie eine gute Freundin behandelt hatte.

»Denkst du, das hätte ich nicht so geplant?«, fragte er mit einem Lachen. »Ich habe Sanjena ausgewählt, weil ich wusste, wie sie ist.«

»Ach, stimmt. Du erinnerst dich an alle Leben deiner vorherigen Inkarnationen«, fiel Laire ein. Und damit auch an das Leben der Inkarnation, die Sanjena begleitet hatte.

Sie fragte sich, wann Sanjena sich wohl vom Tod verabschiedet hatte (konnten auch Kinder Gefährten werden?), und gleichzeitig wurde ihr klar, dass Mirroanwi sie dank der Erinnerungen ganz genau kannte, vielleicht so gut, wie er Laire kannte. Trauerte er dem Leben mit Sanjena nach? Oder differenzierte er ganz klar zwischen den Inkarnationen?

»Worüber denkst du nach?«, wollte er wissen, als sie lange stumm blieb.

»Nichts …«, flunkerte sie. »Nur, dass es so unangenehm war, dass sie sich gegen Taylor gestellt hat. Ich meine, ihn kennt sie doch viel länger als mich – sie hätte ihn unterstützen sollen.«

»Hättest du das denn gewollt?«

»Nein…«

»Na, warum beschwerst du dich dann?«

Zum Glück musste sie darauf nichts erwidern, denn in dem Moment fuhren sie auf den Parkplatz ein, den ihr Navi angesteuert hatte. Sie befanden sich in der Nähe von Monachyle, nordwestlich von Edinburgh. Hier gab es Hügel, soweit das Auge reichte – sandige Hänge mit einzelnen Büschen, mit Gras überzogene Anhöhen, auf denen Schafe und Kühe weideten, und natürlich Hektar von Land, das nur mit Disteln und Heidekraut überwuchert war, violette Teppiche, die Riesen über das Land gespannt hatten. Sobald Laire aus dem Auto gestiegen war, fiel ihr auf, wie sauber und frisch die Luft war. Sie nahm ein paar tiefe Atemzüge, ehe sie sich wieder bewegte.

»Es ist wunderschön hier, nicht wahr?«

Mirroanwi nickte. Er hatte ein leichtes Lächeln aufgesetzt, ganz in der Landschaft versunken. »Ob du es glaubst oder nicht, es ist eine Ewigkeit her, seit das letzte Mal eine Inkarnation hier war – mehr als zwanzig Jahre, würde ich sagen.«

Sie lachte. »Das ist für dich eine Ewigkeit?«

Zufrieden schaute sie sich um, bevor sie das Auto abschloss und die Schlüssel in die Jackentasche steckte. Es war weit und breit keine Menschenseele zu sehen. Das hier war kein typischer Anlaufpunkt für Touristen, und die Bewohner von Monachyle befanden sich bestimmt bei der sonntäglichen Familienfeier, oder was andere Leute sonst mittags unternahmen.

Sie schlenderten ein Stück die Trampelpfade entlang, die entweder Tiere oder Wanderer in das Hochlandgras getreten hatten. Sie fühlte, wie ihre Bewegungen leichter ausfielen, wie ihre Lunge freier atmete, wie sich ihr Herz mit neuer Lebenskraft auflud. Sie hatte die Highlands schon immer geliebt – früher hatten ihre Eltern alle paar Wochenenden Tagesausflüge mit ihren Töchtern hierher unternommen, aber das hatte ein jähes Ende gefunden, nachdem Yesta im Krankenhaus eingeliefert worden war. Seitdem war sie nur ein einziges Mal hier gewesen, mit Colin an ihrem Geburtstag vor einigen Jahren. Jetzt wieder hier zu sein, mit Mirroanwi an ihrer Seite – es war einfach wunderbar.

Ausnahmsweise regnete es nicht, als stünde selbst das Wetter auf ihrer Seite. Die Sonne schien zwischen wenigen Wolken hell vom Himmel, und es wehte nur ein leichter Wind, sodass Laire ihren Schal, den sie vorsorglich umgelegt hatte, schon nach einem halben Kilometer abstreifte. Bei einem See angekommen, beschlossen sie, eine Rast einzulegen, um Mittag zu essen.

»Also, warum wolltest du unbedingt in die Highlands?«, fragte Laire kauend. Auf der Picknickdecke stapelten sich Gürkchen- und Truthahnsandwiches, die dank der Aprilluft kühl geblieben waren.

Mirroanwi nahm einen Schluck Tee. Auf der Fahrt war er trotz der Thermoskanne abgekühlt, weshalb Mirroanwi ihn wieder erhitzt hatte. »Ist das nicht offensichtlich?« Beim Sprechen vermied er Blickkontakt. »Wegen des schönen Wetters und der frischen Luft. Beides wichtig, um dein Immunsystem stabil zu halten.«

Belustigt senkte sie den letzten Bissen ihres Sandwiches ab. »Mirroanwi, mein Unterbewusstsein hat dich zum Glück zu einem miserablen Lügner gemacht. Du kannst nicht einfach die Argumente meiner Mutter klauen.«

»Du hast Recht. Ich bin so kreativ, da fallen mir auch selbst welche ein.«

»Wie wär´s mit der Wahrheit?«

Er schnappte sich ein Sandwich und zog eine Truthahnscheibe zwischen den Brotschichten hervor, bevor er daran knabberte. »Laire, Allison und ich sind gleichwohl an deinem Wohlergehen interessiert. Warum darf sich kein zweiter Mensch für deine Gesundheit einsetzen, wenn es einer schon tut?«

»Du bist kein richtiger Mensch.«

»Darum geht es doch gar nicht. Warum darf ich nicht —«

Mit einem Bissen verschlang sie den Rest des Brotes, sodass sie die Hände frei hatte, und hielt sich damit die Ohren zu. Laut begann sie, sinnlose Textschnipsel zu singen. Es war mühselig, währenddessen die Bildersprache anzuwenden, aber sie schaffte es.

Ich höre nicht auf, bis du mir die Wahrheit gesagt hast.

Zuerst sah es so aus, als würde er sich damit zufriedengeben, denn er lehnte sich zurück, sodass seine Ellbogen ihn stützten, und hielt sein Gesicht in die Sonne. Als er sie weiterhin nicht beachtete, hörte Laire auf und ließ die Arme sinken.

Als die Sonne kurzfristig hinter einer Wolke verschwand, richtete er seine Aufmerksamkeit wieder auf Laire. »Heute Morgen habe ich starke Energiewellen wahrgenommen, die sich auf einen Punkt hier in der Nähe konzentrieren.«

Diesmal war Laire davon überzeugt, dass es die Wahrheit war.

»Normalerweise stimmt dann etwas nicht mit den Achsen des Raum-Zeit-Kontinuums. Ich dachte, dass hier irgendwo ein Wurmloch ist. Dann hättest du sowas auch mal gesehen.«

»Und? Wo ist es?«, fragte sie.

Er zuckte mit einer Schulter. »Hier ist keins. Was auch immer diese Wellen auslöst, zeigt sich uns nicht.«

»Ist es ein großes oder kleines Wurmloch? Wenn es ein kleines ist, hast du es vielleicht nur noch nicht entdeckt.«

»Die Sache mit Wurmlöchern ist die, dass gerade die besonders kleinen so gut wie gar keine Energie aussenden. Aber das hier hätte so immens sein müssen, dass selbst die hiesigen Bewohner darauf aufmerksam geworden wären.«

»Hm.« Laire legte sich ebenfalls zurück, die Thermoskanne auf ihrem Bauch balancierend. »Was ist es dann?«

»Wer weiß, vielleicht der Bruder von Nessie?«

»Die Lösung scheint dich ja nicht besonders zu interessieren.«

Sie beobachtete, wie er sich wieder aufrichtete, zappelig wie er war.

»Moment«, sagte sie. Wieder einmal war ihr Verstand ein Stück hinterher getrudelt. »Hast du gerade behauptet, dass es Nessie wirklich gibt? Oder war das wieder nur einer deiner komischen Witze? Oh, und heißt das, dass Nessie ein Außerirdischer ist? Oder was ist sie dann? Was kann so viel Energie wie ein Wurmloch aussenden, außer ein Außerirdischer? Und apropos Wurmloch …«

Sie brach ab, weil Mirroanwi sie gar nicht mehr zu hören schien. Sie drehte sich um, um zu sehen, was er sah, aber da waren nur die grünen Hügel und die Disteln und das dunklere Gestrüpp, das manche Teile der Highlands beanspruchte.

Doch dann hörte sie es. Ein Donnergrollen.

Verwundert blickte sie zum Himmel – es war nach wie vor sonnig, wenn auch leicht bewölkt. Aber nicht so bewölkt, als dass ein Gewitter hätte entstehen können. Auch in der Ferne waren keine schwarzen Wolken zu sehen. Sie hätte vermutet, dass sie sich verhört hatte, wenn es nicht erneut gegrollt hätte. Langsam stand sie auf und sah sich um.

»Hörst du das auch?«, fragte sie.

Mirroanwi hatte sich schon längst erhoben, was ihr gar nicht bewusst gewesen war. Er ließ das halb aufgegessene Truthahnsandwich los, das dank seines Kis auf die Picknickdecke taumelte wie von einer sanften Böe getragen.

Er hatte die Stirn gerunzelt, den Blick auf etwas in der Ferne gerichtet. »Das sieht aus wie …«

Sie kniff die Augen zusammen. Jetzt sah sie es auch. Wie ein Vogelschwarm näherte sich eine bunte Wolke. Nein, keine Wolke. Mehr ein Durcheinander aus wehenden … Stoffen? Violette und rote und dunkelblaue und hellgrüne Stoffe – alles war dabei. Je näher … *sie* kamen, desto deutlicher erkannte Laire Details. Es waren Menschen, zum Großteil Frauen, die mit bunten Stoffen behangen über den Himmel schwebten.

Laire drehte sich zu Mirroanwi um. »Ist das auch so ein Tod-Dings? Haben die wenigstens Namen?«

Langsam schüttelte er den Kopf, ohne den Blick davon zu lösen. »Das ist nichts, was ich seit der Entstehung des Universums schon mal beobachtet habe.«

»Kommt daher die Energie, die du gespürt hast?« Als er nickte, hakte sie weiter nach. »Ist es Astralenergie oder reine Energie? Was gibt es noch für Arten?«

»Es fühlt sich an wie das Ki …« Sein Blick kehrte zu ihr zurück. »Aber es ist nicht das Ki. Laire, ich werde mir das ansehen. Bitte bleib hier.«

Sie deutete auf die näher fliegenden Bauchtänzerinnen. »Spinnst du? Ich sitze hier nicht einfach rum. Das werde ich mir auf keinen Fall entgehen lassen.«

Noch ehe sie den Satz zu Ende gesprochen hatte, umschlossen seine Finger ihre Hände und er sah sie bittend an. »Ich werde dich nachholen, versprochen. Aber solange ich nicht weiß, was das ist, darf ich nicht riskieren, dass du dich in Gefahr begibst.«

Sie hob eine Augenbraue. »Und was, wenn es wirklich gefährlich ist? Du hast gerade versprochen, dass du mich nachholen wirst.«

Er warf einen nervösen Blick zum Himmel. Dann gab er ihre Hände frei. »Ich werde dich nachholen«, sagte er langsam, »Wenn es sicher ist. Und damit du hier nicht einfach *rumsitzt*, wie du es formuliert hast, schenke ich dir etwas.«

Vor ihr erschien Partikel für Partikel ein Buch. Bevor es zu Boden fallen konnte, streckte sie die Finger danach aus und betrachtete es.

»*Alles über Wurmlöcher*«, las sie und schaute dann wieder auf. »Was soll das?«

»Das liest du, während ich weg bin.« Als er sah, dass sie das nicht zufrieden stimmte, fügte er noch hinzu: »Es ist von mir geschrieben. In wenigen Stunden wird es sich wieder auflösen und wenn du es bis dahin nicht gelesen hast, wirst du warten müssen, bis ich mich überreden lasse, dir vielleicht doch noch von den Wurmlöchern zu erzählen. Na, bleibst du jetzt hier?«

Sie musterte ihn scharf. »Und du wirst mir alles berichten, was du gesehen hast?«

»Bis ins kleinste Detail und darüber hinaus.«

Ihr Mund verzog sich zu einer Schnute. Sie warf einen letzten sehnsüchtigen Blick auf die Bauchtänzerinnen, die mittlerweile so nah waren, dass man die Pailletten auf ihren Kleidern sehen konnte. Sie reflektierten das Sonnenlicht.

»Also gut, aber du holst mich nach.«

Er dematerialisierte sich. Es dauerte lange, bis ihre Augen ihn wiedergefunden hatten. Er hatte sich auf eine Anhöhe teleportiert, die den Bauchtänzerinnen am nächsten war. Dreihundert Meter weiter, zwischen violettem Heidekraut, war er nichts mehr als eine schmale Silhouette, die den Kopf in den Nacken gelegt hatte.

Widerwillig sank Laire zurück auf die Decke und schlug, mit einem letzten Blick auf den Hügel, die erste Seite auf.

Für die kleine Krähe
Mögest du zwischen diesen Seiten deine Neugierde stillen.

Ein Schmunzeln schlich sich in ihre Mundwinkel und sie blätterte um. Die Kapitelüberschriften. Das erste Kapitel hieß: *Warum Wurmlöcher interessanter sind als gewisse Dinge, die in den Lüften geschehen.*

Nach zwei Seiten weiteren Kapitelübersichten begann das erste Kapitel und Laire las den obersten Absatz.

Wenn du denkst, du weißt schon alles über Wurmlöcher, denk noch einmal nach, denn wie bei der dunklen Materie gilt: Meine Terminologie unterscheidet sich von deiner. Sie sind nicht nur interessanter, sondern auch sicherer als in der Luft schwebende Bauchtänzerinnen. Und einigen Bauchtänzern, wie mir auffällt. Und weitaus weniger furchteinflößend als die Frau, die sich in diesem Moment aus dem Schwarm löst und auf mich zuschwebt.

Erstaunt hob Laire den Blick und beobachtete, wie die Bauchtänzer stehen geblieben waren. Eine Silhouette mit weiblichen Umrissen löste sich von ihnen, keine zwanzig Meter von der Anhöhe entfernt. Soweit Laire erkennen konnte, war sie nicht mit bunten Stoffen und schillernden Knöpfen behangen.

Bevor Laire weiterlas, blätterte sie das Buch durch, um zu prüfen, ob der Text bereits vorhanden war oder ob Mirroanwi ihn in dieser Sekunde schrieb. Doch jede einzelne Seite war mit Schrift und Bildern überzogen. Also kehrte sie an den Anfang zurück.

Sie ist normal gekleidet. Wobei normal *relativ ist. Sagen wir, dass sie im Gegensatz zu den Bauchtänzern normal gekleidet ist. Sie trägt einen neonblauen Einteiler, der an den Nähten mit Glitzersteinen verziert ist — und wenn ich von Glitzersteinen spreche, dann meine ich echte Klunker. Sie fangen das Sonnenlicht ein und funkeln in allen Farben des Regenbogens. Ein Trainingsanzug? Ich glaube allerdings nicht, dass er für das Training hergestellt worden ist. Genauso wenig die pinken Stiefel, die sich wunderbar mit dem Blau beißen. Wie heißen diese Filme, die ich auf* Netflix *entdeckt habe? Die Tribute von Panem? Sie ist genauso geschminkt wie die Leute im Kapitol.*

Ungläubig wechselte ihr Blick vom Papier zur Anhöhe. Die Frau war mittlerweile zu Boden geschwebt, sodass sie und Mirroanwi sich gegenüberstanden. Mehr war von ihrer Position aus beim besten Willen nicht zu erkennen.

Ein Teil von Laire fand es höchst ungerecht, zurückgelassen zu werden. Doch der andere Teil (es war dieser kleine Winkel ihres Bewusstseins, der sich manchmal meldete und die Oberhand ergriff) sah ein, dass eine Inkarnation des Todes vermutlich besser wusste als sie, wie mit schwebenden Bauchtänzern, von denen große Energiewellen ausgingen, umzugehen war. Und dass Laire sich dabei nur unnötig in Gefahr begab.

Vier Seiten Einführung hatte sie bereits überflogen (die physikalischen Umstände eines Wurmloches interessierten sie nicht wirklich), als ihre Haare von einer Böe erfasst wurden und die Buchseiten wie wild flatterten. Verwirrt sah sie auf. Ein Paar makellose pinke Stiefel (so makellos, dass sie keinen Fuß in die Highlands gesetzt haben konnten) erschien vor ihr. Die Spitzen berührten gerade so den Rand der Picknickdecke.

Ihr Blick folgte langen, in blauem Stoff steckenden Beinen, über eine schmale Hüfte bis hin zu einem Gesicht, das in kräftigen Rot- und Brauntönen geschminkt war.

Mirroanwi hatte Recht gehabt. Dieses Outfit war eine grässliche Farbkombination. Doch auch einzeln hätten Einteiler und Stiefel Augenkrebs erzeugt, und wegen der bunten Glitzersteine wäre jede Adelige vor Neid umgefallen.

Laire war so verblüfft, dass sie das erste aussprach, was ihr in den Sinn kam. »Was hast du da an?«

Miss Extravaganz hob eine feine Augenbraue, die aussah, als bestünde sie mehr aus Farbe als aus Härchen. Der Wind, der die beiden bis dahin umspielt hatte, ebbte ab, und die braunen Haare der Fremden gaben der Schwerkraft nach und flossen über ihre Schultern. Sie wurden von silbernen Strähnchen geschmückt, die zu perfekt waren, um dem Alterungsprozess zugeschrieben zu werden.

Alles in allem wirkte sie, als käme sie aus einem Fantasieland, und wenn schon das nicht, dann zumindest von einem anderen Planeten.

Prallrot angemalte Lippen öffneten sich, behielten jedoch einen verschmitzten Ausdruck bei. »Das ist gerade ganz in Mode auf Skair«, verkündete sie in einem Dialekt, den Laire noch nie gehört hatte. Er erinnerte an den schottischen, gemischt mit einem französischen Akzent. Ihre Zunge stolperte über die Silben, doch ihr Sprachfluss wurde dadurch nicht gestört.

Bevor sie ausführlicher werden konnte, materialisierte sich Mirroanwi neben Laire, mit der grimmigen Miene etwas ungehalten wirkend. In seinem Gesicht prangten Lippenstiftabdrücke – auf Wangen, Stirn, Nase, und ja, auch Lippen.

»Lass Laire aus der Sache«, warnte er in einer gesenkten Tonlage. So ernst hatte Laire ihn noch nie erlebt.

»Laire? So nennst du sie?« Miss Extravaganz *zwinkerte* Laire zu. »Siehst du, was die Bauchtänzer mit ihm gemacht haben? Sie lieben ihn. Außerdem: Bauchtänzer in Schottland. Auf die Idee wärst du nicht gekommen, gib´s zu.«

Das war verrückt. Sollte sie Mirroanwi bitten, sie zu kneifen, damit sie wieder aufwachte, oder hysterisch lachen? Irgendwie musste sie den Wahnsinn dieser Situation verarbeiten.

Sie nahm die dritte Option. »Sicher, dass das kein Tod-Dings ist?«, wandte sie sich an ihn.

Behutsam nahm er ihre Hand. »Glaub mir, ich wäre froh, wenn es so wäre.«

Kaum hatte er den Satz beendet, zeigte Miss Extravaganz auf ihn. Während sie sprach, schaute sie Laire an. »Ich weiß nicht, wen du dir da geangelt hast, aber er ist mir unsympathisch. Bei den Sternen, das ist das erste Mal, dass ich einen von denen persönlich kennenlerne. Vor ein paar tausend Jahren hätte ich mich geehrt gefühlt.« Nun schob sich ihr Blick doch zu Mirroanwi. Sie rümpfte die Nase. »Dass dein Kragen grässlich ist, habe ich dir schon gesagt. Aber da du dich weigerst, auf meine Frage zu antworten, werde ich sie Phaith stellen.«

Laires Herz setzte einen Schlag auf, als ihr Blick zu ihr zurückkehrte. Phaith?

Sie klammerte sich an Mirroanwi wie an das eine rettende Seil, das sie davor bewahrte, von der Felswand zu stürzen. Es wäre ihr allerdings noch lieber gewesen, wenn er kein Seil, sondern eine Eisenkette wäre – oder gleich ein Aufzug. Denn wenn er schon nicht wusste, was zu tun war ... er, der die Entstehung des Universums miterlebt hatte!

»Irgendeinen Grund hast du, um dich mit ihm abzugeben. Warum warst du nicht auf Skair?«, fragte Miss Extravaganz.

Laire wartete und als das nichts brachte, wartete sie noch ein wenig länger. Doch auch da verschwand die Fremde nicht und nahm ihre Worte ebenso wenig zurück.

»Ähm ...«, begann Laire. »Ich heiße nicht Phaith.«

Miss Extravaganz verdrehte die Augen, aber nicht so, als wäre sie genervt, sondern viel mehr aus Heiterkeit. »Jaja, das hat er auch schon behauptet. Wie bist du ihm begegnet? Will er uns helfen? Ich dachte, wir wären gegen so etwas, aber jetzt ... was soll's.« Sie zwinkerte Mirroanwi zu und ihre Zähne blitzten mit ihrem Grinsen so hell auf, wie es eigentlich nur mit Photoshop möglich war. »Du solltest dich trotzdem vor mir in Acht nehmen. Meine Warnung von vorhin war nicht umsonst. Du hast schließlich genug Ärger ausgelöst.«

»Bitte … was?«, stotterte er. Das machte Laire Angst. Sie hatte Mirroanwi noch nie stotternd erlebt. Noch nie so ratlos. Mirroanwi wusste immer, was los war.

»Du kannst ihn sehen?«, fragte Laire mit trockenem Hals. Es war eigentlich keine Frage, denn sie sprach damit das Offensichtliche aus.

»Warum denn auch nicht …« Miss Extravaganz legte den Kopf schief und musterte Laire. »Irgendwie hast du dich verändert. Bist du jünger geworden? Deine Augen sehen jünger aus.«

»Ob ich —« Sie kam nicht mehr dazu, den Satz zu beenden, denn Miss Extravaganz redete bereits weiter.

»Wo warst du überhaupt die ganze Zeit? Meine Güte, habe ich lange nach dir gesucht. Ich dachte, dass wir uns auf Skair treffen, wenn wir fertig sind. Oh Mann, ich bin noch so kribbelig von der Reise. Warum wirst du davon nie kribbelig und aufgekratzt? Warum bin ich diejenige von uns beiden, die dann zu viel redet?« Ihr Lächeln wurde weich, nicht mehr so theatralisch aufgesetzt wie das davor. Auch ihre Stimme verlor an Härte. »Ich habe dich vermisst.« Ohne zu zögern, streckte sie die Arme nach Laire aus.

Ehe sie reagieren konnte, wurde Laire von Mirroanwi zurückgezogen, außerhalb ihrer Reichweite. »Ich wiederhole mich nur sehr ungern«, knurrte er, ebenfalls etwas, das neu für Laires Ohren war. »Aber wenn es nötig ist, wiederhole ich es mit mehr als nur mit Worten. Lass Laire aus der Sache raus.«

Miss Extravaganz schenkte ihm ein kritisches Stirnrunzeln, dann richtete sie ihre Aufmerksamkeit wieder auf Laire, die nun ein Stück schräg hinter Mirroanwi stand.

»Wer ist diese Inkarnation?«, wollte sie wissen. Ihr Zeigefinger drehte sich in der Luft, zeigte anklagend auf ihn. »Er sagt die ganze Zeit schon diese Sachen. Hast du ihm nicht gesagt, dass es nicht um ihn geht? Bei allen Sternen am Himmel, was für einen Deal hebt ihr denn ausgehandelt? Hilft er uns nun oder nicht? Denn ich würde das Ganze ohne seine Hilfe bevorzugen.«

»Ohne seine Hilfe?«, echote Laire.

»Ja! Wenn du es nicht allein schaffst, hättest du auch einfach mich rufen können. Ich bin schon längst bei unserem Trauerkloß fertig. Es war hoffnungslos – sie ist zu Stein geworden.«

»*Was?*«

Mittlerweile war Laire zu durcheinander, um Angst zu haben. Es war das gleiche wie bei ihrem ersten Treffen auf Mirroanwi – ihr Gehirn kam nicht mit dem Erlebten klar und weigerte sich deshalb, sich zu fürchten.

Langsam ließ Miss Extravaganz die Hand sinken. Ihre Miene blickte nun gar nicht mehr aufgeregt, sondern besorgt. Sie trat näher an Laire heran, woraufhin Laire sich näher an Mirroanwi schob. Er drückte beruhigend ihre Finger, aber tat nichts.

»Du bist merkwürdig still«, stellte Miss Extravaganz fest. »Ich dachte, das liegt an mir. Ich rede immer mehr als du. Aber du hast mich nicht mal begrüßt.« Ihr skeptischer Blick zuckte kurz zu Mirroanwi, dann wieder zurück. »Was ist passiert?«

Laires Hals war ganz trocken. Jetzt bekam sie doch Angst. Wer war diese Frau? Warum konnte sie Bauchtänzer zum Schweben bringen und was wollte sie von Laire?

»Wer bist du?«, flüsterte Laire, weil sie zu mehr nicht imstande war.

Die Besorgnis in ihren Augen nahm zu. Alles Hyperaktive war von ihr gewichen. Sie streckte die Hand aus – aber als Laire zurückwich, ließ sie sie wieder sinken. Sie sprach wieder diesen fremden Namen aus. »Phaith?« Und noch einmal, diesmal mit unverkennbarer Furcht in der Stimme: »Phaith. Etwas ist mit dir passiert, das sehe ich doch. Er hat dir etwas angetan, oder nicht?« Wütende Augen funkelten Mirroanwi an. »Du! Was hast du mit ihr gemacht? Na los, sag schon!«

Instinktiv verspürte Laire den Drang, ihn zu verteidigen. »Er hat gar nichts getan!«, rief sie. »Du verwechselst mich nur mit jemandem.«

Miss Extravaganz schüttelte den Kopf. Ungewöhnlich lang. Besorgniserregend lang. Je länger sie den Kopf schüttelte, desto mehr zogen sich ihre Mundwinkel nach oben, bis schließlich ein Lächeln ihre Lippen überzog. »Nein. Nein.« Sie lachte. »Das soll ein Witz sein, oder?« Sie räusperte sich. Ihre Lippen zitterten, als sie sich darum bemühte, eine neutrale Miene zu ziehen. »Sehr erfreut, dich kennenzulernen, Laire. Ich heiße Jillin.«

Die Maske zerbröselte und Miss Extravaganz brach in Lachen aus.

»Damit hast du einen neuen Rekord aufgestellt«, japste sie zwischen den Atemzügen. »Welchen unglaublich schlechten Witz hast du damit vom ersten Platz verdrängt? War es der mit den Kometen oder der im *Fir-sa*, dem die ganze Taverne zum Opfer gefallen ist?« Abermals schüttelte sie den Kopf. Ihr Lachen klang nun langsam aus. »Wirklich, ich weiß nicht, in welche Kategorie der gehört. In die der unglaublich übertriebenen Witze oder der unglaublich harmlosen?«

Laire zog die Stirn kraus, unsicher, was sie da gerade gehört hatte. »Ich heiße Laire«, sagte sie und verlieh jeder Silbe eine besondere Betonung. »Und ich habe dich noch nie zuvor in meinem Leben gesehen.«

Sie warf Mirroanwi einen Seitenblick zu, doch er bemerkte ihre Suche nach Hilfe nicht. Er war gebannt von Miss Extravaganz. Die Falten auf seinem Gesicht schienen sich Sekunde für Sekunde zu vertiefen, je länger er sie taxierte, als hätte er ein großes Rätsel vor sich.

Miss Extravaganz stemmte eine Hand in die Hüften. Nun wirkte sie doch leicht genervt. »Was ist? Jetzt bist du an der Reihe. Freu dich, dass du mich reingelegt hast, bla bla, und dann verschwinden wir von hier.«

Vermutlich erwartete sie, dass Laire – nein, dass Phaith in Gelächter ausbrach und zugab, dass alles nur ein Scherz gewesen sei. Aber Laire war nicht Phaith, und so blieb ihr nur übrig, Mirroanwi anzustupsen, damit er sich endlich regte.

»Sag doch was«, wisperte sie ihm zu. Er war der Tod. Sollte er sie aus dieser Lage retten.

Mirroanwi schluckte merklich. Dabei sah man, wie sein Adamsapfel einen Satz machte. Dann räusperte er sich. »Jillin«, sage er, als müsse er den Namen auskosten. »Wo ist dein Gefährte?«

Statt wieder zu lachen, verzog sie nur das Gesicht. Aber nicht auf eine ironisch-schmerzliche Weise, wie es die Antagonisten in Filmen taten, sondern so, als würde ihr eine Nadel ganz tief in der weichen Haut der Fußsohle stecken und bei jedem Schritt tiefer hineinrutschen.

»Ich bin nicht der Tod. Ich bin keine von euch Inkarnationen.« Sie schaute ihn lange an, dann wieder Laire. Ein letzter Hoffnungsschimmer war auf ihrem Gesicht zurückgeblieben. Sie ging auf Laire zu. »Komm schon ... jetzt sag doch was!«

Laire wünschte, sie könnte mit Mirroanwi verschmelzen. Hier gab es ja sonst nichts, womit man verschmelzen könnte, und im Highland-Boden zwischen den ganzen Disteln wollte sie auch nicht stecken. »Ich kenne dich nicht«, sagte sie langsam, und es überraschte sie, dass sie es schaffte, ihre Stimme ruhig zu halten – innerlich wollte sie einfach nur schreiend wegrennen. Diese Jillin, die einfach so vom Himmel geflogen kam mit einer Schar von küssenden Bauchtänzern und einem extravaganten Sportanzug, war ihr gar nicht geheuer.

»Mirroanwi, bring mich hier weg«, bat sie ihn leise, aber es war so still hier oben – wozu auch noch kein Wind wehte – dass ihre Stimme ohne Probleme zu verstehen war.

Er nickte und nahm sie am Arm – aber in dem Moment stieß Jillin einen Schrei aus. »NEIN!« Sie stürzte auf die beiden zu und riss Laire von ihm weg. Sie stellte sich vor sie, wie sich eine Mutter beschützend vor ihr Kind stellte. »Du wirst sie mir nicht wegnehmen! Ich habe sie so lange gesucht – du hast alles kaputt gemacht!«

Laire konnte von ihrer Position aus nur das glitzernde, neonblaue Hinterteil des Einteilers sehen, und Mirroanwi –

und seine Miene gefiel ihr überhaupt nicht. Es gefiel ihr nicht, wie er leicht den Mund öffnete, aber mehr aus Ratlosigkeit als aus dem Versuch heraus, etwas zu sagen, es gefiel ihr nicht, wie er wieder so sonderbar schluckte, als hätte er – der Tod – Angst.

»Mirroanwi«, flehte Laire.

Sein Blick schoss kurz zu ihr, und sie glaubte, ein leichtes Nicken wahrzunehmen. Was sollte das heißen? Ein Nicken konnte alles bedeuten! War das eine Beruhigung oder ein Zeichen gewesen? Sollte sie irgendetwas tun, zum Beispiel diese Verrückte in eine Falle locken?

»Ich weiß nicht, wovon du redest«, sagte er. Seine Stimme hatte einen distanzierten Klang, den sie bisher noch nie an ihm gehört hatte. Nicht einmal gegenüber Grace.

Jillin schnaubte. »Natürlich. Ihr kriegt nie mit, was geschieht, wenn ihr geht. Wisst ihr, wie viel Schmerz ihr hinterlasst?« Jillin drehte den Kopf halb, sodass sie Laire anschauen konnte. »Was auch immer mit dir geschehen ist, Phaith – ich werde es wieder richten, das verspreche ich dir. Es tut mir leid, dass ich nicht früher gekommen bin.«

Jetzt reichte es Laire. Sie hatte eine Zeit lang Angst gehabt, aber Mirroanwi unternahm nichts, niemand unternahm etwas, und sie hatte die Nase voll vom Nichtstun. Wut flammte in ihr aus, ausgelöst durch ihre Angst und ihre Verwirrtheit, und sie stieß Jillin von sich – so fest, dass diese ein paar Schritte taumelte, ehe sie sich wieder fing.

Laire stand da, beide Hände zu Fäusten geballt, damit niemand sah, wie sie zitterten. »Hör auf!«, schrie sie. Sie hatte noch nie geschrien. Nicht einfach so. Es jagte ihr einen Schauer über den Rücken, aber sie machte weiter. »Hör auf damit! Hör auf, so zu reden und mich Phaith zu nennen! Ich bin nicht Phaith! Ich kenne dich nicht, und jetzt verschwinde!« Sie schrie so laut, dass ihre Stimme rau klang, aber sie brauchte gar nicht weiterzuschreien – denn es zeigte bereits seine Wirkung. Jillins Gesicht war weiß angelaufen, wirklich ganz weiß, als wäre sie zu Halloween als

Geist geschminkt worden. Ihre Schminke hob sich wie Farben von einer weißen Leinwand ab. Endlich hörte sie auf, auf Laire zuzugehen – sie wich zurück, ganz langsam, vorbei an Mirroanwi.

»Du«, hauchte sie, als sie bei ihm vorbeikam, ein Stück hinter ihm stehen blieb. Ihre Stimme bebte, als sie fortfuhr, aber nicht so, als hätte sie Angst. Vielmehr so, als müsste sie einen uralten Zorn zurückhalten. »Du kannst es einfach nicht lassen, oder? Schlimm genug, was du mit Raelle angestellt hast. Wir hätten dich darüber informieren können, dir deine Schuld zeigen können, und dann hättest du alles wieder allein richten müssen. Wie hätte dir das gefallen, hm? Aber das haben wir nicht gemacht. Willst du wissen, wieso? Weil wir wussten, dass der Tod seine Fehler nicht wiedergutmachen kann. Eine Ironie des Schicksals, oder? Die, die erst vom Wert des Lebens überzeugt werden mussten, retten es nun.«

In diesem Moment bewunderte Laire Mirroanwi. Wenn sie in seiner Haut gesteckt hätte, hätte sie niemals so ruhig bleiben können, wie er es tat. Er hob lediglich den Kopf, ein Zeichen, dass er sich nicht von Jillin einschüchtern ließ. »Was bist du?«, fragte er.

Jillin lächelte. Kein böses Lächeln, aber eines, das ihrem Gegenüber ganz klar eine Position unter ihr zuwies. »Du hast wirklich keine Ahnung, oder? All die Jahrtausende lang haben wir es geschafft, uns von deinem Radar fernzuhalten. Und wir haben uns noch nicht mal bemüht.« Sie zeigte zu Laire, allerdings ohne sie anzuschauen. »Weißt du, wer das hier ist? Das ist die stärkste Person, die ich kenne, voller Zuversicht und einer Neigung dafür, anderen zweite Chancen zu geben und ungeheuerlich ironisch zu sein. Ich weiß nicht, was du mit ihr gemacht hast, aber du bist dafür verantwortlich. Sie war es, die mich überzeugt hat, dir nicht hinterherzurennen und dich zu zwingen, die Sache wiedergutzumachen. Sie wollte dich damit nicht *belasten*. Und was ist jetzt? Pass auf, ich belaste dich mit einem viel schwereren Gewicht.«

Etwas glitzerte zuerst in ihren Augen, dann auf ihren Wangen. Es könnten natürlich weitere mikrokleine Diamanten gewesen sein – aber so töricht war nicht einmal Laire. Sie wusste, wie Tränen aussahen.

»Du hast mir die Person genommen, die ich liebe. Du hast mir meine Schwester genommen. Und glaub ja nicht, dass du damit so bald davonkommst. Wenn ich sie erstmal wiederhabe, wird dir noch leidtun, was auch immer du gemacht hast.«

Während immer mehr Tränen ihr Gesicht herunterströmten, löste Mirroanwi sich in Luft auf und erschien neben Laire wieder. Er packte sie am Arm, vielleicht etwas zu fest, als nötig gewesen wäre.

»Wir verschwinden.«

Jillins Gesicht verzerrte sich, aber bevor sie etwas tun oder sagen konnte, blinzelte Laire, und sie und Mirroanwi standen an ihrem Auto. Sie sah sich um, doch ihr Picknickplatz war ein ganzes Stück vom Parkplatz entfernt. Und damit auch Miss Extravaganz.

Es war wundervoll ruhig hier; ganz im Gegensatz zu dem Tosen in ihrem Inneren. Auf einmal fühlten sich ihre Beine wackelig an, aber bevor sie umfallen konnte, schloss sie die Fahrertür auf und ließ sich auf die Polster plumpsen.

»Oh Gott«, murmelte sie. Ihre Stimme zitterte. »Was ist da eben passiert?«

Mirroanwi stupste sie an. »Komm, rutsch«, meinte er, in einem überraschend sanften Ton. »Ich fahre nach Hause, ja?«

»Aber du bist unsichtbar«, protestierte sie, wenn auch mit schwacher Stimme.

Er strich ihr eine Strähne aus den Augen, die der magische Wind, den Jillin erzeugt hatte, dorthin geweht hatte. »Das ist eines der kleineren Probleme.«

»Und der Picknickkorb? Das Buch?«

Er schmunzelte. »Du hast Recht. Das sind wirklich große Probleme.« Als sie nicht reagierte, seufzte er. »Ich hole sie später, ja? Aber lass mich dich zuerst von hier wegbringen.«

Sie nickte und ließ zu, dass er sie auf den Beifahrersitz teleportierte.

Er zog die Autotür zu und schenkte ihr ein kleines Lächeln. »Gewöhn dich nicht daran, hörst du? Die Regel gilt immer noch: Wenn du dich wohin teleportieren willst, tu es selbst.«

Dann startete er den Motor und fuhr sie nach Hause. Während der ganzen Fahrt blickte Laire in den Seitenspiegel, jederzeit damit rechnend, dass eine Frau in einem blauen Trainingsanzug hinter ihnen herfliegen würde, aber da war niemand.

Es war erst früher Abend, als sie in Edinburgh ankamen. Laire war so erschöpft, dass Mirroanwi seine großzügige Seite beibehielt und sie nach oben teleportierte. Dort sorgte er dafür, dass sie innerhalb eines Wimpernschlags bettfertig war und sich in die warmen Daunendecken kuscheln konnte.

Er blieb noch eine Weile an ihrer Bettkante sitzen und malte Muster auf ihre Hand, die Laire als einziges Körperteil neben dem Kopf der kühlen Luft freigab.

Irgendwann holte er tief Luft. »Ich muss ehrlich zu dir sein, Laire – ich habe keine Ahnung, wer diese Frau heute war. Ich habe noch nie von einer Jillin gehört.«

Sie nickte. »Sie war unheimlich.«

Er stimmte ihr zu, aber erst nach einer Pause. »Sie hatte Kräfte, wie ich sie noch nie erlebt habe. Wie sie diese Leute auftauchen ließ – die Halluzination hat sich so echt angefühlt, nicht einmal ich wäre dazu imstande. Ihre Kräfte gehen über das Ki hinaus. Die Energie, die sie ausstrahlt, ist mir fremd.«

»Damit beruhigst du mich wirklich nicht.«

»Ich denke, sie war in erster Linie verzweifelt. Gegen Ende, zumindest. Davor ... sie hat dich einfach nur verwechselt.«

»Dieser Gedanke gefällt mir auch am besten«, pflichtete sie ihm bei, den Blick an die Decke geheftet. Sie wollte es

nicht, aber sie sah immer noch vor Augen, wie Jillin weinte
– und aus irgendeinem Grund fühlte sie sich dadurch auch
nach Weinen zumute. Aber das verriet sie Mirroanwi nicht,
geschweige denn zeigte es ihm.

»Was hat sie gemeint, als sie sagte, dass du Ärger ausgelöst
hast?«, fragte sie leise.

»Sie sprach wohl von einer meiner vorherigen Inkarnationen«, mutmaßte er. »Aber ich kann mich wirklich nicht
daran erinnern.«

Sie biss sich auf die Lippe. Jillins Worte spukten ihr im
Kopf herum, aber sie traute sich nicht, sie laut auszusprechen, aus Angst, dass Mirroanwi etwas sagen könnte, das
sie verletzte. Dass er wieder von ihrer Trennung nach Abschluss der Lehre spräche. *Ihr kriegt nie mit, was geschieht, wenn
ihr geht*, hatte Miss Extravaganz gesagt. *Wisst ihr, wie viel
Schmerz ihr hinterlasst?*

»Denkst du, dass sie uns wiederfindet?«

Mirroanwi seufzte. Er hörte mit dem Streicheln auf und
schob ihre völlig erkaltete Hand unter die Bettdecke.
»Willst du die Wahrheit hören? Ich halte es nicht für ausge-
schlossen.«

Als Laire nichts erwiderte, rang er sich ein kleines Lächeln
ab, wünschte ihr eine gute Nacht und verließ den Raum.
Laire konnte lange Zeit nicht einschlafen. Sie musste unter
anderem daran denken, wie ahnungslos er vorhin auf dem
Hügel ausgesehen hatte – ahnungslos und ein kleines bisschen verängstigt. Und wie er gerade eben ausgesehen hatte,
so voller Sorgen. Sie hätte ihn am liebsten getröstet, aber
sie schaffte es ja nicht einmal, die Sorge bei sich selbst aus-
zutreiben.

11. Kapitel
Die nervigste Schottin aller Zeiten

Tagsüber wandelte er in der Welt des Sichtbaren, und nachtsüber in der Welt des Unsichtbaren.

Taylor hatte schon oft das Gefühl gehabt, unter einem Fluch zu leiden, aber er musste selbst zugeben – ein Fluch, mit dem er sich selbst belegt hatte.

Die neue Gefährtin war seit Kapstadt nicht mehr aufgetaucht. Er wusste nicht, wie er darüber empfinden sollte. Sie war unglaublich nervig gewesen und er wollte sich nicht die Mühe machen und sie näher kennenlernen, um den ersten Eindruck möglicherweise zu widerlegen.

Er hielt in seiner Arbeit inne und fuhr sich über die Augen. Der Staub auf den alten Manuskripten hatte seine Augen früher zum Tränen gebracht, aber mittlerweile waren sie so daran gewöhnt, dass sie ihn eine Weile tolerieren konnten, ohne dass Taylor Wasserfälle wegblinzeln musste. Die Welt des Sichtbaren – wenn das nur so einfach wäre. Wenn nur alles in dieser Welt so sichtbar wäre. In den letzten Jahren hatte er alle möglichen Papiere aus dem Londoner Archiv ausgegraben und studiert. Außer dem kleinen Durchbruch im April mit Fenlis Buch, der seitdem keine Neuigkeiten mehr eingebracht hatte, war er auf keine Offenbarungen gestoßen. Es war hoffnungslos. Er war mit seiner Kraft am Ende.

Sein Durchbruch im April bereitete ihm immer noch Alpträume. Wie die zwei Wächter ihn angestarrt hatten, so still und starr…

»Findet meine Grace«, hatte er ihnen aufgetragen. Beim Aussprechen ihres Namens hatte sich sein Herz schmerzhaft zusammengezogen. »Findet sie und bringt sie zu mir zurück. Helft ihr.«

Seitdem hatten sie sich nicht mehr gezeigt. Dieser Weg, den Tod finden zu wollen, hatte also ins Leere geführt. Die Papiere vor ihm stammten von einem Astralphysiker, aber lieferten bisher keine hilfreichen Informationen. Vielleicht sollte er sich doch wieder Fenlis Buch zuwenden, auch wenn die Übersetzung anstrengend war.

Als Sanjena vor knapp einem Jahr zu ihm gestoßen war, hatte er noch nicht daran gedacht, Nutzen aus ihrer Inkarnation des Todes zu ziehen. Und jetzt, wo er daran dachte, tauchte Laire nicht mehr auf.

Er schreckte auf, als sein Handy klingelte. Er hob den Kopf; wer rief um diese Uhrzeit an? Die Sonne war gerade erst aufgegangen.

Wenn es wieder Scott war, dann würde er dem Typen ordentlich die Meinung sagen.

Ein Blick auf das Display verriet ihm allerdings, dass seine Schwester anrief. Besser gesagt, eine seiner Schwestern.

Er nahm ab. »Ja?«

»Wusste ich doch, dass du schon wach bist!«, drang Laylas triumphierende Stimme aus dem Hörer.

Taylor stöhnte. So laute Geräusche vertrug er am Morgen nicht. »Was willst du?«

»Hey, hab ich dich geweckt?« Sie klang ehrlich besorgt.

Taylor mochte Layla. Sie schien die einzige in der Familie zu sein, die echte Gefühle hegte. Sein älterer und einziger Bruder Riley war ein machohafter Playboy, der gerade erst sein Jurastudium mit Bestnoten abgeschlossen hatte – was Taylor immer noch nicht glauben konnte, genauso wenig wie die Tatsache, dass er Vater von zwei Kindern war. Seine Schwester Lilly verpasste ihren Patienten für ihr Leben gern Vollnarkosen und schnipselte dann an ihnen herum, und von Harley kriegte er das Gefühl nicht los, dass sie eine kleine Soziopathin war.

Ob sie ihn geweckt hatte? Aus seiner eigenbrötlerischen Arbeit, vielleicht, aber er war schon seit Stunden wach. Er hatte Sanjena diese Nacht versetzt und die Astralwelt auf eigener Faust erkundet. Wie in alten Zeiten, als er noch voller Hoffnung gesteckt hatte. Das hätte er nicht machen sollen. Er hatte nichts gefunden und obwohl er es erwartet hatte, war er doch enttäuscht.

»Nein, hast du nicht.« Er bemühte sich um einen freundlichen Ton. Er wollte seine schlechte Laune nicht schon wieder an anderen Menschen auslassen.

»Ich habe vor kurzem dein Kinderzimmer aufgeräumt«, sagte sie. »Und dabei ist mir ein ganzer Stapel deiner Lieblingsbücher in die Hände gefallen. Lynn Stevenson, du erinnerst dich?«

»Ja?«, fragte er, auf einmal eine Spur wacher als vorher. Zwar nicht *hellwach*, aber wach genug, um aufzustehen und die Vorhänge aufzuziehen. »Was ist mit ihr?«

Während Layla weiterredete, kniff er die Augen angesichts der Morgensonne zusammen und schob das Fenster ein Stück nach oben, damit frische Luft hineinwehte. Trotz der frühen Morgenstunden war London schon wach, der ferne Lärm der Innenstadt drang bis zu seiner Wohnung hoch.

»Nun, sie kommt heute für ein Interview vorbei – dort wo ich arbeite, und ich dachte, ich lade dich zu diesem Anlass zu mir ein.«

»Und das sagst du mir erst jetzt? Wie lange weißt du schon davon?«

»Sagen wir, eine Weile. Ich habe das Ganze organisiert, aber woher sollte ich wissen … – Also kommst du jetzt?«

»Ja!« Er lachte, etwas, das er schon lange nicht mehr getan hatte. »Ja, natürlich komme ich.«

»Gut.« Er wusste, dass sie an der anderen Leitung lächelte. »Ich buche dir Tickets und schicke sie dir gleich, ja? Du musst dich leider mit dem Bus zufriedengeben.«

»Ja. Danke, Layla.«

»Kein Problem. Bis später, kleiner Bruder.«

Nachdem er aufgelegt hatte, lächelte er in sich hinein. Zum ersten Mal seit langem fühlte er sich so gut. Zum ersten Mal seit April, um genau zu sein.

Er stellte sich Grace vor, wie sie auf seiner Schreibtischkante hockte, die Arme angesichts seiner übertrieben guten Laune verschränkt.

»Lynn Stevenson, soso«, meinte sie. Ihre Stimme klang majestätisch, wenn sie sprach. Ihre ganze Pose erschien majestätisch, auch, wenn sie das gar nicht beabsichtigte. Für Taylor war sie immer eine Königin gewesen. »Gibt es einen Grund für mich, eifersüchtig zu sein?«

Taylor lächelte sie an, ganz offen, wie er es früher getan hatte und seitdem nie wieder zu einem anderen Menschen. »Es gibt wohl eher einen Grund für mich, eifersüchtig zu sein, Liebes.«

Grace hasste es, wenn er sie so nannte. Sie zog die Stirn kraus. »Ach?«

Bevor er aus dem Zimmer ging, gab er ihr einen Kuss auf die Nase. »Du bist nicht echt. Wer weiß, wo du gerade steckst?«

Acht Stunden später stieg er aus dem Bus und fand sich in Edinburgh wieder. Das letzte Mal war er hier gewesen, als er Layla mit ihrem Umzug geholfen hatte. Sie war zwar nicht seine Lieblingsschwester (so sehr mochte er keine seiner Schwestern), aber er war ihr dennoch sehr zugeneigt. Sie war die einzige, die nicht unter dem Einfluss ihrer Eltern stand, sondern sich einen eigenen Weg ins Leben gebahnt hatte. Selbst Taylor war dafür nicht stark genug gewesen. Seine Eltern versorgten ihre Kinder nur allzu gerne mit Geld. Taylor tat gern so, als würde er gegen ihren Willen handeln, wenn er ihre Kreditkarten unberechtigt nahm, aber die Tatsache war, dass er ihnen damit nur in die Hände spielte. Je mehr Geld er ihnen schuldete, desto freundlicher musste er zu ihnen sein und desto mehr konnten sie von ihm fordern – das war der Grund, weshalb er Jura studierte. Er war zwar unsicher, wie viel Zeit seit seiner letzten Vorlesung vergangen war, aber das mussten seine Eltern nicht wissen.

Layla konnte ihn nicht vom Busbahnhof abholen, weil sie in *Waterstones* Vorbereitungen zu treffen hatte. So viel hatte sie Taylor jedenfalls übers Telefon vermitteln können; das hieß nicht, dass er auch nur einen Satz von ihrem Buchbranchengeschwafel verstanden hatte.

Sein einziges Gepäck war ein kleiner Sportbeutel und seine Gitarre. Er wusste, dass er Layla später ein paar Songs vorzuspielen hatte. Sie war die einzige, die seine Musik unterstützte.

Es war wie aufs Stichwort. Sein Handy klingelte gerade, als er das Busbahnhofsgebäude verließ. Diesmal war es Scott.

Seine gute Laune zog sich etwas zu, aber sie hielt stand. Wahrscheinlich war das der Grund, weshalb er überhaupt ranging. »Ja?«

»Taylor? Hey, Kumpel!« Scott klang tatsächlich überrascht, dass sein Anruf entgegengenommen worden war.

»Geht es um was, das nichts mit der Band zu tun hat?«

»Ähm – nein, nicht wirklich. Hör mal, Taylor, komm einfach heute Abend zur Probe.«

Er redete so schnell, dass Taylor keine Chance hatte, ihn zu unterbrechen. Seine Schritte hatten sich beschleunigt, und er nahm kaum wahr, wohin sie ihn trugen. Das Edinburgh Castle fing seinen Blick ein. Es thronte über der Stadt wie ein als Touristenattraktion getarnter Wächter.

»Das letzte Mal warst du vor mehreren Monaten da und – die Band braucht dich. Es ist ja nicht so, dass wir das alles zum Spaß machen, wir verdienen unseren Lebensunterhalt damit. Nicht jeder kann so reiche Eltern haben, von denen er jeden —«

Taylor legte auf. Er schob sein Handy in die Hosentasche und zog den Gurt seiner Gitarrentasche ein Stück weiter nach oben. Er würde sich von diesem Kerl nicht die Stimmung ruinieren lassen. Stattdessen hielt er den Blick auf das Castle gerichtet und betrat eine Brücke, die ihn vielleicht näher dahin bringen würde.

Es war nun zehn Jahre her, dass sie *The Snowbulls* gegründet hatten – fünf zehnjährige Jungs, die nichts Besseres zu tun hatten, als in Scotts Keller zu hocken und auf Instrumente einzuschlagen. Mit der Zeit hatten sie gelernt, sie weniger zu foltern, sondern viel mehr zu spielen, und ungefähr zu der Zeit, als er Gefährte geworden war, hatten sie ihre ersten Lieder komponiert. Damals hatte er Grace begeistert mit zu den Proben genommen, und sie war der Meinung, er hätte die Chance, ein großer Musiker zu werden. Sieben Jahre war das nun her.

Ein Jahr, nachdem sie ihn verlassen hatte, hatten sie eine Single rausgebracht – nichts Professionelles, nur auf YouTube hochgeladen, aber dadurch hatten sie ein weiteres Jahr später ein Album unter Vertrag bringen können.

Taylor liebte die Musik immer noch, aber er konnte sich nicht mehr dazu überwinden, zu den Proben zu kommen. Überall, wo er in Scotts Keller hinsah, sah er *sie*. Und das brach ihm jedes Mal das Herz. Die Wand, vor der er für gewöhnlich Gitarre spielte, war schon voller Risse.

Erst zwanzig Minuten nach Beginn seines Spaziergangs wunderte er sich, warum er nicht an sein Ziel kam. Er legte den Kopf in den Nacken und war überrascht, als die Tore des Castles vor ihm aufragten. Das Gespräch mit Cole hatte ihn so aufgewühlt, dass er die erste Route eingeschlagen hatten, die ihm in den Sinn gekommen war, wobei es sich nicht um Laylas Wegbeschreibung zum *Waterstones* handelte. Er sah sich um. Er schien sich mitten in der Altstadt zu befinden. Viktorianische Häuser erhoben sich neben gepflasterten Straßen voller Touristenläden und Reisegruppen schwenkten Zauberstäbe oder schottische Flaggen, um sich erkennbar zu machen.

Weitere zwanzig Minuten des Herumirrens vergingen, bis er auf die Idee kam, *Google Maps* um Rat zu fragen. Es wies ihn daraufhin, dass *Waterstones* nicht in der Royal Mile lag, sondern genau auf der anderen Stadtseite. Er kam also eine Stunde zu spät in den Laden, und so hatte er die Lesung bereits verpasst.

Ein Plakat am Ladeneingang informierte ihn, dass im Moment ein exklusives Interview geleitetet von einer regionalen YouTuberin stattfand, bevor dann die Signierstunde begann. In der Eile hatte Taylor nicht daran gedacht, Layla zu fragen, ob sie seine alten Bücher einpacken konnte – vielleicht hatte sie ja trotzdem daran gedacht, und wenn nicht, würde er Lynn Stevenson bitten, auf einem Stück Papier zu unterschreiben, das er später ins Buch legen könnte.

Vom Interview hatte er, wie es schien, den Großteil verpasst – gerade, als er im obersten Stock ankam, sagte eine ihm bekannte Stimme: »Ich danke Ihnen, dass ich Sie heute etwas ausquetschen durfte, Lynn. Aber ich bin sicher, dass es noch die eine oder andere Frage aus dem Publikum gibt.«

Eine Frauenstimme lachte herzlich und rief jemanden auf: »Ja, bitte?«

Die Frage, die gestellt wurde, bekam er nicht mit, dafür nuschelte die Person zu sehr. Taylor trat um die Bücherregale herum, die von der wuchtigen Treppe aus den Blick auf den Bereich versperrten, in dem die Lesung abgehalten wurde. Die Tische, die wohl normalerweise den Cafébereich bildeten, waren an die Wand geschoben worden, um Platz zu schaffen für mehrere Reihen Stühle und ein Sofa, auf dem die Autorin persönlich thronte. Auch wenn sie nicht wie der Pudel auf dem Präsentierteller gesessen wäre, hätte Taylor sie gleich erkannt. Mit einer breit gebauten Figur, dem sommersprossigen Gesicht und ihrer lockigen Haarmähne nahm sie die ganze Präsenz des Raumes ein.

Desto verwunderlicher war es, dass seine Augen nicht zuerst auf die Horrorautorin fielen, sondern auf die zierliche Gestalt einer jungen Frau, die unscheinbar neben ihr auf dem Sofa saß. Im Licht der Astralwelt hatte sie eine gesunde bläuliche Färbung gehabt, aber jetzt sah er, dass sie nur aus fahlen Farben zu bestehen schien. Ihre Haut wirkte mit dieser Deckenbeleuchtung fast grau – vielleicht trug auch diese schrecklich weiße Bluse dazu bei. Er selbst war schon blass; er reiste nicht so viel ans Meer wie andere Briten, um diesen erschreckenden Weißton in seiner Haut loszuwerden. Ihre Haare waren lang, zu einem Mittelscheitel gekämmt und von einem dunklen, ausgeblichenen Blond, sodass die Farbe auch als ein besonders fahles Braun durchgegangen wäre. Neben der dynamischen Autorin, die eher aussah wie ein Camper, wirkte Laire wie die Graue Frau in *Ein Abendessen für drei.*

Sie bemerkte ihn gleich, kaum dass er den Raum betreten hatte; ihre Stirn legte sich in Falten und sie schaute schnell wieder weg. Wow. Diesen Effekt hatte er noch nie auf Mädchen gehabt. Nicht, dass er sich in letzter Zeit mit welchen abgegeben hätte, außer Sanjena, aber die war sowieso verheiratet.

Er schob die Hände in die Hosentaschen und stellte sich an die Wand, die am weitesten vom Sofa entfernt war. Layla entdeckte ihn nach ungefähr zehn Minuten und winkte ihm begeistert zu, woraufhin er zurücknickte. Vielleicht fühlte er sich Layla so zugeneigt, weil sie sich ähnlich sahen – sie hatten beide das schwarze Haar ihres Vaters geerbt und die hohen Wangenknochen ihrer Mutter, beides Merkmale, die Riley und die anderen zwei Mädchen nicht hatten, zumindest nicht in dieser Mixtur.

Lynn Stevenson war eine beeindruckende Frau. Sie war nicht so, wie er sie sich vorgestellt hatte. Wäre man ihr auf offener Straße begegnet und noch dazu mit ihr ins Gespräch gekommen, wäre man nie auf den Gedanken gekommen: Hey, diese Frau würde eine perfekte Horrorautorin abgeben. Nein, sie war herzlich, hatte ein strahlendes Lächeln, bei dem sie alle ihre Zähne zeigte, die nicht, im Gegensatz zu einigen Figuren in ihren Romanen, verfault und teilweise ausgefallen waren, und hatte eine Aura, die mit Unternehmungslust ausgezeichnet war. Taylor hätte es nicht überrascht, wenn sie mit Schlafsack und Isomatte aufgebrochen wäre, um die Alpen zu durchqueren.

Schließlich endete das Interview offiziell. Laire dankte Stevenson, dass sie heute hier gewesen war. In dem Gewühl, das anschließend folgte, verlor er sie aus den Augen; alle drängten nach vorne, um sich ihre Bücher signieren zu lassen. Eine lange Schlange bildete sich, die bis hinter zur Biographie-Abteilung reichte.

Jemand stupste ihn von der Seite an. »Hier«, sagte Layla und überreichte ihm einen Stapel Bücher. Sie zwinkerte ihm zu. »Ich habe sie für dich im Vorfeld signieren lassen.«

Er zog einen Mundwinkel nach oben. »Cool, danke.«

Lächelnd klopfte sie ihm auf die Schulter. »Schön, dich zu sehen, kleiner Bruder.« Sie drehte sich um und zog den Zipfel einer weißen Bluse zu sich, die an einer jungen Frau hing. »Darf ich vorstellen? Das ist Laire, oder besser gesagt *Face of Laire*. Sie war heute einfach großartig.«

Aus der Nähe bemerkte er, dass sie sogar etwas gegen ihre Blässe unternommen hatte – ihre Wangen waren mit einem Hauch Rouge bedeckt. Die Farbe wurde kräftiger, als sie unter Laylas Worten ein wenig errötete. »Danke«, sagte sie. Ihr schottischer Akzent fiel nach Lynn Stevensons ausführlichen Antworten und Laylas Begrüßung besonders auf.

Taylor versuchte, ihren Blick einzufangen, aber sie blieb Layla zugewandt.

»Es war wundervoll, Lynn Stevenson interviewen zu dürfen.« Sie hielt eine Kamera hoch, die, so glaubte er sich zu erinnern, vor dem Sofa aufgebaut gewesen war. »Das wird sich wie ein Virus verbreiten.«

Layla lächelte sie an. Sie schien ehrlich angetan von ihr zu sein. »Das hoffe ich für dich«, erwiderte sie. »Und wenn du magst, kannst du in Zukunft noch andere Autoren für uns interviewen.«

»Echt?« Laire Augen leuchteten auf. »Das wäre fantastisch!«

Layla zuckte mit den Schultern. »Es ist ja nicht so, dass wir noch andere engagierte Leseratten hätten, die uns ungebetene Mails schicken …« Sie sah plötzlich auf, weil etwas anderes ihre Aufmerksamkeit erregte. »Ah, entschuldigt ihr mich? Mein Chef braucht mich.« Und mit diesen Worten düste sie ab.

Laire drehte sich halb um, vermutlich mit der Intention, Taylors Anwesenheit weiterhin zu ignorieren – aber dann überlegte sie es sich doch anders.

»Was machst du hier?«, Sie klang, als könnte sie sich ehrlich und wahrhaftig keine Antwort vorstellen.

Er hob eine Augenbraue, zusammen mit den fünf Büchern in seinen Armen. »Was denkst du denn, Schlaubi?«

Sie schnaubte. »Du kannst einfach keine normalen Antworten geben.«

»Und du bist extrem schlecht im Smalltalk.« Als er sah, wie sich ihre Miene verfinsterte, lenkte er ein. Sein Ziel war es schließlich nicht, sie zur Weißglut zu treiben, obwohl der Gedanke etwas Verlockendes hatte. Außerdem war er heute gut gelaunt. »Layla ist meine Schwester. Sie hat mich eingeladen, heute zu kommen.«

»Du liest Bücher?«

Er lachte. »Ich bin immerhin Botschafter.«

»Heißt nicht, dass du Bücher liest.«

»Heißt aber, dass ich Ki habe. Und, wenn ich das mal so sagen darf, habe ich *ungewöhnlich viel* Ki.« Er lächelte. »Irgendwoher muss die Fantasie ja kommen.«

»Ich bezweifle, dass sich die Menge des Kis proportional zur Größe deines Bücherregals verhält«, entgegnete Laire nach einer kurzen Pause. Das, und ihr Blick nach rechts, leicht an Taylor vorbei, verrieten sie.

Er nickte wissend. »Und diesen klugen Gedanken hat dir nicht zufällig dein Tod gerade eingeflüstert?«

»Er ist nicht *mein* Tod.«

»Ich würde ihn ja beim Namen nennen, wenn es kein unaussprechliches Gälisch wäre.«

»Es ist kein Gälisch, sondern Elbisch. Er heißt Mirroanwi.«

»Wie auch immer.« Er schielte auf seine rechte Seite, aber natürlich sah er niemanden. Das wäre auch zu einfach gewesen. »Ich gehe davon aus, dass ihr zwei euch nahesteht, wenn er dir schon Dinge einflüstert?«

Sie errötete wieder. Die Röte schoss ihr nicht ins Gesicht wie bei anderen Mädchen, sondern blühte auf ihren Wangen in einem schwachen Rosarot auf. Allerdings konnte es immer noch am Rouge liegen. Wer weiß, ob dieses Mädchen überhaupt Farbe in sich hatte außer die in ihren Augen.

»Mein Tod und ich standen uns auch nahe«, erzählte er, und lehnte sich scheinbar lässig zurück an die Wand. In Wirklichkeit konzentrierte er sich aber genau auf das, was er sagte. Jetzt war jedes Wort wichtig. »Lass es nicht zu weit gehen.«

Sie kniff die Augen ein Stück zusammen. »Wie meinst du das?«

»Naja…« Er dehnte das Wort absichtlich aus. »Dein Tod.«

»Mirroanwi.«

»Mirroanwi ist sozusagen deinem Unterbewusstsein entsprungen. Er hat sich deinen Bedürfnissen angepasst. Ich will damit nur sagen – verliebe dich nicht in ihn.«

»*Was?*« Jetzt war es eindeutig die Röte ihres Blutes, die ihre Wangen zierte. »Das ist absurd. Mirroanwi und ich, wir sind Freunde.«

»Ich sag´s ja nur.«

Hilfesuchend blickte sie neben ihn. Halb hoffte er, dass das schon genügte, um den Tod zu provozieren … dieser Mirroanwi musste doch die Erinnerungen an Taylor haben. In Mirroanwi steckte ein Teil von Grace – und wenn es ihm gelang, diesen Teil anzusprechen …

Er lächelte, wie er wusste, provokant. »Er kann dir nicht helfen. Außer, er würde sich mir zeigen …«

Laire riss den Blick von der Luft los und richtete ihn auf Taylor. Zum ersten Mal sah sie ihn direkt an. Im Wachzustand, zumindest. Sie war eine wütende kleine Schottin. Nun ja, klein nicht gerade, denn sie war fast so groß wie Taylor.

»Wie hält es Sanjena nur mit dir aus? Du bist ein schrecklicher Mensch, ein unglaublich nerviger noch dazu, und —«
Erst da schien ihr aufzufallen, dass sie die Worte rief, und senkte ihre Stimme um einige Grad. Das umgebaute Buchladencafé summte aber ohnehin von dutzenden Stimmen,

sodass sie nicht weiter auffiel. »Ich weiß nicht, ob du mit mir in der Astralwelt überleben wirst, wenn du so ekelhaft arrogant bleibst. Und ich werde jetzt gehen, aber nicht, weil ich als erstes davonlaufe, sondern weil ich dann als erste zu Lynn Stevenson kommen werde.«

Er grinste, unberührt von ihrem Ausbruch. »Und ich bin mir nicht sicher, ob du es mit mir überleben wirst.«

»Also bitte«, sie musterte ihn abschätzig. »Wir sind fast gleich groß. Und Muskeln hast du auch nicht gerade.«

»Ts.«

»Ich habe zwar nur den ersten Teil gesehen, aber ich weiß, dass Thor Loki immer besiegen wird.« Sie hielt inne; offenbar schien ihr einzufallen, dass sie eigentlich hatte gehen wollen, denn sie schenkte ihm noch einen wütenden Blick und marschierte dann davon. Er konnte sich nicht sicher sein, aber Mirroanwi folgte ihr bestimmt.

Er beschloss, ihr nicht hinterherzurufen, dass seine Bücher bereits signiert waren und sie deshalb gerne die erste von ihnen bei Stevenson sein konnte. Es wäre natürlich toll gewesen, mal mit der Autorin zu reden, aber er hatte keine Lust, sich hinter Laire anzustellen. Thor und Loki?

Vor dem Treppenabsatz verweilte er noch einen Moment, um die Schottin aus der Menge zu picken. Sie hatte sich neben einen Rotschopf gestellt, der genauso hoch gewachsen war wie sie. Die beiden wirkten nicht so, als wären sie verwandt, aber man konnte nie wissen.

Im Erdgeschoss war außer ihm keine andere Menschenseele, und während er auf seine Schwester wartete, ging er die ausgestellten Bücher auf den Tischen durch. Gemeinsam würden sie die fünf Busstationen zu Laylas Wohnung fahren, dort würden sie sich etwas im Ofen aufbacken und er würde ihr ein paar Songs vom Album vorspielen. Und dabei versuchen, nicht an seinen gescheiterten Versuch zu denken.

Der Tod hatte ihn zwar gehört, aber nicht geantwortet. Es war Mirroanwi gewesen, der dort neben ihm gestanden hatte, nicht Grace. Wenn es Grace gewesen wäre … dann würde er jetzt nicht allein neben den Kassen stehen und der Vergangenheit nachhängen. Denn er war sich sicher, wenn sie ihn gehört hätte, dann hätte sie sich gezeigt.

Sie hatte ihn nämlich genauso geliebt wie er sie. Sie musste einfach. Sonst wären die letzten sieben Jahre mit der Suche nach ihr vergeudet gewesen. Und er war sich nicht sicher, ob diese Erkenntnis ihn nicht möglicherweise verrückt machen würde.

12. Kapitel
Der Traum vom Fliegen

Draußen regnete es. Laire eilte den Gehsteig entlang, hatte jedoch das Gefühl, dadurch in mehr Pfützen zu treten als für gewöhnlich.

Sie hatte nie einen stressigen Alltag gehabt. In der Woche hatte sie im Durchschnitt acht Stunden Klavierunterricht gegeben, davor stundenlang die Lieder rauf und runter geübt, bis sie sie auswendig und fehlerfrei spielen konnte, und dazwischen hatte sie hin und wieder Videos produziert und die Skripte für besagte Videos geschrieben. Das alles hatte sie als Arbeit betrachtet. Wenn sie einmal nicht gearbeitet hatte, was bei den 168 Stunden pro Woche durchaus vorgekommen war, hatte sie Bücher gelesen oder mit Yesta telefoniert. Sie hatte sich nie für irgendetwas beeilen müssen.

Seit Mirroanwi in ihrem Leben aufgetaucht war, hatte sich einiges an ihrem Alltag verändert. Er war stressig geworden. Seine Anwesenheit lenkte sie so ab, dass sie schon seit einer Woche kein neues Video mehr gedreht hatte, das Video von letzter Woche wollte noch zugeschnitten werden und *Emma* hatte sie immer noch nicht beendet.

Samt Noten und Lynn Stevensons Büchern war sie vom *Waterstones* zu Cailin geheilt. Nach der Klavierstunde hatte Cailins Vater gefragt, ob sie am Konzert in drei Wochen teilnehmen wollte. Er war einer der Vorstandsmitglieder und könnte sie so knapp noch ins Programm schleusen. Aber Laire hatte abgelehnt. Selbst wenn sie Lust dazu gehabt hätte, hätte sie nie die Zeit für die Vorbereitung bis dahin finden können.

Als sie zu Hause ankam und auf ihr Handy schaute, ging gerade eine SMS von Yesta ein.

Hey, Liry. Mir ist langweilig. Warst du am 1. Mai auch oben auf Arthur's Seat? Hab dich nicht gesehen.

Laire seufzte und steckte ihr Handy wieder weg. Sie verweilte an der Treppe und überlegte, ob sie kurz zu ihren Eltern schauen sollte, aber überlegte es sich dann anders. Mirroanwi wartete gewiss oben auf sie. Vielleicht hatte er Lust, ihr mehr über das Ki beizubringen.

Yesta und ihre Freunde verfolgten seit Jahren das Ritual, am Morgen des ersten Mais, an Beltane, zusammen mit den abergläubigen Touristen den Berg zu besteigen und den Morgentau auf den Gräsern über ihren Gesichtern zu verteilen. Der Sage nach sollte man durch das Wasser wunderschön werden. Für gewöhnlich hatte Laire ihre Schwester immer begleitet, aber dieses Jahr … in all dem Trubel hatte sie gar nicht daran gedacht. Sie hatte den ersten Mai nicht einmal kommen, geschweige denn gehen sehen. Außerdem war sie immer noch ein wenig sauer auf Yesta gewesen wegen dem, was an ihrem Geburtstag vorgefallen war.

Die SMS hatte sie schon wieder vergessen, als sie die Wohnungstür öffnete. Dafür war der Anblick, der sich ihr bot, zu unglaublich. Sie zog hastig den Kopf ein und ging gebückt durch den Raum, zum Sofa, wo Mirroanwi mit geschlossen Augen in der Hocke saß.

Mit dem Zeigefinger stach sie ihm in den Arm, woraufhin er ein Auge öffnete. »Was wird das, wenn's fertig ist?«

Jetzt öffnete er auch das andere Auge. »Wenn was fertig ist?«

»Ernsthaft? Muss ich noch deutlicher werden?« Sie machte eine ausschweifende Geste durchs Zimmer. »Warum schweben meine Sachen in der Luft, Mirroanwi?«

Der Schreibtisch hatte sich vom Fußboden erhoben, nur wenige Zentimeter hoch, aber dennoch so hoch, dass es als *in der Luft schweben* zählte. Das Sofa, der Tisch und die Sachen, die im Wohnzimmer gelegen hatten – Schuhe, Jacken, Bücher, Stifte – alles schwebte, waberte in der Luft, mal höher, mal niedriger.

Er merkte, was sie meinte, und ließ die Gegenstände zurück auf ihre ursprüngliche Höhe sinken, wenn nicht zu sagen auf den Boden. Dann nahm er die Hände aus dem

Schoß und reckte die Arme nach oben. »Ich habe meditiert«, meint er, nachdem seine Gelenke ein zufriedenstellendes Knacken von sich gegeben hatten. »Da passiert das manchmal.«

»Meditierst du öfter, wenn ich nicht da bin?«

»In erster Linie, wenn *ich* nicht da bin. Oder wohin denkst du, verschwinde ich manchmal?« Er hob die Mundwinkel. »Ich wusste, dass du es nicht magst, wenn ich deine Möbel schweben lasse.«

»Und hat es irgendeinen Grund, dass du meditierst?«

»Natürlich. Das ist sowas wie schlafen für mich.« Er machte eine Handbewegung an ihrem Körper herab, woraufhin die Schuhe und der Mantel verschwanden. »Auch der Tod muss schlafen.«

»Wolltest du mir nicht angewöhnen, selbst das Ki zu benutzen?«

Er grinste und lehnte sich zurück. Auf dem Tisch materialisierten sich zwei dampfende Teetassen. »Ich bin eben gut drauf.«

Der Anblick des heißen Tees zauberte ihr ein Lächeln aufs Gesicht. Sie ließ sich neben ihm nieder und nahm eine Tasse zwischen die Hände. Nach dem Regen draußen war etwas Wärme dringend nötig.

»Und, bereit für die nächste Lektion?«

Laire schüttelte den Kopf und verkroch sich tiefer in die Polster. »Noch nicht so richtig. Ich … habe noch nicht alles vom letzten Mal verinnerlicht.«

»Das mit der Telefonnummer?« Er klang ungläubig. »Das ist schon fünf Tage her.«

»Ja …« Sie suchte nach einer anderen Ausrede. Prompt wurde sie fündig. »Das ist mir alles zu stressig. Ich – ich habe das Gefühl, dass …«

»Ja?«

Sie seufzte. Ihre Fantasie legte ihr die Wörter in den Mund. »Ich habe das Gefühl, dass mit jeder Lektion etwas noch Seltsameres geschieht.« Das war eigentlich nur halb geflunkert. Die Wahrheit war, dass ein paar dieser Seltsamkeiten wirklich verstörend waren. »Erst diese Grace, die aus dem Nichts auftaucht und dann ausgerechnet mich fast über den Haufen rennt … dann Taylor und Sanjena, die einem Menschen geholfen haben, besser zu sterben … und dann diese Jillin.« Ihr lief ein Schauer über den Rücken, als sie den Namen aussprach. Miss Extravaganz. Sie hatte wirklich etwas Unheimliches an sich, auch wenn sie nicht direkt Horrorfilm-mäßige Dinge gesagt hatte. »Welche Verrückte wird als nächstes auftauchen?«

»Jillin ist ein Thema für sich … aber das haben wir ja schon besprochen, mehrmals.«

»Und sind trotzdem zu keinem Ergebnis gekommen.«

»Nein. Aber hält dich das wirklich davon ab, mehr von mir zu lernen? Wir könnten darüber sprechen, was im Tiefschlaf passiert, oder danach.«

Abwehrend schüttelte sie den Kopf. »Bring mir lieber was über das Ki bei.«

Mirroanwi weigerte sich, sogar, als sie ihn mehrmals darum bat. »Du kannst das Ki nur von selbst erlernen. Außerdem bist du schon gut, wenn du dich ein bisschen konzentrierst – du hast es geschafft, dich in Spiderwoman zu verwandeln.« Er hielt inne. »Oder geht es darum, dass du wieder in die Astralwelt willst? Du brauchst doch nur zu fragen.«

Laire schüttelte heftig den Kopf. »Nein, ich will nicht –«

Er hörte ihr nicht mehr zu. Er war aufgesprungen, die Teetasse schwebend in der Luft neben ihm, und gestikulierte mit den Händen. »Weißt du was? Ich glaube, das ist nicht einmal so eine schlechte Idee. Du musst von den anderen Botschaftern lernen – dein letzter Besuch ist eine Woche her.«

Unwillkürlich verzog sie das Gesicht. Fast wäre ihr rausgerutscht: *Aber ich will von* dir *lernen.* Im letzten Moment stoppte sie sich. Wenn sie das sagte, würde Mirroanwi mit einer neuen Lektion anfangen, mit der fünften, und dann hätte sie schon mehr als die Hälfte der Lehre hinter sich. Das durfte nicht passieren, nicht schon jetzt.

Stattdessen brachte sie einen anderen Grund vor, warum sie nicht zu den Botschaftern wollte. »Sanjena kann ich gut leiden«, gab sie zu. »Aber Taylor ist eine Katastrophe! Er ist einfach nur gemein. Er sollte andere erstmal kennenlernen, bevor er sich ein Urteil über sie bildet. Ich kann so ein Verhalten nicht leiden. Ich gehe doch auch nicht einfach zu Leuten und lasse an ihnen meine schlechte Laune aus. Du hast ihn vorhin selbst erlebt – wie er mit seinem Ki angegeben hat!« Sie dachte an den Moment im Buchladen zurück und spürte schon wieder die Abneigung gegen ihn aufsteigen.

»Er hat nicht direkt angegeben – sonst hätte er dir etwas vorgeführt. Außerdem – er ist wirklich außergewöhnlich gut. Er kann sein Bewusstsein öffnen.«

Laire starrte ihn an. »Du verteidigst ihn? Er – weißt du noch, was er mir vorgeworfen hat?«

Er zuckte mit den Schultern und griff nach seiner Tasse. »Dass du dich in mich verlieben wirst?« Er zwinkerte ihr zu, aber es wirkte nicht sehr elegant, denn gleichzeitig schlürfte er seinen Tee. Als er absetzte, fuhr er fort. »Eine Liebe zwischen dem Tod und dem Gefährten endet nie gut – der Tod ist kein Mensch. Abgesehen davon, sind solche Gefühle nicht einmal möglich. Das wäre, als würdest du dich in dein eigenes Unterbewusstsein verlieben, und nicht einmal ein Narzisst könnte das bewerkstelligen.«

»Du bist mein bester Freund«, sagte sie in einem ersten Ton. »Ich könnte niemals – ich meine, du weißt schon.«

»Du könntest dich niemals in mich verlieben.« Mit ausgestreckten Beinen ließ er sich aufs Sofa zurückplumpsen. Durch den Ruck schwappte der Tee in Laires Tasse über den Rand und verbrühte ihre Hand. Bevor sie sich bei ihm beschweren konnte, meinte er: »Großartige Gelegenheit, das Ki zu benutzen, findest du nicht?«

»Hast du das mit Absicht gemacht?«, murrte sie, stellte jedoch die Tasse ab und konzentrierte sich. Vorstellen und daran glauben, das war der Trick. Sie stellte sich vor, wie ihre Hand trocknete… und glaubte auch daran. Es war schwer, aber sie schaffte es, das nasse Gefühl zu ignorieren. Sie blinzelte, und die Spritzer waren weg, verdampft, von ihrer Haut aufgesogen, was auch immer.

Mirroanwi sah sie stolz an. »Ich sagte doch, du bist schon gut. Und weißt du, worin du noch gut sein kannst?«

»Worin?«

»Etwas von den Botschaftern zu lernen. Komm, wir gehen ins Schlafzimmer.«

Laire warf einen Blick auf das Handydisplay. »Aber es ist erst sieben!«

»Egal, in Indien ist es schon später. Sanjena wird auf dich warten. Und Taylor kommt später dazu.«

»Moment, Sanjena wartet schon auf mich – hey, warte!«

Mirroanwi hatte die Tasse aus ihrer Hand geschnipst (mit dem Ki, nicht mit dem Finger, für die Sauerei hätte Laire ihm nie verziehen), ihren Arm umfasst und sie mit sich gezogen. Sie gab nach und ließ sich ins Schlafzimmer führen.

Während sie sich im Badezimmer bettfertig machte, stand er auf der anderen Seite der Tür und gab ihr Anweisungen. »Stell dich nicht wieder gegen ihre Arbeit; vertrau mir einfach, dass der Tod aus ihnen keine Mörder macht, ja? Und keine Vorurteile.«

Sie nahm kurz die Zahnbürste aus dem Mund und rief: »Ich bin die vorurteilloseste Person, die es gibt!«

»Du hältst Sanjena für übertrieben freundlich.«

»Sie vergibt Taylor *alles*!«

»Du kennst sie gerade einmal eine Nacht. Das nenne ich Vorurteile.«

Laire grummelte etwas. Zahnpastawasser lief ihr über das Kinn, deshalb hatte sie keine Lust, zu widersprechen.

»Und Taylor wirst du bitte noch eine Chance geben. Freunde dich mit ihnen an.«

Als sie das hörte, spuckte sie aus und wischte sich über den Mund. »Ich werde mich nicht mit Taylor anfreunden!«

»Er ist kein übler Kerl. Er hat ein gutes Herz, weißt du.«

Sie rollte mit den Augen und begann, die Zahnbürste auszuwaschen. »Du klingst wie eine Mutter, die mich mit ihm verkuppeln will.« Sie machte eine Pause, weil sie den Mund ausspülen musste. Dann redete sie weiter und imitierte Lady Cora aus *Downton Abbey*. Der amerikanische Akzent gelang ihr nicht sonderlich gut. »Aber er ist doch so ein netter Bursche, Laire, und du bist ein junges Mädchen – nimm ihn, bevor du zu alt für eine Heirat wirst und inmitten von Katzen stirbst.«

Als sie die Tür aufriss, hatte Mirroanwi die Stirn gerunzelt. »Ist das ein sinnvoller Beitrag zu unserem Gespräch oder eine Ablenkung?«

»Ich weiß nicht. Vielleicht beides.« Sie verschwand im Ankleidezimmer, ließ aber die Tür offen, weil sie wusste, dass Mirroanwi sich sowieso artig umdrehte. »Tatsache ist, auch wenn ich mich bemühen würde – er würde garantiert nicht mit mir befreundet sein wollen. Du hast ihn doch erlebt.«

»So ist er zu jedem Fremden. Er findet grundsätzlich erst einmal jeden unausstehlich, so war er schon als Kind. Wie meinst du, hat er zuerst auf seinen Tod reagiert?«

Sie zog sich das Nachthemd über den Kopf und blickte interessiert auf. »Taylor ist als Kind zum Gefährten geworden?«

»Fast. Er war dreizehn. Wenn dich das interessiert, kannst du ihn selbst fragen – vielleicht aber nicht direkt als erstes Gesprächsthema, sowas wirkt abschreckend.«

»Ja, vor allem wenn man Menschen sowieso von vornherein abschreckend findet.« Laire trat ins Schlafzimmer und sah sich um. Die Rollos waren noch oben gezogen, die Tür stand noch offen. Im Wohnzimmer brannte Licht.

Sie lächelte Mirroanwi aufreizend an.

»Gehst du bitte zum Lichtschalter?«, fragte sie.

Er gab nach und ging ins Wohnzimmer. Er murmelt etwas, aber Laire entschied sich dafür, es nicht gehört zu haben. Als er wieder zurückkam, lag sie bereits im Bett und hatte die Rollos nach unten gezogen.

»Ich bin bereit«, verkündete sie, als er sich auf ihrer Bettkante niederließ. »Und ich werde versuchen, mich mit ihnen anzufreunden. Aber denke nicht, dass ich mich besonders anstrengen werde.«

Mirroanwi lächelte und strich ihr eine Strähne aus der Stirn. Ein warmes Gefühl breitete sich in ihrem Bauch aus. »Ein Versuch wird reichen. Wenn sie erstmal verstehen, wie wunderbar du bist, wird es leicht werden, du wirst sehen.«

Sie schnaubte. »Ich war schon beim letzten Mal wunderbar.«

»Dann wird es noch leichter werden. Ich werde dir dafür auch eine Schokoladentorte backen.« Er strich ihr nochmal über die Stirn, aber diesmal breitete sich eine Müdigkeit in ihr aus. Sie war sich ziemlich sicher, dass er das mit seinem Ki verursachte, aber sie kam nicht mehr dazu, darüber nachzudenken. Ihr fielen die Augen zu.

Sie fand sich in einem Museum wieder. Nun, entweder war es ein Museum oder eine private Kunstsammlung, aber Laire glaubte nicht, dass irgendein Sammler so exzentrisch wäre und auch noch jedes Gemälde mit einem ausführlichen Informationsschild versähe. Sie sah sich um; die Lichter waren ausgeschaltet, die Alarmanlage gewiss aktiviert. Die Besuchszeiten waren vorbei.

Der Saal, in dem sie sich befand, lief über ihrem Kopf zu einer Kuppel zusammen, in der quadratische Fenster eingelassen waren, durch die man einen Nachthimmel ohne Sterne erkennen konnte. Riesige Gemälde, die meisten größer als sie selbst, hingen an den Wänden und sogar über den Türen. Sie zeigten Menschen in allerlei Kleidung und Posen.

Ein Blick an ihrem Körper hinunter zeigte ihr, dass sie statt ihres Nachthemdes ihre Kleidung vom Vortrag trug.

»Wunderschön hier, nicht?«, sagte jemand.

Erst da bemerkte Laire die kleine Person, die in der Saalmitte auf einer Bank hockte. Sanjena trug wieder den weiten Pullover wie beim letzten Mal, in dem sie fast unterzugehen schien. Laire hätte ihn zu gern für einen gemütlichen Fernseherabend mitgenommen.

Sanjena schenkte ihr ein kurzes Lächeln, ehe sie ihre Aufmerksamkeit wieder auf die Gemälde richtete. »Taylor und ich treffen uns hier, wenn wir uns verabredet haben. Ich glaube, er registriert die Schönheit in diesem Raum nicht einmal mehr, aber ich könnte noch hundert Mal öfter hier entlanggehen.«

Bevor sie sich neben ihr auf der Bank niederließ, warf Laire einen Blick auf die Gemälde, aber sie konnte nicht das entdecken, was Sanjena in ihnen sah. Als Schönheit hätte sie sie nicht beschrieben, allenfalls als ganz okay.

»Bist du gar nicht überrascht, dass ich hier bin?«, wollte sie wissen.

Sanjena schüttelte den Kopf, mit einem leichten Lächeln auf den Lippen. Laire hatte das Gefühl, dass das Lächeln mehr den Gemälden galt als ihr.

»Mir wurde schon Bescheid gegeben, dass du kommst.«

»Und was machen wir jetzt? Warten wir auf Taylor?«

»Er wird erst in ein paar Stunden kommen. Wenn überhaupt.« Sanjena legte den Kopf schräg. »Ich weiß nicht, ob ich dir das erzählen darf. Manchmal hat er Alpträume. Sehr schlimme Alpträume. Dann kann er nicht zu uns kommen, weil sie ihn an seinen Körper fesseln.«

»Oh.« Laire wusste nicht, was sie darauf erwidern sollte. Mochte sie Taylor überhaupt genug, um sich darum zu scheren?

Glücklicherweise wechselte Sanjena das Thema. »Allerdings habe ich später mit dir gerechnet.«

»Mirroanwi hat mich schon um sieben ins Bett geschickt.«

Sanjena drehte den Kopf, um sie anzuschauen. »Mirroanwi … was heißt das?«

»*Inkarnationen.*«

In ihren folgenden Worten schien kein Sarkasmus mitzuschwingen. »Wie einfallsreich.« In einer fließenden Bewegung stand sie auf. Dabei streckte sie die Arme vor sich aus, als tastete sie nach Gegenständen, die sich vor ihr befanden. Hastig ließ sie nach einem Moment die Arme sinken. »Meinen Tod habe ich Yama genannt. Das heißt *Tod*. Er hatte nie einen großen Einfluss auf mich. Das war kurz vor Suris Geburt, als er zu mir gekommen ist. Ich habe das Gefühl … dadurch habe ich irgendetwas verpasst.«

Lächelnd streckte sie Laire eine Hand hin, um ihr aufzuhelfen. Laire wollte sie schon ignorieren, als ihr wieder Mirroanwis Auftrag an sie einfiel. Also ergriff sie ihre Hand. Sie fühlte sich warm und schwielig an, als würde sie viel mit den Händen arbeiten.

»Wie meinst du das?«, hakte Laire nach, als sie wieder auf beiden Beinen stand.

Ein Seufzen. »Wenn ich mir anhöre, wie du von ihm redest … und wie Taylor von ihr redet, dann habe ich das Gefühl, dass ich die Gelegenheit verpasst habe, einen Freund zu gewinnen. Yama war für mich lediglich ein Lehrer, der mich eine Weile unterrichtet hat.«

»Wann hat er dich … ich meine, wie lange …« Das Thema war ihr unangenehm, deshalb fand sie keine passende Formulierung.

Sanjena verstand sie trotzdem. »Ich bin seit zwölf Monaten eine Botschafterin.«

»Vermisst du ihn manchmal?«

Er war zwar kein bester Freund zu ihr gewesen, aber sie musste ihn dennoch geliebt haben, auf irgendeine Weise. Laire konnte sich nicht vorstellen, Mirroanwi nicht vermissen zu werden.

»Selten. Und wenn ich ihn vermisse, werde ich schnell wieder von Suri oder Anil abgelenkt.«

»Anil ist dein Mann?« Es erstaunte Laire, wie leicht es ihr fiel, mit Sanjena ins Gespräch zu kommen. »Weiß er von ihm?«

»Natürlich«, antwortete sie. »Ich habe ihm gleich am ersten Tag von Yama erzählt. Meine Kultur ist in diesem Bereich offener als deine.«

Laire kam nicht umhin, zu lachen. »Ich glaube, meine Eltern würden mich für verrückt halten, wenn ich ihnen von einem unsichtbaren Mann in meinem Kleiderschrank erzähle.«

Sanjena erwiderte das Lächeln. Dann fragte sie: »Willst du die Mona Lisa sehen?«

»Die Mona Lisa?«, wiederholte Laire. »Aber die ist doch – oh.«

Sanjena grinste breit. »Wir sind im Louvre.«

Eine halbe Stunde lang ließ sich Laire von Sanjena durchs Museum führen. Wäre sie allein gewesen, hätte die Atmosphäre einen unheimlichen Eindruck hinterlassen. Bis auf wenige Flure war alles dunkel – abgesehen von dem geisterhaft blauen Licht, das überall in der Astralwelt vorzuherrschen schien – und die Gesichter schienen Laire von ihren Leinwänden aus anzustarren. Die Mona Lisa war besonders gruselig. Mit ihrem geheimnisvollen Lächeln wirkte sie, als würde sie sagen wollen: *Ich weiß, dass jemand hinter dir steht, und du nicht.* Yesta hatte vor, darüber ihre Bachelorarbeit zu schreiben, aber Laire verstand nicht, wieso. Da wäre ihr *Es* lieber.

Während der Führung stellte Sanjena Fragen, wenn sie nicht gerade Vorträge über Kunstgeschichte hielt. Sie fragte nach Dingen über Schottland, zum Beispiel, ob dort alle Leute in Kilts herumliefen und ob Laire Gälisch sprach. Beides verneinte sie.

»Und ist es wahr, dass es dort den ganzen Tag wie aus Tonnen schüttet?«

»Nicht den ganzen Tag. Bei Unwettern, ja, aber meistens nieselt es eher. Meine Schwester nennt es Sprenkelregen.«

Sie zögerte; war ihre Freundschaft schon so weit vorhanden, dass sie einander verbessern durften? Sie entschied, dass das keine Rolle spielte.

»Du sprichst fabelhaftes Englisch, deinen Akzent hört man fast gar nicht«, begann sie, sich in das fremdartige Gebiet der konstruktiven Kritik gegenüber einer fast-Fremden vorzutasten. »Aber es heißt wie aus Eimern schütten, nicht wie aus Tonnen.«

Sanjenas Reaktion fiel freundlich aus, überrascht. »*Achha*! Wirklich? Dann muss ich das beim nächsten Mal den Kindern richtig beibringen. Mache ich noch etwas falsch?«

Sie musste nicht lange überlegen. Das war ihr schon beim letzten Mal aufgefallen. »Ich glaube, du machst die meisten Fehler bei Sprichwörtern. Im Krankenhaus hast du gesagt, dass du mit dem falschen Bein aufgestanden bist.«

»Und was sagt man stattdessen?«

»Fuß.«

Sie kamen im nächsten Saal an. Bevor Sanjena damit beginnen konnte, auf die Farbkomposition oder die Beschaffenheit der Pinselstriche hinzuweisen, fragte Laire: »Unterrichtest du wohl?«

»Ja. Naja, ich bin Hilfskraft und bringe den Kindern ein wenig Kunstgeschichte und Englisch bei. In meiner Freizeit bin ich selbst Künstlerin.«

Auf Laires Nachfrage hin (sie war stolz darauf, wie leicht ihr der Smalltalk fiel) begann Sanjena, von ihrem Atelier zu Hause zu schwärmen, von ihrer Tonscheibe und ihren Skulpturen und dass sie sich manchmal sogar am Zeichnen versuchte.

»Ich bin aber nicht besonders gut darin«, gab sie zu. »Den Ton kann ich erfühlen, die Linien nicht.«

Ehe Laire fragen konnte, was das heißen sollte – sie konnte auch keine Linien erfühlen, aber sie könnte trotzdem zeichnen, wenn sie wollte – ging Sanjena auf ein anderes Bild ein. Es zeigte eine Landschaft mit ein paar Bäumen und Tieren, aber Sanjena erkannte noch viel mehr darin. Es sei ein Hinweis darauf, wie die Menschen wieder zu ihren Wurzeln zurückkehren müssten, und die Pinselstriche wiesen klar daraufhin hin, dass die Unordnung wieder die Oberhand ergreifen sollte. Laire versuchte wirklich, ihre Worte nachzuvollziehen, sah jedoch nur eine grüne Wiese dort, wo Sanjena Unordnung erkannte.

Nach einer Weile schien Sanjena zu bemerken, dass Laire sich langweilte. Sie brach ihre Ausführungen über den expressionistischen Naturalismus ab. »Taylor müsste bald kommen. Sollen wir ihm eine Nachricht hinterlassen und ein bisschen rumfliegen? Ich liebe das Fliegen.«

»In einem Flugzeug? Oder wie Peter Pan?«

Sie lächelte. »Ich spreche von echten Flügeln.«

Wenige Minuten später standen sie auf dem Dach des Louvre, die Lichter von Paris unter ihnen. Es ging ein leichter Wind, der Laire die Haare in den Nacken wehte. Auf einmal konnte sie sich gut vorstellen, mit ausgebreiteten Armen auf den Böen zu fliegen.

Sanjena zeigte ihr, wie es ging. Zuerst schloss sie die Augen. Dann breitete sie, genau wie Laire, die Arme aus. Laire stand hinter ihr, deshalb bemerkte sie die Veränderung sofort. Zwischen der pinken Wolle des Pullovers wurden braune Federbüschel sichtbar. Laire trat einen Schritt zur Seite. Sie wuchsen und wuchsen, bis aus ihren Schultern zwei gigantische Schwingen ragten, deren Federn im Wind raschelten. Sie waren doppelt so groß wie Laire und wirkten an Sanjena, die kleiner war als Laire, wie riesige Schwimmflügel.

Mit einem breiten Lächeln auf den Lippen drehte Sanjena sich um. Sie musste ihre Flügel etwas bewegen, um nicht vom Wind in die Luft gehoben zu werden.

Laire konnte sich nicht satt sehen. »Ich weiß nicht, ob ich das kann.«

Sanjena schüttelte den Kopf. »Unsinn. Ich weiß, dass du es kannst.«

Es überraschte Laire, dass diese Worte ihr Mut gaben. Sie war es nicht gewohnt, von anderen aufgemuntert zu werden. In der Regel war sie selbst es, die das erledigte. Also schloss sie die Augen, streckte die Arme in den Wind und stellte sich vor, wie ihr Flügel wuchsen. Sie malte sich das Gefühl aus: Ihre Schulterblätter wurden mit mehr Gewicht belastet, ihre Wirbelsäule kribbelte, sie spürte die weichen

Federn an ihrer Haut. Sie stellte es sich vor und glaubte daran. Sie glaubte so fest daran, dass sie fast gar nicht überrascht war, als sie tatsächlich spürte, wie etwas aus ihrem Rücken wuchs.

Sie öffnete die Augen und reckte den Kopf über ihre Schulter. Zwei riesige Flügel erhoben sich robust gegen den Wind. Sie hatte sich keine Gedanken über die Farbe gemacht, und fand die weiße Engelsfarbe ganz zufriedenstellend. Ihre Füße wurden ein Stück in die Luft gehoben. Etwas überfordert, schlug sie mit den Flügeln, aber das transportierte sie nur noch weiter nach oben.

»Nicht so stark!«, rief Sanjena. »Du darfst sie nur ganz leicht bewegen.«

»Ähm …« Laire versuchte es, und sackte sofort ein Stück herab. Ihr entfuhr ein kleiner Schrei, weil sie dachte, sie würde abstürzen.

Sanjena schwang sich in die Luft und flog zu ihr. Sie nahm ihre Hände und schickte ihr einen Fluss von Bildern. Gedankennachrichten. Es waren keine Bilder, die Worte transportieren sollten, sondern Bilder, die ihr das Gefühl vom Fliegen vermittelten. Augenblicklich wurde Laire ruhiger. Sie entspannte sich und damit auch ihre Flügel, sodass sie gleichmäßig neben Sanjena in der Luft schwebte.

Ihr gelang ein wackeliges Lächeln. »Ich glaube, ich brauche noch Zeit, um das hier zu lieben.«

Schmunzelnd drückte Sanjena ihre Hand und zog sie mit sich. Das war leichter, als selbst zu manövrieren. Sie flogen in einem langsamen Tempo, zum Teil wegen Laires Unsicherheit, aber auch, damit sie nicht über den Wind schreien mussten.

»Fliegen ist ganz leicht, wenn man es einmal kann«, sagte Sanjena. »Wegen dieser Dinge liebe ich das Träumen. Aber das Schlafen mag ich auch.«

Laire sah sie nicht an, da sie sich zu sehr auf ihren Flugstil konzentrieren musste. »Was ist so toll am Schlafen? Man schläft nur und am nächsten Morgen ist man so müde, dass man nicht aus dem Bett kommt.«

»Ich komme leicht aus dem Bett«, widersprach Sanjena. »In meinen Träumen höre ich ein Lied und wenn ich aufwache, erinnere ich mich zwar nicht mehr daran, aber ein Gefühl der Melodie bleibt noch. Und dieses Gefühl ist wunderschön, so schön, dass ich am liebsten jede Nacht schlafen würde.« Sie warf ein verträumtes Lächeln in die Luft. »Denn ich weiß, dass ich mich eines Morgens daran erinnern werde.«

»Du hörst Lieder, wenn du träumst?«, schmunzelte Laire. »Ich habe mal ein Buch gelesen, da gab es Gehirnmusik ...«

Es fühlte sich gut an, mit Sanjena über den Wolken zu fliegen. Sie konnte einen Arm ausstrecken und durch den Nebel hindurchfassen. Es war kalt, aber in ihrem Astralkörper fror sie nicht. Irgendwann sah sie unter sich das Meer. Es war viel schöner als aus dem Fenster eines Flugzeugs – schillernd blau lag es unter ihr, und sie sah sogar einen Wal, der auftauchte, einen Strahl Wasser in die Luft schoss und daraufhin wieder versank. Sie schaute zu Sanjena und merkte, dass diese sie mit einem Lächeln beobachtete. Statt wegzuschauen, wurde ihr Lächeln nur noch breiter, als Laire sie ansah. Sie drückte ihre Hand fester. Laire drückte zurück.

Auf einer steinigen Insel irgendwo im Meer landeten sie und ließen die Füße im Wasser baumeln. Laires Flügel verschwanden, damit auch das erdrückende Gewicht auf ihrem Rücken. Auf die Dauer war Fliegen anstrengend.

»Wir sollten uns Decknamen ausdenken«, sagte Laire.

Sanjena öffnete die Augen. Sie hatte sich nach hinten gelehnt und ihre Arme auf den Stein gestützt, um sich zu erholen. »Wie meinst du das?«

»Naja, wir sind doch eine Art Club. *Die Drei Botschafter*, so könnten wir uns nennen. Wir ziehen los, um im Auftrag des Todes Frieden zu bringen.« Sie sprach einfach das aus, was ihr durch den Kopf schoss. Sie hatte das Gefühl, dass sie das in Sanjenas Gegenwart machen konnte. Sanjena war nicht wie Lindsay und der Rest. Sie war genauso komisch-kreativ wie sie.

Sanjena lachte. »*Die Drei Detektive*, die die Welt entwirren. Und ich bin Sun, wie die Sonne.«

Laire lächelte. Sie senkte die Stimme, sodass sich ein rauer Ton in ihre nächsten Worte schlich. »Ich verstehe. Sun – Sanjena.« Sie betonte die erste Silbe ihres Namens beson-ders. »Sehr gewieft. Ich bin Jane, aber nicht zu verwechseln mit Jane Austen. So großartig könnte ich nie werden.«

Amüsiert verstellte Sanjena ebenfalls die Stimme. »Oh, ich zweifle nicht daran, Botschafterin Jane, dass Sie einmal eine große Schriftstellerin werden.«

»Wer wird einmal eine Schriftstellerin?«, fragte jemand hinter ihnen. Taylor. Er musste sich hierher teleportiert haben.

»Jane«, antwortete Sanjena, und Laire konnte nicht an-ders, als in Lachen auszubrechen. Das verging ihr jedoch, als Taylor sich zwischen die beiden zwängte. Laire rückte unauffällig von ihm weg, als er sich zwischen sie setzte. Er roch gut. Hatte er sich Aftershave herbeigeträumt? Wer tat so etwas?

Taylor schaute zuerst Sanjena an, dann Laire. Er zog die Augenbraue hoch. »Wer ist Jane?«

Laire richtete sich etwas auf. »Das bin ich«, versuchte sie mit möglichst viel Hochmut und Überlegenheit zu sagen.

Als er nur verwirrt schaute, gewährte Sanjena ihm eine Erklärung. »Wir haben uns Decknamen gegeben, um im Auftrag des Todes Frieden zu bringen.«

»Ahh …«

Wenn sie hätte raten müssen, hätte sie getippt, dass Taylor sich gerade einen Plan zurechtlegte, wie er möglichst schnell möglichst unauffällig von hier verschwinden konnte.

Was er sagte, überraschte sie umso mehr.

»Dann heiße ich Earl Grey.« Er schaute dabei sie an, ir-gendwie herausfordernd, als würde er ihr damit auf zweiter Ebene etwas vermitteln wollen.

Laire hatte nur keine Idee, was er ihr vermitteln wollte. »Wie der Tee?«, fragte sie.

Seine Lippen waren schon dabei, sich zu einem abfälligen Lächeln zu verziehen, aber im letzten Moment hielt er inne. Dann zuckte er mit den Schultern. »Ich mag Earl Grey.«

Sanjena kicherte leise. »So sehr, dass du dich nach ihm benennst?«

»Ihr könnt mich auch Earl nennen.«

»Earl von Grey«, fügte Sanjena hinzu.

Beide lachten und Laire betrachtete sie. Ihre Mundwinkel zuckten. Als Taylor sie mit einem Funkeln in den Augen ansah, stimmte sie ins Lachen ein.

Taylor, offenbar zufrieden, stupste sie an. »Freunde, schon vergessen?«

Vielleicht sollte das eine Entschuldigung sein. Bei niemand anderem hätte Laire das als Entschuldigung interpretiert, aber sein Ton und sein Blick wirkten, als würde er sein Verhalten von den letzten Malen wiedergutmachen wollen. Er müsste schon mehr tun, zumindest die Entschuldigung auch als solche aussprechen, aber Mirroanwi zuliebe nickte sie.

Er würde ihr am nächsten Tag eine sehr große Schokoladentorte backen müssen.

Einem Auftrag gingen sie nicht mehr nach. Als Laire es zur Sprache brachte, war es bereits mitten in der Nacht und weder Sanjena noch Taylor hatten vor dem Einschlafen eine Vision diesbezüglich erhalten. Ihnen war nur aufgetragen worden, sich um Laire zu kümmern.

Das wiederholten sie die nächste Nacht, und die übernächste auch. Sanjena brachte zur Sprache, dass das in der Tat ungewöhnlich war. Normalerweise mussten sie mehrmals in der Woche einem Sterbenden zur Seite stehen oder etwas dergleichen. Laire fühlte sich ihnen aufgeschlossen genug, um ihnen zu gestehen, dass Mirroanwi wollte, dass sie sich besser verstanden.

Taylor neigte daraufhin leicht den Kopf zur Seite. In dieser Nacht befanden sie sich auf dem Empire State Building, ganz oben zur Spitze waren sie geflogen, und ließen die Beine über New York baumeln. »Wir sind uns nicht sicher, von wem wir die Visionen bekommen«, gestand er.

»Aber es ist doch ganz klar, dass es Mirroanwi ist«, meinte Laire.

Taylor schüttelte den Kopf, aber es war Sanjena, die ihr widersprach. »Mirroanwi ist es auf keinen Fall. Er ist nur eine Inkarnation. Der Tod könnte es sein.«

»Wer könnte es sonst noch sein?«

»Die Wächter.«

Laire hatte keine Ahnung, wovon Taylor redete, aber das wollte sie ihm gegenüber nicht zugeben. »Und warum nicht beide zusammen?«

»Das wäre natürlich auch möglich.«

»Aber wenn es der Tod ist … dann ist es in gewisser Weise doch Mirroanwi.«

Sanjena lächelte. »Wie das Bewusstsein des Todes mit den Inkarnationen verstrickt ist, ist kompliziert. Aber ich glaube, dass Mirroanwi in diesem Moment keine direkte Verbindung zum Tod hat. Erst nach deiner Lehre wieder. Um dich zu lehren, musste er menschlich werden. Der Tod ist allerdings nicht menschlich.«

Das konnte Laire nur sehr schwer verstehen. Mirroanwi war der Tod – und dann auch wieder irgendwie nicht. Er war nur ein Teil des Todes, eine von vielen Persönlichkeiten. Manchmal stellte sich Laire vor, wie sich das anfühlen musste, und bekam sofort Mitleid mit ihm. All diese Erinnerungen an frühere Inkarnationen zu haben, und doch zu wissen, dass sie von jemand anderem erlebt worden waren … es war für einen Menschen nicht zu begreifen.

13. Kapitel
Wie die Welt endet

Die Wochen vergingen und Laires Alltag beruhigte sich. Sie sagte eine große Anzahl an Klavierstunden ab, um mehr Zeit zu haben. Auch von Mirroanwi nahm sie sich einige Tage frei, um die Videos zu drehen, die sie in letzter Zeit versäumt hatte und die sie für den nächsten Monat noch brauchte. Das Interview mit Lynn Stevenson kam sehr gut an. Ihre Abonnentenzahl verdoppelte sich, ihr Konto freute sich darüber. Das gab ihr Anklang, zu überlegen, welches Material sie außerdem verwenden könnte, das in ihren Kanal einschlagen würde. Die Blätter, auf denen sie ihre Erlebnisse als Gefährtin niederschrieb, nachdem auch die letzte Seite des Notizbuches beschrieben worden waren, passten nur noch gerade so in ihre Schublade – was wäre, wenn sie sie abtippte und ein paar Seiten ihren Zuschauern vorlas? Sicher, Mirroanwi hätte etwas dagegen, aber es brachte doch niemanden um …

Während sie die Videos schnitt (*Lesemonat April* und *Wie ich den Buchladen leer kaufte*, eine fiktive Alltagsgeschichte), musste sie Mirroanwi wohl oder übel den Laptop wegnehmen, sodass sich die Ruhe in ihrer Wohnung auflöste, die *Netflix* mit sich gebracht hatte. Stundenlang zappelte er neben ihr herum und kommentierte ihre Videos. Zugegeben, er brachte auch ein paar gute Vorschläge ein, zum Beispiel die Musik in diesem und jenen Abschnitt zu verändern. Da er ihr immer noch keine Schokoladentorte gebacken hatte, siedelte sie an einem Tag, an dem ihre Eltern nicht da waren, mit ihrem Laptop in die Küche um, wo sie editierte, während er backte. Er hätte die Torte auch herbeizaubern können, aber sein Wortlaut war tatsächlich *backen* gewesen, und daran hielt er sich. Das einzige, was er mittels des Kis beschaffte, waren die Zutaten und eine Art Schutzhülle um Laire und den Küchentisch, damit sie von der Mehlwolke um die Arbeitsfläche herum verschont blieben.

Cailin war die einzige ihrer Klavierschüler, der Laire noch regelmäßig Unterricht gab. Für die anderen fand sich keine Zeit mehr, aber Cailin war etwas Besonderes. Leider sah sie das selbst nicht und bekam in der Woche vor dem Konzert etwas Panik. Dutzende Male unterbrach sie ihr eigenes Klavierspiel und bat Laire, jene Stelle noch einmal vorzuspielen, weil sie mit dem Rhythmus durcheinanderkäme. Irgendwann kam Laire dieser Bitte nicht mehr nach, klappte stattdessen das Notenheft zu und drückte es Cailin in die Arme.

»Das versteckst du jetzt in deinem Kleiderschrank und holst es bis zum Tag deines Auftritts nicht mehr heraus, hast du mich verstanden?«

Verblüfft hatte die Achtjährige genickt und war ihrer Aufforderung gefolgt. Sie brauchte einfach keine Übung mehr. Noch mehr Übung hätte das Stück ruiniert, und das wollte keiner der Beteiligten.

Mirroanwis nächster Lektion konnte Laire erfolgreich aus dem Weg gehen. Sie lenkte ihn ab mit Äußerungen über Grace Hathaway und Jillin – nicht, dass sie sich von diesen zwei Verrückten unter normalen Umständen eine Lektion vermiesen lassen hätte. Sie fand sie zwar nach wie vor gruselig, aber nicht *so* gruselig, dass sie die Chance auf die Geheimnisse des Universums versäumte. Sie hätte alles darum gegeben, Zeit mit Mirroanwi zu verbringen, wenn die verbleibende Zeit mit ihm dadurch nicht kürzer geworden wäre.

Der fehlende Unterricht schien ihn nicht so sehr zu stören, wie sie angenommen hätte – dafür schickte er sie jetzt fast jede Nacht in die Astralwelt. Meistens waren Taylor und Sanjena dabei, manchmal nur Sanjena, und sehr selten nur Taylor. Diese Nächte waren die mit Abstand unangenehmsten. Taylor und sie hatten über ihren schlechten Start kein Wort mehr verloren – sie glaubte aber, dass die ausgetauschten Freundlichkeiten nur von oberflächlicher Natur waren. Sie kannte ihn persönlich längst nicht so gut wie Sanjena. Er sprach allgemein ungern über sich selbst.

In zwei Nächten hatte Mirroanwi sie allerdings begleitet, sodass sie nur zu zweit waren, wie früher. Das erste Mal hatte Laire sich nach seiner Ankündigung darüber gefreut. Das zweite Mal nicht mehr. Sie hegte die Vermutung, dass er ihre gemeinsamen Nächte absichtlich anstrengend gestaltete, sodass Laire lieber Zeit mit den Botschaftern verbrachte.

Er trainierte sie im Umgang mit dem Ki.

Für eine Übung hatte er sie unter die Erde teleportiert, in irgendein Höhlensystem, in dem sie ihren Astralkörper in eine Schwarzlichtquelle verwandeln musste, um den fluoreszierenden Kreidepfeilen an den Wänden zu folgen, wenn sie den Weg ohne Verirren finden wollte.

Für eine andere Übung verwandelten sie sich in Vögel, und Laire musste sich darauf konzentrieren, diese Form beizubehalten, während sie einen Hindernisparcours flog und dabei permanent Gedankennachrichten von Mirroanwi bekam, in denen es um Beine und Haut und Haare ging.

Am letzten Maitag, kurz vor dem großen Konzert, wollte Mirroanwi erneut üben. Diesmal im wachen Zustand.

Sie ließ die Kopfhörer aufgesetzt, starrte weiter auf ihren Bildschirm und tat so, als hätte sie ihn nicht gehört. Sie würde sich mit Sicherheit nicht in ihrem richtigen Körper tief unter der Erde aussetzen lassen.

Allerdings durchschaute Mirroanwi ihre Masche. Mit einem Fingerschnipsen zauberte er die Kopfhörer weg. Laire warf einen Blick auf ihr Handy; fünf Minuten würde sie ihm gewähren, aber wenn er ihr dann die Kopfhörer nicht zurückgab …

»Es geht ums Teleportieren«, sagte er. »Es ist an der Zeit, dass du es in der materiellen Welt lernst. Du hast in letzter Zeit Fortschritte gemacht.«

Stöhnend ließ sie sich zurücksinken, sodass sie die ganze Couch einnahm und an die Decke starrte. »Ich verstehe nicht, warum ich das Ki überhaupt eins A beherrschen muss. Ich soll nur Geschichtenerzählerin werden, keine Geheimagentin.«

»Botschafter tun weit mehr als Geschichten zu erzählen, und irgendwann könnte der Tag kommen, an dem du auch in diesem Körper schnell an einen anderen Ort des Universums reisen musst.«

Sie warf ihm einen düsteren Blick zu. »Und welcher Tag soll das sein? Der Tag, an dem die Erde von Aliens überfallen wird?«

Er blickte sie unverwandt ernst an. »Der Tag, an dem du während deiner Mittagspause die Vision erhältst, in Sydney jemanden daran zu hindern, von einem Gebäude zu springen.« Er machte eine Pause, ging sicher, dass sie ihn verstanden hatte. »Botschafter müssen manchmal auch Aufträge in der materiellen Welt ausführen.«

Das sah Laire ein, wenn auch nur widerwillig. Trotzdem fand sie einen Protest. »Kann das nicht ein Botschafter in Sydney erledigen?«

Sie liebte es, bei Mirroanwi zu sein – aber in Bezug auf das Ki-Training übertrieb er einfach. In der Astralwelt waren die Situationen zwar nicht lebensgefährlich gewesen, aber in der materiellen Welt wären sie es.

Er nahm ihre Hand und teleportierte sie aus der Wohnung. Laire hatte sich eigentlich noch umziehen wollen; sie trug noch ihre Jogginghose und das Top, das sie heute Morgen wieder aus der Wäsche gezogen hatte, weil sie kein anderes gefunden hatte. In einem fensterlosen Raum, in dem die Wände aus Metall zu bestehen schienen, setzte er sie ab.

»Ich habe festgestellt, dass du am besten in Zwangslagen lernst, solange du nicht aus einer Intuition heraus handelst, jedenfalls was die Praxis anbelangt.«

Das machte sie misstrauisch. »Was hast du vor?«

Er drückte ihre Hände. Das beunruhigte sie noch mehr. »Du musst dir den Ort vorstellen, an dem du sein willst und daran glauben, dass du schon dort bist«, sagte er. »Oder nimm eine Person, zu der du eine besondere emotionale Bindung hast. Je nachdem, wie sicher du dich fühlst.«

»Mirroanwi …«

»Schick mir eine Nachricht, wo du bist, dann hole ich dich ab.«

Die Härchen auf ihrer Haut stellten sich auf. »Mirroanwi, was —«

Er beugte sich vor und küsste sie auf die Stirn. »Viel Erfolg. Ich glaube an dich.«

Und dann war er weg.

Laire stand plötzlich ganz allein da. Allein in diesem kleinen, metallischen, dunklen, kalten Raum … der immer kleiner wurde. Ihr entfuhr ein Quietschen. Er wurde kleiner. Er schrumpfte tatsächlich. Die Wände bewegten sich auf sie zu! Panisch suchte sie nach einer Lösung. Sich gegen die Wände zu stemmen, war keine Option. Das machten die Personen in Filmen immer, was nie funktionierte. Manchmal hatte es ihnen ein bisschen Zeit verschafft, wenn sie einen Stock oder eine Eisenstange dazwischen geschoben hatten … Laire sah sich um. Kein Stock. Keine Eisenstange.

Vielleicht, wenn sie ihr Bewusstsein öffnete, um eine Eisenstange zu erschaffen …

Allein schon beim Gedanken daran erschauderte sie.

Das konnte doch nicht Mirroanwis Ernst sein! Teleportiere oder stirb? Seit wann spielte er nach diesem Prinzip? Er hatte sie noch nie ernsthaft in Gefahr gebracht!

Dieser Gedanke beruhigte sie etwas. Er hatte sie noch nie in Gefahr gebracht. Er würde es auch diesmal nicht tun. Bestimmt schwebte er irgendwo unsichtbar in der Luft und beobachtete, wie sie sich anstellte … oder er hatte die Wände von außen durchsichtig gestaltet, wie in einem Verhörraum.

Aber *bestimmt* reichte ihr nicht. *Bestimmt* war ihr zu sehr Konjunktiv. *Bestimmt* klang zu sehr nach: *Du könntest auch sterben.*

Sie kniff die Augen zusammen. Vorstellen und daran glauben. Das hatte sie in der Astralwelt schon hunderte Male gemacht. Sie hatte sich ins Louvre teleportiert und wieder zurück in ihr Schlafzimmer. Sie hatte Orte auf der Welt erreicht, an denen sie noch nie gewesen war. Reisebilder aus dem Internet hatten ihr geholfen, diese fremden Orte zu bereisen, und sie hatte es geschafft.

Aber die materielle Welt schien Laires Verstand auf den Boden zu ziehen. Sie dachte rationaler, war nicht so leicht davon zu überzeugen, dass sie von einem Augenblick auf den anderen ganze Kilometer überwinden konnte.

Zu allem Überfluss fingen die Wände an, Geräusche von sich zu geben. Sie quietschten und knirschten, knarrten mit jedem Zentimeter, den sie über den Boden schrammten. Laire öffnete die Augen einen Spalt weit, um zu sehen, wie nah sie ihrem Tod durch Zerquetschung schon stand. Die Hälfte war bereits geschafft worden. Schnell schloss sie die Augen wieder.

Sie musste anfangen, an Teleportation zu glauben, und zwar schnell. Mirroanwi war schon so oft mit ihr teleportiert, und sie selbst war es auch … es war möglich!

Sie musste nur an einen Ort denken … oder an eine Person. Sie dachte krampfhaft nach, aber sie konnte sich Yestas Gesicht nicht auf Anhieb vorstellen. Sie konnte es nur erahnen; sie wusste, welche Haar- und Augenfarbe sie hatte, wie ihr Gesicht ungefähr aussah, aber sie sah es nicht vor sich.

Sie wollte es schon mit denen ihrer Eltern versuchen, aber da schob sich ein anderes Gesicht vor ihr inneres Auge. Ein Gesicht, das so scharf gestochen und detailreich war, dass es auch ein Foto hätte sein können. Sie hatte den letzten Monat damit zugebracht, es zu studieren, und hatte sich dabei jede Kleinigkeit eingeprägt: Leicht gebogene Augenbrauen, über unnatürlich grauen Augen liegend. Ein breites Gesicht, nicht ganz unattraktiv. Ein feines Lächeln auf den Lippen. Sie stellte sich vor, wie sie vor diesem Gesicht stand. Wie sie eine Hand auf die Wange legte. Wie sie die dazugehörige Hand nahm und sie festhielt. Wie sie ihm vielleicht eine runterhauen würde, weil er sie in diese Situation gebracht hatte.

Und dann glaubte sie daran. Sie streckte beide Arme aus und glaubte daran, dass sie seine Wange umfasste. Sie glaubte daran, dass sie seine Hand nahm. Sie glaubte, dass sie in diesem Moment vor ihm stand.

Aber dann verließ sie der Glaube.

Sie hatte schon gespürt, wie sich ihr Körper fortbewegt hatte, aber in letzter Sekunde war das Knarren und Quietschen der Wände wieder zu ihr durchgedrungen und der Metallgeruch in ihre Nase gestiegen, und sie war sich bewusst geworden, dass sie nur ein Mensch irgendwo in einem Todesraum war, und dass sie keine Kontrolle darüber hatte, was geschah. Menschen konnten sich nicht einfach aus solchen Räumen teleportieren. Das geschah in Filmen nicht, und im realen Leben erst recht nicht.

Sie schloss die Augen, als die Wände immer näher rückten. In ihren Gedanken suchte sie nach Mirroanwi, dachte seinen Namen, immer und immer wieder …

Und dann verschwand der Lärm. Es gab kein Quietschen und Knarren und Rattern mehr. Es gab keinen kalten, metallischen Raum mehr. Stattdessen spürte sie, wie jemand sie in eine Umarmung schloss und ihren Kopf gegen ein Hemd drückte. Sie atmete seinen Geruch ein. Er roch nicht nach besonders viel; er verströmte keinen Wald- oder Minzegeruch, wie sie es in Büchern las. Er roch einfach nach Mirroanwi.

Sie genoss die Umarmung einen Moment lang, ehe sie ihn entschlossen von sich schob.

»Sag mal, hast du sie nicht alle?«

Zur Abwechslung wusste er gleich, wovon sie redete. Er hatte den Anstand, eine zerknirschte Miene aufzusetzen. »Es ist ja nichts passiert. Ich habe dich rausteleportiert, bevor etwas passieren konnte.«

Dieses scheinheilige Argument warf sie so aus der Bahn, dass sie für einen Moment sprachlos war. Dann hob sie eine Hand und zeigte ihm einen winzigen Abstand mit Daumen und Zeigefinger. »So nah. So nah, Mirroanwi, waren die Wände.« Sie biss sich leicht auf die Zunge und unterdrückte eine erneute Beschimpfung. Er würde es doch nicht verstehen.

Sie schaute zur Couch, wo ihr Laptop aufgeklappt lag. »Du warst nicht ernsthaft in eine Serie vertieft, während ich fast gestorben wäre?«

»Äh … nur mit einem Teil meines Bewusstseins. Mit dem anderen habe ich dich im Auge behalten.«

Sie schüttelte den Kopf. Dann stellte sie sich vor, wie ihr Fuß aus Metall war. Und dann glaubte sie daran.

Seine Augenbrauen flogen erstaunt nach oben, als sie aufstampfte und ein Loch durch den Boden trat. Die Wucht war so gewaltig, dass die Dielen der Länge nach einbrachen und unter den beiden nachgaben. Holzsplitter bohrten sich in ihre Socken, knickten jedoch an ihrer Haut ab. Innerhalb eines Herzschlages schwebte sie in der Luft, während Mirroanwi nicht schnell genug war. Es hatte den Anschein, als würde er noch kurz in der Luft verharren, wie in einem Comic, ehe er in den darunterliegenden Stock fiel. Ein dumpfer Aufprall verriet ihr, dass er weich gelandet war.

Sie beugte sich über das Loch. Er lag unten auf dem Teppich, ein Stück neben dem Klavier, und sah, ohne eine Miene zu verziehen, nach oben.

»Das reparierst du bitte selbst«, rief sie zu ihm hinunter. Sie zwinkerte ihm zu und versuchte, die Zuversicht in seiner Stimme zu imitieren. »Ich weiß, dass du das schaffst.«

Sie hörte noch, wie er »Ha ha« sagte, allerdings ohne Amüsement, ehe sie es sich auf der Couch bequem machte und die Serie wechselte. Er hatte recht, aus Instinkt heraus konnte sie sehr wohl ihr Ki benutzen. Sie schnappte sich ihre Kopfhörer und blendete Mirroanwi für den Rest des Tages aus.

Sanjena und Taylor warteten bereits im Museum. Nachdem Laire sich dorthin teleportiert hatte, nutzte sie ihre unbemerkte Ankunft und beobachtete die beiden.

Sanjena stand vor einem Gemälde und klopfte sich nachdenklich mit einem Finger an die Wange. Nach einer Weile sagte sie: »Hm. Denkst du nicht, das Bild ist etwas kontrovers?«

Als Laire sah, wie Taylor dastand, musste sie sich den Mund zuhalten, um nicht laut zu lachen. Er wirkte ähnlich gelangweilt wie sie sich während Sanjenas Führung durchs Museum gefühlt hatte; der einzige Unterschied war, dass er sein Nichtinteresse miserabel versteckte. Er lehnte so lässig an der Wand, als befände sich nicht ungefähr fünf Zentimeter von ihm entfernt ein bestimmt uralter, vergoldeter Bilderrahmen mit Verzierungen. Und das bestimmt uralte Bild nicht zu vergessen.

Nun drehte er den Kopf um dreißig Grad. »Hm«, machte er. Mehr hatte er nicht zu sagen.

Sanjena störte sein Verhalten nicht. Unbekümmert redete sie weiter. »Ich bin schon so oft hieran vorbeigelaufen, aber erst heute verstehe ich, was der Künstler sagen will. *Der letzte Herbsttag* – die Landschaft zeigt gar nicht den letzten Herbsttag, das wäre ja auch etwas unlogisch, weil noch gar nicht alle Blätter von den Bäumen gefallen sind. Die Betonung liegt nicht auf *Herbst*tag, sondern Herbst*tag*! Verstehst du?« Selbst von ihrer Position auf der anderen Seite des Raumes aus konnte Laire das Leuchten in ihren Augen sehen. »Es ging schon immer um den Weltuntergang!«

Neugierig trat Laire näher. Währenddessen nickte Taylor langsam, aber Laire hatte das Gefühl, dass das sarkastischer Natur war.

»Natürlich«, erwiderte er in einem ernsten Ton. »Jetzt sehe ich es auch: Die Laubhaufen, die sich über Nacht vermehren und den Planeten verschlingen werden.«

Sanjena verdrehte die Augen, aber mit einem Lächeln. »Jeder stellt sich den Weltuntergang eben anders vor. Dieser Künstler hat … er war dabei sehr optimistisch.« Ihr Blick wanderte zu Laire; als sie sie entdeckte, hellte sich ihr Gesicht auf – nun ja, eher noch mehr. »Laire! Ich meine, Jane! Wie schön, dass du da bist.«

Die letzten Meter überbrückte Laire schneller. »Tut mir leid, dass ich so spät bin.«

Sanjena winkte ab. »Wir haben uns beschäftigt.«

Taylor schaute Laire vielsagend an. »Ja, wir haben uns beschäftigt. Wie denkst du, dass die Welt untergeht?«

Laire brauchte nicht lange nachzudenken. »Durch eine Invasion von Wellensittichen.«

»Wellensittiche?« Seinem Ton nach zu urteilen, schien er nicht zu wissen, ob er belustigt oder neugierig sein sollte.

»Ja. Ich meine, Vögel sind allgemein Krankheitsverbreiter, das ist schon mal klar. Aber Wellensittiche? Das sind die schlimmsten. Sie fliegen überall frei herum, weil ihre Besitzer denken, dass Käfigtüren sie in ihrer persönlichen Freiheit einschränken und dass Katzen ja auch nicht eingesperrt werden.«

»Und was ist daran so schlimm?«

Darüber hatten sie und Yesta schon tausendmal diskutiert. »Sie geben perfekte Spione ab. Oder stell dir vor, du kommst in ein Haus und plötzlich fliegen überall Wellensittiche vor deinem Gesicht herum. Oder du willst auf der Couch entspannt dein Popcorn essen, und plötzlich flattert so ein bunter Vogel auf die Schüsselkante und isst mit. Das ist doch nervtötend. Außerdem plappern sie alles nach – angenommen, die Besitzer wären Bankräuber und würden bei sich daheim einen Banküberfall planen, wen würde die Polizei als erstes befragen? Richtig, ihre Wellensittiche.«

Laire legte ihre Argumente mit so viel Überzeugung dar, dass sie bezweifelte, irgendjemanden nicht auf ihre Seite ziehen zu können – selbst Yesta hatte ihr zugestimmt, und Yesta dachte meistens viel rationaler als sie. Aber Taylor hatte nur die Augenbraue hochgezogen und die Arme verschränkt.

»Welcher Polizist befragt denn einen Wellensittich?«

»Welcher Polizist tut das nicht?«

»Eine Gegenfrage auf eine Frage«, erwiderte er. »Klares Anzeichen für Nichtwissen.«

Laire schnaubte. »Und du willst ungewöhnlich viel Ki haben.«

Sie sagte das nicht, um ihn zu provozieren – mittlerweile ließ er sich nicht mehr so leicht von ihr ärgern. Sie wusste, dass er auf diesen Kommentar gelassen reagieren würde.

»Eifersüchtig?« Ein laszives Lächeln. »Wenn Ki gleichzusetzen wäre mit Verrücktheit, hättest du auch ungewöhnlich viel davon, keine Sorge.«

»Hey! Sanjena, sag doch wa –« Abrupt brach sie ab. Sanjena hatte lange nichts mehr zu ihrem Gespräch beigetragen, jetzt sah sie auch, warum.

Sie stand starr da, den Mund leicht geöffnet. Ihr Blick schien umwölkt, in die Ferne gerichtet. In dem Moment, in dem Laire fragen wollte, was mit ihr los war, hob Sanjena die Hände und packte beide an den Handgelenken. Laire zuckte zusammen, doch die Zeit für den Schreck wurde ihr genommen: Sie sah Bilder vor ihrem inneren Auge vorbeihuschen, Bilder, die nicht von Sanjena stammten, aber trotzdem von ihr kamen. Eine Straße, ein Fahrrad mit einem Fahnenstab auf dem Gepäckträger, ein Auto, das näher kam … ein Unfall.

Und all das begleitet mit einem Gefühl von Beklemmung. Zeitdruck.

Ehe sie es sich versah, befanden sie sich an einem anderen Ort. Auf der Straße aus den Bildern. Sanjena oder Taylor hatten alle drei teleportiert, oder eher Taylor, weil er sein Bewusstsein öffnen konnte.

Sanjena ließ sie los, ihr Blick klärte sich. Sie blinzelte einige Male. »Wow. Ich hatte bisher noch nie in der Astralwelt eine Vision. Immer nur vor dem Einschlafen.«

»Das war ein spontaner Auftrag«, murmelte Taylor. Er schaute die Straße auf und ab. Anscheinend befanden sie sich auf einem ähnlichen Längengrad wie Großbritannien, denn es war ebenfalls Nacht. Es gab keine Geschäfte, keine Plakate, durch die man die Sprache hätte erfahren können.

Allem Anschein nach waren sie in einem Wohnviertel gelandet, gleich neben der Nummer fünfundvierzig und einem Straßenschild mit dem Tempolimit dreißig. Laire hätte nicht sagen können, ob es genau dieselbe Stelle wie in der

Vision war, dafür hatte sie zu wenig auf Hausnummern und Schilder geachtet.

»Was machen wir hier?«, hakte sie nach, nachdem niemand von den anderen das Bedürfnis zu verspüren schien, eine unaufgeforderte Erklärung abzugeben.

Sanjena schien abgelenkt. Sie suchte ihre Umgebung ab, als gäbe es etwas, das sie finden musste. »Wir haben einen Auftrag bekommen«, erklärte sie leise. »Wir müssen jemandem beim Sterben helfen.«

Laire ließ die Vision noch einmal vor ihrem inneren Auge ablaufen. »Jemand wird sterben? Aber …« Aber das ist doch kein Krankenhaus, wollte sie sagen, wusste aber, wie lächerlich das klang. Leute starben auch außerhalb von Krankenhäusern.

Taylor trat näher an sie heran. Er schien immer zu wissen, was sie meinte. »Wir müssen jemanden an der Unfallsstelle darauf vorbereiten, innerhalb weniger Minuten. Deswegen ist es auch so spontan. Solche Unfälle können nie lange im Voraus festgestellt werden.«

»*Solche* Unfälle? Das heißt … dieser hier gehört nicht in den Lebensplan?«

»Das habe ich nicht gesagt. Ich meine Unfälle, bei denen es unklar ist, ob der Betroffene Angst haben wird und Hilfe braucht.«

»Wer hat denn bitte keine Angst vor dem Sterben?«

Taylor verdrehte die Augen und wandte sich ab. Ausnahmsweise nahm Laire ihm diese Geste nicht übel. In manchen Dingen waren die Botschafter ebenso unwissend wie Laire. Der Tod brachte einem nicht alle Geheimnisse des Universums bei, nur acht Stück.

Laire schluckte schwer und blickte wie die anderen die Straße entlang. Es musste jeden Moment so weit sein. Es fühlte sich merkwürdig an, zu wissen, dass gleich jemand sterben würde … darauf zu warten, und doch nichts tun zu können. Es war eine ganz andere Erfahrung als im Krankenhaus mit Owen Santara. Owen war schon im Sterben gelegen.

Aber der Fahrradfahrer, der gleich die Straße hinunterfahren würde ... das war ein Kind, das hatte sie gesehen. Kein Erwachsener fuhr ein so kleines, blaues Fahrrad mit einer Fahnenstange auf dem Gepäckträger. Nur, was machte ein Kind so spät nachts noch hier draußen? Welche Eltern erlaubten ihrem Kind das? Wer würde ihnen beistehen, wenn bei ihnen die Nachricht einging, dass ihr Kind wegen ihrer Erlaubnis gestorben war? Und das schlimmste war, dass niemanden ihnen würde sagen können, dass das Kind nicht allein gewesen war. Dass es keine Angst gehabt hatte.

Wenn sie Erfolg hatten. Schließlich mussten sie ihm erst die Angst nehmen.

»Da«, flüsterte Sanjena. Sie zeigte nicht darauf, aber Laire sah es trotzdem. Ein schwaches Licht, das die Straße entlang tänzelte. Es fuhr etwas zu nah an der Straßenmitte, machte Schlangenlinien, rechnete nicht damit, dass ein Auto so spät noch unterwegs war. Laire blickte hinter sich; jeden Moment müsste es so weit sein; jeden Moment müsste das Auto um die Ecke biegen. Und dann ... *Kabumm.*

Das Fahrrad rückte näher. Im Schein der Straßenlaternen konnte Laire einen hellblau schimmernden Fahrradhelm erkennen.

»Können wir denn nichts tun?« Sie richtete sich damit an Taylor.

Er blickte sie nur kurz von der Seite an. So ernst hatte sie ihn das letzte Mal im Krankenhaus erlebt. Seine Stirn war leicht gerunzelt und sein Mund zu einer geraden Linie gepresst. »Wenn wir etwas tun würden, würden wir den Lebensplan der Seelen stören.«

»Aber was ist, wenn das wirklich ein ungeplanter Unfall ist?«

Taylor blickte in die andere Richtung, in die entgegengesetzte vom Radfahrer. Zuerst dachte Laire, dass er das Grauen nicht mehr mit anschauen wollte, das sich da näherte, aber dann hörte auch sie das Motorengeräusch, das aus der anderen Richtung kam. Es wurde schnell lauter.

»Ungeplante Unfälle geschehen nur, wenn die Wächter
scheitern. Und die Wächter scheitern fast nie.«

»Wächter ...?«

Taylor kam nicht mehr dazu, zu antworten. Er zog sie von
der Straße weg, auf der sie gestanden hatten, sodass sie nur
unbeteiligte Beobachter am Gehsteig waren, aber ließ ihren
Arm nicht los.

Laire wandte den Kopf hin und her. Das Kind auf dem
Fahrrad näherte sich unbekümmert, fuhr immer noch
Schlangenlinien. Warum hörte es das Auto nicht? Warum
sah es das Auto nicht? Aber dann merkte sie, warum nicht.
Das Kind konnte es zwar hören, aber nicht sehen; der Fah-
rer hatte offenbar vergessen, die Scheinwerfer einzuschal-
ten. Das Kind musste denken, dass das Auto sich in einer
Parallelstraße befand, oder es hörte Musik.

Vermutlich war es gut, dass Taylor sie festhielt. Es überraschte sie, wie gut er sie zu kennen schien. Sie wusste nicht,
was sie gemacht hätte, wenn sie sich hätte frei bewegen
können.

Das Auto sauste die Straße entlang, das merkte sie jetzt;
deshalb war das Geräusch auch so schnell näher gekommen. Hohe Geschwindigkeiten und keine Scheinwerfer. Es
brauchte kein Genie, um zu erkennen, worin das enden
würde.

Fünfzig Meter voneinander entfernt, entdeckten sie sich
gegenseitig. Der Fahrer war endlich auf das winzige Licht
aufmerksam geworden, das auf Bauchhöhe in der Dunkelheit wackelte, und das Kind musste das Auto in einem La-
ternenkegel gesehen haben. Beide versuchten, sich gegenseitig auszuweichen; das Kind lenkte nach links, das Auto
– es lenkte auch nach links, aneinander vorbei! Laire konnte
nur mit offenem Mund dastehen und zuschauen, wie das
Kind um die Ecke fuhr, etwas wankte, aber schon bald von
der Dunkelheit verschluckt wurde. Nur das rote Lämpchen
auf der Rückseite des Fahrrads war noch zu erahnen.

Das Kind hatte überlebt.

Sie wollte gerade fragen, wie das sein konnte, als sie sah, was mit dem Auto geschah.

Der Fahrer hatte nach links gelenkt, weg von seiner Fahrbahn, hin zu den Häusern. Bei den vorgeschriebenen dreißig Kilometern pro Stunde wäre das kein Problem gewesen; er hätte locker bremsen können. Da er aber ungefähr das Doppelte gefahren war, hatten ihn auch alle Bremsen dieser Welt nicht retten können; er holperte über den Gehsteig und fuhr mit der Spitze voran direkt in eine Gartenmauer. Es gab einen gewaltigen Krach, aber die Steine gaben nicht nach, stattdessen das Autogehäuse. Die Motorhaube schmiegte sich an die Form der Mauer und schloss den Fahrer in der Kabine ein.

Sanjena nickte den beiden zu. »Kommt, es ist so weit. Er braucht unsere Hilfe.«

Gemeinsam näherten sie sich dem Wagen. Laire befürchtete, er würde gleich explodieren. Wenn das ein Film von Rob Cohen gewesen wäre, würde das sofort passieren, ohne Zweifel. Es würde mehrere Autoteile in die Luft sprengen und sie gleich mitversengen von der Hitzewelle. Konnte man in der Astralwelt sterben? Sie wollte es lieber nicht herausfinden.

Sie blieb etwas hinten nach, während Sanjena und Taylor ins Auto stiegen. Mit klopfendem Herzen näherte sie sich der Fahrerkabine. Der Unfall war die Schuld des Autofahrers, aber sein Tod war dadurch nicht gerechtfertigt. Es behagte ihr nicht, blind darauf vertrauen zu müssen, dass so ein Lebensplan verlief.

Taylor zog sie ins Innere, als es ihm zu lange dauerte. In der Kabine war es viel größer als sie erwartet hatte; vermutlich lag das an diesen Raumdehnungen, die Mirroanwi einmal im Zusammenhang mit der Astralwelt erwähnt hatte.

Die Botschafter ermutigten sie mit einem Nicken, anzufangen. War das ihr Ernst? Sie konnten das doch viel besser als Laire; sie konnten ihr nicht einfach die Verantwortung für den Tod eines Menschen übertragen.

Zögernd wandte sie sich dem Fahrer zu. Es war ein Mann Mitte dreißig, der schon erstaunlich früh graue Haare an den Seiten bekommen hatte. Ein Schnurrbart zierte die Stelle über seinem Mund, aber nicht die Art, durch die er älter gewirkt hätte; er ließ ihn gerissen aussehen, so spitz und schmal wie er war. Die Musik lief noch leise im Hintergrund, *Highway to Hell*.

Ihre Finger zitterten leicht, als sie dem Mann die nassen Haare aus der Stirn strich. Kurz wunderte sie sich darüber, aber dann wurde ihr klar, dass das keine Wassernässe war; das war Blut, das an seinen Haaren klebte. Eine fette Platzwunde prangte an seiner Schläfe. Laire musste schlucken. Die Airbags waren beim Aufprall nicht aufgegangen, daran musste es gelegen haben. Ob das sein Schicksal gewesen war? Oder war es nur ein dummer Zufall, und er würde in den nächsten Stunden wiedergeboren werden?

Seine Brust hob und senkte sich noch, wenn auch nur schwach. Unschlüssig stand sie da – ja, sie stand, dafür reichte die Kabine gerade so aus.

»Was soll ich machen?«, fragte sie die anderen, darum bemüht, ihre Stimme vom Zittern abzuhalten.

Sie spürte, wie sich Taylor näher beugte. Wären sie in der richtigen Welt gewesen, hätte sie gewiss seinen Atem auf der Schulter gespürt. »Beruhige ihn.«

»Ich weiß nicht, wie das geht.«

Er schnaubte. »Machst du Witze?« Da, da war er wieder. Spuren von dem schlecht gelaunten Taylor, wie sie ihn kennengelernt hatte. Sie warf ihm einen düsteren Blick zu, woraufhin er sich um einen freundlicheren Ton bemühte. »Stell dir vor, das wäre deine Schwester. Stell dir vor, du müsstest sie trösten.«

»Laire, du kannst das«, fügte Sanjena hinzu. Obwohl man merkte, dass sie sich um Geduld bemühte, hörte man den Druck heraus, unter dem sie standen. Die Zeit lief ihnen davon. Dieser Mann durchlebte gerade die letzten Minuten seines Lebens.

Dass sie sich vorstellte, es wäre Yesta, behagte ihr überhaupt nicht; aber andererseits, Taylor hatte Recht. Dadurch wusste sie, was zu tun war. Sie war Yesta schließlich schonmal beigestanden.

Sie strich ihm wieder durch die Haare; der Mann öffnete die Augen zwar nicht, aber durch das Zucken seiner Lieder wusste sie, dass er sie wahrnahm. Das war ein guter Anfang. Sanft legte sie eine Hand an seine Wange, strich ihm mit dem Daumen das Blut vom Auge weg.

»Ich heiße Laire.« Sie wusste nicht, ob er sie hören konnte. Aber ein Mensch, der mit all seinen Sinnen in der Materie verwurzelt war, tickte anders als ein Mensch, der im Sterben lag. Er war einer höheren Welt geöffnet.

»Ich bin die Gefährtin des Todes«, fuhr sie fort. »Und ich bin hier, um dich auf deinem Weg zu begleiten.«

Er verkrampfte sich, aber Laire versuchte, so viel Feingefühl wie möglich in ihre Worte zu legen. Vielleicht hätte sie nicht gleich vom Tod sprechen sollen. Sie strich ihm noch einmal unter das Auge, und sofort entspannte er sich wieder. Es war, als hätte sie eine Reflexstelle entdeckt.

»Du wirst jetzt sterben, aber das ist nicht weiter schlimm. Das hat alles – alles zu deinem Leben gehört. Der Radfahrer ist kein Zufall gewesen.«

Egal, ob es Lüge oder Wahrheit war; es war angenehmer sowohl für ihn als auch für sie.

»Du wirst gleich an einen wunderbaren Ort kommen, einem Ort, an dem du fliegen kannst und alles möglich ist, was du dir erträumen kannst. Und du kannst deine Familie besuchen. Sie werden um dich trauern, aber du wirst sie trösten können.«

Der Mann zuckte kurz. Dann lief eine Träne seine Wange hinunter, direkt durch Laires Hand hindurch, als wäre sie gar nicht da. Aus dem Augenwinkel sah sie, wie Sanjena ihr ermutigend zunickte. Taylor beobachtete sie nur ausdruckslos.

Laire holte noch einmal Luft. Ja, das war wirklich anders als im Krankenhaus. Im Krankenhaus hatten Berührungen gereicht, zarte Liebkosungen, Beteuerungen, dass der Tod eine sanfte Wolke wäre, die einen empfing. Hier war mehr nötig. Hier mussten Worte her, und zwar die richtigen.

Sie dachte kurz darüber nach, was sie selbst beruhigen würde, und was sie hören wollen würde, wenn sie an seiner Stelle wäre. Das war schwer; so etwas zu denken, in so einer Situation. Es ging Laire nahe. Und dabei zwang sie sich schon die ganze Zeit, Distanz zu wahren. Sie wollte nicht wegen so etwas einen Zusammenbruch erleiden. Nicht wegen des Todes eines Menschen. Einer von Hunderten, wenn nicht sogar Tausenden in dieser Nacht. Sie wusste ganz genau, was der Tod war, und was einen im Nicht-Leben erwartete.

Doch es war schwer, alte Denkmuster abzustreifen.

»Du hast alles erreicht, was du erreichen wolltest«, sagte sie schließlich. Sie schaute ihn dabei so intensiv an, als würde er zurückblicken. Sie spürte, wie sich sein Puls verlangsamte.

»Auch, wenn es dir nicht so vorkommt, auch, wenn dir jetzt hundert Sachen einfallen, die du noch erledigen wolltest – glaub mir, du hast alles erreicht, was du in diesem Leben erreichen wolltest und erreichen solltest. Und soll ich dir ein Geheimnis verraten?«

Sie lächelte leicht, aber es war ein schweres Lächeln. Eines, das ihre Mundwinkel vor Gewicht zittern ließ.

»Es wird nicht weh tun. Kein bisschen. Du wirst deinen Körper verlassen, darauf zurückblicken und dich wundern, wie du in so einem kleinen, gebrechlichen Körper eingesperrt sein konntest.«

Sie hörte auf, weil jemand sie an der Schulter berührte. Sanjena. Sie lächelte ihr zu, ein Zeichen, dass sie es gut gemacht hatte. Laire wich ein Stück zurück, um die Botschafterin ihre Arbeit machen zu lassen. Sanjena schloss die Augen und begann, zu summen. Das hatte sie bei Owen Santara auch schon getan, aber nur kurz. Hier wurde es lauter, die Töne schwangen durch die Kabine, und Laire fühlte, wie ihr Herz leichter wurde; als würden alle Sorgen von ihr genommen werden.

Dann war es vorbei. Sanjena verstummte, der Mann hörte auf zu atmen und Taylor teleportierte sie aus dem Autogehäuse. Es war ein Wunder, dass er nicht mit seinem geöffneten Bewusstsein angab. Andererseits fühlte sich Laire auch nicht in der kriegerischen Stimmung.

Vom Gehsteig aus sahen sie zu, wie ein Krankenwagen mit Blaulicht heranfuhr, Sanitäter mit Rollliegen aus dem Wagen sprangen und Polizisten eine Gruppe verschlafener Schaulustiger zurückhielten. Laire sah all diese Menschen und bedauerte, dass keiner von ihnen wusste, dass sich dieser Mann in seinen letzten Minuten in guten Händen befunden hatte. Dass er Frieden gefunden hatte.

Sie kniff die Augen zusammen, als sie in der Kabine eine Bewegung wahrnahm, die nicht von den Menschen stammte. Da war eine Gestalt, die so hell leuchtete wie Laire selbst. War das der Fahrer? War er in die Astralwelt gekommen, um sich von seiner Familie zu verabschieden? Daneben erschien eine zweite Gestalt, vermutlich eine Inkarnation. Ob Mirroanwi sich an sie erinnerte? Würde die Inkarnation vertraut wirken, wenn Laire sich ihr nähern würde?

»Was war dieses Summen?«, fragte sie später Sanjena, als sie sich wieder im Louvre befanden. Keiner von ihnen war in der Stimmung nach einem Nachtausflug über das Meer. Diese Nacht war anders als alle bisherigen Nächte.

Sanjena antwortete nicht. Als würde sie mit offenen Augen schlafen, saß sie auf der Holzbank in der Mitte des Saals und starrte ins Nichts.

Taylor ließ sich neben ihr nieder und legte einen Arm um ihre Schulter. Sanjena lehnte sich an ihn, als hätte sie nur darauf gewartet, und ließ ein lautes Schluchzen vernehmen.

Taylor sah zu Laire auf. »Dieses Summen ist für den letzten Moment eines Sterbenden bestimmt. Die Botschafter fangen damit unter anderem seinen letzten Gedanken ein und bringen ihn an den Ort, an dem alle letzten Gedanken gesammelt werden.«

»Wann lerne ich das?«

Er rang sich ein schwaches Lächeln ab. »Du wirst von selbst wissen, wie das geht.«

Eine Weile lang war Sanjena die einzige, die ein Geräusch von sich gab, aber irgendwann wurde Laire ihr Weinen zu unangenehm. Sie mochte es nicht, wenn Leute weinten; Yesta hatte ihr beigebracht, immer stark zu sein, deshalb war sie einen derartigen Gefühlsausbruch nicht gewohnt.

»Ich … ich denke, ich werde gehen«, sagte sie.

Taylor nickte. »Bis später.«

Sie wollte sich schon in ihr Schlafzimmer teleportieren, als sie eine Gedankennachricht erreichte, von Taylor.

Laire?

Laire sah ihn verwirrt an. Er begegnete ihrem Blick, doch sie konnte nichts darin lesen.

Ja?, fragte sie zurück. Es war das erste Mal, dass er ihren Namen ausgesprochen hatte (wenn auch nur in Bildersprache). Sie mochte das Bild, mit dem Taylor ihn transportierte. Es erinnerte sie wahrhaft an einen Sommertag, dabei hatte sie ihm die Bedeutung ihres Namens verschwiegen.

Er schickte ihr eine Antwort. *Ich glaube, du hast diesem Mann sehr geholfen. Du wirst einmal eine gute Botschafterin.*

Sie war so überrascht über das Kompliment, dass sie nicht gleich reagierte; zudem schaute er sie so ausdruckslos an, dass sie sich erst nicht sicher war, ob das überhaupt ernst gemeint war oder nur einer seiner schlechten Launen-Scherze. Aber nein. Er war nicht schlecht gelaunt, nur bedrückt. Müde.

Sie lächelte. *Danke.*

Dann dachte sie an ihren Körper zuhause in Edinburgh, und ehe sie es sich versah, umfing sie Schwärze und Gewicht, und sie schlug die Augen auf und starrte an die Decke, an die die Schatten der Rollos geworfen wurden.

Es war Morgen.

14. Kapitel
Der Riss im Riss

Die Tage und Nächte vergingen.

Tagsüber unternahm sie Aktivitäten mit Mirroanwi (die sich größtenteils in ihrer Wohnung abspielten, da er nach wie vor für alle anderen unsichtbar war) und nachtsüber ging sie auf Astralreisen.

Und in dieser Nacht … da hatten sie eine Entdeckung gemacht.

Mit einem Stöhnen rollte Laire sich aus dem Bett und zog als erstes die Rollläden hoch. Angesichts des hellen Sonnenlichts kniff sie die Augen zusammen.

»Ausgeschlafen?«, fragte eine Stimme hinter ihr.

Ihre Antwort war ein Brummen. Statt sich umzudrehen, öffnete sie das Fenster, um frische Luft hineinzulassen.

»Es ist komisch«, stellte sie fest. Ihre Stimme klang belegt. Sie räusperte sich. So unausgeschlafen hatte sie sich noch nie gefühlt. »Ich bin mir sicher, dass ich noch vor Sonnenaufgang in meinen Körper zurückgekehrt bin. Und jetzt ist es zehn Uhr. Das ist mir schon öfter passiert.«

Ein Knarzen ertönte, als Mirroanwi sich gegen den Türrahmen lehnte. »Na, das sind die Nachwirkungen. Genau wie damals, als du krank warst.«

Sie drehte sich um. »Was soll das heißen?«

»Dein Körper schläft über Nacht, aber dein Geist nicht. Er ist wach. Wenn du in deinen Körper zurückkommst, ist der Geist so erschöpft, dass er automatisch länger schläft.« Er stieß sich vom Rahmen ab und kam einige Schritte zu ihr, blieb jedoch vor dem Bett stehen. »Und krank geworden bist du, weil du die Anstrengung noch nicht gewohnt warst. Sie war zu viel für dich.« Mit einem Fingerschnipsen zeigte er auf ihre zerwühlte Gestalt. »Und jetzt zaubere mir etwas.«

Laire verdrehte die Augen, schloss sie dann aber und stellte sich vor, wie sich ihre Haare glätteten und die Schlafkrümel aus ihren Augenwinkeln wichen. Zehn Sekunden später war sie präsentabel.

Mirroanwi nickte anerkennend. »Dein Ki entwickelt sich gut. Vielleicht klappt es auch bald mit dem Teleportieren.« Als Laire daraufhin stumm blieb (sie trug ihm die Situation im schrumpfenden Raum immer noch nach) fuhr er fort. »Was habt ihr heute Nacht unternommen? Seid ihr wieder in New York Seil gesprungen?«

Laire musste sich ein Lachen verkneifen; während Taylors Familienurlaub letzten Monat, in dem er auf Astralreisen verzichtet hatten, hatten Sanjena und sie sich Methoden überlegt, um die Langeweile zu vertreiben, zudem sie auch nur selten Aufträge erhalten hatten. Nach mehreren Nächten ziellosen Herumfliegens über die Meere hatten sie beschlossen, zwischen New Yorks Wolkenkratzern Seil zu springen. Es war ein einmaliger Ausblick (und ein einmaliger Spaß) gewesen.

Als Mirroanwi nach letzter Nacht fragte, fielen ihr die Ereignisse wieder ein. In ihrem Morgenzustand hatte sie sie doch glatt vergessen. Sie legte die Stirn kraus und versuchte abermals, sich an die Vision zu erinnern, die sie am vergangenen Abend beim Einschlafen erhalten hatte. Doch wie schon mit Taylor und Sanjena scheiterte sie. Sie erinnerte sich an keine Bilderabfolge, wie es bei Visionen üblich war. Stattdessen war da nur dieser Drang, zu einer bestimmten Stelle im Grand Canyon zu reisen. Das hatte Taylor letzte Nacht in den Wahnsinn getrieben: *Ja und? Was sollen wir da tun, rumstehen und in die Luft schauen? Erinnere dich doch einfach!*

Mirroanwi schien kein Problem damit zu haben. Natürlich fragte er, was sie im Grand Canyon getan hatten, aber er beschuldigte sie nicht der Unfähigkeit. Damit Laire in Ruhe von den Ereignissen berichten konnte, beschlossen sie, in der Küche zu frühstücken, wo es noch Müsli gab. In Laires Wohnung waren alle Vorräte aufgebraucht.

Als Laire auf den Riss im Universum zu sprechen kam, den sie entdeckt hatten, hörte er auf zu essen.

»Ein Riss?«, wiederholte er. »War Taylor sich da sicher?«

Sie nickte. Beide hatten ziemlich überzeugt gewirkt. Sanjena hatte nicht einmal in Frage gestellt, ob es ein Riss war, sondern sich gleich mit der Frage beschäftigt, was er mit ihnen zu tun hatte.

»Wie sah dieser Riss aus?«

Sie setzte zu einer Antwort an, aber da erklangen die ersten Töne von *Every 27 Years*. Mirroanwi zuckte zusammen und murmelte, dass ihm dabei jedes Mal ein Schauer über den Rücken lief. Sie drückte den Anruf weg. Yesta. Mit einem leichten Schuldgefühl schickte Laire ihr eine Nachricht, dass sie beschäftigt sei. Das Schuldgefühl wuchs, als sie sah, dass sie auf Yestas letzte SMS – die über den ersten Mai – immer noch nicht geantwortet hatte. Mittlerweile war es dafür ohnehin zu spät.

»Wer war das?«, fragte Mirroanwi.

Sie steckte das Handy in ihre Hosentasche. »Yesta.«

»Warum bist du nicht drangegangen?«

»Weil wir gerade mitten in einem Gespräch sind?«

»Ich hätte auch warten können.«

Laire verdrehte die Augen. Mirroanwi würde nie verstehen, wie langweilig ihr Alltag war im Vergleich zu den Geheimnissen des Universums.

Sie entschied sich, den Faden wiederaufzunehmen. »Es war … naja, es war ein Riss. Eine Spalte in der Felswand, nur dass dahinter nicht der Felsen war, sondern eine andere – Welt.« Laire stockte. Sie erinnerte sich noch an die rote Sonne auf der anderen Seite, an die Hitze, die durch den Riss gestrahlt wurde.

»Wie groß war er?«

»Nicht größer als meine Hand.«

Mirroanwi brummte etwas. Die Müsliflocken in seiner Schüssel waren bereits aufgeweicht und trieben an der Oberfläche. Sie legte ihren Löffel hin. Den letzten Rest

Milch in der Schüssel hatte sie noch nie gemocht. Mirroanwi schlürfte seinen Rest immer aus, aber ihr schmeckte das nicht.

»Was denkst du?«, fragte sie.

»Ich denke …« Er fuhr sich durch die Haare, wodurch sie aus ihrer gewachsten Form gebracht wurden. Der Seitenscheitel stand ein Stück ab. »Ich denke, dass deine Vision keine übliche war.«

Laire verdrehte die Augen. »Damit wiederholst du nur meine Worte.«

»Es kam schon einmal vor, vor vielen hundert Jahren, dass ein Botschafter zu einem Riss geschickt wurde. Aber damals war der Grund ein Wesen, das dadurch von einer Welt in die andere gekommen war. Sowas ist im Normalfall nicht möglich. Er sollte es zurückbringen und die Namenlosen auf die Leute hinweisen, mit denen es in Berührung gekommen war, damit sie die Lebenspläne wieder richten konnten. Sowohl die der Menschen als auch den des Wesens. Aber durch deinen Riss kann kein Wesen gekommen sein, dazu ist er zu klein.«

»Eine Fliege?«, schlug sie vor.

Er schüttelte den Kopf. »Eine Fliege hätte wohl kaum genug Auswirkungen, um eine Vision bei einer Botschafterin auszulösen. Einer Gefährtin noch dazu.« Er wedelte mit der Hand, woraufhin sich die Müslischüsseln in Luft auflösten – sie wunderte sich mittlerweile nicht mehr darüber, wohin sie wanderten, sondern hoffte nur darauf, dass er sie abgewaschen in die Küchenschränke zurückschickte –, und stand auf.

»Also«, sagte sie langezogen. »War meine Vision sinnlos?«

Er regte sich lange nicht; wenn sie über einen Röntgenblick verfügt hätte, hätte sie hinter seiner Stirn gewiss viele winzige, sich drehende Maschinenräder sehen können oder viele Glühlampen, die einer nach der anderen aufleuchteten und unendlich viele Ideen herbeiführten. Leider verfügte sie über keinen Röntgenblick, und egal wie sehr sie ihr Ki anstrengte, sie konnte keinen herbeizaubern.

Plötzlich wirbelte er herum, die Zeigefinger unter das Kinn gelegt, nur um sich dann mit einem Schwung in ihre Richtung zu lenken. »Du!«, sagte er und zeigte mit dem Finger auf sie. »Bring mich hin.«

»Zum Riss? Jetzt?« Sie sah auf die Uhr, auch wenn das nicht nötig gewesen wäre. Das Sonnenlicht strömte unübersehbar durch die Fensterscheibe. »Ich kann doch jetzt nicht schlafen. Ich bin gerade erst aufgewacht.«

»Nicht schlafen. Teleportieren.« Seine Gestalt flackerte kurz, dann tauchte er vor ihr auf. Sie wusste nicht, warum er diese Distanz nicht wie Menschen zu Fuß überwand. Anfangs war sie von zu vielen anderen Komponenten verwirrt gewesen, um das zu hinterfragen, und mittlerweile war es so normal geworden, dass sie es nicht zu hinterfragen nötig hielt.

Auf wackeligen Knien stand sie auf. Das Müsli lag auf einmal schwer in ihrem Magen. Mit einer Hand hielt sie sich an der Tischkante fest.

»Ich kann nicht teleportieren. Du weißt doch, was beim letzten Mal passiert ist …«

Er kniff die Augen zusammen. »Laire MacDiagan, du bist meine Gefährtin. Und wenn ich sage, dass du etwas kannst, dann kannst du das auch.«

»Lieber schicke ich dir ein Bild.« Und schon kniff sie die Augen zusammen und versuchte, das Bild von letzter Nacht in ihr Gedächtnis zu beschwören. Die Landschaft, der Grand Canyon. Wenn Mirroanwi das in seinem Geist sah, konnte er sie dorthin teleportieren. Problem gelöst.

Er riss sie aus ihrer Konzentration, indem er ihre Hand nahm. »Teleportiere uns hin, Laire.«

»Warum teleportierst du uns nicht einfach in den Grand Canyon? Wir werden den Riss schon finden.«

»Weißt du, wie groß der Grand Canyon ist?«

»Nein.«

»Schade, ich auch nicht. Aber groß genug, sodass wir nicht einfach über einen winzigen Riss stolpern werden.

Andere Menschen haben ihn doch bis jetzt auch nicht gefunden, oder?«

Sie verzog das Gesicht und entriss ihm ihre Hand. »Warum willst du da überhaupt hin?«

»Warum ich zu einem interdimensionalen Riss in einer Felswand will, zu dem meine Gefährtin aus einem mir unbekanntem Grund geschickt wurde? Ich weiß es nicht. « Er zog die Augenbrauen hoch. »Das war übrigens Ironie.«

Erschöpft schnaubte sie. Er würde nicht lockerlassen. Sie musste ihm einfach nur zeigen, wie sie beim Teleportieren versagte. Es war nur ein Riss. Wenn sie ihn nicht untersuchten, würde die Welt das überleben.

Sie nahm also seine Hand und schloss die Augen. Sie beschwor das Bild des Risses gedanklich herauf. Die sandig braune Felswand mit all den Unebenheiten und Vorsprüngen, und auf Kopfhöhe ein so kleiner Riss, dass man ihn beim ersten Mal hingucken übersah, nicht länger als ihre Hand. Sie stellte sich alles ganz genau vor, das Gefühl der warmen, rauen Luft in ihren Lungen und auf ihrer Haut und der Sand unter ihren Füßen, wie man nur leicht darin versank, weil sich darunter robuster Felsen befand.

Sie sah das alles vor sich, und gerade, als sie an dem Punkt angekommen war, an dem sie nicht mehr weiterwusste, an dem ihrer Vorstellung nach eigentlich etwas passieren müsste, etwas, das sie dorthin teleportierte, gerade in diesem Moment –

Nein, da war nichts.

Sie dachte, sie hätte einen Ruck gespürt, eine unsichtbare Kraft, die an ihr zerrte, aber als sie die Augen einen Spalt weit öffnete, sah sie immer noch ihr Zimmer. Stumm schloss sie die Augen wieder und versuchte es noch einmal. Doch die Konzentration war ihr entglitten. Sie konnte das Gefühl nicht mehr herstellen, dieses Gefühl, sich direkt in der Szenerie zu befinden.

Mirroanwi drückte ihre Hand. *Schick es mir.*

Sie fasste es nicht, wie groß der Steinbrocken war, der von ihrem Herzen fiel. Mit einem befreienden Atemzug sandte sie Mirroanwi das Bild, so gut sie sich an letzte Nacht erinnern konnte.

Als ein warmer Wüstenwind ihr Gesicht streifte, schlug sie die Augen auf. Das Tal, in dem sie sich befanden, wurde zu allen Seiten hin von hohen Bergen überragt. Eine Schlucht aus Sand und Staub und Stein hatte sich einen Weg durch die Felsen gegraben, wie ein Flussbett, aus dem alles Wasser verdunstet war. Das orangene Gestein der Felswände war bedeckt von grauen Flecken, aber ob das Pflanzen oder Verfärbungen waren, konnte man hier nicht besser feststellen als in der Astralwelt. Es sah aus, als hätten sich hier Götter bekriegt und dabei dieses Wunderwerk erschaffen. Kleine grüne Grasbüschel verliehen der Szenerie etwas Harmloses, sodass die Vorstellung eines Götterkrieges ein wenig wich.

Laire bewunderte, wie der Canyon in der materiellen Welt plötzlich mit so intensiven Farben ausgestattet war. Dafür war der Sternenhimmel verschwunden; allein seinetwegen hätte sie es in Kauf genommen, wieder die trübe Landschaft der Astralwelt zu sehen, denn vergangene Nacht war er ein Chor aus Sternen und Galaxien gewesen, sodass sich der Riss wie etwas Magisches angefühlt hatte.

Sie wagte einen zögerlichen Blick auf Mirroanwi, fürchtete sich, ihn enttäuscht zu sehen, da sie ein weiteres Mal am Teleportieren gescheitert war.

Er schien mit den Gedanken bereits woanders zu sein, denn er ließ ihre Hand los und drehte suchend den Kopf in alle Richtungen. »Na, wo ist denn diese Felswand?«

Laire zeigte darauf, und Mirroanwis Blick glitt zunächst über die Hauptattraktion.

Die Felswand sah aus wie eine typische Felswand. Voller Unebenheiten, Vorsprünge und Einbuchtungen. Ein paar Schritte weiter wurde sie von einem Geröllhang in die Höhe geschoben, sodass sie nicht mehr zu erreichen war.

Sanjena war es gewesen, die den Riss im Universum entdeckt hatte. Taylor hatte sich in die Hocke gesetzt und war mit dem Finger darübergefahren. Dasselbe tat sie nun mit

Mirroanwi. Sie zog ihn mit sich in die Hocke und legte seine Hand neben ihre, sodass beide den Riss zum Teil berührten. Direkt dagegen gepresst, spürte Laire eine leichte Brise, die aus der anderen Welt in ihre wehte.

Mirroanwi beugte sich näher. Eine Ewigkeit lang schien er leicht gebückt vor dem Riss zu stehen und hindurch zu schauen, während Laire der prallen Sonne ausgesetzt war.

Sie wusste, was er sah. In der Nacht zuvor hatte sie ihren Augen nicht getraut, als sie durch den Riss geblickt hatte.

Sie wünschte sich, er würde endlich sprechen. Sie über die mysteriöse Welt aufklären, die sie entdeckt hatten, eine Welt, in der nur Gestein zu existieren schien und am Himmel ein kleiner Ball aus rotem Licht hing. Auf dem anderen Planeten schien der Riss auf dem Boden zu prangen.

Taylor hatte träge geschmunzelt, als Laire (unerfahren, wie sie war) mit offenem Mund gestarrt hatte. »Das ist ein Riss im Universum«, hatte er erklärt. »Ein Riss, der die Dimensionen aufbricht und eine Tür öffnet, die gar nicht da sein dürfte.«

Gegen Ende hatte Laire schon gar nicht mehr richtig zugehört, und auch jetzt schweiften ihre Gedanken wieder ab, denn der fremde Planet auf der anderen Seite war einfach zu unglaublich. Hier waren sie noch auf der Erde … und wenige Zentimeter weiter woanders.

Dann endlich richtete Mirroanwi sich auf, klopfte gegen die Felswand und räusperte sich. »Du sagtest, deine Vision war mehr ein Drang als Bilder?«

Sie nickte, neugierig, worauf er hinauswollte. Und auch ein bisschen ungeduldig, denn für die Wüste hatte sie definitiv sowohl die falsche Kleidung als auch den falschen Hauttyp.

»Hat dieser Drang dich an irgendetwas – oder irgendwen – erinnert?«

»Wie meinst du das?«

»Na, es war ganz offenbar keine normale Vision, also muss sie dir jemand Fremdes geschickt haben. Es ist so wie mit den Bildern. Wenn ich dir eine gedankliche Botschaft schicke, dann weißt du, dass sie von mir ist, weil sie sich nach mir anfühlt. Woran hat dich die Vision erinnert?«

»Ich – ich weiß nicht.« Sie runzelte die Stirn. »Ich weiß nur noch, dass ich danach sehr aufgeregt war, als hätte ich ...« Sie stockte.

»Was?«, hakte er nach.

»Als hätte ich zu viel Koffein getrunken.«

Mirroanwi taxierte sie. »Was ist?«

»Nichts, ich ...« Sie schüttelte den Kopf, um das aufkommende Schwindelgefühl zu vertreiben. Das hatte sie bereits ergriffen, nachdem sie die Vision erhalten hatte. Als würden ihre Gedanken nach etwas suchen. Als läge ihnen ein Wort auf der Zunge, aber es war ihnen unmöglich, es zu greifen. Als – als *wäre* da etwas, und dann auch wieder nicht.

Sie nickte auf den Riss. »Was hast du herausgefunden?«

Mirroanwi drehte sich zur Seite und legte eine Hand auf den Riss, womit er ihn komplett abdeckte. Man hätte meinen können, die Felswand wäre eine ganz normale Felswand.

»Was ist der Grand Canyon, Laire?«

Ein Schulterzucken. In Geographie hatte sie Besseres zu tun gehabt als aufzupassen. »Vieles?«

»Er ist eine Schlucht ...« Er wirkte für seine eigene Erklärung Feuer und Flamme, denn er schien ganz in Gedanken versunken. »Und auf der anderen Seite des Risses befindet sich ebenfalls eine Schlucht.«

»Woher weißt du das?«

»Wegen des Terrains. Wenn man durchblickt, ist man von Felswänden umgeben, was auf eine Schlucht hinweist.«

»Und was willst du daraus schließen?«

Er trat von der Felswand zurück und legte den Kopf in den Nacken. Von hier unten konnte man die Spitze des Grand Canyons kaum erkennen. Der Fels schien bis in den Himmel zu reichen. »Ich schließe daraus, dass auf beiden Seiten eine Schlucht ist, oder ein Riss. Ein Riss ... in einem Riss.«

Sie stieß einen matten Seufzer aus und ließ sich gegen die Felswand sinken.

Obwohl sie keine Anstalten gemacht hatte, irgendetwas zu sagen, hob er die Hände, als wollte er sie am Sprechen hindern. »Nein nein, du verstehst das nicht. Habe ich dir schon einmal die Geschichte erzählt, wie Risse entstehen?«

»Der Riss oder der Riss im Riss?«, scherzte sie.

»Der Riss.« Er runzelte die Stirn, offenbar verwirrt von seiner eigenen Aussage, und wedelte mit den Händen, als könnte er damit die Worte vertreiben. »Nein, Risse eben. Kratzer auf der Oberfläche der Materie. Der Sprung in einem Trinkglas. Der Riss in einem Gehsteig. Wurmlöcher. Der Grand Canyon. Weißt du, wie sie entstanden sind?«

Es war keine rhetorische Frage, das wurde ihr nach ein paar Sekunden Schweigen bewusst. Ratlos zog sie die Schultern nach oben. Sie bezweifelte stark, dass all diese Dinge etwas gemeinsam hatten.

»Ein gebrochenes Herz.« Mirroanwi sprach diese Worte so sorgfältig aus, als müsste er damit ein kleines Kind zudecken. »Jedes gebrochene Herz hinterlässt einen Kratzer im Universum. Von einem kleinen Kratzer im Asphalt über einen Riss in der Erde …« Er tippte auf die Felswand. »Bis hin zum interdimensionalen Riss. Aber warum ein Riss in einem Riss? Der Grand Canyon … und der Riss. Weißt du, was ich glaube?«

»Was?« Sie hatte die Augenbrauen gehoben, versuchte zu ermitteln, ob er sie nicht ein kleines bisschen anschwindelte.

Er trat noch weiter zurück und drehte sich um seine eigene Achse, ehe er sie wieder ansah. »Ich glaube, das war ein ganz schön schlimm gebrochenes Herz.«

Sie musste einige Male blinzeln, ehe sie seine Schlussfolgerung sinnvoll weiterführen konnte. »Okay, angenommen, du hast Recht … willst du damit sagen, dass der Grand Canyon und dieser Riss vom selben Herzbruch stammen?«

Ihre eigenen Worte verwirrten sie, aber er schien damit keine Probleme zu haben.

»Es ist möglich«, überlegte er. »Aber jemand, der so viel Schmerz empfindet ...« Seine Stimme wurde leiser. »Wie kann ich von demjenigen nichts wissen?«

Sie beugte sich vor den Riss, um nochmal hindurchzuschauen. Immer noch dieselbe Landschaft.

»Aber warum hatte ich dann diese Vision? Mirroanwi?« Als er nichts sagte, drehte sie sich um, aber er stand nicht mehr dort, wo er gestanden hatte. Mehrmals rief sie seinen Namen, aber er war verschwunden. Wann war er gegangen? Und warum hatte er sie nicht mitgenommen?

Auf einmal spürte sie wieder den Floh an ihrem Bewusstsein. *Teleportier dich, kleine Krähe*, hallte es durch ihren Kopf.

Dann war ihm also nichts zugestoßen, sondern schlimmer. Er hatte sie im Stich gelassen.

Mirroanwi, komm sofort zurück!, schickte sie eine Nachricht zurück, aber sie spürte, wie sie sich in der endlosen Weite des Universums verlor. Sie konnte Mirroanwi nicht mehr erreichen; er war zu weit weg. Nur wo?

Fünf Stunden später stand sie in ihrem Zimmer, ihre Haut rot gebrannt und über und über mit Staub bedeckt. Der Grand Canyon hatte sich als schmutziger erwiesen als sie angenommen hatte – in der Astralwelt blieb kein Staub an ihr haften, wenn sie das nicht wollte.

Zuerst nahm sie eine Dusche. Anschließend konzentrierte sie sich drei Minuten lang, aber als ihr Ki nicht so wollte wie sie, schlich sie sich ins Erdgeschoss und schnappte sich die Aftersunlotion ihrer Mutter. Allison hatte eine noch empfindlichere Haut als sie; wie Laire nach fünf Stunden in Arizona aussah, sah Allison nach fünf Minuten in der schottischen Sommersonne aus.

Den Geräuschen nach zu urteilen, schaute Colin im Wohnzimmer eine Doku mit beruhigender Musik, vielleicht über das Meer. Laire drückte die Klinke zum Badezimmer so leise wie möglich. Sie brauchte nicht lange, um die Aftersunlotion zu finden, denn sie stand ganz vorn auf einem Brett mit Allisons Produkten.

Das Diebesgut in den Händen, wollte sie gerade die Tür zuziehen, als die Stimme ihres Vaters ertönte. »Laire?«

Sie unterdrückte einen Fluch. In den letzten Stunden hatte sie genug geflucht – als ihr die bekannten Flüche ausgegangen waren, hatte sie sich gezwungen gesehen, neue zu erfinden.

»Ja?« Sie unterdrückte ein Husten von dem Staub in ihrer Lunge.

»Was machst du da?«

Couchfedern quietschten und der Ton, der bisher aus dem Fernseher gedrungen war, verstummte. Panisch drückte Laire die Lotion an sich und wollte sich zurück ins Badezimmer schieben, als Colin in ihr Sichtfeld trat. Seine Haare waren platt gedrückt und seine Miene hatte noch einen leicht verschlafenen Ausdruck an sich.

Als er sie sah, weiteten sich seine Augen; er musterte sie von oben bis unten. Laire suchte verzweifelt nach einer Ablenkung, bevor er sich zu ihrer Erscheinung äußern konnte.

Sie bemühte sich um einen lockeren Ton. »Bist du gerade auf der Couch eingenickt?«

Er zuckte mit den Schultern und streckte eine Hand über seinen Kopf, um sich am Rücken zu kratzen. Laires Blick fiel dabei auf sein kariertes Hemd, und auf seinen Kragen. Das erinnerte sie wieder an Mirroanwi und sie packte die Lotion fester.

»Kannst du's mir verübeln? Gestern war Montag.«

»Montag …« Sie ließ das Wort in der Luft hängen. Erst, als ihr Vater die Augenbrauen hochzog, fiel es ihr wieder ein. Montag, natürlich. Montagnacht brummte er sich jede Woche selbst eine Nachtschicht auf, um seinen Unterricht für die kommende Woche vorzubereiten. »Tut mir leid«, murmelte sie. »Ich bin noch – müde.«

»Ach ja? Hast du dich gestern Abend zu lange im Studio gebräunt?« Seine Stimme und seine Miene schienen zu schwanken zwischen Ernst und Belustigung. So war er. Bei Laire hatte er nie gewusst, ob er den Vater oder den Freund raushängen lassen sollte. Bei Yesta war das anders gewesen.

Yesta hatte zu ihren Eltern immer nur eine sehr ... elterliche Beziehung gehabt. Mehr als beiden Parteien gut getan hatte.

Sie rollte mit den Augen. »Dad, in sowas gehe ich nicht. Außerdem, was hätte das für einen Sinn? Das könnte man höchstens in England machen, ohne wie ein Freak zu wirken.« Sie schob ein Lächeln hinterher, um ein Lächeln im Gesicht ihres Vaters erscheinen zu lassen, ehe sie sich abwandte und nach oben rannte. In ihrer Wohnung angekommen, ließ sie sich vor den Spiegel in ihrem Ankleidezimmer sinken. Zum Glück war es nur Colin gewesen. Er beharrte nicht auf eine Erklärung, wenn sie ihm keine liefern wollte. Wenn er es allerdings ihrer Mutter erzählte, die inzwischen zum wiederholten Mal den dritten Band von *Herr der Ringe* beendet hatte und dementsprechend über Zeit verfügte, um nach Laire zu sehen ...

Mit einem Seufzen schob Laire die Gedanken beiseite und beugte sich nach vorne, um die kleine Schrift auf der Tube zu entziffern. Wie schnell wirkte das Zeug? Ideal wäre noch diesen Abend, aber das würde an ein Wunder grenzen ... was taten Aftersunlotionen überhaupt? Jetzt, wo Laire mehr darüber nachdachte, bezweifelte sie, dass sie Sonnenbrand mir nichts, dir nichts ausmerzen konnten.

Ungeduld war immer eine ihrer Schwächen gewesen. Vorhin hatte sie sich drei Minuten lang konzentriert, und als das nichts geholfen hatte, hatte sie aufgegeben.

Sie *wollte* aber keinen Sonnenbrand haben. Eine Aftersunlotion würde ihre Haut zwar heilen, aber das dauerte. Nein, sie musste sich einfach mehr konzentrieren. Ihre Gedanken dazu zwingen, in diesem Augenblick zu verweilen. Sie blickte auf, in die Spiegelung ihres Gesichts. Ihre Haut war krebsrot gebrannt. Die Hitze waberte darunter wie viele kleine Kätzchen, die sich um viele, viele Wollknäuel tummelten.

Sie stellte sich vor, wie sich die Farbe wieder aufhellte, wie sie zu ihrer natürlichen Blässe zurückkehrte, wie der Sonnenbrand verschwand ... all das hatte sie sich vorhin schon einmal vorgestellt, vor Unmut überkochend in der Dusche stehend. Doch jetzt hatte sich ihr Gemüt beruhigt, sie musterte sich selbst im Spiegel, sah beinahe, wie sich das Rot aufhellte …

Ungläubig fasste sie sich an die Wange, als ihr im Spiegel tatsächlich wieder das Gesicht entgegenstarrte, das sie kannte, und nicht das sonnenverbrannte.

Wie war es möglich, dass sie trotz all ihrer Erfolge nach wie vor erfolglos im Teleportieren war?

Und dann fiel jemand aus ihrem Kleiderschrank. Sie schrie auf, ihre Hand verkrampfte sich und ein Schuss Lotion schoss aus der Tube. Jemand drückte sie nieder, versperrte ihr mit schwarzen Haaren die Sicht, versuchte offenbar, sich aufzurappeln, aber gleichzeitig versuchte Laire dasselbe und so rissen sie sich immer wieder gegenseitig die Arme unter den Körpern weg.

»Halt, stopp!«, rief Laire nach zehn Sekunden Rangelei. Sie hielt inne und wartete darauf, dass sich die Person aufgerichtet hatte, dann stand sie ebenfalls auf.

Grace Hathaway. Diese strich sich den Umhang glatt und setzte wieder ihre Kapuze auf, die ihr heruntergerutscht war. So erhaschte Laire nur einen kurzen Blick auf ihr mageres, bleiches Gesicht und die dunklen Ringe unter den Augen. Von Mal zu Mal sah sie kränklicher aus, auch wenn Laire das nie für möglich gehalten hätte.

Kaum hatte sich Laire aufgerichtet, verfinsterte sich Graces verwirrte Miene. »Du! Wie tust du das?«

Je öfter sie sich begegneten, desto menschlicher schien sie zu werden. Es gab Laire zu bedenken, dass Wut diesen Effekt hatte.

»Wie tue ich was?«, fragte sie zurück, während sie sich darum bemühte, die Lotion von ihrem Oberteil zu wischen.

Grace schüttelte den Kopf. »Du bist wie ein Magnet. Ich will in eine ganz andere Richtung rennen, aber dann spüre ich *dich* und ich werde zu dir gezogen. Was hast du angestellt?«

»Gar nichts!« Laire gab den Versuch auf, ihr Oberteil war ruiniert. Stattdessen funkelte sie Grace an. Es reichte ja schon, wenn diese Frau alle paar Wochen mit ihr zusammenstieß und sie dabei fast oder vollständig umwarf, aber jetzt auch noch die Schuld dafür zugeschoben zu bekommen, das stieß an Grenzen. »Du bist doch diejenige, die gerade aus meinem Kleiderschrank gefallen ist.«

»Das mache ich nicht absichtlich.« Grace gab ein Schnauben von sich. »Wie dem auch sei, ich muss weiter.«

»Warte!« Bevor sie sich in Luft auflösen konnte, hielt Laire ihren Arm umfasst.

Grace schaute darauf wie auf eine haarige Spinne, ehe sie ihrem Blick begegnete. »Das wieder? Diesmal ist deine Inkarnation nicht da, um dich zu beschützen.«

»Was bist du, Grace? Und – Hathaway? Ist das nicht eine Schauspielerin?«

Grace blieb stumm.

»Bist du mit ihr verwandt?« Ihr war keine Methode zu billig, um Antworten zu erhalten.

Grace blinzelte, anscheinend aus der Fassung gebracht. »Mach dich nicht lächerlich.« Mit spitzen Fingern umfasste sie Laires Hand und zog sie weg. Laire ließ es zu. »Mein Gefährte hatte einen Sinn für Humor.«

Laire klappte der Mund auf. »Dein Gefährte?« Sie musterte sie. Ihre magere Figur, ihr strähniges Haar. »Du bist eine Inkarnation des Todes?«

Eine alte Bekannte, hatte Mirroanwi gesagt.

»Wenn du nicht gleich zwei Wächter in deinem Zimmer stehen haben willst, würde ich dir raten, mich gehen zu lassen.«

In Gedanken woanders, nickte Laire und trat einen Schritt zurück. Ohne noch einmal zurückzuschauen, lief Grace los und bevor sie gegen die angelehnte Tür zum Schlafzimmer geprallt wäre, war sie verschwunden.

Wächter. Taylor hatte auch von Wächtern geredet.

Ein Schauer überlief Laire. Sie schlang die Arme um sich selbst und sank auf den Boden. Fragen schwirrten durch ihren Kopf, eine unwichtiger als die andere, aber es gab da eine bestimmte Frage, mitten im Durcheinander, die vor Bedeutung nur so triefte. Laire hatte sie bisher nicht wahrgenommen, weil sie im Grand Canyon wichtigeren Dingen nachgehangen war als Taylor zuzuhören, aber – hatte er nicht eine Grace erwähnt?

15. Kapitel
Geister der Vergangenheit

Es war der Abend desselben Tages und Mirroanwi war immer noch nicht zurück. Laire hatte noch zweimal versucht, ihm Nachrichten zu schicken, aber sie erreichten ihn nicht, das konnte sie spüren. Entweder er war zu weit weg oder er wollte nicht erreicht werden.

Allerdings hatte Laire nun ihre eigene Mission, der sie nachgehen musste, weshalb sie sich nicht weiter mit Mirroanwi befasste. Früher oder später würde er wieder auftauchen.

Gerade, als es spät genug geworden war, um schlafen zu gehen, klopfte jemand gegen ihre Tür. Laire, die gerade beim Zähneputzen gewesen war, legte seufzend die Zahnbürste weg und tappte in ihrem Schlafanzug zur Tür.

»Mum —«, setzte sie an, sobald sie ihre Mutter sah. Sie wollte sagen: *Mum, was machst du so spät noch hier?*

Doch Allison sah sich in der Position, zuerst zu Wort zu kommen.

»Drei Sachen.« Sie schob ihre Tochter zurück in die Wohnung und schloss die Tür. Beim Anblick des unaufgeräumten Wohnzimmers rümpfte sie die Nase. Vermutlich stach ihr der Bücherstapel auf dem Tisch ins Auge, den Laire als Kamerastativ benutzt hatte, und die Tassen auf ihrem Schreibtisch, in denen noch Teereste schwammen. Neben dem Filmen von neuen Videos hatte sie sich in den letzten drei Tagen damit beschäftigt, ihre Niederschriften von der Astralwelt zu digitalisieren, und das hatte viel Tee benötigt. Natürlich ausschließlich in Abwesenheit von Mirroanwi.

Bereits überfordert, lehnte Laire sich gegen den Schreibtisch und betrachtete ihre Mutter. Wenn sie eine derartige Ankündigung machte, verhieß das meistens nichts Gutes. Mindestens eine dieser drei Sachen musste etwas mit ihrer roten Haut von heute Mittag zu tun haben.

»Erstens.« Allison blieb mitten im Raum stehen. »Warum berichtet mir dein Vater, dass du einen Sonnenbrand hast, wenn deine Haut ganz offensichtlich gesund ist? Hat Colin Wahnvorstellungen?«

Laire lächelte entschuldigend. Vielleicht war es doch keine gute Idee gewesen, das Ki anzuwenden. Daran hätte sie denken müssen. Sie hatte einfach nicht damit gerechnet, demnächst Kontakt zu einem ihrer Elternteile zu haben. Jetzt, wo sie darüber nachdachte, wurde ihr klar, wie lächerlich diese Annahme gewesen war. Sie lebten schließlich im selben Haus.

Um eine gute Lüge zu kurz, fuhr sich Laire über die Arme, als würde sie den Unterschied erst jetzt registrieren. »Verdammt gute Creme?«, versuchte sie.

»Und welche Creme soll das sein?«

»Auf jeden Fall nicht deine Aftersunlotion«, erwiderte Laire vorsichtig.

Allison atmete laut aus. »Ich sehe schon. Du willst es mir nicht sagen.« Ihre Miene verlor ein Stück an ihrer mütterlichen Strenge. »Genau wie Yesta.«

»Mum —« Sie blinzelte, zu sprachlos, um etwas zu sagen. Allison hatte sie noch nie mit ihrer Schwester verglichen. Wieso auch, die beiden waren schließlich von Grund auf verschieden. Wenn Yesta etwas verboten wurde, bekritzelte sie Wände, nahm Drogen oder kam eine Nacht lang nicht nach Hause. Wenn Laire etwas verboten wurde … mit dieser Frage würde sie sich später beschäftigen, wenn ihr eine Gelegenheit einfiel, bei der ihre Eltern anstatt nachzugeben ein Verbot aufgestellt hatten.

»Mum, ich bin nicht wie Yesta. Ich habe sie in den letzten Wochen nicht mal gesehen!«

Allison rieb sich über die Stirn, auf einmal wirkte sie müde. »Genau, das ist die andere Sache, über die ich mit dir sprechen will. Laire, ich habe gestern mit Yesta telefoniert. Sie behauptet, dass du sie völlig ignorierst.«

»Was?« Sie war sich nicht sicher, auf welchen Satz sie zuerst eingehen sollte. »Seit wann telefonierst du mit Yesta?«

»Seit sie eine Wohnung mieten will. Und jemanden braucht, der ihr dabei hilft.«

»Ich dachte, Dad hat mit ihr schon die Verträge durchgesehen.«

»Ja, Laire«, pflichtete sie ihr bei. »Aber mit dem puren Durchsehen ist die Sache nicht erledigt, davon habe selbst ich eine Ahnung. Also, warum ignorierst du deine Schwester?«

»Ich ignoriere sie nicht. Ich habe nur …« Sie brach ab, weil sie sich an die Dinge erinnerte, die Yesta sehr wohl zu der Annahme verleiten konnten, ignoriert zu werden. Das Nichtreagieren auf die SMS. Das Wegdrücken des Anrufs. Die fehlenden Besuche, die Laire bei ihr noch vor ein paar Monaten wöchentlich abgehalten hatte.

Sie schloss kurz die Augen und ließ die Welle von Schuld über sich ergehen. Dann schaute sie ihre Mutter an. »Ich rede mit ihr.«

»Und entschuldigst dich.«

»Mum – ja.« Sie konnte einen genervten Ton nicht vollkommen aus ihrer Stimme halten. »Und was ist die dritte Sache?« Unauffällig schielte sie zum Handy, das auf der Schreibtischplatte lag, und drückte auf den Home-Knopf, um die Uhrzeit zu sehen. Sie wollte endlich ins Bett gehen.

»Abgesehen davon, dass du mir noch keine Antwort auf die Sache mit dem Sonnenbrand gegeben hast?« Allison seufzte, und dieser Seufzer erinnerte Laire unangenehm an sich selbst, wie sie nach einem anstrengenden Gespräch mit Mirroanwi reagierte. »Ich brauche am Wochenende Hilfe, um etwas in der Krimskrams-Kammer zu suchen. Hilfst du mir dabei?«

»Du willst in die Krimskrams-Kammer?« Ein Abbild des Zimmers im ersten Stock schob sich in ihr Bewusstsein. Damit verbunden: Grauen. Sie hatte es seit Jahren nicht mehr betreten, aber das letzte Mal war es voller Kartons und Staub gewesen.

»Ach, ich suche nur ein altes Buch von mir. Würde dich nicht interessieren, deshalb wirst du nur diejenige sein, die den Staub aus meiner Bahn jagt. Betrachte es als Bezahlung dafür, dass du hier wohnen darfst.«

»Mum!« Laire wollte protestieren, aber als Allison ihr zuzwinkerte, musste sie unweigerlich schmunzeln. »Also gut, ich helfe dir. Aber ich kann nur am Samstag.«

»Warum?«

Weil ich Samstagnacht in der Astralwelt bin und am nächsten Morgen so müde sein werde, dass ich erst am Mittag aufwache und anschließend keine Lust dazu haben werde. Aber das sprach sie nicht laut aus. Stattdessen zuckte sie mit den Schultern. »Arbeit.«

»Klavierstunden?«, fragte Allison. »Mir ist aufgefallen, dass du in letzter Zeit weniger unterrichtest.«

»Und woran?«

»Du übst nicht mehr so viel. Ich vermisse die Begleitmusik, wenn ich lese.«

Laire zog die Augenbrauen hoch. »Vielleicht brauche ich auch einfach keine Übung mehr.«

»Kannst du mir heute denn gar keine vernünftige Antwort geben?« Allison wandte sich um und drückte die Türklinke nach unten. Bevor sie die Wohnung verließ, schaute sie ihre Tochter noch einmal an.

»Diese Aftersunlotionen mit Make-up schaden deiner Haut mehr, als dass sie dir helfen. Und es ist auch nicht ratsam, sie vor dem Schlafengehen aufzutragen.« Sie nickte noch einmal bedeutsam, dann trat sie ins Treppenhaus und schloss die Tür hinter sich.

Laire war froh, sich endlich ins Bett legen zu können. Nicht, weil sie müde war – auch wenn sie sich nach dem Gespräch mit Allison tatsächlich ein Stück erschöpfter fühlte als zuvor –, sondern weil sie endlich mit Taylor reden wollte. Sie hatte Fragen.

Taylors Zuhause zu finden, wäre in der materiellen Welt schwerer gewesen.

Sie hätte nicht gewusst, wo sie hätte anfangen sollen. Vermutlich bei seiner Schwester im Buchladen, aber ob diese ihr seine Adresse geben würde, war eine ganz andere Frage.

Glücklicherweise befand sie sich nicht in der materiellen Welt, sondern in der Astralwelt. Taylor hatte ihr einmal ein Bild seiner Küche gezeigt, weil sie ihm die Verwüstung nicht geglaubt hatte, die er wegen eines Mikrowellen-Unfalls beschrieben hatte. Der weiß gekachelte Boden wies in den Ritzen immer noch rötliche Stellen auf. Dieses Bild rief sie sich nun ins Gedächtnis. Solange man wusste, wie der Zielort aussah, kam man überallhin.

Auch das Teleportieren wäre ihr in der materiellen Welt schwerer gefallen. Sie hatte nicht zum Spaß fünf Stunden im Grand Canyon zugebracht. Und nein, letzten Endes hatte sich nicht noch ein Wunder ergeben, sodass sie auf einmal dazu imstande gewesen war. Nur die Macht ihres Handys hatte ihr weitergeholfen.

Innerhalb eines Gedankens verschwand sie aus ihrem Schlafzimmer und fand sich in Taylors Küche wieder. Es roch leicht nach alter Lasagne. Das Geschirr stapelte sich auf der Anrichte, sodass Laire einen Schritt davon zurücktrat, um nichts umzustoßen. Noch ein Schritt, und sie trat über die Türschwelle in eine Art Wohnzimmer.

Es hätte größer gewirkt, wenn der Boden öfter zum Vorschein kommen dürfte. Überall lagen lose Zettel herum, die vollbeschrieben waren – teils bedruckt, teils mit einer unsauberen Handschrift in allen verschiedenen Farben und Stiftarten. Irgendwo im Durcheinander ließ sich ein Tisch erahnen. Darauf lagen Wälzer, die mehr Papier beherbergten als für sie vorgesehen war. An der Wand stand ein einzelnes Regal, das größtenteils mit Büchern vollgestopft war. Alle wirkten recht alt, die meisten Buchrücken waren vergilbt oder zerrissen.

Der Stuhl vor dem Tisch war kaum sichtbar. Das lag nicht an all dem Papier, sondern an dem Körper, der darauf drapiert war. Laire hatte ihn zuerst nicht bemerkt, weil er sich nicht bewegte. Taylor hatte den Kopf auf die Arme gelegt und schien zu schlafen. Es sah nach einer sehr ungemütlichen Haltung aus, von der er sicher mit Rückenschmerzen erwachen würde.

Sie sah sich um. Wenn er schlief, müsste sein Astralkörper eigentlich bald auftauchen. Es sei denn, er durchlebte einen seiner Alpträume.

In seinem grauen T-Shirt und seiner Jogginghose sah er wie jemand aus, der den ganzen Tag über nicht das Haus verlassen hatte. Er war beinahe mit seinem Stuhl verschmolzen.

Laire trat neugierig hinter ihn, um zu sehen, worauf er schlief. Es war ein Notizbuch, gefüllt mit seiner eigenen Schrift, aber sie konnte das unsaubere Gekrakel nicht entziffern, nicht in dem Astrallicht, das viel zu hell dafür war. Das einzige, was sie wirklich erkennen konnte, waren die Zeichnungen, die sich auf der linken Seite befanden. Die eine zeigte einen Menschen, der von einem Oval eingegrenzt wurde, wie eine Aura. Die andere Zeichnung bildete ebenfalls einen Menschen ab, denselben, aber diesmal war das Oval gestrichelt.

Taylor. Sie versuchte, das Bild gezielt in sein Bewusstsein zu steuern, aber es war versperrt. Sie formte es zu einem Floh und klopfte an, aber er reagierte nicht. Eine Hand auf seiner Schulter zeigte Wirkung. Im Schlaf regte er sich und kratzte sich dort, wo sie ihn berührte, aber er schlief weiter.

Sie warf einen Blick auf die Uhr, die an der Wand hing. Halb zehn. Als Allison geklopft hatte, war es kurz nach acht gewesen. Wieder einmal war Laire erstaunt, wie viel schneller die Zeit in der Astralwelt verging, ohne dass sie es merkte.

Es dauerte noch drei Stunden, bis ihr Warten belohnt wurde. Sie war die kleine Wohnung schon mehrere Male durchwandert, hatte sich die Augen an den Buchtiteln im Bücherregal kaputt gelesen – und dabei nur die Hälfte der Titel entziffert – und war schließlich an einem großen Bild neben der Badezimmertür stehen geblieben. Eine Fotocollage, die einzigen Fotos in der ganzen Wohnung.

Sie zeigten dieselbe Gruppe von Menschen, nur in verschiedenen Kombinationen: Taylor und vier Geschwister. Auf manchen Bildern hatten sie sich die Arme um die

Schultern gelegt, auf anderen saßen sie an einer langen Tafel. Sie waren in verschiedenen Altersstufen abgebildet, aber Laire erkannte zwei davon sofort: Layla, und natürlich Taylor selbst. Auf einem Bild zog Layla ihm eine Weihnachtsmütze in die Stirn.

In der rechten unteren Ecke steckte das einzige Foto, auf dem nur eine einzige Person zu sehen war. Ein pausbäckiger Junge, nicht älter als vier, mit zerzaustem, schwarzem Haar und einer Schnute. Auf dem Fotorand stand in goldenen, geschwungenen Lettern geschrieben: *In liebevollem Gedenken an Manny.*

»Was willst du hier, Jane?«

Hastig drehte Laire sich um, eine schuldbewusste Miene aufgesetzt. Die verwarf sie jedoch schnell wieder, als sie Taylors hochgezogene Augenbrauen sah. Sie hatte jedes Recht, hier zu sein. Oder zumindest diese Collage zu betrachten, die mitten in seiner Wohnung hing. Jeder konnte sie betrachten.

»War Manny dein Bruder?«

»Ja.« Dabei blieb er ausdruckslos. Als sie ihn weiterhin taxierte, legte er ein wenig Schärfe in seinen Ton. »Was? Das ist schon ewig her. Was machst du in meiner Wohnung?«

Mit verschränkten Armen ließ Laire sich auf der Luft nieder. Ihr Ki erlaubte es ihr, zu schweben. Taylor verschränkte ebenfalls die Arme und lehnte sich zurück, ganz als würde er sagen wollen: *Ich kann mich auch von nichts anderem als der Luft tragen lassen.*

»Ist Mirroanwi wieder aufgetaucht?«, fragte er nach einer Weile.

Sie schüttelte den Kopf. »Keine Spur.«

»Ich fasse es nicht, dass er dich allein in der Wüste gelassen hat. Was ist, wenn du dein Handy nicht dabei gehabt hättest?«

»Dann hätte ich wohl früher oder später erfolgreich teleportieren müssen.« Sie zog eine Schulter nach oben und wandte den Blick von Taylor ab. »Danke, übrigens. Ich weiß nicht, was ich ohne dich gemacht hätte.«

»Tja, da ist es auf einmal doch gut, dass ich mächtiger bin als du.«

»Nur weil du dein Bewusstsein dieser ekelhaften Strahlung aussetzen kannst, ohne verkokelt zu werden, heißt das noch lange nicht, dass du mächtiger bist«, konterte sie.

Er nickte vor sich hin. »Rede dir das nur ein.«

Es folgte eine Pause, in der Laire erwog, ihm endlich die Frage zu stellen. Aber bevor sie so weit kam, ergriff er wieder das Wort.

»Warum will mich der Tod nicht sehen, Laire?«

Verblüfft starrte sie ihn an. »Wer hat gesagt, dass der Tod dich nicht sehen will?«

Taylor senkte den Blick, kaum dass sie Kontakt aufgenommen hatten. »Mirroanwi«, murmelte er. »Im *Waterstones* wollte er nicht mit mir sprechen, und als wir den Riss im Grand Canyon entdeckt haben, hast du dich geweigert, ihn herzurufen.«

»Weil das doch noch Zeit bis zum nächsten Morgen hatte«, erwiderte sie sanft. »Taylor, ich bin nicht der Tod. Ich habe doch keine Ahnung, was er will.«

Er nickte langsam, und ebenso langsam hob sich sein Blick. »Kannst du ihn mal fragen?«

»Ihn was fragen?«

»Jetzt stell dich nicht so dumm an. Ob er mit mir sprechen will.«

»Wenn du mich als dumm bezeichnest, mache ich gar nichts für dich.«

Auf einmal war er ganz nah bei ihr, sodass sie das wässrige Blau seiner Augen erkennen konnte. Er legte die Hände auf ihre Schultern. »Würdest du mir die Großzügigkeit erweisen, liebste aller Schottinnen, den Tod zu fragen, ob er mich treffen will?« Er sah ihr tief in die Augen. »Das ist die allergrößte und allerwichtigste Bitte, die ich dir jemals vorgetragen habe und die ich dir jemals vortragen werde, Jane Smalltalk-Verhutzlerin. Und ich bin mir nicht mal sicher, ob dieses Wort existiert.«

Daraufhin musste sie lächeln. Sofort bemühte sie sich, es zu verstecken. »Wortschatz ist eine Frage des Selbstvertrauens, Earl von Grey.«

Sie hatte das Kinn erhoben, sodass sie seinem Blick ohne Mühe begegnen konnte. Denn so viel kleiner als er war sie nicht.

Er musterte sie intensiv. »Bist du sicher, dass du ein Mensch bist?«

Laire runzelte die Stirn. Die Nähe zu ihm war ihr auf Dauer unangenehm. »Warum sollte ich keiner sein?«

Er zögerte … dann schüttelte er den Kopf. Er streckte eine Hand aus und strich ihr eine Haarsträhne aus dem Gesicht, die sich in ihrer rechten Augenbraue verfangen hatte. Unwillkürlich spannte sie sich an. Sie mochte es immer noch nicht, wenn andere mit ihren Haaren spielten.

»Vergiss es«, meinte er auf einmal grob und schob sie von sich weg. »Du hast mir immer noch nicht geantwortet, was du hier zu suchen hast.«

Sie räusperte sich. »Weil ich dir eine Frage stellen will.«

»Und das muss in meinen Privaträumen sein?«

Laire hob nun ebenfalls die Brauen. »Oh, entschuldigt, Eure Majestät.«

»Vergiss es.«

»Was ist mit deinem Tod passiert?«

Sofort wurde seine Haltung angespannter. »Sie ist abgehauen, kaum dass ich ein Botschafter war.« Vielleicht bildete sie es sich ein, aber er bemühte sich dabei um einen betont gelassenen Ton. »Das weißt du aber schon.«

»Und wo ist sie jetzt?«

»Woher soll ich das wissen?« Eine Falte grub sich zwischen seine Augenbrauen. »Warum willst du das wissen?«

Langsam erhob sie sich von ihrer Wolke aus Luft. »Taylor.«

Taylor stand ganz starr da. Er erinnerte sie an jemanden aus Lynn Stevensons Roman *Ein Abendessen für drei*, aber nicht an die Protagonistin Sophie, sondern an das Monster.

Das ruhige Monster, das abwartete und dann zuschlug, wenn es all seine Spannung angesammelt hatte.

»Wie hast du deinen Tod genannt?«

Grace hat mir von solchen Rissen erzählt, aber ich habe noch nie einen gesehen, das ist unglaublich, hatte er im Grand Canyon gesagt.

Ein Moment verstrich, ehe er antwortete. »Grace.«

Sie nickte. Die Offenbarung traf sie weniger, als sie erwartet hatte. »Und manchmal – wie hieß sie noch?«

Sie spürte, wie er bereits antworten wollte, aber im letzten Moment brach er ab. »Was interessiert dich das?«, fragte er misstrauisch.

»Warum willst du unbedingt Mirroanwi treffen?«

»Warum fragst du das?« Auf einmal wirkte er nicht mehr wie ein Monster, sondern wie jemand, der versuchte, wie ein Monster zu wirken und in Wirklichkeit ein ganz normaler Mensch war. »Laire, was soll das? Warum fragst du mich all diese Sachen? Hat es etwas – hat es was mit diesem Riss zu tun?«

Sie schürzte die Lippen, schüttelte den Kopf. Sie wusste nicht, wie sie weitermachen sollte. Es waren alle Puzzleteile da, das wusste sie, aber sie wusste nicht, wie sie sie zusammensetzen sollte.

»Es hat nichts mit dem Riss zu tun.« Sie formulierte die Worte langsam, denn sie brauchte Zeit zum Nachdenken. »Aber ich will wissen …«

»Ja?«

»Ich will wissen …«

Sie wollte wissen, was er über Grace wusste. Ob Grace wirklich *sein* Tod war. Was mit ihr los war. Doch was, wenn er mit alldem überhaupt nichts zu tun hatte? Was, wenn sie sich verhört hatte, und er nicht von einer Grace, sondern von einer – Lace gesprochen hatte? Das wäre eine große Peinlichkeit. Er würde sie für komisch halten und sie würde sich nie wieder trauen, irgendetwas zu ihm zu sagen.

Andererseits.

Komisch ist gut.

Das war es, was Mirroanwi zu ihr gesagt hatte, gleich am Anfang. Und seit wann kümmerte sie es, was Taylor dachte? So war sie noch nie gewesen. Es hatte sie noch nie geschert, was andere von ihr hielten, das hatte sie sich vor langer Zeit abgewöhnt. Damit würde sie jetzt, wo sie Freunde hatte, auch nicht anfangen.

Also reckte sie das Kinn in die Höhe und trat ihrerseits einen Schritt auf ihn zu. Sie dachte zwar nicht, dass sie so einschüchternd wirkte wie er, aber immerhin wirkte sie dadurch selbstbewusst. Sie *fühlte* sich dadurch selbstbewusst.

»Ich sage Mirroanwi, dass du dich mit ihm treffen willst«, begann sie. »Und im Gegenzug beantwortest du mir eine Frage: Was ist mit Grace Hathaway passiert?«

Als sie den Namen aussprach, merkte sie, wie alle Spannung von ihm wich. Anstatt drohend wirken zu wollen, wich er vor ihr zurück, zurück zum Schreibtisch, seinen schlafenden Körper im Rücken.

»Woher kennst du diesen Namen?«

Sie hatte ins Schwarze getroffen. Selbstsicher verschränkte sie die Arme vor ihrem Körper, aber auch zum Teil, um das erleichterte Zittern zu verstecken. Zugegeben, es wäre schon ein riesengroßer Zufall gewesen, wenn ihre Grace nicht seine Grace gewesen wäre – aber manchmal geschahen selbst die unwahrscheinlichsten Zufälle.

»Von ihr selbst«, flunkerte sie.

Er kniff leicht die Augen zusammen und schüttelte den Kopf. »Wann hast du … wie ist es möglich, dass sie mit dir gesprochen hat? Wo ist sie? Weißt du das?«

Sie erschrak über die Heftigkeit, mit der seine Stimme auf ihre Ohren prallten. *Weißt du das?* Etwas an diesen Worten machte ihr Angst.

»Nein«, antwortete sie. Sie beobachtete, wie er den Schreibtisch umrundete und auf seinen schlafenden Körper schaute. Sie schaffte das nie. Immer, wenn sie ihren eigenen Körper im Bett sah, kehrte sie automatisch dorthin zurück. »Ich weiß nicht, wo sie ist.«

Als er das nächste Mal sprach, waren seine Worte sanft, fast zärtlich, wie ein Wiegenlied. »Ich war dreizehn, als ich sie kennengelernt habe, habe ich dir das schonmal erzählt?«

Sie schüttelte den Kopf, obwohl sein Blick abgewandt war.

»Ich war jung und mit meiner Familie am Ende und ich brauchte jemanden, den ich lieben konnte.« Er begegnete ihrem Blick, nur für einen Herzschlag. »Und dann kam sie.«

»Du hast dich in sie verliebt«, flüsterte sie. Denn es war eine so einfache Schlussfolgerung. Trotz Mirroanwis Behauptung, es wäre unmöglich, dass sich ein Gefährte in seine Inkarnation verliebt, verstand sie. Liebe war die Spitze eines sehr starken Gefühls, das bei Sympathie begann und sich mit Freundschaft kreuzte.

Er nickte. »Ich dachte damals, dass wir zusammengehörten. Wie Jack und Rose, nur dass sie mich aus meinem Trübsal rettete. Ich habe mich nie getraut, ihr meine Gefühle zu gestehen. Sie erschien zwar so alt wie ich und ich konnte mit ihr reden wie mit einem guten Kumpel … aber sie war immer noch ein Mädchen. Anders. Und als sie mich später verließ, da habe ich sie endlich geküsst. Direkt nach der letzten Lektion. Dann ist sie verschwunden.«

Ihr Herz zog sich schmerzhaft zusammen. »Das ist…«

»Ja.« Er schenkte ihr ein Halbgrinsen. Es lag so viel Schmerz darin, dass sie es nicht länger ertrug, ihn direkt anzuschauen. »Am Anfang dachte ich, dass sie wiederkommt.«

»Hat sie dir nicht gesagt, dass sie geht? Sich von dir verabschiedet?«

»Nicht so richtig, aber – das habe ich überwunden. Schon lange. Jetzt will ich sie nur noch finden.«

»Um sie zu fragen, ob sie dich auch liebt?«

»Nein. Ich weiß, dass sie mich auch liebt. Ich will sie finden, damit sie bei mir bleibt.«

»Wie willst du das anstellen?«

Er machte eine vage Handbewegung durch das Zimmer. »Hiermit.«

Laire drehte langsam den Kopf, sah auf all die Bücher. »Und … hast du schon Fortschritte gemacht?«

Er hob eine Schulter als Antwort. »In letzter Zeit ist es besonders schlimm. Ich – es fällt mir schwer, die Kraft zusammenzunehmen, um nach ihr zu suchen. Wie kann ich nach ihr suchen, wenn mich schon Erinnerungen an sie zerstören? Wie kann ich immer noch Hoffnung haben, wenn…«

»Wenn du keine Hoffnung mehr hast«, ergänzte Laire leise, als er verstummte. Sie kam zu ihm hinüber und blieb vor ihm stehen, unschlüssig, ob eine tröstende Berührung angebracht wäre. Sie fühlte mit ihm. Sie tat es wirklich, aber sie wusste nicht, wie sie ihm das klarmachen, geschweige denn, wie ihm das helfen könnte. So verwundbar hatte sie ihn noch nie erlebt.

Sie hatte gesehen, wie Grace wegrannte. Wusste sie denn nicht, wie mies es ihrem Gefährten ging? Ihrem besten Freund? Sie befand sich auf der Flucht, ja, aber immerhin genoss sie genug Vorsprung, um bei Laire haltzumachen. Warum nicht auch bei Taylor? Würde Mirroanwi Laire allein lassen, wenn er wüsste, dass sein Abschied sie zerstört hätte?

»Taylor … wenn sie dich liebt, warum kommt sie dann nicht zu dir?«

»Es gibt bestimmte Regeln im Universum … eine davon lautet, dass eine Inkarnation einen Gefährten nach der Lehre erst wieder besuchen darf, sobald dieser stirbt.«

Laire legte den Kopf schief, die Augenbrauen zusammengezogen. »Also kommt sie nicht zu dir, weil sie sonst gegen die Regeln verstößt?«

Taylor nickte, den Blick gesenkt.

Sie schwiegen. Sie war sich sicher, dass eine halbe Stunde verstrich, aber als sie auf die Uhr sah, waren es erst zwei Minuten.

Sie räusperte sich, suchte nach einem unverfänglichen Gesprächsthema. »Du hast *Titanic* geschaut?«

Er schnaubte amüsiert. »Dasselbe hat sie mich auch mal gefragt.«

»Was hast du ihr geantwortet?«

»Dass ich drei Schwestern habe.«

Sie lächelte, aber insgeheim stellte sie sich Grace vor, die verstimmte, ausgemergelte Grace, wie sie zusammen mit Taylor plauderte und scherzte wie Mirroanwi mit Laire, wie sie ihm Lektionen lehrte und ihm zum ersten Mal die Astralwelt zeigte. Sie hätte diese Grace gern kennengelernt.

Bevor sie ihn verließ, gab sie ihm ein Versprechen. »Ich werde Mirroanwi fragen, ob er sich mit dir trifft. Dir bei der Suche hilft.«

Taylor erwiderte ihr Lächeln, allerdings nur schwach. »Danke. Das bedeutet mir viel.«

Mirroanwi war den ganzen nächsten Tag nirgends zu finden. Sie rief ihn in Gedanken und schaute sogar zu ihren Eltern hinunter, ob er sich zu ihnen gesellt hatte. Es war ungefähr gegen fünf Uhr abends, als sie gerade ihre Jacke anziehen wollte, um die Stadt nach ihm zu durchsuchen – so unwahrscheinlich es auch war, dass er sich irgendwo dort herumtrieb –, als sie seine Stimme hörte.

»Wo gehst du denn hin?«

Sie ließ ihre Jacke fallen und schnellte herum – da saß er, die Arme links und rechts auf der Couchlehne ausgebreitet, und grinste sie an.

»Du!« Laire wusste nicht, ob sie zuerst wütend oder erfreut sein sollte. Sie entschied sich für ersteres. Sie ging zu ihm und pikste ihn in die Brust. »Du hast dich eineinhalb Tage lang nicht blicken lassen!«

»Ich weiß.« Als er ihren Blick auffing, schob er hastig hinterher: »Tut mir leid.«

»Wo warst du?«

»Hab Nachforschungen angestellt.« Ihr gefiel es nicht, wie kurz er sich fasste. »Und du?«

»Außer, dass ich nach dir gesucht habe?« Sie verschränkte die Arme, aber Mirroanwi war so ruhig, dass sie sie schnell wieder sinken ließ. Wütend auf ihn zu sein, führte zu nichts; er ließ sich ohnehin nicht provozieren.

»Also, nachdem ich fünf Stunden – *fünf*, Mirroanwi – in der Wüste ausgesetzt war, habe ich meiner Mutter erklären müssen, warum ich plötzlich keinen Sonnenbrand mehr habe.«

Er musterte ihre Haut. »Du hast ihn weggezaubert? Sehr gut.«

»Jedenfalls, was sagt man seiner Mutter, wenn man von einem auf den anderen Moment einen Sonnenbrand verliert?« Laire machte eine grobe Handbewegung, um ihn abzuschneiden, als er bereits zum Reden ansetzte. »Mum ist immer so sehr in ihrer eigenen Welt versunken, dass es manchmal nur noch nervt. Andere Dinge sind auch wichtig, sie hat zum Beispiel immer wieder vergessen, diese Kurzgeschichte von mir zu lesen, von der ich einfach nur wissen wollte, ob sie gut ist – und dann gibt es diese unmöglichen Zeitpunkte, in denen sie aus ihrer Welt auftaucht und genau die Dinge sieht, die sie *nicht* sehen sollte.«

»Hmm«, machte Mirroanwi, sich auf der Couch zurücklehnend. »Du bist manchmal aber auch nicht ganz in der Realität. Bei den *wichtigen* Dingen.«

»Quatsch. Ich mache YouTube-Videos. Mehr in der Realität *kann* ich gar nicht sein.«

»Aber manchmal, wenn du –«

»Mirroanwi!« Sie legte eine extra lange Pause ein und schaute ihn mit aufgerissenen Augen an. »Jetzt bin ich an der Reihe. Du hast mich in der Wüste ausgesetzt, also mach den Mund zu.«

Er hob einen Finger. »Apropos Wüste –«

»Pst!«

»Aber –«

»Ich bin dran!«

»Hmpf.«

Laire lächelte triumphierend, als er still blieb. »Jedenfalls, da ist noch diese andere Sache. Ich habe mit –«

Sie brach ab, als sie Gedanken vor ihrem inneren Auge
sah, die nicht ihre eigenen waren.

Apropos Wüste – du hast dich endlich teleportiert!

»Ja. Haha. Sehr gerissen.« Sie verdrehte die Augen. »Ich
habe mich nicht selbst teleportiert.«

»Ach ja?«

»Ja. Ich hatte zum Glück dieses Zaubergerät dabei«, sie
fischte ihr Handy vom Tisch, »mit dem ich schnell Taylor
anrufen konnte. Er hat wirklich nicht übertrieben. Er ist
mächtig.«

Diesen Satz durfte Taylor nie zu hören bekommen. Jedenfalls nicht von ihr.

»Ich weiß. Nur einer in sechshundert Gefährten ist dazu
fähig, sein Bewusstsein zu öffnen. Aber warum hast du ihn
erst nach fünf Stunden angerufen?«

»Vielleicht, weil ich dich in der Zeit davor verflucht habe?
Können wir jetzt wieder zu mir zurückkommen?«

»Wir reden schon die ganze Zeit von dir.«

»Pst! Also, wo war ich? Richtig. Ich habe mit Taylor gesprochen. Er will dich treffen.«

»Nein.« Mit diesem einen Wort schien er sich vor ihr zu
verschließen, vor ihr und vor dem Thema. »Ich werde
mich nicht mit Taylor treffen.«

Laire war verwirrt. Sie hatte Taylors Besorgnis abgetan,
doch vielleicht war sie gar nicht so unberechtigt gewesen.
»Warum nicht?«

»Weil es so nicht vorgesehen ist. Niemand trifft den Tod
ein zweites Mal, bevor es Zeit ist zum Sterben. Und er *will*
seinen Tod ein zweites Mal treffen. Das wollte er schon immer.«

»Also … wusstest du, dass er dich treffen will?«

Mirroanwi nickte. Er wich dabei ihrem Blick aus. »Sein
Tod wusste schon damals, dass Taylor ihn nicht einfach
loslassen wird.«

»Moment … also hat Grace ihn verlassen und dabei *gewusst*, dass Taylor damit verletzt wird?«

In seiner Miene zuckte etwas. »Wann hast du das herausgefunden?«

»Nenn mich Sherlock. Dass Grace Taylors Tod ist, war nicht so schwer zu erkennen. Auch wenn du es vor mir verheimlicht hast.«

»Genau deswegen.«

»Also?«

»Laire.« Er war ernst. Sie mochte es nicht, wenn er in diesem Ton mit ihr sprach. »Das sind die Regeln.«

»Das heißt, ich werde dich in vier Lektionen auch erst wiedersehen, wenn ich sterben muss«, stellte sie trocken fest.

»So sind die Regeln.«

»Und wer legt die Regeln fest? Wer sagt, dass es so sein muss?« Sie hatte erwartet, dass es darauf keine Antwort gab, dass sie Mirroanwi damit kalt erwischte, aber er hatte sofort eine parat.

»Der Tod.«

»Du bist doch der Tod! Du gehörst zu ihm, und warum solltest du mich verlassen wollen? Oder liegt es daran, dass du mich mehr als deine Pflicht siehst? Jemanden, den du belehren musst?«

Mirroanwi stand auf. Er sah zu ihr hinüber, sein Blick ganz weich. »Ach so«, sagte er, und etwas an seinem Tonfall verriet ihr, dass er tatsächlich verstand. »Deshalb willst du keine Lektionen mehr.«

Sie reckte das Kinn in die Höhe. »Es geht hier nicht um mich, sondern um Taylor. Ich habe mich nur mit ihm verglichen, verstehst du? Stell dir vor, ich wäre er und würde dich unbedingt treffen wollen. Könntest du es mir verweigern?«

Er senkte den Kopf. Ein paar Momente lang sagte er gar nichts, aber dann begegnete er ihrem Blick, und sie sah so vieles darin. Entschlossenheit, zum einen, aber auch Trauer und Mitleid. Und einen Schmerz, den er zu verhüllen versuchte, aber Laire kannte ihn zu gut, als dass er diese Emotion vor ihr verstecken könnte.

»Ja.«

Es war wie ein Schlag ins Gesicht. Das Gespräch verlief ganz und gar nicht so, wie sie es sich vorgestellt hatte. »Ach ja?«

»Laire …«

Sie wich ihm aus. »Nein, lass mich. Es ist gut. Ich habe verstanden. Und es ist mir egal.« Sie schaute ihn entschlossen an. »Wenn du magst, können wir auch jetzt gleich mit der nächsten Lektion beginnen. Die fünfte wäre das, stimmt's? Und es gibt acht.«

»Laire —«

»Nein, Mirroanwi.« Sie ging an ihm vorbei und platzierte sich auf der Couch. Als er sich nicht regte, klopfte sie auf das Polster. »Los, setz dich.«

»Laire …« Er ballte die Hände an seinen Seiten zu Fäusten, nur ganz kurz, dann schien etwas aus ihm zu weichen.

»Triff dich mit Taylor«, sagte sie in einer ruhigen Stimme. »Du musst ihm nichts versprechen. Triff dich einfach nur mit ihm. Bitte.«

»Und was würde das bringen?«

»Es würde …« Sie schüttelte den Kopf. »Mirroanwi, manchmal bist du so menschlich. Und dann verstehst du die menschlichsten Gefühle nicht. Taylor war in Grace verliebt. Und als sie ihn verlassen hat, ist sein Herz gebrochen, und er sucht sie, damit er die Stücke wieder zusammenfügen kann. Du würdest ihm Hoffnung geben. Oder zumindest Trost. Ich glaube, er kann einfach nicht mehr, und — ehrlich gesagt, wenn ich jetzt so darüber nachdenke — ich habe Angst um ihn. Wer weiß, was er tut?«

Mirroanwi legte nur den Kopf schief, eine stumme Frage.

Laire seufzte. »Schau, wenn du sagst, dass er sie erst in einem halben Jahrhundert wiedersehen darf, und wenn er es leid ist, nach ihr zu suchen. Was denkst du wohl, wird er machen?«

Mirroanwi klappte den Mund auf, aber es entwich kein Laut. Entweder er verstand nicht, oder er *wollte* nicht verstehen.

Mühsam setzte sie ein Lächeln auf. Irgendwie musste sie ihm die Angelegenheit begreiflich machen können. Es konnte nicht sein, dass ihr Unterbewusstsein über so wenig Empathie verfügte.

»Mirroanwi. Er kann nicht mehr rennen, er ist erschöpft. Und wie soll er seine Hoffnung einfangen, wenn er nicht mehr rennen kann? Er wird kein halbes Jahrhundert durchhalten.«

»Laire.« Er kam zu ihr und ging vor ihr in die Hocke. Ihre beiden Hände umschlossen, schaute er zu ihr auf. Es erinnerte sie an den Tag, an dem sie sich zum ersten Mal begegnet waren. »Ich weiß, worauf du hinauswillst, aber das wird mich nicht umstimmen.« Er drückte ihre Hände, wie um seine Worte abzumildern. »Nichts wird mich umstimmen. Ich treffe mich nicht mit Taylor.«

Laire biss sich auf die Lippe, wich seinem Blick aus. Irgendwie – irgendwie musste er zu überzeugen sein. Er konnte Taylor nicht einfach leiden lassen.

»Also gut«, sagte sie. Dann entzog sie ihm ihre Hände. »Dann können wir genauso gut mit der fünften Lektion beginnen.«

»Laire –«

»Nein, nicht wieder das. Du willst es nicht anders, Mirroanwi. Also beginnen wir mit der fünften Lektion.«

Mit einem vorsichtigen Blick erhob er sich. »Damit willst du mir nicht irgendetwas beweisen, oder? Du wirst ordentlich aufpassen, wie sonst auch, okay?«

Sie nickte. »Wenn es das ist, was du willst.« Ein trotziger Unterton schlich sich dabei in ihre Stimme.

Und so begannen sie mit der fünften Lektion in Laires Lehre.

»Warum werden die Menschen wiedergeboren, Leben für Leben für Leben?«, wollte Mirroanwi wissen, sobald er sich neben ihr niedergelassen hatte.

»Weil sie irgendetwas zu tun haben müssen?«, entgegnete sie. Es war harsch gemeint, aber er schien nichts von ihrer schlechten Laune mitzubekommen. Er glaubte ihren Worten, ihrer Versicherung, dass alles gut sei. In dieser Beziehung war er leicht zu täuschen.

»Weil dieser Kreislauf an Wiedergeburten von dem natürlichsten Bedürfnis jeder Seele herrührt«, erklärte er. »Viele Erfahrungen zu sammeln, so unterschiedliche wie möglich. Das müsste dir bekannt vorkommen. Ihr geht alle zur Schule, und danach in eine Ausbildung oder zur Uni, und selbst danach, im Berufsleben, im Familienleben, lernt ihr immer noch Neues, und wenn ihr in die Rente geht, beschäftigt ihr euch mit dem Lesen, Bingo spielen oder Postmarken sammeln.« Er lächelte. »Ihr beschäftigt euch euer ganzes Leben lang mit lernen. Fragen?«

Sie verneinte. Sie wollte, dass er weitererzählte. So sehr sie den Lektionen inzwischen abgeneigt war, sie konnte nicht leugnen, dass jede einzelne spannend war, eine Spannung, derer sie sich nicht entziehen konnte.

»Nun ist es nicht so, dass das alles ausschließlich wegen des Selbstnutzes geschieht, das Bedürfnis nach Lernen zu befriedigen. Jede einzelne Erfahrung wird gespeichert. Erinnerst du dich noch daran, als ich dir erzählt habe, dass das Universum von einem Kreislauf an Wiedergeburten lebt? Und als du darauf gefragt hast, ob es wie ein lebendiges Wesen ist?«

Sie erinnerte sich vage. »Und du meintest, dass es nicht lebendig ist, aber am Leben gehalten werden muss? Oder sowas ähnliches?«

»Exakt. Stell dir vor, jede dieser gespeicherten Erfahrungen ist Nahrung für das Universum. Mit den Erfahrungen einer Seele wird es am Leben gehalten. Während die Seelen in ihrem Nicht-Leben vor sich hindösen, füttern sie das Universum, sozusagen. Dabei gehen die Erfahrungen aber nicht verloren. Sie wandern in den Speicher des Universums, zum einen. Außerdem hat die Seele sie immer in ihrem Metafeld griffbereit.«

»Metafeld?«, hakte Laire nach.

»Ein Bereich im Erinnerungsfeld. Das Metafeld ist das Seelengedächtnis. Der andere Bereich ist das Bewusstsein, es enthält nur die Erinnerungen des jetzigen Lebens. Vor dem Tiefschlaf wird die Trennwand zwischen beiden Bereichen gesenkt, damit sich das Bewusstsein leert und das Metafeld füllt. Die Trennwand nennt man Schleier des Vergessens.«

Laire kniff die Augen zusammen, um im Schwall an Informationen nicht zu ertrinken. »Aber ist das Metafeld dann nicht dasselbe wie der Speicher des Universums?«

»Nicht direkt. Stell dir vor, dass das Universum eine riesige Festplatte hat, auf der jede Erfahrung, jedes Leben von jeder einzelnen Seele im ganzen Universum gespeichert ist. Die Festplatte ist der Speicher des Universums. Kannst du das? Gut. Das Metafeld jeder Seele ist ein Teilbereich der Festplatte. Verstehst du das?«

»Ja. Aber von wirklicher jeder Seele? Ich dachte, dass deine Erinnerungen zum Tod fließen.«

Er nickte. »Mit Seele sind Menschen, Tiere, Pflanzen gemeint. Inkarnationen sind in diesem Sinne keine Seelen, sondern nur Teilstücke des Todes. Während unserer Lehre habe ich mit ihm eine direkte Verbindung, das heißt, dass er genau weiß, was ich tue.«

»Gruselig.«

»Allerdings verändert sich die Verbindung nach der Lehre. Dann erhalte ich Aufträge vom Tod, aber er erhält keine so direkten Informationen mehr von mir. Noch Fragen?«

»Ich bin mir nicht sicher, ob ich alles verstanden habe.«

»Mach dir darüber keine Sorgen. Ich stelle dir jetzt die älteste Frage der Menschheit: Wozu das alles? Welchen Sinn hat das Leben?«

Sie öffnete den Mund, aber Mirroanwi hielt einen Finger hoch. »Überleg es dir gut.«

Sie nickte und rekapitulierte noch einmal das eben Gelernte. Das Universum speicherte also jedes Leben… oder fraß es? »Vielleicht ist es so ähnlich wie bei einem dieser apokalyptischen Computerspiele«, vermutete sie. »Das Universum will eine möglichst große Bandbreite an Leben, damit es das Material hat, um eine perfekte zweite Realität zu schaffen. Eine Simulation, die alle Fehler beseitigt, die wir gemacht haben.«

Er machte ein ersticktes Geräusch, das so klang, als würde er ein Lachen zurückhalten. »War ja klar, dass das aus der Generation Z kommt. Nein, es ist viel simpler: Die Menschen leben, um zu leben.«

»Das verstehe ich nicht.«

»Ich weiß, ich habe ja noch nicht alles erklärt. Die gelebten Leben verhindern, dass das Universum sich in sich selbst zusammenzieht und das Leben auslöscht. Dass es *dick* bleibt, aufgebläht. Der Speicher ist wie ein großer Ballon, der sich mit jedem Leben weiter ausbreitet und das Universum ausdehnt.«

»Jeder Ballon platzt irgendwann.«

»Dann ist es eben eine Blase mit einer besonders dichten Membran, damit sie nie platzt.«

»Warum sollte das Universum sich in sich selbst zusammenziehen?«

»Weil es durch sehr mächtige Kräfte entstanden ist.«

Er schnipste, und ein Bild erschien in der Luft zwischen ihnen. Oder besser gesagt, ein Video. Ein Hologramm. Zwei helle Blitze, die aufeinanderprallten und ein schwarzes Oval erschufen, in dem tausende von kleinen Lichtpunkten glühten.

Fasziniert beugte Laire sich näher. »Big Bang«, flüsterte sie.

»Der Beginn des Universums. Am Anfang haben diese unglaublichen Spannungen an seinen Rändern gezogen und gezerrt, sodass es sich ausgedehnt hat. Aber irgendwann sind diese Kräfte in etwas anderes übergegangen und nur unser Überfluss an Leben hat dafür gesorgt, dass es in diesem Moment nicht in sich selbst zusammengefallen ist.«

Die Blitze, die bis jetzt an den Rändern gezogen hatten, lösten sich auf und flogen in kleinen Lichtspritzern durch das Universum, bis sie sich irgendwo in der Schwärze verloren. Stattdessen breitete sich nun eine große Blase aus und nahm allen Platz für sich ein, und als das nicht mehr ausreichte, schob sie die Ränder des Universums ein Stück weiter auseinander.

»Was passiert, wenn die Blase platzt?«, wollte Laire wissen, die Augen auf das Video gerichtet.

»Sie platzt nicht.«

»Aber was, wenn? Nur theoretisch.«

Er seufzte. Zeitgleich verschwand in seiner Darstellung die Blase, wodurch sich alles rasend schnell zu dem Punkt zurückzog, an dem alles angefangen hatte. Licht blitzte auf, und schon war alles weg, die Sterne, das Universum, einfach alles. Sie sah auf.

»Vereinfacht gesagt: Wenn das Leben platzen würde, würde das Universum sich in sich selbst zurückziehen. Ein so mächtiger Zusammenstoß entstünde, wie es ihn nur am Anfang gegeben hatte. Nur dass er diesmal alles vernichten würde.« Er verstummte kurz. »Noch Fragen?«

16. Kapitel
Déjà-vu

Der Zeiger der Uhr rückte auf elf Uhr abends zu, als Laire vom Klingeln ihres Handys aufgeschreckt wurde. Sie und Mirroanwi saßen mit dem Rücken zueinander auf der Couch, jeweils am anderen angelehnt; er hatte sich schon mehrmals darüber beschwert, dass ihre Haare in seinem Nacken kitzelten.

Das Handy lag auf dem Couchtisch, zu weit entfernt, als dass Laire es von ihrer Position aus erreichen konnte. Als sie sich seufzend tiefer in den Kissen vergrub, streckte Mirroanwi eine Hand aus, als würde er das Handy mit der Macht eines Jedi-Ritters herbeiziehen wollen.

Laire schüttelte den Kopf. »Lass es klingeln.«

»Es könnte wichtig sein.«

»Mirroanwi, ich unterrichte nur noch eine einzige Schülerin und drehe YouTube-Videos. Welche wichtigen Anrufe sollte ich bekommen?«

Am nächsten Morgen kam der Anruf. Nicht auf ihrem Handy, sondern auf dem ihres Vaters. Laire saß gerade vor der Kamera und filmte zum wiederholten Mal eine Einleitung, weil Mirroanwi sie die ganze Zeit unterbrach, als die Tür aufsprang und ihr Vater auf der Schwelle erschien. Sein Gesicht war gerötet und er schnaufte heftig, als hätte er einen Sprint hinter sich. Sie legte ihr Skript weg.

»Laire!«, rief Colin. »Zieh deine Schuhe an, los.« Er war schon fast wieder aus der Tür. »Wir müssen ins Krankenhaus.«

»Was?« Laire hatte sich bereits erhoben, die Kamera ausgeschaltet, und rannte ihm hinterher. »Dad, warte! Was ist los?«

Colin drehte sich um. Als er sah, dass sie sich am Türrahmen festhielt, winkte er hektisch. »Komm, das Krankenhaus hat angerufen, deine Schwester liegt im Koma. Wir müssen los!« Noch bevor er ausgesprochen hatte, lief er bereits weiter.

»Yesta ist im Krankenhaus?« Laire geriet in Panik. Sie drehte sich um und fing Mirroanwis Blick auf. Mit einem Fingerschnipsen steckte er sie in ihre Schuhe, während sie zum Stuhl rannte und die Jacke so heftig mit sich riss, dass das Möbelstück umkippte. »Bleib hier«, rief sie ihm hinterher, ehe sie die Tür zuknallte und die Schlüssel in ihre Jackentasche gleiten ließ.

Im Erdgeschoss herrschte viel Treiben. Allison hatte ihre Handtasche gegen die Hüfte gepresst und wühlte darin herum, vor sich hin murmelnd, während Colin bereits aus dem Haus war und den Geräuschen nach zu urteilen den Wagen anließ. Ein lauer Windstoß wehte durch die offene Tür.

»Mum! Was ist mit Yesta?« Ihre Haare fasste sie hastig zu einem Pferdeschwanz zusammen. Dann streckte sie stumm die Hände aus, um ihrer Mutter etwas abzunehmen, aber Allison entging die angebotene Hilfe.

»Laire, bitte frag nicht, ich weiß es doch auch nicht!« Allisons Locken standen noch wilder ab als sonst, als hätte sie gerade eben noch auf dem Sofa gelesen. Mit einer resoluten Bewegung zog sie den Reißverschluss ihrer Handtasche zu und schob Laire aus dem Haus, ehe sie voraus zum Auto eilte. Laire musste noch einmal zurückgehen, um die Haustür abzuschließen, was Allison vergessen hatte.

Im fahrenden Auto wurde Laire endlich auf den neusten Stand gebracht.

»Eine Freundin von Yesta hat eben angerufen«, berichtete Colin. »Sie ist vor knapp einer Stunde im Krankenhaus eingeliefert worden. Seitdem befindet sie sich im Koma.«

Laire saß vollkommen starr auf ihrem Sitz. »Warum? Ist sie gestürzt?«

Colin begegnete kurz ihrem Blick im Vorderspiegel. Zwischen seine Brauen hatte sich eine tiefe Sorgenfalte gegraben. »Ich weiß es nicht. Ich habe nur kurz mit ihr telefoniert.«

»Wenn wir da sind, werden wir mehr erfahren«, murmelte Allison.

Trotz des Verkehrs und der roten Ampeln trafen sie innerhalb von fünfzehn Minuten beim Krankenhaus ein. Laire war sich ziemlich sicher, dass Colin alle existierenden Geschwindigkeitsbegrenzungen gebrochen hatte, aber wie durch ein Wunder waren sie weder geblitzt noch angehalten worden.

Am Anmeldeschalter mussten sie sich als Angehörige ausweisen, um zu Yesta vorgelassen zu werden. Sobald die Kontrollen abgeschlossen waren, führte eine Schwester sie die hellen Gänge in den hinteren Teil des Gebäudes entlang. Ein Gang, der genauso weiß und triste aussah wie seine Vorgänger, wurde schließlich ihr Zielpunkt, und die Schwester zeigte auf das entsprechende Zimmer, bevor sie sich verabschiedete. Laire hätte es auch ohne ihren Hinweis erkannt, denn neben der Tür auf einem der Stühle saß Mary, Yestas beste Freundin. Die Mary, die sie an Yestas Geburtstag durch die nebelige Wohnung geführt hatte, und die nun mit einer bedrückten Miene aufstand, als sie näher kamen.

Sie streckte Allison die Hand hin. »Mrs. MacDiagan, gut, dass sie da sind.«

Allison schien sie gar nicht wahrzunehmen, denn sie lief an ihr vorbei und spähte durch die Ritzen der Jalousie, mit der das breite Fenster neben der Tür verhangen war.

»Wird sie noch behandelt?«, fragte sie. Sie drehte den Kopf, offenbar auf der Suche nach jemandem, der ihr eine Antwort geben könnte, und erst da entdeckte sie Mary.

Mary nickte und schüttelte nun auch Colin die Hand. »Ein Arzt ist gerade bei ihr. Seit der Einlieferung wird sie künstlich beatmet. Ich glaube, sie wollen ihr irgendein Gegenmittel verabreichen. Tut mir leid, ich habe nicht viel davon verstanden.«

Colin schien einen Moment lang zu zögern, dann setzte er sich hin, beide Unterarme auf den Armlehnen. Er wirkte gefasst, genau wie Mary. Laire versuchte, sich an ihnen ein

Vorbild zu nehmen, und atmete tief ein, den Rücken gestrafft.

»Was ist passiert?«, wollte Colin wissen.

Mary nickte wieder, als hätte sie diese Frage erwartet. »Ich … bin mir nicht sicher.« Sie schluckte unübersehbar. »Es hat heute Morgen angefangen. Das heißt, wahrscheinlich schon heute Nacht, aber ich bin heute Morgen heimgekommen und habe Yesta auf dem Sofa gefunden. Sie hat geschlafen. Ich dachte mir nicht viel dabei, weil das öfter passiert, wenn Larry da ist und sie die ganze Nacht Musik hören.«

Colin hob eine Hand. »Wer ist Larry?«

»Ihr Freund natürlich.« Mary runzelte die Stirn. »Jedenfalls, als sie drei Stunden später immer noch nicht aufgewacht ist, wollte ich sie wachrütteln und da habe ich das Päckchen bei ihr gefunden. Und …« Ein erstickter Laut entfuhr ihr. Während ihres Vortrags war sie um die Nase blässer geworden, wirkte nicht mehr so gefasst.

»Drogen?« Die Miene ihres Vaters war zu Stein geworden.

»Ja. Eine Überdosis.« Als sich eine spürbare Spannung ausbreitete, schob sie hastig hinterher: »Bis jetzt dachte ich, dass Yesta alles im Griff hat. Ich – ich habe sofort den Notruf gewählt, als ich es gemerkt habe.«

Ihre Eltern nahmen das alles stumm zur Kenntnis und verabschiedeten sich von Mary mit der Bitte, sie solle Yestas Papiere von zu Hause mitbringen. Die Krankenschwester hatte sie auf dem Weg hierher darauf angesprochen.

Zehn Minuten vergingen. Die Tür öffnete sich nicht. Allison hing ununterbrochen am Fenster, als würde sie durch die kleinen Spalte etwas sehen können. Laire hatte sich gegenüber von Colin gesetzt und zählte die Maserungen auf der Holztür.

Irgendwann räusperte sich Colin. »Wusstest du von den Drogen?«

Laire zögerte, sah aber keinen Grund, zu lügen. Sowohl Yesta als auch sie waren erwachsen. »Ja.«

Yesta hatte immer nur Drogen genommen, weil sie sich selbst und damit ihren Eltern hatte beweisen wollen, wie unabhängig sie sein konnte und wie sie auf alle Regeln, die sie aufgestellt hatten, keinen Wert legte.

»Und dass sie einen Freund hat?«

Das hatte sie in der Tat nicht gewusst, aber hätte es vermuten können, wenn sie an Yestas Geburtstag mehr Wert auf solche Beobachtungen gelegt hätte.

Bevor sich allerdings eine Gelegenheit für sie zum Antworten ergab, öffnete sich mit einem Mal die Tür. Sowohl Colin als auch Laire erhoben sich von ihren Plätzen und sahen den Arzt erwartungsvoll an, der das Zimmer in Begleitung zweier Krankenschwestern verließ.

Er warf einen Blick in die Runde. »Sie sind Miss MacDiagans Angehörige?«, erkundigte er sich.

Allison nickte und schüttelte seine ausgestreckte Hand. »Ich bin Allison MacDiagan, ihre Mutter. Was ist mit Yesta?«

Der Arzt – sein Namensschild zeichnete ihn als J. Cleever aus – schlug eine Seite auf dem Klemmbrett zurück, das er bei sich trug. »Ihre Tochter hat eine mittelschwere Hirnschädigung, verursacht durch das Heroin, das sie eingenommen hat. Wenn Sie wollen, kann ich Ihnen später die Bilder der Kernspintomographie zukommen lassen, auf denen Sie die genauen Auswirkungen sehen. Derzeit befindet sie sich in einem Koma und wird künstlich beatmet. Wir werden ihr auch Naloxon spritzen, aber im Moment ist es wichtig, dass wieder genug Sauerstoff ins Blut und Gehirn kommt.« Er klemmte sich seine Notizen unter den Arm und lächelte Allison mitfühlend an. »Sie wird es überleben. Solange sie weiteratmet, hat ihre Tochter nichts zu befürchten.«

Von Allisons Schultern wurde sichtbar ein Gewicht genommen, denn sie richtete sich auf und wirkte zuversichtlicher. »Danke, Doktor Cleever. Dürfen wir jetzt zu ihr?«

Mit einer Geste gewährte Doktor Cleever ihr Einlass ins Krankenzimmer, dann wandte er sich Colin zu. »Sie sind der Vater? Wenn Sie nichts dagegen haben, würde ich gern einige Dinge mit Ihnen besprechen. Juristisches, mit dem ich Ihre Frau ungern bedrängen würde.«

Laire sah, wie schwer es ihrem Vater fiel, zuzustimmen. Er warf einen sehnsüchtigen Blick zur Tür, aber dann nickte er und bedeutete Laire, vorzugehen.

Durch die hohen Fenster schien die Morgensonne ins Krankenzimmer und malte Muster auf den Fußboden. Sie waren gekippt. Dadurch roch es nicht so stark nach Desinfektionsmittel wie draußen auf dem Gang, was Laires Nase zu schätzen wusste.

Yesta lag in einem schmalen Bett, die Augen geschlossen, die Decke bis zu den Schultern hochgezogen. Eine durchsichtige Maske lag auf dem unteren Abschnitt ihres Gesichts und war durch einen dicken Schlauch verbunden mit einer Maschine. Neben dem Bett gab ein Bildschirm ein leises Piepsen von sich.

Allison hatte sich einen Stuhl ans Kopfende gezogen und hielt Yestas Hand. So geistesanwesend hatte sie ihre Mutter noch nie erlebt; diese grausame Realität zog sie mehr in den Bann als es Tolkiens Welt tat. Laire blieb vor dem Gitter am Bettende stehen. Sie hoffte, dass Mirroanwi sich zeigte. Bestimmt wusste er, wie man Yesta gesund machen konnte.

»Wann wird sie wieder aufwachen?«, fragte Laire.

»Sie wissen es nicht«, flüsterte Allison.

Erst da sah Laire den DinA4 großen Zettel, der am Bettgitter befestigt worden war. Neben Yestas Namen und allerlei sonstigen Angaben hatte der Arzt hier nochmal ihre medizinische Lage in Stichpunkten zusammengefasst.

»Ihre Tasche liegt dort drüben.« Vage nickte Allison zur Fensterbank. »Kannst du sie mal durchgucken?«

Laire nickte. Mary musste sie mitgebracht haben. Auf dem ausgefransten Jeansstoff war ein Button gesteckt worden mit dem *Herr der Ringe*-Logo. Die Leidenschaft für Tolkien war eine der wenigen Sachen, die Yesta zugelassen hatte, mit Allison zu teilen.

Leise zog sie den Reißverschluss der Handtasche auf. Unter Schminkdöschen, Haaraccessoires, einem Skizzenbuch und mehreren Tafeln Nussschokolade fand sie, wonach sie suchte: Yestas Handy.

Mary hatte gesagt, dass es in der Nacht geschehen sein musste. Letzte Nacht gegen elf Uhr hatte Laire einen Anruf erhalten, und ihr schwante Übles. Sie selbst hatte ihr Handy in der Aufregung zu Hause liegen lassen, aber sie konnte genauso gut auf Yestas Handy nachschauen.

Yestas PIN war seit Jahren derselbe: 0729. Erst Laires Geburtstag, dann Yestas.

Das Handy entsperrte sich, aber es kam nicht der Homescreen zum Vorschein, wie normalerweise, sondern die Anruferliste. Ihr Name stach Laire sofort ins Auge; Yesta hatte vor zehn Stunden und sechszehn Minuten versucht, sie zu erreichen. Das war in der vergangenen Nacht gewesen, als Laire die letzten Kapitel von *Emma* gelesen hatte.

Sie hatte den Anruf ignoriert.

Sie starrte auf das Display, auch schon lange nachdem sie aufgehört hatte, ihren Namen, mit dem Yesta sie eingespeichert hatte – Liry – immer und immer wieder zu lesen. Sie hörte, wie Colin ins Zimmer kam und sich ihre Eltern leise miteinander unterhielten, verstand aber kein Wort.

Yesta hatte sie angerufen – in derselben Nacht, in der sie eine Überdosis genommen hatte. War das Zufall? Konnte Laire so ignorant sein und es als Zufall kategorisieren? Sie hatte nicht ahnen können, dass es Yesta schlecht ging … doch jetzt, wo sie darüber nachdachte – sogar ihre Mutter hatte ihr noch gesagt, dass sie Yesta zurückrufen sollte. Yesta hatte ihre Hilfe gebraucht, und Laire war nicht ans Handy gegangen, weil sie nicht von der Couch aufstehen wollte.

Machte sie das nur zu einer schrecklichen Schwester, oder zu einem schrecklichen Menschen?

Nach einer gewissen Zeit verließ Allison das Zimmer, weil sie zusammen mit Colin Yestas Unterlagen ausfüllen musste. Endlich war Laire allein. Mit einem Mal erschien das Krankenzimmer größer.

Sobald sie auf dem Stuhl neben dem Bett Platz genommen hatte, zog sie Yestas zierliche, mit Sommersprossen übersäte Hand unter der Decke hervor und hielt sie mit beiden Händen umschlossen. Ein Teil ihres Handgelenks war zu sehen, und damit verbunden die drei tiefen Schnitte, die die dünne Haut über der Pulsader zierten.

Der Grund, warum Yesta in erster Linie vor sechs Jahren ins Krankenhaus gebracht werden musste.

Sie wünschte, sie könnte mit ihr reden, ihr ein beruhigendes Gefühl vermitteln, wie sie es mit den Sterbenden in der Astralwelt tat. Sie wünschte, sie könnte sie mit ihrem Astralkörper anfassen, damit sie sich entspannte. Damit sie lächelte.

Andererseits war sie froh, dass sie das nicht konnte, denn das hieße, dass Yesta sterben würde. Komas waren nicht so gefährlich, wie es im Fernsehen hieß. Komapatienten wachten früher oder später auf, das mussten sie. Yesta musste wieder aufwachen. Das hatte der Arzt selbst gesagt, und auch, wenn der behandelnde Arzt damals vor sechs Jahren behauptet hatte, dass Yesta nur einige Tage beobachtet werden musste und daraus dann vier Wochen geworden waren aufgrund der therapeutischen Behandlung, wollte Laire diesem Doktor Cleever vertrauen.

Laire merkte, wie sie Yestas Hand fast zerdrückte, und entspannte sich wieder. Sie konnte keines der Dinge tun, die sie in der Astralwelt gelernt hatte, dafür etwas anderes. Sie konnte für Yesta da sein. Jetzt, wo es bereits fast zu spät war, konnte sie sich auf ihre Schwester konzentrieren.

Mirroanwi erschien neben ihr, als sie wenig später zum Kaffeeautomaten ins Erdgeschoss lief. Laire hatte angeboten, im Krankenhaus zu übernachten, aber Allison hatte vehement dagegen argumentiert. Einer musste nach Hause und sie würde es nicht sein, denn sie würde bei ihrer Tochter bleiben. Ob Colin seinen Willen durchsetzte und auch

blieb, oder sich Allison fügte und Laire nach Hause begleitete, stand noch zur Debatte.

»Wie geht es ihr?«, fragte Mirroanwi, als sie den Anmeldeschalter passierten.

Sie wartete mit der Antwort, damit die Frau dahinter sie
nicht einwies. »Es geht ihr gut«, erwiderte sie, ein wenig
müde. Es war verwunderlich, wie erschöpft sie sich fühlte,
obwohl sie sich in keinster Weise körperlich betätigt hatte.

Sie blieb vor dem Automaten stehen und drückte die
Taste für schwarzen Kaffee. Mirroanwi bot ihr stumm ihr
Handy an, das er von Zuhause mitgebracht hatte.

Laire steckte es in ihre Hosentasche. »Eine Überdosis. Sie
liegt im Koma und wird künstlich beatmet.« Wie in Trance
beobachtete sie den schwarzen Strahl, der in den Pappbe-
cher spritzte. »Mary hat erzählt, dass ihr Freund bei ihr war,
dieser Larry.«

»Willst du damit etwas andeuten?«

Vielleicht, Laire wusste es nicht. Womöglich wollte sie
nur eine Ausrede für ihre Schwester finden.

»Du denkst, dass ihr Freund ihr die Überdosis verabreicht
hat?«, vermutete Mirroanwi, womit er richtig lag. »Laire, es
kann viel passiert sein. Wir wissen vielleicht weniger, als wir
denken.«

Laire spürte, wie ihre Augen anfingen, zu brennen. Der
Kaffeestrahl verschwamm vor ihren Augen. »Warum hat
sie es dann gemacht, hm? Wenn er sie nicht dazu gezwungen hat? Denkst du etwa, sie hat es freiwillig getan?«

»Laire.«

Sie spürte seinen Blick schwer auf ihr, aber sie konzentrierte sich weiterhin auf den Kaffeestrahl. Die Szene
beruhigte sie auf sonderbare Weise.

»Ich habe auf deinem Handy gesehen, dass sie dich letzte
Nacht angerufen hat.«

Ihr Blick verfinsterte sich, aber sie schaute ihn immer
noch nicht an. »Na und?«

»Ich habe dir schon damals gesagt, dass du sie nicht ignorieren sollst, wenn sie Kontakt mit dir aufnehmen möchte.«

Er legte eine Hand auf ihre Schulter, sanft wie ein schüchterner Vogel. »Du warst so mit mir und meiner Welt beschäftigt, dass du deine Umwelt übersehen hast.«

Sie stieß seine Hand weg, indem sie mit der Achsel zuckte, packte den heißen Becher und zuckte augenblicklich zusammen, als sie etwas davon verschüttete. Sie hielt nicht inne, um sich abzutrocknen, sondern durchquerte schnellen Schrittes die Eingangshalle.

»Du willst mir die Schuld daran geben?«, zischte sie aus dem Mundwinkel, damit die Dame hinter dem Schalter sie nicht Selbstgespräche führen sah.

»Niemand ist schuld daran, Laire —«

»Doch. Es sind viele daran schuld, und ich und meine Eltern sind nur wenige Personen davon.«

»So meinte ich das nicht.«

»Aber so meine *ich* es.« Sie nahm einen tiefen Atemzug und bemühte sich, ruhiger zu werden. Es war nicht Mirroanwi, auf den sie wütend war. »Was hältst du davon, wenn du schonmal nach Hause gehst? Ich komme später nach.«

Ehe er antworten konnte, war sie in den Fahrstuhl gestiegen und hatte den Knopf gedrückt, sodass sich die Türen zwischen ihnen schlossen.

Oben in Yestas Zimmer überreichte sie Allison den Kaffee und setzte sich anschließend draußen auf die Wartestühle. Sie polsterte ihren Nacken mit einer Decke, die eine Schwester ihr vorhin geliehen hatte, lehnte sich zurück und zog ihr Handy aus der Hosentasche. Mit zwei Fingern massierte sie ihren Nasenrücken. Das alles fühlte sich zu sehr an wie ein Déjà-vu, das Kaffeebringen und das endlose Warten und die Hilflosigkeit, die tief in ihren Gliedern steckte.

Sie musste mit jemandem reden. Nicht mit ihren Eltern, nicht mit Mirroanwi. Sie alle würden versuchen, sie zu trösten, und das konnte sie im Moment nicht gebrauchen.

Sie scrollte durch ihre Kontakte, bis sie bei T angekommen war, und drückte auf *SMS schreiben*.

17. Kapitel
Eine digitale Unterhaltung

Taylor schlief, weil er in der Nacht kein Auge zugetan hatte. Stattdessen hatte er weitere Seiten aus Fenlis Buch übersetzt. Es hatte ihm bereits einige Geheimnisse verraten, Geheimnisse über ein weiteres Ritual. Noch wusste er nicht, was er davon halten sollte, denn wenn er recht hatte, gehörte das Buch vernichtet.

Es stellte eine Anleitung dar, wie man die Welt zerstören konnte. Ein großer Teil von ihm hoffte, dass er sich verlesen hatte.

Mittlerweile wühlte er sich schon so lange durch Fenlis Buch und anderen Notizen über die Geheimnisse des Universums, dass er ganz vergessen hatte, wonach er suchte. Nach einem Weg, Grace wiederzubekommen, klar. Dafür hatte er im Frühjahr schon die zwei Wächter entsandt, aber sie waren seitdem nicht mehr erschienen. Er schätzte, sie hatten keinen Erfolg gehabt.

Wonach sollte er als nächstes suchen?

Taylor schlief und träumte von Fenlis Buch, aber auf einmal spürte er, wie sein Geist aufwachte, obwohl sein Körper noch ruhte. Das konnte verdammt nochmal nicht wahr sein. Es war helllichter Tag und sein Geist hielt es für angemessen, ihn auf eine Astralreise zu schicken.

Als er die Augen aufschlug, befand er sich in seinem Astralkörper. Sein Kopf fühlte sich seltsam benebelt an, als würde er träumen, was unmöglich war, denn ihn umgab zweifellos die Astralwelt.

Er schaute hinter sich, auf seinen materiellen Körper. Er war mal wieder über der Arbeit eingeschlafen. Fenlis Buch lag unter seinen Armen. Als er sich wegdrehte und sah, wer da vor ihm stand, verschlug es ihm die Sprache.

Es war Grace. Er hatte nicht gemerkt, wie er sie herbeihalluziniert hatte.

Sie sah nicht so real aus wie in seinen Tagträumen. Ihre Haut war blasser und an den Rändern ihres Körpers schien sie sich in einem dunklen Nebel aufzulösen, der um ihre Umrisse waberte. Ihr Lächeln wollte nicht so recht zu ihren starren Gesichtszügen passen.

Statt eines Wortes flackerte ein Gedanke zu Taylor. Das war die zweite Ungewöhnlichkeit. Grace hatte in seinen Tagträumen noch nie in Bildersprache gesprochen.

Es ist unfair, Taylor.

Kaum war die Gedankennachricht bei ihm angekommen, vergaß er, worüber er nachgedacht hatte, denn sie packte sein Hemd und zog ihn in einen Kuss. Ihre Hände fühlten sich zart und fest an wie eh und je, ihre Lippen trafen weich auf seine. Für einen Moment war er wie erstarrt, dann griff er in ihre Haare und küsste sie zurück. Als wäre er ein Ertrinkender und ihr Atem die Luft, die er zum Leben brauchte.

Das hier fühlte sich realer an als all seine Halluzinationen zuvor. Was er für sie empfand, konnte nicht mit drei simplen Worten ausgedrückt werden. Liebe war eine Untertreibung für die puzzleartige Verbindung, die zwischen ihnen bestand. Grace und er gehörten zusammen, sie waren zwei Hälften eines Ganzen.

Er sehnte sich nach ihr mit jedem Atemzug, selbst jetzt noch, wo er ihr so nahe war. Er brauchte die wirkliche Grace, und er hatte Angst, dass er sie niemals fand. Sie war irgendwo dort draußen und wollte zu ihm, aber der Tod und seine irrsinnigen Regeln verboten ihr, zu ihm zu kommen. Taylor war nur ein Mensch, zu schwach, um die Regeln des Todes zu brechen.

Diese Worte, die sie in seine Gedanken geflüstert hatte …

Es ist unfair.

Er wich ein Stück von ihr zurück, unterbrach den Kuss. Er war so von ihr vereinnahmt, dass er nicht merkte, dass ihre Augen völlig andere waren. Die schwarzen Augen eines Wächters.

»Grace, wie …«, begann er, doch da verschwand die Astralwelt.

Blinzelnd öffnete er die Augen und bewegte leicht die Finger, spürte den Stift dazwischen.

Er hatte geschlafen und geträumt, an so viel konnte er sich erinnern.

Fenli war in seinen Träumen aufgetaucht. Aber … da war noch etwas anderes. Ein Gedanke, den er nicht wirklich greifen konnte. Er entfachte ein Feuer in ihm, wie er es noch nie zuvor erlebt hatte. Ein Feuer, das ihn antrieb, die unmöglichsten Dinge zu vollbringen –

Da, da war der Gedanke.

Es ist unfair.

All das, Taylors Leben, es war unfair.

Mit schmerzenden Gliedern richtete er sich auf. Die Uhr auf seinem Schreibtisch verriet ihm, dass er die Mittagszeit verschlafen hatte. Ein Blick ins Buch zeigte ihm die Stelle, an der er aufgehört hatte, zu übersetzen.

Und nun, der zehnte Schritt zur Unsterblichkeit.

Richtig, das war es. Diese Seiten des Buchs stellten eine Anleitung dar, wie man Menschen unsterblich machte, in der Theorie zumindest. In der Praxis war niemand mächtig oder musikalisch genug, um das Ritual durchzuführen.

Nun, mit Ausnahme von Taylor.

Der Schlaf hatte ihn gestärkt, sein Selbstvertrauen hatte zugenommen. Was er zuvor noch als den Plan eines Bösewichts gesehen hatte, hatte nun die Gestalt einer Chance angenommen. Die Welt könnte dabei zerstört werden, das war es, was Taylor bekümmert hatte. Doch jetzt…

Es war merkwürdig. Er war immer noch derselbe, aber er fühlte sich anders. Erfrischt, als wäre seine Persönlichkeit ergänzt worden.

Denn jetzt erkannte er zwei Dinge.

Erstens, die Welt würde sich dabei nicht zerstören. Dazu reichte die Anzahl der Lebewesen auf der Erde nicht aus.

Zweitens, es war seine einzig verbliebene Chance, mit Grace zusammen zu sein. Durch die plötzliche Unsterblichkeit wäre der Tod verwirrt. Abgelenkt genug, sodass Grace an seinen Regeln vorbeischlüpfen könnte.

Denn es war unfair.

Der Gedanke war stark genug, um jegliches Bedenken beiseite zu räumen und durch eine Art Wut zu ersetzen. Taylor konnte es nicht richtig definieren; was zählte, war, dass seine Liebe und Sehnsucht zu Grace so stark war wie noch nie.

Eine neue Energie erfüllte ihn. Er sprang auf die Beine und wühlte eine ältere Übersetzung von Fenlis Buch hervor. Nachdem er den Anweisungen gefolgt war, war seine Wohnung Tod-sicher. Er konnte es nicht gebrauchen, dass eine der Inkarnationen schnüffelte und seine Pläne durchkreuzte. Die Übersetzung des gesamten Buchs müsste er in die Geheimschrift übertragen, die er vor Jahren mit Grace ausgearbeitet hatte, und das Original anschließend verbrennen, denn wenn der Tod herausfände, wie Taylor die Unsterblichkeit geschaffen hatte, würde er vielleicht auch wissen, wie sie rückgängig zu machen war.

Etwas brummte in seiner Hosentasche. Erst, als er es bereits in der Hand hielt, realisierte er, dass es sein Handy war.

Drei neue Nachrichten von Jane. Sie hatte ihm noch nie geschrieben. Dass sie Telefonnummern ausgetauscht hatten, war ein spontaner Einfall ihrerseits gewesen.

Hey.
:)
Kannst du sprechen?

Er starrte auf Fenlis Buch. Er musste weitermachen. Die Zusammenhänge verstehen.

Seufzend lehnte er sich im Stuhl zurück und tippte eine Antwort.

Smalltalk beherrschst du digital auch nicht?

Die Antwort kam sofort.

Eine normale Antwort findest du digital auch nicht?

Nachmacherin.

Schuldig.
Also hast du jetzt Zeit?

Er sah vom Display auf, auf die restlichen Seiten, durch die er sich noch durcharbeiten wollte. Das, was er vorhatte, konnte er vorher nicht üben, und er musste perfekt vorbereitet sein. Sein Ki war das einzige, was ihm einen Erfolg garantierte.

Worum geht´s?

Es dauerte lange, bis sie zurückschrieb. In der Zeit machte er sich zwei Sandwiches zurecht und kehrte mit seinem improvisierten Mittagessen zu seinem Schreibtisch zurück.

Meine Schwester liegt im Koma. Sie wurde heute Vormittag ins Krankenhaus gebracht. Ich weiß nicht, wann sie wieder aufwacht.

Taylor las ihre Nachricht und verstand. Er verstand, weshalb sie ausgerechnet ihn kontaktierte. Trotzdem stellte er sich unwissend.

Hast du keinen Tod, der dich tröstet?

Nein.

Und was ist mit deinen Eltern?

Lass das.

Sanjena?

Taylor, stell dich nicht so dumm. Ich will kein Mitleid, ich will Mut. Du hast doch damals deinen Bruder verloren. Was hast du da getan?

Erstens war ich damals halb so alt wie du jetzt. Ich bin anders damit umgegangen. Außerdem hast du deine Schwester nicht »verloren«.

Was hast du da getan?

Er fragte sich, ob sie diesen Satz einfach kopiert hatte, so schnell, wie die Nachricht einging.

Ich habe mich abgelenkt.
Ich habe meine Gitarre genommen und habe mich abgelenkt.
Spielst du ein Instrument?

Ja. Klavier.

Zugegeben, das überraschte ihn. Wer Instrumente spielte, hatte einen besonderen Lebensfunken in sich. Taylors Erfahrung nach schlossen Musiker oft für einen Moment die Augen, um der Melodie des Lebens zu lauschen, die andere Menschen nicht wahrnahmen. Laire hatte diesen Funken nicht. Wenn Laire die Augen schloss, tat sie das für gewöhnlich nur, weil sie von Taylor genervt war und eine Pause von seinem Antlitz brauchte.

Aber du liest Bücher, stimmt´s? (Darauf musst du nicht antworten.) Egal, was du tust, lass dich nicht von Mirroanwi ablenken. Er würde dir nur Lektionen andrehen. Und du weißt, was passiert, wenn du alles gelernt hast.

Dann verlässt er mich. Genau wie Yesta.

Taylor vermutete, dass Yesta ihre Schwester war. Am liebsten hätte er sie gefragt, ob sie einen Zweitnamen hatte, der ebenso merkwürdig klang, aber das schien ihm keine passende Erwiderung zu sein.

Er verspürte Zuneigung zu ihr, als er ihre Nachricht las. Bei seinem Besuch in ihrem Schlafzimmer hatte er nicht erwartet, dass Laire ihm glauben würde, nicht wirklich. Schließlich war sie damals mit ihrem Tod bereits dicke gewesen, fest der Überzeugung, Mirroanwi würde sie niemals anlügen oder ihr etwas verschweigen.

Wie gesagt. Du hast deine Schwester nicht verloren.

Da keine Antwort kam, knipste er sein Handy aus und warf einen langen Blick auf seine Notizen. Dann stieß er einen Atem aus, den er schon lange angehalten hatte.

Wenn das Bild, das er sich von Laires Tod zusammengesetzt hatte, so weit stimmte, würde Mirroanwi nicht zu dem Treffen erscheinen. Mirroanwi war einer der traditionellen Sorte; er hielt sich an die Regeln, die ihm vorgeschrieben wurden. Er würde Taylor nicht bei der Suche nach Grace helfen.

Es ist unfair.

Mit jeder verstreichenden Minute hatte er das Gefühl, immer mehr die Fähigkeit zu verlieren, Richtig und Falsch voneinander zu trennen. Da war zwar so etwas Ähnliches wie ein Gewissen in ihm, aber es schien betäubt, er konnte nicht danach greifen, auch wenn es sich manchmal regte. Er wusste, dass da eine Wand war, eine Wand, die Gefahr symbolisierte, aber hinter der Wand war das Ziel. Hinter der Wand war Grace.

Seine Sehnsucht siegte, deshalb tat er so, als wäre da keine Wand, er musste sie übersehen, musste weitermachen.

Es war nicht nur für ihn unfair, sondern auch für Laire. Für jeden, der schwächer war als der Tod, war das Leben unfair. Mit seinem Plan lenkte er nicht nur den Tod von Grace ab, sondern auch Laire von ihren Sorgen.

Er nahm das Handy wieder zur Hand und öffnete den Chat mit Laire. Er tippte sieben Worte. Ohne sie noch einmal durchzulesen, schickte er sie ab.

Was ist, wenn ich deine Schwester retten könnte?

18. Kapitel
Ein wirres Wunder

Laire hörte auf Taylors Ratschlag und lenkte sich ab.

Zuerst tat sie es mit *Netflix*, aber als die Sorgen um Yesta zurückkehrten, griff sie nach einem bisher unangetasteten Buch über Astrophysik (eine entfernte Cousine, die Astrophysik studierte, hatte es ihr einmal geschenkt) und vergrub ihre Nase darin, bis ihr die Augen zufielen.

Sie erwachte in der Astralwelt wieder. Es war das erste Mal, dass sie sich dabei nicht in ihrem Bett befand, dementsprechend war sie einige Augenblicke lang verwirrt, bis sie sich Orientierung verschafft hatte. Sie stand neben ihrer Couch. Und neben ihr war Taylor.

Ihr Herz setzte für einen Schlag aus, als er sich plötzlich in ihrem Wohnzimmer materialisierte. In gespieltem Schock fasste sie sich an die Brust.

»Meine Güte, Earl von Grey. Du hast es aber eilig.«

Zu ihrer Überraschung hatte Taylor heute Nacht einen ganz anderen Gesichtsausdruck aufgesetzt. Nicht müde-gereizt oder gelangweilt. Seine Züge waren angespannt, das blaue Licht tanzte wild um ihn herum.

»Du hast lange gebraucht zum Einschlafen«, stellte er säuerlich fest.

Sie hob eine Augenbraue. »Sollte ich es gruselig finden, dass du mir beim Lesen zusiehst?«

»Lesen konnte man das kaum nennen. Die physikalischen Begriffe haben dich eingeschläfert.«

Ihre Miene wurde ernster. »Sag mal, was hast du eigentlich mit deiner letzten SMS gemeint? Wie kannst du Yesta retten?«

Taylor antwortete nicht. Er entfernte sich ein Stück von ihr und ging zum Schreibtisch, wo er einen Blick auf das Chaos von Blättern warf. Angespannt beobachtete Laire ihn dabei. Ihr Blut schien mit einem Mal zu Eis gefroren zu sein. Sie hatte ganz vergessen, ihre Aufzeichnungen über die Astralwelt wegzuräumen. Sie hatte eine halbe Stunde damit zugebracht, sie weiter zu digitalisieren.

Hoffentlich fielen sie Mirroanwi nicht auf, während sie schlief. Hoffentlich legte er Wert auf Laires Privatsphäre, denn er durfte von diesen Notizen auf keinen Fall erfahren.

»Und?«, hakte Laire nach, als eine Antwort ausblieb.

»Du kommst gleich auf das Thema zu sprechen«, sagte Taylor leise. »Wird Mirroanwi sich mit mir treffen?«

Fast verschluckte sie sich an ihrer eigenen Spucke – oder hätte sich verschluckt, wenn sie welche gehabt hätte. Gab es so etwas wie Astralspucke?

Sie tat so, als müsste sie mit all ihrer Konzentration einen Weg finden, um sich durch die enge Lücke zwischen Couch und Couchtisch zu zwängen. Sie hatte Angst davor, ihm eine Antwort zu geben. Nicht, weil sie Angst vor ihm hatte, sondern Angst um ihn.

Schließlich ließ es sich nicht mehr vermeiden.

Sie räusperte sich. »Er wird dich nicht treffen.«

Minimal sackten seine Schultern ab, aber er zeigte keine großartig enttäuschte Reaktion, wie sie es erwartet hätte. Fast, als hätte er bereits geahnt, wie ihre Antwort ausfallen würde.

»Warum nicht?«

»Er hat gesagt, dass er nicht darf. Dass Grace nicht darf.«

»Weil das die Regeln sind?«

Es klang nicht nach einer Frage, die beantwortet werden musste, deshalb zog Laire es vor, zu schweigen.

Nach einem Moment Stille griff er mit der Faust in das Papierchaos und fegte einen Teil vom Tisch. Unkontrolliert flatterten die Blätter in alle Richtungen.

»Er hat Angst!«, schrie er. Laire zuckte zusammen. »Alle haben Angst vor den Regeln! Warum bin ich als einziger mutig genug?«

Laire biss die Zähne aufeinander. Eben war ihr ein Gedanke gekommen, den Taylor womöglich übersehen wollte.

»Woher weißt du überhaupt, dass Grace zu dir will?«, fragte sie vorsichtig.

Vielleicht hatte Grace keine Angst vor den Regeln, sondern befolgte sie aus freien Stücken. Vor ihrem inneren Auge hatte Laire das Bild von Grace, wie sie abgemagert und blass losrannte, immer und immer wieder. Weg von Laire, und vielleicht auch weg von Taylor.

Sie musste sich bemühen, das Bild zu verdrängen, um es ihm nicht aus Versehen zu schicken. Sie wagte es, ihm die entscheidende Frage zu stellen.

»Woher weißt du, dass sie dich auch liebt?«

Mit gerunzelter Stirn sah er sie an, ungläubig, als könne er nicht entscheiden, ob es sich hierbei um einen Scherz oder um Ernst handelte. »Was willst du damit sagen?«

»Das, was ich schon gesagt habe.«

Er schüttelte den Kopf. »Grace liebt mich. Sie will zu mir zurück. Oder denkst du, ich kenne sie nicht gut genug?«

»Aber Mirroanwi —«

»Weißt du was?«, unterbrach er sie. »Richte ihm etwas aus. Er muss mich nicht treffen, wenn er nicht will. Ich habe meinen eigenen Plan. Aber er kann gern dazukommen, wenn er es sich anders überlegt.«

Laire kniff die Augen zusammen, misstrauisch geworden durch den hohlen Ton, der seine Stimme begleitete. »Was hast du vor?«

Taylor lächelte, voller Schmerz. »Ich rette deine Schwester. Und alle anderen. Aber weißt du was? Das ist nur ein Nebeneffekt. Ich werde dem Tod andere Sorgen bereiten als aufzupassen, dass seine Inkarnationen nicht die Regeln brechen. Sobald er abgelenkt ist, kann Grace zu mir kommen.«

»Was soll das heißen?«

»Ich —« Taylor brach ab. Sie konnte sehen, wie eine neue Idee sein Gesicht erhellte. »Weißt du was, mir ist gerade etwas eingefallen. Richtest du Mirroanwi etwas aus? Sag ihm, er hat noch eine Chance. Er hat noch eine Chance, die Verbindung zu nutzen, die er als Inkarnation hat, um Grace für mich zu finden. Sag ihm, dass ich mein Ki nutzen werde, wenn er keinen Erfolg hat.«

Laire stöhnte. »Kannst du dich klar fassen? Du redest wirres Zeug, merkst du das eigentlich?«

Er tat so, als hätte er sie nicht gehört. »Sag ihm«, fuhr er fort, »dass er noch eine Woche Zeit hat. Wenn ich bis dahin nichts von ihm höre … dann werde ich dem Universum ein Wunder bereiten.«

Laire schüttelte den Kopf. Er benahm sich wie ein kleiner Junge, dem etwas verwehrt wurde. Eine passive Wut hatte sich seiner bemächtigt, sodass er mit sinnlosen Drohungen um sich warf.

»Taylor, ich dachte, ich verstehe dich. Wirklich. Ich habe dich gegenüber Mirroanwi verteidigt, aber gerade verstehe ich dich überhaupt nicht.«

Wieder dieses schmerzliche Lächeln. »Du und Sanjena braucht heute Nacht nicht auf mich zu warten.«

Dann war er weg.

Als sie am nächsten Morgen erwachte, schaute sie zuerst nach, ob die von Taylor geworfenen Papiere noch am Boden lagen, aber sie befanden sich nach wie vor auf dem Schreibtisch, unberührt, als wäre Taylor nie dagewesen. Eilig verstaute sie die Beweisstücke ihrer verbotenen schriftstellerischen Tätigkeit in ihrem Schminktisch, bevor sie eine Dusche nahm.

Wie gewohnt fragte Mirroanwi sie am Frühstückstisch über die vergangene Nacht aus, und sie berichtete ihm davon, wie sie und Sanjena einen Mann in Indien in den Tod begleitet hatten und dass Sanjena ihm indische Lieder vorgesungen hatte. Sie erzählte ihm sogar den Inhalt der Lieder, alles nur, um das eigentliche Thema zu umgehen, auf das sie früher oder später zurückgreifen musste. Die Tatsache, dass Mirroanwi sich tatsächlich für die Texte zu interessieren schien, machte die Sache einfacher, aber als sie ihren Tee zu Ende getrunken hatte, sah sie ein, dass es keinen Ausweg mehr gab.

»Lieder sind etwas Seltsames, nicht?«, stellte er gerade fest. »Du hörst sie dir an und denkst, dass es darin um etwas ganz Tiefsinniges gehen muss, oder um etwas Schmerzliches, weil die Sängerin so hoch und langanhaltend singt. Aber dann hörst du auf den Text und dir wird klar, dass es um eine Kuh geht.«

Laire holte Luft. Mirroanwi musste spüren, dass ihr etwas Überwindung kostete, denn er bedeckte ihre Hand mit seiner. Allerdings fühlte Laire sich dadurch nicht beruhigt, sondern schuldig. Als würde sie Taylor dadurch verraten.

Laire zog ihre Hand weg und sprach die Worte aus. »Ich habe letzte Nacht mit Taylor gesprochen.«

Er nickte langsam. »Dass ich mich nicht mit ihm treffen werde. Er hat es nicht gut aufgenommen?«

»Überhaupt nicht gut. Er hat – er hat sich einfach lächerlich benommen!« Sie bemühte sich darum, die Hände ruhig auf der Tischplatte liegenzulassen. »Er hat damit gedroht – na ja, eigentlich weiß ich gar nicht, womit er gedroht hat. Er wird dem Universum ein Wunder bereiten oder so ähnlich.« Sie runzelte die Stirn. Sie wusste immer noch nicht, was sie davon halten sollte.

Mirroanwi zog die Augenbrauen hoch. »Wenn ich ihm nicht helfe?«

»Ja … er meinte, er hätte einen Plan, wie er dem Tod Sorgen bereitet, damit er von Grace abgelenkt ist und sie zu ihm kommen kann. Dass er sein Ki benutzen wird. Und du kannst dich ihm anschließen, aber generell hast du noch eine Woche Zeit, um selbst nach Grace zu suchen. Keine Ahnung, mit deinen Inkarnationssuperkräften oder so.«

Mirroanwi nickte vor sich hin. »Ich habe gewisse Wege, sie zu benachrichtigen … aber nein.« Er brach ab. »Weiß Taylor, dass du Grace begegnet bist?«

»Es ist mir mal rausgerutscht, aber er hat es, glaube ich, wieder vergessen.«

»Hm. Dann werden wir die Woche eben abwarten und sehen, was er dann anstellt.«

»Aber was ist, wenn er wirklich die Möglichkeit hat ...«
Sie verstummte, weil es ihr unangenehm war, den Satz so
zu formulieren, als wäre Taylor ein durchgeknallter Bösewicht. Spontan fiel ihr keine Formulierung ein, in der er
keiner wäre.

»Laire.« Er griff wieder nach ihrer Hand und diesmal ließ
sie es zu. Obwohl er gerade eben noch ein Honigbrot gegessen hatte, war seine Haut nicht klebrig. Dabei hatte sie
genau gesehen, wie ein riesiger Tropfen auf seinem Finger
gelandet war. »Kannst du dir vorstellen, dass Taylor irgendetwas tun könnte, das den Tod oder sonst irgendjemanden in Gefahr bringt?«

Sie brauchte nicht lange zu überlegen. Obwohl er zeitwei-
len mürrisch war und so erschien, als könnte er es, war Taylor im Herzen ein guter Mensch. Sie schüttelte den Kopf.

»Und warum nicht?«

»Das könnte er nie tun.«

»Weil er nicht kann oder weil er nicht will?« Es war eine
rhetorische Frage. »Selbst wenn er wollte, könnte er nicht.
Sein Ki ist ungewöhnlich groß, das stimmt. Dass er sein
Bewusstsein öffnen kann, ohne dass es verbrannt wird, ist
mit großer Macht verbunden. Grace hat ihn manchmal davor gewarnt. Aber etwas von dieser Größe ... etwas, das
wie ein Wunder wirkt ... was sollte das sein?«

»Also hat er nur wirr dahergeredet?«

Mirroanwi nickte. Sein Blick entgleiste dabei etwas, er
schaute an ihr vorbei ins Nichts. »Nur wirr ... ein wirres
Wunder ... «

19. Kapitel:
Die Entdeckung der Staubjägerin

Yestas Zustand blieb unverändert. Allison harrte die folgenden zwei Tage bei ihr aus, Colin und Laire besuchten sie jeden Nachmittag und versuchten, sie abzulenken. Laire brachte ihr einen Stapel Tolkien-Bücher mit, und Colin sorgte für genug Kaffee-Nachschub, ehe er zu seinen Studenten musste. Für gewöhnlich blieb Laire nie länger als nötig, nachdem er gegangen war, denn sie mochte den Ausdruck auf Allisons Gesicht in letzter Zeit nicht. Er ließ sie alt aussehen.

Laire hoffte, dass Yesta es zu schätzen wusste, wie viel Sorgen Allison sich machte.

In ihren Träumen besuchte sie Yesta und betrachtete sie für Stunden. Den Rest der Zeit lenkte sie sich irgendwie ab; um Videos zu drehen, fehlte ihr der Fokus, Cailin hatte sie nun auch vollständig abgesagt, sodass sie den ganzen Tag auf der Couch hockte, vergraben in dem Buch über Astrophysik, das sie kaum verstand, Mirroanwis geduldige Gesellschaft neben sich.

Sie war froh, als es endlich Samstag war und am Morgen ihr Vater sie weckte, in seinen Händen eine große Tasse Tee. Während er auf ihrer Bettkante saß und Laire den morgendlichen Energieschub zu sich nahm, berichtete Colin von den Instruktionen, die Allison ihm über das Handy hatte zukommen lassen. Er und Laire würden heute die Krimskrams-Kammer aufräumen, wie sie es versprochen hatten.

Allison hatte ihnen das gesuchte Buch beschrieben. Sie hatte ausdrücklich betont, dass es schon Jahrzehnte alt war und auf keinen Fall von einer anderen Person als von ihr durchblättert werden durfte, weil die Seiten sonst in sich selbst zusammenfallen könnten. Zudem wäre der Inhalt nur für Mütter geeignet. Laire bekam zwischenzeitlich den

Eindruck, sie spräche von einem Zauberbuch mit Putzformeln, bis Allison beschrieb, dass das Buch in einen Folienumschlag gepackt war, mit einer lachenden Sonne auf der Vorderseite. Das klang nach keinem Zauberbuch. Laire runzelte darüber die Stirn, tat es aber ihrem Vater gleich und dachte nicht weiter darüber nach. Es war ihre Mutter. Vermutlich bewahrte sie darin die *Herr der Ringe*-Fanfictions aus ihrer Jugend auf. Bei Allison fragte man nicht nach.

Obwohl Mirroanwi seine Hilfe angeboten hatte, winkte sie ab und drückte ihm ihren Laptop mit ein Paar Kopfhörern in die Hand. Colin würde sich wundern, wenn sich der Staub in Luft auflöste. Außerdem wusste sie, wie gern Mirroanwi die acht Staffeln lange Serie beenden wollte, die er vor ein paar Tagen begonnen hatte.

Die Krimskrams-Kammer befand sich im ersten Stock, gleich neben Laires altem Zimmer. Ihr Vater brauchte ewig, um den Schlüssel zu finden (sie hatten abgesperrt, damit die Katzen nicht an der Tür hochspringen, die Klinke drücken und im Krimskrams verloren gehen konnten), und als er ihn schließlich in einem alten Schuh unter dem Kleiderständer im Erdgeschoss gefunden hatte, klemmte die Tür, und Laire musste unbemerkt mit etwas Ki nachhelfen, damit Colin kein Stemmeisen holte.

Colin stieß die Tür auf – und wirbelte prompt eine riesige Staubwolke auf, von der beide husten mussten. Staub hatte Laire erwartet. Aber nicht *so* viel Staub. Eine dicke Schicht ruhte auf den Möbeln, den Kartontürmen und selbst an der Fensterscheibe. Sie hätten ebenso gut Archäologen sein können, die das erste Mal seit dreitausend Jahren die Katakomben eines Pharaos öffneten. Der letzte Gegenstand, den sie hierher verbannt hatten, war Laires Playmobil-Schloss gewesen, das nun auf der Spitze eines Kartonturms nahe des Eingangs balancierte.

»Ein Buch?« Laire schaute ihren Vater an. Er sah genauso verunsichert aus, wie sie sich fühlte.

Colin räusperte sich. »Du weißt doch, wie deine Mutter ist. Wenn sie etwas braucht, macht sie auch vor keinem hohen Berg Halt.«

»Ja, nur dass wir diejenigen sind, die sie über den Berg schickt.«

Resignierend betrachtete sie das Durcheinander, in der Hoffnung, es könnte weniger chaotisch aussehen beim zweiten Blick. Leider war das nicht der Fall. Ihr Vater hatte einen Lautsprecher mitgebracht, damit sie beim Aus- und Aufräumen etwas Musik hören konnten. Er machte die Beatles an, von denen er immer behauptete, sie bei ihrem letzten Konzert gesehen zu haben, obwohl das ´69 gewesen und er zu der Zeit noch nicht geboren war.

Zu *Let it be* fingen sie die Entrümplungsaktion an. Laire war für den Staub zuständig und Colin für Spinnen, Maden und anderes Getier, das in der Krimskrams-Kammer in den letzten Jahren ein Zuhause gefunden hatte. Es war ratsam, zuerst den Schmutz zu beseitigen, bevor man nach etwas suchte, damit man den Schmutz dabei nicht noch mehr verteilte. Laire war froh, dass sie keine Stauballergie hatte, aber sie war sich auch nicht sicher, ob sie nicht nach diesem Tag eine entwickeln würde. Nachdem sie den Staub von den Möbeln vertrieben hatte, schien er sich überall an Laire abzusetzen, nur nicht an dem Staubwedel und dem Staubtuch, mit denen sie sich bewaffnet hatte.

Sie war die Jägerin, und der Staub ihr ärgster Feind. Eine Staubjägerin.

»Weiß Mum noch, in welchem Karton das Buch liegt?«, fragte Laire, als sie sich nach einer halben Stunde erfolgreich zwei Meter durch die Kammer gekämpft und das Fenster erreicht hatte. Das Glas strotzte vor Dreck und Spinnweben. Sie hätte an einen Glasreiniger denken sollen.

Colin zog die Schultern fast bis zu den Ohren hoch. »In einem der oberen?« Es war mehr eine Frage als eine Antwort, eine verzweifelte Vermutung.

Das Entstauben hatten sie erledigt, jetzt mussten sie nur noch die Truhen, Kisten und Regale durchsuchen. Da

Laires Magen knurrte, beschlossen sie, davor eine Pause einzulegen. Während sie sich Sandwiches bestrichen, rief Allison an, um Colin zu bitten, ihr etwas ins Krankenhaus zu bringen, das sie zu Hause vergessen hatte.

»Kommst du allein zurecht?«, fragte Colin, mehrere Sandwiches in der einen und den Autoschlüssel in der anderen Hand.

Laire beruhigte ihn, dass sie eine Staubjägerin war und ihren Job auch allein verrichten konnte. Gerade, als sie den ersten Karton fertig durchwühlt hatte und nach dem nächsten griff, meldete sich eine Stimme.

»Brauchst du Hilfe?«, fragte Mirroanwi. Er saß auf einem Schrank knapp unter der Decke und ließ die Füße in der Luft baumeln.

»Ist es da oben nicht staubig?«, erwiderte sie.

Er fuhr mit dem Finger über das Holz neben sich. Dann hielt er ihn vor seine Lippen und blies den Staub hinunter. Als golden glitzernde Flocken ließ er sich um Laire herum nieder. Ein bisschen von dem Glitzerstaub setzte sich auch auf ihren Haaren ab.

Sie hielt sich eine Strähne vor ihr Gesicht. Als wären ihre Haare mit Gold durchzogen. »Ich weiß nicht, ob ich das eklig finden soll.«

»Ist dir schonmal der Gedanke gekommen, dass das schneller mit deinem Ki ginge?« Mirroanwi machte eine ausschweifende Handbewegung. »Oder willst du wirklich in jeden Karton und Schrank schauen?«

»Natürlich«, antwortete sie sarkastisch. »Ich liebe es, in alte Schachteln zu schauen, vom Staub zu niesen und dann eine Spinne von der Hand zu schütteln.«

»Ach so.« Mirroanwi ließ sich zurück gegen die Wand sinken.

Sie verdrehte die Augen. »Das war Sarkasmus. Komm schon, wie soll ich das Buch mit dem Ki finden?«

»Das ist wie Teleportieren, nur dass es andersherum funktioniert.«

»Du weißt, dass ich im Teleportieren nicht gut bin?«

»Das hat nichts damit zu tun, dich selbst zu teleportieren. Du wirst lediglich zum Magneten. Du musst nur an den Gegenstand denken und dir vorstellen, wie du ihn in den Händen hältst, und dann wirst du ein Ziehen aus einer Richtung bemerken. Oder er wird zu dir kommen, je nachdem, wie gut du bist. Voilà, schon hast du dein Buch.«

»Hm.« Stirnrunzelnd beäugte Laire das Chaos. Die hintersten Stapel Kartons reichten ihr bis zum Kopf. Bei ihrem Pech befand sich das Buch vermutlich in einem dieser Kartons ganz unten.

Sie schloss die Augen und stellte sich vor, wie sie ein kleines Buch mit einer lachenden Sonne auf der Vorderseite in den Händen hielt. Dann streckte sie die Arme von sich, um die Vorstellung zu vertiefen. Sie spürte tatsächlich etwas. Ein Ziehen, als wären ihre Hände an einen unsichtbaren Faden gebunden und würden in eine Richtung gezogen werden. Instinktiv setzte sie sich in Bewegung, wobei sie es irgendwie schaffte, den Hindernissen auszuweichen. Mit geschlossenen Augen folgte sie der Schnur, bis sie mit den Füßen an etwas stieß. Ihre Hände wanderten nach oben und umgriffen den obersten Karton. Sie öffnete die Augen. Auf die braune Pappe war mit einem schwarzen Filzstift *2007* geschrieben worden, darunter der Name ihrer Mutter.

Mirroanwi, der sich neben sie teleportiert hatte, schnupperte neugierig daran. »Das riecht nach Papier.«

»Hier riecht alles nach Papier.«

Dank Mirroanwi senkte sich der Karton von ganz allein auf den Boden ab. Eine leichte Staubwolke pufste auf. Im Inneren erwartete sie weniger Staub als erwartet, sodass sie ihn mit zusammengekniffenen Augen beiseite wedeln konnte.

Als sie den Inhalt genauer betrachtete, öffnete sich ihr Mund ein Stück.

Stapelweise Bücher, platzsparend geordnet wie in *Tetris*. Es waren keine normalen Bücher. Sie stammten aus keiner industriellen Fertigung, sondern waren mit Kleber oder Tacker zusammengeheftet, manche sogar mit Nadel und Faden zusammengenäht worden. Jedes Buch hatte ein Cover, das stark an eine Kinderzeichnung erinnerte – Zeichnungen von Laire, um genau zu sein. Da war das Haus, das sie im Kindergarten gemalt hatte, und da das Herz über den Wolken. Stumm wühlte sie darin, zog Bücher hervor, blätterte darin und legte sie wieder zurück. Kochrezepte, Naturstudien, angerissene Geschichten. Allisons kreative Hinterlassenschaft.

Ganz zuunterst lag das, wonach sie suchte: das Buch mit der lachenden Sonne. Das Bild hatte sie ihrer Mutter einmal zum Geburtstag geschenkt. Wie es aussah, hatte Allison jedes Bild, das sie je gemalt hatte, unbemerkt in einen Buchumschlag verwandelt.

Mirroanwi, der ebenfalls in einem Buch blätterte, stupste sie an. »Hey, schau mal. Hier steht das Märchen von Schneewittchen drin, von dem du mir erzählt hast.« Er hielt ihr die aufgeschlagene Seite hin. Tatsächlich, da standen die Sätze, die ihre Mutter ihr am Bett immer vorgelesen hatte: *Und wenn sie nicht als frische Seelen wiedergeboren wurden, lebten sie noch lange im Reich der Toten, für immer und ewig.*

Laire nickte. Auf ihr Gesicht hatte sich ein Lächeln geschlichen. »Das sind die ganzen Geschichten, die Mum mir als Kind erzählt hat. Sie hat sie von einem Märchenbuch abgeschrieben. Und aufgehoben.«

»Allison MacDiagan«, murmelte Mirroanwi, während er das Buch weiter durchblätterte. »Sie war schon immer ein Mädchen voller Fantasie.« Er sah auf. »Sie wollte früher Schriftstellerin werden, wusstest du das? Sie hat deinen Vater damals kennengelernt, weil sie ein Experiment für ein Manuskript durchführte. Irgendwas mit Smalltalk und Freundschaften schließen. Sie hat an der Kasse verlangt, seinen Personalausweis zu sehen, weil er Wein gekauft hat, obwohl man ihm angesehen hat, dass er über einundzwanzig war.«

»Und dann?«

Er zuckte mit den Schultern. »Dann hat sie ihn am Abend angerufen. Seine Nummer stand im Telefonbuch. Ein Jammer, dass es damals noch kein Twitter gab.«

Schmunzelnd schaute sie auf die lachende Sonne. An diese Seite von Allison hatte sie schon lange nicht mehr gedacht. Wie verrückt und kreativ sie früher gewesen war, noch verrückter und kreativer als heute, bevor der Stress mit Yesta angefangen hatte.

»Hast du etwa in ihrem Tagebuch gelesen?«, fragte sie abwesend, während sie die erste Seite aufschlug.

Es war eine Geschichte, die Allison ihr nie vorgelesen hatte. Doch nachdem sie die ersten Sätze gelesen hatte, fiel ihr auf, dass es sich um keine Gute Nacht-Geschichte handelte, sondern um Fetzen aus ihrem Alltag. Wie Allison nach Laires Geburt aus dem Krankenhaus gekommen war. Wie Yesta ihre Babyschwester hochgenommen hatte. Wie Laire die ganze Nacht über geschrien hatte.

Auf einmal merkte sie, wie Mirroanwi vor ihrem Gesicht herum schnipste. »War das gerade eine rhetorische Frage oder willst du die Antwort wirklich wissen?«

»Was?« Verwirrt tauchte sie aus den Seiten auf.

Mirroanwi seufzte. »Egal.« Er legte das Märchenbuch zurück und richtete sich auf. »Soll ich dir helfen, das aufzuräumen?«

»Ja, danke.« Sie richtete sich ebenfalls auf, das Buch mit der lachenden Sonne gegen ihren Bauch gepresst, und schaute zu, wie Mirroanwi mit einem einzigen – eigentlich unnötigen – Fingerschnipsen den Karton an seinen Platz zurück teleportierte. Dann sah er sich um.

»Zu deiner eigenen Sicherheit würde ich dir raten, diese Rumpelkammer nie wieder auszumisten. Ich glaube, ich habe da hinten eine selbstständige Kolonie entdeckt.«

»Eine Kolonie wovon?«, fragte sie belustigt, während sie Mirroanwi nach draußen folgte, den Lautsprecher unter ihren Arm steckte, und die Tür zuschloss.

»Willst du das wirklich wissen?«

»Gib mir einen Tipp.«

»Sie sind grün.«

»Marsmenschen?«

Er schenkte ihr einen herablassenden Blick. »Klar, ihr habt Marsmenschen in der Rumpelkammer. Deshalb heißen sie auch *Mars*menschen.«

»Krimskrams-Kammer«, verbesserte sie.

Er folgte ihr nach unten, wo sie den Schlüssel an seinen alten Platz zurücklegte.

»Willst du Tee?« Sie nickte in Richtung Küche. »Wir sind allein daheim.«

Er willigte ein. Wenig später saßen sie mit zwei dampfenden Tassen Schwarztee am Küchentisch. Eine der schwarzen Katzen hatte sich auf Laires Schoß zusammengerollt, während sich Galadriel an Mirroanwis Hand rieb.

»Grashüpfer«, sagte er nach ein paar Schlucken.

Sie verschluckte sich fast. »Wir haben Grashüpfer in unserer Wohnung?«

»Wie gesagt, ich bin mir nicht ganz sicher. Ich konnte nur einen kurzen Blick auf sie erhaschen.«

Angewidert verzog sie das Gesicht. »Dann hoffe ich, dass es Grashüpfer sind. Anderes grünes Zeugs möchte ich nämlich noch weniger in meiner Wohnung haben.«

Er nickte auf das Buch, das Laire neben sich gelegt hatte. »Was steht da drin?«

»Ach.« Gedankenverloren strich sie über den Einband, dann schlug sie es auf, mittendrin. »Es ist so ähnlich wie ein Tagebuch. Sie hat Szenen aus ihrem Leben aufgeschrieben.«

So ähnlich wie sie selbst es tat, fiel Laire auf.

Sie nahm das Buch mit nach oben in ihre Wohnung und legte es dort auf den Schreibtisch. Als Colin nach Hause kam, war er froh, dass Laire bereits erfolgreich gewesen war. Er erzählte ihr, wie es im Krankenhaus gewesen war und was die Ärzte gesagt hatten – anscheinend war Yesta an diesem Morgen das Gegenmittel verabreicht worden, von dem Doktor Cleever gesprochen hatte. Von nun an wäre es nur noch eine Frage der Zeit und Yestas Selbstheilungsprozess, wann sie aufwachte.

Laire lächelte. Ein Gewicht löste sich von ihrer Brust. »Das sind doch gute Neuigkeiten, oder?«

Erst am Montag dachte Laire wieder an das Buch ihrer Mutter. Colin hatte die Wacht an Yestas Bett übernommen, damit Allison zur Arbeit gehen konnte.

Laire hatte gerade den Laptop aufgeklappt und sich an den Schreibtisch gesetzt, um zur Abwechslung mal wieder auf die Kommentare unter ihren Videos zu antworten, als ihr die gelbe Sonne auf dem Einband ins Auge stach. Sie sah sich um, doch Mirroanwi war nicht da. Vermutlich war er unten bei ihrem Vater.

Sie klappte den Laptop zu und schlug das Buch irgendwo in der Mitte auf. Am Anfang des Eintrags handelte es sich noch um die Beschreibung von Allisons Vormittags, dass Klein-Laire beim Einkaufen unheimlich hinderlich war, weil sie ständig die Produkte aus den Regalen zog, und Allison dachte darüber nach, beim nächsten Mal Yesta mitzunehmen, damit sie ihre Schwester davon abhielt. Dann schweifte Allison ab. Und Laire konnte auf einmal ihren Augen nicht mehr trauen.

Ich habe Laire heute Morgen in ihren Laufstall gelegt, um duschen zu gehen. Als ich zurückkam, hat sie mit einem Kätzchen gespielt, das zwischen all den Kuscheltieren im Laufstall schnurrte und sich von ihr streicheln ließ. Anstatt mich bemerkbar zu machen, stand ich am Türrahmen und schaute der Kleinen eine Weile zu. Laire lehnte am Laufstallnetz, ihre plumpen Hände strichen über das Katzenfell, und ich kann mir nicht vorstellen, dass es für die Katze sehr angenehm war, aber sie beschwerte sich nicht, kratzte oder biss nicht, wie ich es von einem Tier erwartet hätte. Aber andererseits – ich kenne Katzen nicht gut genug, um ihr Verhalten abzuschätzen.

Schließlich haben wir keine Katze!

Als ich mich genähert habe, ist mir das Bilderbuch aufgefallen, das ich Laire in der Eile in die Hand gedrückt habe. Ich hätte nie erwartet, dass sie es anschauen würde, weil sie eigentlich noch nicht im Alter für Bücher ist. Aber sie hatte es aufgeschlagen, und die Katze auf der Seite fiel mir ins Auge. Sie sah genauso aus wie die Katze im Laufstall. Weiß, schwarze Knopfaugen, wuschelig. Und das war die einzig logische Erklärung: Die Katze war aus dem Bilderbuch gekommen. Laire hatte sie sich heraus gezaubert.

Olórin hatte mir einmal erzählt, dass manche Kleinkinder in der Lage dazu sind, ihr Ki zu benutzen, aber ich habe nie von einem gehört, das sein Bewusstsein öffnen kann. Sie sind auch in der Lage, die Astralwelt zu bereisen, und manchmal können sie sogar den Tod sehen.

Ich frage mich, ob Laire Olórin gesehen hätte. Und ich frage mich auch, wann ihre Fähigkeiten vergehen. Irgendwann wird sie zu sehr von der Welt um sich herum eingenommen sein und ihre Herkunft vergessen. Ich werde versuchen, diesen Moment so weit wie möglich hinauszuzögern. Laire ist ein gutes Kind, und die Wunder des Kis sind einmalig.

Die Katze werde ich ihr allerdings wegnehmen. Vielleicht finde ich einen Weg, wie ich sie ins Bilderbuch zurück zaubern kann. Ich habe einmal gelernt, dass man manchmal seine Fantasie herausfordern muss, um Wege zu finden, andere Dinge als den eigenen Körper zu beeinflussen. Vielleicht kann ich meine Hand in eine Art Portal verwandeln?

Vollkommen sprachlos hörte Laire mit dem Lesen auf. Sie schob das Buch von sich und schaute es argwöhnisch an, wie eine Lebensform von einem anderen Planeten, von der sie sich noch nicht sicher war, ob sie Verderben oder Freundschaft bringen würde. Warum schrieb ihre Mutter von dem Tod und dem Ki, alles Dinge, die Laire nur dank Mirroanwi kannte? Wer war Olórin? Allison konnte keine Botschafterin sein, das war unvorstellbar. Das war ihre Mutter. Sie konnte doch nicht … durch die Astralwelt gereist sein und die Lehren des Todes gelernt und Menschen beim Sterben begleitet haben. Ihre Mutter war vielleicht etwas verrückt, ein klein wenig besessen von der Tolkien-Welt, und ja, sie war kreativ und schrieb selbst Geschichten, aber – eine Botschafterin? Wie konnte Laire nie etwas davon gemerkt haben? Und wie konnte Mirroanwi ihr nie davon erzählt haben?

»Mirroanwi?«, rief sie, und als sich nichts tat, schickte sie ihm eine Nachricht, auf die er sofort reagierte.

Er erschien auf der Couch.

Sie tippte auf das aufgeschlagene Buch. »Kannst du mir das erklären?«

Mit gerunzelter Stirn überflog er im Stehen die Doppelseite. Seine Verwirrung schwand von Zeile zu Zeile und am Ende nickte er verstehend. Er saugte Luft durch seine Unterlippe, was ein quietschendes Geräusch verursachte. »Also weißt du es jetzt.«

»Du hast mir nie davon erzählt.«

Er schüttelte den Kopf. »Ich habe es dir nie verheimlicht. Als du mir das erste Mal den Namen deiner Mutter genannt hast, hat bei mir etwas geklingelt, aber ich konnte es nicht einordnen. Und dann habe ich sie gesehen, aber da wollte ich dich nicht verschrecken. Und am Samstag wollte ich es dir erzählen, als wir auf das Thema gekommen sind, aber du hast mir nicht zugehört.«

Sie schüttelte den Kopf. »Ich kann es einfach nicht fassen. Ich dachte, ich wüsste, wie die Jugend meiner Mutter war. Marathons und Conventions und Cosplay und LARP. Aber dass sie nebenbei auch dich getroffen hat ...«

Er hob einen Finger. »Eigentlich hat sie mich nicht in ihrer Jugend getroffen. Davon abgesehen, dass sie nicht *mich* getroffen hat, sondern Olórin. Das ist ein Unterschied, den weder du noch Taylor zu begreifen scheint. Na, jedenfalls, ich habe sie Anfang ihrer Zwanziger getroffen. Kurz darauf hat sie deinen Vater kennengelernt.«

»Und ...« Sie schluckte. »Wann hast du sie verlassen?« Sie verstand nicht, wie Allison Mirroanwi – pardon, Olórin – nie erwähnt haben konnte. Er musste doch ihr bester

Freund gewesen sein. Ihr allerbester. Laire konnte sich nicht vorstellen, nie wieder von Mirroanwi zu reden, und gerade zwei Kleinkindern konnte man doch alle möglichen Geschichten über einen imaginären Freund erzählen.

»Ungefähr ein halbes Jahr, nachdem sie Yesta bekommen hat.«

Anderthalb Jahre. Allison war ungefähr anderthalb Jahre die Gefährtin des Todes gewesen.

»Ältere Gefährten hängen nicht an uns«, fuhr Mirroanwi fort. »Sie sind oft verheiratet, oder haben zumindest einen festen Freund oder eine Freundin, mit denen es ihnen ernst ist. Deine Mutter hatte sogar ein Kind. Es fiel ihr leichter, Olórin loszulassen.«

Sie wusste, welcher unausgesprochene Satz in der Luft hing. *Leichter, als es dir fallen wird.*

Doch Laire würde ihn nicht loslassen müssen, darum machte sie sich also keine Sorgen. Mirroanwi konnte denken, was er wollte, aber seine Gefährtin hatte schon lange ein Schlupfloch gefunden.

»Allerdings«, fügte er hinzu. »Wusste ich nicht, dass du dein Bewusstsein öffnen konntest.« Er legte den Kopf schief, als wüsste sie die Antwort.

Sie konnte nur hilflos mit den Schultern zucken. »Jetzt kann ich es nicht mehr, das versichere ich dir. Wie viel Uhr ist es überhaupt?« Anstatt auf eine Antwort zu warten, schaute sie auf ihr Handy. Zwei Uhr. Die Mittagspause ihrer Mutter war gerade zu Ende. Wenn sie Glück hatte, war um diese Zeit an der Kasse wenig los, sodass sie reden konnten.

Laire wollte sich die Autoschlüssel ihrer Eltern schnappen, doch sie lagen nicht auf ihrem Platz. Natürlich. Ihre Mutter war in der Arbeit, also hatte sie das Auto genommen. Bittend drehte sie sich zu Mirroanwi um, der ihr ins Erdgeschoss gefolgt war. Manchmal war er wie ein treuer Hund, der wissen wollte, wo sein Herrchen hinging. Diesen Vergleich sprach sie ihm gegenüber lieber nicht aus.

Er wusste bereits, was sie wollte, denn es war mehr als offensichtlich.

»Bitte?«, fragte sie, als er nur die Augenbrauen hob. Als das nicht half, startete sie einen neuen Versuch. »Du hast mir etwas verschwiegen. Also bist du mir einen Gefallen schuldig.«

»Steht das in irgendeinem Vertrag?«

»Bitte, Mirroanwi!«

»Hm. Hörst du dir dann heute Abend eine Lektion an?«

Das war ein harter Handel, und Laire war sogar überlegt, ihn abzulehnen und doch zur Bushaltestelle zu laufen, aber dann sah sie durch die Glasscheibe neben der Haustür, dass es regnete.

Es war nur eine Lektion. Und es war nur wichtig, dass sie die letzte Lektion nicht gelehrt bekam. Also willigte sie ein und Mirroanwi nahm ihre Hand und teleportierte sie vor den Supermarkt, in dem Allison arbeitete. Er war so nett und suchte den Platz unter dem Dachvorsprung aus. Er selbst landete in einer Pfütze, aber sie hatte er daneben platziert.

»Ich war noch nie hier«, stellte er fest, während er sich innerhalb eines Wimpernschlages trocknete. Dann sah er zum Ladenschild hoch. *McKelly's*, stand darauf in roter Schrift.

Das Wort *Supermarkt* traf den Laden nicht ganz. Unter einem Supermarkt verstanden andere Leute für gewöhnlich einen Großkaufhandel mit reihenweise Regalen, hellem Industrielicht und unpersönlichem Einkauf. *McKelly's* war anders. Das Gebäude hatte früher einmal einen Teeladen beherbergt, weshalb immer noch ein großer Teil dem Tee gewidmet war, aber vor mehreren Jahren war der Laden verkauft, umbenannt und renoviert worden. Eine Freundin ihrer Mutter hatte ihn neu eröffnet. Laire hatte einmal in einem Buch einen Begriff dafür gelesen, für einen kleinen Laden, der ein breites Sortiment anbot: Tante-Emma-Laden. Die Arbeitsatmosphäre schien angenehm zu sein, und das

Gespräch mit den Kunden verlief recht persönlich. *McKelly's* lebte von Stammkunden.

Laire hatte hier während ihrer Schulzeit zwei Wochen lang ein Praktikum gemacht, aber sie hatte es schrecklich gefunden, stundenlang an der Kasse zu sitzen, das Piepsen des Scanners ertragen zu müssen und währenddessen auch noch freundlich lächelnd mit den Käufern zu reden. Nein, sie war keine geborene Verkäuferin. Das Staubjägerdasein lag ihr eher.

Bevor Laire den Laden betrat, griff sie in ihre Tasche, um sich zu vergewissern, dass das Buch noch da war. Dann nahm sie einen tiefen Atemzug und ging durch die Tür. Ein Blick zurück verriet ihr, dass Mirroanwi von einem Plakat an der Außenwand abgelenkt war.

Allisons Kopf schnellte hoch, als die Ladenglocke bimmelte. Ihre Miene verriet, dass sie überrascht war, sie zu sehen. Nicht weiter verwunderlich, denn an ihrer Stelle wäre sie auch überrascht. Sie kam nicht oft hierher.

Die Regale hinter der Kasse waren vollgestellt mit Tee, weshalb der Teegeruch immer schwerer in ihrer Nase lag, je näher Laire ihrer Mutter kam. Wie Bücher standen die Dosen eng aneinander. Über Allisons Kopf entdeckte sie ihren Lieblingstee, *Arwen*. Daneben standen *Lothlórien*, ein Kräutertee, der Schwarztee *Downton*, der den Zutaten von *Earl Grey* sehr ähnelte, allerdings eine Geheimzutat enthielt, und schließlich, als letzter in der Reihe, *A Dream of Spring*. Allison hatte ihr verraten, dass diese Dose in Wirklichkeit leer war.

Allison beugte sich über die Theke und drückte Laire einen Kuss auf die Wange. »Was machst du denn hier?«

Laire biss sich auf die Lippe und sah sich verstohlen um. »Bist du allein hier?«

Allison warf einen Blick auf ihre Armbanduhr. »Ja, aber nicht mehr lang. In einer halben Stunde kommt Mel.«

Laire nickte. Dann nickte sie weiter. Ihr Kopf schaukelte vor und zurück, während ihr trockener Mund nach Worten suchte.

Allison schob den Scanner beiseite, damit sie über die Theke hinweg nach Laires Hand greifen konnte. Laire fiel auf, dass sich dunkle Ringe unter ihre Augen gegraben hatten. Einige Tupfer Concealer versuchten, sie zu verdecken, aber die Sorgen um Yesta ließen sich nicht mit etwas Make-up verstecken. »Ist etwas passiert? Hat das Krankenhaus angerufen?«

Laire schüttelte den Kopf; sie wusste nicht, wo sie beginnen sollte. Dann wurde sie sich des Gewichts des Buches wieder bewusst und griff in ihre Tasche. Es war ein beruhigendes Gefühl in ihrer Hand. Sie hielt es umfasst, aber zog es nicht heraus.

»Mum, wer ist Olórin?«

»Olórin?« Davon wirkte Allison für einen Moment außer Konzept gebracht. Ihr Lächeln verrutschte etwas. »Einer der Maiar aus dem Wahren Westen, auch Istari genannt.« Als sie Laires verständnislosen Blick auffing, wurde ihre Miene selbstsicherer. »Du kennst ihn vermutlich als den grauen Zauberer. Gandalf.«

Herr der Ringe. Natürlich. Natürlich hatte ihre Mutter den Tod nach Gandalf benannt. Hatte sie etwas anderes erwartet?

Laire nahm ihren Mut zusammen und legte die Karten auf den Tisch, in diesem Fall das Buch. Abwartend sah sie ihre Mutter an.

Allisons Augen weiteten sich. Ihre Lippen glichen einer zerknitterten Knolle. Stumm schaute sie abwechselnd Laire, dann das Buch an.

»Du hast darin gelesen?«

Laire nickte.

Sie ließ Laires Hand los. Ihre Fingerspitzen tasteten über die Theke, als würden sie nach Halt suchen. Schließlich fanden sie den Scanner und hielten ihn fest. »Du hast von Olórin gelesen?«

»Ja.«

Ihre Fingerknöchel liefen weiß an, dann ließ sie den Scanner Scanner sein und berührte das Buch. Gedankenverloren strichen ihre Finger über die lachende Sonne. Sie malten die Strahlen nach, jeden einzelnen von Laires krakeligen Strichen. Sie konnte sich kaum noch daran erinnern, das Bild gemalt zu haben. Sie erinnerte sich nur noch an dem Moment, als sie es ihrer Mutter geschenkt und wie sie sich darüber gefreut hatte.

»Es waren nur kurze Passagen … ich habe nicht oft von ihm geschrieben.« Allison brach ab. Sie fing Laires Blick auf. »Wenn Colin es gelesen hätte, müsste ich ihn anlügen. Dass dieser Text keine Bedeutung hat, dass er fiktiv ist. Aber du kennst die Wahrheit, sonst wärst du nicht hier.«

Langsam nickte Laire. Dass ihre Mutter zu verstehen schien, war natürlich, aber es bereitete ihr auch Unbehagen. Es bedeutete, dass ihre Mutter wirklich eine Botschafterin war. Dass sie eine zweite Identität hatte. Und dass die ganze Familie nichts davon ahnte.

»Wie war er?«, fragte sie leise.

»Olórin war … besonders. Er war der erste, der mich als meine eigene Person akzeptierte. Bei ihm konnte ich … frei sein. Außerdem hat er meine Leidenschaft geteilt.«

»Tolkien?«

»Ja. Und … noch vieles andere. Wir haben beide das Meer gemocht. Dein Vater hasst schwimmen, das weißt du ja. Durch Olórin habe ich viele Sachen gelernt, über die Welt und über mich selbst …« Besonnen stützte Allison einen Arm auf die Theke und legte das Kinn auf ihre Hand. »Oh Gott, ich habe schon lange nicht mehr an ihn gedacht. Er war wunderbar.«

Laire legte den Kopf schief. »Du hast nicht an ihn gedacht? Aber … bist du nicht jede Nacht in der Astralwelt? Aufträge ausführen?«

»Nein.« Allisons Miene wurde ernst und sie richtete sich wieder auf. »Ich habe Olórin klargemacht, dass ich nachts auf niemanden aufpassen werde. Ich war verheiratet und hatte ein kleines Kind, da kann man nicht auch noch einem

Nebenjob als Botschafter nachgehen.« Sie stockte. »Aber ich habe Geschichten geschrieben. Viele.«

»Also hast du mit … dem Tod abgeschlossen?«, fragte Laire vorsichtig.

»Hatte ich, ja. Aber dann ist mir dein seltsames Verhalten aufgefallen. Und die Wunderheilung deines Sonnenbrands.« Sie zog anklagend die Augenbrauen in die Höhe und wirkte für einen Moment lediglich wie eine Mutter, die ihr Kind ermahnte. »Ich wollte meine Aufzeichnungen von damals nochmal durchlesen und herausfinden, ob es vielleicht irgendwelche Anzeichen gab.«

»Anzeichen wofür?«

»Dass du eine Gefährtin des Todes wirst.« Sie schob das Buch auf ihre Seite der Theke. »Hier, nimm. Ich brauche es nicht mehr.«

Laire steckte es ein und merkte mit gesenktem Blick deshalb nicht, wie Allison sich umschaute, bis sie eine Frage stellte. »Also, wo ist er?«

Laire zog den Reißverschluss zu. »Woher willst du wissen, dass es ein er ist?«

Allison zwinkerte ihr zu. »Ich kenne doch meine Tochter.«

»Er wartet draußen. Vielleicht kannst du ihn treffen.«

Noch ehe die letzte Silbe ihren Mund verlassen hatte, schüttelte Allison den Kopf. »Das geht nicht. Ich werde den Tod nur noch ein einziges Mal treffen.«

Sie musste die Worte nicht aussprechen, damit Laire wusste, was gemeint war. Erst wenn Allison starb, würde der Tod sie wieder besuchen.

Allison lächelte. Ihre Hand wanderte durch die Luft und schmiegte sich an Laires Wange, strich sanft über die dünne Haut unter ihrem Auge. »Ich bin stolz auf dich, Kleines. Du wirst eine gute Botschafterin abgeben. Du bist stark genug dafür.«

Laire biss sich auf die Unterlippe, aber ihr Mund machte sich selbstständig. Er erwiderte das Lächeln. Sie wollte etwas sagen, aber plötzlich hörte sie, wie etwas zersplitterte. Glas.

Laire zuckte zusammen. Beide wirbelten herum, doch die Regale verdeckten die Sicht. Laire konnte nur erkennen, dass das Fenster neben der Eingangstür in Scherben lag.

Ein Kreischen ertönte. Ein unmenschliches, helles Kreischen, das tief in ihr Trommelfell stach. Laire zuckte so heftig zusammen, dass Allisons Hand von ihr abfiel.

Etwas Grünes flatterte an der Decke entlang, Flügel, ein Vogel. Nein, zwei Vögel. Laire schrie auf und duckte sich, und als hätte das den Wellensittich angestachelt, schoss er auf sie nieder. Sie zog den Kopf ein und bedeckte ihn mit ihren Händen, und sie spürte, wie etwas Weiches ihre Haut streifte und ein Luftzug an ihr vorbeizog. Vorsichtig schaute sie auf und sah, dass der Wellensittich auf der Deckenlampe saß. Seine winzigen Krallen klammerten sich an die Stange, an der die Lampenschirme befestigt waren. Seine Flügel waren von einem hellen Grün, und sein Bauch war mit gelben Punkten besprenkelt. Der andere Wellensittich, unter dessen grüne Farbe sich blau mischte, hockte auf einem Regal und schaute mit seinen schwarzen Augen auf sie hinunter.

Was machten Wellensittich hier? Und seit wann zerschmetterten sie Glasscheiben, anstatt an ihnen zerschmettert zu werden?

Allison, die sich ebenfalls geduckt hatte, schaute nun hinter der Theke über die Kante. Ihre Blicke trafen sich.

Der Vogel auf der Lampe stieß ein Zwitschern aus, ein aggressiver Laut, der Laire Gänsehaut bereitete. Sie hatte es schon immer gewusst. Wellensittiche waren böse. Diese Viecher hatten sie noch nie täuschen können.

»Mum?«, fragte sie und streckte eine Hand nach ihr aus, ohne hinzusehen. Sie wagte es nicht, den Vogel aus den Augen zu lassen. Sie hoffte, dass ihre Mutter den anderen auf dem Regal im Auge behielt. »Passiert das öfter?«

Allison war kurz stumm. »Ich werde die Polizei anrufen«, sagte sie dann. »Beweg dich nicht, Laire.«

Laire wagte einen kurzen Blick auf ihre Mutter. Allison bewegte sich sehr, sehr langsam zum Telefon, abwechselnd den einen, dann den anderen Vogel fixierend. Der Vogel auf der Lampe plusterte sich auf, als Allison zwei Schritte zurückgelegt hatte. Warnend schüttelte Laire den Kopf, doch sie wagte es nicht, mehr zu tun. Wenn sie Pech hatten – und das hatten sie, schließlich befanden sie sich gerade unter der Attacke von Haustieren – waren die Wellensittiche wie diese Bösewichte, die es nicht leiden konnten, wenn ihre Opfer zu viel redeten, zu viele Geräusche verursachten.

Sie hätte Allison gern gefragt, was genau die Polizei hiermit zu tun hatte. Sollte sie die Vögel verhaften? Die Feuerwehr wäre wesentlich sinnvoller, auch wenn zweifellos nicht die sinnvollste Lösung. Feuerwehrleute retteten schließlich nur Katzen von Bäumen.

Der Wellensittich zwitscherte wieder, helle, schrille Töne, und der andere stimmte mit ein in den Gesang.

»Mum …«, sagte Laire leise und richtete sich langsam auf. Wie die Wellensittiche ihre Mutter mit Blicken verfolgten, behagte ihr überhaupt nicht. Allison hatte bereits den Hörer in der Hand und senkte ihre Finger nun langsam auf die Tasten. *McKelly's* verfügte über ein sehr altmodisches Telefon, an dem der Hörer mit dem Apparat durch eine geringelte Schnur verbunden war.

In dem Moment, als sie die erste Ziffer drückte und das Telefon einen Piepston von sich gab, flatterte der Vogel von der Lampe auf und glitt in einen Sinkflug über. Erschrocken schrie Laire auf, weil er genau auf ihre Mutter abzielte   –

»Mum, pass auf!«, schrie sie, und griff nach der einzigen Waffe, die sich in ihrer Nähe befand:

Der Scanner, mit dem Allison die Waren abscannte.

Der Wellensittich stieß auf sie nieder, wieder mit diesem Zwitschern, das sich perfekt für einen Horrorfilm geeignet hätte. Allison streckte einen Arm aus, um ihr Gesicht damit zu schützen, doch darauf hatte es der Vogel gar nicht abgesehen. Er sauste auf ihre Brust zu, immer näher, immer schneller, ein grüner Blitz, den Laire eigentlich nicht so lang hätte sehen dürfen, aber es war, als sähe sie alles in Zeitlupe —

Und dann betätigte Laire den Scanner und ein roter Laserstrahl schoss daraus hervor, länger und intensiver, als es eigentlich möglich gewesen wäre. Laire konzentrierte all ihr Ki und all ihren Glauben darauf, die Energie der Außenwelt brannte auf ihr geöffnetes Bewusstsein nieder, und als der Strahl den Vogel traf, sengte er dessen fedrige Brust an, das rote Licht schien sich in dem kleinen Körper zu sammeln, und dann explodierte er in einer blutigen Wolke.

Als Laire den Scanner wieder sinken ließ, schaukelte eine einzelne grüne Feder vor ihr durch die Luft.

Auf ihrem Gesicht brach ein Lächeln aus. Sie hatte einen Kassenscanner in eine Waffe verwandelt. Wie fantastisch war das denn?

Und wie unmöglich?

Da schrie Allison auf und zeigte auf etwas hinter Laire. Laire wirbelte herum, sah den blauen Vogel auf sich zufliegen, und duckte sich, so hastig, dass sie mit dem Kopf an die Thekenkante stieß. Etwas Warmes rann ihre Schläfe hinunter, und dann war der Wellensittich an ihr vorbei, hatte sie verfehlt, und sie erhob sich wieder, den Scanner in Position.

Bevor sie zielen konnte, stieß der Wellensittich ein grässliches Kreischen aus, von dem Laire zusammenzuckte, weil es in ihre Ohren stach. Und dann flog der Vogel, ungebremst in seiner Flugbahn, durch Allison hin*durch*, in sie *hinein* und kam nicht mehr heraus.

Mit offenem Mund starrte Laire auf ihre Mutter. Einen Moment lang schaute Allison genauso verwirrt an sich herunter, dann sackte sie zusammen, so plötzlich, als würde sie eine Ohnmacht nachspielen.

»Mum!« Laire stürzte auf sie zu, sah ihre weit geöffneten Augen, der Schock stand ihr noch ins Gesicht geschrieben.

»Mum?« Laire streckte eine Hand aus, um sie zu schütteln, besann sich dann jedoch eines Besseren und fühlte ihren Puls am Handgelenk. Sie brauchte ein paar Sekunden, bis sie die richtige Stelle gefunden hatte, und als sie sie hatte, hielt sie den Atem an und konzentrierte sich auf einen Puls. Und konzentrierte sich. Und konzentrierte sich. Nach einer Weile nahm sie das andere Handgelenk und fühlte auch da.

Nichts.

Mit ausdrucksloser Miene ließ sie Allisons Hand fallen und stand auf. Sie sah auf die Leiche ihrer Mutter herab und fühlte einen tauben Schmerz, der in ihrer Brust begann und sich allmählich in ihrem ganzen Körper ausbreitete. Sie verstand es nicht. Sie verstand nichts.

Ihre Mutter war tot.

Das versuchte sie nicht schönzureden, denn sie wusste, wie man einen Puls fühlte, und sie wusste, dass Allison keinen mehr hatte.

Damals, beim Autounfall, als sie zum ersten Mal jemandem die Angst vor dem Tod genommen hatte, hatte sie sich gesagt, dass das nur ein Tod war. Einer von vielen. Menschen starben jeden Tag.

Doch das hier war etwas anderes.

Das hier war ihre Mutter.

Und doch durfte sie nicht weinen. Yesta hatte ihr beigebracht, immer stark zu sein. Yesta war stark. Yesta weinte nicht. Und Laire würde es auch nicht tun.

Sie atmete tief durch, zwang die Tränen zurück und versuchte, klar zu denken. Ein Wellensittich hatte ihre Mutter getötet. Wie war das möglich? Was hatte den Wellensittich zur Katze gemacht? Rein metaphorisch gesprochen.

»Laire«, erklang die sanfte Stimme Mirroanwis hinter ihr.

Sie spürte seine Hand auf ihrer Schulter. Unter seiner Berührung entspannte sie sich augenblicklich. Sie lehnte sich leicht gegen ihn. Alle Gedanken zu Wellensittichen waren verschwunden.

»Mach sie wieder lebendig«, flüsterte sie.

»Was ist passiert?«

Laire schüttelte den Kopf. Sollte er doch selbst die Federn am Boden sehen. Das Blut. Ihre Mutter.

»Mach sie wieder lebendig«, wiederholte sie.

Mirroanwi schwieg lange. Er bewegte sich nicht. Er sollte sich bewegen, zu Allison hingehen, ihr wieder Leben einhauchen. Er war der Tod, und er konnte darüber bestimmen, wer lebte und wer starb.

»Laire«, sagte er wieder, dieses Mal mit mehr Mitgefühl, als ihr lieb war. Die Hand wanderte ihren Rücken hinab und legte sich beruhigend um ihre Taille.

»Mach schon.« Ihre Stimme war immer noch leise, als könnte sie so diesen Moment unwahr machen.

»So funktioniert das nicht, das weißt du. Erinnerst du dich? Sie hat die Telefonnummer gewählt ...«

Feuerfunken sprühten in ihrem Bauch. Sie wirbelte herum, sodass die Hand an ihrer Taille weggefegt wurde. »Und du denkst, meiner Mutter war es vorherbestimmt, durch einen Wellensittich zu sterben?«, schrie sie.

Mirroanwi zuckte nicht einmal mit der Wimper. »Es gibt auch Unfälle. Die kann man nicht ungeschehen machen.« Er schwieg kurz. »Auch das weißt du.«

»Ja, verzeih mir, wenn ich irrational bin!«, rief Laire und stieß ihn von sich weg. »Ich habe ja auch gar keinen Grund dazu!« Sie zeigte mit dem Finger auf ihn. »Meine Mutter ist tot. Und ich will, dass sie wiederkommt!«

»Sie ist nicht tot.« Ein verkniffener Zug schlich sich um seine Mundwinkel. »Du musst das, was du von mir lernst, auch umsetzen, Laire. Sie ist nicht tot, sie ist nur nicht am Leben. Sie befindet sich im Tiefschlaf.«

»Ach ja?« Sie spürte, wie ihre Wut langsam verrauchte. Sie wollte nicht, dass sie verklang, denn mit der Wut fühlte sie keinen Schmerz. Sie wusste, dass sich das ändern würde, sobald die Wut verschwand. »Und was soll das genau sein? Der Tiefschlaf? Du sprichst immer davon, als wäre es selbstverständlich, aber soll ich dir mal was verraten, Mirroanwi? Das ist es nicht!«

Wie gewohnt blieb Mirroanwi ruhig. Das perfekte Gegenstück zu Laire. »Das wäre unsere sechste Lektion gewesen. Die Seele verlässt den Körper und geht in den Tiefschlaf über. Was passiert in der Zeit, während sie so durch das Universum schwebt? Was macht sie?«

Laire stöhnte. »Ich will jetzt keine Lektion von dir hören.« Sie ballte die Faust, damit die Wut am Leben blieb.

»Aber ich glaube, das hast du nötig«, erwiderte er. »Also hör zu. Der Tiefschlaf erlaubt einer Seele, Gelerntes zu verarbeiten und in den Speicher des Universums zu füllen. Je bewusster man das Leben wahrgenommen hat, desto mehr davon kommt in den Speicher.«

»Meine Mutter ist gerade gestorben!« Sie fasste es nicht, wie er so ruhig dastehen und ihr Vorträge halten konnte.

»Genau deshalb ist es wichtig. Was habe ich gerade gesagt?«

Resignierend ließ sie sich gegen die Theke sinken, damit sie Allison nicht sehen musste. »Dass die Seele im Tiefschlaf Gelerntes verarbeitet und in den Luftballon des Universums füllt. Das hatten wir schonmal.«

»Genau. Der Tiefschlaf ist aber auch dazu da, mit anderen zu kommunizieren.«

»Ich dachte, sie schlafen.«

»In deiner Terminologie, ja. Aber Seelen kommunizieren auf einer höheren Ebene als die Menschen. Sie haben die Möglichkeit, Probleme mit anderen Seelen zu klären, die ihnen in diesem Leben widerfahren sind. Doch zuallererst können sie den Trauernden in der Materie beizustehen. Das hat dir Sanjena schon erzählt, erinnerst du dich? Sie trösten ihre Angehörigen mit ihrer Präsenz.«

Laire biss sich auf die Lippe. Mirroanwis Stimme beruhigte sie ungemein. Er hatte diese angenehme Tonlage und den bestimmten Rhythmus in seiner Stimme. Er würde einen guten Vorleser abgeben. Alle Menschen im Saal würden ihm zuhören und dabei ihre Ängste und ihre Wut loslassen.

Sie ließ einen Atem frei, den sie dringend nötig gehabt hatte, loszulassen, auch wenn sie die Luft gar nicht angehalten hatte. Sie wagte einen Blick zur Seite auf den Körper ihrer Mutter, ihre roten Locken, die, weil sie halb unter ihrem Körper lagen, fluffiger aussahen als sie eigentlich waren. Ob sie wohl in dem Moment da war? Ob sie in der Astralwelt oder in was auch immer für einer Welt neben ihrer Tochter stand und ihr eine ermunternde Umarmung schenken wollte, es aber nicht tun konnte? Laire spürte, wie ihre Augen feucht wurden und ihre Nase anfing, zu prickeln. Die ersten Tränen liefen ihr über die Wangen. Es war alles nicht fair. Ihre Mutter hatte die Telefonnummer noch nicht zu Ende gewählt.

»Was waren das für Wellensittiche, Mirroanwi?«, flüsterte sie. »Warum hat er sie getötet?«

Mirroanwi holte Luft, öffnete den Mund, wirkte, als würde er eine Erklärung abgeben wollen, stoppte sich selbst im letzten Moment und atmete wieder aus. »Das überlegen wir uns nach der Lektion«, sagte er. »Jetzt ist es viel wichtiger, dass du verstehst. Hast du Fragen?«

Laire überlegte, was ihr schwerfiel, aber dann nickte sie. »Was passiert, wenn sich die Seele nicht von den Trauernden verabschieden will? Wenn sie bei ihnen bleiben will, weil sie einfach nicht aufhören, zu trauern?«

»Dann wird sie nicht wiedergeboren. Der Entwicklungsfluss stoppt, dem Speicher des Universums fehlt eine Erinnerung und alles Leben im Universum steht auf der Kippe.« Der ernste Zug um seine Augen, der sich dort breitgemacht hatte, wandelte sich in Mitleid um. »Deshalb ist es auch so wichtig, dass sie sich irgendwann verabschiedet und damit beginnt, auf ihr Leben zurückzublicken. Damit sie den Speicher füllen kann.«

»Und jeder wird dort gleich behandelt?«, fragte Laire. »Was passiert mit den bösen Menschen?«

Mirroanwi schmunzelte leicht. »Es gibt keine bösen Menschen, Laire. Nur die, denen aufgetragen wurde, böse Sachen zu machen.«

»Aber warum?«

»Damit einer anderen Seele diese bösen Sachen widerfahren können.«

»Warum sollte das passieren?«

»Weil sie es so wollte. Sie wollte erfahren, was es heißt, Schmerz zu fühlen.«

Laire verstand immer noch nicht.

Deshalb holte Mirroanwi aus. »Ich erzähle dir eine Geschichte. Es war einmal eine Seele, die wusste, wer sie war. Sie wusste, dass sie freundlich war und gütig und manchmal zu neugierig. Sie wusste, dass sie das hellste Licht im Universum war. Doch irgendwann reichte es ihr nicht mehr aus, nur zu wissen, wer sie war. Sie wollte sein, wer sie war. Denn zwischen es zu wissen und es zu sein besteht ein Unterschied. Das Problem war: Wie konnte sie herausfinden, dass sie das Licht war, wenn sie überall vom Licht der anderen Seelen umgeben war?

Die Lösung war einfach: Schatten sollten sie umgeben, eine Hülle sie einschließen und in die Welt der Materie schicken. So sollte sie das Licht in sich erkennen auf dieselbe Weise, wie man Wärme nur mit der Existenz von Kälte erkennen kann. Sie sollte das Licht in der Dunkelheit sein.

Und so legte sie sich fest: In diesem Leben wollte sie herausfinden, wie es war, die Hoffnung zu behalten, auch wenn alles verloren scheint. Und weil Seelen immer hoffnungsvoll sind, musste es eine zweite Seele geben, die auch von Schatten umgeben wird. Die auch in der Welt der Materie erwachte, ohne von ihrer Herkunft zu wissen.

Als das feststand, meldete sich eine Seele freiwillig. Sie sagte: *Ich werde diejenige sein, die dir deine Hoffnung rauben wird. Ich werde dir etwas antun, doch es wird anschließend nötig sein, dass du mir vergibst und die Hoffnung wiederfindest.*

Warum würdest du so etwas tun wollen?, fragte die erste Seele. *Warum würdest du dich zu so etwas erniedrigen wollen?*

Weil du dasselbe auch schon für mich getan hast. In einem endlosen Kreislauf an Wiedergeburten. Erinnerst du dich? Wir waren unsere Gegenteile, und zusammen haben wir ins Gleichgewicht gefunden und dazugelernt.«

Mirroanwi strich zart über Laires Gesicht. »Und so, meine kleine Krähe, erfahren Seelen Schmerz und Liebe und Streit und Eifersucht und Glück. Deshalb stehen auch Dinge wie Unfälle am Ende eines Lebensplans. Damit andere Seelen lernen, mit Trauer umzugehen.«

Laire schwieg, als Mirroanwi am Ende der Geschichte angekommen war. Traf das auch auf sie zu? Hatte sie eine Schwester wie Yesta gewählt, die ständig Dummheiten baute und nun zum zweiten Mal in Lebensgefahr schwebte? Hatte sie sich eine Mutter gewünscht, die von Wellensittichen …

Nein, das war zu abstrus. Sie konnte sich nicht vorstellen, dass sie sich das gewünscht hatte.

»Deine Mutter ist dort, wo sie jetzt ist, besser aufgehoben als sie es in diesem Körper je hätte sein können«, sprach er weiter. »Sie ist glücklich und wäre noch glücklicher, wenn du das sehen könntest.«

Er lächelte, und dieses Lächeln löste etwas in Laire. Etwas, das sie befreite. Sie stürzte auf ihn zu und umarmte ihn, zog ihn fest zu sich herunter.

»Danke«, murmelte sie in sein Hemd. Sie spürte, wie ihre Tränendrüsen endlich freigegeben wurden, wie ihr Wille, so stark zu sein wie Yesta, verdrängt wurde durch etwas, das sich wie Watte auf der Haut anfühlte. Etwas unendlich Sanftes, Zartes, das ihre Trauer streichelte und sie tröstete. Sie mochte es nicht, wenn andere weinten, und sie hasste es, wenn sie selbst weinte.

Doch das war ihr im Moment egal.

Sie umarmte den Tod. Sie hatte keine Angst vor dem Tod. Und sie brauchte auch keine Angst um ihre Mutter haben. Sie war dort, wo eine Seele nach dem Leben hinkam.

»Aber ich vermisse sie«, wisperte sie, als ihre Tränen allmählich versiegten. Mirroanwis Hemd war trocken wie eh
und je.

»Das ist natürlich«, erwiderte er, während er ihr in krei-
senden Bewegungen über den Rücken strich. »Und das ver-
geht auch nicht. Du wirst sie immer vermissen, aber irgendwann wird dieses Vermissen dich glücklich machen. Weil
es heißt, dass du einen Menschen in deinem Herzen behalten hast, den du liebst.«

So standen sie noch einige Minuten da, bis sie sich selbstständig löste und sich über die Augen wischte. Sie fühlte
sich wieder stark. Bereit.

»Und was machen wir jetzt?«

Mirroanwi sah an ihr vorbei. Eine Falte grub sich in seine
Stirn.

»Die Frist hat wohl geendet. Taylors Frist«, ergänzte er,
als sie ihn nur verständnislos ansah. »Ich denke, er hat seine
Drohung wahrgemacht.«

20. Kapitel
Evakuierung

»Die Frist ist vorbei«, wiederholte Laire, während sie Mirroanwi auf die Straße folgte. »Obwohl die Woche noch nicht um ist?«

Sie war unentschlossen gewesen, ob sie ihre Mutter einfach so im Laden zurücklassen sollte, und was mit ihrem Vater war, mit ihrer Schwester, ob sie sie anrufen oder zu ihnen kommen sollte, aber Mirroanwi hatte ihr die Entscheidung abgenommen, indem er einfach aus dem Laden marschiert war.

Mirroanwi schüttelte den Kopf. »Ich weiß nicht, was mit ihm los ist.«

Laire sah nach oben. Ein Schwarm Wellensittiche zog über den Himmel. Sie zuckte zusammen, als sich plötzlich einer aus der bunten Wolke löste und auf die Erde niedergeschossen kam. Ein unmenschliches Kreischen. Auf der anderen Straßenseite lief ein Mann mit einem kleinen Jungen an der Hand, und als der Wellensittich ihn traf und in ihn hinein flog, hatte Laire Mirroanwi gerade eingeholt und fasste ihn am Ärmel, aber der Mann zuckte nur zusammen, sah sich um und ging weiter, als sei nichts geschehen.

All das dauerte weniger als fünf Sekunden.

Ungläubig starrte sie auf die andere Straßenseite, aber auch nach mehreren Schritten kippte der Mann nicht um. Sein Sohn riss sich lediglich von seiner Hand los, um vorauszurennen, kehrte aber bald darauf um und zeigte auf einen Eisladen.

Laire wollte ihren Augen nicht trauen. Sie richtete ihren Blick auf Mirroanwi, der das Geschehen ebenfalls beobachtet hatte. Er wirkte genauso verdutzt wie sie.

»Taylors Wunder sind also Mörderwellensittiche«, fasste sie zusammen. »Die er mit seinem Ki irgendwie erschaffen hat. Und die nur meine Mutter töten?«

Erst durch diese Worte realisierte sie, dass sie Taylor kannte. Sie *kannte* Taylor, sie war mit ihm befreundet, sie hatte ihm geschrieben, als sie Mut suchte, sie hatte mit ihm gelacht, sie nannte ihn Earl Grey. Welchen Grund hatte er, ihre Mutter zu töten?

Inwiefern lenkte das den Tod ab?

Wieder einmal fragte sie sich, wie weit sie gehen würde, um Mirroanwi wiederzufinden, nachdem er sie verlassen hatte. Verlassen hätte. Rein hypothetisch gesprochen.

Sie wusste es nicht.

Mirroanwi schüttelte langsam den Kopf. »Ich bin mir nicht sicher, welche Bedeutung diese Vögel haben«, gab er zu. »Aber wenn sie Leute einfach nur töten würden, würde das den Tod kaum ablenken. Und das tun sie ja auch nicht, wie wir gerade gesehen haben. Sie fliegen in Leute hinein und tauchen nicht mehr auf. Wie könnte das den Tod ablenken?«

Laire war mit einer ganz anderen Frage beschäftigt. »Aber warum Wellensittiche?«

Einen Moment lang hingen beide ihren eigenen Gedanken nach. Dann hatte Mirroanwi eine Idee.

»Du warst doch in seiner Wohnung, richtig?«, fragte er. Laire nickte. »Was hast du da gesehen? Hast du irgendwelche … Zeichnungen von Wellensittichen gesehen? Einen Wikipedia-Artikel? Ein Buch mit dem Namen *Mein genialer Plan*?«

»Nein. Aber sein ganzes Zimmer war voll gestellt mit alten Büchern, und er hatte ein Notizbuch offen liegen gehabt.« Laire kniff die Augen zusammen. »Da war sogar eine Zeichnung«, erinnerte sie sich. »Zwei, um genau zu sein. Einmal ein Mensch mit einer geschlossenen Linie um sich, und dann einer mit einer gestrichelten Linie. Hilft das irgendwie?«

»Nicht wirklich. Was stand in den Büchern?«

»Woher soll ich das wissen? Die Astralwelt ist so hell, dass man Schrift auf weißem Papier so gut wie nicht lesen kann.«

»Erinnere dich, Laire. Selbst das kleinste Detail könnte uns helfen. Was hat Taylor vor?«

Sie atmete tief ein. Sie wollte schon sagen, dass das alles keinen Sinn hatte, aber ihr fiel tatsächlich etwas ein.

»Er hat mir etwas geschrieben«, erzählte sie. »Per SMS. Das war an dem Tag, als das mit Yesta geschehen ist.«

»Was stand in der SMS?«

Wortlos wühlte sie in ihrer Tasche und reichte ihm das Handy. Er überflog den Chatverlauf.

»*Was ist, wenn ich deine Schwester retten könnte*«, murmelte Mirroanwi vor sich hin. »Das verstehe ich nicht. Wie könnte er sie retten?«

»Das habe ich ihn auch gefragt.« Sie schwieg. »Denkst du, er hat Sanjena vielleicht etwas erzählt?«

Er legte den Kopf schief. »Möglich wäre es. Okay, du rufst sie an, ja? Es kann nicht schaden, sie zu fragen.«

»Denkst du, sie steckt mit Taylor unter einer Decke?«

Er musterte sie kritisch. »Denkst du das?«

Sie überlegte kurz. Sanjena Mandan, Mutter einer zweijährigen Tochter und neugierige Aushilfslehrerin. Widersprach Taylor, wenn er falsch lag. Kam mit jedem gut aus. Liebte die Kunst.

Würde sie Taylor bei der Verwirklichung eines Plans helfen, der Leute tötete? Wohl kaum.

Mirroanwi schien die Antwort in ihrer Miene zu lesen, denn er nickte. »Na also. Und während du sie anrufst, schaue ich mich in Taylors Wohnung um. Vielleicht finde ich etwas.«

Kaum hatte sie genickt, dematerialisierte er sich. Laire sah sich um und entdeckte ein nahegelegenes Café, das gut besucht war. Die Kellner rannten hektisch von einem Tisch zum anderen. Sie wartete eine günstige Gelegenheit ab, dann setzte sie sich auf einen Korbstuhl, der gerade frei geworden war, und zog die Teetasse auf ihre Seite, die von ihrem Vorgänger geleert worden war. So würde sie nicht von Kellnern gestört werden.

Sie lehnte sich zurück und suchte in ihrem Handy nach Sanjenas Nummer. Es grauste ihr schon jetzt davor, wie ihre Rechnung in die Höhe schießen würde.

Das Handy klingelte lange. Als das Freisprechzeichen zehn Mal ertönt war, fragte sie sich, wie viel Uhr es in Indien überhaupt war und ob Sanjena vielleicht schlief.

Endlich nahm jemand ab. »*Hailo,* Sanjena Mandan?«

Laire wurde leichter ums Herz, als sie Sanjenas Stimme hörte. Der Akzent, die weiche Tonlage, das dabei übertragene Gefühl, als würde sie lächeln.

Sie räusperte sich. »Hi, hier ist Laire. Störe ich?«

»Laire!«

Laire wusste, dass Sanjena so klang, bevor sie sich für gewöhnlich in eine Umarmung stürzte. Sie war froh, dass sie die halbe Welt trennte.

»Nein, du störst überhaupt nicht. Ich habe gerade Suri ins Bett gebracht, sie hatte heute einen anstrengenden Tag. Krabbelgruppe. Was machst du so?«

»Ähm – Ich sitze in einem Café. Aber das ist nicht wichtig. Hast du in letzter Zeit was von Taylor gehört?«

»Taylor?«, wiederholte sie. »Na ja, nicht wirklich. Du hast ihn mindestens genauso oft gesehen wie ich in letzter Zeit. Angerufen hat er auch nicht, wenn du das meinst. Man sollte meinen, dass er seine Kontakte besser pflegt, nicht wahr? Wir sind schließlich seine Freunde.«

»Also … hat er dir nichts erzählt, was er niemand anderem erzählen würde? Ein Geheimnis vielleicht? Etwas, das unheimlich klingt?«

Zum ersten Mal schlich sich Neugier in Sanjenas Stimme. Sie musste in einen anderen Raum gewechselt haben, denn plötzlich drang leise, klassische Musik durch das Telefon. »Wovon sprichst du überhaupt?«

»Ich –« Laire brach ab. Welche Lüge könnte das erklären? Sie dachte kurz nach. Sanjena war ihre Freundin. Sie vertraute ihr. Sie hatte ihr nie etwas anderes als Freundlichkeit entgegengebracht.

Ihr konnte sie die Wahrheit anvertrauen.

Laire ging in einen Flüsterton über. »In der Stadt sind diese Wellensittiche aufgetaucht.« Sie wagte einen Blick zum Himmel, um zu sehen, ob der Schwarm immer noch da war. Er hatte sich auf der Antenne eines Hauses niedergelassen. »Sie fliegen durch Menschen hindurch … nein, sie fliegen in sie hinein. Und bleiben in ihnen. Mit den Menschen passiert nichts, aber meine Mum …« Sie schluckte einen Kloß hinunter. »Sie ist gestorben. Als ein Wellensittich sie erwischt hat.«

»Oh.« Einen Moment lang schien Sanjena sprachlos zu sein. Dadurch konnte Laire die Musik besser hören. Nichts, was ihr bekannt vorkam. »Laire, das … das tut mir leid. Ich kann mir nicht vorstellen, wie schrecklich du dich fühlen musst. Hast du mit Mirroanwi gesprochen? Wenn du darüber reden willst, ich bin für dich da.«

»Danke.« Es war ihr unangenehm, das Thema wieder an die Oberfläche zu bringen, deshalb lenkte sie sich weiterhin mit der Beobachtung der Vögel ab.

Einer plusterte seine Federn auf. Laire folgte seinem Blick. Zwei Jugendliche mit Einkaufstaschen in den Händen kamen auf das Haus zu.

»Wir vermuten, dass Taylor dafür verantwortlich ist«, fuhr sie fort. »Er will Grace finden, indem er den Tod von ihr ablenkt. Er hat irgendetwas gemacht, aber wir wissen nicht genau, was.«

»Bist du dir sicher, dass er es war? Warum sollte er … mörderische Wellensittiche auf die Menschheit loslassen?«

»Sie morden nicht. Sieh einfach aus dem Fenster«, forderte Laire sie ruhig auf. Gleichzeitig behielt sie den Wellensittich auf dem Dach im Auge. Dieser reckte sich, breitete die Flügel aus, darauf wartend, dass die Jugendlichen nahe genug waren. Zwei Mädchen. Sollte Laire sie warnen? Aber wie? Die Distanz war zu groß, der Gehsteig voller Menschen.

»Ich kann nicht.«

Laire runzelte die Stirn. »Warum nicht? Ihr müsst doch Straßenlaternen haben. Ich bin mir sicher, dass sie auch bei euch sind. Ein paar Wellensittiche in Großbritannien werden den Tod wohl kaum ablenken können.«

»Laire, ich würde dir wirklich gern helfen. Ich wünschte, ich könnte es. Und ich glaube dir auch. Aber ich kann nicht aus dem Fenster sehen. Es ist einfach —«

»Sanjena«, unterbrach Laire sie. Sie zuckte zusammen, als sich der Wellensittich flatternd in die Luft erhob, sein unheimliches Zwitschern ausstieß, das sie selbst bis hierher hörte, und auf eines der Mädchen niederschoss. Sie schien ihn überhaupt nicht zu bemerken. Als er sie traf, verharrte sie kurz in ihrer Bewegung, und dann lief sie weiter. Einfach so. Als wäre nicht gerade ein Vogel in ihrem Körper verschwunden.

»Es ist ernst«, fuhr sie fort. »Versuch dich zu erinnern. Es ist mir egal, warum du nicht aus dem Fenster sehen kannst, was zählt, ist —«

»Laire, ich kann nicht.«

»Warum nicht?«, fragte sie verständnislos.

Eine kurze Pause. »Ich kann nicht aus dem Fenster sehen, weil ich nichts sehen kann.« Sie betonte jedes Wort sorgfältig, als hätte sie Angst, dass Laire sie sonst nicht verstand.

Aber Laire verstand. Sehr wohl. Sie riss ihren Blick von den Vögeln los.

Ihr ging ein Licht auf; so vieles ergab auf einmal einen Sinn. Warum Sanjena so oft durch das Louvre ging, sich dieselben Bilder hunderte Male anschaute. Warum sie erzählt hatte, dass sie manchmal, wenn sie allein in der Astralwelt war, einfach nur bei ihrer Familie saß und ihnen beim Schlafen zuschaute. Warum sie manchmal vor sich tastete, als könnte sie nichts sehen.

Sie war blind. Und die Astralwelt ermöglichte es ihr, zu sehen.

Laire atmete auf. »Okay. Ich verstehe. Und du bist dir sicher, dass Taylor nichts erwähnt hat?«

»Überhaupt nichts. Hey, warum rufst du ihn nicht an? Du hast es selbst gesagt, du vermutest nur, dass er dafür verantwortlich ist. Und selbst wenn, hat er bestimmt eine gute Erklärung.«

»Sun …«, nannte Laire sie bei ihrem Decknamen, in einem Versuch, ihr die Situation auf eine möglichst schonende Art und Weise zu verklickern, aber das Handy wurde ihr entrissen.

Von hinten. Sie drehte sich panisch um und entspannte sich wieder, als sie Mirroanwi sah. Eine tiefe Falte prangte zwischen seinen Augenbrauen.

»Sanjena?«, fragte er in den Hörer hinein. »Bist du das? Gut. Hier ist Laires Tod. Ich habe gerade versucht, in Taylors Wohnung zu kommen, aber da gibt es irgendeine Barriere. Nein, Laire kann ich auch nicht reinteleportieren. Na ja, ich möchte nicht. Ja, genau. Irgendetwas, was mein Ki abprallen lässt. Kannst du es versuchen?«

»Mirroanwi«, zischte Laire und sah sich dabei um. Man konnte Leuten vieles als normal verkaufen, aber nicht ein Handy, das fast zwei Meter hoch in der Luft schwebte.

Mirroanwi legte einen Finger auf die Lippen. »Gut. Ich komme gleich. Danke. Tschüss.« Er legte auf und gab ihr das Handy zurück. »Teleportieren wäre doch mal ganz nützlich, hm?«, meinte er. »Bin gleich wieder da.«

Er verschwand so plötzlich, wie er aufgetaucht war. Laire hatte vom Reden mit Sanjena einen ganz trockenen Mund bekommen und beugte sich vor, um etwas vom Tee zu trinken. Dann fiel ihr wieder ein, dass sie lediglich eine leere, bereits benutzte Tasse vor sich stehen hatte.

Sie schrieb ihrem Vater eine kurze SMS, dass er keine Fenster öffnen sollte. Am liebsten hätte sie ihm die ganze Wahrheit offenbart, damit er sich und die bewusstlose Yesta in Sicherheit bringen konnte. Dann könnte sie ihm auch von Allison erzählen und ihn fragen, was sie jetzt tun sollten, was Laire jetzt tun sollte. Ob sie jemanden zu *McKelly's* schicken sollte.

Sie hoffte, dass bald jemand ihre Mutter finden würde.

Ihre Augen kribbelten, deshalb wischte sie sich hastig darüber und stand auf. Bevor sie gehen konnte, hielt ein Kellner sie auf. »Warten Sie, Miss. Wollen Sie nicht bezahlen?«

Laire zwang sich zum Lächeln. »Das würde ich, wenn ich etwas bestellt hätte.«

Der Kellner öffnete den Mund, und sie war unglaublich froh, als Mirroanwi hinter ihm erschien, mehrere Notizbücher in der Hand. Er grinste ihr zu, dann teleportierte er sich neben ihr, nahm ihre Hand und verschwand mit ihr zusammen. Als Laire das nächste Mal blinzelte, befanden sie sich in einem anderen Café, in dem nicht so viel los war.

»Du warst nicht in Taylors Wohnung?«, fragte sie, während sie in den Hinterraum gingen und sich einen Tisch suchten.

Er schüttelte den Kopf und schob sich auf die Bank. Laire nahm auf der anderen Seite Platz. »Ich konnte nicht hinein. Weder hineingehen noch mich hineinteleportieren. Er muss seine Wohnung irgendwie geschützt haben. Dafür hat die Barriere Sanjena hindurchgelassen.«

»Und sie durfte dich wohl sehen?«

»Natürlich nicht. Aber sie hat mich gehört. Ein extremer Ausnahmezustand. Ich habe ihr meine Sicht geliehen, und sie hat diese Notizbücher gefunden.«

Er breitete sie auf dem Tisch zwischen ihnen aus. Es waren fünf Stück, alle ziemlich unscheinbar. Er schnappte sich das, welches direkt vor ihm lag, und fing an, die Seiten zu überfliegen. Währenddessen bestellte sich Laire ein Stück Kuchen, damit sie nicht auffielen. Sie hoffte, dass ihr höfliches Lächeln von der Tatsache ablenkte, dass das aufgeschlagene Notizbuch verkehrt herum auf dem Tisch lag.

Die ersten Minuten verbrachten sie in Schweigen. Laire aß geduldig ihr Kuchenstück auf und sah dabei hin und wieder aus dem Fenster. Sie hatte den Eindruck, dass die Anzahl der Wellensittiche zunahm. Sie zählte mindestens ein Dutzend, die auf den Laternen und Dächern saßen.

Ihr Handy brummte und sie drückte auf die Home-Taste, um die neue Nachricht zu lesen. Sie war von Sanjena.

Laire dachte kurz darüber nach. Nur, weil ihr Ehemann sie nicht sehen konnte, hieß das nicht, dass sie nicht da waren. Die Menschen auf den Straßen schienen sie auch nicht zu bemerken. Der kleine Fernseher hinter der Theke brachte ebenfalls keine Nachrichten von entflogenen Haustieren. Es war, als würde die Invasion der Wellensittiche an den Augen der Welt unbemerkt vorüberziehen.

»Hey, ist das dieses Bild, das du beschrieben hast?«, fragte Mirroanwi und tippte auf eine Seite.

Laire warf einen Blick darauf und nickte. Zwei Körper, zwei Umrisse. Einer durchbrochen, einer fließend.

»Er hat mit einer Theorie gespielt«, berichtete Mirroanwi. »Er wollte wissen, was passiert, wenn man einem Lebewesen die Verbindung zum Ursprung nimmt. Nur ein kurzer Gedanke, er taucht danach nicht wieder auf.«

Wahllos griff Laire nach einem der anderen Notizbücher. Dieses hatte sogar noch das Preisschild darauf. Doch als sie es aufschlug, vergaß sie für eine Sekunde, zu kauen. Sie prüfte den Rest des Buchs.

»Geheimschrift«, sagte sie. Dann sah sie auf. »Taylor hat das ganze Buch in einer Geheimschrift verfasst.«

Mit zu Schlitzen verzogenen Augen versuchte sie, ein Muster zu erkennen, vielleicht sogar vertraute Buchstaben. Doch die Zeichen blieben ein Geheimnis. Bögen und Ecken mit Strichen, Kreisen und Punkten.

»Zeig mal her.« Mirroanwi zog das Buch zu sich. Daran, dass er so lange stumm blieb, ahnte Laire bereits, dass er nicht so ratlos war wie sie.

Es dauerte eine Weile, bis er mit seiner Erkenntnis herausrückte. »Okay. Ich weiß, was Taylor angestellt hat. Dass ich ihn verstehe, kann ich allerdings nicht behaupten.«

»Dann schieß mal los.« Laire schleckte den Rest schokoladiger Sahne von ihrer Gabel.

»Dir die Einzelheiten zu erklären, würde dich nur verwir-
ren.«

»Oh, danke.«

»Der Inhalt hat etwas mit dem Telefon zu tun. Du weißt
schon, das mit der Telefonnummer und so weiter.«

»Die Telefonnummer des Todes.« Laire nickte.

»Genau. Es hat auch etwas mit den Bildern zu tun, die er
gezeichnet hat. Die energetische Verbindung zum Ursprung, die Matrix. Er hat es irgendwie – bitte frag mich
nicht wie, denn eigentlich sollte dieses Wissen für einen
Menschen unzugänglich sein – geschafft, einen Weg zu finden, die Menschen unsterblich zu machen.«

Sie verschluckte sich an ihrer eigenen Spucke. Sie hustete,
was die Aufmerksamkeit der Bedienung erregte. Sie winkte
ab und zog ihr Handy aus der Tasche, um es sich ans Ohr
zu halten, wartete darauf, dass Mirroanwi weiterredete.

»Die Wellensittiche erzeugen in der Matrix eine Art Rück-
kopplung«, erklärte er weiter. »Die Matrix wird blockiert,
kann keine Seele mehr erkennen. Kurz gesagt: Das Telefon
hat keinen Anrufer mehr, weil es nicht mehr verbunden
ist.«

»Also wird jeder Mensch, in den so ein Wellensittich fliegt
…«

»Unsterblich.«

Sie traute sich nicht, zu fragen, musste es aber trotzdem
tun.

»Was Taylor mir geschrieben hat. Hat er recht? Ist Yesta
gerettet?«

»Na ja … so einfach ist es nicht …«

Laire wartete ab.

»Es ist noch nie vorgekommen. Wer weiß, was geschehen
wird?«

»Du weißt es nicht«, schloss Laire daraus.

Er nickte, eine kurze Geste, die so wirkte, als würde er
lieber den Kopf schütteln. »Egal, ob sie gerettet ist oder
nicht, es gilt nur für den Moment. Im Endeffekt wird sie

irgendwann vernichtet werden, wie der Rest des Universums auch, wenn das so weiterläuft.«

»Wie bitte?«

»Und jetzt macht das Ganze nämlich auch Sinn. Taylor will den Tod ablenken, und das Universum in Gefahr zu bringen, ist eine hervorragende Ablenkung. Auf der gesamten Erde werden die Menschen unsterblich.« Er starrte auf das Papier. »Das ist schlecht. Sehr schlecht.«

Laire legte die Gabel auf den Teller. »Und warum ist dadurch das Universum in Gefahr?«

»Du hast mich mal gefragt, was passieren würde, wenn das Leben zerplatzen würde. Das Video, weißt du noch? Was habe ich dir geantwortet?«

»Ähm …« Laire suchte nach der Erinnerung. Er hatte ihr das Video gezeigt von der Entstehung des Universums. »Das Universum würde sich in sich selbst zurückziehen. Alles würde vernichtet werden.«

»Eben.« Er schlug das Buch zu. »Der Tiefschlaf, das Füllen des Speichers, garantiert die Existenz des Universums. Es ist dasselbe Prinzip, wie wenn sich eine tote Seele nie von den Trauernden verabschieden und nie in den Tiefschlaf fallen würde. Der Speicher des Universums würde sich nicht mehr weiter auffüllen. Die Blase schrumpft. Und schrumpft, und irgendwann macht es einen Ruck, und das ganze Universum implodiert.«

»Okay. Das ist wirklich schlecht.«

»Allerdings reicht die Erde kaum aus, um das geschehen zu lassen«, ergänzte er. »Das Universum befindet sich lediglich in einem wackeligen Ungleichgewicht. Aber auch das reicht, um den Tod abzulenken. Taylor könnte Recht haben. Er könnte Grace zu sich holen, ohne dass jemand merkt, dass die Regeln gebrochen worden sind.«

»Du merkst es«, widersprach sie. »Und dadurch auch der Tod, oder?«

»Du kannst den Tod nicht mit dir oder mir vergleichen. Er ist ein Bewusstsein. Vielleicht merkt er es mit einem Partikel, aber der Großteil von ihm ist auf das Universum fokussiert. Selbst wenn Taylor und Grace mir vereint gegenüberständen, wäre es dem Tod in diesem Moment egal, weil das Universum Vorrang hat.«

Laire glaubte, verstanden zu haben. Allerdings könnte dieser Glauben verschwinden, sobald Mirroanwi noch mehr Erklärungen dazu lieferte, deshalb wechselte sie das Thema.

»Zurück zu den Wellensittichen. Wenn sie die Menschen unsterblich machen – was ist dann mit meiner Mutter passiert?«

»Allison …« Zappelig wie er war, schlug er das Notizbuch wieder auf, blätterte durch die Seiten, nach einer Antwort suchend. Als er dort keine fand, lehnte er sich zurück. Er war gerade dabei, sein Kinn auf die Zeigefinger zu stützen, als ihn ein Blitz zu durchzucken schien und er nach vorne schnellte. Er griff nach Laires Hand, einen Blick hinter sich zur Eingangstür werfend.

»Allison war eine Botschafterin. Botschafter und Gefährten stehen in einer besonderen Wechselwirkung mit der Matrix. Sie brauchen diese zusätzliche Energie. Wenn die Wellensittiche die Signale blockieren, verkraften Botschafter das nicht.« Er blickte auf. Zum allerersten Mal entdeckte sie Angst in seinen Augen. »Allison ist nicht einfach nur gestorben. Dadurch, dass sie zu wenig Energie hatte, ist sie ausgelöscht worden. Ihre Seele hat aufgehört, zu existieren.«

»Was heißt das?«

Ihr wurde schwindelig, als die Welt um sie herum plötzlich verschwamm. Sie blinzelte, und als sie die Augen wieder öffnete, saß sie nicht länger an einem Café-Tisch. Sie befand sich in vollkommener Dunkelheit. Eine kühle Brise richtete ihre Härchen auf.

»Mirroanwi?«, flüsterte sie. Sie spürte immer noch seinen Griff um ihr Handgelenk.

Er drückte es beruhigend, und über ihnen erschien eine Lichtkugel. Mehr als ihre beiden Gesichter beleuchtete sie jedoch nicht.

»Das heißt, sie wird nie wiedergeboren werden«, sagte er. »Sie ist nicht im Tiefschlaf. Sie ist nirgendwo.«

Ihr klappte der Mund auf. Schmerz flammte in ihrer Brust auf, heftiger als zuvor.

Noch besaß sie die Selbstbeherrschung, sich abzulenken. Sich umzusehen.

»Wo sind wir?«, fragte sie, die Zähne so fest zusammengebissen, dass es wehtat.

»Ich habe dich weggebracht.« Mirroanwi drückte ihre Hand, als würde er sie vor dem warnen wollen, was als nächstes kam. »Wir sind auf einem anderen Planeten.«

»Was?« Sie riss sich los.

Allmählich gewöhnten sich ihre Augen an die Dunkelheit. Sie konnte die Umrisse eines Zimmers erkennen, von Möbeln. Da war ein Fenster. Langsam tastete sie sich voran, bis sie mit ihren Fingern an den Rahmen stieß. Sie tastete weiter nach rechts, und erschrak, als ihre Finger ins Nichts griffen. Das Fenster hatte keine Scheibe. Sie blinzelte, schaute genauer hin. Da war wirklich keine Scheibe. Und auch keine Splitter im Rahmen, die auf eine hingedeutet hätten.

Sie konzentrierte ihren Blick auf die fremde Landschaft. Sie war unter einem dunklen Tuch versteckt. Am Himmel prangten Sterne, wie sie es gewohnt war. Trotzdem war er nicht derselbe, den sie kannte. Es leuchteten zwei Monde zwischen den Sternen und sie konnte nirgends den Großen Wagen entdecken.

Sie drehte sich zu Mirroanwi um. Es hätte sie nicht überrascht, wenn ihre Augen angefangen hätten, Funken zu sprühen. »Du hast mich weggebracht, ohne mich zu fragen? Auf einen anderen *Planeten*?«, schrie sie, vollkommen außer sich. Sie machte eine Geste zum Fenster. »Was ist das hier? Herrscht hier so etwas wie ewige Dunkelheit?« Sie spürte ein Brennen hinter ihren Augäpfeln und kniff einmal kurz die Lider zusammen, damit sie nicht weinte. »Du hast mich von meiner Familie weggebracht, nachdem du mir gesagt hast, dass Mum nicht nur tot ist, sondern *ausgelöscht*. Das wäre für einen normalen Menschen dasselbe wie der Tod.« Es half nichts. Sie weinte. »Weißt du, wie das für mich ist, Mirroanwi? Davor wusste ich, dass sie zumindest irgendwo ist, mir beisteht. Du hast mir diese niedliche Geschichte erzählt von einer Seele und einer zweiten Seele, und dadurch ging es mir wirklich besser. Aber jetzt weiß ich, dass sie nicht da ist. Nirgendwo in diesem Universum. Und du bringst mich einfach auf einen anderen *Planeten*? Ich dachte, du kennst mich! Aber wenn du wirklich aus meinem Unterbewusstsein kommen würdest, wüsstest du, dass das hier das letzte ist, was ich gebrauchen kann!«

Mirroanwi ging auf sie zu, und die Lichtkugel schwebte mit ihm. Behutsam streckte er die Hände aus. »Okay, ich verstehe dich. Das war nicht besonders einfühlsam. Aber die Bewohner des Schlosses schlafen, kleine Krähe. Deshalb müssen wir leise reden.«

»Schloss?«, rief sie. Sie merkte gar nicht mehr, wie ihre Wangen immer feuchter wurden und ihre Stimme immer erstickter klang. »Was für ein Schloss.«

»Du warst in Gefahr. Diese Wellensittiche wurden immer zahlreicher. Wenn einer von ihnen dich erwischt hätte …« Er ließ den Satz unausgesprochen. »Wie kann ich es wiedergutmachen?«

Laire schwieg und drehte sich zurück zum Fenster. Es hatte ja doch keinen Sinn, ihn anzuschreien.

»Oh, verstehe, du redest nicht mehr mit mir. Wird das ein Ratespiel?« So ruppig hatte sie ihn noch nie erlebt.

Sie presste die Lippen aufeinander und wischte sich über die Augen.

»Also, erstens habe ich dich weggebracht, *bevor* ich dir das mit Allison gesagt habe, nicht danach. Und hier herrscht keine ewige Dunkelheit, sondern einfach nur Nacht. In vier Erdenstunden wird die Sonne aufgehen.«

Sein ungeduldiger Ton umspülte Laire wie kaltes Wasser. Es war ihr egal, ob er gestresst war, weil plötzlich Schwärme von Wellensittichen über den Himmel zogen und in Menschenkörpern verschwanden – er durfte gestresst sein, aber das nicht an ihr auslassen.

Sie schniefte und fuhr damit fort, in den Nachthimmel zu starren. Sie hätte sich gerne vorgestellt, dass ihre Mutter irgendwo dort draußen war, wenn schon nicht an ihrer Seite, aber das war sie nicht. Ihre Seele befand sich nicht auf der fremden Ebene, wohin Mirroanwi sie zu Beginn ihrer Lehre genommen hatte, wo die Luft aus Honig bestand und ein tiefer Schlaf herrschte.

Sie war weg.

Und diese Tatsache brachte ihr Herz zum Schmerzen. Glassplitter schnitten in das zähe Fleisch. Blut strömte frei in ihren Körper. Sie bekam keine Luft.

Mirroanwi stellte sich neben sie. »Ich weiß, was du sagen willst«, sagte er nach einer Weile. »Mirroanwi, sind das Marsianer? Tolumbianer? Sirulianer? Aliens?« Er machte eine kurze Pause mit einem Seitenblick auf sie, aber als sich nichts in ihrer Miene regte, schaute er wieder weg. »Nein, ganz im Gegenteil. Das sind Menschen. Alles, was zwei Beine, Daumen und ein mehr oder weniger intelligentes Bewusstsein hat, ist ein Mensch.« Er schwieg kurz. »Also gut, das mit den zwei Beinen nehme ich zurück.« Als sie immer noch nicht reagierte, fasste er sie an einer Schulter und drehte sie zu sich um.

Das brachte etwas in ihr zum Platzen. Wütend schlug sie seine Hand weg und schubste ihn von sich. »Was ist los mit dir?« Ihre Stimme hallte durch den Raum und entwich durch das scheibenlose Fenster. »Du solltest nett zu mir sein, du solltest mich trösten, du solltest mich beruhigen! Du behauptest, eine Personifikation von dem zu sein, was ich brauche, aber leichte Reden sind das letzte, was ich brauche!« Ihr Sichtfeld verschwamm, und heiße Tränen traten über die Ränder. »Bring meine Mutter wieder zurück!«

»Laire …«, begann er in einem sanften Ton, doch als er ihre düstere Miene sah, brach er ab. Er machte auch keine Anstalten, erneut auf sie zuzugehen. »Ich weiß, dass du sauer auf mich bist. Und so sehr ich auch versuche, nachsichtig zu sein, ist dafür gerade ein ungünstiger Zeitpunkt. Ich muss Taylor finden und mit ihm reden. Er muss diesen Unfug stoppen.«

Sie drehte sich weg und beschloss, ihn zu ignorieren.

»Dieser Planet hat eine interessante Geschichte«, fuhr er fort, und Laire traute ihren Ohren kaum. Wie apathisch konnte man sein?

»Die ersten Siedler stammten von der Erde, genauer gesagt aus Großbritannien. Deshalb hat der Tod diesen Planeten als eure Zuflucht ausgewählt; ihr sprecht dieselbe Sprache und seht sogar fast gleich aus. Der Königin wurde eine Botschaft gesandt, du musst dich also nicht darum sorgen, unwillkommen zu sein. Die Menschen hier leben seit ihrer Besiedlung in Frieden. Sie kennen keinen Krieg.«

Laire schniefte, doch sonst gab sie kein Zeichen von sich, das verriet, dass sie seiner Stimme lauschte.

Sie hörte, wie er etwas ablegte, konnte aber nicht sagen, wo und was genau.

»Ich lasse dir ein Buch über diesen Planeten hier, ja? Dann kannst du darin lesen, während ich weg bin.«

Das brachte Laire doch dazu, den Mund zu öffnen. »Du lässt mich hier?«

Er ließ sich nicht anmerken, dass er froh war, nicht mehr ignoriert zu werden. Er blieb, wo er war.

»Hier bist du in Sicherheit, zusammen mit allen anderen Gefährten und Botschaftern. Der Tod hat bereits seine Inkarnationen ausgeschickt. Eine Evakuierung findet in diesem Moment statt. Kannst du dir das vorstellen? Für viele Botschafter geschieht gerade ein Wunder. Ihre Inkarnationen kommen zu ihnen, obwohl sie noch nicht einmal ansatzweise dabei sind, zu sterben.«

»Mirroanwi …« Laire schüttelte den Kopf. »Was soll das? Lass mich mitkommen. Du verstehst nicht, was in Taylor vorgeht.«

Er schüttelte den Kopf. »Wenn dich nur einer der Vögel erwischt, ist es aus mit dir. Das will niemand.«

Sie wusste nicht, was sie tun konnte, um ihn zu überreden. Er wirkte so entschlossen. »Du lässt mich also auf einem weit entfernten Planeten zurück? Ganz allein?«

»Du bist nicht allein, Laire. Niemals. Sobald die Sonne aufgeht, wird dich jemand finden.«

Sie spürte, wie sich neuer Nachschub in ihren Tränendrüsen ansammelte. Doch sie weigerte sich, erneut nachzugeben.

»Ich will nicht meine Zeit mit Fremden verbringen. Ich will bei dir sein, Mirroanwi. Und bei meiner Familie.« Beim letzten Wort versagte ihr die Stimme und sie war gezwungen, sich auf die Unterlippe zu beißen, damit sie nicht weinte.

»Das Gästezimmer hier befindet sich übrigens gleich neben der Bibliothek. Ich dachte, dass dich zusätzlicher Lesestoff aufheitern könnte.«

Ehe sie reagieren konnte, hatte er ihr einen Kuss auf die Wange gegeben. Trotzig wischte sie ihn weg.

»Wir sehen uns bald, ja?«

»Warte —«, wollte sie ihn aufhalten, doch bis sie nach ihm gegriffen hatte, hatte er sich bereits in Luft aufgelöst und ihre Hände umschlossen Leere.

21. Kapitel
Im Königinnenreich

Ein Vogel saß auf ihrem Bauch, als sie erwachte.

Sie konnte sich nicht mehr erinnern, wie sie auf diese unglaublich ungemütlichen Polster gekommen war. Es fühlte sich an, als hätte sie gebogene Rinde unter ihrem Körper, die minimal unter ihrem Gewicht nachgab.

Laire schloss die Augen wieder und versuchte, sich daran zu erinnern, wo sie war. Auf einem fremden Planeten. Was machte man, wenn man auf einem anderen Planeten war? Die fremde Landschaft auskundschaften? Mit den Aliens reden? Ganz viele Fotos schießen?

Dann kehrte auch der Rest der Erinnerungen zurück.

Taylor.

Die Wellensittiche.

Ihre Mutter.

Als sie die Lider das nächste Mal hob, waren ihre Wimpern nass von den Tränen, die sie zurückgehalten hatte. Ihr Blick richtete sich wieder auf den Vogel auf ihrem Bauch. Er hatte den Kopf schief gelegt und betrachtete sie neugierig aus schwarzen Knopfaugen. Sein Gefieder war weiß und braun, doch in erster Linie sah es weich aus. Hinter ihm konnte Laire das offene Fenster sehen und die Morgensonne, die über einem hügeligen Horizont stand und einen rosa Schimmer in die Luft legte.

»Du bist ein Spatz, stimmt's?«, sprach Laire den Vogel an.

Dieser gab ein Zwitschern von sich, plusterte sich auf und stakste in kleinen Schritten auf ihrer Bluse herum.

Erst da bemerkte Laire die morgendliche Brise, die durch das Fenster wehte. Sie erschauerte. Behutsam richtete sie sich auf, bis der Vogel es kapiert hatte und von ihrem Bauch hinunter auf das Polster flatterte. Sie sah sich nach ihrer Jacke um und entdeckte sie an der Armlehne. Ihr Vergangenheits-Ich hatte daraus ein Kopfkissen gebastelt.

Zum ersten Mal schaute sie sich im Zimmer um, in das Mirroanwi sie gebracht hatte. Es war ein wirkliches Klischee eines Schlosszimmers. Eine goldene Tapete mit weißen Blümchen räkelte sich an den Wänden, dekorative Stühle waren über den glänzenden Holzboden verteilt und auf der anderen Seite des Zimmers, gegenüber vom Fenster, ruhte ein gigantisches Himmelbett, umgeben von einem Baldachin. Die Bettdecke sah so fluffig aus, dass Laire sich vorstellen konnte, eine Ewigkeit lang allmählich darauf einsinken zu können. In der Nacht hatte sie es übersehen.

Laire glaubte, ihre Knochen ächzen zu hören, als sie sich aus ihrer halb liegenden, halb sitzenden Position erhob. Der Spatz zeigte sich unbeeindruckt von so viel menschlicher Regung in seiner Nähe. Er beobachtete sie weiterhin. Sich den steifen Nacken reibend, reckte sie sich und trat vors Fenster.

Die Sonne war schon zur Hälfte hinter dem Horizont aufgetaucht. Es konnte nur Einbildung sein, aber Laire hatte das Gefühl, dass diese Sonne viel intensiver erstrahlte als die der Erde. Das rosa Licht des Morgens machte sich in jedem Winkel des Landes breit und reflektierte von den Glasdächern der Stadt. Oder des Dorfes, denn es war nur eine kleine Ansammlung von halbkugelförmigen Häusern, die sich wenige hundert Meter vom Schloss entfernt in die Landschaft einbetteten, sodass sie Laire an Hobbit-Höhlen erinnerten. Dort hörten die Gemeinsamkeiten schon wieder auf, denn die Häuser waren weder mit Gras überwachsen, noch waren sie hobbitgroß.

Während Laire den Ausblick in sich aufnahm, wurden Rollos hochgezogen, Türen geöffnet und Kamine entzündet, denn aus den Schornsteinen stieg Rauch auf.

Als sie sich ein Stück weiter aus dem Fenster beugte, zuckte sie zusammen, weil die Luft draußen eiskalt war, als wären die ersten Vorläufer des Herbstes im Anmarsch. Trotz des offenen Fensters herrschte im Raum eine angenehme Temperatur; nur die ein oder andere Brise schien ihren Weg hineinzufinden.

Die Nacht hatte ihre Auffassungsgabe nicht gestört. Es gab tatsächlich keine Scheibe, mit der man das Fenster schließen konnte.

Diesmal auf die Kälte gefasst, streckte sie sich wieder über die Fensterbank, um an dem Gebäude, in dem sie sich befand, hinunterzublicken. Es war wirklich ein Schloss, und Laire thronte weit über dem Boden.

Die Außenwände waren aus Stein, doch das war nicht der Grund, warum es sehr kuriose Wände waren. Bei alten Burgen sah man oft, wie sich das Moos in die Steinritzen gefressen und manchmal auch ganze Steinquader bedeckt hatte. Hier schien genau das Gegenteil der Fall zu sein: Lange, robust wirkende Pflanzen bildeten das Grundgerüst des Schlosses. In die Ritzen waren Steine gemauert worden, um das Gebilde zusammenzuhalten. Das war alles, was sie von ihrer Position aus erkennen konnte.

Auf einmal erklang ein schepperndes Geräusch von jenseits ihres Zimmers, als hätte jemand ein Teeservice fallen gelassen. Sowohl sie als auch der Spatz schreckten auf und starrten die weiße Tür an. Es tat sich nichts.

Mirroanwi hatte sie hier zurückgelassen mit der Versicherung, dass jemand sie finden würde, wenn die Sonne aufging. Doch das wollte sie nicht. Sie wollte allein sein mit ihren Gedanken und ihrem Freund, dem Spatz, und keine Aliens treffen und auch ganz sicher keine fremden Gefährten und Botschafter.

Also griff sie nach dem Buch, das Mirroanwi ihr gezaubert hatte – *Alles über Charleston* – horchte an der Tür, ob sich jemand näherte, und als das nicht der Fall zu sein schien, drückte sie die vergoldete Türklinke. Bevor sie aus dem Zimmer huschte, sah sie den Spatzen auffordernd an.

»Und, was ist mit dir?«

Als hätte er ihre Worte verstanden, stieß er ein Zwitschern aus und flatterte von der Couch auf, um auf ihrem ausgestreckten Zeigefinger zu landen. Seine filigranen Krallen griffen in ihre Haut, doch nicht stark genug, um wehzutun.

Auf dem Gang empfing sie eine Fülle von Gemälden. Man hätte beinahe meinen können, sie befände sich in einem Museum. Die Holzvertäfelung blitzte nur an manchen Stellen hervor, so viele Rahmen waren es. Am Ende des Ganges, zu Laires Rechten, prangte dieselbe Art von Loch in der Wand wie im Gästezimmer. Mit einem Lineal abgemessen, Fensterrahmen befestigt – nur die Scheibe schien der Monteur vergessen zu haben.

Vor dem größten Gemälde blieb sie stehen. Es zeigte eine Gruppe von Menschen. Zehn Frauen und vier Männer, stellte sie nach einer schnellen Zählung fest. Sie standen auf einer Anhöhe, der Wind spielte mit ihren einfachen Gewändern (der Wind der Zeit, der Veränderung symbolisierte, wie Laire von Yesta gelernt hatte) und über ihnen ging die Sonne auf. Das Land um die Figuren war von einer wilden, unbezähmbaren Schönheit. Gräser wuchsen aus dem Erdreich bis weit über die Höhe hinaus, die Gärtner für angemessen hielten. Bäume, so alt und so mächtig, dass Laire ihre Präsenz beinahe durch die Leinwand hindurch spüren konnte, besiedelten die wenigen Stellen, an denen das Gras ihnen genug Platz ließ. Fremdartige Blumen mischten sich darunter, für die Laire gerne in das Gemälde gegriffen hätte, um sie zu pflücken.

In den Rahmen waren einige Buchstaben geprägt. Da die Schrift verschlungen war, musste Laire sich näher beugen, um sie zu entziffern. Sie war in gewöhnlichem Englisch verfasst:

Königin Isobel mit ihren Gefährten.

Plötzlich zwitscherte der Spatz wie zur Warnung, und einen Herzschlag später hörte sie Schritte auf einer Treppe, die sie nicht sehen konnte. Blindlings sah sie sich um und griff nach der Türklinke, die ihr am nächsten lag. Der Spatz erhob sich von ihrem Finger und flog als erster durch den Türspalt, anschließend schlüpfte Laire hindurch und schloss die Tür.

Ihr Mund formte ein stummes O, als sie sich umdrehte und die deckenhohen Regale sah. Sie war in einer Bibliothek gelandet. Der Raum ging wohl einige Etagen weit in die Höhe, denn das Gästezimmer war ein Winzling im Vergleich zu dem hier. Bücher stapelten sich auf den Regalbrettern, Bücher aller Farben und Formen. Doch das war bei weitem nicht das, was ihr das O entlockte. Es waren die Vögel, die unter der Decke ihre Bahnen zogen und dabei die unterschiedlichsten Arten von Lauten ausstießen. Ein paar Vögel hockten auch in den Regalen, wo sie sich zwischen den Buchrücken kleine Nester gebaut hatten. Der Spatz auf ihrem Finger zwitscherte vergnügt und flog zu seiner Familie, drehte verspielte Runden in der Luft.

Ein wohliges Gefühl machte sich in Laire breit. Die Vögel, die sie von zuhause kannte, das vertraute Englisch. Womöglich befand sie sich gar nicht auf einem anderen Planeten. Ihr Buch unter dem Arm hervorziehend, machte sie es sich auf einem der Sessel bequem, die in der Bibliothek verteilt waren.

Sie betrachtete den Titel, das Cover, das eine ähnliche Landschaft zeigte wie die, die sie vor dem Fenster gesehen hatte, und schlug die erste Seite auf.

Die erste Seite bestand aus vierzig Zeilen, dreihundert Wörtern, viertausendsechshundertzweiundvierzig Buchstaben und sechszehn Leerzeichen pro Zeile im Durchschnitt.

Diese Zählungen hatte ihr Verstand ohne Zutun ihres Bewusstseins angestellt, und Laire wurde nun das Ergebnis präsentiert, nachdem sie für unbestimmte Zeit auf die Zeichen gestarrt hatte, ohne ihnen einen Sinn entnommen zu haben.

Ihre Gedanken waren wilde Tiere. Sie ließen sich nicht einfangen, sie ließen sich nicht zähmen – und ganz sicher ließen sie sich nicht von dem ablenken, was ihre Aufmerksamkeit am meisten auf sich zog.

Mum.

Yesta.

Dad.

Selbst ihre Katzen streiften durch ihr Bewusstsein und spielten mit ihren Gedanken, mit ausgefahrenen Krallen und verspieltem Fauchen.

»Mädchen, was ist mit dir?«, fragte auf einmal eine Stimme, auf die Laire nicht vorbereitet gewesen war.

Vor ihr stand ein Mädchen in einem weißen Einteiler, der je bis zu ihren Handgelenken und Knöcheln reichte. Ihre Haare steckten in einem schlichten Knoten. Laire dachte nicht darüber nach, dass sie kein Mensch sein könnte, und war sich dessen erst bewusst, als das Mädchen lächelte und dabei ihre Zähne zeigte.

Ihr Gebiss war ungewöhnlich. Das konnte Laire feststellen, obwohl sie kein Zahnarzt war. Es verfügte weder über Schneidezähne noch über Eckzähne. Dass sich Backenzahn um Backenzahn in ihrem Gebiss reihte, hätte Laire vielleicht gar nicht bemerkt, wäre ihr nicht aufgefallen, dass das Mädchen scheinbar leicht die Backen aufgeplustert hatte und die Falte unter der Lippe nicht so eingefallen war, wie es Laire von den Bewohnern der Erde gewohnt war.

Als Laire nicht antwortete, setzte das Mädchen sich neben sie auf das Sofa, das ebenso weiße Röckchen, das sie über dem Einteiler trug, sorgsam zurechtrückend.

»Du bist eine vom Sternenvolk, nicht wahr?«, erkundigte sie sich in dem hellen Ton, den sie zuvor schon angeschlagen hatte.

»Ich – weiß nicht«, stammelte Laire. »Warum sprichst du Englisch?«

Sie neigte den Kopf. »Euer Volk hat diese Frage in den vergangenen Stunden schon oft gestellt. Wir sprechen die Sprache unserer Urmütter und Urväter, wie sie über viele Generationen hinweg erhalten wurde.«

All das sprach sie in einem Akzent, wie ihn die Dienstboten aus *Downton Abbey* benutzten, oder sogar noch eine Spur veralteter. Ihr fiel wieder ein, was Mirroanwi gesagt hatte. Dass die Vorfahren der Bewohner aus Großbritannien stammten. Aber wie gelangten Briten einfach so auf einen anderen Planeten?

»Ich bin Nerajla«, sagte das Mädchen, richtete sich auf und streckte Laire eine Hand hin. In der Annahme, sie schütteln zu sollen, ergriff Laire sie, und wurde kurz darauf unerwartet auf die Beine gezogen. Das Buch rutschte ihr vom Schoß und fiel auf die Sofapolster.

»Laire«, erwiderte sie und ließ Nerajlas Hand los.

»Komm mit runter in den Thronsaal, Laire. Du bist eine der letzten, die ich gefunden habe. Die Königin hat Tische aufstellen lassen, damit ihr ein ordentliches Frühstück erhaltet.«

Laire wollte schon ablehnen, als ihr Magen knurrte. Frühstück klang zu verlockend, um es gegen ruhige Stunden in der Bibliothek einzutauschen, gefüllt von wilden Tieren.

Nerajla führte sie in den Thronsaal, der zwei Stockwerke weiter unten lag. Die Gemälde hörten beim Treppenabsatz auf und wurden ersetzt durch Vasen, Statuen und Vitrinen mit antiken Schmuckstücken im Inneren. Alles war so kunstvoll mit derart vielen Blickfängern, dass Laire tatsächlich von ihrer Trauer abgelenkt wurde, zumindest für die Dauer des Weges.

Nerajla hielt sich dicht bei ihr und sagte kein Wort, warf jedoch immer wieder neugierige Blicke in ihre Richtung. Als sie in einen breiteren Gang abbogen, der noch schmuckvoller aussah als der Rest des Schlosses (weinrote Tapeten mit goldenen Verzierungen und ausfallende Kronleuchter, deren Diamanten das Licht einfingen und in alle Richtungen umso heller projizierte), raffte sich Nerajla offenbar auf und traute sich, Laire anzusprechen.

Laire, die gerade dabei war, die Spaten, die an einem Teilabschnitt der Wand hingen, zu mustern, drehte sich zu ihr um, als sie sich räusperte.

»Du und die anderen vom Sternenvolk …«, begann Nerajla. »Kommt ihr wirklich von den Sternen?«

Laire zögerte mit der Antwort. »Kann man so sagen«, antwortete sie schließlich.

»Bei Sonnenaufgang haben wir ein paar deiner Angehörigen gefunden, aber sie konnten uns nicht sagen, weshalb ihr hier seid. Habt ihr eine Königin, die darüber Bescheid weiß?«

»Ähm …« Sie warf einen unsicheren Blick auf die Spaten an der Wand. Ein paar waren sogar noch mit Erde verkrustet. Ihr wollte nicht aufgehen, warum jemand Gartenwerkzeuge in einem Schloss aufhing. »Bei uns daheim ist … eine Art Seuche ausgebrochen.« Sie schätzte, Mörderwellensittiche würden bei ihrem Gesprächspartner nur Verwirrung erzeugen. »Wir waren in Gefahr und wurden weggebracht.«

»Komm weiter, das da sind die Spaten der Urmütter«, meinte Nerajla und zog leicht an Laires Arm.

Sie steuerten auf eine dunkle Holztür zu, deren Pforten weit geöffnet waren. Ein Blick in den Raum dahinter wurde ihr jedoch verwehrt, da sich eine Traube von Menschen davor versammelt hatte, den Rücken zum Gang gerichtet. Sie trugen die gleiche weiße Uniform wie Nerajla (die Röcke waren auch bei den Männern vorhanden) und auf ihren Händen balancierten sie silberne Tabletts.

Nerajla schritt voran, tippte dem ein oder anderen auf die Schulter, damit sie durch die Lücke schlüpfen konnte. Als die Dienstleute Laire sahen, schufen sie großzügig Platz und bildeten eine Art Gang, durch den Laire Nerajla folgen konnte.

Der Thronsaal war ungefähr so groß wie zwei Fußballfelder nebeneinander gelegt. Durch die Mitte verlief ein sehr langer Tisch, und erst beim Näherkommen erkannte Laire, dass er aus mehreren kürzeren Tischen bestand. An beiden Seiten des Saals grüßten hohe, scheibenlose Fenster den Tag und ließen das Licht hinein, das sich in den hellgrünen Tüchern verfing, die unter der hohen Decke hingen.

Während der Thronsaal nahe der Wände leer war (Wachen schienen im Schloss vollkommen zu fehlen), drohten die Bänke, die auf beiden Seiten der Tische standen, beinahe überzuquellen vor Menschen, die Laire nur ansehen musste, um zu wissen, dass es Erdlinge waren.

Sie sah Menschen, die Jacken trugen, als kämen sie von einer Waldwanderung, manche, die nur mit Jogginghose und Hoodie bekleidet waren, als hätten sie nicht damit gerechnet, das Haus verlassen zu müssen. Es gab aber auch welche, die ganz und gar nicht den schottischen Temperaturen entsprechend gekleidet waren, und an diesen Leuten erkannte sie, dass es sich hierbei wirklich um Botschafter und Gefährten aus aller Welt handelte – oder zumindest von der ganzen Erde: Sie trugen Shorts, Kleider, Tops, Shirts, einer hatte sogar nur eine Badehose an, was ihm etwas peinlich zu sein schien. An manchen Hemden klemmten Sonnenbrillen, und manche Leute steckten noch in ihren Pyjamas. Laire reckte den Kopf, um zu sehen, ob sie Sanjena vielleicht irgendwo entdeckte, aber ohne Erfolg.

Da sie Nerajla aus den Augen verloren hatte, ließ sie sich nieder zwischen einem Jugendlichen, der genauso warm angezogen war wie sie, und einem älteren Herrn, der sich im Morgenmantel befand und die ganze Zeit über nervös seine Brille auf dem Nasenrücken zurechtschob. Laire reagierte nicht auf das freundliche Nicken des Jungen, genauso wenig wie der Herr auf ihren versehentlichen Schubser mit dem Ellenbogen reagierte, als sie sich zwischen die beiden zwängte.

Die Tischplatte war voller Essen. Zu ihrer Erleichterung war ihr das meiste vertraut. Toasts mit geschmolzener Butter, knusprig braune Croissants, ein Stapel Pancakes, an dem Ahornsirup hinablief, halbflüssige Spiegeleier und dampfende gebackene Bohnen. Sie entdeckte auch etwas, das aussah wie Streuselkuchen, jedoch von einer intensiven orangen Färbung war, Tiramisugläser mit Rosinen und eine Sahnetorte mit Möhren. Sicher war sie sich dabei jedoch nicht.

Gerade als sie sich Cornflakes in eine Schüssel gefüllt hatte, tauchte vor ihrer Nase eine Porzellantasse auf, aus der heißer Dampf aufstieg. Nerajla stellte sie vor Laire ab und schenkte ihr ein Lächeln.

»Tee hilft am besten bei Heimweh.«

Dankend griff Laire nach dem Henkel und schmeckte den Tee ab. Er war bitterer als sie es gewohnt war, aber tat unerwartet gut. Nachdem Nerajla gegangen war, versuchte sie, das Müsli zu essen, aber die Flocken fühlten sich trocken und gleichzeitig verklebt in ihrem Mund an, weshalb sie den Löffel wieder niederlegte. Dann zupfte sie Trauben von der Obstplatte ab und testete, ob sie die runter bekam, aber auch damit Fehlanzeige.

Der Appetit war ihr vergangen.

Laire schluckte gegen den Kloß in ihrem Hals an und suchte verzweifelt nach Ablenkung, während ihre Augen feucht wurden. Das Buch hatte sie aus Gründen, die sich ihr verschlossen, in der Bibliothek liegen gelassen.

Zerstreuung kam zu ihr in Form dreier Mädchen, die schräg gegenüber von Laire saßen. Eine befand sich noch in Kinderschuhen und hatte ein seltsam weites Kleid an, die andere war etwas jünger als Laire, aber schon geschminkt, und die dritte war eigentlich kein Mädchen mehr, sondern eine Frau, bei der sich in der brünetten Mähne bereits graue Härchen zeigten.

Das kleine Mädchen sah immer wieder den Tisch auf und ab, als suche sie etwas oder jemanden. »Kommen meine Eltern auch irgendwann?«, wollte sie wissen, nachdem sich die anderen zwei eine Weile über das Frühstück unterhalten hatten. Anscheinend hatte ein Erdling namens Remy dem Küchenpersonal geholfen, das Frühstück zusammenzustellen, und war gegen Ende etwas mit dem Koch zusammengeraten, der sich geweigert hatte, Schinkenaufschnitt zu servieren.

Die älteste Frau nahm ihr zaghaft das Buttermesser samt Brot ab, das das kleine Mädchen seit einer Weile malträtierte, und bestrich es für sie. »Deine Eltern kommen nicht, weil du so schnell wieder zuhause bist, dass sich der Weg hierher überhaupt nicht lohnen würde«, erklärte sie in einem beruhigenden Ton.

»Aber warum gehen wir dann nicht gleich heim?«

Die Frau gab ihr das Brot zurück. »Weil es im Moment noch nicht sicher ist. Aber du kennst doch deinen besten Freund, den Tod, stimmt's? Der wird das wieder hinbekommen.«

»Wirklich?«

»Ja. Du weißt doch, der Tod kann alles.«

Laire senkte schnell den Blick, denn das ruhigere, geschminkte Mädchen sah sie mit zusammengezogenen Brauen an. Ihr ging auf, dass all diese Leute nicht wussten, was genau das Problem war. Mirroanwi war die einzige Inkarnation, die Informationen darüber besaß, und dementsprechend war er auch der einzige, der das Problem lösen konnte.

Auf einmal wurde neben ihr spürbare Unruhe laut. Als sie jemand an der Schulter stieß, schaute Laire von ihrem Frühstück auf und sah, dass sich eine Frau auf den Platz zwischen ihr und dem Herrn mit der Brille gesetzt hatte. Er brummte etwas in einer fremden, harschen Sprache und rutschte ein Stück weg.

Erst, als der Ankömmling seine Wange auf die Handfläche stützte und sich Laire zuwandte, realisierte sie, wen sie vor sich hatte.

Jillin. Jillin, die diesmal einen violetten Pferdeschwanz trug anstatt silberner Strähnchen, die endlich aus ihrem extravaganten neonblauen Trainingsanzug geschlüpft war und sich für ein fast normales, weißes Kleid entschieden hatte.

Die Jillin, die Laire beinahe erfolgreich aus ihrem Gedächtnis gelöscht, oder besser gesagt, verdrängt hatte, weil sie mit einem riesigen Tohuwabohu in Schottlands Highlands angekommen war und Laire eine Heidenangst eingejagt hatte.

Jillin schien von Laires inneren Unruhe keine Notiz zu nehmen. Auch nicht von ihrem starren Blick, der vermutlich wie der eines Kaninchens angesichts von Gefahr wirkte.

Stattdessen fragte sie in einem leichten Ton: »Schön hier?«, griff nach einer Traube auf Laires Teller und steckte sie sich in den Mund. Einen Moment lang ruhte die Traube zwischen ihren gespitzten Lippen, dann machte es ein Plop-Geräusch und sie war weg.

Laire musterte sie. Trotz ihres normaleren Auftretens stach sie aus der Menge heraus. Wegen des kurzärmeligen Kleides bemerkte Laire einen tätowierten Ring um ihren Oberarm, der aus miteinander verästelten Zweigen bestand.

Laire erwog, von ihr zurückzuweichen, aber zu ihrer Linken war kein Platz mehr frei. Während des Essens (oder zumindest des Versuches, zu essen) war sie sowieso schon die ganze Zeit über mit dem Ellenbogen des Jungen zusammengestoßen.

Jillin zog die Augenbrauen hoch und kaute gedankenverloren. »Also erinnerst du dich immer noch nicht an mich.« Sie sagte das in einem sehr sachlichen und distanzierten Ton, als hätte sie schon damit gerechnet, aber an der Art, wie ihre Mundwinkel minimal nach unten sackten, ließ sich das Gegenteil beweisen. »Ich dachte, dass dir vielleicht der Riss auf die Sprünge geholfen hat.«

Unter anderen Umständen hätte Laire vielleicht heftiger reagiert, aber ihre Gefühle fühlten sich abgestumpft an, ineinander verwirrt. »Du hast mir die Vision geschickt«, erkannte sie.

Jillin zuckte mit einer Schulter und lächelte ein humorloses Lächeln. »Wer auch sonst? Ich hatte gehofft, dass dir das einen Denkanstoß gibt. Du dich wieder erinnerst. Dass ich vielleicht mit dir reden könnte, in Ruhe, aber du warst ja nie allein.«

»Ich war sogar mehrere Stunden allein dort. Im Grand Canyon.«

»Warst du nicht. Mirroanwi war bei dir, nur auf einer anderen Ebene. Er hat zwar in der Bibliothek gestöbert, dich aber keinen Moment aus den Augen gelassen, nur kurz, als er endlich fand, wonach er suchte, aber da hattest du schon diesen Taylor angerufen. Wie ein Wachhund. Ich an deiner Stelle fände ihn gruselig.«

»Hm.« Laire runzelte die Stirn. Die Ratlosigkeit war nicht so gewaltig wie beim letzten Mal, aber immer noch vorhanden. Dass sie sich dieses Mal in einem Saal voller Menschen befand, erleichterte sie und Laire traute sich den wirklich wichtigen Dingen zu. »Also bist du jetzt hier, weil du mit mir reden willst? Warum?«

Wenn es wieder um diese Phaith ging, würde Laire vor Frust schreien.

Jillin pickte sich noch eine Traube vom Teller. »Ich will, dass du dich erinnerst.«

Laire blickte auf. Ihre Aufmerksamkeit wurde von dem goldenen Thron erregt, der in Blickrichtung zu den Tischen stand. Fünf Stufen, deren Ränder mit Blumenketten dekoriert waren, führten nach oben. Auf dem Thron saß niemand, aber zu seinen Seiten waren ein Mann und eine Frau mit violetten Umhängen und strengen Mienen erschienen.

»Phaith«, sagte Jillin und wedelte vor ihrem Gesicht mit einer Weintraube herum, sodass Laire nichts anderes übrigblieb, als sie anzuschauen.

»Ich habe dich gehört«, erwiderte sie, verärgert darüber, dass Jillin schon wieder diesen Namen benutzt hatte. »Aber das ist sinnlos. Es gibt nichts, woran ich mich erinnern sollte.«

Davon wurden Jillins Augen groß und sie richtete sich auf, um nach Laires Hand zu greifen. Laire wich rechtzeitig aus. »Du hast alles vergessen, Phaith. Alles, und du weißt es nicht einmal. Ich weiß nicht, ob es schlimmer für mich oder für dich ist. Mein Ausbruch das letzte Mal tut mir leid, ich war nicht darauf vorbereitet gewesen. Es hat mich überrascht.« Sie schmunzelte freudlos. »Nicht, dass man jemals mit so etwas rechnet.«

»Wie gesagt«, entgegnete Laire. »Es gibt nichts, woran ich mich erinnern sollte.«

Sie hatte nie an dessen Wahrheit gezweifelt. Es gab nichts, woran sie sich nicht erinnerte. In ihrem Leben herrschte keine solche Lücke, keine Zeitspanne, in der sie diese Jillin getroffen haben könnte. Mirroanwi war ihre erste übernatürliche Begegnung gewesen, und langsam wünschte sich Laire, es wäre bei einer geblieben.

»Du verwechselst mich mit jemandem«, fuhr sie fort. »Vielleicht sehe ich nur so aus wie diese Phaith.«

Jillin schüttelte den Kopf. »Du siehst genauso aus wie du immer aussiehst. Vielleicht ein paar Jahre jünger. Aber ich weiß genau, wie du aussiehst.«

Laire atmete aus. »Das ist schön.«

Sie wollte gerade ihre Teetasse wiederaufnehmen, als plötzlich alle um sie herum aufstanden. Sie war nicht die einzige, die verwirrt war und von ihrem Sitznachbarn nach oben gehievt werden musste. In diesem Fall von Jillin.

»Die Königin kommt«, flüsterte Jillin und nickte in die Richtung.

Das wäre jedoch nicht nötig gewesen. Alle Blicke waren auf die Königin gerichtet. Und dass es eine Königin war, verriet spätestens die Krone.

Es war eine alte Frau mit grauem, zurückgekämmtem Haar und so vielen Falten, dass sie sogar älter wirkte als die Queen. Trotzdem ging sie mit aufrechter Haltung, den Rücken gestrafft, Schulterblätter nach hinten und das Kinn erhoben. Für eine Frau Ende achtzig bis Anfang neunzig war ihr Gang recht zügig.

»Königin Maraika«, fuhr Jillin mit gesenkter Stimme fort, als sich die Frau auf dem Thron niedergelassen hatte. Ihr Kleid erschien sehr schlicht für ihren königlichen Rang. Es gab weder eine Schleppe, die von Zofen getragen werden musste, noch in den Stoff gestickte Perlen.

Sobald die Königin sich auf den Thron gesenkt hatte, setzte sich auch der Rest des Thronsaals wieder hin. Die Mädchen, denen Laire gelauscht hatte, tuschelten leise miteinander. Sie waren nicht die einzigen.

Jillin beugte sich zu ihr. »Sie ist die älteste Königin in fünfzig Jahren. Ihre Mutter, Königin Marajaka, ist schon im Kindbett gestorben.«

Laire warf ihr einen Seitenblick zu. Eben folgte ein kleiner Hofstaat in den Thronsaal und positionierte sich an den Stufen zum Thron. »Hast du ein Lexikon verschluckt?«

Jillin zog die Mundwinkel hoch, aber es wirkte gezwungen. »Nein, ich hatte nur viele tausend Jahre Zeit.«

In dem Moment begann Königin Maraika zu sprechen. Irgendwie schaffte sie es, durch ihre klare, doch gesenkt gehaltene Stimme die ganze Halle zum Schweigen zu bringen.

»Im Namen des ganzen Königinnenreichs Isobel und besonders der Stadt Wildty heiße ich das Sternenvolk herzlich willkommen.« Die Königin setzte ein Lächeln auf, das eigentlich nur liebe Großmütter oder Wunschfeen in Märchenfilmen trugen. »Als heute Morgen die Sonne aufgegangen ist, fanden wir einundfünfzig von euch in Wildty, und noch einhundert mehr in ganz Isobel. Von unseren Nachbarn erreichen uns ebenfalls Nachrichten von der Ankunft des Sternenvolks. Euer Kommen ist ein Rätsel, aber nichtsdestotrotz nehmen wir euch mit Freuden auf und beherbergen euch, solange die Gefahr in eurer Heimat noch nicht gebannt ist.«

Königin Maraika hob die Arme in einer freundlichen Geste. »Natürlich werde ich euch Gästezimmer im Schloss zur Verfügung stellen und ich bin mir sicher, die Bewohner meines Reiches werden mir in meiner Gastfreundlichkeit nachkommen. Meine Zofe Samira«, sie nickte einer rundlichen Frau zu ihrer Rechten zu, »hat sich bereit erklärt, zwei von euch aufzunehmen, und nach ihr kommende Generationen werden das Angebot aufrechterhalten. Aber nun: Genießt euer Frühstück!«

Es folgte vornehmer Applaus, bevor sich alle ihrem Mahl zuwandten und die Gespräche am Tisch langsam wieder in die Gänge kamen. Die Königin betrachtete die Gäste lächelnd und tauschte ab und zu Worte mit ihrer Zofe.

Laire beugte sich unterdessen entsetzt zu Jillin. Sie hatte ein Thema gefunden, das noch beängstigender war als Miss Extravaganz selbst.

»Nach ihr kommende Generationen?«, wiederholte sie die Worte der Königin in hektischem Flüsterton. »Wie lange denken die denn, dass wir hierbleiben werden? Ich kann nicht so lange bleiben! Meine Familie braucht mich.«

Jillin sah sie lange an, bevor sie erneut nach ihrer Hand griff. Laire wich aus. »Entspann dich. Die Menschen auf Charleston haben eine viel kürzere Lebensspanne als die auf der Erde. Wie alt, denkst du, ist Königin Maraika?«

»Ende Achtzig?« Dann zog sie Jillins Hinweis hinzu. »Vielleicht zehn Jahre jünger?«

Jillin schüttelte den Kopf. »Sie ist zehn Tage alt.«

»Tage?« Zuerst war sie baff, aber dann fiel ihr eine andere Konstante ein, die die Sache erklären konnte. »Wie lang dauert hier ein Tag?«

»Vierundzwanzig Stunden«, antwortete sie ruhig. Sie sagte das nicht herablassend und aß dabei oder dergleichen, sondern sah dabei Laire an und nur Laire. »Mehr oder weniger. Dieser Planet befindet sich in derselben Distanz zur Sonne wie die Erde – natürlich einer anderen Sonne – und verfügt auch ansonsten über ähnliche Maße.«

Laire lehnte sich zurück, bis ihr einfiel, dass sie auf einer Bank saß. Schnell fing sie sich wieder. »Hast du zufällig Astrophysik studiert?«

Jillin zuckte mit den Schultern. »Ich habe vieles studiert.«

»Trotzdem, ich will hier nicht bleiben. Nicht einmal zehn Tage. Es muss einen Weg geben, von hier wegzukommen. Zurück zur Erde.«

»Das geht nicht.«

»Warum nicht?«

Jillin hob eine Augenbraue. »Die Wellensittiche.«

»Du weißt davon?«

»Es mag sein, dass der Tod diese Information vor seinen Inkarnationen verheimlicht, aber vor mir verheimlicht niemand etwas. Ich bin die Seele des Universums.« Bevor Laire ihre Worte verarbeiten konnte, kicherte Jillin. »Metaphorisch gesprochen, natürlich.«

Laire lehnte den Kopf ein Stück zur Seite. Sie erinnerte sich an die Szene, die Jillin in den Highlands abgehalten hatte. Diese Frau war zwar verrückt, aber mächtig. Und sie schien Laire freundlich gestimmt zu sein oder sogar zu mögen. Das sollte sie ausnutzen.

Laire räusperte sich verhalten. »Weißt du, wie ich dahin komme?«

Jillin schnappte sich eine weitere Weintraube und zeigte damit auf Laire. »Siehst du, da ist sie, meine Phaith. Immer dabei, Leute um den Finger zu wickeln.«

Jillin lehnte sich zurück, aber da sie seitlich saß, lehnte sie sich damit am Herrn mit der Brille an. Mit einer Entschuldigung, deren Ton mehr zu einer Aufforderung gepasst hätte, machte sie ihre Aktion rückgängig.

»Aber ja, ich kenne tatsächlich eine Möglichkeit, zur Erde zurückzukommen, wenn dein geliebter Tod nicht rechtzeitig erscheint und dich von deinen Problemen erlöst.«

Ein unterdrücktes Naserümpfen begleitete diese Worte. Laire fragte sich, warum Jillin so schlecht auf Mirroanwi zu sprechen war, beschloss aber, die Aufklärung dieses Rätsels auf ein anderes Mal zu verschieben, da sie gerade nicht vom Thema ablenken und sich damit selbst Steine in den Weg legen wollte.

Jillin wollte schon wieder nach ihrem Teller greifen, aber da hatte Laire genug und schob ihn ihr hin. Jillins Rastlosigkeit machte sie ganz nervös.

»Ich kann dich hinbringen«, äußerte sich Jillin langsam. Diesmal sah sie nicht Laire an, sondern die Weintrauben auf dem Teller, die sie in einem Muster anordnete. »Aber ich fordere etwas im Gegenzug.«

Sofort spannte sich Laire an. Sie hatte immer noch eine Verrückte vor sich, die sie für jemand anderen hielt. »Und das wäre?«, hakte sie vorsichtig nach.

Langsam nahm Jillin eine Traube vom Teller und hielt sie, kritisch beäugend, zwischen Daumen und Zeigefinger. »Im Gegenzug schenkst du mir dein Vertrauen und versuchst«, sie hob den Blick, wie um die Worte zu unterstreichen,

»und zwar wirklich *versuchst*, deine Erinnerungen wiederzubeschaffen.«

Fast hätte Laire laut geseufzt. So was hatte ja kommen müssen. Auf eine Verrückte war immer Verlass.

»Ich sehe doch, wie du den Kopf hängen lässt«, sagte Jillin und steckte sich die Traube in den Mund. Ihre Augen verengten sich. »Aber es ist wahr. Denkst du, ich habe mir die letzten zwanzig Milliarden Jahre ausgedacht?« Sie schob die Unterlippe nach vorne und richtete sich ein Stück auf. »Glaub mir, es gibt da nämlich die ein oder andere Sache, die ich anders geschehen ließe, wenn ich sie mir ausdenken würde.«

Laire atmete aus. Wie bei jedem Umgang mit Verrückten hieß es auch hier: Ruhig bleiben war Gold wert. Besonders – und das sollte man nicht außer Acht lassen – in Anwesenheit einer Königin.

»Du behauptest also«, fasste sie zusammen, »dass wir die letzten zwanzig *Milliarden* Jahre zusammen verbracht haben? Was sind wir, Götter?«

Jillin machte eine abwehrende Handbewegung. »Götter? Zu so etwas würde ich mich nie degradieren lassen. Nein, wir sind mehr als Götter. Mehr als der Tod. Wir sind menschlich.«

»Exakt.« Laire lächelte. »Und genau deshalb können wir auch nicht in den letzten zwanzig Milliarden Jahren gelebt haben. Außer du sprichst von Wiedergeburten.«

Jillin schnaubte. »Wiedergeburten. So menschlich dann auch wieder nicht. So nah stehen wir dem Tod nicht.« Ein abschätzender Blick, dann verbesserte sie: »*Sollten* wir zumindest nicht.«

Als Laire nichts sagte, streckte Jillin die Hand aus. »Deal?«

Laire verharrte, unschlüssig, und schlug erst ein, als Jillin nachsetzte: »Anders wirst du vielleicht ganze Generationen lang nicht von hier wegkommen. Du weißt doch, wie der Tod ist. Man kann ihm nicht vertrauen.«

Das nicht-vertrauen-Argument war nicht das, was den Ausschlag zum Einwilligen gab, aber etwas Wahres war an

Jillins Aussage dran: Mirroanwi mochte zwar eine Inkarnation des Todes sein, aber er *war* nicht der Tod und dementsprechend auch nicht allwissend, und daraus folgte, dass er unmöglich gut genug mit menschlichen Gefühlen umgehen konnte, um Taylor von seinem Plan abzubringen. Laire könnte das, vielleicht, unter Umständen, aber vollständig überzeugt von ihrem Charme war sie nicht.

Sie kannte nur eine einzige Person, die es mit Sicherheit vermochte, Taylor umzustimmen.

Deswegen sagte Laire, als sie Jillins Hand wieder losgelassen und den letzten Schluck aus ihrer Tasse genommen hatte: »Es gibt da noch jemanden, den wir mitnehmen müssen.«

22. Kapitel
Dem Tod helfen, um dem Tod zu helfen

Mit dem Eintreffen der Königin hatte sich die Etikette im Thronsaal verändert. Sollte man sich vor ihr verbeugen, bevor man das Frühstück verließ? Sollte man persönlich von ihr Abschied nehmen? Durfte man überhaupt den Tisch verlassen, solange sie noch auf dem Thron saß?

Während Laire sich mit diesen Fragen beschäftigte, stand Jillin kurzerhand auf und zog Laire dabei mit sich. Sie waren so schnell aus der Halle draußen, dass Laire nicht sagen konnte, ob jemand ihr Verschwinden registriert hatte.

Jillin schien genau zu wissen, wohin sie wollte. Nach wenigen Metern erkannte Laire den Weg wieder: Er führte zum Gästezimmer, in dem sie die Nacht verbracht hatte. Woher wusste das Jillin? Die Vorstellung, dass sie Laire beobachtet hatte, ließ Laires Nacken kribbeln.

Laire machte einen Schritt zur Seite und öffnete die Tür zur Bibliothek. Während Jillin an der Pforte stehen blieb, klaubte Laire ihr Buch vom Lesesessel auf und wollte es einstecken, als ihr Blick auf eine Zeile fiel, die ihr zuvor nicht aufgefallen war. Unten auf das Cover hatte Mirroanwi drei Worte geschrieben, wo eigentlich der Name des Autors stehen sollte.

Danke, kleine Krähe.

»Du willst jetzt nicht wirklich lesen?«

Mit gesenktem Kopf drückte Laire das Buch an ihre Brust, als wäre es ein Teil Mirroanwis. Er hatte ihr *Alles über Wurmlöcher* gegeben, damit sie nicht Jillins verrücktem Gerede ausgesetzt war. Er hätte sie nach Hause teleportieren können oder auf die andere Seite der Welt, doch stattdessen hatte er sie darum gebeten, mit einem Buch auszuharren, bis er zurückkäme. Und nun hatte er *Alles über Charleston* bei ihr gelassen. Er hatte ein komplettes Buch angefertigt, damit sie auf einem anderen Planeten, vermutlich sogar in einem anderen Sonnensystem, immer noch ein Stück von ihm bei sich trug.

War sie wirklich bereit, ausgerechnet mit Jillin auf die Erde zurückzukehren?

Etwas landete auf ihrem Handrücken und krallte sich in ihre oberste Hautschicht. Der Spatz zwitscherte und klappte den Schnabel auf und zu, als wollte er ihr etwas mitteilen.

Jillin näherte sich ihr, die Arme in einer lockeren Geste verschränkt. »Du zögerst.«

Laire nickte, hatte aber nicht vor, sie in ihre Gedankenwelt einzuweihen. Jillin brauchte weder erfahren, was mit Allison geschehen war, noch, dass Laire sich mit Mirroanwi gestritten hatte.

»Du willst doch helfen«, fuhr Jillin fort. »Warum tust du es dann nicht?«

Laire schüttelte den Kopf. »Es ist nicht so einfach.«

»Irrtum. Es ist immer so einfach.« Aus dem Augenwinkel sah sie, wie Jillin ihr ein Lächeln schenkte. »Man muss es nur wollen.«

Der Spatz flog von ihrer Hand auf. Laire blickte ihm nach, wie er sich unter seine Artgenossen mischte und mit ihnen durchs Fenster flog.

Wollte sie denn? Wollte sie zurück zu den Mörderwellensittichen und einem durchgedrehten Taylor? Zurück zu ihrer Familie? Zu dem zurück, was übrig geblieben war?

Jillin räusperte sich, um sie aus ihren Gedanken zu reißen. »Glasscheiben sind auf dem ganzen Planeten abmontiert worden, und das schon seit mehr als einem Jahrhundert«, erzählte sie. »Die Königinnen der acht Reiche haben das Gesetz verabschiedet, als immer mehr Vögel und Insekten gegen die Scheiben geflogen und umgekommen sind. Es gibt sowieso viel zu wenige Tiere. Deswegen hat man die Scheiben aus den Rahmen genommen und die Vögel als heilig erklärt, damit sie ungestört ein und aus fliegen können. Seitdem sind sie zahm. Als würden sie das Mitgefühl spüren, das ihnen die Menschen entgegenbringen.«

Die Informationen saugte Laires Gehirn auf wie ein Schwamm. Sie fokussierte sich darauf automatisch, wandte sich ab von den anderen Themen in ihrem Kopf. »Was ist das für ein Planet?«

Jillin lächelte. »Der wahrscheinlich friedliebendste, der dir im Universum begegnen wird.«

Etwas in ihr klickte. Sie wusste, was zu tun war. Sie würde Mirroanwi seinen Mangel an Mitgefühl verzeihen und ihm zur Seite stehen, denn sie musste sich beschäftigen, und das funktionierte nicht mit Büchern. Sie brauchte Ablenkung, ihr Bewusstsein lechzte danach, und der einzige Weg, sie zu erlangen, war, sich in die Obhut einer Verrückten zu begeben.

Im Gästezimmer erzählte Laire von ihrem spontan ausgetüftelten Plan, oder vielmehr dem Vorhaben, das zu sechzig Prozent auf Glück und zu vierzig Prozent auf Zufall beruhte.

Mit einer eindrucksvollen Grazie ließ Jillin sich auf die Matratze fallen, die Laire des Nachts verwehrt geblieben war. »Du erzählst mir also«, begann sie, den Blick auf die wehenden Bahnen des Baldachins gerichtet. »Dass du den Tod brauchst … um dem Tod zu helfen. Und normalerweise stolpert sie zufällig in dich hinein. Erscheint dir das gar nicht merkwürdig?«

Darüber musste Laire lachen. »Natürlich finde ich das merkwürdig. Auch du und deine fliegenden Bauchtänzer sind merkwürdig. Aber was kann ich dagegen unternehmen?« Die Couch war noch genauso unbequem, wie ihr Rücken sie in Erinnerung hatte, als sie sich darauf niederließ. »Ich habe mir angewöhnt, das Merkwürdige als normal zu betrachten, wenn es keinen Ausweg gibt. Und als normaler Mensch bleibt mir oft kein anderer Ausweg.«

»Du bist kein normaler Mensch.« Die Worte entwichen Jillin in einem langen, seufzenden Ton. »Genauso wenig wie ich. Und das ist der Grund, warum ich dir helfen kann, diese Grace zu finden, anstatt darauf zu hoffen, dass sie zufällig auftaucht.«

»Und das würde … wie funktionieren?«

Jillin schloss die Augen. Sie hatte sich gegen die Wand gelehnt, die Kissen im Rücken, und spielte mit dem Saum ihres Kleides. Laire musste zugeben, dass sie inzwischen weniger wie eine Verrückte wirkte.

»Namenlose, so nennst du sie? Und von ihnen wird sie verfolgt?«

»Ja.«

»Dann ist es doch klar, wie wir sie zu uns locken.«

»Ach ja?«

Statt einer Antwort hielt Jillin weiterhin die Augen geschlossen. Als die Minuten durch den Raum zogen, fragte Laire sich, ob sie womöglich eingeschlafen war.

Auf einmal murmelte sie: »Füße vom Boden«, und Laire riss die Füße hoch und zog die Knie an.

Der Boden wurde von einer schwarzen, dickflüssigen Substanz übergossen, die scheinbar aus den Ritzen der Holzbretter quoll. Die Couch, auf der sie saß, das Bett und sämtliche andere Möbel waren bereits wenige Zentimeter tief eingesunken.

»Gleich ist es so weit.« Jillin hatte die Augen wieder geöffnet. Sie war auf der Matratze nach vorne gekrabbelt, hatte die Bettdecke dabei achtlos zur Seite geschoben und beugte sich über den Bettrahmen. »Sie darf uns nicht entwischen.«

Laire runzelte die Stirn. »Entwischen? Ich denke, sie wird uns schon helfen, wenn wir ihr erklären —«

Jillin schnitt ihr das Wort ab. »Der Tod wird nie etwas tun, was gegen seine Urinteressen spricht, wenn er nicht gezwungen wird. Er trägt Scheuklappen, die ihn daran hindern, etwas anderes als seine eigene Perspektive wahrzunehmen.«

Laire schüttelte leicht den Kopf. »Irgendwas hast du gegen ihn.«

»Glaub mir, das hattest du auch.« Sie richtete sich mit so einem Schwung auf, dass Laire sehen konnte, wie das Bett wackelte und sich in dem Kleber bewegte. Ihre Fußspitzen schwebten nach oben. Ungläubig beobachtete Laire, wie Jillin einen Schneidersitz einnahm, frei schwebend, einen halben Meter über dem Bett.

Als Jillin ihr Starren bemerkte, zwinkerte sie. »Man muss doch Eindruck machen.«

Und als wären ihre Worte eine Zauberformel gewesen, fiel plötzlich eine Person von der Decke, knapp an Laire vorbei. Laire duckte sich auf dem Sofa zusammen und schützte nach einem erschrockenen Aufschrei ihren Kopf mit den Händen. Doch als sie nur von etwas Stoff gestreift wurde, richtete sie sich wieder auf und sah auf Grace hinab, die vor ihr auf dem Boden gelandet war und einen Fluch ausstieß.

Was auch immer Jillin getan hatte – es hatte funktioniert.

Grace klebte mit Händen, Knien und Schuhspitzen auf dem schleimigen Teppich, die Haare hingen ihr ins Gesicht, und sie pustete wütend eine Strähne weg, als sie den Kopf nach oben riss und Laire anfunkelte.

»Was soll das?«, fauchte sie. »Habe ich nicht gesagt, dass —«

Laire war sprachlos angesichts der geballten Härte an menschlichen Regungen.

»Hey, komm runter«, kam es von der anderen Seite des Raums. Jillin hatte ein herablassendes Lächeln aufgesetzt. »Wir haben dich immerhin von deinen Verfolgern befreit. Ich musste nur ein paar Fährten legen, um euch hierher zu lotsen, und dann habe ich ein paar andere Spuren gelegt. Sie haben dich verloren. Voilà!«

»Und wer bist du?«

»Jillin, und ich bin nicht so erfreut, wie du vielleicht denkst.« Sie machte eine kleine Geste mit der Hand, als würde sie kurz winken. »Wir haben dir sozusagen geholfen. Und jetzt brauchen wir deine Hilfe.«

Graces Miene hatte sich wieder zu der ausdruckslosen Maske wie eh und je neutralisiert. Trotzdem war Laire froh, dass Grace am Boden festklebte, sonst hätte sie wirklich um ihr Leben gefürchtet.

»Wurde es dir langweilig, mich nur immerzu gegen dich rennen zu lassen?«, sprach Grace sie an. »Jetzt stellst du mir Fallen und erwartest, dass ich dir helfe?«

»Wir hätten dir keine Falle stellen müssen, wenn wir eine Garantie dafür gehabt hätten, dass du uns auch ohne Druck helfen wirst«, sagte Jillin.

In einem plötzlichen Moment der Entschlossenheit schob Laire die Beine vor sich und trat auf. Sofort hielt die klebrige Masse sie fest. Jillin stieß einen Fluch aus. Dann gab die Masse nach und trieb zu den Seiten hin weg, sodass eine kleine Lücke in dem schwarzen See entstand.

Mit wackeligen Schritten setzte Laire ihren Weg fort. Der Kleber teilte sich, wohin sie ihren Fuß setzte. Bei Grace angekommen, kniete sie sich hin und nahm ihr Handgelenk. Grace zuckte zwar zurück, konnte sich ihrem Griff jedoch nicht entziehen.

Laire stimmte einen Ton an, der, wie sie hoffte, besänftigend klang. »Ich befreie dich, wenn du uns hilfst, Taylor umzustimmen.«

»Taylor?« Etwas wie Sorge kam zum Vorschein. »Was ist mit ihm?«

Laire warf Jillin einen Blick zu. Daraufhin verschwand die schwarze Masse vollständig und ließ nichts zurück, nicht einmal eine dunkle Färbung. Grace sackte in sich zusammen angesichts der unerwarteten Befreiung und Laire griff von ihrem Handgelenk um auf ihre Hand, um ihr aufzuhelfen.

Als sie beide sicher standen, wagte es Laire, Graces Handgelenk loszulassen. Sie tat das äußerst langsam, bereit, jederzeit wieder zuzugreifen – als würde das etwas bringen bei einer ungebundenen Inkarnation des Todes. Doch Laire musste gar nicht eingreifen, so hoffnungslos das auch gewesen wäre. Statt wegzurennen, blieb Grace, wo sie war, strich sich über die Haare, die sich daraufhin zu einem Pferdeschwanz banden, und drehte sich demonstrativ von Jillin weg. Ihre ganze Aufmerksamkeit war auf Laire gerichtet, was diese nicht als einen idealen Umstand beschrieben hätte.

»Eine Minute«, verkündete sie mit verschränkten Armen. »Die Zeit läuft schon.«

Laire redete schnell. »Taylor will, dass du zu ihm zurückkommst, und wollte dabei Mirroanwis Hilfe, aber Mirroanwi hat ihm nicht geholfen, und deswegen hat Taylor die ganze Erde unsterblich gemacht, damit der Tod abgelenkt ist und du zu ihm kommen kannst, ohne die Regeln zu brechen oder so ähnlich. Mirroanwi hat uns hierhergebracht, weil wir sonst sterben würden, aber das ganze Universum ist in Gefahr, weil es —« Sie verstummte.

Grace hatte eine Hand gehoben. Laire brach nicht einfach nur ab, sie *musste* abbrechen. Es war, als hätte sich ein unsichtbarer Maulkorb um ihren Mund gelegt. Als sie nicht mehr dagegen ankämpfte, ließ das Gefühl nach. Sie blieb trotzdem stumm.

»Das Universum könnte implodieren«, vervollständigte Grace ihren Satz. Sie klang auf einmal unfassbar sanft – so musste sie zu Taylor gewesen sein. Das war die Frau, in die er sich verliebt hatte. Grace runzelte die Stirn. »Das sieht Taylor nicht ähnlich. Er ist zwar mächtig genug, um sein Bewusstsein zu öffnen, aber Macht allein treibt nicht zu derartigen Taten.«

Laire nickte. »Mirroanwi hat gesagt, dass er eigentlich nicht über das Wissen verfügen dürfte. Das, was Taylor gemacht hat, hat er Matrixblocker genannt.«

Grace nickte gedankenverloren. Ihre ganze Körperhaltung war entspannter geworden, als Laire jemals erlebt hatte. »Er hat die energetische Verbindung zwischen Seele und Ursprung getrennt, klar.«

»Damit das Universum zerstört wird, müsste Taylor noch andere Planeten unsterblich machen, oder? Vielleicht wusste er das. Vielleicht hat er das alles kalkuliert.«

»Trotzdem. Selbst wenn das Universum nicht komplett in Gefahr ist – Taylor ist zu klug, um so etwas zu tun.«

Jillin schnaubte. »Wollt ihr noch weiter darüber philosophieren, was Taylor gemacht hat und was er sich dabei gedacht hat? Dann gehe ich nämlich wieder runter und nehme ein zweites Frühstück ein.«

Als hätte Grace Jillins Anwesenheit kurz vergessen, bis sie wieder gesprochen hatte, drehte sie sich zu ihr um, eine strenge Miene aufgesetzt. »Du hast mir geholfen, sagtest du? Mich von meinen Verfolgern befreit? Wie hast du das angestellt?«

Jillin lächelte. »Das Universum steckt voller Zufälle.«

»Was bist du?«

Dieselbe Frage, die Mirroanwi gestellt hatte. Und wie er bekam auch sie keine Antwort.

Stattdessen wurde Jillins Lächeln härter. »Ich kann dir versichern, dass sie nicht mehr da sind. Du bist frei, Gracie. Fang was damit an.«

Unmittelbar setzte Grace zum Sprint an und war verschwunden, ehe sie gegen die Wand gelaufen wäre. Ihr flatternder Umhang war das letzte, was man von ihr sah.

Jillin senkte sich langsam auf die Matratze zurück.

»Sie ist doch nicht …«, setzte Laire an.

»Geflohen? Nein, sie ist zur Erde. Warum sie uns nicht mitgenommen hat? Der Tod hat Scheuklappen auf, das sagte ich bereits. Er ist meistens blind gegenüber Verantwortung und dem, was zu tun ist, egal wie moralisch es ist. Meine Güte, du musst noch viel lernen.« Sorgsam strich sie ihr Kleid glatt. Als sie ein letztes Mal über den Stoff fuhr, dehnte er sich aus und reichte statt bis zu ihren Knien fast bis auf den Boden.

»Was?«, fragte sie, obwohl Laire nichts gesagt hatte. »Es ist kalt in Großbritannien.«

»Und ein Kleid ist da wirklich die richtige Wahl?«

»Ich lebe nach meinen eigenen Regeln. Brauchst du die Jacke da eigentlich?«

»Natürlich, ich bin nicht Kälte-immun.«

»Was für ein Glück, dass ich das bin.« Sie zwinkerte. »Aber die Jacke wäre ein schönes Accessoire gewesen. Außerdem gehst du sowieso nicht auf die Erde.«

Ihre Tonlage blieb beim letzten Satz unverändert, weshalb Laire zuerst dachte, sie hätte sich verhört.

»Mirroanwi will auch nicht, dass ich auf die Erde gehe«, sagte sie, mit besonderer Betonung auf seinen Namen. »Machst du etwa das, was er will?«

Jillin lächelte verkniffen. »Ich mache das, was dich nicht sterben lässt. Deswegen bleibst du hier und ich gehe. So einfach ist das. Wie alles andere im Universum auch.«

»Wie bitte? Warum solltest du hingehen und ich nicht? Dich interessiert es doch nicht, was da geschieht. Du bist nicht mal von der Erde!«

»Und du schon? Ach, vergiss es, das endet sowieso nur wieder in einer ziellosen Diskussion.« Jillin stellte sich vor Laire und fasste sie an den Schultern. Innerhalb eines Blinzelns befanden sie sich einige Schritte weiter vorne, neben dem Bett.

Laire seufzte. Sie war nicht einmal überrascht. »Du kannst auch teleportieren?«

»Ich kann viele Sachen, die der Tod kann, und noch weit mehr.« Sie beugte sich nah zu ihr. »Ich bin mächtiger als er. Deswegen werde ich dich hier nicht einfach zurücklassen.«

»Nein?« Widerwillig folgte sie Jillins Aufforderung, sich auf die Matratze zu legen.

»Ich werde dich mitnehmen«, erklärte Jillin. »Dein Bewusstsein zumindest. Wir beide haben eine besondere Verbindung. Wir sollten uns selbst jetzt noch ähnlich genug sein, damit mein Körper dich aufnimmt.«

Laire riss die Augen auf. Sie hatte einmal einen Film gesehen, in dem jemand in einem anderen Körper steckte und dort festsaß. Es hatte kein Happy End gegeben.

Doch Jillin hatte bereits die Hand ausgestreckt und auf ihre Stirn gelegt. Auf einmal konnte Laire sich nicht mehr bewegen. Nicht einmal zu blinzeln gelang ihr.

»Entspann dich«, sagte Jillin mit einem kleinen Schmunzeln. »Das haben wir doch schon mal gemacht. Vielleicht kommt dir das Gefühl auch vertraut vor, wenn du es erlebst. Erschrick nicht, wenn es so weit ist. Du wirst Zugriff auf meine Erinnerungen haben. Das könnte vielleicht im ersten Moment überwältigend sein.«

Ohne Vorwarnung zog sich ihr Magen zusammen und Laire hatte das Gefühl, dass sie sich gleich übergeben musste. Dunkelheit umfing sie. Sie fühlte sich, als stecke sie in einer Achterbahn, wurde in alle Richtungen geschleudert, dann stürzte sie in die Tiefe in einen Tunnel, ihr ganzes Bewusstsein schien einen Satz um sich selbst zu machen, und dann konnte sie wieder sehen.

Sie blinzelte und sah auf sich selbst hinunter. Auf ihren Körper. Sah, wie sie mit weit aufgerissenen Augen an die Decke starrte. Laire wollte schlucken, aber das ging nicht. Daraufhin bekam sie Panik. Ihr Körper wirkte wie eine Leiche und sie konnte nicht schlucken. Was war passiert? Sie befand sich nicht in ihrem Astralkörper, soviel war sicher.

Da fühlte sie etwas Vertrautes. Als hätte sie zu viel Koffein getrunken, sodass sie ganz aufgedreht war.

Richtig, hörte sie sich auf einmal selbst denken. Nur dass sie es nicht war, die die Gedanken formte. *Das hast du auch bei der Vision über den Grand Canyon gespürt, stimmt's? Daran hättest du mich eigentlich erkennen können.*

Diese Worte brachten ein neues Gefühl mit sich, das auch nicht von ihr ausging: Liebe. Dann Schmerz. Keinen physischen Schmerz, viel mehr – Traurigkeit. Trauer. Wenn sie den Körper auf dem Bett ansah, wurde ihr Herz leichter und gleichzeitig krampfte es sich so fest zusammen, dass es wehtat und sie das Gefühl hatte, gleich weinen zu müssen.

Entschuldige, hörte sie.

Das Wort war nicht in Bildersprache formuliert. Es war ein einfacher Gedanke, der durch ihren Kopf spukte, als würde sie mit sich selbst sprechen. Nur, dass es nicht ihr Kopf war.

Ich bin mit den Gedanken abgeschweift.

Jillin. Es war Jillin, die da sprach.

Genau. Ich habe es geschafft, das meiste meines Bewusstseins von deinem zu isolieren, aber ich kann dir nicht versprechen, dass es hält.

Laire versuchte, zu antworten, und wollte instinktiv ihren Mund öffnen – nur dass es keinen Mund gab. Sie versuchte es noch einmal, aber es gab einfach keine Verbindung, die sie finden konnte, kein Sprechorgan, gar nichts. Sie konnte sehen, hören, fühlen, riechen und schmecken, aber sie konnte nicht über den Körper, in dem sie sich befand, verfügen. Er gehörte Jillin.

Sie war sich sicher, dass ihr ein Schauer über den Rücken gelaufen wäre, wenn ihr einer zur Verfügung gestanden hätte. Sie fühlte sich zurückversetzt zu ihrer ersten Astralreise, als ihr Körper paralysiert gewesen war. Diesmal würde der Zustand der Bewegungslosigkeit länger andauern.

Du hast gefragt, was mich das interessiert, dachte Jillin, während sie sich hinunterbeugte, die Decke vom Fußende nahm und über Laires Körper ausbreitete. *Ich interessiere mich für das, was auf der Erde passiert, weil sich dasselbe im ganzen Universum abspielt. Auf jedem Planeten, in jedem Winkel der Sternenmeere, sogar auf Charleston gibt es diesen einen Menschen, der so von Liebe und Sehnsucht und Kummer gequält ist, dass er zu riskanten Maßnahmen greift. Keiner dieser Menschen ist sich seiner Tat bewusst. Sie werden alle gesteuert, manipuliert. Ihre Träume sind vergiftet worden.*

Sie entfernte sich vom Bett und ging zur Tür. In ihrer Hand erschien ein Schlüssel, der zwar abgenutzt aussah, aber Sekunden zuvor aus purer Luft geformt worden war. Sie steckte ihn ins Schloss und drehte ihn um. Es klickte, und die Tür war zugesperrt.

In gewisser Weise bin ich an der Schuld beteiligt. Aber der Hauptschuldige wird nichts unternehmen. Er wäre nicht in der Lage dazu, eine Lösung zu finden, nicht so, wie wir es wären. Unsere Existenz ist geheim, erinnerst du dich daran, Phaith?

Bilder blitzten vor ihrem inneren Auge auf. Erinnerungen, die nicht ihre eigenen waren. Eine andere Laire, die an einem Tisch inmitten von Menschen saß, ganz vorne am

Rand, direkt vor einer Bühne. Jillin – die Perspektive, aus der Laire die Erinnerung beobachtete – sah lächelnd von ihr weg hinunter auf einen Glasstab, von dem Laire instinktiv wusste, dass er wie ein Mikrofon funktionierte. Dann wechselte die Szenerie und sie sah sich selbst unter einer gewaltigen Glaskuppel, überall um sie herum wuchsen die merkwürdigsten Blumen in Farben, die es auf der Erde nicht gab. Die andere Laire hob eine verwelkte Blüte vom Boden auf und innerhalb eines Wimpernschlages war sie wieder frisch und blühte in einem leuchtenden Gelb. Die Szenerie wechselte wieder. Jillin saß auf einem Felsbrocken und schaute in einen Sternenhimmel. Erst, als sie den Kopf drehte, erkannte Laire, dass der Sternenhimmel das All war und der Felsbrocken ein Asteroid. Auf einem anderen Asteroiden sah sie sich wieder selbst, die andere Laire, wie sie mit einem Bein auf dem felsigen Untergrund balancierte und die Arme ausstreckte.

Die Erinnerungen verschwanden.

Wir sind die einzigen, die das Universum retten können, erklangen Jillins Worte in ihrem Bewusstsein. Dabei fühlte Laire Betrübnis, als wäre sie selbst diejenige, die sie empfand. *Und jetzt pass auf, vielleicht lernst du durch mich noch das Teleportieren.*

Ohne ihr Zutun sah Laire ein weiteres Bild vor Augen: Die Erde, winzige Landmassen in einem riesigen blauen Meer, dann Graces Gesicht.

Und dann teleportierten sie.

23. Kapitel
Verlust

Es war die Nacht des 3. Augusts 2021, trotzdem schneite es in London.

Unablässig rieselten Flocken auf die Landschaft nieder, so zuverlässig wie ein Eimer Farbe, der weit oben über den Wolken auslief.

Seit fast sieben Stunden war niemand mehr gestorben.

»Du bist bereit, das Universum zu zerstören?«, fragte Mirroanwi. Taylor konnte ein gewisses Unverständnis in seinem Ton hören, die er auch bei sich selbst erahnte.

Nein, hätte er am liebsten gerufen. *Nein, das bin ich nicht!*

Aber da war dieser Gedanke, der ihn schon die ganze Zeit über antrieb, der sich durchsetzte, wie jedes Mal.

Es ist unfair.

Also straffte er die Schultern. »Wenn du die Antwort darauf nicht weißt, dann warst du noch nie verliebt.«

Auf einmal ertönte ein Geräusch. Beide drehten sich um, zu dem alten Ahorn, der abseits auf dem Hügel stand. Jemand war aus den Baumkronen gefallen und hatte im Sturz einige Zweige und Blätter mitgenommen, die nun auf dem Schnee verstreut lagen. Taylor hatte ganz vergessen, dass es nicht wirklich Winter war. Die Blätter waren immer noch grün.

Die Gestalt rappelte sich auf. Ihr langer schwarzer Umhang war voller Schnee. Bei einer ihrer Bewegungen rutschte ihr die Kapuze vom Kopf, sodass ein Schopf schwarzer Haare sichtbar wurde.

Das Bild katapultierte ihn aus der Realität. Er traute seinen Augen nicht. Das – konnte sie nicht sein. Sogar in seinen Träumen kam sie nicht einfach zu ihm. Er – er hatte diesen ganzen Plan ausgeführt, hatte die Wellensittiche erschaffen, alles in der Erwartung, dass sie dann zu ihm kommen musste – und nun *war sie hier*.

Der Fluch, den sie ausstieß, riss Taylor aus seiner Starre. Sie war es wirklich. Nur Grace konnte so fluchen und dabei immer noch wie eine Prinzessin erscheinen, in seinen Augen. Jede eiserne Klammer und jeder dunkle Moment der Verzweiflung löste sich von ihm und zerfiel zu Asche.

Seine Lippen formten ihren Namen, damit er eins werden konnte mit der kühlen Nachtluft. Doch er hatte ihn noch nicht ausgesprochen, als jemand anderes das Wort ergriff.

»Grace.« Mirroanwi klang, als würde er an ihrem Namen ersticken. Die Harmonie, die sich in Taylor aufgebaut hatte, fiel in sich zusammen angesichts dieser Dissonanz. Der alte Zorn auf Mirroanwi und den Tod kehrte mit einer Wucht zu Taylor zurück. Es war noch nicht vorbei, das durfte er trotz aller Wiedersehensfreude nicht vergessen.

Grace tat das, was Taylor im Begriff gewesen war, zu tun. Sie kam näher.

Genau wie er war sie gealtert, wie ein normaler Mensch. Anstellte des hübschen jungen Mädchens stand nun eine wunderschöne Frau vor ihm, wie eh und je mit stolzer Haltung, als wäre sie die Königin der Welt. Doch im Gegensatz zu früher strahlte sie keine Ruhe mehr aus; ihr Blick war wild geworden, ihr Gesicht ausgemergelt. Ihre Lippen waren aufgesprungen, was jedoch nicht den Drang zurückhielt, sie zu küssen.

All diese Veränderungen – dazu noch das vor Kälte errötete Gesicht – weckten Sorge in ihm. All diese Makel waren menschlich. Grace war vieles, aber auf keinen Fall menschlich. Menschen erkrankten. Inkarnationen lebten, oder starben.

Taylor öffnete den Mund. »Grace ...« Ihr ausgesprochener Name klang nicht so, wie er es sich vorgestellt hatte. Der fallende Schnee verschluckte die Schallwellen und zurück blieb ein einzelnes Wort, das genauso gut wie jedes andere war. »Was ist mit dir passiert?«

»Was mit mir passiert ist?«, wiederholte sie. Zum ersten Mal richtete sie den Blick auf ihn, und ließ ihn auch dort. Es lag keine Freude darin, auch keine Wut; er beherbergte

… nichts, und gleichartig alles zugleich. Er blickte auf die Schwellen des Universums; in die Augen eines Wesens, das seit langer Zeit in einer anderen Welt als die der Materie lebte.

Mirroanwi schien ihren Ausdruck unbewusst zu imitieren; der Tod in seiner wahrsten Form. Und doch hatte er wenig Erfolg damit; Mirroanwi hatte die Spuren von Menschen an sich hängen, weswegen sich seine Brauen zusammenzogen und sich ein mahnender Ton in seine leise Stimme schlich. »Du darfst nicht hier sein.«

Grace nickte, den Blick unverwandt auf Taylor gerichtet. »Laire hat mich geschickt.«

Offenbar fühlte sich Mirroanwi angesprochen. »Laire ist auf einem anderen Planeten. Wie kann sie dich geschickt haben?«

Laire. Ihr Name verursachte einen Kloß in seinem Hals, verstärkt durch Graces Starren. Laire wusste, was er getan hatte. Womöglich hatte sie es noch vor ihm gewusst. Seine Wellensittiche hatten ihre Mutter getötet. Von allen Botschaftern auf dem Planeten.

Es ist unfair.

Die Worte schoben sich wieder an die Oberfläche seines Bewusstseins und lockerten den Kloß ein wenig. Alles diente einem Zweck, so auch der Tod ihrer Mutter. Im Gegenzug bewahrte er ihre Schwester vor dem Sterben.

Es musste Gerechtigkeit im Universum herrschen.

»Hier bin ich«, fuhr Grace fort, als gäbe es Mirroanwi nicht. »Das wolltest du doch. Was tust du als nächstes?«

Ganz kategorisch fragte sie das, als hätte Taylor eine Checkliste in der Hosentasche, die er nach jedem Schritt weiter abhakte.

»Ich werde – ich werde«, stammelte er, einen Moment lang zu perplex, um einen klaren Gedanken zu fassen. Dann jedoch schob sich wieder diese tiefe Gewissheit in den Vordergrund, dass das, was er machte, richtig war und dass er sich nicht ablenken lassen durfte.

Denn es war unfair. All das, die Regeln des Todes, das Universum und der Tod selbst. Taylor war dazu bestimmt, etwas zu verändern.

Er trat näher zu Grace, so nah, dass er sie berühren konnte, und das tat er auch: Zum ersten Mal seit vielen, vielen Jahren berührte er sie tatsächlich, und nicht nur irgendeine Halluzination, die sein gequälter Geist zutage gefördert hatte. Ihre Haut war kühl – was bei einem Menschen angesichts dieser Kälte zu erwarten gewesen wäre, aber nicht bei einer Inkarnation. Graces Körpertemperatur war immer konstant gewesen, auch wenn sich sein Körper beim Teetrinken mit ihr erwärmt hatte oder ihm bei einem Schneespaziergang mit ihr eiskalt geworden war.

Ihre Hand fest in seiner, entschlossen, sie nie wieder loszulassen, beugte er sich näher und küsste ihre Wange. Sie roch nicht mehr nach dem würzigen Shampoo und aus der Nähe betrachtet sahen ihre zusammengebundenen Haare auch nicht so aus, als hätten sie seit einiger Zeit etwas Ähnliches gesehen.

All diese Dinge ... all das ließ sie so fremd erscheinen. Wie ein fremdes, übernatürliches Wesen, das sich weit über seinen Rängen bewegte.

»Wir gehen nach Hause«, antwortete er vorsichtig. »Wir gehen nach Hause und setzen nie wieder einen Fuß in die Astralwelt.«

Grace blinzelte nicht. »Und dann?«

»Dann sieht er zu, wie sich das Universum selbst zerstört.«

Taylors Kopf fuhr herum. »Es wird sich nicht zerstören«, widersprach er Mirroanwi.

»Ach, nein? Kannst du den Schnee am Fallen hindern?« Mirroanwis Stimme wurde lauter, je mehr er sprach. Einen Moment lang hatte Taylor seine Anwesenheit tatsächlich vergessen; er schien sichergehen zu wollen, dass das kein zweites Mal geschah. »Versuch es ruhig, es wird nichts geschehen. Der Schnee wird weiterfallen. Genauso wie die Wellensittiche weiterfliegen werden, bis sie nicht nur die

Menschen, sondern jedes Tier, jede Pflanze, jedes Lebewesen auf diesem Planeten vom Ursprung abgeschirmt haben. Und was meinst du, machen sie, wenn sie damit fertig sind? Kommen sie zu dir zurück und warten auf deine Befehle? Lösen sie sich in Luft auf?«

Er verharrte; kurz wirkte er, als wollte er weitersprechen, entschied sich dann jedoch dagegen.

Taylor hob keine Hand, um zu zaubern. Das hatte er von Grace gelernt. Gesten waren überflüssig, sie ließen dich lächerlich wirken. Das Gehirn war der Zauberstab, nicht die Hände. Sein Bewusstsein, das seit der Erschaffung der Wellensittiche offenstand, in ständiger Kontrolle über das Wetter und die Vögel, griff auf das Ki zu, das ihm mächtiger erschien als jemals zuvor. Mit nur einem Wink seiner Fantasie schob er die Unwetterwolken vom Himmel und erwärmte mit Sonnenstrahlen die Luft –

Nur dass das nicht geschah. Das merkte auch Mirroanwi.

»Ich habe recherchiert, Taylor. Ich habe das Universum beobachtet. Es macht sich selbstständig, entzieht sich unserer Kontrolle. Ich habe Menschen entdeckt, die von ihrem Lebensplan abweichen, und die Wächter, die Wesen, die es schon immer gab – sie unternehmen nichts dagegen. Ich weiß nur nicht, was du für eine Rolle–«

Er wurde von seinem eigenen Namen unterbrochen, der mit leiser Bestimmtheit ausgesprochen wurde. »Mirroanwi.« Grace sah ihn an. »Überlass das mir.«

Offensichtlich mit einer Erwiderung hadernd, zögerte er. Zwischen Grace und ihm schien ein Blickduell stattzufinden, bei dem sie mit der Oberhand hervorging. Am Rande nahm Taylor wahr, wie sich Mirroanwi entfernte und sich gegen den Ahorn lehnte, aber es spielte keine Rolle, ob er sie beobachtete. Mirroanwi war nur ein Werkzeug des Todes; Taylor konnte mit ihm fertig werden, auf die eine oder andere Weise. Was zählte, war Grace.

Diese betrachtete ihn ernst. Zum ersten Mal konnte er Gefühlsregungen in ihrer Miene feststellen. »Du musst mir zwei Dinge erklären.«

Taylor hob ihre verschränkten Hände zu seinem Mund
und küsste sanft ihren Handrücken. »Ich werde dir so viel
erklären, wie du willst, Hathaway.« Er musste eine Pause
einlegen, weil sich sein Herz zusammenzog, als er ihren alten Spitznamen in den Mund nahm. »Aber lass uns zuerst
von hier verschwinden. Lass das Universum seinen eigenen
Lauf nehmen. Was zählt, ist, dass wir zusammen sind. Endlich wieder.« Ein Grinsen schlich sich auf sein Gesicht.
»Zum Teufel, du hast dich dem Tod widersetzt. Du hast es
endlich geschafft! Hast du gemerkt, was ich getan habe?«

Langsam entzog Grace ihm ihre Hand. »Ich wurde 2880
Stunden lang von Wächtern verfolgt. Ich habe Winkel der
Welt gesehen, in denen ich noch nie gewesen war und zu
denen ich auch nie wieder zurückkehren möchte. Ich habe
gelernt, was es heißt, erschöpft zu sein. Sich krank zu fühlen. Vor Entkräftung nicht mehr weiterzukönnen, aber
doch zu müssen. Und keinen Ausweg zu sehen.« Sie machte
eine Pause. »Also ja. Ich habe gemerkt, was du getan hast.«

Taylor schwieg und dachte über ihre Worte nach. Im
Nachhinein beschämte es ihn, so lange gebraucht zu haben,
um ihre Bedeutung zu verstehen. *Seine* Wächter. Sie sprach
von den Wächtern, die er geschickt hatte. Die sie finden
und zu ihm zurückbringen sollten, ungesehen am Blick des
Todes vorbei.

Die losgezogen und nie wieder zurückgekommen waren.

»Grace …«

»Du musst mir zwei Dinge erklären, Taylor. Ich will keine
Rechtfertigungen. Ich will erstens wissen, warum du so sehr
nach mir suchst, wo deine Lehre doch abgeschlossen ist.«

»Das weißt du nicht?«

»Wenn ich es wüsste, würde ich nicht fragen.«

»Ich —« Er hielt inne, erstaunt von ihrer Miene, auf der
sich nicht der kleinste Funken Verständnis finden ließ.
Normalerweise fragten Menschen Dinge, die sie schon
wussten, aber Grace war ehrlich unwissend. Sie verstellte
sich nicht, und das beunruhigte ihn.

Ein unbeholfenes Lachen purzelte aus ihm heraus. »Grace, ich liebe dich. Das weißt du.«

Sie blieb stumm.

»Ich habe dich gesucht, damit wir zusammen sein können. Ich dachte, das wüsstest du.«

»Das wusste ich.«

»Warum – Moment, warum bist du dann von meinen Wächtern davongelaufen?«

»Was hatte ich denn für eine Wahl?« Als sie das sagte, entfuhr ihr die erste menschliche Geste an diesem Abend: Sie strich sich eine verirrte Strähne hinters Ohr, die sich in ihren Wimpern verfangen hatte.

Aus dieser Geste schöpfte Taylor Mut. Mut, sich mit ihr auf eine Stufe stellen zu können. Mut, irgendwo in diesem fremden Wesen seine alte Grace wiederzufinden.

»Vielleicht dich von den Wächtern nach Hause bringen zu lassen? Meiner Suche ein Ende zu bereiten? Du hättest einfach die Regeln brechen und zu mir zurückkommen können – ich *weiß*, dass du mich auch liebst. Du hast mich zurückgeküsst. Ich hätte dasselbe an deiner Stelle getan. Ich wäre zurückgekommen. Ich wäre –«

»Taylor!«, unterbrach sie ihn scharf. Sie hob dazu nicht einmal ihre Stimme. »Vielleicht hätte ich die viel wichtigere zuerst Frage stellen sollen: Warum redest du von *deinen* Wächtern? Warum liegt es in deiner Macht, sie zu befehligen? Was hast du *angestellt*?«

Zum ersten Mal war ihr Blick von ihm abgeglitten auf etwas hinter ihm und er drehte sich um.

Und staunte.

Und hatte es insgeheim erwartet.

Hunderte, vielleicht tausende gefiederte Flügelpaare schlugen im Schneegestöber und ließen die weißen Flocken wild tanzen. Grüne, blaue, gelbe und rote Flecken in allerlei Variationen tupften Farbe ins Grau der Nacht. Sobald sie seine Aufmerksamkeit registriert hatten, fingen sie wie aus einem Schnabel an, zu zwitschern, ein schriller Chor aus

Sopranen und Alt und Tenören und Bässen, der nach einigen Sekunden in einen voluminösen Kanon überging. Ein Wellensittich löste sich aus dem Schwarm und flatterte auf Taylors Schulter, wo er seine dünnen Krallen durch den Stoff in seine Haut grub und begann, sich unter den Flügeln zu putzen.

Die Wellensittiche waren zu ihm zurückgekehrt.

Neue Kraft kehrte in seine Adern. Er hatte etwas, das in seiner Macht lag, das er kontrollieren konnte. Grace musste sehen, dass er nicht schwach war. Dass er sie vor dem Tod beschützen konnte.

Er lächelte. »Ich bin mächtig geworden. Wovor du auch Angst hast, ich kann —«

Diesmal wurde er nicht unterbrochen, er brach selbst ab, denn Grace war an ihm vorbeigegangen, als hörte sie ihn nicht. Vor dem Schwarm am Himmel blieb sie stehen und hob den Kopf, sodass ihr die Schneeflocken auf die Haut fielen und sofort schmolzen.

Gelassen hob sie einen Arm und streckte ihn den Vögeln entgegen, woraufhin diese aufgeregt zurückwichen. Ein riesiger Schwarm, eine bunte Wolke, die vor einer einzelnen Person zurückschreckte. Das Zwitschern stieg zu einem Krächzen an, das in Taylors Ohren melodischer als jede Akkordabfolge klang.

Grace richtete sich an ihn, ohne den Blickkontakt mit den Wellensittichen zu unterbrechen. »Taylor, du hast ein gutes Herz. Mach es rückgängig und wir können in Ruhe darüber reden. Aber uns läuft die Zeit davon.«

Er schnaubte amüsiert. Das plötzliche Auftauchen der Wellensittiche konnte er sich zwar nicht erklären, aber dieser Gedanke verflüchtigte sich flink wieder.

»Lass es den Tod selbst erledigen. Eine energetische Verbindung herzustellen ist nicht *so* schwer, zumindest nicht für ihn.« Er trat auf sie zu und zog sie behutsam am Arm, damit sie sich vom Schwarm am Himmel abwandte. Er senkte seine Stirn zu ihrer hinab und legte sie aneinander. Dann schloss er die Augen. »Grace, freu dich doch einfach.

Sei einfach du selbst. Lauf mit mir vom Tod davon. Lass uns das Universum entdecken.«

»Das Universum, das in Kürze implodieren wird?«

Er verkniff sich ein Stöhnen. Diese Diskussion hatten sie bereits geführt. »Das Universum wird nicht implodieren«, erwiderte er. »Es ist riesig. Die Erde ist so klein, Grace … So unbedeutend.«

»Tja«, sagte auf einmal eine ganz andere Stimme.

Durch das Schneegestöber war der Ahorn schwer zu erkennen, aber mit zusammengekniffenen Augen sah man dennoch genug. Gegen den Stamm lehnte eine Frau in einem weißen Kleid, ein Stück von Mirroanwi entfernt. Ihre violetten Haare schufen einen neuen Kontrast in der Schneelandschaft.

»Es ist riesig? Die Erde ist so klein?«, wiederholte sie. »Willst du damit andeuten, dass für die Zerstörung des Universums weitere Planeten vonnöten wären?«

Innerhalb eines Wimpernschlages stand sie vor ihm und Taylor sah ihr spitzes Grinsen. »Ich wäre beruhigt, wenn ich es nicht besser wüsste.«

24. Kapitel:
Das hellste Licht im Universum

»Der Schnee wird weiterfallen. Genauso wie die Wellensittiche weiterfliegen werden.«

Diese Worte von Mirroanwi berührten etwas in Laire und schwirrten von da an unablässig in ihrem Kopf herum. Oder besser gesagt, in Jillins Kopf. Oder in Laires Abteil von Jillins Kopf? Sie war sich noch unsicher, wie das ganze Konzept »Zwei Personen – ein Körper« funktionierte.

Jillin hatte sie beide hierher teleportiert, ohne dass jemand auf sie aufmerksam geworden war. Als sie sich einen Überblick über die Lage verschafft hatten, hatten sie beschlossen, noch eine Weile abzuwarten und zu sehen, wie sich die Dinge entwickelten.

Was meinte Mirroanwi damit? Was hatte er herausgefunden?

Nach wie vor war Jillin nicht Mirroanwis größter Anhänger. *Oh, Mister Tod hat recherchiert*, dachte sie, als Mirroanwi gerade dabei war, eine vernünftige Argumentation mit Taylor zu versuchen. *Kann man das schon als »Die Dinge in die Hand nehmen« bezeichnen? Macht unsere Inkarnation tatsächlich etwas Nützliches? Ach nein, verzeih mir, seine andere Persönlichkeit stellt sich ihm in den Weg und verhindert jegliche Produktivität. Wie dumm von mir zu glauben, dass die hier wirklich zu was kommen.*

Jillin … Laire brach den Gedankenfaden ab, als sie sah, wie Mirroanwi zu ihnen herüberkam. Zuerst bemerkte er sie nicht, weil die dichten Flocken sie beinahe verhüllten. Als er sie schließlich doch ausmachte, zeichnete sich zwar offensichtliche Verwirrung – und ja, auch Verärgerung – auf seinem Gesicht ab, aber genau wie sie wollte er hören, was einige Meter weiter gesagt wurde.

Laire wusste, dass Mirroanwi übernatürlich gut hören konnte, und bei Jillin musste etwas Ähnliches der Fall sein.

Denn niemand konnte ihr weismachen, dass die Schallwellen durch all den geräuschdämpfenden Schnee auch an ihre eigenen Ohren so verständlich gedrungen wären.

Jillin kicherte leise. Atemwolken formten sich vor ihrem Gesicht. *Hast du gesehen, wie er mich angeschaut hat? Er hat keine Ahnung, dass du hier drin bist. Wenn er das wüsste ... ich würde zu gern sein dummes Gesicht sehen.*

Er ist mein Freund, Jillin. Obwohl Laire all diese Erinnerungen gesehen hatte, diese fremden Bilder von sich selbst an den unmöglichsten Orten, und sozusagen in Jillins Körper steckte, konnte sie immer noch keinen Funken Verbundenheit zu ihr aufbringen. Es war so ähnlich wie damals, als sie Taylor kennengelernt hatte. Nur, dass Taylor nicht so unheimlich gruselig und verwirrend und verrückt war.

Taylor ist auch ein Freund von dir, sagtest du? Er erscheint mir wie ein verzweifeltes Kind. War er schon immer so?

Nein, dachte Laire als Antwort. *Heute ist er irgendwie ... anders.*

Vielleicht hat er etwas an seiner Frisur verändert?, schlug Jillin vor.

Sie wusste nicht, woran es lag. Äußerlich war er unverändert, jedenfalls soweit sie das von dieser Distanz aus beurteilen konnte. Aber etwas an der Art, wie er redete, wie er sich an Grace klammerte, wie er mit allen Mitteln versuchte, seine Verzweiflung zu verstecken und damit genau die entgegengesetzte Wirkung erreichte ...

Er war anders. Vielleicht war er schon eine Weile so gewesen, und Laire war einfach nicht aufmerksam genug gewesen, um die Veränderung festzustellen.

Es war seltsam, sich nur in Gedanken ausdrücken zu können. Auf eine gewisse Art fühlte es sich beklemmend an. Sie konnte keinen Kopf schütteln, keine Augenbrauen zusammenziehen, keine Lippe schürzen, nicht den Blick abwenden. Erst jetzt fiel ihr auf, wie viel Mimik sie überhaupt an den Tag legte. Sie war in Jillins Körper eingesperrt.

Nicht eingesperrt, Liebes. Denk am besten nicht zu viel darüber nach. Das beunruhigt dich nur, glaub – Oh Scheiße.

Gemeinsam starrten sie auf die Wellensittiche, die auf einmal im Schneefall sichtbar wurden. Sie flogen aus allen Richtungen heran, auch an ihrem Baum vorbei, und versammelten sich hinter Taylors Rücken zu einer Wolke, wie zum Schutz.

Laire entschied sich dafür, das Offensichtliche auszusprechen – auszudenken. *Das sind die Wellensittiche, die noch übrig sind. Denkst du, die anderen haben alle Menschen bereits unsterblich gemacht?*

Jillin stimmte ihr zu. *Erscheint mir schlüssig. Sie sind in den Menschen verschwunden, oder nicht?*

Taylor schien nicht auf sie vorbereitet gewesen zu sein, denn als Grace auf sie deutete, drehte er sich um. Das gab Laire die Möglichkeit, ihn genauer zu betrachten. Es waren nicht seine Haare, die inzwischen nass an seinem Kopf klebten. Die Art und Weise, wie er sich verhielt, war anders. Wie er sprach. Das waren nicht seine Worte, die sie belauschten. Der Taylor, den sie kannte, war zwar stur und, ja, auch ein wenig emotional, aber auch klug und gütig. Wie konnte seine Verzweiflung so sehr die Oberhand ergriffen haben?

Sie war so in Gedanken versunken, dass sie erst merkte, dass Jillin den Mund geöffnet hatte, als sie bereits sprach.

»Es ist riesig? Die Erde ist so klein? Willst du damit andeuten, dass für die Zerstörung des Universums weitere Planeten vonnöten wären?«

Taylor Blick fokussierte sich auf sie, ohne jeden Funken Wärme. Ebenso gut hätte ein Dämon in ihm stecken können.

Und vielleicht bist du damit auch gar nicht weit von der Wahrheit entfernt, Phaith … Verzweiflung ist eine Einladung für Böses – oder zumindest Dunkles.

Auf einmal teleportierten sie. Jillin dachte so wenig über diesen Prozess nach, dass Laire keine Vorwarnung erkannt hatte und ein wenig erschrak, als Taylors wütendes Gesicht unerwartet nahe auftauchte.

Laire spürte, wie sie die Mundwinkel anhob. »Ich wäre beruhigt, wenn ich es nicht besser wüsste«, sagte Jillin. »Genau in diesem Moment werden im ganzen Universum zahlreiche andere Menschen auf den gleichen Weg geführt, den du gehst, Taylor. Sie alle denken, dass ihr Planet nichts auslösen wird … das wird für den Großteil auch stimmen, aber für genau einen Menschen ist diese Vorstellung eine Lüge. Ein Tropfen wird das Fass schließlich zum Überlaufen bringen. Einer dieser Planeten wird die Katastrophe herbeiführen.« Eine Pause. »Und? Bist du beruhigt, dass es nicht die Erde ist – anscheinend?«

Während Taylor offenbar überlegte, was zu tun war, und geistesabwesend Grace zu sich zog, die es geschehen ließ, redete Laire in Gedanken auf Jillin ein.

Ist das wahr? Ist es das, was Mirroanwi herausgefunden hat? … Jillin? Antworte mir!

Abgelenkt wedelte Jillin mit der Hand. Ihr Blick war auf Taylor fixiert. *Mirroanwi weiß viel zu wenig.*

»Was bist du?«, fragte Taylor. Bei der Frage bauschten sich die Wellensittiche hinter ihm drohend zusammen und schlugen angriffslustig mit den Flügeln. Anders als Laire es getan hätte, schenkte Jillin ihnen kaum Beachtung, geschweige denn einen besorgten Gedanken.

»Warum fragen das alle? Ich bin Jillin.«

Grace fing an, zurückzuweichen, Taylor an ihrem Arm. »Taylor …« Sie stolperte über ihre eigenen Füße und fiel beinahe hin, wenn Taylor sie nicht weiterhin festgehalten hätte.

»Ich weiß, was du sagen wolltest, Gracie: Taylor, hör auf mit diesem Unsinn!«, imitierte Jillin sie mit zuckersüßer Stimme. Sie hob eine Hand und … Laire wusste nicht, ob ihre Wahrnehmung sie trog, aber für den kurzen Moment, in dem ihre Hand bewegungslos in der Luft verweilte, sah es so aus, als wäre sie aus Schatten gewoben statt aus Haut. Jillin wollte etwas tun, doch als hätten die Wellensittiche es gespürt, reagierten sie.

Ein Teil löste sich vom Schwarm und schoss auf Jillin zu, der andere schirmte Taylor von ihr ab, als würden sie ihn beschützen wollen. Die Schnäbel auf Jillins Gesicht gerichtet, die Flügel an ihre kleinen fedrigen Körper gepresst, machten sie keine Anstalten, ihren Flug zu verlangsamen …

Jillin schien zu zögern, die Hand immer noch erhoben. Konnte sie nicht eine Art Superblitzstrahl auf die Vögel abfeuern und sie beide retten?

Jillin …, begann Laire, denn es kam keine Reaktion von ihr. Was immer sie ausbrütete, ging in einem anderen Teil ihres Bewusstseins vor sich, der größere Teil, von dem Laire abgeschottet war.

Es fühlte sich merkwürdig an, den Körper, in dem man steckte, ohne das eigene Zutun zu bewegen. Was auch immer Jillin fühlte, fühlte Laire. Und so fühlte sie erstaunt, wie sie sich ruckartig auf den Boden fallen ließ, eine flüssige Rolle unter den Wellensittichen vorbeimachte und sich einen Meter weiter wieder aufrichtete. Das alles dauerte nicht länger als eine Sekunde. Nicht einmal der beste Athlet wäre dazu imstande gewesen. Die Vögel zischten an ihnen vorbei und kamen dann zum Stillstand, mit aufgeregtem Flattern und grellem Fiepen.

»Überraschung!«, rief Jillin, während sie sich einzelne Flocken aus dem Haar schüttelte. »Ich bin auch eine Supermacht!«

Das ist lächerlich, kommentierte Laire, die zu überfordert war, um andere Werkzeuge als Sarkasmus aus ihrem Repertoire zu fischen.

Sie kam nicht umhin zu bemerken, dass sich Jillin nicht mehr mindestens genauso sarkastisch zu ihren Gedankengängen äußerte. Tatsächlich war sie sich unsicher, ob sich Jillin ihrer Gegenwart überhaupt noch bewusst war.

Jillin hob eine Augenbraue. »Haben wir dir nicht gerade eben gesagt, du sollst mit dem Unsinn aufhören?«

Einen Moment lang wirkte Taylor so, als würde er vor Verwirrung in Ohnmacht fallen. Seine Augen waren so groß, sein Blick so wild, dass Laire kurz dachte, dass das der wahre Taylor war. Ein Taylor frei von allen Mauern und Blockaden, die er um sich herum erschaffen hatte.

Doch dann nahm etwas anderes in ihm Gestalt an, seine Fäuste ballten sich zusammen und seine ganze Pose wurde angriffslustig. Er ließ Graces Arm gleichgültig los. Ein Schatten schien über ihn zu fallen, der seine Menschlichkeit dämpfte.

Die Stimme, die aus seinem Mund kam, war ebenfalls alles andere als menschlich. Laire hatte das Gefühl, ein Schauer müsste ihr über den Rücken laufen, als sie sie hörte, aber Jillin zuckte nicht einmal mit der Wimper.

»Was bist du?«, grollte Taylor. In seinen Augen blitzte ein Stück Dunkelheit auf.

Grace wich zurück, und als Taylor nichts davon merkte, machte sie größere Schritte rückwärts, doch stoppte abrupt, als die Wellensittiche ein warnendes Zwitschern von sich gaben.

»Nichts, was du erwartet hast.« Jillin zwinkerte. »Auf jeden Fall keine dieser schwächlichen Inkarnationen, die nur daneben stehen und nichts tun. Nicht wahr, Mirroanwi?«, rief sie über ihre Schulter zum Ahorn.

Es kam keine Antwort.

Jillin zuckte mit den Achseln. »Siehst du? Inkarnationen schweigen, ich rede. Bei dir ist es ähnlich, nicht wahr?«

Was?, dachte Laire, als sie nicht weitersprach.

Taylor schweigt, sie reden.

Sie reden? Was meinst du damit?

Das hier.

Jillin hob beide Hände und zwirbelte die Finger durch die Luft, die Handgelenke auf das Taylor-Wesen gerichtet. Nach und nach zeichneten sich dunkle Schemen in der Luft um ihn herum ab, bis Laire erkannte, was Taylor in einem Ring umhüllte.

Namenlose.

Sie waberten um ihn herum, und jetzt, wo sie von Jillin sichtbar gemacht worden waren, tropfte die Flüssigkeit auf den Boden unter ihnen. Das Schneegestöber um sie herum lichtete sich. Die schwarzen Lachen ließen den Schnee verdampfen, doch anstatt auch das Gras darunter zu verschmoren, schien es nur noch grüner zu werden und sich in der ölartigen Substanz zu räkeln.

Laire vermochte sie nicht zu zählen. Es hätten nur ein halbes Dutzend sein können oder eintausend, denn ihre Umrisse verflossen miteinander und machten es schwer, die Übergänge zu unterscheiden.

Doch das war gar nicht das, woran Laires Aufmerksamkeit hängen blieb.

Die schwarzen Fäden, die die Namenlosen mit Taylor zu verbinden schienen, beanspruchten ihre Gedanken.

Was ist das?, fragte sie, weil sie es sich beim besten Willen nicht erklären konnte.

»Das sind gestohlene Lebensfäden.« Jillin sprach die Worte laut aus. »Sie haben Taylors Lebensplan zerrupft, damit sie Kontrolle über ihn haben. Mit was habt ihr ihn geködert, hm? Mit Schmerz? Mit Wut auf das ganze Universum?«

Als die Namenlosen sie nur reglos anstarrten (jedenfalls ging Laire davon aus, dass sie sie anstarrten, denn Augen konnte sie nach wie vor nicht entdecken) brach Jillin, zu Laires höchster Überraschung, in Lachen aus.

Sie lachte so laut, dass ihr die Tränen kamen. Sie krümmte sich zusammen und hielt sich den Bauch. Laire spürte, wie ihre Augenwinkel feucht wurden.

Auf einmal schien es ihr wie die schlechteste Idee aller Zeiten, zu einer Verrückten in den Körper zu steigen.

»Schon gut, schon gut«, japste Jillin, sich mühsam wieder aufrichtend. Sie atmete schwer. »Ich bin nicht weniger verrückt als du, das weißt du doch. Aber …« Sie lachte kurz auf. »Sie waren schon immer so. So vorhersehbar. Wirklich, man sollte meinen, dass sie sich etwas von ihren großen Schwestern abgeschaut haben, aber nein. Wir waren immer diejenigen, die für Abwechslung gesorgt haben, Phaith.«

Sie setzte ein Lächeln auf, das weder zu dem ernsten Ausdruck in ihren Augen noch zu dem plötzlich düsteren Ton in ihrer Stimme passte. »Ich befehle euch jetzt, entgegen aller vorherigen Dinge, die von uns oder irgendjemandem sonst jemals zu euch gesagt wurden: Lasst das Universum in Frieden leben. Ach ja, und lasst diesen armen Jungen in Ruhe, meine Güte.«

Die Namenlosen starrten sie weiterhin an. Das einzige, was sich regte, waren die Lebensfäden. An ihren Enden leuchteten sie hell auf und sandten einen Impuls an Taylor.

Du bist nicht unsere Schwester«, dröhnte Taylor in dieser unnatürlich lauten Stimme. Sie vermischte sich mit anderen, sodass es klang, als würden mehrere Leute gleichzeitig sprechen.

Jegliche Spannung fiel von Jillin ab. Sie entkrampfte ihren Finger, der auf die Namenlosen gerichtet worden war, und schnipste wie jemand, dem gerade eine Idee gekommen war.

»Wisst ihr, was das Witzige ist?«, fragte sie. »Dasselbe ist mir gerade auch aufgefallen.«

Aus dem Augenwinkel nahm Laire wahr, wie sich jemand neben ihr materialisierte. Bevor sie einen Gedanken fassen konnte, wurde ihnen der Boden unter den Füßen weggerissen und Jillin sprach für sie beide einen Schmerzensfluch aus, als sie auf dem vereisten Untergrund aufschlugen.

Zwei Füße, die in knöchelhohen Lederschuhen steckten, schoben sich in ihr Sichtfeld. Jillin blinzelte nach oben, was angesichts des stetigen Schneefalls nicht einfach war. Sie erkannte jedoch genug, um erneut zu fluchen.

»Verdammt, Mirroanwi«, knurrte sie. Ihre Hände krampften sich in den kalten Schnee. Schnaufend streckte sie die Ellbogen durch, doch bevor sie sich aufrichten konnte, spürte sie einen Fuß in ihrem Rückgrat, der sie mit beständigem Druck unten festhielt.

»Wo ist Laire?« Mirroanwis Stimme klang wie ein Eissplitter, der sich durch zentimeterdicke Trollhaut grub.

»Ernsthaft?« Jillin versuchte erneut, sich aufzurichten, kam jedoch gegen Mirroanwis Fuß nicht an. »Ich bin gerade dabei, das Schicksal des Universums auszuhandeln, und du kommst auf die Idee, dass ich deine kleine Gefährtin versteckt hätte? Was hast du geraucht?«

»Das ist logischer Menschenverstand. Du bist an ihr interessiert, deswegen hast du sie entführt. Also sag, wo ist sie?«

Jillin verdrehte die Augen, die Zähne zusammengebissen. Mühsam hob sie den Kopf, um zu den Namenlosen hinüber zu schauen. Sie hatten sich nicht von Ort und Stelle bewegt. Von Grace war keine Spur zu sehen.

Sag es ihm nicht, bat Laire. Sie wollte nicht, dass Mirroanwi erfuhr, dass sie in Jillins Körper steckte. Dass sie freiwillig zugelassen hatte, in den Körper einer Verrückten zu wandern.

Tut mir leid, Phaith. Wenn du willst, dass ich das Universum rette, musst du mich meine Wege gehen lassen.

Kaum hatte sie das ausgesprochen, eruptierte eine Druckwelle von ihr und fegte sowohl den Schnee als auch Mirroanwis Füße weg. Jegliche Anstrengung vergessen, sprang Jillin auf. Mirroanwi lag am Boden und blickte erstaunt zu ihr auf.

»Tja, nur zu deiner Info, ich habe Phaith. Und sie spürt alles, was ich auch spüre. Sie ist nämlich hier drin.« Mit einem süffisanten Lächeln tippte sie sich an die Schläfe.

Etwas spiegelte sich in Mirroanwis Augen. Laire glaubte, es sei der Schock über Jillins Offenbarung, aber es stellte sich heraus, dass sie sich irrte. Und dass Jillin nicht dieselbe Schlussfolgerung gezogen hatte, denn sie wirbelte herum und wich so Grace aus, die, mit einer Axt bewaffnet, an ihr vorbeitorkelte. Der Schaft blitzte im Mondlicht auf, als sei er enttäuscht, sein Ziel verfehlt zu haben.

Moment. Das Mondlicht.

Jillin und Laire realisierten es in derselben Sekunde. Sie wandte den Kopf nach oben, um Zeuge davon zu werden, wie die grauen Wolken dem silbernen Mondlicht Platz machten und der Schneefall schwächer wurde, bis er schließlich aussetzte. Die einzigen Flocken am Himmelszelt waren die Sterne. Es geschah unnatürlich schnell, als würde jemand die Natur manipulieren.

Schrilles Gekreische zog ihre Aufmerksamkeit zur Seite, wo die Wellensittiche die einzige Wolke weit und breit bildeten. Doch auch mit ihnen geschah etwas. Ihr Gefieder wurde dunkler, jegliche Blau-, Grün- und Gelbtöne wichen daraus und stoben in farbigen Funken durch die Luft. Die schwarze Masse, die von ihren Körpern übrig blieb, floss in Strömen zu der Gruppe Namenlosen nieder, die nun, da der Schnee rapide schmolz, keinen so starken Kontrast mehr zur Umwelt bildeten.

Kurz vor den Namenlosen vereinigten sich die vielen Ströme zu einem einzigen Strom, der mit gewaltiger Kraft in Taylors Körper drang. Er stolperte einige Schritte zurück, jedoch nicht außerhalb des Kreises aus Namenlosen. Seine Brust wölbte sich nach außen und seine Muskeln schienen sich zum Bersten anzuspannen. Wie eine Dusche ergoss sich die Substanz über seinen Körper und bedeckte seine Haut, bis keine Pore mehr zu sehen war und seine Kleidung wie nasse Laken an ihm klebte.

Und dann, als alle für eine Sekunde sprachlos auf ihn starrten und nichts geschah, setzten sich die Namenlosen zum ersten Mal in Bewegung. Sie wuchsen, schienen ins Unendliche zu reichen, bis die Sicht auf Taylor vollkommen versperrt wurde.

Langsam drehte Jillin sich zu Mirroanwi und Grace um.

»Was lässt euch denken, dass *ich* die Böse bin?«, schrie sie. Der Zorn vibrierte in ihren Worten. »Warum lasst ihr mich nicht einfach meine Sachen machen? Warum kümmert ihr euch nicht einfach um euren eigenen Dreck, wie ihr es immer tut?«

Die beiden sahen genauso aus, wie Laire sich fühlte. Erschrocken. Überrascht über ihren plötzlichen Ausbruch. Nicht einmal sie, die ihre Gedanken teilte, hatte ihre Wut kommen sehen.

Jillin wedelte mit der Hand. Schwarze Ranken schossen aus dem Boden und wickelten sich um die Knöchel der beiden. Sofort versuchten sie, sich loszureißen, und als es mit purer Gewalt nicht funktionierte, fixierte Mirroanwi die Ranken. Laire war sich sicher, dass er versuchte, sie wegzuzaubern, doch es regte sich nichts. Grace ging sogar so weit, mit der Axt auf die Wurzeln einzuschlagen.

Aber die schwarzen Ranken schienen sich durch nichts einschüchtern zu lassen. Standfest blieben sie um ihre Knöchel gewickelt und hinderten sie daran, irgendetwas zu unternehmen.

Mehr Aufmerksamkeit hatte Jillin nicht für die Inkarnationen übrig. Ihre Wut schien verraucht zu sein.

Doch Laires Aufmerksamkeit blieb bei den Ranken. So, wie sie sich aus der Erde geschlungen hatten, wie dickflüssiger Teer … genauso hatten die Wellensittiche ausgesehen, als sie sich verflüssigt hatten. Und die Lachen, die von den Namenlosen tropften, bestanden aus derselben Substanz.

Jillin bediente sich derselben Magie wie die Namenlosen.

Das hat aber lange gedauert.

Laire wusste nicht, wie sie auf diesen Satz reagieren sollte, deshalb sagte sie überhaupt nichts und ließ Jillin weitermachen.

»Hey!«, rief sie, als sie bei der schwarzen Säule, zu der die Namenlosen sich ausgedehnt hatten, angekommen war. »Ich rede mit euch, huhu!«

Zuerst schien ihre Bemühung vergebens zu sein. Die Säule regte sich nicht und was auch immer in ihrem Inneren vorging, blieb der Außenwelt versperrt. Jillin wartete ab.

Schließlich wichen die Schatten. Nach und nach verblassten die Namenlosen, bis die Nacht die einzige Dunkelheit in dieser Welt war.

So dachte Laire jedenfalls, bis sie Taylor sah.

Seine Haut wirkte wieder normal; die Substanz war von ihm verschwunden. Alles an ihm wirkte normal, bis auf seine Augen.

Sie kam sich vor wie in einem Horrorfilm.

Das Schwarz seiner Pupillen hatte sich breitgemacht bis in die Augenwinkel, sodass jegliche Spur von Menschlichkeit vollständig verschwunden war.

»Wir hegen euch gegenüber keine feindlichen Absichten, Inkarnationen des Todes«, verkündete das Taylor-Wesen. *»Lasst uns in Frieden ziehen.«*

»Pah, als wäre ich eine Inkarnation des Todes.« Jillin stemmte die Hände in die Hüften. »Also ehrlich, ich fasse nicht, dass ihr mich nicht einmal ansatzweise erkennt. Ich bin immer noch zur Hälfte ich! Spürt ihr das nicht?«

»Du fühlst dich nicht an wie unsere Schwester«, erklärte es in einer erschreckenden Monotonie. *»Du fühlst dich nicht an wie ein Mensch. Also musst du eine Inkarnation des Todes sein.«*

»Das ist keine Schlussfolgerung, die ich akzeptiere!«

»Jillin, was ist mit ihnen los?«, fragte Mirroanwi. Ein kurzer Blick zurück verriet, dass sowohl er als auch Grace aufgehört hatten, sich gegen ihre Fesseln zu wehren.

Jillin schnaubte. »Du bist längst nicht mehr auf dem aktuellen Stand der Dinge. Nicht einmal deine neusten Beobachtungen sind das. Das Universum macht sich selbstständig? Nicht ganz.«

»So verhalten sie sich nicht«, fuhr er fort, als müsste er das Rätsel sich selbst gegenüber aufklären. »Sie sind der Ordnung des Universums verpflichtet. Was macht es für einen Sinn, wenn sie es nun zerstören wollen?«

Es war das erste Mal, dass er sich ohne Missfallen an sie wandte. In diesem Moment behandelte er sie wie eine Verbündete.

»Jillin!«, rief Grace, als diese nicht antwortete.

Doch Jillin hatte das Interesse an den Inkarnationen verloren.

»Was hast du jetzt vor?«, fragte sie das Taylor-Wesen.

Es verhielt sich unnatürlich still. So still, dass kein Zweifel mehr daran bestand, dass es sich dabei um etwas anderes als einen Menschen handelte. Jedenfalls nicht mehr.

»Die Dinge so ausführen, wie das Universum es vorsieht. Wir sind die Wächter und die Henker. Wir halten uns an den Vertrag. Lasst ihr uns in Frieden ziehen?«

Jillin stand da und schwieg. Von außen musste es so wirken, als würde sie nachdenken, aber Laire wusste es besser, denn sie konnte ihre Gedanken hören.

Phaith, ich brauche dich jetzt. Erinnerst du dich an irgendetwas? Auch nur an eine Kleinigkeit?

Laire hätte gern geseufzt. Das war der schlechteste Zeitpunkt in der Geschichte des Universums, um jetzt damit anzufangen. *Ich erinnere mich an nichts. Auch nicht an die Dinge, die du mir gezeigt hast. Ich heiße Laire, nicht Phaith.*

Bitte, versuch es! Die Verzweiflung, die sie weder den Namenlosen noch den Inkarnationen zeigte, war nur für Laire sichtbar. *Ich brauche dich. Ohne dich kann ich sie nicht aufhalten. Ich dachte, sie würden mich vielleicht auch so erkennen. Aber wir sind beide, zusammen, ihr Oberhaupt. Sie hören nicht auf mich, aber sie würden auf uns hören.*

Jillin, ich weiß echt nicht, was du von mir willst. Was passiert hier? Ich weiß nichts! Oh Gott, wird Taylor für immer besessen sein? Wird er jemals wieder normal sein?

Jillin ging darauf nicht ein. Sie beharrte auf das eine Thema, das Laire unmöglich nachvollziehen konnte. *Ein kleiner Funke Erinnerung reicht auch schon. Erinnerst du dich an deine Magie? Du musst es jetzt versuchen, denn ich weiß nicht, wie viel Zeit uns bleibt, bis sie die Geduld verlieren.*

Ich kann mit dem Ki zaubern, mehr nicht! Ich kann nicht mal mein Bewusstsein öffnen!

Ein Bild durchzuckte sie, die Erinnerung an das Buch, das immer noch auf der Theke in *McKelly's* lag. Und an den Laserstrahl.

Jillin hatte es auch gesehen.

Was war das? An was hast du dich erinnert? Phaith, du bist das Erbe des Nichts. Wir sind beide seine Erben. Die Magie liegt in unserem Blut. So etwas kann man nicht vergessen.

Unruhe trat beim Taylor-Wesen ein. Es spreizte seine Hand, einmal, zweimal. »*Wir fragen noch einmal: Lasst ihr uns in Frieden ziehen?*«

Du hast die Magie doch gespürt, als ich die Ranken beschworen habe! Hat sich da nichts in dir geregt?

Ich bin nicht Phaith!

Auch wenn sie Jillins Erinnerung gesehen hatte. Auch wenn es ganz unverwechselbar ihr Körper gewesen war, der dort im Universum geturnt war.

Ein frustrierter Laut entwich Jillins Kehle. Ihre ruhige Maske nach außen hin bröckelte; aufgebracht fegte sie sich die Haare über die Schulter, die ihr seit dem Sturz nass im Gesicht klebten. Wenige Meter trennten sie noch vom Taylor-Wesen, und Jillin – Jillin stapfte los. Mit jedem Schritt krampfte sich Laires Bewusstsein mehr zusammen. Ihr wurde unwohler, je näher sie diesen beklemmenden Augen kam. Wo war Taylor? War er noch in seinem Körper, oder – oder hatten die Namenlosen ihn als unwichtige Platzverschwendung angesehen?

Mit einer Armlänge Abstand blieb Jillin stehen. Laire spürte, was sie vorhatte, und hielt es sofort für eine unheimlich schlechte Idee.

Jillin bohrte den Zeigefinger trotzdem in Taylors Shirt. Die Haut darunter fühlte sich definitiv warm und menschlich an. Vielleicht war Taylor also doch noch irgendwo dort drinnen.

Zentimeter für Zentimeter brachte Jillin ihr Gesicht näher an Taylors und an die schwarzen Augen der Namenlosen.

»Du bist mir damals aufgefallen, damals im April, weißt du? Durch deine clevere Aktion hast du dich bemerkt gemacht. Als du sie beschworen hast, haben sie deine Schwäche gesehen, und sie haben dich ausgenutzt, Taylor Tyler. Von diesem Zeitpunkt an warst allein du schuld an deinem Elend.«

Das Taylor-Wesen öffnete den Mund. »*Es ist unfair.*«

Jillin schnaubte. »Ich kenne euch, seht ihr das nicht? Ich bin eure Schwester, und es ist eure Pflicht, auf mich zu hören. Noch bevor ihr euch an den Vertrag haltet.«

Das Taylor-Wesen schwieg eine Zeitlang. Im Nachhinein stellte sich Laire gern vor, dass in seinem Inneren eine Diskussion zwischen den Namenlosen stattgefunden hatte, bei der alle durcheinander gerufen hatten. Das machte die Wesen weniger unnahbar und half, Laires spätere Alpträume zu vermindern.

»Der Vertrag ist gebrochen. Ihr werdet uns nun friedlich von diesem Planeten ziehen lassen.«

Wieder sah Laire, was Jillin plante, bevor sie es unternahm.

NEIN!, schrie sie, doch niemand hörte sie.

Jillin neigte den Kopf. »Wir werden euch in Frieden ziehen lassen.« Jegliche Gefühle waren aus ihrem Ton verschwunden. Fast klang sie genauso monoton wie die Namenlosen, wäre da nicht die Resignation gewesen, die wie aus großer Entfernung in Laires Bewusstsein schien.

Dann fügte sie etwas hinzu, das Laires Sympathie weckte: »Aber lasst den Jungen hier.«

»Der Junge hat sich uns untergeordnet. Er wird uns als Gastkörper dienen, solange wir unsere Arbeit verrichten.«

Ohne jegliche dramatischen Effekte löste sich Taylor in Luft auf und hinterließ nur die Lachen, die in einem Kreis um ihn angeordnet waren. Er selbst hatte keine Substanz abgesondert.

Das liegt daran, dass sie Magie brauchen, wann immer sie sich zeigen. Jetzt sind sie in einem Körper, und können sich ihre Magie für andere Dinge aufheben, wie zum Beispiel —

Danke, aber eine Unterrichtsstunde ist das Letzte, was ich brauche.

»Jillin! Warum hast du sie gehen lassen?«, rief Mirroanwi. »Wir hätten sie aufhalten können, sie unterstehen dem Vertrag.«

Ehe Jillin etwas sagen konnte, schüttelte Grace den Kopf.

»Hast du nicht zugehört, Mirroanwi?«, antwortete sie an Jillins Stelle. »Der Vertrag ist gebrochen. Sie dienen nicht länger dem Schutz des Universums.«

»Nein!« Mirroanwi stemmte die Füße gegen die Ranken und purzelte auf seinen Hosenboden, als Jillin den Zauber brach. Die Ranken fielen in den schwarzen Schleim zusammen, der Laire bereits vertraut war, und machten das Gras an der Stelle grüner.

Die Magie des Nichts versprach Unheil, brachte jedoch Leben.

»Wir sind die Inkarnationen des Todes! Wir hätten es mitbekommen, wenn der Vertrag gebrochen worden wäre. Wir wüssten es, wenn die Unsterblichen —«

»SIE HABEN AUCH NAMEN!«

Die Heftigkeit ihrer Worte zuckte durch Laires Bewusstsein wie ein Blitz, der sie elektrisiert zurückließ. Für den Bruchteil einer Sekunde spürte sie all den aufgestauten Zorn, der in Jillin brodelte, und von dem ein Quäntchen ans Tageslicht geschwappt war.

Mehr gelang nicht hinaus, denn Jillin nahm einen tiefen Atemzug und schaffte es so, sich unter Kontrolle zu bringen. Es fiel ihr nicht leicht, es zuzugeben, aber Laire bewunderte die Kontrolle, die Jillin entgegen allen Anscheins über sich selbst zu haben schien. Sie konnte von fröhlich zu zornig wechseln, von arrogant zu ehrlich. Eine jahrtausendelange Übung mit der Palette der Emotionen schien hinter ihr zu liegen.

»Sie heißen Valeen und Raelle«, fuhr Jillin fort. »Sie haben sich gestritten, und unsere Aufgabe war es, sie zusammenzuführen. Nein, halt, ihr könnt euch euren Protest sparen, ihr alle beide. Der Tod ist nicht so allwissend, wie ihr denkt. Phaith und ich, wir haben es über die Jahrmillionen geschafft, das ein oder andere Detail vor euch zu verbergen. Ha, ihr habt selbst unsere Existenz nicht bemerkt! Und als der Vertrag gebrochen wurde —« Etwas wie Ekel oder Schmerz erstickte ihre Worte, ehe sie es hinunterschluckte. »Ihr seid blinde Nichtsnutze!«

Das brachte Mirroanwi und Grace für eine lange Zeit zum Schweigen. Zeit genug, damit Laire die Frage stellen konnte, die hoffentlich auch in den Köpfen der anderen spukte:

Warum haben die Namenlosen gefragt, ob wir sie ziehen lassen? Sie sind so mächtig. Sie hätten uns einfach beseitigen können, so wie sie Taylor beseitigt haben.

Jillin machte eine Geste über die Hügelkuppe, auf der sie standen, und die Lachen der Namenlosen versickerten in der Erde. An deren Stelle sprossen violette Blumen, die dieselbe Farbe wie Jillins Haare hatten.

Die Namenlosen, wie du sie nennst, sind nicht nur namenlos. Sie denken auch sonst wie kein Lebewesen dieses Universums. Sie unterscheiden nicht in Gut und Böse, sondern in Dinge, die getan werden müssen, und Dinge, die unnötig sind zu tun. Sie haben die Erde unsterblich gemacht. Das zählt zur ersten Kategorie. Sie denken nicht, dass wir sie aufhalten können, deshalb waren sie nicht feindselig. Da hast du deine zweite Kategorie.

Sie betrachtete die Blumen. Obwohl sie einige Meter entfernt stand, sah Laire durch ihre Augen hindurch, wie die Kelche sich schlossen, darauf wartend, dass das Sonnenlicht sie am nächsten Morgen weckte.

Grace hatte sich der Axt entledigt; zumindest waren die Feindseligkeiten auf ihrer Seite für den Moment beseitigt. »Das Universum ist noch nicht sicher«, merkte sie an, als niemand anderes das Wort erhob. Ihr nüchterner Tonfall passt zu der Grace, die Laire kennengelernt hatte. Ein Wesen ohne Emotionen. Ein Wesen, das nur menschlich gewesen war, solange es unter Menschen verkehrt hatte.

»Es werden in naher Zukunft noch ganz andere Planeten unsterblich sein«, brummte Jillin. »Bald wird es lauter Menschen geben, die wie Taylor unter dem Einfluss der Namenlosen stehen. Mit ihm als Gastwirt wird es noch schneller gehen.« Sie legte eine Pause ein. Vermutlich war Laire die einzige, die merkte, wie sehr diese Nacht an ihren Kräften zehrte. »Zuerst müssen wir uns um die Erde kümmern, und dann um den Rest.«

Aber wenn wir die Namenlosen nicht aufhalten können … das hast du doch gerade gesagt.

»Falsch, Phaith.« Jillin grinste. »Ich habe gesagt, dass sie *denken*, dass wir sie nicht aufhalten können.«

Bei ihren Worten war Mirroanwi hellhörig geworden. »Lass Laire wieder raus.«

»Du willst, dass ich jetzt sofort ihr Bewusstsein befreie, damit es orientierungslos durch die Materie schwebt, sich überall anstößt und sich am Ende noch verletzt?« Jillin verdrehte die Augen. »Reg dich ab, sie ist freiwillig in meinem Kopf. Keine Sorge, ihr Körper ist auf Charleston und ich habe das Zimmer abgeschirmt. Es wird ihr nichts zustoßen. So, und wenn das jetzt geklärt wäre – ich kenne genau zwei Möglichkeiten, wie man die Erde retten kann. Und da Phaith sich an nichts erinnert und ihre Magie nicht einsetzen kann, bleibt nur noch eine davon übrig.«

Mirroanwi setzte zum Sprechen an, doch Grace schob sich vor ihn, das Kinn erhoben.

»Ich mache es.«

Betretenes Schweigen. Von Jillins Seite vermutlich nur, weil sie gedanklich mit Laire sprach, aber Mirroanwis Reaktion war ohne Zweifel echt.

Worüber redet ihr?, wollte Laire wissen. Die Dinge geschahen ihr definitiv zu schnell.

Ein tiefer, gedanklicher Atemzug von Jillin. *Das Problem ist, dass sich das Universum nicht mehr mit derselben Kraft ausdehnt wie in den letzten Jahrmillionen. Das dürfte Mirroanwi dir schon erklärt haben. Ihm fehlt die Energie der Erde, das Leben und Sterben der Menschen, Tiere und Pflanzen. Die energetische Verbindung von jeder einzelnen Seele muss wiederhergestellt werden, damit die alte Kraft wieder wirken kann und das Universum nicht in sich zusammenfällt.*

Das erschien Laire schlüssig. Es vereinte all das Wissen, das Mirroanwi ihr gelehrt hatte.

Während Jillin fortfuhr, beobachtete sie Grace, die sich an ihnen vorbeischob, fokussiert auf etwas, von dem Laire noch nichts wusste, aber sehr wohl etwas ahnte.

Grace hatte fast die frisch entstandene Blumenwiese erreicht. Doch sie war gezwungen, anzuhalten, da Mirroanwi zu ihr aufgeschlossen war und sie am Handgelenk festhielt. Grace verharrte einen Moment lang, bis Mirroanwi sie gehen ließ. Es war, als hätte eine stumme Kommunikation zwischen ihnen stattgefunden.

Er weiß, dass es die einzige vernünftige Lösung ist.

Laire verstand immer noch nichts. *Aber – was heißt das? Wohin geht sie?*

Sieh selbst.

Nach wenigen Metern blieb Grace stehen. Sie sah zum Mond auf, der hell über der Landschaft hing. Die ganze Welt stand still. Laire schwirrte der Kopf.

Als würde Grace etwas rezitieren, sprach sie die Worte klar und deutlich aus, richtete sie gezielt ans Universum. Ohne ein Zittern in der Stimme, ohne einen Zweifel im Ton.

»Ich bin Grace Hathaway, eine Inkarnation des Todes. Der Dienst, den ich in der Welt verrichtete, ist nun zu Ende. Die reine Energie meiner Seele soll die Erde erfüllen und jede abgebrochene Verbindungen wiederherstellen. Ich, als Inkarnation, opfere mich, und kehre freiwillig zu meiner Quelle zurück.«

Ihre Worte verklangen in der Stille. Niemand wagte es, einen Laut zu machen.

Allmählich wurden Graces Umrisse von einem Licht erhellt, einem Licht, das von ihr selbst ausging. Während sie die Arme gen Himmel hob, fing ihr Körper an, zu flimmern. Es war nicht vergleichbar mit einem Bildschirm, der das Signal verloren hatte. Es schien, als hätten tausende Glühwürmchen jeden Zentimeter ihrer Haut besetzt.

In letzter Sekunde, bevor das Flimmern so stark geworden wäre, dass es ihren Körper unkenntlich gemacht hätte –

Es geschah etwas, das selbst Jillin vor Schreck zurückstolpern ließ. Mit einem Mal vervielfachte sich Graces Präsenz auf dem Hügel. Laire konnte ihre Anwesenheit so deutlich spüren, als wäre sie etwas Greifbares. Die Luft nahm an Gewicht zu, lagerte sich auf Jillins Gliedern ab, zwang sie, langsamer zu atmen. Rosmarin-Duft umwehte die Anwesenden wie ein Witz, der noch auf seine Pointe wartete. Die Sonne, die in Grace brannte, verbrannte sie alle.

Das ist nicht länger Grace, japste Jillin in Gedanken. Die Veränderung machte ihr mehr zu schaffen als Laire angenommen hatte.

Grace leuchtete so stark, dass Laire den Eindruck erhielt, sie müsste jeden Moment verglühen. Ihre Augen waren von Licht erfüllt. Dennoch erkannte Laire, dass Jillin Unrecht hatte: Ein winziger Funken von Graces Wesen verweilte in dem Blick. Ein Ausdruck, der im Vergleich zu dem fremden Licht so unglaublich menschlich war, ein Adjektiv, das Laire nie geglaubt hatte, mit Grace in Verbindung zu bringen.

Die Präsenz in ihr war noch unmenschlicher als die unmenschlichste Inkarnation.

Und duftete nach Rosmarin.

»Laire.« Es überraschte sie, als Grace sie ansprach. Ihre Stimme war verzerrt, als müsste sie ihre Organe zur Funktion zwingen. Aber es war definitiv Grace. »Heile Taylor. Es ist … es ist kein Zufall, es ist schwer, zu sprechen … ich erkenne alles … die Wächter haben die Stränge nicht gezogen, eine Seele ist entkommen, der Anfang ist nicht mehr der Anfang – die Unmöglichkeit von allem, was geschehen ist, ist kein Zufall …« Ihr Gesicht verzog sich unter all dem Licht. »Ich kann nicht mehr –«

Mirroanwi schritt auf sie zu, trotz des Lichts. Mit einer Hand umschloss er ihre glühende Wange. »Grace, gib nach«, sagte er in einem liebevollen Ton. »Wir werden schon alles regeln.«

Und erst, als ihr Körper noch heller glühte, als Laire es jemals für möglich gehalten hatte, begriff sie, dass der Tod selbst es war, dessen übermächtige Präsenz sie spürte. Vermutlich war es der Rosmarin-Duft gewesen, der ihre Sinne getrübt und ihre Auffassungsgabe verlangsamt hatte.

Oder vielleicht war es nur das schiere Wunder an sich.

Eine fremde Stimme drang aus Graces Mund. »*Folgt ihm nicht. Unternehmt nichts. Lasst den Dingen ihren Lauf, ohne alles zu vereiteln.*«

Jillins Ohren fühlten sich an, als würden sie jeden Moment Feuer fangen. Laire wollte weg, sie wollte laufen, aber sie hatte keine Beine. Sie wünschte, Jillin würde die Flucht für sie übernehmen, Laire drängelte sie dazu, aber Jillin tat nichts dergleichen. Sie starrte Grace an.

Nein, nicht Grace. Den Tod.

Wie war das möglich? Mirroanwi hatte behauptet, der Tod wäre keine Person. Hatte er von ihr Besitz ergriffen?

Der Tod taxierte Jillin. Laire hatte das Gefühl, sein Blick würde sich tief in ihren Verstand bohren. »*Du ähnelst einem alten Freund von uns, das ist uns schon damals aufgefallen.*«

»Wann damals?«, erwiderte Jillin.

»*Beim ersten Mal. Halte dich raus.*«

In Jillin brodelten noch alle Arten von Fragen, aber bevor sie eine davon stellen konnte, blitzte Grace auf, so hell, dass selbst Jillin ihren Blick abwenden musste.

Mirroanwi murmelte etwas, das nur Laire galt: »Was ist das hellste Licht im Universum?«

Die Hitze des Lichts schlug Jillin entgegen. Noch während Grace die Arme senkte, zerfielen ihre Fingerspitzen zu feinen glühenden Flocken. Das Gras verkohlte unter ihrer Berührung. Nach und nach löste sich ihr ganzer Körper auf, bis nur noch ihre Augen blieben, die wie zwei Lichtkugeln in der Luft schwebten. Auch sie lösten sich auf und schlossen sich der Wolke aus Lichtflocken an, die sich daraufhin in Bewegung setzte, sich ausdehnte wie ein Teppich, um über die Landschaft zu treiben. Ein Teil setzte sich über London ab, über die Nebenorte. Der andere Teil erhob sich zum Himmel, um weiter über die Erde zu ziehen. Für einen Wimpernschlag wurde die Nacht zum Tag erhellt, während Licht auf die Erde regnete. Ein summender Ton begleitete das Spektakel, so intensiv, dass er in jeder Körperzelle vibrierte.

Als Jillin das nächste Mal blinzelte, war die silberne Dunkelheit der Nacht wieder zurück. Diesmal brauchte Laire keine Erklärung von ihr.

Man sah zwar nichts mehr, aber sie wusste, dass in diesem Moment das Wichtigste geschah, das seit langer Zeit auf der Erde geschehen war. Und gerade das wirklich Wichtige sah man nur selten mit bloßem Auge.

25. Kapitel
Wenn alles gesagt und getan ist

Die Welt war ein Film und Laire war die arme Seele, bei der der Pause-Knopf kaputt war.

Das war die einzig halbwegs vernünftige Metapher, die ihr in den Sinn kam. Vielleicht entschuldigte das Fehlen ihres tatsächlichen Gehirns ihre Langsamkeit oder die Tatsache, dass sie weder eine Inkarnation des Todes war noch eine Unsterbliche, bei der man nur mit sehr vielen Grauzonen von einem gesunden Verstand sprechen konnte. Laire war nur ein Mensch, und als solcher konnte sie nur eine bestimmte Anzahl von außergewöhnlichen Dingen auf einmal aufnehmen.

Dementsprechend erlebte sie die folgenden Geschehnisse wie in einer Traumwelt; sie war sich deren Prozess bewusst, aber im Nachhinein konnte sie sich nur bruchstückhaft daran erinnern.

Fakt war, dass Jillin mit ihrer Magie die Erde vom Rest des Universums abschirmte, damit die Namenlosen nicht zurückkehrten. Das war der Vorfall, der Laires Erinnerungen am meisten zum Wabern brachte.

Anschließend teleportierten sie und Mirroanwi zurück auf Charleston und Jillin enthüllte das Gästezimmer wieder, in dem sie Laires Körper in unverändertem Zustand vorfanden. Laire spürte eine übermäßige Erleichterung, als sie ihre vertrauten Gesichtszüge sah. Ihr ganzes Bewusstsein schien in Richtung des Bettes zu streben. Sie nahm nicht mehr wahr, wie Mirroanwi Vorwürfe äußerte über die Risiken, die so ein Bewusstseinstransfer mit sich brachte, und wie Jillin sie alle mit eiskalter Verachtung in den Wind schleuderte.

Der Mittelpunkt ihrer Welt war in diesem Moment nur ihr eigener Körper, und das Gefühl, das sie bekam, als Jillin sie schließlich zurückbrachte, war eines, das sie nie wieder vergessen würde. Von da an lernte sie, die Kontrolle wertzuschätzen, die ihr Geist über ihre Muskeln ausübte. Wie sie innerhalb von einer unmessbaren Zeitspanne ihre Finger bewegen konnte, mit ihren Zehen wackeln, ihre Nasenspitze nach oben und nach unten dehnen konnte und wie sich ihr Mund dabei zu den merkwürdigsten Grimassen verzerrte – das waren Dinge, die ihr vorher selbstverständlich vorgekommen waren.

Ihr zuverlässiges Gedächtnis setzte dann wieder ein, als sie am Vormittag in ihrem eigenen Bett erwachte, in ihrer Wohnung in Edinburgh. Auf der Erde, wo jeder wieder sterben konnte.

Sie hätte nie gedacht, dass sie einmal so erleichtert über den Tod sein würde.

Der Duft nach frisch gewaschenen Laken umgab sie und als sie sich umwälzte und ihre Nase im Kopfkissen vergrub, nahm er noch zu. Mit geschlossenen Augen schmunzelte sie, eine Bewegung, die sie in vollen Zügen genoss.

»Aufstehen, kleine Krähe.«

Beim Klang seiner Stimme wich die letzte Müdigkeit aus ihrem Geist und Laire drehte sich auf den Rücken, um Mirroanwi anzulächeln. Auch er wirkte gewaschen und frisch: Alles von den chaotischen letzten Tagen war entfernt worden. Er trug ein neues Karohemd, das nicht Colin gehört zu haben schien, und eine Stoffhose, die ihr auch vollkommen unbekannt war.

Bei ihrem Lächeln wurde seine Miene heller, als sie es ohnehin schon gewesen war. Laire beobachtete, wie die Sonnenstrahlen mit seinen Haarspitzen spielten, und genoss es, Herrin über ihren eigenen Blick zu sein.

»Hallo«, hauchte sie. Es war nur wenige Stunden her, seit sie zuletzt mit ihren eigenen Stimmbändern gesprochen hatte, und doch fühlte sich auch das wie ein Wunder für sie an.

Sicherlich würde sie sich furchtbar für ihre Gedankenfetzen schämen, wenn sie sie später zu Papier brachte. Sie klangen, als würden sie zu jemandem im Drogenrausch gehören.

Behutsam setzte sich Mirroanwi neben sie auf die Bettkante. Sie wühlte ihre Hand durch die in sich verwickelte Bettdecke, damit er sie in seine legen konnte.

»Wie geht es dir?«, fragte er sanft. Sie beide schienen die magische Atmosphäre dieses Morgens nicht zerbrechen zu wollen.

Gleichzeitig wunderte sie sich, ob die anderen Menschen der Erde genauso empfanden. War ihnen bewusst, dass sie für wenige Stunden unsterblich gewesen waren? Fühlten sie sich anders?

Laire beschäftigte sich so sehr mit dieser Frage, dass sie beinahe vergessen hätte, zu antworten.

Sie nickte. Ja, es ging ihr gut. Besser denn je.

»Es tut mir leid.«

Wieder nickte sie nur, denn sie hatte ihm bereits vergeben. So sehr sie es auch wollte, er war kein Mensch. Und als solcher fiel es ihm schwer, menschliche Gefühle nachzuvollziehen.

»Wir haben den Tod gesehen«, flüsterte Laire.

»Verschwende keine Zeit an die Dinge, die Grace gesagt hat. Sie ist mit dem Tod verschmolzen und hat alle Gedanken wahrgenommen, die er und jede Inkarnation vor ihr geäußert hat.«

»Grace. Sie hat mit der reinen Energie ihrer Seele die Matrix wiederhergestellt, oder? Jede einzelne, die die Wellensittiche blockiert haben?«

»Wie es aussieht, ja.«

»Ist Grace wirklich tot? Was ist, wenn Taylor stirbt?« Es war, als würde die wohlige Blase, in der sie sich befanden, einen Riss bekommen. »Wird er …« Sie las die Antwort in seiner Miene und ihre Stimme wurde leiser. »Er wird ganz allein sein. Er … er ist ganz allein da draußen. Wo ist er?«

Den Blick gesenkt, strich er über ihren Handrücken. »Lass diese Dinge meine Sorge sein, kleine Krähe. Ich breche gleich auf.«

Eine kalte Beklemmung schlich ihren Rücken hinauf, und nicht einmal die warme Matratze unter ihr kam dagegen an. »Wohin?«

»Ich will mich nur kurz im Universum umschauen. Die Unsterblichen – ich kann es nicht richtig glauben. Ich muss mich mit eigenen Augen vergewissern, dass der Vertrag gebrochen ist.«

Ein Stein fiel von ihrem Herzen. »Oh Gott, zum Glück.« Auf seinen irritierten Blick hin fügte sie hinzu: »Ich dachte, dass du mich verlässt. Obwohl wir noch nicht mit allen Lektionen durch sind.«

Da beugte er sich nach vorne und gab ihr einen Kuss auf die Stirn, so leicht wie die Feder eines Wellensittichs. »Der Tod hat Regeln, und solange es die gibt, musst du keine Angst haben, dass ich plötzlich verschwinde.«

Als er sich erheben wollte, verhinderte Laire das, indem sie seine Hand fester umgriff. »Ich will trotzdem nicht, dass du gehst. Auch nicht kurz.«

»Ach nein?« Er wirkte belustigt.

Aber Laire war es nicht. »Nein«, erwiderte sie mit fester Stimme. »Es gibt andere Inkarnationen, die sich umschauen können. Es gibt den Tod, der das machen kann. Aber du bist meine Inkarnation. Ich will, dass du bei mir bleibst.«

Schwerfällig setzte sie sich auf und war froh, als sie dabei nicht ächzte, wie sie es erwartet hatte.

»Du bist mein bester Freund, und ich liebe dich unendlich. Ich will nicht, dass du gehst, jemals. Und weil du der Meinung bist, dass du irgendwann trotzdem gehen musst, werde ich jede einzelne Sekunde dieser Zeit mit dir verbringen, bis ich dich vom Gegenteil überzeugt habe.«

»Das klingt nach einer Ewigkeit.«

Laire hob eine Augenbraue. »Hast du was dagegen?«

Mehrere Herzschläge vergingen, ehe er antwortete. »Es gibt keinen Menschen, mit dem ich eine Ewigkeit lieber verbringen würde.«

Am Nachmittag stand Laire in ihrem Ankleidezimmer und räumte auf. Seit Grace zusammen mit einigen Kleiderbügeln aus dem Schrank gefallen war, hatte sich niemand um die Unordnung gekümmert.

Während des Mittagessens hatte Mirroanwi ihr einige Informationen zu der vergangenen Nacht geliefert. Am meisten gefiel ihr die Erzählung, wie tausende von Inkarnationen im Thronsaal der Königin erschienen waren, um ihre Gefährten und Botschafter nach Hause zu bringen.

»So viele Inkarnationen auf einmal hätte ich gern gesehen«, hatte Laire gesagt. »Aber wird es jetzt nicht eine ganze Generation von Botschaftern geben, die nicht ihren Inkarnationen begegnen werden, wenn sie sterben?«

Zögernd hatte Mirroanwi ihr zugestimmt; die Tatsache schien ihm Unbehagen zu bereiten. »Jeder bekommt seinen Tod nur ein zweites Mal zu sehen.«

Laire hatte stumm darüber nachgedacht und ihr Müsli aufgegessen. Dank Mirroanwis Ki stapelten sich neue Packungen in ihrer winzigen Küche.

Zu ihrem Vater ins Erdgeschoss hatte sie nicht gehen wollen, und auch jetzt strebte sie sich gegen diese Pflicht. Nichts anderes war es: Ihre Mutter war tot, ihre Schwester lag im Koma, und Laire musste früher oder später zu ihrem Vater gehen und ihm Trost spenden. Ihm die Dinge erklären. Und es war dringend nötig, dass sie selbst gründlich trauerte.

Laire fragte sich, warum ausgerechnet ihre Mutter der Auslöser für die Evakuierung gewesen war. Warum sie das erste und letzte Opfer gewesen sein musste. Gehörte das zu den Dingen, die im Lebensplan angegeben waren? Oder zählte das als Unfall?

Und angenommen, die Namenlosen wären diejenigen, die den Botschaftern Aufträge zusteckten, um Ordnung in den Lebensplänen der Seelen zu halten – würde es fortan nur noch Unfälle geben? Jetzt, wo sie dem Universum nicht mehr in ihrer Funktion als Wächter dienten?

Und wo trieben sich diejenigen herum, die Taylors Körper an sich gerissen hatten? Wo *war* Taylor?

Und diese Erinnerungen, die sie in Jillins Kopf gesehen hatte … Erinnerungen von einer anderen Laire, einer älteren Laire, die gar nicht möglich sein dürften. Von Phaith. Konnte es sein, dass Jillin nicht so verrückt war wie gedacht?

Zu was machte das Laire, die sich als vernünftig betrachtet hatte?

Genau diese Fragen waren der Grund, weshalb Laire an einem sonnigen Augustnachmittag ihren Kleiderschrank aufräumte. Sie gab es ganz offen zu, ohne dabei Schuld zu empfinden: Sie versteckte sich vor der Zukunft.

Der Moment, in dem sie wusste, dass sie nicht mehr die einzige in dem kleinen Raum war, trat ein, als sie gerade einen Kleiderbügel vom Boden aufhob.

Ohne sich umzudrehen, stülpte sie eine heruntergefallene Bluse über den Bügel und hängte ihn zurück auf die Stange. »Was ist?«, fragte sie. »Fertig mit *The OA*?«

Die Stimme, die antwortete, gehörte nicht Mirroanwi. Was sie zugegeben ein wenig aus der Bahn warf. So sehr, dass sie den Stuhl an sich riss, herumschnellte und ihn schützend vor sich hielt.

»Ich wünschte, ich wüsste, wovon du sprichst«, antwortete Jillin lächelnd.

Womöglich sollte es ihr zu denken geben, wie schnell sich Laire von Jillins plötzlichem Auftauchen beruhigte. Ihr Herz schlug wieder im gewohnten Takt und ihre Muskeln entspannten sich, sodass sie den Stuhl wieder abstellen konnte. Alle Kleidungsstücke, die sie zuvor gefaltet und auf die Sitzfläche gelegt hatte, lagen am Boden, womit die Unordnung wiederhergestellt war.

Seit ihren gemeinsamen Stunden in einem Körper erschien Jillin ihr nicht mehr als die erschreckend gruselige Person, die an den unerwartetsten Orten auftauchte und überall dort ein Chaos hinterließ. Nun war es ihr möglich, mit einem fast vollständig guten Gewissen das Wort *erschreckend* zu streichen.

»Kannst du nicht klopfen? Du bist schon die dritte, die unangekündigt in meinem Kleiderschrank erscheint. Langsam wird meine Privatsphäre davon bedrängt.«

Jillin verschränkte die Arme und lehnte sich gegen die weiße Wand. Ihr Kleidungsstil war wieder in die verrückte Richtung gewandert. Eine Hose mit weiten Hosenbeinen, die Laire den Achtzigern zuordnete, und darüber ein bauchfreies schwarzes Oberteil, das allerdings so zerrissen war, dass es nur mit ganz viel Augen zusammenkneifen als bauchfrei durchgehen konnte.

»Denkst du, du wirst dich je wieder in Ruhe umziehen können?«

Laire zog die Nase kraus. »Daran hatte ich noch gar nicht gedacht.«

»Immer gern.«

Laire ließ den Kleiderhaufen, den sie über ihre Schulter geworfen hatte, fallen. Das würde ein längeres Gespräch werden. Seufzend ließ sie sich auf den Stuhl sinken. »Warum bist du hier?« Sie hatte gehofft, wenigstens für einige Tage der Realität entfliehen zu können. Eingesperrt im Dachgeschoss.

»Du hast mir etwas versprochen, schon vergessen?«

»Richtig.« Natürlich erinnerte sie sich. Sie hatte gehofft, Jillin hätte es vergessen. »Ich soll dir helfen, meine Erinnerungen zu suchen.«

»Nicht zu suchen. Ich weiß, wo sie sind.«

»Und wo sind sie? Und fang erst gar nicht damit an – kein Stück Erinnerung an *irgendein* anderes Leben ist in meinem Gedächtnis.«

»Ich weiß. Tut mir leid, dass ich dich gedrängt habe.«

Diese Aussage war so unglaublich normal, dass Sprachlosigkeit ihre Zunge belegte. Erst nach einem Räuspern brachte sie hervor: »Und wo sind sie dann?«

»Du musst mir nur folgen. Um den Rest kümmere ich mich.«

Als Laire zögerte, zog sie die Augenbrauen zusammen.

»Du hast es mir versprochen, Phaith. Und du hast meine Erinnerungen gesehen. Du *weißt*, dass ich nicht lüge oder verrückt bin.«

Laire wackelte mit dem Kopf. »Ich weiß. Aber – könntest du das einfach glauben, selbst wenn du wüsstest, dass es wahr sein muss? Dass es wahr ist, weil du die Beweise mit eigenen Augen gesehen hast. Könntest du das Unmögliche einfach für möglich halten?«

Jillin lächelte verkniffen. »Ich musste es. Mehrmals sogar. Erinnerst du dich an die Highlands? Als du mich nicht erkannt hast? Glaub mir, ich habe gelernt, das Unmögliche für möglich zu halten.«

Laire wusste, dass sie nicht log. Womöglich verstand sie sie sogar. Sie hatte den Schmerz gesehen, der die Erinnerungen an eine andere Laire – an Phaith – durchtränkt hatte. Sie stellte sich vor, wie es wäre, wenn sich Yesta nicht mehr an sie erinnern könnte. All diese erlebten Momente, die Yesta vergessen hätte. Laire wäre die einzige, die sich daran erinnern könnte, und sie wusste nicht, ob das eine Person vielleicht nicht in den Wahnsinn treiben konnte, die Verantwortung dafür zu haben, eine ganze Vergangenheit allein aufrecht zu halten.

Jillin hätte sie auf Charleston zurücklassen können, ausgelöst hätte Laire dort ebenso wenig. Aber sie hatte sie mitgenommen, weil ihr anscheinend etwas an Laire (oder Phaith) lag. Laire verstand noch nicht, wie das alles zusammenhing und welche Rolle die Namenlosen dabei spielten, aber sie verstand, dass es da etwas gab, das sie nicht verstand.

Und das war schonmal ein Anfang.

Jillin brauchte Hilfe. Das hieß nicht, dass Laire die Behauptung akzeptierte, irgendwelche Erinnerungen verloren zu haben, oder dass sie die Existenz einer Phaith überhaupt anerkannte. Es hieß nur, dass Laire bereit war, Jillin eine

Weile lang zu begleiten. Und vielleicht konnte sie sie währenddessen davon überzeugen, dass sie und Phaith nichts miteinander zu tun hatten.

Laire stieß einen Seufzer aus, der tief durch ihren Körper vibrierte. Sie wollte nicht schon wieder mit Jillin allein Zeit verbringen, aber sie musste da durch. Sie hatte ein Versprechen gegeben.

»Also gut, ich gehe mit.« Der Satz hätte sich vom Klang her gut in eine Grabrede eingegliedert.

Jillin sah so aus, als würde sie etwas sagen wollen, doch ihre Aufmerksamkeit wurde kurz darauf von etwas anderem beansprucht. Sie legte den Kopf schief und fing zu zählen an. »Drei … zwei … eins …«

In dem Moment, in dem sie die Null erreicht hätte, wurde die Tür zum Ankleidezimmer aufgestoßen. Mirroanwi stand davor, mit wütender Miene fixierte er Jillin.

»Du. Raus.«

Kurz erwog Laire, ihn wegen des Nicht-Klopfens zusammenzustauchen (sie hätte sich schließlich immer noch umziehen können), besann sich dann jedoch eines Vernünftigeren. Ihr Ankleidezimmer war sowieso mittlerweile zu einem öffentlichen Raum geworden, warum also anklopfen? »Mirroanwi, sie darf hier sein.«

»Dann habe ich es noch nicht oft genug gesagt. Diese ganze – Aktion, dein Bewusstsein in ihren Körper zu pflanzen. Weißt du, wie viele Leute das überleben? Die wenigen, die beim Prozess nicht umkommen, sind nicht vorsichtig genug oder denken nicht genug nach und ihre einsamen Körper sterben an Hunger oder Kälte oder Dehydration. Jillin hätte dich *töten* können, sogar nur versehentlich.«

»Hat sie aber nicht«, entgegnete Laire. Da ihr nicht zu streiten zumute war, versuchte sie, ihn mit einem Lächeln zu beruhigen. »Sie hat mich auf die Erde gebracht. Im Gegenzug habe ich versprochen, ihr zu helfen.«

»Man verspricht nebulösen Fremden nichts, was man nicht halten wird.«

Kurz überlegte sie, vom Stuhl aufzustehen, um ihren Punkt zu unterstreichen, befand dann aber, dass das Platzproblem dadurch verschlimmert werden würde.

»Ich werde mit ihr mitgehen.«

Mirroanwi schaute sie wohl genauso verwirrt an, wie sie sich fühlte. Er wusste, dass ihr Jillin nicht geheuer war.

Mach dir keine Sorgen, Mirroanwi.

Laire, sie hat dich in ihren Körper gesperrt. Dabei hätte deine Seele verloren gehen können!

Vertrau mir einfach. Danach wird sie uns für immer in Ruhe lassen.

Jillin zeigte mit dem Finger auf ihn. »Sprecht so, dass ich euch hören kann.«

»Ich werde dich nicht allein mit ihr gehen lassen.«

Als sie das hörte, fiel ihr ein Stein vom Herzen. Sie musste nicht allein mit Jillin gehen. Mirroanwi würde dabei sein, und das machte alles leichter.

Sie versuchte, sich von ihrer Freude nichts anmerken zu lassen, und schaute Jillin an. »Darf er mitkommen?«

Ein wenig Chancen rechnete sie sich mit diesem Zug aus, ihr Versprechen doch nicht erfüllen zu müssen. Denn sie wusste, dass Jillin verneinen würde, weil sie wusste, wie sehr sie ihn verachtete – was wohl auf Gegenseitigkeit beruhte.

Jillin überraschte sie alle. »Wenn es sein muss, kann er mitkommen«, meinte sie unter Zähneknirschen. Sie machte eine lange Pause. »Er und ich, wir haben wohl einige Dinge zu besprechen.«

Seine Augenbrauen zuckten in die Höhe. »Ach ja?«

Jillin sah ihn ernst an. »Anscheinend weißt du weniger über den gebrochenen Vertrag als ich dachte. Wer und was ich bin, sollte nicht länger ein Geheimnis sein. Und was Laire ist. Was du gemacht hast. Was wir machen werden.«

Sie stieß sich von der Wand ab und ließ einen knallroten Schal auf ihre ausgestreckte Handfläche schweben, der verloren zwischen anderen Kleidern auf dem Boden gedümpelt hatte. Laire dachte, sie würde damit irgendeine Metapher aufstellen wollen, wie Mirroanwi es machen würde, aber sie betrachtete ihn einfach nur einen Moment lang und legte ihn dann um ihre Schultern.

»Für den Anfang reicht folgendes: Der Vertrag wurde gebrochen, ohne dass der Tod es gemerkt hat, und ich bin daran gescheitert, ihn von allein wieder zu richten.« Dabei hielt sie das Kinn erhoben. »Erklärst du dich damit einverstanden, der Vertreter des Todes zu sein, Mirroanwi?«

»Wobei soll dir Laire helfen?«

»Ich möchte ihr ihre Erinnerungen zurückgeben. Ach komm schon, du hast doch selbst gemerkt, dass sie kein normaler Mensch ist. Die fehlende Familienähnlichkeit. Die vielen Zufälle. Und hat sie dir schon erzählt, dass sie ihr Bewusstsein geöffnet hat, um einen Wellensittich mit einem Laserstrahl abzuschießen?«

Wie sie es formulierte, wirkte es nicht mehr ganz so abwegig. Mirroanwi war vollkommen versteinert. Er hatte diesen Aufdruck ausgesetzt, der Laire verriet, dass er grübelte, und zwar über keine schönen Dinge wie das Ende von *Gilmore Girls* oder Tee. Laire hätte ihm am liebsten mitgeteilt, dass Jillin Unsinn erzählte, auch wenn etwas Wahres dran war, aber das wusste er selbst bestimmt auch.

Er gab ein kurzes Nicken ab. Jillin nickte zurück. Beide wirkten zutiefst unglücklich über die Erklärung ihrer Zusammenarbeit.

Jillin atmete hörbar ein, und als sie wieder ausatmete, schien es, als würde die strenge Maske, die sie gegenüber Mirroanwi getragen hatte, wie Scherben von ihrem Gesicht fallen.

»Gut. Seid ihr bereit?«

Sie streckte die Hände aus, als würde sie die beiden wie Kindergartenkinder spazieren führen wollen.

Laire rutschte auf ihrem Stuhl herum. »Warte, ich dachte, wir reisen in die Astralwelt? Geschehen da nicht alle magischen Dinge?«

Jillin zog eine Augenbraue hoch. »Hat dir schonmal jemand gesagt, dass das System des Lebens nichts mit Magie zu tun hat?«

»Moment«, meldete sich Mirroanwi. »*Da* willst du hin?«

Laire verdrehte die Augen. Sie hatte gedacht, die beiden würden ihr eher auf die Nerven gehen, weil sie sich stritten, nicht, weil sie geheimnistuerisch daherredeten. »*Da* wollt ihr hin?«, fragte sie übertrieben wissend.

»Es ist kein *da*«, erwiderte Jillin. Sie drehte sich zum Spiegel um und schlang ein Ende des Schals um ihren Hals. Damit erhielt ihr lächerliches Outfit den letzten Schliff. »Es ist ein *wie*.«

»Ein wie?«, wiederholte Laire.

Jillins Spiegelbild zwinkerte ihr zu. »Wie findet man den letzten Gedanken eines Menschen?«

Ende des ersten Bandes.

Danksagung

Ein Buch zu schreiben und zu veröffentlichen ist komplizierter, als ich es mir vorgestellt habe. Der Prozess liegt nicht allein in den Händen des Autors, sondern ist abhängig von einer Vielzahl an Leuten.

Ich danke dem Verlag dafür, dass er sich so gewissenhaft um seine Autoren kümmert.

Ich danke meinen Testlesern, die Laire und Mirroanwi seit 2017 begleiten, sei es in Gesprächen oder im Dokument. Katja, du sorgst für die wissenschaftliche Logik. Dank dir enthält das Buch den korrekten Plural von Matrix, auch wenn er sich komisch anhört. Michaela, du denkst ganz anders als ich. Deine erfrischende Sicht hilft mir dabei, Themen und Passagen auf eine andere Weise zu schreiben, damit auch Leute, die nicht ich sind, sie verstehen. Paula, deine Neugierde ist grenzenlos. Du stellst jede noch so kleine Frage und zwingst mich dadurch, über Sachen nachzudenken, die ich davor im Nebel lassen wollte. Sara, danke für den tollen Titel und deine Fähigkeit, harte Kritiken zu geben und trotzdem über Mirroanwi zu fangirlen. Und schließlich mein Vater, der meistens nur die dritten Entwürfe zu sehen bekommt, weil er in den ersten und zweiten alles anstreichen würde, so gründlich bist du. Danke für deine Ratschläge. Wahrscheinlich warst du in einem früheren Leben ein Lektor.

Dann ist da noch Mia, die dank GISH in mein Leben getreten ist (Danke, Misha Collins). Du hast mich ermutigt, eine Manuskripteinreichung beim Wreaders Verlag zu versuchen. Ohne dich würde dieses Buch immer noch auf seine Zukunft warten.

Danke an meine Familie und Freunde, die mich unterstützen und an mich glauben. Ihr behandelt mein Bücherschreiben wie eine Selbstverständlichkeit und seid genauso gespannt wie ich, was daraus wird.

Ich habe viele Monate in Schottland verbracht und bin dankbar für die Erfahrungen, die ich dort sammeln konnte. Mittlerweile kenne ich das Land und die Menschen ganz gut, wodurch ich eine authentische Szenerie für Laires Umwelt anlegen konnte. Es gibt zwar keine Lynn Stevenson, aber der Waterstones in Edinburgh ist echt. Wenn ihr einmal dort drüben seid, besucht ihn doch und sagt Hallo von mir.

Und schließlich vielen Dank an mein Ich aus der Vergangenheit. Du hast dich jeden Tag hingesetzt und an Laires Geschichte geschrieben. Du hast dich nicht von Logiklücken und Plotbunnys entmutigen lassen. Du hast weitergeschrieben, immer mit dem Wissen, dass du später alles überarbeiten kannst, und nur deshalb kann ich diese Zeilen verfassen.

Danke.